황소 같은
사나이

황소 같은 사나이

지은이_김랑 | 초판 1쇄 인쇄_2010년 5월 14일 | 초판 1쇄 발행_2010년 5월 22일 | 발행처_도서출판 청어람 | 발행인_서경석 | 편집장_문혜영 | 편집_유경화, 조수희 | 주소_경기도 부천시 원미구 심곡2동 163-2 서경B/D 3F | 등록_1999년 5월 31일(제1081-1-89호) | 문의전화_032)656-4452 | 팩스_032)656-4453 | http://www.chungeoram.com | 전자우편_chungeoram@chungeoram.com | 어람번호_8-0020 | 파본은 구입하신 서점에서 교환하여 드립니다. 저자와 협의하여 인지를 붙이지 않습니다. 책값은 뒤에 있습니다.

KOMCA(한국음악저작권협회) 승인 필.

ISBN 978-89-251-2178-9 03810

황소 같은 사나이

김랑 지음

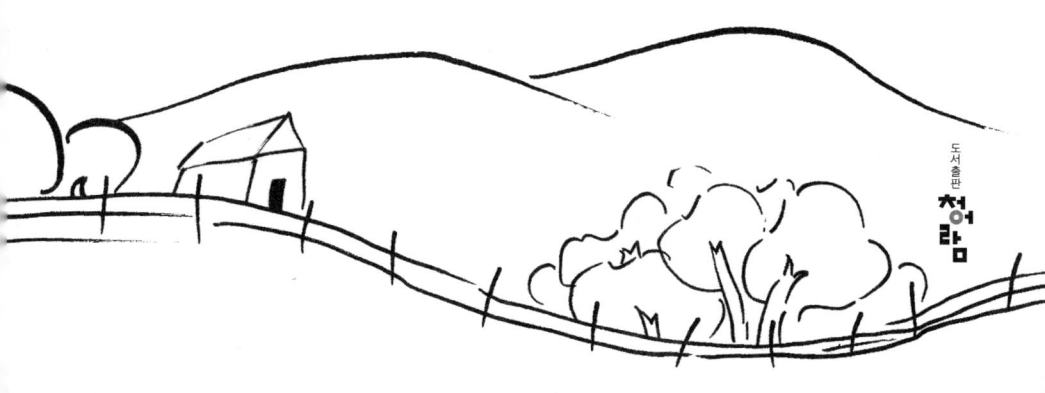

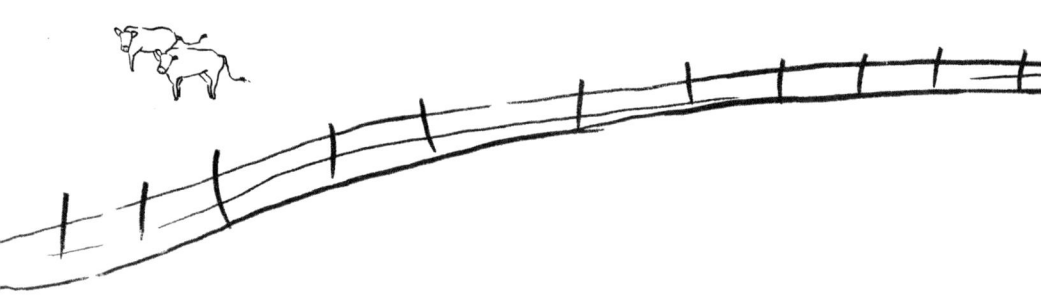

차례

프롤로그	7
1장	26
2장	80
3장	124
4장	176
5장	233
6장	278
7장	324

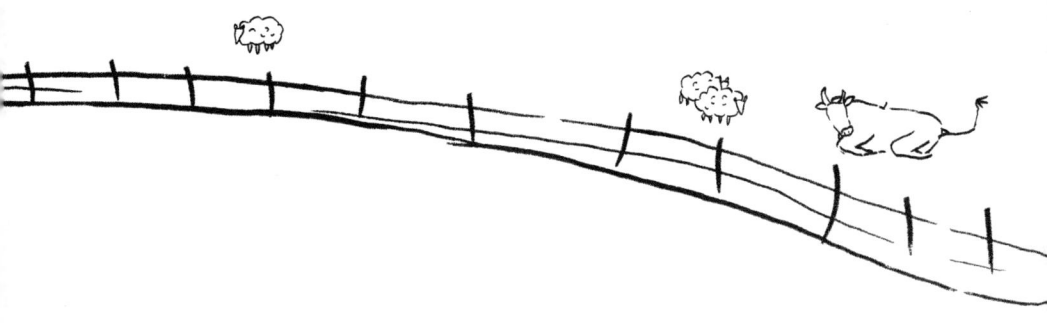

8장 · · · · · · · · · · · · · · · · · · · 374

9장 · · · · · · · · · · · · · · · · · · · 434

10장 · · · · · · · · · · · · · · · · · · 479

에필로그 1 · · · · · · · · · · · · · · · · 522

에필로그 2 · · · · · · · · · · · · · · · · 529

에필로그 3-1년 후 · · · · · · · · · · · · 537

에필로그 4-다시 1년 후 · · · · · · · · · 542

작가 후기 · · · · · · · · · · · · · · · · 552

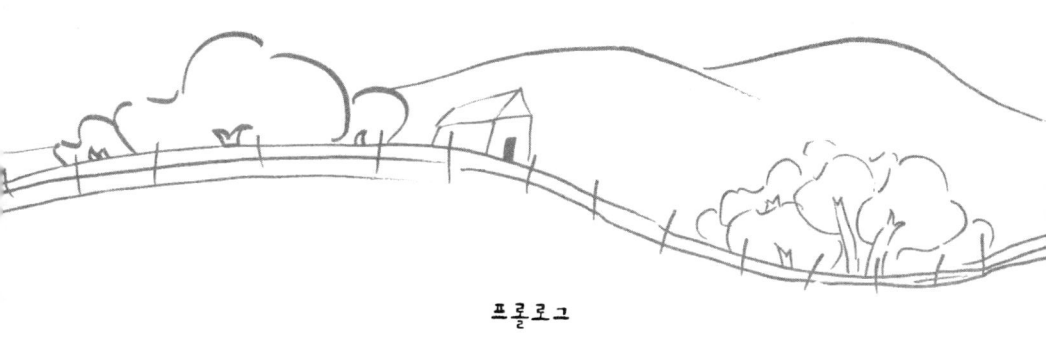

프롤로그

"시집갈래, 목장 갈래, 아프리카 갈래?"

아버지가 취기가 올라 걸걸해진 목소리로 물었다. 아니, 물었다기보다는 군소리 말고 즉각 선택하라고 강요하고 있었다.

그런데 갑작스럽고 엉뚱하게 시집이라니? 목장이라니? 아프리카라니?

아버지가 적잖이 취하신 것이 틀림없었다.

스물다섯에 시집이라니. 일단 시집가라는 말은 완전히 제꼈다. 이렇게 아름다운 스물다섯에 아줌마가 되는 건 생각만 해도 끔찍한 일이었기 때문이다. 그렇다면 남은 선택은······.

"목장요? 아······ 프리카요?"

소담이 송아지처럼 큰 눈망울을 끔뻑거리며 일부러 겁먹은 얼굴로 되물었다. 겁먹은 척을 해야 아버지가 딸 소담을 측은하게 여기실 터이니까.

소담은 아버지가 취해서 아무 말이나 막 내뱉는 것이 틀림없다고 생각했다.

생각했는데…….

취기에 아무 말이나 막 내뱉는 것이 아니었다.

"선택해. 지금!"

아버지가 걸걸한 목청에 단칼에 무라도 자를 듯 단호한 어조로 명령했다.

어이쿠, 장난이 아니었다.

"저기 아버지…….'

"지금 당장!"

소담의 참새처럼 작은 입을 꽉 틀어막는 은 회장의 벼락같은 다그침에 소담은 깜짝 놀라 재빨리 예쁜 머리를 굴리기 시작했다.

아버지가 말씀하시는 목장은 과연 어떤 곳인지, 아프리카는 또 어떤 환경인지를 부지런히 가늠해야 했다. 목장이나 아프리카나 마음에 안 들기는 한가지였지만 그중에서도 조금이라도 신간 편한 곳을 골라내야 했다. 아니, 고르는 척이라도 해야 했다.

'하지만 왜?'

왜 꼭 목장이어야 하며, 꼭 아프리카여야 하는가. 유배도 아니고 극기 훈련도 아니고 말이다.

지은 죄에 대한 죗값을 치러야 한다지만 목장도 아프리카도 너무나 가혹한 형벌이었다.

그냥 한 보름쯤 집 안에서 사회봉사 비슷한 것으로 끝내면 안 되는 걸까? 가령 새벽에 신문 주워오기라던가…… 안 되겠다 죽어도 새벽에 일어나는 짓은 못하니까. 아니, 싫다!

그럼 설거지? 물론 반 이상 깨트리거나 이를 빠트려 놓겠지만. 깨트리거나 이 빠트리는 것은 아무것도 아니었다. 그릇은 새로 사면 되니까.

청소기 끌고 다니는 청소라면, 것도 괜찮을 것 같았다. 대충 끌고 다니며 밀면 되니까.

하여튼 깔끔하고 덜 창피한 것으로 죗값을 대체해야 했다.

'순순히 받아들이면 안 돼. 난 목장도 싫고 아프리카는 더더욱 싫어.'

소담이 슬쩍 아버지의 표정을 살폈다.

별다른 변화 없이 처음처럼 심통난 모습 그대로였지만 누구보다도 아버지를 잘 알고 있는 소담이 아니던가.

가련한 표정에 양념으로 눈물 한 방울 곁들여 주며 약한 모습을 보이면 분명히 흔들리고도 남을 아버지였다.

'설마하니 정말로 목장에 보내실까. 아프리카라니, 우리 아버지 유머 감각도 참…….'

"아버지…… 목장도 싫고 아프리카도 싫어요. 무서워요."

소담이 지금껏 백전백승 화려한 승리를 거두었던 '가엾은 척하기'를 내세우며 징징 우는 척을 했다. 반드시 이번에도 통할 것이라 착각하며.

그. 러. 나!

그것은 착각이었다.

"싫어?"

아버지의 넓은 콧구멍과 함께 콧방울이 실룩거린다 싶더니 일명 호랑이 눈썹이라 불리는, 놀랍도록 시커먼 눈썹 꼬리가 마치 그린 것처럼 천장을 향해 치켜 올라갔다.

"그럼 결혼해. 최 회장님 손자 최태혁이하고."
"결혼은 절대 안 해요!"
"왜 결혼은 절대 안 해?"
"난 이제 겨우 스물다섯이구요, 우리 집 규칙도 안 지키고 사는데 남의 집 남자 만나 남의 집 규칙 지키면서는 못 살아요."
"우리 집 규칙 안 지키고 사는 건 알고 있냐?"
"……알고는 있어요."
"좋다. 결혼 절대 안 할 거면 목장 가던지 아프리카로 가."
"아버지…… 목장도 싫고 아프리카도 싫다구요. 너무 무섭다구요."
"결혼도 싫고 목장도 싫고 아프리카도 싫으면 머리 밀어."
은 회장이 어금니를 꽉 틀어 문 채 낮게 내뱉었다.
"네?"
소담은 잘못 들은 것이라 생각했다.
뭘 밀라고? 머리를 밀라고? 아유, 우리 아버지 오늘 정말 왜 이러실까.
"확 밀어버려!"
은 회장이 버럭 고함을 질렀고 그제야 소담이 무엇인가 대단히 잘못되어 가고 있다는 것을 느끼는 순간, 은 회장이 비서실장에게 어떤 뜻이 담긴 손짓을 했다. 비서실장이 서재 문을 열어젖히자 밖에서 대기 중이던 아버지의 전담 이발사가 바리캉이라 불리는 미용기구를 들고 서재로 들어왔다.
"머리 대!"
"네?!"
"밀어버려. 싹 밀어버려!"

회장님이 명령하자 이발사가 주저하며 소담을 쳐다봤다.
"아버지! 머리를 밀다뇨. 너무하시는 거 아니에요?"
소담이 삼단 같은 머리를 필사적으로 보호하며 거의 울부짖다시피 외쳤다.
아버지가 드디어 노망이 나신 것이 분명했다.
여자의 매력은 뭐니 뭐니 해도 윤기나는 긴 생머리라고 외치며 25년을 애지중지 길러온 이 탐스러운 머리를 밀겠다니. 자르는 것도 아니고 밀겠다니!
해병대에 입대할 일 있나? 귀신 잡는 해병대 될 일 있나? 우리 아버지께서 왜 저러실까. 누굴 죽이려고!
'아니지.'
설마하니, 정말로 밀어버리실까.
겁을 주시려는 게 분명했다. 웬만한 것으로는 꿈쩍도 안 할 거라는 걸 아시니 일부러 초강수를 두시는 것이리라.
시건방진 버티기라면 1등인 소담이니 순순히 꺾일 수는 없었다. 하는 데까지는 해보고 버티는 데까지는 버티리라.
"못 밀어요. 절대 못 밀어요."
조금 전 그 가련하던 은소담은 온데간데없이 고집스러운 작은 악녀가 돼서 아르렁거렸다.
"못 밀어?"
"못 밀어요!"
"이 자식이! 김 비서, 저놈 붙들어. 엄 선생, 당장 밀어버려!"
은 회장이 비서실장과 이발사에게 격앙된 목소리로 소리치자 비서실장이 은 회장의 명령을 받은 부하 직원으로서 어쩔 수 없다는 듯한 시선을 던진 후 소담을 붙들었다.

"놔요, 놓으라구요. 못 밀어요, 안 된다구요!"

소담이 몸을 비틀며 소리쳤지만 비서실장은 소담의 팔을 붙잡은 손에 점점 더 강한 힘을 가하며 소담을 압박했고 아버지의 전담 이발사 엄 선생이 미용기구를 들고 소담에게 다가오더니 몸부림치는 소담의 머리채를 한 주먹 틀어쥐었다.

"안 돼! 안 돼요, 아버지!"

소담이 전등이 터질 정도로 찢어지는 목소리로 소리를 질렀다.

"그럼 결혼을 하던지 목장에 가든지 아프리카를 가든지 결정하란 말이야!"

아버지가 주먹으로 서재 책상이 놀라서 펄쩍 뛸 정도로 세차게 내려치며 쩌렁쩌렁 울리게 고함을 지르셨다.

'아이고, 진짜 큰일 났다.'

"갈게요. 간다구요!"

소담이 엄 선생의 손아귀에 잡혀 있던 머리채를 낚아채서 온몸으로 머리카락을 방어하며 소리쳤다.

"가면 되잖아요."

소담은 아름다운 머리채를 부여잡은 채 안절부절 또다시 작고 예쁜 머리를 굴리기 시작했다.

실제 상황이었다. 장난도 아니고 겁을 주려는 으름장도 아니고 실제 상황이었다.

이것은 진정 실제 상황. 그 어떤 필살기도 통하지 않고 반드시 한 가지를 선택해야 하는 상황. 그렇다면 잔머리 굴릴 생각 말고 서둘러 손톱만큼이라도 유리한 쪽을 골라잡아야 했다.

일단, 죽어도 머리를 밀릴 수는 없었다.

머리를 밀린다 해서 삼손처럼 하루아침에 모든 힘을 잃게 되는 것은 아니었지만 죽어도 이 아름다운 머리를 잃을 수는 없었다. 머리는 또 자라게 마련이라지만 그래도 머리만큼은 밀릴 수 없었다. 그런 수모까지는 당하고 싶지 않았다.

그리고 결혼 역시 결사반대, 절대 반대였다.

이 아름다운 스물다섯에 아줌마가 되라니, 아줌마가 돼서 남편이나 시댁 식구들 뜻에 따라 임신을 해서 내 몸도 채 돌보지 못하는 사람더러 아기를 키우라고? 이건 차라리 죽으라는 소리지!

그래, 그럼 목장으로 가자.

그런데 목장? 아 제발. 말이 목장이지, 내가 목장에 가서 뭘 할 수 있단 말인가. 그리고 대체 어떤 종류의 짐승을 키우는 목장을 말하는 걸까?

말? 말이라면 혹시 제주도? 그 정도라면…… 약간의 우아함은 유지할 수 있는데……. 하지만 말이 아니라 소나 돼지나 뭐 그런 쪽이라면…….

설마, 소나 돼지 키우는 곳을 목장이라고 할까. 보통 그냥 축사라고 부르지 않나? 그렇다면 말을 키우는 목장이 틀림없었다. 아니, 틀림없다는 말은 이제 함부로 쓸 수 없었다. 틀림없다, 틀림없다 했던 장담이 모두 빗나갔을 만큼 아버지는 완전히 돌변해 계시니까.

어쨌거나 중요한 것은, 아버지가 목장이나 아프리카를 선택했다면 그것은 상상 이상의 암울한 앞날이 기다리고 있다는 뜻이었다.

암울한 앞날. 생각만 해도 눈앞이 캄캄했다. 눈앞이 캄캄한 것으로 치자면 아프리카는 목장의 백배였다.

아프리카라니. 대체 아버지는 무슨 생각으로 아프리카를 선택하셨을까.

　환갑이 넘으신 아버지께 어떻게 그런 깜찍한 생각을 하셨냐고 농을 할 수도 없고 그렇다고 나를 버리시나이까 억울하옵니다, 하며 대들 수도 없고.

　이유는 뻔하다.

　센 것과 덜 센 것을 놓고 소담이 아프리카는 목장과 비교할 수 없을 만큼 재난에 가까운 시간일 것이 뻔해 목장을 선택할 것이라 예상하셨을 것이다. 그래서 백이면 백이 포기할 끔찍한 것, 즉 아프리카라는 밥상과 함께 백 중에 구십쯤은 울며 겨자 먹기로 선택할 목장이라는 밥상을 준비하셨을 것이다.

　교묘하고 참 딸로서 할 말은 아니지만 치사하신 아버지!

"아버지……."

"아프리카 갈래? 머리 밀래?"

목장은 왜 또 슬그머니 빠트리실까!

"목장 가면 되잖아요."

"목장?"

"네……."

소담이 기어들어 가는 목소리로 대답했다.

"됐다, 그럼."

아버지는 참 쉽게도 됐다 하셨다.

말려든 것이다. 아버지의 교묘한 수에.

"……그런데 무슨 목장인데요?"

"가보면 알아."

"……언제 가는데요?"

"지금 가."

"지금요?"

소담이 화들짝 놀라며 아버지를 쳐다봤다.

"지금요?"

"산이 밥 다 먹었나?"

아버지는 소담의 질문을 무시하며 비서실장에게 물었다.

"아직 식사 중입니다."

"산이 밥 다 먹으면 바로 나서라고 해."

"예, 회장님."

"아버지, 지금 가라니요? 누구하고 가라구요?"

"가서 짐 챙겨라."

소담의 바짝바짝 쪼그라드는 심정과는 아무런 상관이 없다는 듯 아버지는 얄미울 정도로 아무렇지도 않게 소담을 내쫓았다.

"누구하고 가는 거예요?"

아버지 서재에서 쫓겨난 소담이 비서실장을 붙잡고 늘어지며 물었다.

"구산이라고, 아가씨를 모셔가려고 와 있습니다."

"구산요? 구산이 뭐예요?"

"그 친구 이름입니다."

이름이 구산? 거참 특이하고 웃기는 이름일세.

"뭐 하는 사람인데요?"

"짐 챙기십시오, 아가씨."

"아저씨가 같이 가는 거예요? 아저씨도 갈 거죠?"

"산이 그 친구가 모시고 살 겁니다."

"그러니까 그 사람이 누군데요?"

"가시면서 알게 되실 겁니다."

"무서운 사람이에요? 목장에서 얼마나 있어야 해요? 나 언제 데리러 올 거예요?"

"어서 짐 꾸리십시오. 꽤…… 오래 계셔야 하니까."

꽤 오래 있어야 한다는 비서실장의 말에 소담의 얼굴이 대번에 노랗게 떠버렸다.

아…… 어찌 이런 일이 생길 수 있단 말인가.

소담은 정신줄을 놓친 듯 멍해진 얼굴로 방으로 들어와 털썩 주저앉았다.

아버지가 몹시 화가 나셨다는 것은 알았지만, 미국에서 납치당하듯 끌려올 때부터 짐작은 했지만 한국에 오자마자 밥도 먹여주지 않고 곧바로 내쫓을 줄은 몰랐었다.

계산 착오였다. 대단히 큰 착오였다.

아버지가 화가 나셨고 그래서 그에 상응하는 벌을 받을 줄은 예상했지만 그럼에도 불구하고 가슴 한쪽 믿는 구석이 있었던 것은, 아무리 화가 나셨더라도 은소담이라면 주무시다가도 벌떡 일어날 만큼 끔찍하게 아끼시기에 이번에도 그냥그냥, 대충대충 넘어갈 것이라 생각했었다. 그런데 믿는 구석에 발등을 제대로 찍힌 것이다.

이런 낭패가 또 있을까.

어제까지 미국의 너른 땅을 집 나간 강아지처럼 싸돌아다니던 은소담이 한국으로 붙잡혀 와서 목장에 처박히게 생기다니.

저기 아래 엉덩이에 붙은 꼬리뼈에서 찌릿하고 스파크가 일더니 작지만 꽤나 야무진 불꽃이 척추를 타고 올라와 뒷목에 잠깐 들러붙었다가 다시 치솟았고 뇌를 한 바퀴 휘돌며 자리를 찾아 헤매더니 왼쪽 눈썹 쪽에 찰싹 달라붙으며 으윽 소리가 절로 터져 나올 만큼 극심한 편두통이 시작됐다.

이건 꿈일 거야. 진짜 찝찝하고 짜증나는 꿈.

그런데 이놈의 꿈이 어쩌자고 깨어나지 못하게 물귀신처럼 붙잡고 늘어지는 걸까.

똑똑.

노크 소리에 퍼뜩 정신을 차린 소담이 고개를 돌리자 비서실장이 문을 열고 소담을 쳐다보고 있었다. 아직 짐도 꾸리지 않고 뭘 하고 있냐는 듯 나무라는 표정으로.

"바로 출발하셔야 합니다."

"아직 짐 안 쌌어요!"

소담이 짜증난 어조로 쏘아붙이듯 말했다.

"시간 끄시면 회장님께서 더욱 노여워하실 테니 어서 서두르세요, 아가씨."

비서실장이 재촉한 후 방을 나가자 소담은 못된 쪽으로 잘 돌아가는 두뇌를 뱅글뱅글 돌리기 시작했다.

이대로 목장에 끌려가는 것은 은소담의 체면을 완전히 구기는 일이었다. 재경그룹 은 회장님의 딸이 목장에 유배되다니. 있을 수도 있어서도 안 될 정말 창피해서 고개를 못 들 일이었다.

'이대로 목장에 끌려갈 수는 없어.'

결혼하지 않고 머리를 밀리지 않는 대신 목장에 가겠다고 스스로 선택했지만 그것은 결코 자의적이지 않은 철저히 타의적이고 강제적인 선택이었다. 그러므로 목장행은 무효였다. 무효!

목장에 끌려가지 않을 방법은 오직 하나, 탈출밖에 없었다.

번득하고 머리에 불이 켜진 소담이 방 안을 뒤지며 휴대폰을 찾다가 미치겠다는 듯 허벅지를 내려쳤다. 휴대폰은 미국에 납치

범들이 들이닥치는 순간 빼앗겼다는 것이 생각났기 때문이었다.
 아! 전화!
 소담은 재빨리 침대 옆 협탁에 놓인 수화기를 집어 들고 일단 생각나는 번호를 눌렀다. 구조 요청을 한다고 해서 반드시 상대방이 구하러 와줄 것이라는 보장은 없었지만 일단 누구에게든 구조 신호를 날려야 했다.
 "제발, 제발 빨리 받아, 빨리."
 [까불지 말고 수화기 내려놔.]
 분명 소담을 구조해 줄 사람에게 전화를 걸었는데 수화기 너머에서 들려오는 목소리는 어디서 많이 들었던 익숙한 목소리였다.
 "누구……?"
 [수화기 내려놓으라고!]
 버럭 고함을 치는 바람에 깜짝 놀라 수화기를 떨어뜨렸던 소담이 서둘러 떨어뜨린 수화기를 집어 전화기 위에 얌전하게 올려놓았다.
 어디서 많이 듣던 목소리다 싶더니 아버지였던 것이다.
 구조팀을 부르기 위해 전화를 쓸 것이라는 것까지 계산하고 계셨다니. 참으로 용의주도하신 분.
 "마귀 할배, 마귀 할배!"
 아버지의 주도면밀함에 몸부림을 치며 소리쳤다.
 119 구조요청은 틀렸다. 그렇다면 육탄전밖엔 남은 방법이 없었다.
 소담은 재빨리 방문을 걸어 잠근 후 테라스로 나가 난간에 다리 한쪽을 걸쳐 놓다가 움찔하고 멈췄다.
 테라스 바로 아래는 정원이었고 오른편으로 열 걸음 옆에는 현관문이 있었는데 현관문 앞도 아닌 소담의 방 바로 아래 두 명의 경호원이 그럴 줄 알았다는 듯 비열한 미소를 머금은 채 소담을 올려다보고 있었기 때문이다.

내려올 테면 내려와라, 확 잡아채 줄 테니. 바로 그런 표정이었다.

소담은 난간에 걸쳤던 다리를 슬그머니 내려놓으며 조용히 방으로 들어와 재빨리 왼쪽 테라스로 나갔다. 하지만 그곳 역시 경호원들에 의해 점령된 상태. 역시나 두 명의 경호원이 네까짓 것이 뛰어봤자 부처님 손바닥 안이라는 표정으로 소담을 올려다보고 있었다.

"내가 정말…… 못살아."

소담은 탈출은 소용없는 짓이라는 것을 깨닫고 방으로 들어와 밖에서 문을 두드리며 서두르라고 재촉하는 비서실장의 인정머리없는 목소리를 들으며 꾸역꾸역 짐을 싸기 시작했다.

"이럴 수는 없어. 이건 정말 해도 해도 너무한 거라고."

해도 해도 너무한 것뿐만이 아니라 만화에서나 가능한 참 어처구니없는 일이었다.

재경그룹 은 회장님이 장차 재경그룹에서 한몫 크게 차지할 딸을 목장으로 쫓아낸다는 것이 현실적으로 가능한 일이냐 말이다.

"아가씨, 빨리 나오십시오."

비서실장의 재촉은 1분 간격에서 30초 간격으로 좁혀졌다.

"알았다구요!"

온몸으로 짜증을 발산하며 최대한 시간을 질질 끌며 짐을 싼 소담은 도살장에 끌려가는 불쌍한 송아지 모습을 하고 아래층으로 내려갔다.

"피난 가냐?"

"네?"

"뭣 하러 가방이 그렇게 많아? 열어봐."

여차하면 휘두를 듯 골프채를 손에 쥐고 거실 소파에 앉아 날카로운 시선으로 네 개나 되는 소담의 여행 가방을 훑어보던 아버지가 명령했다.

"옷 가방이에요. 필수품들만 쌌어요."

"잔말 말고 열어."

소담이 입이 한 발이나 튀어나온 얼굴로 루이*똥 여행 가방 하나를 열자 골프채로 휘저으며 가방 안에 있는 원피스, 투피스―목장에서는 아무짝에도 쓸모없는―등의 옷가지들을 살펴보던 아버지가 빼 하고 말했다.

"가져가야 해요."

"빼! 저거 열어."

아버지가 또 다른 루이*똥 여행 가방을 가리켰고 소담은 아까보다 더 일그러진 얼굴로 가방을 열었다. 평상복 가방이었는데 역시나 명품들로 시가로 치면 몇억 원어치의 옷들이 꽉 채워져 있었다.

"빼. 다른 거 열어."

"아버지!"

"열어!"

아버지의 명령에도 소담이 고집을 피우고 버티고 있자 아버지가 비서실장에게 고갯짓을 했고 비서실장은 잠깐 주저함도 없이 검열을 받지 않은 소담의 커다란 명품 여행 가방을 열어젖혔다.

가방에는 소위 잡화로 분류되는 명품 구두와 백, 스카프 등등이 가득 채워져 있었다. 구석 자리에는 화장품 파우치도 끼어 있었고.
 아버지는 한심해서 견딜 수가 없다는 눈길로 소담을 노려보다가 빼! 하고 소리쳤다.
 "다 빼면 뭐 가지고 가라구요?"
 소담이 금방이라도 울음을 터뜨릴 얼굴로 항의하는데 비서실장이 마지막 남은 중간 크기의 여행 가방을 열었다가 얼른 도로 닫았다.
 중간 크기의 가방에는 빼놓을 수 없는 진정한 필수품, 바로 속옷이 들어 있었기 때문이었다.
 "그것만 가져가."
 "속옷만 입고 살아요?"
 "저거 하나 더 가져가."
 아버지가 큰 선심 쓰는 듯 평상복 가방을 가리켰다.
 "그냥 다 가져갈 거예요."
 "목장 가서 원피스 입고 뭘 할 건데!"
 벼락 같은 고함 소리에 기겁한 소담이 찍소리도 못하고 평상복 가방과 속옷 가방을 챙겨 들었다.
 "빨리 가. 오래 기다렸어."
 "누가요?"
 "빨리 안 나가고 뭐 해? 빨리 가."
 소담이 문을 나서면 지옥에 떨어지기라도 하는 듯 걸음이 떨어지지 않아 망설이고 있는데 얄미운 비서실장 아저씨가 소담의 짐 가방을 집어 들었다.
 "가시죠, 아가씨."

"아빠……."

소담은 지푸라기라도 잡는 심정으로 아버지를 바라봤지만 아버지의 시선은 소담에겐 조금도 관심이 없다는 듯 상반기 1등을 차지한 우리나라 구단과 영국의 유명한 축구구단과의 친선경기 중계를 보느라 텔레비전에 고정되어 있었다.

"가시죠."

비서실장이 애써봤자 소용없다는 것을 다시 한 번 확인시키듯 소담을 재촉했고 소담은 도리없이 현관으로 내려와 신발을 신었다.

"아가씨 가십니다, 회장님."

"……."

비서실장이 마지막 인사라도 받아주라는 듯 은 회장을 불렀지만 은 회장은 들은 척도 하지 않고 텔레비전만 보고 있었다.

소담은 서러워서 왈칵 눈물이 쏟아질 것만 같았다.

저토록 냉정하시다니…… 소담이라면 안절부절못하시던 아버지가 저토록 쌀쌀맞다니.

금방이라도 터질 것 같은 눈물을 필사적으로 틀어막은 소담은 서러움과 서운함을 긁어모아 아주 못되게 아버지를 노려봤다. 그리고 아주 못되게 아버지를 향해 소리쳤다.

"세상에서 아빠가 제일 미워요!"

못되게 소리치면서도 딸의 밉다는 외침에 조금이라도 꿈쩍하지 않으실까 기대했는데 무정한 아버지는 눈썹 한 올도 꿈쩍하지 않으셨다.

결국 쓸데없이 소리만 지른 꼴이 되어 머쓱해진 채로 밖으로 나온 소담은 정원을 거쳐 커다란 철제 대문을 넘어설 때까지 입이 있어도 할 말이 없어 입을 꼭 다물고 있었다.

"모시고 가게."

뒤따라 나온 비서실장의 말에 정신을 차리고 고개를 들었던 소담은 순간 경악하고 말았다.

저걸 타고 가라고? 저걸!

눈앞에는 너무도 허름한, 아니, 허름하다는 말로는 부족하다. 거의 썩어가는 승합차―보통 봉고차라고 불리는―가 서 있었다.

과연 굴러가기는 굴러가는 걸까? 싶을 정도로 완전 썩은 똥차.

얼마나 험하게 다루었는지 생산된 지 족히 오십 년은 되어 보이는 고물 중에서도 완전 고물차는 여기저기 구겨지고 이지러져 캄캄한 밤중임에도 완전 똥차라는 것을 한눈에 알아차릴 수 있을 만큼 낡은 차였다. 그리고 그 낡은 차 옆에는 야구모자를 푹 눌러 쓴 커다랗고 시커먼 남자가 서 있었다.

밤이라서 시커먼 것인지 시커먼 모자 때문에 시커먼 것인지는 몰라도 하여튼 괜히 무섭고 어쩐지 위험하게 느껴질 정도로 굉장히 크고 시커먼 남자였다.

그렇다고 설마하니 아버지가 딸에게 위해를 가할 사람에게 소담을 맡겼을 리는 없을 것이니 크고 시커먼 남자는 그렇다 치더라도 이 똥차는 어쩌면 좋을까.

'이럴 수는 없어.'

이 은소담이 누군데, 이 은소담을 어떻게 보고 저런 똥차를 타고 가란 말인가.

소담이 경악으로 거의 실신 지경에 빠져 있든지 말든지 크고 시커먼 남자가 승합차 짐칸 문을 열어젖히더니 비서실장에게서 건네받은 소담의 여행 가방 두 개를 짐짝처럼 던져 넣었다.

아니, 그게 어떤 가방인데! 부자 중에서도 부자들만 소유할 수 있다는, 소담의 이름 이니셜까지 특별히 새겨 넣은 특별주문 루이*똥 여행 가방이거늘 길거리 가판에서 산 싸구려 가방 취급하다니, 저 남정네가 미쳤나!

"가방을 왜 던지고 그래요!"

소담이 쇳소리를 내며 짜증스레 따졌지만 남정네는 뉘 집 암캉아지가 짖나 하는 듯 무시하더니 비서실장에게 가보겠습니다, 하고 말한 후 곧장 운전석에 올랐다.

"아저씨, 정말 나 이거 타고 가라구요?"

소담이 울상이 된 얼굴로 비서실장에게 매달렸다.

"이거 타고 가라는 건 아니죠? 데려다 주실 거죠?"

"어서 타세요."

"정말 이 똥차를 타라구요?"

"한참 가야 하니까 어서 타세요."

비서실장이 친절하게도 손수 똥차의 조수석 차 문을 열어주었다.

"아저씨, 제발……."

"잘 부탁하네."

소담이 울부짖든지 말든지 비서실장은 운전석에 올라 시동을 켜두고 출발 준비를 하는 남자를 향해 부탁한다는 말을 건넸고 남자는 낮은 저음으로 예 하고 간단하게 대답한 후 금방이라도 출발할 듯 기어를 조작했다.

"어서 오르세요."

"아우, 진짜 쪽팔려…… 내가 못살아 정말……."

순간이동 혹은 투명인간으로 변신하는 특출한 기술이 없는 한 소담이 할 수 있는 일은 찌그러진 똥차를 타는 것밖에 없었다.

은색 벤츠에서 썩은 똥차라니.

소담이 조수석에 올라타자 비서실장이 기다렸다는 듯이 문을 쾅 하고 닫아버렸고 정확하게 3초 후 똥차는 소담의 집이자 은 회장님의 저택에서 멀어지기 시작했다.

덜덜덜덜 각각각각.

이건 차가 아니라 화물 기차였다.

짐 실어 나르는 화물 기차. 엄청 시끄러운!

금방이라도 차가 폭발할 것 같은 소음과 이 저질스러운 승차감.

소담은 똥차가 출발한 지 정확하게 10초 만에 멀미에 시달리기 시작했다.

'설마…… 이대로 보내실 리가 없어. 사람을 보내실 거야.'

소담이 창문 밖으로 고개를 내밀고 멀어져 가는 집을 돌아다보며 소망했다. 제발 비서실장 아저씨가 차 세우라고 소리치며 달려와 주길, 지금이라도 아버지가 달려나와 그만하면 됐다고 하시면서 용서해 주시길.

그러나 달려오는 사람도 용서해 주는 사람도 없이 소담의 귀를 파고든 퉁명스러운 목소리의 주인은 커다랗고 시커먼 남자, 바로 운전사였다.

"머리통 집어넣어요!"

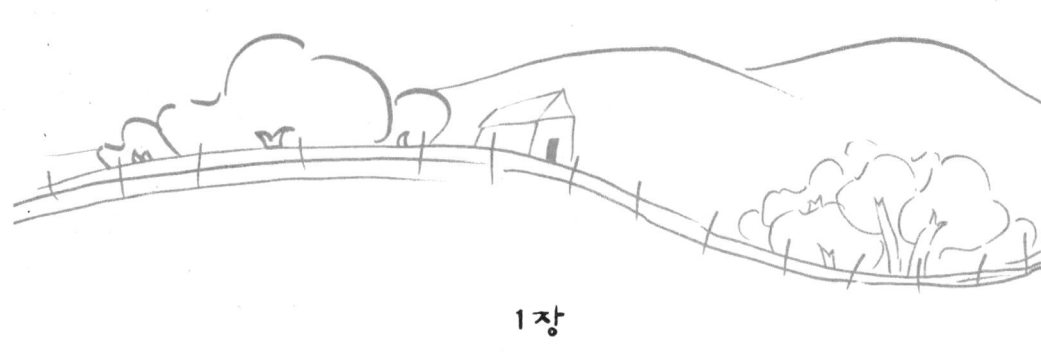

1장

뭐시라? 머리통?

"어따 대고 머리통이에요?!"

소담이 바락 소리치며 따졌지만 남자의 반응은 더 기막히게도 낮은 콧방귀였다.

"말조심해요. 감히 어따 대고, 머리통이 뭐예요, 머리통이?"

격 떨어지게 사람의 머리더러 머리통이라니.

소담이 깐깐한 어조로 나무랐지만 남자는 다시 한 번 낮게 콧방귀를 뀌어주더니 콧방귀만큼이나 기분 나쁘게 낮은 목소리로 입을 열었다.

"시끄러우니까 안전띠나 매요."

정말 무례한 남자였다. 처음 본 사람한테 그것도 숙녀한테 시끄러우니까 안전띠나 매라는 말을 하다니.

"지금 뭐라고 했어요?"

"……."
"지금 뭐라고 했냐구요!"
"귀 막혔어요!"
조금 전까지 저음이던 남자가 갑자기 버럭 소리치는 바람에 소담은 깜짝 놀라고 말았다.
"운전하는데 신경 쓰이니까 입 다물고 가만히 있어요. 사고나면 책임질 겁니까!"
남자가 굉장히 신경질적인 말투로 소리쳤고 대거리를 할 거리가 없는 이유를 들먹이며 다그쳐 댔기에 소담은 말문이 막히고 말았다.
인정하고 싶지 않지만 안타깝게도 남자의 말은 틀렸다고 할 수 없었다.
소담도 운전을 했고 그러니까 같은 운전자의 입장에서, 운전하는 사람 신경 쓰이게 하는 짓은 정말 바보들이나 하는 짓이라는 것을 너무도 잘 알고 있었다.
하지만 아무리 그래도 이 남자는 문제가 많은 남자였다.
상대방에 대한 예의가 조금도 없고 또 집에서 쫓겨난 가련한 숙녀에 대한 배려도 전혀 없는 아주 못되고 성질 나쁜 사람임에 틀림없었다.
'예의라고는 눈곱만큼도 없는 사람이네. 아버지는 어쩌자고 이런 남자한테 날 떠미신 거야.'
초장부터 이런 식이라면 앞날이 참 캄캄했다. 만약 이대로 초반에 꺾여 버린다면 갈수록 더 심해질 것이 분명했고 돌아오는 날까지 밟혀 살지도 몰랐다.
그럴 수는 없었다. 절대로!

"내가 뭘 얼마나 신경 쓰이게 했다고 그래요? 잠깐 창밖 내다본 것 가지고 머리통이 뭐에요?"

소담이 야무지게 따져 묻자 남자가 들릴 듯 말 듯 귀찮아 죽겠네 하고 중얼거렸다.

"지금 뭐라고 했어요?"

"다 큰 어른이 창문 밖으로 고개 내밀면 위험하다는 것도 모릅니까? 그건 초등학생도 아는 거예요."

남자가 거친 어조로 말했다.

"내가 초등학생보다도 못하다는 거예요, 지금?"

"에이 거참 되게 시끄럽네!"

남자가 짜증스럽게 내뱉더니 갑자기 주먹을 꽉 틀어쥔 오른손을 마치 한 대 치려는 듯 소담이 앉은 조수석 쪽으로 쭉 뻗었다.

순간 남자의 솥뚜껑만 한 주먹을 피하기 위해 소담이 깜짝 놀라 문 쪽으로 몸을 움츠리는 순간 남자의 주먹이 의자 등받이를 쾅 내리쳤고 그와 동시에 등받이가 눕혀지면서 소담도 덩달아 발랑 눕혀졌다.

"시끄러우니까 잠이나 자요!"

남자가 정말 한마디만 더 하면 등받이가 아니라 면상을 한 대 칠 것 같은 험악한 목소리로 명령했고 소담은 너무나 어이가 없고 또 한편 놀랍고 한편으로는 분한 나머지 가늘게 떨기까지 했다.

정말 몰상식하고 인정머리없는 남자였다. 인정머리뿐이 아니라 인정사정없는 사람일지도 몰랐다.

'어쩌면 정말 날 치려고 했을지도 몰라.'

설마, 그렇게까지 막돼먹은 사람은 아니겠지만 조금 전 남자가 한 행동으로 대략의 성격을 유추해 보았을 때 앞날이 점점 더 캄캄해지는 기분은 어쩔 수가 없었다.

남자는 분명히 자신의 욱하는 성질을 적절하게 조절하는 능력이 부족한 것이 틀림없었다. 아니면 따지는 여자를 극도로 싫어하거나. 어쩌면 따지는 여자, 따지지 않는 여자 할 것 없이 여자라면 무조건 싫은 사람일 수도 있었다.

소담은 심리학자도 아니고 심리학을 다룬 책 한 권도 읽은 적이 없지만 심리학을 떠나 조금 전 남자의 행동으로 분노조절 능력이 부족하다는 것은 누구라도 알 수 있었다.

분노조절 능력 부족.

그것은 소담의 목장 생활이 녹록치 않을 것이라는 것과 직결되는 매우 큰 문제였다.

'큰일 났다.'

강제적으로 똥차 조수석 의자에 눕혀진 소담은 깊이 아주 깊이 낙담하고 말았다.

이럴 줄 알았다면, 이 정도로 무서운 형벌이 내려질 줄 알았다면 무조건 잘못했다고 싹싹 빌며 용서를 구하는 것인데 하는 후회가 밀려들었기 때문이었다.

악몽이다. 이건 악몽이 분명했다.

제발, 하나님이 보우하사 시간을 스무 시간 전으로 되돌리고 싶었다. 아니, 스무 시간이 무리라면 다섯 시간 전으로라도 되돌리고 싶었다.

다섯 시간 전.

육중한 철제 대문이 쇳소리를 울리며 열리는 순간 소담은 우리 집 대문이 아니라 무시무시한 아가리를 쩍 벌린 괴물의 뱃속처럼 마치 시뻘건 불꽃이 활활 타오르는 지옥의 문이 벌컥 열린 듯 흠칫 놀랐다.

우리 집인데, 아무 이유 없이 편하고 반가워해야 마땅할 우리 집인데 소담은 편하고 반갑기는커녕 '아! 난 이제 죽었구나!' 하는 생각뿐이었다.

20시간 전까지만 해도 옴짝달싹못하고 납치당하듯 한국으로 떠나는 비행기에 실릴 줄은 꿈에도, 정말 꿈에도 생각지 못했었다.

어떻게 이런 일이 있을 수 있을까.

20시간 전으로 기억을 되돌린 소담은, 그때 그 순간…… 그러니까 서울에서 소담을 데리러 온, 아니, 잡으러 온 사람들이 문을 열어젖히며 들이닥치던 그 순간 자신이 할 수 있었던 일이 정말 멍하게 쳐다보는 것밖에는 없었을까를 되짚어보았다.

창문으로 도주할 수는 없었을까?

생각해 보니 그것은 불가능했다. 소담이 지내던 집은 7층이었고 안타깝게도 비상계단이 없었기 때문에 창문으로의 도주는 불가능한 상황이었다.

도주가 불가능했다면 항의는? 항의로 통하지 않았다면 발악은?

그 역시 생각해 보니 거의 불가능한 상황이었다.

한국에서 그 먼 미국까지 소담을 잡으러 온 사람은 아버지의 비서였다. 아버지의 특명을 받은 비서실장. 그리고 비서실장이 대동한 또 다른 비서 둘.

'은소담 생포'라는 막중한 임무를 맡은 비서실장에게 항의나 발악을 했다 한들 통하지도 않았겠거니와 돌이켜 생각해 보면 창피하기 짝이 없는 짓이었을 것이 분명하다.

 그럼으로 결론은 도주도, 항의도, 발악도 하지 않고 순순히 붙잡혀 온 것이 가장 옳은 선택이었다.

 하지만 이대로 지옥의 문을 넘어가야만 할까?

 아가리를 쩍 벌리고 소담을 집어삼킬 괴물은 틀림없이 아버지다.

 괴물의 실체를 알고 있으니 그것은 곧 적을 알고 있는 것이었지만 바로 그것! 괴물의 실체를 알고 있기에 더더욱 무서워서 견딜 수가 없었다.

 아버지의 분노가 얼마나 어마어마한지 알고 있으니까. 아버지가 얼마나 크게 분노하셨는지 알고 있으니까. 얼마나 분노가 크셨으면 미국까지 사람을 보내 은소담을 생포하라 명하셨을까.

 아주 쉽게 말해 '이제 죽었다고 복창해!' 였다.

 어떤 천벌이 기다리고 있을지 전혀 감이 잡히지 않는 상태로─분명한 것은 무시무시한 응징이 기다리고 있다는 것─지옥의 문을 넘었다가 과연 살아남을 수 있을까?

 지은 죄가 있으니 억울하다는 말은 못하겠지만 생각할수록 아버지께서 너무 심하셨다는 생각이 들었다.

 지은 죄가 있어 억울해할 수 없는 처지라는 것을 알고 있으니 그나마 양심은 있었지만 그럼에도 불구하고 마치 나라를 팔아먹은 대역 죄인처럼 찍소리 하나 못하게 끌고 오게 만드신 것은 정말 해도 해도 너무하셨다는 생각이 들었다.

 '그래, 이건 말도 안 되는 거야. 정말 너무하셨어.'

 하지만 이 하소연이 아버지께 통할지는 장담할 수 없었다.

 "회장님께서 모시고 오랍니다."

라는 단 한 마디로 소담을 꼼짝도 못하게 만든 사람들은 어리둥절 말문이 막힌 소담을 옆에 세워두고 일사천리로 짐을 꾸리더니 정확하게 3시간 20분 후 소담을 서울행 비행기에 실어버린 것이다.

소담은 포박만 당하지 않았을 뿐이지 흉악범처럼 비서들에게 둘러싸여 짐짝처럼 비행기에 실렸고 대화할 자유마저도 박탈당했다.

물론 말은 할 수 있었다. 다만, 소담의 말을 받아주는 사람이 단 한 사람도 없었다는 것.

소담의 하소연을 받아주는 사람이 없으니 자연스레 소담은 입을 다물게 됐고 서울이 가까울수록 공포심은 점점 더 커져 갔다.

한마디도 받아주지 말라는 엄명을 받은 것이 틀림없었다.

그렇게 서울 재경그룹 은 회장님의 대저택 대문 앞에 선 은소담.

"들어가시죠."

소담이 대문 앞에서 마치 도살장에 끌려가지 않으려는 가축처럼 발을 들여놓지 못하고 버티고 있자 비서실장이 대문을 더욱 활짝 열어젖히며 소담을 재촉했다.

"아저씨…… 나 죽는 거예요?"

소담의 철딱서니없는 물음에 비서실장은 아무 대답도 하지 않고 먼저 대문 안으로 발을 들여놓았다.

어쩔 수 없었다. 여기까지 와서 더 버티려야 버틸 수도 없었다.

소담은 등줄기를 타고 오로록 소름이 끼치는 것을 느끼며 대문 안으로 발을 옮겨놓았다.

스물다섯 화려했던 소담의 미국 생활의 종지부를 찍는 한편 지옥의 문이 활짝 열린 것이다.

지옥문 안으로 발을 들여놓는 순간부터 징벌이 시작됐다.

출입금지, 대화금지 그리고 식사금지.

이럴 수가. 출입금지, 대화금지도 숨이 막힐 지경인데 아무리, 아무리 그래도 그렇지 끼니도 안 주다니.

긴장 상태가 지속되다 보니 시장기를 느낄 겨를도 없었지만 그렇다고 해도 끼니는 물론이요, 물 한 잔, 주스 한 잔도 주지 않다니. 이건 정말 너무도 비인간적이었다.

죄수들도 밥은 먹여준다는데, 어떻게 물 한 잔도 못 먹게 한단 말인가.

집에 들어오자마자 곧장 2층 자신의 방으로 끌려 올라온 소담은 문이 닫히는 순간 감금 상태가 됐다.

문 앞에는 생전 처음 보는 경호원 아저씨들이 지키고 있었고 소담이 문이라도 열라 치면 '나오시면 안 됩니다' 라고 말하며 곧바로 문을 닫아버렸다. 문에 판자를 대고 못만 박지 않았다 뿐이지 말 그대로 감금이었다.

"누가 이렇게 하라고 했어요! 내가 누군지 몰라요? 당신들이 뭔데 날 막는 거야?"

소담이 이런 와중에도 앞뒤 구분을 못하고 성질을 부렸더니 대뜸 날아오는 대답이 가관이었다.

"열 내지 마시고 들어가십시오."

아니, 뭐 이런 건방진 경호원이 다 있을까.

열 내지 말고 들어가라는 말이 꼭 시끄러우니까 닥치고 잠이나 자라는 소리처럼 들렸다.

"두고 봐. 내가 당신 가만히 안 놔둘 거야. 두고 보라고!"

소담이 건방진 경호원을 향해 강한 협박을 날려주었지만 희끗희끗 흰머리가 보이는 경호원은 끝까지 건방지기로 작정을 했는지 여유롭게 피식 웃기까지 했다.

경호원들이 감히 재경그룹 은 회장님의 딸에게 이렇게까지 건방무식하게 군다는 것은 분명히 아버지의 분노가 그만큼 크다는 뜻이겠지만 그래도 외치고 싶었다.

이건 아니잖아!

내가 누군데, 나 재경그룹 은 회장님의 하나밖에 없는 딸 은소담이야!

감히 은소담을 감금해?

감금된 처지니 반발하고 분노할 군번이 아닌 줄 알면서도 부글부글 안절부절 삐딱뾰족하게 반항하던 소담이 까무룩 잠이 든 시각은 거의 밤 열 시 무렵.

아래층 아버지 서재에서 어떤 모의가 진행되고 있는지 상상도 못한 채 소담은 불안한 잠에 빠져든 것이다.

톨게이트에서 표를 받고 잠시 후 영동고속도로에 진입한 구산은 그대로 굳어버린 듯 꼼짝도 하지 않고 누워 있는 소담을 보지 않으려고 애쓰며 소리없이 한숨을 내쉬었다.

차마, 감히 거절할 수가 없어 받아들이긴 했지만 이 천방지축 아가씨를 무슨 수로 어떻게 뜯어고쳐야 할지 답이 나오지 않았기 때문이다.

회장님은 어쩌자고 이런 얼토당토않은 부탁을 하신 걸까.

앞서 말했듯이 차마 그리고 감히 거절할 수 없는 분의 부탁이라 울며 겨자 먹기로 받아들인 것이지 다른 사람의 부탁이었다면 일언지하에 거절했을 것이다.

돼먹지 못한 딸의 버르장머리를 고쳐 놓으라니.

구산 자신의 고지식한 버릇도 고쳐 놓지 못하고 있는데 생전 처음 보는, 게다가 재경그룹 은 회장님의 딸의 버릇을 고쳐 놓으라니.

애인은 고사하고 여자친구도 여동생도 없는데 그래서 여자에게는 어떻게 대하고 어떻게 다루어야 하는지도 모르는 사람에게 다 큰 처녀를 맡기시다니. 생각할수록 걱정이 태산이었다.

구산에게 지금껏 아무 거리낌 없이 눈빛을 주고받고 사랑을 주고받은 사람은 어머니밖에 없었다.

여섯 가족 중 여자는 어머니가 유일했고 나머지가 죄 남자였다.

여섯 가족 중 다섯이 남자. 첫 번째가 아버지였고 구산이 맏아들 그 밑으로 시커먼 동생 놈들이 셋이나 더 있었다.

아들놈만 넷.

어머니 표현을 빌리자면 '생각만 해도 끔찍한 짐승 같은' 아들 네 놈을 키우는 일은 '황소몰이처럼 고도의 기술과 체력을 요하는 일'이었는데 넷이나 되는 아들놈들에게는 황소몰이 같은 고도의 기술이 통하지 않을 때도 있었다.

고도의 기술이 아니라 아주 단순하면서도 원초적인 기술이 오히려 더 잘 통했다. 바로 몽둥이.

몽둥이로 후려갈기는 것이 가장 손쉽고도 정확하게 버르장머리를 뜯어고치는 일이었다.

그렇다면 그렇게 징글징글한 아들 넷을 키워내신 훌륭하신 어머니의 비법을 전수받아 은 회장님의 딸 은소담의 버르장머리를 뜯어고쳐 볼까?

　말도 안 되는 소리였다.

　버르장머리 뜯어고쳐 놓기 전에 은 회장님 손에 사단이 날 것이다.

　때리거나 죽이지만 말고 사람 만들어놓으라시던 은 회장님.

　대체 무슨 수로 고쳐 놓으란 말씀이신지.

　"네 마음대로 해. 때리거나 죽이지만 말고 네 마음대로 해."

　은 회장의 말에 구산이 다소 뜨악하고 불편한 표정으로 은 회장을 쳐다봤다.

　"일꾼 데려다 부리듯 부려라."

　은 회장의 말에 구산의 표정은 더욱 뜨악해졌다.

　재경그룹 은 회장님의 딸을 일꾼 부리듯 부리라니. 과연 그래도 될까?

　은 회장님이 직접 말씀한 일이니 일꾼 다루듯 한다고 해서 욕먹을 일은 없겠지만 그래도 가슴 한구석 께름칙한 기분은 어쩔 수 없었다.

　그리고 솔직히, 장정을 데려다 부려도 일주일이면 도망갈 만큼 고된 일인데 일이라고는 설거지 한 번 해본 적이 없고 제 손으로 손톱 한 번 깎아본 적이 없는 아가씨를 일꾼으로 데려다 쓰라니. 한마디로 쓸데라고는 한군데도 없는 여잘 데려다 쓰라니, 이거야 원.

　입 밖으로 내뱉을 수는 없지만 조금 너무하신다 싶었다. 가뜩이나 봄 준비로 바쁜데 일을 덜기는커녕 얹게 생겼으니 말이다.

　"무슨 수를 써서든 사람 만들어놔."

　"제가 감히……."

"내가 허락하는 거야. 아니, 부탁하는 거야. 그러니까 어떤 부분도 눈치 보지 말고 밀어붙여."

"남자도 버티기 힘듭니다. 남자도 보통은 하루 길어도 사흘이면 도망갑니다."

"도망 못 가. 못 가게 해뒀어. 가봤자 그 녀석 손해야."

"다른 방법은 없겠습니까, 아저씨?"

구산이 조심스레 물었다.

"없어. 없다."

은 회장이 고개를 저었다.

"아프리카 봉사단에 보낼까도 생각했다만, 도저히 거긴 못 보내겠어. 너도 오래전에 가봐서 알겠지만 물이 부족하고 음식 입에 안 맞는 건 문제가 아닌데…… 야생에서 사자한테 물려갈까 봐…… 거긴 안 되겠어."

은 회장의 말에 구산의 입가에 살짝 미소가 감돌았다가 즉시 사라졌다.

은 회장의 말은 다소 과장이 섞이긴 했지만 그렇다고 아주 말도 안 되는 걱정이랄 수도 없었다.

아프리카는 자연 그대로가 살아 있는 동물원이라 해도 과언이 아닐 만큼 천연 그대로의 모습이 잘 간직되어 있었다. 그만큼 아름다운 야생의 모습이 잘 간직되고 있었고 또 그 때문에 발달된 과학이나 의학의 손길이 제때 제대로 미치지 못하는 것도 사실이었다.

아프리카 봉사단은 주로 언제 어느 때 맹수들로부터 치명적인 공격을 받을지 몰라 늘 긴장하고 늘 경계해야 하는 원주민촌으로 이동을 해야 했기 때문에 항상 위험에 노출되어 있었다.

그러나 아프리카 원주민을 위한 봉사단이기에 되도록 맹수들과 마주치지 않는 안전한 길로 인도하는 안내자들과 함께 했기 때문에 사자 밥이 되는 것은 정말정말 재수없는 경우에 해당할 만큼 드물었다.

그만큼 드문 경우의 수가 걱정스러워 딸을 아프리카에 보낼 수 없다는 은 회장님의 말속에는 분명 딸에 대한 애정이 가득 담겨 있었다.

당장 두들겨 패서라도 근본부터 뜯어고치고 싶은 속 썩이는 딸일지라도, 지금 즉시 극약 처방을 내리지 않으면 수렁에서 건져낼 수 없는 막돼먹은 딸일지라도 밑바탕에는 뜨거운 사랑이 흐르고 있는 것이다.

"머리 깎여서 절에 보낼까 수녀로 만들어 버릴까 별생각을 다 했다만 그것도 못할 짓 아니냐."

"예."

"너한테 맡기는 것도 우스운 짓이긴 하지만 그래도 네가 데리고 있으면 내 마음이 덜 불편할 것 같다."

"……견딜지 모르겠습니다."

"못 견디면 결국 낙오자가 되는 거고."

은 회장이 한숨을 푹 내쉬더니 김 비서 하고 외쳐 불렀다. 곧 기다렸다는 듯이 서재 문이 열리더니 미국으로 달려가 소담을 붙잡아온 비서실장이 한 걸음 안으로 들어왔다.

"소주 가져와. 글라스하고."

"밤이 깊었습니다, 회장님."

"가져와, 당장."

비서실장은 회장님을 말릴 수 없다는 것을 알아차리고 조용히 문을 닫았다.

 잠시 후 조심스러운 노크 소리와 함께 서재 문이 다시 열리더니 비서실장이 소주 한 병과 큰 글라스 하나를 쟁반에 받치고 들어와 책상 옆에 붙은 작은 테이블에 내려놓고는 곧 소주병을 따서 글라스에 따르기 시작했다.

 "꽉 채워. 어설프게 따르지 말고."

 비서실장은 군소리없이 금방이라도 넘칠 만큼 찰랑찰랑 글라스 가득 소주를 채운 후 은 회장에게 건넸고 은 회장은 커다란 글라스에 담긴 소주를 단숨에 다 들이켠 후 탁 소리 나게 책상에 내려놓았다.

 "내가 다른 욕심은 없었단 말이야. 그냥 공부 잘해서 지 앞가림 하게 되면 좋은 자리에 시집보내는 거 그거밖에 없었다고. 엄마 없이 자라는 게 가엾어서 엄마가 살았더라면 온종일 품에 안고 만지고 다독이고 했을 것 아니야. 엄마가 아닌 남의 손에서 자라는 게 그게 안돼서 저 녀석은 그냥 지가 하고 싶다는 대로 해주자 했는데…… 거기서 틀려 버렸다. 아주 큰 실수를 한 거야. 내 잘못이지, 내 잘못이야."

 은 회장이 비서실장에게 빨리 글라스를 채우라고 손짓했고 비서실장은 다소 걱정스러운 표정을 지어 보이면서도 어쩔 수 없이 다시 글라스에 소주를 채웠다.

 "공부하라고 미국 보내놨더니 허구한 날 나이트클럽에서 새벽에 문 닫을 때까지 마시고 놀았단다. 하루도 빼놓지 않고 말이야. 주중이고 주말이고 가리지 않고 춤만 추러 다녔다는 게 이게 말이 되는 소리냐? 이건 그냥 클럽에서 논 정도가 아니라 아주 살았더라고. 명품인지 뭔지 사들이느라 돈은 물 쓰듯 쓰고…… 학교에서 소문난 날라리들하고 휩쓸려 다니면서…… 김 비서!"

"예, 회장님."

"정말 그것밖에 없어? 나 속일 생각 하지 말고 곧이곧대로 말해. 저 녀석 다른 짓은 안 했어?"

"없었습니다. 일찍 모시고 와서 다행히 더 나쁜 일은 피했습니다."

비서실장은 은 회장이 말하는 '다른 짓'이라는 것이 무엇을 뜻하는지 알고 있기에 은 회장의 격동된 마음을 가라앉히기 위해 되도록 차분한 어조로 말했다. 그리고 실제로 다행히도 은 회장이 말하는 '다른 짓'인 최악의 상황은 일어나지 않았다.

다른 짓이란, 말하지 않아도 누구나 짐작할 수 있는 그 일을 두고 말하는 것이었다. 복합적인 일이긴 하지만 쉽게 꼽을 수 있는 몇 가지.

마약, 동거, 혼숙.

정말 다행스럽게도 소담은 미국에 있는 동안 은 회장님의 기준에서 완전히 벗어난 짓을 많이 저질렀지만 끝장까지는 가지 않았다.

끝장을 보기 전에 붙잡아온 것이 적절한 조치긴 했다. 더 두었다면 어떻게 됐을지 모르는 상황이었을 만큼 소담은 은 회장님의 딸이라는 것이 부끄러울 만큼 한심한 짓만 골라 했던 것이다.

"내가 아주…… 속이 속이 아니다."

은 회장이 심해처럼 깊고 내장이 녹아내리도록 타 들어가는 한숨을 길게 내쉰 후 소주가 가득 채워진 글라스를 또다시 단숨에 비웠다.

"내 딸이라고 해서 눈치 볼 필요 없다. 봐줄 생각도 하지 마. 혹시 녀석이 싸가지없이 굴면 고 못된 싹수까지 싹 고쳐 놔. 다시 한 번 분명히 말하는데 너는 사장이고 그 녀석은 일꾼이니까 일꾼 부리듯 해. 처음에 말했듯이 때리거나 죽이지만 말고 네 마음대로 해."

"……."

참으로 난감한 상황이었다.

때리거나 죽이지만 말고 마음대로 부릴 수 있는 일꾼 하나가 생긴다는 것은 어떻게 보면 꽤 매력적인 일이었지만 일꾼의 존재가 생각할수록 부담스럽기만 했다.

"산아, 부탁한다. 너도 당황스럽고 어처구니가 없겠지만 어쩌겠냐. 내 코가 석 잔데. 부탁한다, 산아."

"……예."

하는 수 없이 예 하고 맡아보겠다고 했지만 한숨이 절로 터져 나와 은 회장의 귀에 들리지 않게 깊은 한숨을 천천히 내쉬는데 김 비서가 한 걸음 다가서더니 테이블 위에 두툼한 봉투 하나를 올려놓았다.

"받아라."

"이게 뭡니까?"

"교육비야. 우리 소담이 교육비."

교육비까지 받으며 부리는 일꾼이라. 정말 매력있다. 하지만 산은 거절했다.

"아닙니다."

"왜?"

"안 주서도 됩니다."

"교육비라니까."

"이 돈 받으면…… 마음 놓고 부리지 못할 것 같아서요."

산의 대답에 은 회장의 얼굴에 당황함이 스쳤다.

이 녀석이 소담을 정말 머슴 부리듯 하려는 게 아닐까 하는 근심 어린 당황.

"급하게 써야 할지도 모르니까 넣어둬."

"아닙니다."

산은 끝내 거절했고 은 회장은 더는 강요하지 못하고 돈 봉투를 거두어들이면서도 한편 어째 좀 불안했다.

이름만 교육비지 사실 소담이 무언가 먹고 싶어하거나 소담에게 필요한 물건을 살 때 쓰라고 준비한 돈인데 산이 부득부득 거절하자 딸 버릇 고치는 것은 둘째고 산이 녀석이 소담을 무지막지하게 다루며 고생시킬 것 같은 걱정이 들었기 때문이다.

오래전부터 산이 녀석의 고집이 황소고집이고 한번 시작하면 끝장을 봐야 직성이 풀리는 성격이라는 것을 알고 있었다. 그 점을 높이 사서 운동을 한다 했을 때도 적극 지원했고 치명적인 부상 때문에 운동을 그만두고 다른 일을 찾아야 했을 때도 힘이 되어주려고 했었다. 저런 성격이라면 절대 굶어 죽을 놈은 아니라는 판단이 섰기 때문이다.

그런데 오늘 이렇게 바라보니 그 황소고집 때문에 아까운 딸을 마구 쥐고 흔들 것 같아 은근히 걱정스러웠다.

게다가 자신의 입으로 직접 말하지 않았던가. 눈치 볼 것 없이 싹수까지 싹 고쳐 놓으라고.

은 회장은 갑자기 입안이 쓴 약을 삼킨 듯 텁텁해지는 것을 느끼며 소주 한 잔을 더 따라 마셨다.

그렇게 해서 은 회장과 구산의 은밀한 거래는 성사되었다. 거래라고 해봐야 돈은 한 푼도 오고 가지 않고 날라리 은소담만 떠맡은 불공정 거래였지만 어쨌거나 구산은 재경그룹 은 회장님의 딸 은소담을 제대로 된 사람으로 탈바꿈시키라는 은 회장의 제의를 받아들인 것이다.

그러나 연신 터져 나오는 한숨은 막을 수가 없었다.

안하무인 천방지축 까칠한 서울 여자, 게다가 재경그룹 은 회장님의 딸을 어떻게 무슨 수로 쓸 만한 사람으로 만들어놓을지 답이 나오지 않았기 때문이다. 솔직히 어떻게 어떤 식으로 쓸 만한 사람이 못 되어 집에서 쫓겨나 목장지기 구산의 손에 떨어졌는지도 제대로 모르는 상황이고.

'저걸 어쩌지?'

참 갑갑했다.

은 회장님의 얼굴을 봐서 친절하려고 했는데 첫 대면에서 소담이 내뱉은 한마디 때문에 빈정이 상해 버린 구산은 친절하려고 했던 마음이 싹 달아나 버리고 말았다.

그 똥차 소리 말이다.

똥차더러 똥차라고 했으니 틀린 말이 아니고 누가 봐도 똥차가 분명한데도 은소담의 입에서 똥차라는 소리가 나오자 무시당하는 기분이 들어 기분이 상해 버린 것이다.

똥차 소리에 심통이 잔뜩 난 구산, 있는 대로 심통만 부려대는 구산 때문에 덩달아 골이 난 소담. 두 사람은 소음 때문에 귀가 먹먹한 똥차 안에서 상대방을 어떻게 다룰 것인가로 머리를 굴리고 있었다.

그런데, 대체 이 차는 어디로 가는 것일까?

영동고속도로로 접어드는 것은 확인했고 톨게이트를 지나 한참 달리는 것 같은데 어째 좀 수상했다.
제주도로 가려면 공항으로 가야지 영동고속도로는 왜 타는 걸까?
찍소리도 못하고 강제로 눕혀져 자는 척하며 가끔 한 번씩 실눈을 뜨고 동태를 살피던 소담은 슬슬 불안함을 느끼기 시작했다.
목장이라고 해서 제주도 조랑말 목장을 상상했는데 아무리 생각해도 제주도와는 점점 더 멀어지고 있는 기분이었다.
'아니야, 설마하니 소 돼지 키우는 곳을 목장이라고 하겠어?'
축사는 아닐 것이라며 힘주어 부정해 보지만 점점 더 강하게 엄습해 오는 이 불안감은 무엇인지.
어디로 가느냐고 물어보자니 자존심 상하고 안 물어보자니 불안해서 견딜 수가 없었다.
그때였다.
갑자기 고막을 때리듯 시끄러운 음악이 흘러나오기 시작했다.
록이었다. 아주 시끄럽고 또 시끄러운.
카오디오를 켠 모양인데 앞서 달리는 차의 빨간 브레이크 등만 간간이 보이는 이 야심한 밤에 속 시끄럽게 록이라니.
"소리 좀 줄여주실래요?"
소담이 조금도 친절하지 않게 까칠하게 부탁했다. 하지만 남자는 음악 소리에 소담의 목소리가 묻혀 듣지 못했는지 볼륨을 줄일 생각을 하지 않았다.
이 남자 봐라.
소담은 발끈하며 상체를 일으켜 산을 노려봤다.

"소리 좀 줄이라구요!"

소담이 빽 소리를 질렀지만 산은 아주 잠깐 흘낏 소담을 쳐다봤을 뿐 그것으로 끝이었다. 볼륨을 줄일 생각이 없다는 듯이.

"시끄럽다구요!"

소담이 소리치자 산이 험악한 눈길로 소담을 노려봤다.

"시끄러우면 내리던가."

산이 험악한 눈으로 소담을 노려보며 윽박질렀다.

아니, 뭐 이런.

"어떻게 내리라는 거예요?"

"알아서 내려요."

"나보고 죽으라는 말이에요?"

"그럼 같이 죽자는 말입니까?"

소담은 너무나 기가 막히고 어이가 없어 입을 쩍 벌리고 눈은 곧 뒤집힐 듯 치켜뜨고 산을 노려봤다.

내가 지나 봐라!

소담은 오디오라고 부르기도 민망할 정도로 때가 타고 낡을 대로 낡은 카오디오 버튼을 닥치는 대로 눌러댔고 잠시 후 드디어 뇌가 울릴 정도로 시끄럽던 음악 소리가 싹 사라졌다.

"켜요!"

산이 소리쳤다.

"시끄럽다구요!"

"죽고 싶지 않으면 켜요!"

"죽고 싶지 않으면? 어디 죽여봐요, 죽여봐!"

소담이 소리를 지르자 산은 혈압이 올라 금방이라도 한 대 칠 표정으로 소담을 노려보다가 액셀러레이터를 힘차게 밟았다.

산의 발에 힘이 실리자 소담의 표현대로 똥차가 터져서 산산조각이 날 것 같은 굉음을 울리며 캄캄한 영동고속도로를 내달리기 시작했고 소담은 움찔 공포감에 사로잡혔다.

속도는 그렇다 치더라도 이 소음, 정말 지금 당장 18단 분리가 될 것 같은 굉음에 찌릿찌릿 오줌을 지릴 지경이었다.

'정말 같이 죽으려는 거 아니야?'

"이, 이봐요, 좀 천천히 달려요!"

소담이 겁먹은 목소리로 한풀 기운이 빠진 목소리로 소리쳤지만 남자는 들은 척도 하지 않았다.

"천천히 달리라구요."

"졸음 쏟아져서 음악 듣는데 못 듣게 했으니 밟아야지!"

산이 버럭 소리를 지르며 액셀러레이터를 밟은 발에 더욱 힘을 가했고 소담은 간담이 간들간들 떨려 진땀이 흐르는 것을 느끼며 미친 소처럼 날뛰는 남자를 진정시킬 방법은 오직 음악밖에 없다고 생각해 재빨리 버튼을 눌러 음악을 켰다. 그리고 천만다행으로 곤두박질칠 것처럼 달리던 똥차는 서서히 속도를 줄였다.

'정말 못됐다.'

졸음이 쏟아져서 음악을 틀었다고 말을 하던가. 같이 가는 사람의 기분은 조금도 고려하지 않고 예고도 양해도 없이 고막이 찢어지도록 다짜고짜 음악을 튼 사람이 누군데 되레 성질일까.

뭐 뀐 놈이 성낸다더니. 쌩쌩 달리는 고속도로 한복판에서 싫으면 내리라고?

'정말, 디지게 못됐다.'

대체 뭐 이런 망측하고 못된 성질머리가 다 있을까.

죽을 때까지 장가도 못 가고 홀아비로 죽을 남자 같으니라고.
어느 누가, 어떤 여자가 저런 못되고 또 못돼먹은 성질을 받아 줄까.
잠깐만, 이러고 있을 때가 아니지.
앞으로 한동안은 정말 못돼먹은 남자와 지내야 하는데 어떤 태도를 취해야 인생이 편할까.
물론, 아버지에게 쫓겨나서 어딘지 알 수 없는 곳으로 끌려가는 처지니 인생이 편할 리가 없겠지만 아무리 그렇더라도 분명히 조금이라도 편하게 지낼 방법이 있을 것이었고 그 방법을 찾아내야 했다.
'설마, 아버지가 날 새우잡이 어선이나 그런 데다 팔아버린 건 아니겠지?'
새우잡이 어선은 절대 아니었다. 거짓말이라면 목숨 걸고 싫어하시는 아버지가 목장이라고 하셨으니 어선이 아니라 틀림없이 목장일 것이고 설마 아버지가 딸을 팔아넘기기야 하셨겠는가. 언론 무서워서 말이다. 물론 언론을 틀어막으실 힘이 충분히 있는 분이긴 하지만.
절대 팔아넘겼을 리가 없다고 생각하면서도 어쩐지 팔려가는 기분이 드는 소담은 이런저런 걱정 때문에 그리고 시끄러운 음악 때문에 또다시 욱신거리기 시작한 편두통에 낯을 찡그리며 슬그머니 드러누웠다.
'휴대폰도 뺏기고 지갑도 뺏기고…….'
아 맞다, 지갑!
생각해 보니 미국에서 한국으로 끌려오면서 맨 처음 빼앗긴 것이 지갑이었고 그 말은 현재 소담의 수중에 백 원짜리 동전 하나도 없다는 뜻이었다.

완전 거지가 돼서 엄청나게 덩치가 크고 시커먼 남자에게 끌려가고 있는 것.

더도 말고 덜도 말고 딱 납치이자 딱 팔려가는 것이다.

한국에 오면서부터 여태껏 음식까지 금지하는 바람에 쫄쫄 굶어서 배도 고픈데 수중에 돈은 한 푼도 없고.

소담은 자신도 모르게 처량하게 한숨을 내쉬다가 눈을 감았다.

'악몽이야. 완전 악몽이야.'

두 번 말할 필요 없이 아주 지독한 악몽이었다.

배도 고프고 머리도 아프고 잠깐이라도 몸과 마음을 쉬게 해주는 방법은 잠을 자는 방법밖엔 없었다.

털털거리는 똥차 소음과 그에 못지않게 시끄러운 록 음악 때문에 어지간히 둔한 사람이 아니면 잠을 자는 것도 쉬운 일이 아니겠지만 그래도 악몽에서, 아니, 지옥 같은 기분에서 잠깐이라도 벗어나려면 무슨 짓을 해서든 자야 했다.

수면제라도 한 알 삼키고 올걸. 수면제가 아니면 술이라도 한 잔했으면 하며 제발 자고 일어나면 감쪽같이 꿈이었으면 좋겠다고 생각하며 안간힘을 다해 자려고 애를 쓰던 소담은 드디어 저 멀리 물결치며 자신에게로 날아드는 잠가루를 맞이했고 사르륵 잠 속으로 빠져들었다.

그리고 잠 속으로 빠져들기 직전 처음엔 그저 아주 시끄러운 록 음악이라고 생각했던 노래가 듣다 보니 명곡으로 알려진 아주 유명한 올드 뮤직이었으며 저 곰 같은 남자가 저런 명곡을 듣는 것이 어째 어울리지 않고 의외라고 생각했다.

"일어나요."

산이 소담을 깨웠다. 하지만 소담은 얼마나 어렵게 든 잠인데 얄밉게 깨우는지 모르겠다고 생각하며 무시해 버렸다. 한 번만 더 깨우면 가만두지 않겠다는 생각도 하면서.

"일어나요!"

대뜸 군대 고참처럼 호령하는 소리에 화들짝 눈을 뜬 소담이 고개를 돌리자 산이 조수석 문을 열고 시커먼 그림자를 드리운 채 서서 소담을 내려다보고 있었다.

진짜 막돼먹은 남자.

"화장실 갔다 와요."

"화장실요?"

별스런 심술도 다 있지, 잘 자는 사람 깨워 화장실을 왜 가라는 걸까.

"휴게소 왔으니까 화장실 갔다 와요."

아, 그 말이었구나.

잠이 덜 깨서 시키는 대로 찌뿌드드한 몸을 일으키던 소담은 막돼먹은 남자의 차가 터지기 일보 직전의 똥차라는 것을 기억해 내자마자 일으키던 몸을 다시 의자에 앉혔다.

"됐어요."

소담이 새침하게 거절했다.

"이제 안 쉴 겁니다."

산이 으름장을 놓듯 말했다.

나중에 딴소리하지 말고 시키는 대로 하라는 듯이.

"알았으니까 문이나 닫아요."

소담이 시큰둥하게 대꾸하자 산이 부서지도록 차 문을 닫아버리고는 어디론가 사라졌다.

"화장실은 무슨, 쪽팔리게 똥차에서 어떻게 내리라고."

소담은 툴툴거리며 다시 누웠다.

일단은 화장실에 가고 싶은 생각이 없기도 했지만 더 중요한 것은 도저히 창피해서 이 똥차에서 내릴 자신이 없었다.

몇 마디의 대화로 구산이라는 남자의 성격이 얼마나 격한지 완전히 파악했기 때문에 차마 면상에 대고 똥차에서 내리기 창피해서 화장실 안 가겠다고 할 수는 없었지만 이런 똥차에서 내리면 사람들이 자신을 얼마나 없이 사는 사람으로 볼지 생각만 해도 싫었기 때문에 얼굴이 노래지도록 참았으면 참았지 내리고 싶은 생각은 눈곱만큼도 없었다.

'내가 누군데. 나 재경그룹 은 회장님의 딸 은소담이야.'

은소담이 무너져 가는 똥차에서 내린다?

정말 말도 안 되는 소리였다.

말도 안 되는 차에 타고 있는 것부터가 말도 안 되는 짓이긴 했지만.

그나저나 여기가 어딜까?

소담이 창밖을 살피자 횡성 휴게소라는 간판이 보였다.

"횡성?"

횡성이라면 서울에서 한참 떨어진 곳인데 아직도 더 가야 하는 걸까? 얼마나 더 가야 하는 걸까를 생각하며 고속도로와는 달리 사람들로 북적거리고 환하게 불이 밝혀진 휴게소 야경을 구경하던 소담은 똥차 가까이 다가오는 사람들을 발견하고 재빨리 누워 버렸다. 똥차에 타고 있는 것조차도 다른 사람들에게 보이고 싶지 않았기 때문이다.

"쪽팔려 정말."

차 안에 타고 있는 소담을 그 누가 신경이나 쓸 것이라고 이렇게나 창피해하는지 모르겠지만 소담은 창피해서 죽을 것만 같았다. 한 번도 이렇게 주저앉을 듯이 썩은 차를 타본 적도 없거니와 현재 이런 썩은 차를 타고 있다는 것이 자존심 상해 견딜 수가 없었기 때문이다.

어릴 적부터 지금까지 그리고 머리부터 발끝까지 세상에서 최고 좋은 것만 쓰고 입고 탔던 은소담이었다. 그런 은소담이었는데, 공주였고 공주로 살았고 공주일 수밖에 없는 은소담이었는데 누가 봐도 없이 사는 사람 꼴이 되어버렸으니.

정말, 참 꼴좋았다.

"왜 이렇게 안 와?"

한시라도 빨리 떠났으면 좋겠는데 화장실에 간 구산은 죽자고 나타나지 않았다.

"아무리 생각해도 이건 너무하셨어. 내 프라이버시를 이렇게 밟아놓다니. 마귀 할배."

소담이 푸념을 늘어놓으며 짜증스럽게 머리를 긁어대는데 운전석 문이 벌컥 열리며 찬 공기가 와르르 몰려들어 오는가 싶더니 구산이 운전석에 올랐다.

원래 이렇게 조금만 움직여도 소음이 큰 차인지 아니면 구산이 일부러 세게 닫은 것인지는 몰라도 문 닫히는 소리가 공포스러울 만큼 커서 움찔 놀라고 말았다. 물론, 일부러 세게 닫은 티가 역력하지만.

'정말, 무슨 짓을 해도 좋아할 수 없는 사람이야.'

앞을 봐도 뒤를 봐도 옆을 봐도 좋아할 구석이 조금도 없는 남자.

소담이 몇 마디 나눠보지도 않았지만 단 몇 시간 만에 아주 넌더리가 나는 남자라고 생각하면서. 그런데 그 고소한 냄새는 어디서 나를 걸까 갑자기 시장기가 발동하는데 산이 소담에게 알 감자구이를 불쑥 내밀었다.

와! 감자구이다!

'내가 감자 좋아하는 거 어떻게 알았지?'

"안 받아요?"

소담이 답삭 받아 들 수가 없어 쳐다보며 침만 삼키는데 산이 재촉했다. 소담은 못 이긴 척 감자구이 그릇을 받아 들며 강하게 풍겨져 나오는 고소한 냄새에 꿀꺽 침을 삼켰다.

종이로 만든 그릇 안에는 소금이 솔솔 뿌려진 노릇노릇 잘 구워진 알 감자가 가득 들어 있었고 감자에는 녹말로 만든 초록색 이쑤시개 두 개가 쿡 찔러져 있었다.

"정말 화장실 안 가도 되겠어요?"

산이 무뚝뚝한 목소리로 물었다.

굵고 낮고 요만큼도 친절하지 못한 목소리. 아무리 감자구이를 사줬다고 해도 좋아질 수는 없는 남자였다. 감자 사달라고 말한 적도 없으니까.

"안 가요. 빨리 출발해요. 휴게소엔 뭐 하러 들른 거예요?"

소담은 쏘아붙이는 듯 말했다. 다행스럽게도 쪽팔리게라는 말을 내뱉지 않고.

"똥차가 쉬고 싶답니다!"

구산이 갑자기 이를 갈 듯이 윽박질렀다.

소담은 알았다. 구산이라는 남자가 얼마나 뒤끝이 긴 사람인지를.

서울 집 앞에서 똥차라고 했던 말에 꽁해서 속에 담아두었다가 터뜨린 것이 틀림없었다.

아니, 그럼 똥차더러 똥차라고 하지 뭐라고 하라고.

소담은 진짜 겪으면 겪을수록 싫은 사람이라 생각하며 고개를 획 돌려 버렸다. 마귀 할배도, 구산인지 군산인지 하는 남자도 딱 꼴 보기 싫었기 때문이다.

그나저나 이름이 구산이 뭐니?

싫다 싫다 하니 이름까지도 싫었다.

산이 시동을 걸었지만 어찌나 낡은 차인지 시동도 한 번에 걸려주지 않아 네 번이나 재시도해서야 시동이 걸렸고 소담은 이곳이 휴게소가 아니라 아무도 없는 들판이라면 창문을 활짝 열고 달구지보다 훨씬 더 구린 똥차가 여기 있다고 소리치고 싶은 충동을 느꼈다.

"똥차가 더 길~게 쉬고 싶은 모양이네요."

소담이 시동을 거느라 애쓰고 있는 산을 향해 깐죽거리며 말했고 산은 턱 근육을 실룩거리며 몇 번이나 더 열쇠를 돌린 후에야 드디어 시동이 걸렸다.

차는 퉁명스러운 주인만큼이나 퉁명스럽게 털털거리며 출발했고 곧 한산한 고속도로를 생생 달리기 시작했다. 다 떨어진 고물차라는 것이 믿어지지 않을 만큼 생생.

제발 시끄러운 노래만 틀지 말았으면 좋겠다고 생각하며 딱히 구산하고 할 얘기도 없고―말해봤자 싸움만 될 테니―지루함에 시달리지 않으려면 감자구이 몇 개 집어 먹고 자는 것이 딱 좋다고 생각하며 한입에 쏙 넣기에 마침맞은 크기의 감자를 골라 입에 넣고 씹기 시작했다.

짭짤하면서도 고소한 감자구이.

서울에 끌려오면서 마귀 할배 아버지가 식사까지 금지시키는 바람에 쫄쫄 굶고 있던 차에 감자 맛을 보자 세상에서 제일 맛있는 음식은 감자구나 싶었다. 감자 중에서도 구운 감자. 어쩜 이렇게나 맛있는지. 소담은 두 번째 감자도 입에 쏙 넣으며 고소 짭짤한 맛을 음미했다.

보통 이럴 땐 감자 사다 준 사람에게 하나 먹어보라고 권하는 것이 상식이지만 상식이라는 것은 친절하고 예의 바른 사람들끼리 소통하는 우정이고 불친절과 결례를 미덕으로 아는 사람에게는 되레 고결한 상식질서를 어지럽히는 행위일 뿐이라 절대 권하지 않았다.

'먹고 싶으면 지가 먹겠지.'

세 번째 감자를 입에 넣고 오물오물 천천히 포근포근한 감자 맛을 즐기는데 어허, 수상했다. 아랫배 쪽에서 꼬물꼬물 심상치 않은 기미가 느껴지기 시작했다.

'이러면 안 되는데.'

소담은 애써 그저 가스가 조금 찬 것이라고 스스로를 달랬다. 굶다가 감자를 먹어서 가스가 찬 것이라고 그러니까 너무 걱정할 필요 없다고 조금 있으면 거짓말처럼 가라앉을 것이라고.

그런데 단순히 가스가 찼다고 하기엔 그 기미가 점점 더 수상했다. 감자를 씹을수록 더욱 강하게 느껴지는 꼬임증. 작은 것 같기도 하고 큰 것 같기도 하고 아니면 둘 다인 것도 같고. 조금 전까지 멀쩡했는데 왜 갑자기?

'괜찮을 거야.'

긴장한 탓일 것이라고, 금방 괜찮아질 것이라고 달래며 어떻게

든 버티려고 노력하는데 금방 괜찮아질 줄 알았던 아랫배는 시간이 갈수록 조금씩 조금씩 약간의 통증까지 동반하며 더 진한 기미를 드러내기 시작했다.

'안 돼. 여기서 화장실 가고 싶다고 하면 나를 죽이려고 들지도 몰라.'

죽이고도 남을 남자가 구산이었다. 물론 목을 조르거나 주먹으로 치거나 해서 죽이는 것이 아니라 저 불친절한 말로 미쳐 죽게 하겠지만, 맞아 죽건 미쳐 죽건 굳이 자청해서 죽을 이유는 없었다. 차라리 누렇게 떠 죽는 편이 낫지.

정말로 얼굴이 누렇게 뜨는 한이 있더라도 참아야 했다.

소담은 어떻게든 신경을 아랫배에서 다른 쪽으로 돌리려고 애를 썼고 어느 정도 효과를 보았는데 안타깝게도 그 효과는 얼마 견디지 못하고 힘을 잃고 말았다.

골반과 골반 근처에 분포된 근육들을 최선을 다해 긴장시키다 보니 식은땀이 몸 곳곳에서 배어 나오기 시작했고 점점 더 강렬해지는 통증 때문에 오싹오싹 소름까지 끼쳤다.

분명했다. 신경성 대장증상.

어릴 적부터 달고 살았던 고질병이 도진 것이 틀림없었다.

하지만 하필이면 왜 이럴 때!

원래 신경성 대장증상은 딱 이럴 때 도졌다. 이래저래 사방에서 스트레스가 득실거릴 때가 도지기 딱 좋은 환경이었다. 말하자면 신경성 대장증상이 활개를 치기에 최상의 조건이었고 소담은 안타깝게도 딱 걸려든 것이다.

소담은 턱 근육이 경련을 일으키도록 꽉 틀어 물며 심호흡을 하기 시작했다.

"마셔요."

산이 거칠어진 소담의 숨소리를 들었는지 음료수를 내밀었다. 감자 먹다가 목이 메서 물을 찾는 모양이라 오해한 것이다. 목이 메는 게 아니라 아랫배가 메이고 있는데 말이다.

"괜찮아요."

소담이 어금니를 들어 물고 가까스로 대답했다. 대답하는 것도 힘드니 말시키지 말라는 듯이.

'여기서 무너지면 안 돼. 버텨, 버텨야 해.'

소담은 대체 젖 먹던 힘이 무슨 힘인지는 모르겠지만 젖 먹던 힘까지 발휘해 제발 살려달라는 외침이 터져 나오지 않도록 어금니를 꽉 틀어 물었다.

횡성 휴게소를 떠나 얼마를 달렸는지 모르겠지만, 아니, 하여튼 꽤나 달린 것 같은데 이쯤에서 화장실 가고 싶다는 말을 해도 될까 화장실 가고 싶다고 말하면 차 밖으로 밀어버리는 것은 아닐까 생각하며 또 얼마간 시간을 끈 것 같았다.

하지만 더는 불가능했다.

식은땀은 아예 비처럼 쏟아지고 있었고 아랫배는 빵빵하게 차올라 요동을 쳐대고 더 버티다간 대참사가 일어날 것 같았다. 똥차를 정말 똥차로 만들어 버리는 대참사.

"마셔요."

아무 소리도 내지 않았는데 곁에서 낑낑거리는 것을 알았는지 산이 다시 음료수를 내밀었다.

"그게 아니라…… 저기요."

소담이 백 미터 달리기라도 한 사람처럼 헐떡거리며 구산을 불렀다.

"……."
"저기요."
"뭐요?"
"저…… 휴게소 언제 나와요?"
"휴게소는 왜요?"
구산의 목소리가 대번에 퉁명스러워졌다.
하지만 내가 죽게 생겼으니 참아야 했다.
"화장실……."
"안 간다면서요!"
아니나 다를까, 화장실의 화 자가 나오자마자 버럭 성질을 냈다.
"아깐 안 가고 싶었는데…… 지금은 가고 싶다구요."
"겨우 20분밖에 안 됐는데 뭘 갑자기 가고 싶다는 거예요?"
20분? 겨우?
"그게……."
"차 세워요?"
"차요? 왜 세워요?"
"안 볼 테니까 차 뒤에서 일 봐요."
"미쳤어요!"

욱하고 냅다 소리를 지르는 바람에 순간 아랫배에 힘이 들어갔던 소담이 필사적으로 아주 중요한 부위의 근육을 바짝 조이는 한편 어금니까지 꽉 틀어 물었고 주먹까지 움켜쥐었다.

경망스럽게 차 뒤에서 볼일을 보라니. 지금은 너무 급해서 이것저것 따질 주제가 못 되는 상황이긴 했지만 아무리 그래도 그런 짓은 할 수 없었다.

이렇게 예의없는 남자한테 아쉬운 소리를 해야 한다니.

하지만 어쩌겠는가. 소담의 코가 석 자이니. 어금니 꽉 틀어 물고 사정하는 수밖에.

"저기요……. 휴게소, 으윽."

소담이 아랫배를 싸쥐며 고통스러운 신음 소리를 흘리자 구산이 흘낏 소담을 쳐다봤다.

핏기 하나 없이 하얗게 질린 얼굴 위에 식은땀이 비처럼 흐르고 있었다.

"저기요."

소담이 팔을 뻗어 운전대를 잡고 있는 산의 팔을 꽉 움켜잡았다.

"진짜…… 살려주세요."

소담이 산이 입고 있는 두꺼운 점퍼 천을 뚫고 살까지 파낼 기세로 산의 팔을 꽉 틀어잡으며 애원했다.

구산은 그제야 비상사태라는 것을 눈치 챘고 미치겠네 하고 중얼거리고는 액셀러레이터를 힘껏 밟았다.

"5분만 참아."

"5분이나요?"

소담이 금방이라도 죽을 것같이 일그러진 얼굴로 헐떡거리자 구산이 핸들을 더욱 단단히 움켜잡았다.

"4분!"

구산이 외쳤고 소담은 마치 최후 심판의 날을 맞이한 듯 극심한 고통을 참아내다가 4분 후 평창 휴게소 여성화장실 안으로 뛰어들어 갔다.

가까스로 위기를 모면하고 차로 돌아왔을 때 구산은 대체 뭐하는 짓이지? 하는 듯 잔뜩 신경질이 나서 찌푸린 얼굴로 소담을 노려봤다.

소담은 미안하다거나 고맙다는 말 중에 하나나 혹은 두 가지 말을 다 해야 한다는 것을 알고 있었지만 구산의 못된 표정을 보자 미안하다거나 고맙다는 말을 할 기분이 싹 사라져서 원래의 까칠하고 싸가지없는 표정으로 구산을 외면해 버렸다.

"뭘 그렇게 노려보세요?"

소담이 살려달라고 애원했던 것은 입을 싹 닦아버리고 싹수없이 못되게 노려봤다.

"내가 화장실 갔다 오라고 했어요, 안 했어요?"

아니나 다를까, 구산의 잔소리가 시작됐다.

"그땐 안 가고 싶었단 말이에요."

"안 가고 싶어도 갔어야지!"

"안 가고 싶은데 차디찬 변기 붙잡고 뭐 해요?"

"안 가고 싶은 사람이 겨우 20분 지나서 살려달라고 애원을 해요?"

구산이 잔뜩 비꼬자 소담은 성질이 나버렸다.

그저 입 다물고 출발이나 할 것이지 무슨 남자가 생색을 내나 싶었기 때문이다.

"애원은 무슨."

"애원이 아니면? 팔이 찢어지도록 부여잡으며 살려달라고 하는 게 애원이 아니면?"

"신경성 대장증상이라서 그래요!"

소담이 빽 소리쳤다.

"님이 신경성 대장증상이 얼마나 고통스러운지 알아요?"

"성질이 못돼먹었으니 그런 걸 달고 살지."

구산이 시동을 걸며 또 콧방귀를 뀌었고 소담은 진짜 한 대 쳐버렸으면 좋겠다고 생각하며 구산을 노려봤다.

"내 성질이 뭐가 못됐다는 거예요? 님 성질은 얼마나 좋아서요?"

소담은 잔뜩 비꼬았다.

"님 성질이야말로 진짜 아니올시다 거든요? 여자친구 없죠? 하긴 누가 여자친구를 해주겠어. 1시간도 못 버티고 도망갈걸."

소담이 입술까지 비죽거리며 연타로 비꼬아주자 산이 그 험악한 눈을 가늘게 뜨고 소담을 노려봤다.

"죽게 생긴 걸 살려줬더니 내 보따리 내놔라 식이네."

"죽게 생기지 않았거든요? 하여튼 남의 성질 탓하지 말고 님의 성질이나 천국으로 인도하시지요."

"잊으신 모양인데, 난 신경성 대장증상도 없고 집에서 쫓겨나지도 않았습니다."

구산이 일격을 가했고 한 방 제대로 맞은 소담은 구산을 갈기갈기 찢어놓을 듯한 눈으로 노려보기 시작했다.

"누가 쫓겨났다는 거예요?"

"그럼 한밤중에 이 똥차에 실려가는 게 쫓겨난 거지 뭡니까?"

이, 이, 이 치사한…… 남의 약점을 찌르다니.

소담이 씩씩거리며 그냥 여기서 확 내려서 증발해 버릴까 하다가 꾹 눌러 참았다.

증발을 하고 싶어도 돈이나 아니면 카드라도 있어야 하는데 가진 것이 정말 신경성 대장증상에 시달리는 몸뚱이밖에 없었기 때문이다.

'어우, 정말 더럽고 치사해서.'

"하여튼 난 쫓겨난 것 아니구요, 빨리 출발이나 해요."

소담이 바득바득 이를 갈 듯이 말하자 구산이 픽 콧방귀를 뀌며 시동을 걸었고 소담은 저놈의 콧구멍을 확 틀어막아 버렸으면 좋겠다고 생각하며 주먹을 틀어쥐는데 어머나, 또 시작이었다.

"잠깐만요!"

구산이 막 차를 출발시키는데 소담이 얼른 손을 치켜들었다.

"뭐?"

"나, 화장실……."

"화장실이 뭐!"

이번에는 살려달라고 애원을 하건 통곡을 하건 절대 들어주지 않겠다고 다짐하며 액셀러레이터를 꾹 밟는데 소담이 억세게 산의 팔을 부여잡았다.

"제발…… 잠깐만."

"잠깐은 무슨, 싸든지 말든지!"

"살려주세요…… 제발……."

"잘못했어요, 하고 빌어!"

"에이, 진짜…… 으윽……."

"싫으면 말고."

"알았어요!"

산이 차를 멈추려고 하지 않자 소담이 빽 소리를 질렀다.

"잘못했어요…… 빌어먹을."

어쩔 수 없었다. 고속도로에 접어들어 또 지옥문을 들락거리느니 차라리 지금 욕먹는 게 나았다.

구산은 다시 차를 세웠고 소담은 부리나케 차에서 내려 화장실을 향해 달려갔다.

시동을 끄던 구산의 입가에 미소가 걸렸다.

소담이 하는 짓이 참 어처구니가 없으면서도 귀여웠기 때문이다.

은소담에 대해서 전혀 모르는 사람이라면 부자라고 눈에 뵈는 게 없냐고 뭐 저런 게 다 있냐고 욕하기 바쁘겠지만 산은 덮어놓고 욕을 할 만큼 소담에 대해 아주 모르지는 않았다.

아주 잘 안다고도 할 수 없었지만 아주 모른다고 할 수도 없었다.

소담에 대해 부분적으로라도 알고 있기 때문에 바락바락 말대답하고 다소 비뚤어진 듯한 시선으로 노려보는 모습이 밉지만은 않은 것이다. 물론 소담의 버릇을 고쳐 주기 위해 격하게 굴기는 했지만 말이다.

원래 구산 자신의 성격이 격한 면이 있기도 했지만 지금은 일부러 더 짓궂게 굴고 있었다. 초장에 잡아놓지 않으면 소담에게 휘둘릴 것만 같아서.

"어릴 땐 아픈 데 없이 건강하더니……."

소담이 네 살 때 만났을 땐 잠시도 가만히 있지 못하고 돌아다녀 어른들이 몇 번이나 놀라 찾으러 다녀야 했을 만큼 씩씩하고 건강했었다. 주는 대로 다 먹고 거부하는 음식도 없고 포동포동하게 살도 올랐었고 오히려 너무 먹어서 탈이 날까 봐 먹는 걸 조절해 줘야 할 정도였었다. 어른들이 안 먹는 것보다 잘 먹는 게 좋다며 철밥통이라고 말하기까지 했는데 다 큰 어른이 돼서 배앓이라니.

"소담이 또 안 보인다. 산아! 소담이 찾아봐!"

아버지의 외침에 아홉 살 산이 어린 소담 공주를 찾기 위해 또다시 재빨리 집 주변을 돌아보기 시작했다.

조금 전까지 눈앞에서 강아지를 조물거리고 있었는데 잠깐 사이에 소담도 강아지도 감쪽같이 사라지고 없었다.

소담이 부모님과 함께 산의 집에 도착한 지 두 시간 사이에 벌써 네 번째 사라진 것이다.

분명 집 근처에 있겠지만 시골이고 또 집 주변이 도시와는 다른 환경이라 안전하다고 할 수는 없었기 때문에 소담이 사라질 때마다 소담의 부모님과 산의 부모님은 깜짝 놀라 소담을 찾기 위해 분주하게 쫓아다녀야 했다. 그중에서도 산은 은소담 실종전담 수사관 노릇을 해야 했다.

산은 제일 먼저 강아지 집 안을 들여다봤다.

세 번째 사라졌던 소담을 강아지 집 안에서 찾아냈었기 때문이다.

그러나 한 번 다녀갔던 곳은 다시 찾지 않는다는 원칙이라도 세웠는지 이번엔 강아지 집에 없었다.

소담이 숨을 만한 곳을 샅샅이 뒤지고 다니던 산은 뒷마당 장작 더미 위로 기어올라 가는 소담을 발견하고 깜짝 놀라며 달려갔다.

"거기 올라가면 안 돼, 소담아. 다쳐. 빨리 내려와."

산의 외침에 공주 원피스를 입은 소담이 큰 눈으로 무엇 때문에 그렇게 호들갑이냐는 듯이 장작더미 위에서 산을 내려다봤다.

네 살짜리 작은 공주 소담이 어떻게 장작더미 위까지 기어올라 갔는지 신기해 죽겠지만 소담은 남이 걱정을 하거나 말거나 겁도 없이 장작 더미 위에 느긋하게 서 있었다.
"빨리 내려와."
"강아지."
소담이 장작더미 위를 가리켰고 산이 고개를 들고 올려다보자 저 위에서 강아지가 꼬리를 흔들며 소담과 산을 내려다보고 있었다.
강아지 순덕이 때문에 여기까지 따라왔던 모양이고 순덕이가 장작더미 위로 올라가자 소담도 따라 올라갔던 모양이었다.
"소담아, 빨리 내려와. 오빠가 잡아줄게."
산이 팔을 벌렸지만 소담이 고개를 저었다.
"강아지."
소담이 강아지를 가리키며 고집을 피웠다.
아무래도 강아지를 먼저 내려오게 해야 소담도 순순히 내려올 것 같아 산이 순덕을 향해 소리쳤다.
"순덕아, 내려와."
산이 강아지에게 소리치자 말 잘 듣는 순덕이가 바둥거리며 내려올 길을 찾는 듯하더니 어느새 잽싸게 아래로 내려왔다.
"순덕이 내려왔어. 소담아, 빨리 내려와."
산이 다시 팔을 벌리자 소담이 가만히 산을 쳐다보다가 산을 향해 팔을 뻗었지만 산의 손에 닿지 않았다. 아무래도 산이 올라가든가 소담을 아래로 조금 더 내려오게 해야 손이 닿을 것 같았다.
"오빠가 올라갈게."
산이 장작더미 위에 올라서서 다시 손을 뻗자 그제야 소담의 작은 손이 산의 손에 들어왔다.

"요만큼만 내려와."

"무서워, 오빠."

"그러니까 왜 올라갔어?"

"강아지."

"알았어. 빨리 내려와."

산이 손을 잡아주자 소담이 천천히 아래로 내려왔고 소담을 데리고 장작더미에서 완전히 내려온 산은 일단 소담이 다친 곳이 없는지부터 살폈다.

이곳에 오자마자 몇 번이나 넘어져서 무릎이 까지고 손바닥이 까져서 몸 여기저기 반창고가 붙어 있었는데 장작더미 위로 올라가다가 또 다쳤을까 봐 걱정됐기 때문이다.

"다친 데 없어? 너 다치면 내가 혼난단 말이야."

소담이 다칠 때마다 죄없이 산이 아버지에게 혼이 났기 때문이다. 조그만 녀석이 어찌나 번개처럼 쫓아다니고 어찌나 잘 넘어지는지 하여튼 소담이 다치거나 울면 무조건 산의 책임이 됐는데 그래서 이번에도 소담이 다쳐서 혼이 날까 봐 걱정스러웠다.

"오빠, 아파."

소담이 손가락을 내밀어서 보자 손가락 끝에 조그마한 가시가 박혀 있었다. 맨손으로 기어서 장작더미 위로 올라가다가 박힌 모양이었다.

"오빠가 빼줄게. 절대 울면 안 돼. 너 울면 오빠 혼나."

"안 울어."

소담이 말했고 산은 용을 쓴 끝에 소담의 손가락 끝에 박혀 있던 작은 가시를 빼냈다.

"가시 박혔다는 말도 하면 안 돼. 알았지?"
"응."
소담이 고개를 끄덕였다.
"이렇게 소독하면 돼."
산이 가시가 박혔던 소담의 손가락을 입에 넣고 쪽 빨아 당기며 침을 발랐다.
"이게 소독이야. 우린 다 이래."
"알았어."
너무 어려서 아무것도 모르던 소담은 산의 말을 의심없이 믿었고 약속을 지키기 위해서인지 아니면 금방 잊어버려서인지 손가락에 가시가 박혔었다는 말은 어른들에게 하지 않았다.

소담을 네 번째로 잃어버렸다가 되찾고 나서 10분도 안 지나 다시 다섯 번째로 잃어버리고 말았는데 다섯 번째로 사라진 소담을 찾은 곳은 불을 떼지 않는 아궁이 안이었다.

아궁이 속에 숨어 있으니 눈에 잘 띄지도 않지 불러도 대답도 없지, 어른들과 산의 속이 바짝 탔는데 아궁이 속에 숨어 있던 소담을 찾아낸 것은 순덕이었다.

아궁이 앞에서 킁킁거리며 짖어대고 있는 순덕이 때문에 소담이 아궁이 속에 숨어 있다는 것을 알게 된 산이 소담을 아궁이 속에서 끌어냈을 때 그토록 예쁘고 깜찍하던 소담은 온몸에 검정 칠을 한 거지 인형 꼴을 하고 있었다.

아버지 표현대로 공주 원피스도 작살이 나고 인형처럼 예뻤던 소담도 작살이 났는데 그 바람에 산도 아버지에게 작살이 나도록 혼이 났고 소담은 급하게 데운 물에 목욕을 시켜야만 했다.

다행히 다 씻기고 난 후 소담은 다시 인형으로 돌아왔지만 여섯 번째로 소담을 잃어버리고 되찾은 후부터 산은 무조건 소담의 꽁무니를 쫓아다녀야만 했다.

동생들은 소담보다 더 어려도 특별히 돌보거나 놀아줄 필요 없이 산이 움직이는 대로 착하게 따라다녔는데 소담은 산을 따라다니는 것이 아니라 되레 산이 소담을 쫓아다니며 돌봐야 하니 아홉 살 산도 진땀이 날 지경이었다.

하지만 소담은 귀찮기는 해도 미운 아이는 아니었다. 밉기는커녕 정말 예쁘고 사랑스러운 작은 공주였다. 입고 있는 옷도 공주 옷이고 인형처럼 예쁘다는 어른들의 말이 거짓말이 아니라 정말 인형처럼 예뻤다.

그리고 오빠, 오빠 하며 손을 꼭 잡고 끌어당기거나 오빠한테 오라고 하면 대번에 안겨들고 오빠 뽀뽀 하며 입술을 내밀면 아무런 거부감 없이 천진하게 쪽쪽 입을 맞춰주는 소담이 어찌나 귀여운지 아홉 살 어린 산의 가슴이 설렐 지경이었다.

감자도 먹고 옥수수도 먹고 구운 콩도 먹고 주는 대로 잘 받아먹고 잠시를 가만히 있지 못하고 돌아다니던 소담이 눈언저리가 빨개지도록 한참 동안 비벼대더니 갑자기 산의 품에 안겨들었다.

다짜고짜 안겨드는 통에 산은 일단 소담을 받쳐 안았는데 산의 품에 안겨서도 소담은 한참이나 눈을 더 비벼댔다. 처음엔 왜 그러는지 몰랐는데 알고 보니 잠투정이었고 쏟아지는 졸음 때문에 재워달라고 산의 품에 안겨들었던 것이다.

"자장, 자장."

소담이 산의 품에 안겨 가슴을 토닥이며 재워달라고 투정을 부렸고 산은 벌써 반이나 눈이 감긴 소담을 안은 채 가슴을 토닥여주기 시작했다.

동생들도 이렇게 토닥이며 재워준 적이 없는데 오늘 처음 본 아버지 친구 딸을 재우고 있다니. 산도 겨우 아홉 살일 뿐인데.
"소담아, 오빠 뽀뽀."
산이 눈이 벌써 반이나 감긴 소담에게 뽀뽀를 요구하자 소담이 눈을 제대로 뜨지 못하면서도 산의 입술에 입을 맞춰주었다.
"우리 소담이 예쁘다."
산은 자신의 팔에 안겨 꿈나라로 떠나는 소담에게 몇 번이나 예쁘다는 말을 해주며 어른들이 집 안에서 낮술을 드시는 동안 산은 앞마당에 앉아 소담을 재웠다.
소담은 금방 잠에 빠져들었고 산은 조그만 녀석이 제법 무겁다고 생각하면서도 긴 속눈썹 때문에 그늘까지 드리워지는 소담의 눈을 정말 예쁘다고, 이렇게 예쁜 눈은 처음 본다고 생각했다.
"소담이 우리랑 살았으면 좋겠다."
정말 그랬으면 싶었다.
저녁때 서울로 떠나지 말고 계속 같이 살았으면 싶었다. 이렇게 인형처럼 예쁜 소담이와 함께 산다면 얼마나 재밌을까 얼마나 좋을까.
그렇게 예뻤던 소담인데…… 그렇게 같이 살았으면 좋겠다고 생각했을 만큼 사랑스러웠던 소담인데…….

'천진하고 순하던 은소담이 날라리가 되다니.'
구산의 입에서 픽 하고 웃음소리가 새어 나왔다.
'날라리가 되어버린 은소담을 어떻게 구할까…….'
참 생각할수록 난감했다.
그때 완전히 지쳐 버린 날라리 은소담이 차로 돌아오더니 차에 오르자마자 아무 말도 하지 않고 누워버렸다.

아무 말도 하기 싫다기보다는 말할 기운이 없었기 때문이다.

"이제 출발해도 되겠습니까?"

"네……."

소담이 기운 없는 목소리로 대답했다.

"……다음 휴게소는 언제쯤 나와요?"

"3, 40분쯤 후에."

"견뎌볼게요."

소담이 완전히 지친 목소리로 대답했고 2분 후 잠이 들었다.

다행히 소담은 다음 휴게소를 지날 때까지도 깨어나지 않았고 그다음 휴게소를 지날 때까지도 깨어나지 않았다.

미국에서 한국으로 끌려왔다가 다시 구산의 손에 정체불명의 목장으로 끌려가다가 도중에 신경성 대장증상 때문에 화장실까지 들락거리느라 녹초가 돼버린 소담은 달콤한 잠에 빠져 잠보다 더 달콤한 꿈을 꾸고 있었다.

완벽한 몸매에 꼭 들어맞는 완벽하게 섹시한 비키니를 입고 플로리다 해변에서 근육질의 남자들에게 둘러싸여 마시고 마시고 또 마시고 있었다.

남자들의 식스팩 복근을 바라보며 달짝지근한 칵테일을 마시는 기분이란…… 눈도 즐겁고 입도 즐겁고 뇌도 즐거워 이보다 더 좋을 순 없고 이보다 더 화끈할 수 없었다.

눈이 시리게 푸른 바다, 황금빛으로 빛나는 모래사장 소담의 눈도장을 받기 위해 안간힘을 쓰는 근육질의 남성들.

정말 꿈처럼 환상적인 조합이었다.

그때 누군가 다가왔다. 누군지 얼굴을 알아볼 수 없었기 때문에 정말 누군가였다. 남자인 것은 분명한데 태양을 등지고 서는 바람에 얼굴을 얼른 알아볼 수가 없었다.

"일어나요."

뭐라는 거야?

"비켜요."

소담이 손가락을 까딱이며 건방진 태도로 비키라고 했지만 남자는 비켜서지 않았다.

"일어나요."

남자는 기계처럼 같은 말만 반복했다.

"안 들려요? 비키던지 꺼지던지 하라고!"

소담이 신경질을 내자 곁에 있던 근육질의 남자들이 섹시한 웃음을 흘리며 소담에게 칵테일이 가득 채워진 잔을 쥐어주었다. 참으라는 듯이.

"아우, 나 더 못 마시는데."

못 마신다고 하면서도 소담은 거절하지 않고 칵테일 잔을 받아 들었다.

"일어나요. 일어나."

일어나라는 말을 녹음이라도 해놓았는지 같은 말만 반복하는 남자를 무시하며 소담은 노예처럼 자신을 떠받드는 남자들에게 손을 내밀었다. 일으켜 세워달라는 듯이. 하지만 소담의 손을 잡아준 사람은 섹시한 노예들이 아니라 정체를 알 수 없는 그 남자였다.

아, 진짜 김새게!

"그만 일어나요."

한 번 잠들면 업어가도 모르는 사람이 있다더니 은소담이 그랬다.
 일어나라는 소리를 일곱 번이나 했는데 소담은 죽은 사람처럼 잠들어 있었다. 코까지 골면서.
 "일어나요, 그만."
 산은 할 수 없이 소담의 어깨를 흔들어야 했다.
 산의 손에 한참 흔들리던 소담이 억지로 눈을 뜨고 산을 쳐다봤다. 눈을 떴다고 할 수 없을 만큼 바늘구멍만큼만 뜨고.
 "도착했으니까 일어나요."
 "도착? 어딜요?"
 "내려요."
 "난 더 못 마셔."
 못 마신다니? 술 마시는 꿈을 꾸고 있었는지 소담이 엉뚱한 소리를 중얼거렸다.
 "내리라고."
 "뭐? 왜, 뭘…… 누구세요?"
 플로리다 해변이었는데? 내 노예들은? 바다는? 모래사장은?
 눈을 뜨고 몸을 일으키려던 소담은 으윽 하고 신음을 내뱉었다. 사방이 쑤셨다. 몇 차례 얻어맞은 것처럼 온몸이 결리고 쑤셨다.
 "어딜 도착했다는 거예요?"
 "목장에 왔으니까 내리라구요."
 아, 목장.
 소담은 그제야 어디에 도착했는지 알았고 몸이 왜 결리고 쑤시는지도 알았다.
 승차감 저질인 똥차를 타고 오느라 이렇게 결리는 것이리라.

'어쩐지 너무 황홀하다 싶더니만 꿈이었구나.'
"빨리 내려요."
산이 재촉했다. 다른 때 같았으면 한마디 했겠지만 잠이 덜 깬 통에 한마디 쏴주는 것도 귀찮아 말없이 차 문을 열었다.
소담이 차에서 내려서자 산이 뒷좌석에 던져 놓았던 소담의 가방 두 개를 끌어내 바닥에 내려놓고 자신의 가방도 끌어내 바닥에 내려놓은 후 문을 닫았다.
"걸어 올라가야 하니까 들어요."
"얼마나 걸어야 하는데요?"
"30분."
"30분이나요? 왜요? 차 타고 가면 되잖아요."
"퍼졌어요."
산길, 분명 산길이었다. 아직 동이 트지 않아 시커먼 산길. 사방에서 갑자기 귀신이나 산짐승이 툭 튀어나올 것 같은 무서운 산길. 이런 산길을 걸어 올라가자니. 제정신일까?
"퍼지다뇨?"
산이 열 발자국 정도 멀어지자 벌컥 겁이 난 소담이 양손에 가방을 들고 뒤뚱거리며 산을 쫓아가며 소리쳤다.
"똥차가 열받아서 퍼졌다고요."
산이 자신의 가방을 집어 들고 앞서 산길을 오르며 말했다.
퍼지고도 남을 차였다. 어째 이따위 차가 고속도로를 달릴까 싶더니 결국 퍼진 것이다. 그나저나!
"그래서 이 밤에 산길을 걸어 올라간단 말이에요? 30분이나?"
"다른 수 있어요? 나는 재주 있으면 날아가고."
산의 밉살맞은 대답에 소담의 얼굴이 일그러졌다.

"가방이 얼마나 무거운데…… 하나만 들어줘요."

소담이 낑낑거리고 가방을 잡아끌며 소리쳤지만 구산이라는 남자에겐 바늘 끝도 들어가지 않았다.

"내 가방도 무겁습니다."

"정말 치사해서……."

무거운 가방도 가방이었지만 신발이 더 문제였다.

10센티 하이힐, 킬힐은 포장되지 않은 산길과는 상극이었다. 이런 산길을 킬힐을 신고 오른다는 건 그냥 미쳤거나 멋에 미쳤거나 둘 중에 하나인데, 소담은 그냥 미치지도 멋에 미치지도 않은 단지 이렇게 산길을 걷게 될 줄 몰랐기에 킬힐을 신고 산길을 오르고 있었다.

푹푹 꺼지는 흙길인데다 군데군데 자갈이 섞여 있는 산길. 여길 30분이나 걸어야 한다고? 이 킬힐을 신고? 무거운 가방을 두 개나 들고? 이건 죽거나 다치라는 소리지.

"좀 같이 가요. 먼저 가버리면 어떻게 해요?"

구두도 죽을 지경이고 가방도 죽을 지경이고 갑자기 뭔가가 훅 하고 튀어나올 것 같아 무서워 죽겠는데 인정머리없는 구산은 씩씩하게도 성큼성큼 걸어 올라가고 있었다. 소담이 도저히 따라잡을 수 없는 속도로.

"같이 가자구요. 무서워 죽겠다…… 아악."

구두굽이 물렁거리는 흙 사이에 푹 박히며 휘청거리던 소담은 흙 속에 박힌 굽이 제때 빠지지 않는 바람에 발목을 접질리며 주저앉고 말았다.

죽거나 다치라는 소리라 했더니, 아니나 다를까, 아이고 발목을 다치고 말았다.

"아이고…… 아고……."

힐 신고 발목 접질려 본 사람, 그 고통이 얼마나 지독한지 아는 사람!

순간적으로 너무 아픈 나머지 소담은 아프다는 말도 못하고 발목을 싸쥔 채 아이고, 아이고 신음만 흘리고 있었다.

"넘어졌어요?"

넘어진 걸 보고도 넘어졌냐고 묻는 바보! 하지만 너무 아파서 짜증을 낼 겨를도 없었다.

잠이라도 활짝 깼더라면, 산길만 아니었더라면, 아니, 날이라도 밝았더라면 조금 더 조심했을 텐데 악조건이란 악조건은 죄 모인 상태였으니 이 높은 하이힐을 신고 어찌 접질리지 않으리.

저만치 앞서 가던 산이 주저앉아 있는 소담의 곁으로 와서 내려다보더니 드디어 입을 열었다.

"진짜 성가시네."

다친 사람이니까 당연히 괜찮냐고 물을 줄 알았는데 많이 아프냐고 물을 줄 알았는데 입만 열면 박한 소리였다.

저 못돼먹은 주둥일 그냥 콱! 무슨 남자가 저렇게 메말랐을까. 참 아버지도 어디서 저런 각박한 남자를 찾아냈는지 재주가 용하신 분이다.

"일어나요."

산의 솥뚜껑만 한 손이 소담의 오른쪽 겨드랑이 밑으로 쑥 들어오더니 아얏 소리도 할 겨를이 없이 순식간에 번쩍 일으켜 세워졌고 일으켜 세워지는 순간 다친 발목에 힘이 들어가며 소담의 입에서 으윽 하는 신음이 흘러나왔다.

"운동화 없어요?"

"운동화는 없고…… 굽 낮은 구두가 있어요."
"어딨어요?"
"가방에요."
소담이 가방 지퍼를 열려고 하자 구산이 아주 귀찮아 죽겠다는 듯이 세워져 있던 가방을 밀어 바닥에 넘어뜨리더니 지퍼를 열었다.
"이게 얼마짜린데 흙바닥에 내팽개쳐요?"
소담이 발끈해서 소리치자 구산이 정신 나간 여자 보듯 소담을 노려봤다.
"이 산골에 비싼 가방은 뭐 하러 끌고 와요?"
산이 비꼬았다. 그러나 질 소담이 아니었다.
"목장이 산골에 있는 줄 몰랐으니까 그랬죠!"
소담이 야무지게 반박하자 산이 콧방귀를 뀌었다. 한심하다는 듯.
"도심 한복판에서 소 키우는 거 봤어요?"
산의 말이 끝나는 순간 소담의 눈이 경악으로 일그러졌다.
"뭐, 뭐요? 소요?"
소담이 소리쳐 묻자 산이 도무지가 놀라는 이유를 모르겠다는 듯 소담을 쳐다보다가 가방 속을 뒤져 굽 낮은 신발을 찾아 툭 던져 주었다.
"빨리 갈아 신어요."
"정말 소를 키우는 거예요?"
"소가 어때서요?"
"소가 어떻다는 게 아니라…… 그러니까 내 말은…… 소가, 그 목장이 소목장…… 미치겠네."

"소 잡는 소리 그만 하고 신발이나 갈아 신어요. 빨리 집에 가게."

산이 퉁명스럽게 말한 후 소담이 벗은 하이힐을 가방 안에 던져 넣은 후 지퍼를 잠갔다.

"흙도 안 털고 그냥 넣으면 어떻게 해요."

"그럼 흙 털고 나중에 오던가."

산이 벌떡 일어나서 가려고 하자 소담이 잠깐만요 하고 외쳤다.

"알았으니까 같이 가자구요."

소담이 이를 갈 듯 말하고는 여전히 욱신거리는 발에 충격을 주지 않으려고 애쓰며 신발을 갈아 신고는 한 걸음 다가갔다. 그런데 신발을 갈아 신을 때부터 뭔가 심상치 않다는 것이 느껴졌는데 한 걸음 떼어놓자 심상치 않은 기분이 더욱 강해졌다.

"발이 아무래도 탈난 것 같아요."

소담이 쩔쩔매며 말했지만 구산은 들은 척도 하지 않았다.

"진짜 아파 죽겠는데……. 저기요, 가방 좀 들어줘요."

"내가 짐꾼인 줄 압니까?"

"발 다쳤잖아요. 진짜 아파요."

"그건 댁 사정이고."

"진짜 치사해서. 가방 들어요!"

"이 여자가 어디서 명령질이야."

산이 소담에게 눈을 부라린 후 휙 돌아서는데 소담이 얼른 산의 옷자락을 붙잡았다.

"좀…… 들어줘요."

소담이 풀이 꺾여서 명령조에서 사정조로 부탁했다.

웬만하면 더럽고 아니꼬워서 사정 따위는 하지 않을 텐데 이놈의 발목이 사단이었다.

"부탁할게요……."

소담의 사정에 산이 고개를 돌려 비딱한 시선으로 소담을 노려보다가 선심 쓰는 척 가방 하나를 집어 들었다.

"빨리 따라와요."

산이 앞서 가며 말했다. 거만하게.

"하나만 들어주면 어떻게 해요?"

"손 두 개거든? 내 가방은 버리고 가라고?"

산이 윽박지르듯 말한 후 성큼성큼 걸어갔다.

"밉상."

소담이 작은 목소리로 구시렁거리며 남은 가방 하나를 집어 들고 눈물만 흘리지 않았을 뿐 속으로 엉엉 울며 산을 따라 캄캄한 산길을 올랐다.

하지만 아무리 부지런히 산을 쫓아도 도저히 산의 걸음을 따라갈 수가 없었다.

무거운 가방도 가방이지만 다친 발목 때문에 도무지가 힘을 낼 수가 없었다. 자꾸만 뒤처지자 이러다간 산을 놓칠 것만 같아 속도를 내기 위해 조금만 더 발목에 힘을 가하면 통증이 척추를 타고 올라오며 뇌까지 뒤흔들어서 비명이 터질 지경이었기 때문이다. 발목 두 개 중에 하나를 쓰지 못하니 불편한 것을 지나쳐 이만저만 호된 고통이 아니었다.

아픈 발목에 무리를 주지 않으려 하다 보니 점점 더 뒤로 처졌고 결국 산을 놓치고 말겠구나 하는 생각에 주저앉아 울어버렸으면 싶은 그때 저만치 앞서 가던 산이 도로 내려오더니 소담이 들고 있던 가방을 낚아채듯 획 빼앗아 짊어지고는 내려왔던 길을 다시 올라갔다.

들어주려면 좀 곱게 들어주지, 성질머리하고는.

어쨌거나 죽을 지경인 상황에서 커다란 짐 하나를 덜어서 그나마 다행이라고 생각하며 다시 기운을 내서 구산의 뒤를 쫓는데 도대체 이 길고 캄캄한 산길을 얼마나 더 가야 하는지.

헐떡헐떡 숨이 턱까지 차오르도록 그 끝을 알 수가 없는 험난한 산길을 올라 발목은 아파서 찢어지도록 비명을 지르기 일보 직전에야 컴컴해서 어떻게 생겼는지 구분도 할 수 없는 집에 도착한 소담은 역시나 어두컴컴해서 어디가 어딘지 제대로 구분도 할 수 없는 집 안에서 서성거리다 산이 지정해 준 방으로 들어왔다.

그런데 방에 들어서자마자 낯이 일그러졌다.

"이건 무슨 냄새야?"

한 번도 맡아본 적이 없는 꼬질꼬질한 정체불명의 냄새가 코를 찔렀다.

"일단 눕자."

날이 새지 않은 걸 보니 밤 아니면 새벽인데 정확하게 몇 시인지 알 수도 없고 몸은 지칠 대로 지친 데다 접질린 발목은 갈수록 더욱 욱신거려서 끙끙 앓다가 푹신한 이불 위로 쓰러지듯 누웠다.

너무 피곤해서 몸이 땅 끝으로 꺼져 버릴 것 같은 기분이었다. 내 몸이 내 몸이 아닌 기분.

미국에서 김 비서실장에게 붙잡혀 그 긴 시간 비행해 한국으로 끌려왔지, 몇 시간 지나지 않아 아무것도 얻어먹지 못하고 쫓겨나 똥차의 엉망진창 승차감에 시달렸지, 중간에 신경성 대장증상이 도져 혼났지, 거기다 다친 발목으로 산길을 올랐지, 체력이 완전히 바닥나 있었다.

나이트클럽에서 밤새도록 놀았을 때도 오늘처럼 녹초가 된 적은 없는데 지금은 손가락 하나 까딱할 힘이 없을 정도로 기진맥진이었다.

배도 고팠다. 위장에서 폭탄 터지는 소리가 연신 울려 나올 정도로 극심한 시장기가 느껴졌지만 배고프다는 말도 나오지 않을 만큼 기운이 없었다.

어떻게 정신없이 구산을 따라 산길을 올라오긴 했는데 정신을 차리고 보니 발목의 통증이 예사롭지 않았다. 정말 아팠지만 아프다는 것도 느끼지 못할 정도로 정신없이 쫓아왔던 모양인데 이렇게 피곤한 와중에도 잠을 못 들 정도로 통증이 심했다.

'자고 일어나면 괜찮을 거야.'

이런 산골 축사에 끌려온 것도 서러워 죽겠는데 발목까지 아프다면…… 돌봐줄 사람도 하나 없고.

"아이고…… 진짜 아프다…… 진짜진짜 아프다……. 아, 냄새!"

진짜 아프고 진짜 기운도 없고 냄새도 지독했다.

발목이 아파서 끙 몸이 쑤셔서 끙, 냄새 때문에 끙끙 하며 앓는 소리를 내는 것이 남은 기운의 전부였다. 그렇게 끙끙거리다 새벽녘에야 기절하듯 잠이 들었다.

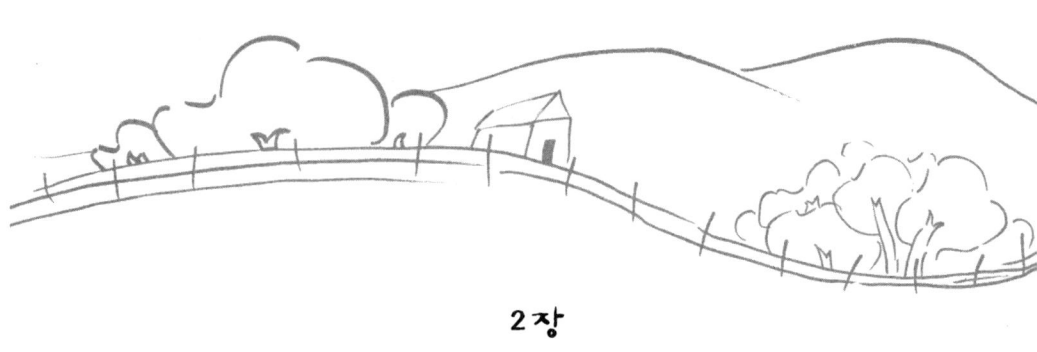

2장

"일어났어? 형, 일어났어?"

들이 현관문을 열자마자 잔뜩 들뜬 표정으로 물었다.

"조용히 해."

강이 가까이 다가온 들에게 쥐어박을 듯 주먹을 흔들며 속삭였다.

"아직이야?"

"아직이야."

"형도 아직 못 봤어?"

"못 봤어."

"언제 일어나려나?"

들이 소담이 자고 있는 방문을 흘낏거리며 초조하게 속삭였다.

"파스 찾아놨어?"

"저기."

강이 테이블 위에 있는 파스를 가리켰다.
"큰형이 파스는 왜 찾아놓으랬어?"
"몰라."
"빨리 일어났으면 좋겠다."
들이 소담의 방 앞을 서성거리며 중얼거렸다.
"애들 밥은 다 주고 들어온 거야?"
"아직."
"형한테 걸리면 어쩌려고 그래?"
"큰형 차 고치느라 정신없어. 걱정 마."
"이쪽으로 와. 왜 거기서 떠들어?"
강이 눈을 부라리자 들이 둘째 형인 강의 곁으로 왔다.
"형, 기억나? 어떻게 생겼는지 기억나?"
"내가 천재냐? 세 살 때 본 사람을 기억하게?"
"난 두 살 때였으니까 당연히 기억 못하고. 아, 궁금해 죽겠네."
들이 안달이 난 목소리로 말했다.
"예쁘겠지?"
"안 예쁘면?"
"안 예뻐도 상관없지만 그래도 예뻤으면 좋겠다."
"나도."
강과 들이 서로에게 음흉하면서도 천진하게 낄낄거리던 그때였다.
마치 영화의 한 장면처럼 슬로모션으로 방문이 열리는가 싶더니 천천히, 아주 천천히 소담의 모습이 드러났다.
강과 들 역시 자신들의 모습도 영화의 그것처럼 서서히 움직이는 듯한 기분에 휩싸인 채 감질나게 천천히 모습을 드러내는 소담을 정신줄을 놓친 듯 멍하게 바라보고 있었다.

여신!

더도 덜도 없이 딱 여신!

강과 들은 마치 마취 주사를 맞은 듯 그 자리에 얼어붙은 채 완전히 넋이 나간 얼굴로 아름다운 여신의 모습을 완전히 드러낸 소담을 바라봤다.

피곤하고 초췌하기 짝이 없는 모습이었지만 강과 들에게는 이 세상에 사람으로 태어나서 사람 중에서도 사내로 태어나서 지금껏 저토록 아름다운 여자는 본 적이 없었다는 것을 확신했다.

어떤 미녀를 데려다 놓아도 소담을 쫓아오지는 못하리라. 세계 최고 미녀라는 사람을 데려다 놓아도 소담의 발끝에도 닿지 못하리라.

세상에 저렇게 아름다운 사람이 존재할 수 있다니.

강과 들은 완전히 정신을 놓은 채 은소담에게 푹 빠져 버리고 말았다.

소담은 밤새도록 술이라도 퍼마신 것처럼, 아니, 마치 빙의가 된 사람처럼 흐릿해진 눈동자로 자신을 바라보고 있는 시커먼 남자들의 모습에 놀라 뜨악한 눈길로 강과 들을 번갈아 쳐다봤다.

'저 사람들은 또 뭐야?

어젯밤에 소담을 끌고 온 구산이 아니라는 것은 알겠는데, 어쨌거나 구산 하나로도 질려 버릴 지경인데 시커먼 남자가 둘이나 더 있다니. 이건 죽으라는 소리지. 그리고 휙 풀려 버린 저 눈빛은 대체 무엇을 뜻하는 것일까. 풀린 시선 받는 사람 손발 오그라들게!

누구냐고 물어봐야 하는 것인지 뭘 쳐다보는 거냐고 짜증을 내야 하는 것인지 약 3분 동안 흔들림없이 풀린 눈으로 뚫어져라 쳐다보는 남자들 때문에 몸 둘 바를 모르겠는데 다행히 넋 나간 남자들 중에 한 사람이 먼저 입을 열었다. 들이었다.

"일어나셨어요, 누나?"

누나?

소담은 쟤가 누군데 언제 봤다고 누나라고 하는 걸까 참 변죽도 좋네 하는 얼굴로 뭐랄까 약간은 거북함을 담은 눈길로 들을 쳐다봤다.

"안녕하세요, 누나."

소담이 썩 곱지 않은 눈길로 쳐다보거나 말거나 들이 싹싹하게 웃으며 인사했다.

넉살이 좋은 것인지 속이 없는 것인지, 그 사내 참.

"네, 안녕…… 하세요."

소담의 딱딱한 태도에는 아랑곳하지 않고 싹싹하게 인사하는데 계속해서 넌 어느 별에서 뚝 떨어졌니? 하는 얼굴로 쳐다만 보고 있을 수가 없어 소담이 억지로 웃어보려고 애를 쓰며 인사했다.

"안녕하세요, 안녕하세요."

소담이 인사를 받아주자 잃어버렸던 정신줄을 찾은 강도 기다렸다는 듯이 소담에게 인사를 했다.

들처럼 변죽 넘치는 정도는 아니었지만 그런대로 활짝 웃어보려고 노력을 하는, 그럼에도 어색한 기운은 지울 수가 없는 얼굴로 인사했고 소담도 웃는 것인지 찡그린 것인지 알 수 없는 미소를 지으며 화답했다.

"네, 안녕하세요."

"좋은 아침이에요, 누나."

들이 계속 누나라는 단어를 빠트리지 않으며 말했고 소담은 꼭 듣기 싫다고는 할 수 없지만 왠지 낯설게 느껴지고 어쩐지 불편해져서 여전히 웃는 것인지 찡그린 것인지 알 수 없는 얼굴로 들을 쳐다보고 있었다.

"안녕히 주무셨어요…… 누나."

이젠 강마저도 누나 단어를 붙였고 소담은 점점 더 불편해졌다.

'쟤들 왜 저래? 나보다 한참은 더 먹어 보이는구만.'

폭삭 삭은 정도는 아니었지만 액면가, 아니, 민낯을 비교 분석했을 때 아무리 좋게 봐줘도 소담보다는 서너 살은 더 먹어 보였다. 아무리 깎아줘도 두세 살은 더 먹었을 것이 틀림없는데 자꾸 누나라니.

'쟤들이 내 나이를 알고나 누나라 하나?'

나중에 속된 말로 민증 깠을 때 기함하려고 작정들을 했지.

에라, 모르겠다. 민증을 까는 순간이 오더라도 그래서 한참 어린 소담에게 누나라며 깍듯하게 대우한 것 때문에 분해서 거품을 물더라도 소담은 절대, 절대 오빠~ 하고 불러줄 생각은 없었다.

얼마나 있을 것이라고 오빠 하며 친한 척하겠는가. 여기서 떠나는 순간부터 두 번 다시는 접촉하지 않을 사내들인데.

"불편하진 않으셨어요, 누나?"

들이 물었다. 참 물으나마나 한 것을 물었다.

어찌 불편하지 않을 수 있을까. 불편해 죽는 줄 알았는데!

"불편하더라고요. 이상한 냄새도 나고."

소담은 불편했기 때문에 불편하다고 말했고 정체불명의 냄새 때문에 질식할 뻔했기 때문에 냄새가 난다는 말도 했다. 싫으면서 좋은 척 내숭 떨어대는 성격은 못 되었기에 솔직하게 대꾸했다.

절대 편히 주무시지 못했는 걸 어쩌라고.

"많이 불편하셨죠?"

불편했다는 소담의 말에 들의 얼굴이 즉시 안쓰럽게 일그러졌다.

"그런데 뭔 냄새가 났을까요?"

"나야 모르죠."

"일단 여기 앉으세요, 누나."

들이 육십 년은 족히 썼음직한 낡은 방석을 가리키며 앉길 권했지만 소담은 조금도 저 낡은 방석에 앉을 생각이 없었다.

눈이 어떻게들 됐나? 어머나, 저 후진 것을 방석이라고 깔고 살다니. 기상천외한 비위였다. 빨던지, 갈던지. 방석 껍데기 얼마나 한다고. 구린내 나는 남정네들 같으니라고.

"아뇨, 화장실은 어디예요?"

"아, 여깁니다."

소담의 입에서 화장실 소리가 나오는 순간 강과 들이 동시에 거의 몸을 날리듯 달려가 화장실 문을 열어주었다.

들과 강의 과한 친절 정신에 더욱 극심한 불편함을 느끼며 한 발자국 화장실을 향해 내딛던 소담은 짧은 비명을 내지르며 풀썩 주저앉고 말았다.

"아아……."

소담은 부러진 것이 틀림없을 만큼 극심한 통증이 느껴지는 발목을 싸쥐고 낮은 신음을 토해냈다.
"누나, 왜 그러세요?!"
들과 강이 개떼들처럼 소담에게 달려왔다.
'누나라고 부르지 말라고, 이 잡것들아!'
하고 소리를 지르고 싶었지만 발목이 너무 아파서 소리 지를 틈도 없었다.
조심스레 바지를 걷어보던 소담은 기절할 듯이 놀라고 말았다. 발목이, 그토록 가늘고 사랑스럽던 발목이 퉁퉁 부어올라 코끼리 다리가 되어 있었던 것이다.
"아악!"
소담은 통증은 둘째고 사람의 몸에 코끼리 다리가 붙어 있는 것에 경악해 비명을 지르고 말았고 소담의 비명에 들과 강도 심각한 얼굴이 되어버렸다.
아리따운 숙녀의 발목이 요 모양으로 작살이 난 것은 순전히 그 못된 남자 구산 때문이었다.
오밤중에 산길을 걷게 될 줄은 꿈에도 생각 못했기에 미처 낮은 굽의 구두나 운동화를 준비하지 못하고 하이힐을 신고 산길에 내려선 소담을 무식하게 몰아붙여서 그 어여쁘던 발목이 이 지경이 된 것이었다.
"구산 이 못된 자식! 이 막돼먹은 돼지 같은 자식!"
소담이 분함에 주먹을 틀어쥐고 욕설을 내뱉자 들과 강의 표정에 긴장감이 감돌았다.
어제 산길에 내려서서 몇 걸음 걷지도 못하고 발목이 푹 꺾이는 순간 심상치 않다는 것을 느꼈지만 무식한 구산이 소 몰 듯 몰아대는 통에 아얏 소리도 제대로 못하고 허겁지겁 산길을 올랐었다.

 한 걸음 내디딜 때마다 짜릿 찌릿 통증이 일었지만 아프다고 징징거리다간 캄캄한 산길에서 구산을 놓쳐 버릴 것만 같아 그래서 귀신 밥이 되거나 들짐승 밥이 될지도 모른다는 공포에 떨어대는 통에 정신없이 구산의 꽁무니를 쫓았었다.

 어제 잠들기 직전까지 발목 통증 때문에 고생을 하긴 했지만 그래도 자고 일어나면 괜찮으려니 했었는데 괜찮기는커녕 코끼리 다리가 되어 있었다. 굵기도 코끼리 뺨치게 생겼지만 시퍼렇게 번진 멍까지 딱 코끼리였다.

 '조심했어야 했는데…… 이 자식들 때문이야!'

 소담이 사나운 눈길로 들과 강을 휙 쏘아보자 들과 강이 흠칫 놀라며 주춤 물러났다.

 조금 전 잠에서 깨어나는 순간부터도 아팠고 그래서 통증 때문에 방문까지 걸어오는 길이 어찌나 멀고 험한지 구산의 면상을 대면하게 되면 내 다리 물어내라고 단단히 쏘아붙일 작정이었는데 문을 여는 순간 시커먼 두 명의 남자들 때문에 발목을 다쳤다는 것을 그래서 대단히 조심스럽게 걸어야 한다는 것을 순간적으로 잊어버리고 다친 발목에 양껏 힘을 싣고 말았던 것이다.

 "당신들 대체 누구예요!"

 소담이 버럭 소리를 지르자 놀란 표정의 들과 강이 서로의 얼굴을 쳐다보다가 다시 소담을 바라봤다.

 "전 구강이에요, 누나."

 누나는 젠장. 누가 이름 물어봤니? 그런데 이름이…… 뭐?

 "구…… 강요?"

 소담이 세상에 그런 희한한 이름도 다 있냐는 듯이 되물었다.

"예."

맙소사.

소담은 구강이라는 희한한 이름을 가진 구강이라는 사람의 얼굴을 재빨리 훑어봤다. 태어나서 선크림은 단 한 번도 바른 적이 없어 보일 만큼 새까맣게 그을린 피부에 숱이 많지만 다듬지 않아 삐죽삐죽한 눈썹, 높은 편이지만 뭉툭해서 순박해 보이는 코에 크지도 작지도, 두껍지도 얇지도 않은 입술을 가진, 단박에 와, 미남이다! 하는 소리는 나오지 않아도 못생겼다고는 할 수 없는 그런대로 괜찮은 인물의 소유자였다. 구강이라는 이름은 완전 NG였지만.

"전 구들이에요."

"구들?"

애네들 정말 왜 이러니?

구강과 구들이라니. 소담은 이번에는 구들의 얼굴을 뜯어보았다.

구강과 닮은 구석이 많으면서도 느낌은 완전히 다른 사내. 구강과 똑같이 새까맣게 그을려 있었지만 구강이 단순하게 순박해 보이는 낯이라면 구들은 그냥 가만히 있어도 웃고 있는 것처럼 보이는 눈의 생김새 때문에 순박함에 귀여움까지 보태져서 구강보다 한층 더 친근함이 느껴지는 얼굴이었다. 구강보다 입술도 조금 더 도톰했는데 윗입술이 아주 살짝 뒤집어져서 약간의 섹시함도 느껴졌다. 하지만 구들이라는 이름 역시 구강만큼이나 심각한 NG였다.

"이름이…… 구강, 구들이에요?"

"예."

이 순간 왜 구강검사와 구들장이 생각나는 걸까.

"구산 씨하고는 어떤 관계예요?"

"우리 형이에요."

들이 순진하고 해맑게 웃으며 대꾸했다.

그리 좋으니?

"산이 형이 큰형이구요, 강이 형이 둘째고 제가 셋째구요, 막내는 군대 갔어요."

"또 있어요?"

넷이나? 어우, 징글징글한 것들.

"예. 막내. 초원이요."

"초원…… 구초원?"

"맞아요. 와, 누나 되게 똑똑하시네. 그렇지, 형?"

"그러게. 진짜 똑똑하시다."

들의 해맑은 말에 강도 해맑다 못해 바보 같은 미소를 지으며 맞장구쳤다.

구씨 형제 막내도 구씨라는 걸 안다고 똑똑하다니. 너네 중학교는 나왔니?

"그러니까 이름이 구산, 구강, 구들, 구초원…… 이렇다구요?"

"예, 맞아요."

무슨 이름들이 이렇게 자유분방 후져?

"그런데 누나, 어쩌다가 발목이 이렇게 됐어요?"

들이 잔뜩 걱정하는 얼굴로 물었다.

"구산 때문에 이렇게 됐잖아요! 가방도 안 들어주고 오밤중에 산길을 오르게 해서 이렇게 됐다구요. 무식한 자식!"

소담이 또다시 분에 치받쳐 소리를 지르자 강과 들이 소담의 눈치를 보다가 고개를 끄덕였다.
"큰형이 좀 무식하기는 해. 그렇지, 형?"
"그래, 안 봐도 알지."
"큰형이 왜 그랬을까?"
"무식하잖아."
강과 들의 대화를 듣고 있던 소담은 편을 들어주는 것인지 약을 올리는 것인지 알 수가 없어 눈초리를 치켜뜬 채 강과 들을 노려봤다.
순진한 표정으로 봐서 약을 올리기 위해 고단수 수법을 쓰는 것 같지는 않은데 큰형을 대놓고 무식하다고 이구동성 외치는 것도 어째 좀 미심쩍었다.
'조심해야 해. 말려들 수도 있어.'
소담이 예리한 눈길로 들과 강을 예의 주시하는데 강이 들에게 약통을 가져오라고 시켰고 강의 분부를 받든 들이 눈 깜짝할 사이에 약통을 강의 발 앞에 대령했다.
"병원에 가봐야 할 것 같은데 일단 약이라도 발라 드릴게요."
"무슨 약인데요?"
"근육통 이런 데 바르는 약인데요, 말하자면 파스의 이종사촌이라고 할까요?"
강의 말에 들이 푸하 하고 웃음을 터뜨렸다.
"파스의 이종사촌. 맞네, 형. 와, 형 진짜 웃긴다. 하하하하."
들이 배꼽을 잡을 듯이 웃어젖히자 강도 자신이 퍽이나 훌륭한 유머를 구사한 것으로 착각하고 흐뭇하게 웃었다.
'얘네들은 모자란 것이 틀림없어. 저따위 말에 웃다니. 그리 웃기니?'

소담이 어이를 상실한 듯 찌푸린 표정으로 노려봤지만 강과 들은 대체 뭐가 그렇게 재밌다고 웃음이 끝났나 싶으면 또 웃고 이제 끝났나 싶으면 또 웃고 정말 웃기고들 앉았다.

"제가 발라 드릴게요, 누나."

강이 파스의 이종사촌 근육통 약병을 여는데 소담이 됐어요 하고 쌀쌀맞게 거절했다.

"바르면 한결 좋아질 거예요."

"됐다구요."

소담이 더욱 까칠하게 거절하자 강이 아쉽다는 얼굴로 근육통 뚜껑을 닫았다.

소담이 잔뜩 짜증이 난 얼굴로 일어나려고 하자 들과 강이 화들짝 놀라며 따라 일어났다.

"왜 일어나세요?"

"조심하셔야 해요, 누나!"

강과 들이 과장된 몸짓으로 소담을 말렸다.

"화장실 가거든요?"

소담이 남자들이 가볍게 웬 설레발이냐는 듯이 나무랐다.

"아, 화장실."

"걸을 수 있겠어요, 누나?"

"제가 부축해 드릴까요?"

"조심하셔야 하는데…… 그러다 덧나면 큰일 나요."

강과 들이 정신없게 떠들어댔다.

"괜찮거든요? 그리고 시끄러우니까……."

제발 입 좀 다물라고 말하려는데 갑자기 들이 소담에게 달려들더니 소담을 달랑 안아 들었다.

"뭐 하는 거예요!"
소담이 깜짝 놀라 소리쳤지만 들은 아랑곳하지 않고 소담을 안아 들고 화장실로 직행했다.
"내려놔요!"
"누나, 발목 더 아플까 봐 그래요."
소담이 목쉰 소프라노처럼 소리를 질렀지만 들은 걱정에 휩싸인 목소리로 소담을 달래며 화장실 안으로 들어와 최선을 다해 조심스럽게 소담을 내려놓았다.
"조심하세요, 누나."
들은 끝까지 소담의 다친 발목을 걱정했다.
"내가 알아서 할 테니까 신경 쓰지 말아요. 그리고 왜 맘대로 사람을 안고 그래요?"
소담이 바락바락 짜증을 피웠지만 들은 순진하게 미소 지으며 어깨만 으쓱했다.
"볼일 보세요."
들이 씨익 웃으며 말했고 소담은 갑자기 머쓱해졌다.
마치 아무것도 모르는, 착하디착한 어린아이한테 못된 성깔을 부린 고약한 선생님이 된 듯한 기분이 들었기 때문이다.
이쯤 되면 누구라도 치사하고 아니꼽다며 화를 내기 마련인데 저 구들이란 남자는 어째서 화를 내지 않는 것일까.
화를 내지 않는 것이 아니라 정말 화가 요만큼도 나지 않는 것처럼 보였다. 소담은 짜증을 낼 이유가 충분히 있으며 소담의 짜증을 백퍼센트 이해한다는 듯이.
'바본가? 아니면 진짜 착한 건가?'
바보는 아닐 것이다. 그럼 진짜 말할 수 없이 착하다는 것인데.

그렇다면 들이라는 남자는 소담이 지금까지 만나본 남자들 중에 제일 특이한 사람이었다. 짜증날 정도로 착해서 특이한 사람.

"누나, 조심!"

들이 화장실 밖으로 나가더니 마치 파이팅하듯 가볍게 주먹을 쥐어 보였고 소담은 여기서 또다시 화를 낸다면 마귀 할배인 아버지 못지않게 고약한 사람이 되기에 슬그머니 외면하는 것으로 짜증을 멈추고 문을 닫으려는데 문고리를 잡고 끌어당겨도 문이 따라오지 않았다. 들이 활짝 웃는 얼굴로 바깥쪽 문고리를 꽉 잡고 있었기 때문이었다.

소담이 황당하다는 얼굴로 힘을 줘서 닫으려고 하자 들도 덩달아 힘을 주며 버텼다.

"놔, 이 자식아."

강이 들의 뒤통수를 후려치자 그제야 들이 놀라서 문고리를 놓았고 소담은 참을 수 없을 만큼 찝찝한 표정으로 들을 쳐다보다가 문을 닫고 꽉 틀어 잠갔다.

"정상이 아니야."

소담은 뭔가에 홀린 기분이었다.

"그래도 자식이, 힘은 좋네."

번쩍 단박에 안아 드는 것을 보면 말이다.

"빨리 청국장 데워."

"알았어, 형."

소담이 화장실에 있는 동안 강과 들이 바빠졌다. 소담에게 아침을 먹이기 위해서였다.

들이 재빨리 청국장 뚝배기가 놓인 가스레인지에 불을 붙였다.

"형, 어때? 예쁜 거야?"

들이 강에게 속삭여 물었다.

"야, 제정신이야?"

강이 들에게 눈을 부라렸다.

"안 예뻐?"

어떻게 저 여신이 예쁘지 않을 수 있냐는 듯한 얼굴로 들이 강을 쳐다봤다.

"너 자다가 금방 깼는데도 저렇게 예쁜 여자 본 적 있어?"

"아니."

들의 입이 찢어지기 시작했다.

"사람이 아니야. 요정이야, 요정."

강이 황홀한 얼굴로 중얼거리는 순간 강과 들이 서로 손바닥을 부딪치며 하이파이브를 한 후 강은 방바닥을 데굴데굴 구르고 들은 선 채로 팔짝팔짝 뛰면서 소리없이 환호성을 내지르기 시작했다.

"봤어? 난 저렇게 하얀 얼굴은 본 적이 없어, 형. 완전 밀가루야!"

들이 흥분해서 속삭였다.

"밀가루는…… 누나가 강시냐! 자식이 무식하게, 분 같다고 해야지."

"맞아, 분이야!"

"너 속눈썹 봤냐? 밑에 그림자도 생겨. 완전 빗자루!"

강도 들떠서 속삭였다.

"누나한테 빗자루라니, 무식하게!"

"그럼 뭐라고 하지?"

"어…… 그냥 빗?"

"그렇구나! 빗! 도끼 빗!"

강이 만족스러운 듯이 웃었다.

"어떻게 화내는 것도 예쁘지, 형?"

"화내는 여자가 섹시하긴 처음이야."

"초원이도 누나 보면 좋아서 환장할 텐데."

"절대 말하지 마. 탈영할지도 몰라."

"걱정 마, 형."

황홀함에 흠뻑 취해 있던 들과 강은 소담이 나오자 재빨리 아무 짓도 하지 않은 듯 소담을 보며 씨익 웃었다.

"아침 드셔야죠, 누나."

"점심이지. 제가 밥 차려 드릴게요. 청국장 끝내주게 끓여놨어요!"

들이 지글지글 끓기 시작한 뚝배기 뚜껑을 열어 보이며 말했다.

으윽, 청국장이라니. 소담의 미간에 주름이 잡혔다.

"앉으세요, 누나."

강이 또다시 60년 묵은 낡은 방석을 가리켰다.

"됐어요. 청국장 안 좋아하구요, 그냥 방에 가서 쉴게요."

소담은 냄새나는 청국장을 먹을 생각도 더러운 방석에 앉을 생각도 눈곱만큼도 없었다.

소담이 두 남자를 피해 재빨리 방으로 도망치려는데 갑자기 누나! 하는 외침이 들리더니 들이 쏜살같이 소담에게 달려와 소담을 번쩍 안아 들었다.

"됐다구요. 제발 맘대로 안지 말라구요!"

소담이 쇳소리를 내며 발버둥 쳤지만 들은, 들은 척도 하지 않고 소담이 그토록 피하고자 애썼던 방석 위에 내려놓더니 다짜고짜 소담의 바지를 걷어 올렸다.
"아이고, 많이 부었네요, 누나. 소 다리통만 해졌네."
소 다리통? 이 자식이!
"뒷다리네. 아까보다 더 부었는데?"
아주 갖고 놀아요.
"부러진 게 아닐까?"
"당장 병원에 가야겠다."
강과 들이 서로 주거니 받거니 호들갑을 떨어댔다.
강과 들의 호들갑 때문인지 어째 발목이 아까보다 더 부은 것 같기도 했다.
'정말 부러졌나?'
높은 하이힐을 신은 상태에서 제대로 꺾였으니 부러지지 않은 게 더 이상할지도 몰랐다. 정말 부러졌으면 어쩌지?
"병원 가야 할 것 같은데."
"병원은 됐구요. 발 좀 놔주실래요?"
"진짜 아프겠다. 얼음찜질해야겠지, 형?"
"해야지."
"아뇨, 됐어요."
소담이 억지로 들의 손에서 발을 빼내는데 강이 갑자기 생각난 듯 테이블 위에 있던 파스를 집어 들었다.
"이거 붙여 드릴게요. 이거라도 붙여놔야 부기도 얼른 빠지고 통증도 가시거든요."
"됐어요, 그냥 좀 쉬면……."
"가만히 계세요."

강이 들을 끌어내고 들이 앉았던 자리에 앉더니 파스 겉포장 입구를 벌려 알맹이를 꺼내 접착 종이를 떼어낸 후 소담의 부은 발목에 파스를 붙이기 시작했다.
"내가 붙일게요."
소담이 파스를 뺏으려고 하자 강이 파스를 얼른 사수했다.
"가만 계세요."
"내가 붙인다구요."
"붙여 드릴게요."
내 손으로 붙이겠다는데 고집을 부리고 이러실까. 곤혹스러워 죽겠구만.
하나부터 열까지 떠받들림을 당하고 해주는 대로 몸을 맡겨두는 것이 버릇이 되긴 했지만 이렇게 낯선 사람들, 특히 검증되지 않은 남자들의 손길은 사절이었다.
"내가 붙일게요. 이리 줘요."
소담이 강의 손에 들린 파스를 재빨리 빼앗으려는데 강이 파스를 움켜쥐고 뺏기지 않았다. 얇디얇은 파스를 양쪽에서 잡아당기니 파스가 가래떡처럼 길게 늘어나기 시작했다.
"가만 계시라니까요."
"내가 붙인다구요. 달라구요!"
소담이 파스를 빼앗기 위해 이를 악물고 윽박질렀지만 똥고집으로 똘똘 뭉친 강은 힘으로 소담을 누르려는 듯 파스를 절대 놓지 않았다.
"내가 붙여줄게요!"
'뭐 이런 자식이!'
"내가 붙여 드릴까요, 누나?"

강이 하는 짓으로도 환장하겠는데 들까지 끼어들어 파스를 붙잡자 손바닥만 한 파스 하나가 세 사람의 손힘에 세 갈래로 늘어나 곧 찢어질 지경이었다.

"달라구요!"

"내가 붙여줄게요."

강이 어깨로 들을 밀쳐 냈지만 들이 꿋꿋하게 버텨내더니 되레 강을 밀쳐 냈다.

"내가 붙인다고, 형."

'이런 소 같은 놈들!'

소담과 강, 들이 파스를 서로 빼앗기 위해 기를 쓰고 아옹다옹하는데 갑자기 벌컥 문이 열리는가 싶더니 콰콰쾅 천둥이 울렸다.

"뭐 하는 거야!"

갑자기 천둥 같은 큰소리가 울려 깜짝 놀라 고개를 돌리자 구산이 험상궂은 표정으로 세 사람을 노려보고 있었다.

"누나 발목이 많이 아픈 것 같아서요."

들이 절대 파스를 놓지 않은 채 설명을 했지만 구산의 험상궂은 표정은 조금도 나아지지 않았다. 오히려 더 사나워지더니 애꿎게 소담을 노려봤다.

"다 큰 어른이 파스 붙일 줄도 몰라요? 왜 애들더러 파스를 붙이게 해요? 애들이 댁의 종놈인 줄 알아요!"

산의 벼락이 애먼 소담에게 떨어졌다.

이 웃기는 형제들 좀 보소.

"누가 종이랬어요?"

소담도 바락 맞받아쳤다.

"내가 종이랬어요?"

 소담이 강을 말려 버릴 듯 노려보며 소리쳐 묻자 강이 절대 그런 적 없다는 듯 고개를 저었다. 거머리처럼 파스를 움켜쥔 채로.

 "내가 종이랬냐구요!"

 소담이 이번엔 들을 파버릴 듯이 노려보며 소리쳐 묻자 들 역시 산이 생사람 잡고 있다는 듯이 세차게 고개를 저었다.

 "봤죠? 내가 붙여달라고 안 그랬거든요?"

 소담이 발끈해서 항변했지만 산에겐 핑계로만 들렸다.

 "남자 꼬시러 왔어요?"

 "누가 남자를 꼬셔요?"

 "일하러 온 사람이 일할 생각은 안 하고 대낮까지 잠 퍼질러 자질 않나 처음 보는 남자한테 다리 걷어붙이고 있는 게 꼬시는 게 아니면 뭡니까?"

 "어머머, 왜 이러세요. 콧구멍, 귓구멍, 땀구멍 다 막혀 눈 뒤집히겠네."

 소담은 너무나 기가 막혀서 웃음도 나오지 않았다.

 "꼬시긴 뭘 꼬셔요? 여기 꼬실 게 뭐가 있다고? 내가 그렇게 후지게 보여요?"

 소담이 잔뜩 비아냥거리자 구산의 눈빛이 강렬해졌다.

 남자를 꼬시다니. 싫다는 사람 억지로 발목 걸어붙여서 파스 붙여준 남자들이 누군데, 누가 누구를 꼬셨다는 말인가.

 "꼬실 게 뭐가 있다고? 지금 시골 사람이라고 우습게 보는 겁니까?"

 구산의 눈에서 불꽃이 튀었지만 소담의 표정은 더욱 사나워졌다.

"네, 우습네요. 우스워 죽겠네요."

소담이 싸늘하게 겨누어보며 대꾸했다.

"시골 사람이라 우스워?"

"죄없이 헤픈 여자 취급받았는데 내 입에서 좋은 소리 나올 줄 알았어요? 아무리 소 축사까지 쫓겨온 몸이라고 억울한 소리 듣고도 네, 어찌나 실한 사내들인지 꼬셨습니다 하고 엎드릴 줄 알았어요? 님! 나를 너무 쉽게 보시네요. 안 쉽거든요!"

지금껏 말싸움에서 져본 적이 없는 백전백승의 화려한 전적을 자랑하는 소담이었다. 조금만 거슬려도 열 배 이상 되갚아주는 고약하고 싹수없는 성질머리를 장착한 소담이거늘, 그래서 이 밉상 맞고 싸갈머리없는 성질을 배겨내지 못해 친구라고 했던 치들이 반년을 못 넘기고 절교를 선언한 지독한 말발의 소유자건만 어디라고 함부로 헤픈 여자 누명을 씌워!

"억울한 소리?"

구산이 콧방귀를 뀌었다.

구산의 콧방귀에 소담은 저 예쁘게 생겨먹지 못한 콧구녕에 코뚜레를 꿰버렸으면 좋겠다고 생각하며 찢어 죽일 듯이 구산을 노려보자 보다 못한 들이 두 사람의 불꽃 튀는 눈싸움에 슬그머니 끼어들었다.

"형, 그런 게 아니라······."

"시끄러!"

구산이 동생 구들의 입을 한마디로 틀어막았다.

"순박한 시골 남자들 갖고 놀 생각하지 말고 정신 차리고 일 배워요."

"어떤 정신 나간 여자가 멀쩡히 잘빠진 다리 놔두고 접질려서 퉁퉁 부은 발목으로 남자를 데리고 논대요!"
소담이 격하게 따지고 들자 순간 산도 움찔했다.
"사내놈들은 어떻게든 우리 집 사위가 되려거나 하룻밤 몸 섞으려고 눈이 새빨간 것들이라 서울이고 미국이고 사내놈들은 상종도 안 했는데 뭐 특출한 매력이 있다고 이 코끼리 다리를 하고 시골 남자를 꼬시냐구요! 나 그렇게까지 취향이 독특하진 않거든요?"
한 번 시작된 소담의 공격은 그칠 줄을 몰랐다.
어제 집에서 쫓겨나 똥차를 타고 이곳에 도착하기까지 얼마나 많은 곡절을 겪었던지 생각해 보니 약이 올라 열흘 밤낮을 퍼부어도 속이 시원해질 것 같지가 않았다. 그 깊은 밤 험한 산길에서 재촉만 하지 않았어도 다리가 이 지경이 되지는 않았을 것 아닌가.
"산길이라고 말이나 해주던가 아니면 가방 들어달라고 할 때 좀 들어줬으면 됐잖아요. 남자가 쪼잔하게 겨우 가방 하나 달랑 들어주고 몸을 사려요? 덩치는 크리스마스트리 장식하려고 키웠어요? 머리 꼭대기에 별 하나 달면 딱이네."
소담이 매섭게 몰아붙였다.
"형, 왜 그랬어요? 가방 좀 들어주지 그랬어요? 아, 진짜 형 쪼잔하네."
강이 입술을 실룩거리며 큰형 산을 향해 푸념하자 들도 곱지 않은 눈길로 산을 쳐다봤다.
"누나, 아까도 말했다시피 형이 좀 무식해요. 그러니까 누나가 이해하세요."
들의 말에 구산의 표정이 황당함으로 일그러졌다.

"내가 뭐가 무식하다는 거야?!"

구산이 버럭 고함치듯 물었다.

"여자를 아낄 줄 알아야지. 돌아가신 할아버지도 그렇고 아버지도 날마다 외치셨잖아요. 불알 두 쪽 차고 태어난 남자가 세상에서 가장 첫 번째로 소중하게 생각해야 하는 것은 여자라고. 그래서 엄마한테 목숨 걸고 충성하라고 하셨잖아요."

뉘신지 참으로 훌륭하신 할아버님과 아버님이었다.

들의 설명에 구산의 얼굴에 당황함이 스쳐 지나갔다.

"누나, 누나가 참으세요."

"그러세요. 누나가 너그럽게 이해를 해주세요."

강과 들이 합동으로 큰형 산을 깔아뭉개며 소담의 편을 들었다.

"뭐 그러죠. 무식한데 어쩌겠어요. 무식엔 약도 없다는데."

소담의 빈정대는 대꾸에 구산의 얼굴이 험상궂게 일그러졌다.

일그러지든가 말든가 소담은 얄미운 미소를 날려주며 들을 쳐다봤다.

"그런데…… 두 번째로 소중하게 생각해야 하는 것은 뭐라고 하셨어요?"

꼭 궁금해서라기보다는 구산의 성질을 긁어놓으면서 한편으로는 무시해 주겠다는 의도로 물은 것이다.

"가족요."

기대했던 대로 평범한 답이었다.

"세 번째는요?"

"자연."

아, 진짜 유치해.

"네 번째도 있어요?"

소담이 지루해져서 건성으로 물었다.

"예. 소요."

소? 어쩜 이 가족은 조상부터 이상하구나. 너무했다. 소 말고 소중하게 생각해야 할 것들이 얼마나 많은데 겨우 소라니. 정말 실망이었다. 돈이라고 했더라면 그럴듯했을 텐데.

"소가 왜 네 번째로 중요하대요?"

소담은 너무 황당해서 물었다. 비웃어주기 위해.

"소는 한 가지도 버릴 것이 없거든요. 사람에게 남김없이 싹 다 기부하고 원망 한마디 없이 조용히 떠나거든요. 사람도 그래야 한다구요. 다음 세대를 위해 아까워하지 말고 모두 다 내려놓고 떠나야 한다 그런 거죠."

들이 돌아가신 할아버지와 아버지의 가르침이 진리라고 굳게 믿고 있는 듯이 설명했다.

듣고 보니…… 다소 고루하긴 해도 나쁜 말은 아니고 뜻도 좀 있는 듯했다. 그래도 획기적이지 않긴 마찬가지였다.

그런데 할아버지는 돌아가셨다고 치고 가만 들어보니 아버지가 살아 계신 듯한데 어디 계신 걸까. 설마 이 손바닥보다 약간 더 큰 집에 아버지까지 사는 건 아니라고 믿고 싶었다. 아버지까지 보태면 남자만 넷인데, 아이고 아부지!

"파스 줘요."

소담은 여태까지 들과 강의 손에 쥐어져 있던 파스를 신경질적으로 획 빼앗았다. 하지만 이미 쓸모가 없어져 있었다. 늘어날 대로 늘어나 있는 상태에서 소담이 움켜잡는 바람에 구겨 버린 신

103

문 조각처럼 되고 말았다.
"으이그, 진짜. 그러게 내가 혼자 붙인다는데 두 남정네가 고집 피워서 파스는 쓰지도 못하고 저 무식한 남자 때문에 기분만 상했잖아요!"
소담이 강과 들을 향해 신경질을 내자 강이 얼른 파스를 봉지째 소담에게 내밀었다.
"다 쓰세요, 누나."
누나는 제길!
소담은 파스 봉지를 움켜쥔 채 발목에 무리를 주지 않으려고 애쓰며 조심스럽게 일어섰다.
"제가 방까지 모셔다 드릴까요?"
들이 물었다. 으이그, 팔푼이!
"됐어요!"
소담이 바락 소리를 지르자 들이 움찔하며 물러섰다.
"앞으론 절대 내 몸에 손대지 말아요. 한 번만 더 허락도 안 받고 번쩍번쩍 안았다간 죽는 거예요."
소담이 파스 봉지를 양손에 쥐고 걸레 짜듯 짝 비틀자 강과 들이 흠칫 놀랐다.
의기양양 구산을 지나쳐 방으로 뒤뚱거리며 걸어가던 소담이 걸음을 멈추고 구산을 휙 노려봤다.
"님 때문에 내 발목 아작나서 며칠 동안 일 못 배우겠네요. 일 안 하고 노는 꼴 못 봐주겠어서 도로 집으로 보내주시면 매우 감사하구요."
소담이 구산을 향해 강력한 눈빛을 쏘아준 후 방으로 들어가려다 아참 하고 구산을 돌아봤다.

"구씨네 형제 이름이 구산, 구강, 구들, 구초원이라면서요?"
"그런데?"
"아니, 무슨 이름이 그렇게나⋯⋯."
"그렇게나 뭐!"
소담이 비웃음을 잔뜩 머금고 무슨 이름이 그렇게나 우습냐고 말하려던 소담은 이름 가지고 한마디라도 입 잘못 놀렸다간 두 번 다시는 말이라는 것을 하지 못하게 만들어 버릴 것 같은 구산의 험악한 표정에 얼른 말을 바꿨다.
"자연스럽다구요. 아, 정말⋯⋯ 자연스럽네요, 참 완전 자연이네."
소담은 재빨리 말은 바꿨지만 비웃음은 지우지 않은 채 놀려주고는 재빨리 방으로 들어가 버렸다.
삼 형제만 남은 거실에는 한동안 위태로운 침묵이 흘렀다.
아버지보다 더 무서운 존재였던 큰형 구산에게 소담만큼 대가 세게 맞상대한 사람이 없었기에 들과 강의 놀라움은 소가 세쌍둥이를 출산했을 때보다 더 컸다. 세상에서 제일 강한 여자는 짐승 같은 네 형제를 낳으시고 길러내신 모계자 여사인 줄 알았는데 모계자 여사의 힘에 버금가는 강하고 독한 에너지를 뿜어내는 여자 은소담이 출현한 것이다.
감히 상대할 사람이 없다던 구산에게 강력한 적수가 나타났는데 어째서 걱정이 되기보다는 은근히 속이 후련하고 피식 미소가 지어지려는 것일까. 들과 강은 서로를 바라보며 회심의 미소를 지었다.
동생들 머리 위에서 폭군처럼 군림하며 목줄을 쥐고 사정없이 흔들어대던 큰형의 기를 꽉 꺾어줄 사람이 나타났다는 것이 강과 들에게는 마치 신선한 산소를 공급받은 것처럼 꺼져 가던 생명이 되살아나는 기분이었다.

남자도 아니고 막말로 한주먹거리도 안 되는 여자한테 된통 당한 것이 분해서 죽상을 하고 있는 큰형의 얼굴을 바라보는 맛이 이토록 고소하고 달콤할 줄이야.

"형, 왜 그랬어요? 괜히 건드렸다가 돼지게 당하셨네."

강이 슬슬 약을 올리기 시작했다.

"작은형, 아버지한테 말씀을 드려야 할까? 큰형이 여자한테 무식하게 굴었다고?"

들도 강과 편을 먹고 산의 심기를 제대로 긁기 시작했다.

"말씀드려야지. 다른 사람도 아니고 큰형이 할아버지와 아버지의 가르침을 무참하게 무시하고 짓밟았는데 이건 보통 큰일이 아니지."

강과 들은 구산이라는 범이 완전히 죽은 것이 아니라는 것도 모른 채 까불어대다가 뒤통수를 향해 확 끼쳐 오는 음산한 기운과 함께 천장에 매달려 있던 형광등이 떨어져 내릴 듯한 천둥 같은 닥쳐! 하는 고함 소리에 상실했던 공포를 되찾으며 사지를 떨기 시작했다.

"그만 살고 싶냐?"

구산이 당장이라도 숨통을 끊어놓을 듯한 무시무시한 눈빛을 뿜어내며 들과 강을 압박했다.

"더…… 더 살고 싶습니다."

들이 마른침을 꿀꺽 삼키며 더듬더듬 대답했다.

"저도…… 요."

강도 감히 고개도 들지 못하고 대답했다.

"정신 차려, 이놈들아."

구산이 동생들을 향해 윽박질렀다.

"은소담은 놀러 온 게 아니라 일꾼으로 온 거야. 허튼 생각하지 말고 일이나 열심히 해. 목장 사정 뻔히 다 알면서 얼빠진 놈들처럼 굴지 말고!"

"……."

"알았어!"

"예!"

강과 들이 경기를 하며 동시에 큰소리로 대답했다.

"답답한 놈들."

구산이 못마땅한 얼굴로 주방으로 걸어가 냉장고 문을 열고 소젖, 즉 우유를 꺼내 마시는 것을 쳐다보던 들이 슬금슬금 강에게 다가왔다.

"형."

"왜?"

"난 소담이 누나랑 결혼할 거야."

들의 말에 산이 기가 막혀 들을 돌아보자 강 역시 눈을 부라리며 들의 뒤통수를 후려쳤다.

"정신 차려! 너보다 두 살 많거든?"

"상관없어. 사랑하는데 나이가 무슨 상관이야."

들이 우직하게 우겼다.

"사랑?"

"사랑!"

"야, 너 얼마나 봤다고 벌써 사랑이냐?"

"첫눈에 반했어. 첫눈에 딱 알았다고."

"뭘 알아?"

"소담 누나가 내 영혼의 반쪽이라는 걸. 딱 알았어. 한 방에."

들이 확고한 어조로 말했다.

"어린놈의 자식이 어디 형님을 두고, 어림없어! 내가 결혼할 거야! 소담 누나는 내 영혼의 반쪽이야!"

"내 반쪽이야. 내가 먼저 찍었어!"

들과 강이 으르렁거리는데 산이 두 동생에게 다가와 동생들의 귀 한쪽씩을 양손으로 비틀어 잡았다.

"아악! 아아, 형!"

"나가서 소 밥 줘, 이 정신 나간 놈들아!"

구산이 아파서 펄쩍 뛰는 동생들의 귀를 놓아주고 엉덩이를 한 대씩 걷어차자 강과 들이 불에 덴 듯이 밖으로 뛰어나갔다.

"아 진짜 골치 아프네."

씩씩거리며 거실에 서 있던 산은 일그러진 얼굴로 소담의 방을 쳐다보다가 저벅저벅 걸어가 노크도 없이 방문을 열어젖히고 안으로 들어갔다.

"어딜 함부로 들어와요!"

누워 있던 소담이 깜짝 놀라 벌떡 상체를 일으키며 소리쳤다.

예상했던 반응이었기에 산은 들은 척도 하지 않았다.

"발목 좀 봅시다."

"됐거든요! 왜 맘대로 남의 방에 막 들어오냐구요! 나가요!"

"내 방이거든!"

산이 버럭 소리를 지르자 소담이 뜨악해서 방을 훑어보다가 치하고 콧방귀를 뀌었다.

"좋지도 않은 방 가지고 생색은. 그나저나 방 주인이라 하니까 묻는 건데 이 냄새의 정체는 뭐예요?"
"냄새? 무슨 냄새?"
"안 맡아져요? 이 꼬리한 냄새가 안 맡아진단 말이에요?"
"아무 냄새도 안 나는데 무슨 냄새가 난다고 생트집이야?"
"이게 전설 속에서나 존재한다는 그 홀애비 냄샌가?"
"뭐?"
"정말 이 냄새가 안 맡아져요?"
"아무 냄새도 안 난다고!"
"코도 무식하구나."
 소담이 질린다는 얼굴로 중얼거리자 산의 표정이 정말 무식하게 일그러졌다.
"소하고 같이 자기 싫으면 입 좀 다무시지."
 산의 협박에 소담이 물어뜯을 듯한 얼굴로 산을 노려보다가 어금니를 앙다물며 꾸욱 참았다. 구산이라는 인간 정말 소하고 같이 자게 만들고도 남을 인간이었기 때문이다.
"발목 내봐요. 어떤지 보게."
"볼 것 없어요."
"나중에 딴소리하지 말고 보자고 할 때 내놔요."
"딴소리할 거예요. 두고두고 잘근잘근 씹을 거라구요."
 소담이 오징어 다리를 씹는 듯이 꼭꼭 씹어 대꾸하자 산이 정말 한 대 칠 듯이 주먹을 틀어쥔 채 소담을 노려보다가 소담의 다친 발의 무릎을 한 손으로 꾹 눌렀다.
"놔요!"
"움직이면 아프다. 아프기 싫으면 가만히 있는 게 좋을 거야."
 산이 소담의 무릎을 꽉 틀어쥔 채 으름장을 놓았고 으름장 놓기 전에 벌써 통증이 느껴졌기 때문에 소담은 별수 없이 한발 물러서야 했다.

소담이 반항하지 못한 채 금방이라도 쭉 찢어질 듯한 눈길로 노려만 보자 산이 조심스레 바지를 걷어 올려 파스가 붙여진 발목을 살폈다. 방으로 들어오자마자 파스부터 붙인 모양이었다.

아까 얼핏 봤을 때도 제법 많이 부었다 생각했는데 자세히 살펴보자 제법 많이 부은 정도가 아니라 상당히 많이 다친 것 같았다. 파스를 붙여 가려진 자리 너머로 이미 시퍼런 멍이 퍼져 있었고 부은 상태도 아주 나빠 보였다. 어쩌면 부러지거나 금이 갔을지도 모르겠다는 생각이 들 만큼.

지금 상태가 이 정도라면 어제 발목이 꺾이는 순간부터 집에 도착할 때까지 통증으로 꽤 고통스러웠을 텐데 어떻게 참았을까.

어제 집에 도착하자마자 얼음찜질이라도 하고 응급처치로 마사지라도 했더라면 이 정도는 아니었을 텐데 조금 미안한 생각이 들었다. 이렇게 아프면 아프다고 말을 하든가. 무딘 여자 같으니라고.

"아프다고 말을 했어야지."

산의 꾸지람에 소담이 어처구니가 없다는 듯 산을 쳐다봤다.

"이보세요, 구연산 씨. 어제 내가 아프다고 할 때 어디 단풍 구경 갔었어요?"

"이름 똑바로 안 불러?"

"이름 갖고 놀렸다고 발끈하기는."

소담이 콧방귀를 뀌었다.

"어쨌거나 아프다고 할 땐 들은 척도 안 하더니 지금 와서 왜 뒷북 두드리고 그래요?"

"뒷북을 두드려? 미국 가서 못되게 말하는 법만 배우고 왔니?"
"님은 착하게 말하는 줄 알아요?"
"언제 아프다고 했어?"
"발목 다쳐서 진짜 아프다니까 가방 좀 들어달랬더니 그건 댁 사정이라면서요."

소담의 목소리가 거칠어지기 시작했다.

"들어줬잖아."
"하나밖에 안 들어줬잖아요!"

어젯밤 정말 비명이 절로 터져 나올 만큼 발목이 아파 눈물이 찔끔찔끔 흘러나왔지만 자존심에 차마 대놓고 울 수는 없어서 이 악물고 버텼던 것을 생각하자 울화가 치밀어 올랐기 때문이다.

"나중에 다 들어줬잖아."
"집 앞에 와서야 들어줬으면서."
"알았으니까 병원 갑시다."
"됐어요. 쉬면 나아지겠죠."
"병원 가자고요."
"됐다구요. 설마 부러지기야 했겠어요?"
"부러진 것 같아."

산의 말에 소담의 낯빛이 흙빛이 됐다.

"부러진 것 같아요?"

소담이 기겁하며 물었다.

"가봅시다. 부러진 게 아니었으면 좋겠는데 불길하네."
"만약에 부러진 거면 정말 가만 안 둘 거예요!"
"내가 부러뜨렸어? 네가 접질렸잖아!"
"산길이라고 말해줬으면 좋았잖아요!"

"운동화를 신었어야지!"
"운동화 챙기라고 말해준 사람 아무도 없잖아요!"
소담이 소리쳤다.
"병원 안 가! 혼자 가요!"
소담이 빽 소리치고는 드러누워 버렸다.
"나 혼자 뭐 하러 병원을 가? 내 발목 부러졌냐, 니 발목 부러졌지?"
"내 발목이니까 냅두라구요!"
"일어나."
"안 가요!"
"아 진짜 미치겠네. 무슨 애를 이따위로 기른 거야?"
산의 말에 소담이 발끈해서 몸을 일으켰다.
"뭐가 어째요? 지금 누구한테 한 소리예요?"
"너 지금까지 한 대도 안 맞고 컸지? 그러니 이 모양 이 꼴이지. 너 내 동생 같았으면 천 대는 맞았다."
"님도 내 동생이었으면 만 번은 밟혔을 거예요. 무식한 인간 님."
"그래, 나 무식하다!"
산이 버럭 고함을 지르고는 소담을 막무가내로 끌어당겨 안아 들었다.
"아, 잠깐…… 아프잖아요!"
소담이 통증 때문에 화들짝 놀라 양팔로 산의 목을 꽉 끌어안으며 몸을 긴장시켰다.
"아…… 파?"
가늘고 보드라운 여자의 팔이 야무지게 끌어 안겨오자 순간적으로 당황한 산이 움찔 굳은 얼굴로 소담을 쳐다봤다.
 '예전에도…… 그때도…… 이렇게 안겨왔었는데…….'
 "부러진 것 같다면서 그렇게 막 안으면 어쩌자는 거예요? 아예 두 동강 내려고 작정했어요?"
 화가 나서 마구 퍼부어대던 소담이 고개를 돌려 산을 쳐다보는 순간 산의 얼굴이 너무 가까이 있자 깜짝 놀라 움찔했다.
 산의 당황한 시선과 역시나 당황한 소담의 시선이 꼭 맞물린 채 5초 정도 서로를 빤히 쳐다보다가 소담이 꽉 끌어안고 있던 산의 목을 느슨하게 풀었다.
 "이제 괜찮아?"
 "조심 좀 하라구요."
 "그러니까 가자고 할 때 군소리 말고 갔으면 됐잖아."
 "가기 싫다고 했잖아요. 내려놔요! 구연산 이 무식한 짐승!"
 "내가 무식한 짐승이면 은소팔 넌 싸가지없는 짐승이냐?"
 "감히 내 이름을 갖고 놀려!"
 "소팔이가 싫으면 대팔이라 해줄까!"
 산이 소담을 안고 방을 나오며 퉁명스럽게 대꾸했다.
 "어따 대고 싸가지없는 짐승이에요!"
 "제발 부탁인데 입 좀 다물어라."
 "내려놓으라고!"
 바락바락 짜증을 내는 소담을 안고 집 밖으로 나온 산은 놀라서 쫓아오는 동생들을 향해 차 문을 열라고 소리쳤다.
 강이 쏜살같이 차 문을 열자 산이 소담을 조수석에 태웠다.
 "안 간다구요!"
 소담이 소리쳤지만 산은 거칠게 차 문을 닫아버렸다.

"형, 설마 누나 갖다 버리려는 건 아니죠?"

강이 걱정에 휩싸인 얼굴로 물었다.

"소 밥이나 챙겨!"

어이없음에 고함을 지른 산이 차에 오르자 소담이 바락바락 악을 썼다.

"안 간다고요! 나 이 썩은 똥차 쪽팔려서 싫단 말이야!"

"싫어도 별수 없어. 너 사람 될 때까지는 똥차밖에 없으니까."

"왜 반말이에요? 언제 봤다고 반말이에요!"

"너 네 살 때 봤다. 됐어? 다섯 살이나 어린 애한테 존댓말하냐!"

산이 버럭 고함친 후 액셀러레이터를 밟자 과연 썩은 똥차답게 굉음을 일으키며 달려나갔다.

저 멀리 사라지는 승합차를 바라보던 강과 들의 얼굴은 걱정으로 잔뜩 일그러져 있었다.

"형."

"왜?"

"만약에 큰형이 진짜 소담 누나 갖다 버리면…… 나 신고할 거야."

들의 말에 강이 들의 어깨를 다독였다.

"형이 그 정도로 숭악할 리는 없지만…… 꼭 신고해."

강이 결연한 표정으로 용기를 북돋아주었다.

병원에 도착해 소담을 차에서 내려주고 병원 입구까지 세월 없이 걸어가는데 산이 소담을 붙잡아 세웠다.

"안을까 업힐래?"

"안지도 말고 업지도 말아요!"

"이래서 오늘 안에 병원에 도착하겠어?"

"못 기다리겠으면 그냥 집에 가시던지요."

"까불지 말고 업혀!"

산이 소담을 향해 등을 댔다.

"빨리 업혀."

산의 넓디넓은 등을 노려보던 소담은 원수 같은 산의 등에 업히느니 기어서 가리라 생각하면서도 한 걸음 뗄 때마다 통증이 너무 심했기 때문에 싫어도 지금은 산의 등을 빌리는 것이 현명하다는 생각에 슬그머니 산의 등에 업혔다. 어깨를 잡는 둥 마는 둥 하면서.

"꽉 잡아. 흘러내리면 추켜야 하는데 추키면 발 아플 것 아니야."

듣고 보니 산의 말이 옳았고 그래서 내키지 않았지만 어쩔 수 없이 팔을 앞으로 둘러 산의 목을 꼭 껴안았다.

"일어나?"

"일어나요."

소담의 신호에 산이 소담의 엉덩이에 손을 두르는데 소담이 기겁하며 산의 머리카락을 움켜잡았다.

"아, 아!"

"어딜 만져요? 감히…… 나의 귀한 비무장지대를!"

소담이 산의 머리를 더욱 단단히 틀어잡으며 소리쳤다.

"그럼 어쩌라고! 엉덩이 안 받치면 목 졸려 죽을 판인데!"

산이 버럭 소리를 질렀고 소담은 별다른 수가 없다는 것을 알고 슬그머니 산의 머리카락을 놓아주었다.

"어디서 배워먹은 짓이야? 뭐? 비무장지대? 무장을 하고 다니던가!"

산이 소담을 쳐내며 벌떡 일어나서 고함을 질러댔다.

"쪽팔리게 왜 소리를 지르고 그래요? 미안해요. 대신에…… 조심해서 받치도록 해요."

"에이, 진짜 성질 같아서는!"

당장이라도 소담을 내동댕이칠 듯 화를 내던 산은 가까스로 화를 눌러 앉히고 다시 소담에게 등을 보였고 소담이 살며시 목을 껴안으며 업혀오자 소담의 엉덩이를 두 손으로 단단히 받친 후 조심조심 몸을 일으켰다.

"괜찮아?"

"괜찮아요."

산은 병원을 향해 천천히 걷기 시작했다.

비무장지대?

"아, 진짜 황당해서."

병원 입구에 거의 다다랐을 때 산이 혼잣말처럼 중얼거렸다.

"뭐가 황당해요?"

소담이 물었지만 산은 대답하지 않은 채 접수대로 다가가 정형외과 진료를 접수했다.

"골절입니다."

의사가 엑스레이 필름을 들여다보며 금이 간 부위를 가리키며 말했다.

"보이시죠?"

"잘 보이네요. 아주 자알."

소담이 이를 갈며 대꾸한 후 곁에 서 있는 구산을 노려보자 구산이 자신과는 전혀 상관없는 일이라는 듯 무표정한 얼굴로 사진을 쳐다보고 있었다.
"깁스하고 일주일 후에 사진 다시 찍어보죠. 간호사 따라가서 깁스하세요."
의사선생님의 말이 떨어지기 무섭게 구산이 소담이 앉아 있는 휠체어를 밀고 진료실을 나와 간호사를 따라 처치실로 향했다.
"봤죠? 똑 부러진 거."
소담이 처치실로 향하는 도중 고개를 돌려 구산을 올려다보며 물었지만 구산은 들은 척도 하지 않았다.
"감히 은소담의 다리를 똑 부러뜨려 놓고 무사할 거라고 착각하고 있는 것 아니겠죠?"
"네가 까불다 부러진 거야."
구산이 뻔뻔하게 받아쳤다.
"까불다 부러진 건지 웬 무식한 인간이 부러뜨린 건지 깁스한 후에 차근차근 계산을 때려보자구요."
소담이 으드득 이를 갈며 협박했지만 구산은 소담의 협박 따위는 겁나지 않는다는 듯 딴청을 피웠다.
소담은 깁스를 하는 동안 한마디도 하지 않고 일부러 먼 산을 보고 있는 구산을 노려보고 있었다.
'무식한 인간이…… 인물은 괜찮네.'
소담은 잠깐도 쉬지 않고 구산을 노려보면서 구산의 얼굴을 요모조모 꼼꼼하게 뜯어보고 있었다.
삼 형제 중에 제일 새까맣게 그을려 있었지만 이목구비는 삼 형제 중에 제일 뚜렷했다. 눈 코 입 모두 선이 굵직하고 선명해서 뭐랄까 사진이 굉장히 잘 받을 것 같은 얼굴이라고 할까.

크지만 쌍꺼풀이 없어 제법 매섭게 보이는 눈에 역시나 숱은 많지만 손질이 되지 않은 새까만 눈썹. 눈썹 자리가 툭 불거져 나와 있어서 성질을 내면 정말 사나워지는 얼굴.

콧대는 만든 것처럼 높았고 끝은 샤프하다기보다는 뭉툭한 편에 속했지만 구강만큼 뭉툭하지는 않아서 잘생긴 코라고 할 수 있었다.

입술은 삼 형제 중에 제일 두툼했는데 구들처럼 윗입술이 살짝 뒤집힌 맛은 없어서 귀엽다거나 섹시한 맛은 전혀 없었다.

가만히 있을 땐 순박한 모습도 보일 것 같지만 소담 앞에서 내내 성질만 냈으니 순박함은 물 건너갔고 귀엽거나 섹시한 구석도 없으니 합계를 내자면 잘생겼다 할 수 없는데 이상하게도 불균형할 것 같은 조각들이 솜씨있게 맞춰지고 절묘하게 어울려서 산속에서 소를 키우고 있기에는 너무 아까울 만큼 미남이었다.

몸집도 장난 아니었다. 키가 워낙 크다 보니 50퍼센트는 그냥 먹고 들어가는데 큰 키에 몸집까지 거대하니 흔한 표현으로 신이 내린 몸매였다.

'아깝네.'

이 정도로 미남에 몸매까지 받쳐 주는 사람에게 소만 키우고 살게 하는 것은 죄악이라는 생각마저 들 정도로 말이다.

지금부터 피부만 제대로 관리해 준다면 서울 강남 한복판에서도 소위 절대 꿀리지 않을 정도로 우월한 신체 조건과 수려한 인물의 소유자 구산.

구산은 단순하게 키가 크고 소를 키워서 몸집이 커졌다기보다는 오랜 세월 쉬지 않고 운동만 한 사람 같았는데 구산이라는 사람에 대한 프로파일이 요만큼도 없으니 일단은 소치기 소년, 아니, 소치기 총각? 그냥 목동이라 하자, 목동으로 산속에서 썩게 하기에는 아까운 인물인 것만큼 틀림없었다.

'인물 좋고 몸매만 좋으면 뭐 해. 성질이 더러운데.'

결정적인 결격사유가 있다면 바로 성격이었다.

못돼먹은 성격 말이다.

'잘 걸렸어. 이참에 이 은소담이 어떤 사람인지 뼈가 저리도록 깨닫게 해주겠어.'

발목이 부러진 것은 기가 막힐 노릇이었지만 이미 부러진 것이니 어쩔 수 없고 이참에 무지막지하게 불친절한 구산의 성질머리나 싹 뜯어고쳐 놓자 싶었다.

소담 자신의 성질도 썩 좋다고는 할 수 없었지만 구산은 정말 구제불능이었다. 어제부터 오늘 아침까지 단 1퍼센트도 칭찬할 구석이 없는 불친절하고 괴팍하고 무식한 목동.

감히, 이 은소담을 몰고 다니는 소보다 못한 취급을 하다니. 따끔하다 못해 타도록 뜨끔한 맛을 보여줘야만 직성이 풀릴 것이다.

따끔한 맛을 보여주는 것에 부러진 발목은 아이러니하게도 참으로 쓸모있고 강력한 무기였다.

재경그룹 은 회장님의 딸의 발목을 부러뜨려 놓았는데 제아무리 별나게 못된 남정네라도 이젠 별수 없을 것이리라.

'언제까지 내 눈을 피하는지 지켜보겠어.'

소담은 자신이 아까부터 노려보고 있다는 것을 알면서도 모른 척하는 구산을 더욱 매섭게 노려봤고 그러다 어느 순간 눈이 딱 마주쳤는데 당황할 줄 알았던 구산은 노려보는 이유를 모르겠다는 듯, 왜 쳐다보냐는 얼굴로 되레 더 심술 맞게 소담을 노려봤다.

 소담과 구산은 그때부터 한 치의 양보도 없이 각막이 따가워 눈물이 날 지경으로 서로를 노려보기 시작했다. 소담도 질겼지만 구산도 참 질겼다. 그 정도로 오랫동안 노려보면 각막이 건조해져서 견딜 수 없을 것이 분명한데 먼저 눈을 깜빡거리거나 피하지 않기 위해 눈 흰자위에 핏발이 설 지경으로 필사적으로 노려본 것이다.

 두 사람의 눈싸움을 중단시킨 사람은 의사선생님이었다. 의사선생님이 그때 깁스를 끝내주지 않았더라면 틀림없이 두 사람은 각막에 치명적인 상처를 입었을 것이다.

 깁스를 끝낸 후 서툴러서 엉거주춤한 자세로 목발을 짚고 병원 밖으로 나온 소담은 구산의 어쭙잖은 부축을 매몰차게 거절하며 기어이 혼자 조수석에 올랐다.

 "약 잘 챙겨 먹어."

 목발을 뒷자리에 챙겨 넣고 운전석에 오른 구산이 퉁명스럽게 말했다.

 "휴대폰 좀 쓰죠. 설마, 휴대폰도 없는 건 아니죠?"

 "휴대폰은 왜?"

 "아버지한테 전화하게요."

 소담의 말에 구산의 미간에 순간적으로 주름이 잡혔다가 사라졌다.

 "전화는 왜?"

 "할 말이 있거든요?"

 "무슨 말?"

"무슨 말을 하든, 님께서 왜 궁금해하세요? 겁나요?"

소담이 빈정거리며 물었다.

"내가 뭘 잘못했다고?"

구산이 조금도 겁날 게 없다는 듯이 되물었다.

"잘못한 거 없으니까 휴대폰 좀 쓰자구요. 설마 쪼잔하게 통화료가 겁나서 안 빌려주는 건 아니겠죠?"

"그러니까 무슨 말 할 건지 묻잖아."

구산의 억지에 소담의 입가에 비웃음이 걸렸다.

겁날 것이 조금도 없다면서 뭐라고 할 건지 말을 하라니. 겁나면 그냥 겁난다고 할 것이지.

"당신이 내 발목 분질러 놨다고 고해바칠 거예요. 그래야 아버지가 날 구하러 달려오실 것 아니에요."

"내가 분지른 거 아니야. 네가 조심하지 않아서 부러진 거지."

구산이 확고한 어조로 말했다.

"님이 경고도 없이 몰아붙였잖아요!"

"산에 오면서 힐 신고 오는 몰상식이 어딨어?"

"산에 간다는 말도 안 하고 산에 끌고 가는 몰상식은 어느 나라에 있대요?"

"목장이면 당연히 산이지. 그건 상식이야."

구산이 빈정대듯 말했다.

"상식? 미국에는 산이 아니라 들판에서 키우거든요? 상식은 무슨, 아무 데나 갖다 붙이면 상식인 줄 아나."

소담의 비아냥에 구산이 험악해진 얼굴로 소담을 노려봤다.

"미쿡에서 끌려온 주제에 미쿡 찾고 계십니까?"

구산이 소담과 똑같이 비아냥거리자 소담이 한 대 칠 듯한 얼굴로 구산을 노려봤다.
"산길 걷는다는 말 없었잖아요!"
소담이 소리쳤다.
"우길 걸 우겨야지!"
"그러니까 아버지한테 전화해서 하나하나 제대로 따져 보자구요! 빼지 말고 휴대폰 줘봐요!"
"못 줘!"
구산이 버럭 소리를 지르고는 차를 출발했다.
"겁날 것 없다면서 왜 못 줘요? 찔려요?"
"안 찔리거든?"
"안 찔리면 달라구요."
"난 통화료 겁나서 못 빌려줘."
"쪼잔해."
"그래, 나 쪼잔해."
구산은 스스로 쪼잔하다고 인정했으면 인정했지 휴대폰을 빌려줄 수가 없었다.
겁날 것 조금도 없다고 큰소리쳤지만 그건 그냥 큰소리일 뿐 사실은 겁났다.
회장님이 버르장머리 단단히 고쳐 놓으라는 주문을 하면서도 조건을 걸었던 것이 절대 때리거나 죽이지 말라였다. 때리거나 죽인 것은 아니지만 데려온 첫날부터 발목을 부러뜨려 놓았다는 것을 알게 된다면…… 생각만 해도 식은땀이 났다.
물론 구산이 부러뜨린 것은 아니었지만 그렇더라도 정황상 잘못이 전혀 없다고 할 수 없었다. 소담이 목장에 끌려오는 주제에 힐을 신고 멋을 부리려 했던 것은 틀림없이 잘못이었지만 미리 경고를 해주지 않은 것은 자신의 책임이었고 발목을 다쳐 아프다고 하는데도 우격다짐으로 산길을 오르게 한 것도 큰 잘못이었다.

워낙은 버르장머리도 없고 제멋대로라 초장에 확 잡아놓지 않으면 힘이 들 것 같아 위협적으로 대했던 것인데 이런 부작용이 생길 줄이야. 부작용도 적당해야지, 발목이 부러지다니.

아침에 비서실장님으로부터 전화가 왔었다. 도착 여부를 확인하는 전화였고 무사히 잘 도착했으며 발목이 부러진 줄도 모르고 세상모르게 잘 자고 있다며 걱정 말라고 말한 후 통화를 끝냈었다. 걱정 말라고 했는데…… 발목이 부러진 것이다. 재경그룹 은회장님의 딸 은소담의 발목이. 젠장!

"쪼잔한 겁쟁이."

"말조심해."

"어디 조심시켜 보시지요."

소담이 깐죽거렸다.

"안심하지 말아요. 수단과 방법을 안 가리고 전화를 하고야 말테니까."

"마음대로 하십시오."

"구강 씨하고 구들 씨는…… 내가 무척 좋은 모양이던데."

소담이 회심의 미소를 날리며 중얼거렸고 구산은 어금니를 틀어 물며 턱 근육을 실룩였다.

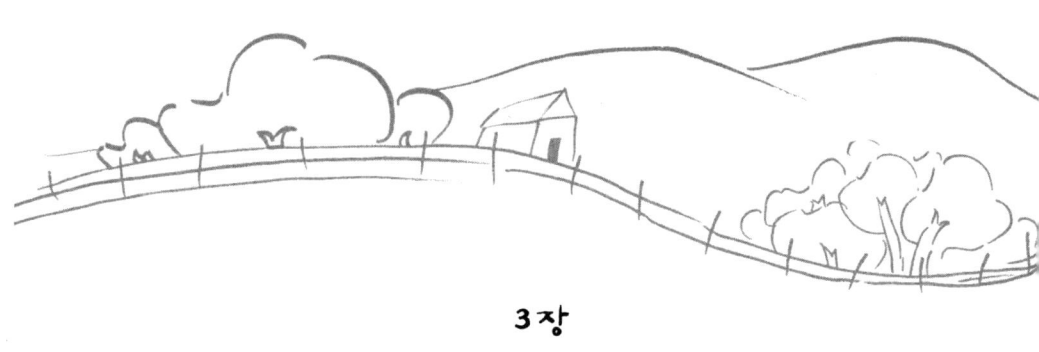

3장

　소담이 깁스를 한 다리로 차에서 내려서자 강과 들이 기가 막혀 죽겠다는 얼굴로 소담의 다리를 쳐다봤다.
　"병원 갔다 온 거예요?"
　"깁스를 한 건…… 부러진 거예요?"
　"그랬더라구요. 아주 똑 부러졌더라구요."
　소담이 구산에게 눈을 흘기며 말하자 구산은 못 들은 척 뒷좌석에서 목발을 꺼내 소담에게 건넸다.
　"얼마나 있어야 한대요?"
　"기본 6주라네요."
　"6주나? 한 달도 넘게요? 큰일 났네. 힘들어서 어떻게 해요, 누나."
　들이 근심 가득한 얼굴로 과장된 어조로 말했다.
　"버텨야지 별수 있겠어요?"

소담이 까칠하게 대꾸하고는 현관 쪽으로 움직이자 강이 쏜살같이 대문을 열어주었고 소담은 목발이 익숙하지가 않아 영 어설픈 걸음으로 겨우 집 안으로 들어와 자신의 방으로 향하다가 들과 강을 돌아봤다.

"그런데 구들 씨 나이가……."

"제 나이요? 궁금하세요?"

들은 소담이 자신에게 관심을 가져주는 것으로 착각을 하고 활짝 웃으며 물었다.

"궁금하네요. 정말 나한테 누나라고 해도 되는 것인지."

"그럼요. 스물셋이에요."

어머나, 어쩌다 그렇게 삭았니.

"그럼…… 구강 씬요?"

구강은 연하가 아닐 것이라 굳게 믿고 싶었다. 구들이 스물셋이면 적어도 두세 살은 더 먹어 보이니까 틀림없이 자신보다는 한두 살 더 많을 것이고 그래서 깍듯하게 누나라고 대우한 것을 억울해할 것이라고 굳게 믿고 싶었다.

"스물넷이요. 들이하고 연년생이에요."

아이구야. 노안이 집안 내력이구나.

"정말…… 내가 누나네요."

"맞아요, 누나."

강과 들이 합창을 했다.

동생들이라는 것이 확인이 됐으니 대면하기가 한결 수월해진 것은 확실한데 동생이 동생답지 않게 죄 노안이라 정말로 대면하기 수월해지려면 한참은 걸릴 것 같았다.

"들 씨, 부탁이 있는데……."

"뭐든지 말씀하세요. 그냥 들아…… 하고 부르세요."

"아이, 그래도 어떻게 그렇게…… 들 씨…… 나 휴대폰 좀 빌려 줄래요?"

소담이 더없이 상냥하게 부탁했다. 눈가에 눈웃음까지 장착한 채.

"물론이죠."

들이 바지 주머니에서 냉큼 휴대폰을 꺼내 소담이 벌린 손 위에 휴대폰을 내려놓으려는 순간 바람처럼 나타난 구산이 눈 깜짝할 사이에 들의 휴대폰을 획 채갔다.

"소 밥 줬니?"

"줬어요."

들이 멍한 얼굴로 구산을 노려보고 소담이 찢을 듯한 눈으로 구산을 노려보는데 강이 소담에게 다가왔다.

"누나, 제 꺼 쓰세요."

강이 소담에게 휴대폰을 건네고 소담이 강의 휴대폰만큼은 무슨 수를 써서든 손에 넣기 위해 0.5초 만에 손을 뻗는데 구산의 손이 소담보다 0.2초 더 빨랐다. 구산은 강의 휴대폰도 번개와 같은 속도로 채가 버렸고 소담은 찢어지도록 소리를 지르기 일보 직전의 얼굴로 씩씩거리며 구산을 노려봤다.

"형, 누나가 휴대폰 쓴다고……."

"밥 차려."

"차릴게요. 근데 누나가 전화 쓴다고……."

"전화 금지야."

구산이 거친 어조로 말했다.

"분명히 딱 한 번만 말한다. 은소담한테 절대 휴대폰 빌려주지

마. 휴대폰을 빌려주다가 걸리건 빌려줬다가 걸리건 둘 다 그날부터 그만 살게 될 줄 알아."

구산은 명령에 불복종할 경우 무시무시한 응징이 뒤따를 것이라는 것을 온몸으로 극명하게 드러내며 명령했다.

"집 전화도 마찬가지야."

구산이 텔레비전 옆에 있던 전화기의 코드를 뽑아 전화선을 전화기에 돌돌 말아 감은 후 옆구리에 꼈다.

"형, 너무하잖아요. 어떻게 전화도 못 쓰게 해요? 교도소도 아니고."

"은소담은 미쿡에서 지저분한 사고나 치고 날라리처럼 살다가 회장님 명령으로 한국으로 끌려왔어."

구산의 말에 소담의 얼굴이 경악으로 일그러졌다.

"날라리?!"

소담이 기가 막혀서 곧 넘어갈 얼굴로 소리쳤지만 구산은 콧방귀만 뀌었다.

치사하고 유치하고 발칙한 인간 같으니라고. 전화기를 못 빌려주게 하려고 서슴없이 날라리라는 단어를 쓰며 소담을 저질로 만들다니. 일부러 약 올리려고 미국을 소담이 그랬던 것처럼 미쿡으로 발음하질 않나, 저질로 만든 것으로도 모자라 소담의 약점까지 까발리다니.

"회장님께서 날라리 은소담이 사람 될 때까지 여기서 꼼짝도 못하게 하라고 명하셨어. 외출금지, 통화금지는 물론이고 10원짜리 하나도 손에 쥐어주지 말라고 하셨다."

"치사해서 정말……."

소담이 분함에 몸을 떨었지만 구산은 소담을 향해 얄밉상스러운 미소를 던지며 더욱 속을 긁었다.

"분명히 말했다. 나중에…… 걸리고 나서 살려달라고 해봤자 소용없다."

구산이 마지막으로 험악한 경고를 날린 후 강과 들에게 휴대폰을 돌려주었다.

"밥 차려."

구산이 동생들에게 명령한 후 거실 중앙에 있는 두껍고 커다란 원목 탁자 상석에 자리를 잡고 앉았고 강과 들은 구산의 눈치를 보며 가스레인지에 불을 붙이고 냉장고에서 밑반찬들을 꺼내 밥상을 차리기 시작했다.

"독한 인간."

소담이 절대절대 상종 못할 인간이라고 생각하며 낮게 뇌까린 후 방문을 열어젖혔다. 저 지독한 인간의 낯짝을 1초라도 더 보고 있다간 화병에 거품 물고 쓰러질 것 같았기 때문이다.

"밥 먹지?"

"님이나 처드세요!"

소담이 빽 소리를 지른 후 망할 목발을 짚고 방으로 들어가려고 하는데 구산이 강에게 잡아다 앉혀 하고 명령했다.

강이 산과 소담의 눈치를 보다가 슬금슬금 다가와 소담을 붙잡았다.

"식사하세요, 누나."

"님들이나 실컷 드시라구요!"

더 이상 소담에겐 상냥함이 남아 있지 않았다. 눈가에 장착되어 있던 눈웃음은 독기로 둔갑해 있었다.

"드세요. 하루 종일 굶었잖아요."

"안 먹는다고!"

소담이 목발까지 휘두르며 소리치자 도저히 감당이 안 된 강이 물러서고 말았다. 그러자 구산이 벌떡 일어나 소담에게 성큼성큼 다가와 소담에게서 목발을 휙 빼앗아 치운 후 강아지 다루듯 소담을 척 들어 올려 옆구리에 끼더니 밥상 앞에 앉혔다.

"밥 안 먹는다구요. 염장 질러놓고 무슨 밥이에요!"

"밥 먹고 약 먹어야지."

"약을 먹든지 말든지 무슨 상관이에요?"

"약 잘 챙겨 먹고 빨리 회복해서 일해야지. 여기 놀러 온 줄 알아?"

내 그럴 줄 알았지. 걱정은커녕 하루라도 빨리 부려먹으려고 밥을 먹이고 약을 먹이려던 것이었다.

그래, 돼지처럼 먹어주마.

"씨리얼 없어요?"

소담이 어금니를 꽉 틀어 문 채 물었다.

"씨, 씨럴…… 뭐요? 그거 욕이래요?"

강이 놀란 얼굴로 물었다.

"씨럴이 아니라 씨리얼 없냐구요. 콘플레이크 뭐 그런 거."

"그게 뭐냐?"

강이 들에게 물었다.

"에이 형, 엣지 없게. 우유에 타 먹는 거, 호랑이 기운이 솟아나요. 몰라요?"

들이 콘플레이크도 모르는 촌놈이 다 있냐는 듯이 말했다.

소담은 들의 입에서 엣지라는 단어가 나온 게 더 웃겼다. 자식이 들은 말은 있어서.

"그거는 애들이 먹는 거 아니냐?"
"어른도 먹거든요?"
"그거 먹으면 진짜 호랑이 기운이 솟아난대요?"
강이 초등학생 수준의 질문을 하자 소담은 어이가 없어졌다.
"먹어보세요. 호랑이 기운이 솟는지. 꼭 우유에 말아서."
소담이 비아냥거리듯 말하는데 산이 밥 먹어! 하고 윽박질렀다.
"산골에 와서 돼먹지 못하게 씨리얼 같은 거 찾지 말고 밥이나 먹어."
돼먹지 못해?
"돼먹지 못해서 밥맛이 없다구요!"
"없어도 먹어."
말이 안 통하는 사람. 사람 열 치밀게 하는 데 도가 튼 사람. 먹통, 밥통, 똥통!
"밥맛이 없는데 어떻게 먹어요!"
소담이 소리를 치는 순간 소담의 배에서 얄궂은 소음이 터져 나왔다.
우르르 쾅쾅. 배고파 죽겠으니 정말 돼먹지 못하게 그만 뻗대고 밥 내놓으라는 신호였다.
칠띠기 같은 위장!
설마, 못 들었겠지 하며 짐짓 싸한 얼굴로 고개를 돌리는데 구산이 픽 하고 비웃었다.
"참 픽도 밥맛이 없는 모양이네."
오, 주여! 저 사악한 인간에게 저주를 내리소서!
"먹어드리죠. 구산이라고 생각하면서 꼭꼭 씹어 먹어드리죠."

소담이 진짜 때리고 싶다고 생각하며 눈에 있는 검은 눈동자가 보이지 않을 만큼 치켜뜨고 구산을 노려보고 있는데 들이 밥이 한가득 담긴 밥그릇을 수저와 함께 내려놓았다.

접시에 예쁘게 담지 않고 열다섯 번은 더 돌려먹었을 것 같은 꾀죄죄한 반찬 그릇째 놓인 밑반찬 다섯 가지와 가스레인지에서 지글지글 데워진 청국장이 탁자 중앙에 자리를 잡자 식사가 시작됐다.

'으, 냄새.'

누가 시골 아니랄까 봐 한참 젊은 사람들이 후지게 청국장이나 끓여먹고 있다며 속으로 비웃던 소담은 가만 생각해 보니 노안다운 음식이다 싶었다. 나이보다 서너 살은 앞서 가는 노안의 소유자들이 오죽하겠는가. 먹는 폼도 '남의 밥그릇에 수저 꽂았다간 사단난다!' 딱 그 짝이었다.

소담은 웃통 벗어 던지고 장작 패다 온 머슴처럼 밥을 먹는 구씨네 삼 형제를 쟤들을 어쩌면 좋으니, 하는 얼굴로 쳐다보다가 일단 젓가락을 들었다.

젓가락을 들긴 들었는데 손이 가고 입맛에 맞는 반찬이 한 가지도 없었다.

밑반찬이라는 것들이 죄 좋아하지도 않는 나물 종류고 게다가 냄새 지독한 청국장. 야채가 몸에 좋은 것이야 사전에도 나와 있고 청국장이 몸에 좋은 것도 과학적으로 증명되어 초등학생도 아는 상식에 속하는 좋은 음식들이었지만 암만 몸에 좋아도 입에 맞아야 환영받는 법.

온갖 다채로운 맛에 길이 들어 약삭빨라진 혀가 몸에 좋은 약은 입에는 쓰다라는 진리의 속담을 액면 그대로 받아들여 입에 쓴 것을 거부하는데 어쩌라고. 그리고 이왕 말이 나왔으니 하는 말인데 소 키우는 목장에서 야박하게 쇠고기 한 점도 내놓지 않다니 시골 인심이 뭐 이따위인가 싶었다.

소갈비 먹여주기 아까우면 양지머리 몇 점 띄운 국이라도 한 그릇 먹여줘야 인심이지 인정머리없기는.

전부 싫어하는 반찬들이라고 맨밥만 먹을 수는 없고 아쉽게나마 김이라도 있었으면 하면서 순전히 고춧가루 혹은 고추장으로 양념을 해서 칼칼할 것 같다는 생각에 정체불명의 빨간 나물 혹은 장아찌를 한 점 집어 시큰둥한 표정으로 씹던 소담은 의외의 맛에 깜짝 놀라고 말았다.

순전히 칼칼할 것 같다는 생각에 마지못해 선택한 반찬이었는데 별로 특출한 재료가 들어가지 않은 것 같은 볼일 없는 양념의 조합이 환상적이었다. 칼칼한 것은 말할 것도 없고 짜지 않으면서도 달짝지근하고 고소함까지 풍부하게 느껴지면서 쫄깃쫄깃 씹히는 육질까지 저절로 입안에 침이 고이며 그렇게 맛날 수가 없었다.

"이거 뭐예요?"

밥맛 없다고 우겼으니 절대 묻지 말아야 했는데 의외롭고 놀라운 맛에 소담은 순진하게도 묻고 말았다.

"더덕장아찌래요."

강이 알려줬다.

"더덕도 장아찌를 해먹어요?"

"그럼요. 여기서는 흔해요. 저기 조금만 올라가면 더덕 밭이 있어서 아무 때나 캐오면 되거든요. 이따 저녁에는 더덕구이를 좀 해드릴까요?"

더덕구이라. 대번에 침이 고였다.

더덕구이의 맛은 소담도 이미 알고 있었다. 칼칼한 고추장, 간장 등 갖은 양념으로 맛을 낸 양념장에 재두었다가 석쇠에 구워 먹는 더덕구이.

장아찌의 맛이 이 정도라면 더덕구이는 얼마나 더 훌륭할까. 갑자기 더덕구이가 확 구미에 당겼지만 그렇다고 날름 해달라는 것은 소담의 체면에 흠을 입히는 짓인지라 소담은 해주면 먹어줄 수는 있다는 표정으로 대답을 대신했다.

"청국장 한번 맛보세요. 황태 대가리로 육수를 내서 끓인 거라 맛이 끝내줘요."

강이 적극적으로 청국장을 권했다.

청국장이라⋯⋯ 황태 대가리로 육수를 내서 냄새가 더욱 고약한 모양이었다. 하지만 아무리 냄새가 고약하다고 해도 소담은 안타깝게도 두부를 너무나 좋아했고 소담이 너무나 좋아하는 두부가 청국장 안에 대량 살포가 되어 있었기에 강의 적극적인 권유를 거절하기가 어려웠다. 그리고 솔직히 말하면 말로만 배가 고프지 않다고 했지 실은 몹시 시장했고 더덕장아찌의 환상적인 맛을 본 순간부터 시장기가 극에 달해 밥상에 있는 반찬을 모두 한입씩 맛보고 싶은 유혹에 시달리고 있던 참이었다.

소담은 한번 맛을 보고 아니다 싶으면 더는 먹지 않으면 그만이니 손해 볼 것은 없겠다 싶어 되도록 청국장 국물은 딸려오지 못하게 조심하면서 커다랗게 숭덩숭덩 썰어 넣은 두부 한 토막을 건져 올려 일단 밥 위에 내려놓은 후 숟가락으로 알맞은 크기로 잘라내 한입 맛을 보았다.

'어머나!'

황태 대가리로 육수를 내서 끓인 청국장에 든 두부의 맛이 믿어지지 않을 만큼 끝내줬다. 끔찍한 냄새를 가진 청국장이 이런 끝내주는 맛을 내다니.

소담은 맛있는 척하지 않으려고, 사나흘 굶은 거지처럼 게걸스럽게 먹지 않으려고 노력하면서도 어느새 또다시 청국장 뚝배기에서 커다란 두부 한 점을 떠올리고 있었다. 걸쭉한 청국장 국물까지 듬뿍 포함해서.

여러 차례 데우는 과정에서 부드러운 두부 속속들이 진한 청국장 양념이 배어들어 소담이 지금까지 먹어본 두부 중에 최고의 맛을 내고 있었던 것이다.

"맛있죠?"

강이 물었다.

"괜찮네요."

솔직하지 못한 소담 같으니라고.

"그런데 큰형, 누나가 미국에서 무슨 사고 쳤어요?"

들이 갑자기 참 뜬금없이 물었고 소담은 눈치머리없이 지금 그런 걸 왜 묻는 것인지 뜨끔하며 들을 쳐다봤다.

"은소담한테 물어봐라. 무슨 날라리 짓을 하고 다녔는지."

산이 못마땅한 얼굴로 말하자 소담이 날라리 아니거든요! 하고 쏘아붙였다.

"내가 무슨 사고를 치고 내가 무슨 날라리였다고 그래요? 내가 면도칼을 씹고 다니길 했어요, 장미파나 오공주파 만들어 코흘리개들한테 돈을 뺏고 다녔어요? 뭐가 날라리라는 거예요?"

소담이 파르르 성질을 냈다.

"그럼 왜 붙잡혀 오셨습니까? 미쿡에서?"

산이 끝까지 약을 올렸다.

"그건…… 술 좀 마시고 춤 좀 추고 쇼핑 좀 하고 그랬을 뿐이에요. 내가 미성년자도 아니고 성인인데 그게 뭐 잘못됐어요?"

"남의 나라까지 가서 하라는 공부는 안 하고 술은 얼마나 마시고 춤은 얼마나 추고 돈은 또 얼마나 써댔으면 붙잡혀 오기까지 하셨을까."

산이 한심하다는 듯이 혀를 찼고 소담은 당장이라도 되받아쳐 주고 싶었지만 마땅히 받아칠 말이 생각나지 않아 어금니만 앙다물었다. 성질나게도 구산의 말이 틀린 말이 아니었기 때문이다.

공부하기 위해 유학을 간 것은 사실인데 공부는 뒷전이고 물 좋기로 소문난 나이트클럽을 전전하며 마시고 춤추며 파티 걸로 명성을 날리고 명색이 한국에서는 세 손가락 안에 드는 대그룹 회장님의 딸이니 격에 맞게 입고 갖추어야 했기에 하루가 멀다 하고 백화점이나 명품 매장을 들락거렸다.

아무리 남의 나라라도 한국의 재벌 딸인데 아무나 끌고 다니는 똥차를 타고 다닐 수는 없으니 누가 봐도 '부자구나~' 할 만큼 최고 좋은, 최고 비싼 차를 타야 하고 남이 사주는 술은 자존심 상해 못 마시니 술도 소담이 사야 하고 남이 나보다 더 비싸고 좋은 걸 입거나 들고 다니는 꼴은 절대 봐줄 수 없어 1달러라도 비싼 걸 사야 직성이 풀리고 남이 하나를 사면 난 두 개를 사야 체면치레라고 생각해 세상 무서운 줄 모르고 양껏 쓰며 놀았던 것이다.

돈이야 죽을 때까지 마르지 않을 것이고 넘치고 넘치는 것이 돈이니까. 아버지가 그 돈을 벌기 위해 얼마나 피 말리는 고생을 하는지 그런 것 따위를 왜 내가 걱정해야 하냐며 세상에 존재하는 최고의 사치를 마음껏 누린 것이다. 그렇게 정신 나간 사람처럼 놀아 젖히다 보기 좋게 붙잡혀 와서 소목장에까지 유배가 되어버린 것이고.

하지만 할 말은 있었다.

몹시 억울했다.

처음부터 못하게 하던지 하시지 너 하고 싶은 대로 하라며 가만히 놔두다가 왜 갑자기 이 난리를 치시냔 말이다. 못 쓰게 하시려거든 진작 카드라도 정지시키시지 일곱 개나 되는 카드 마음껏 걱정없이 쓰게 내버려 두더니 왜 갑자기 돌변하셨나 그 말이다.

그만하면 졸업하는 데 별문제 없을 만큼 학점도 받아내고 있었고 '재경그룹 은 회장 딸 은소담 너무 논다'는 소문이 파다했어도 '재경그룹 은 회장 딸 은소담 완전 망쳤다' 소리까지는 안 듣게 했는데, 그만하면 됐지 무슨 심술이고 무슨 변덕이신지. 그래서 억울했고 그래서 기가 막힌다는 것이다.

어쨌거나 아버지는 시커먼 늑대 무리가 우글거리는 악산에 딸을 내버렸다는 것을 알고 계신 것인지, 만약 모르고 계시다면 커다란 실수를 하신 것이고 만약 알고 계시면서도 보냈다면…… 노망나신 것이다.

"놀긴 놀았네요, 누나."

무조건 편들어줄 줄 알았던 강이 소담을 논 여자 취급했고 소담은 아직 밥이 반 그릇이나 남았는데 저 두 형제가 입맛을 뚝뚝 떨어뜨리고 있다고 생각하며 만화에서 나오는 그 표현처럼 빠직하는 눈빛으로 강을 노려보자 강이 재빨리 시선을 피하며 다시 소처럼 밥을 퍼먹기 시작했다.

"놀았어도 날라리는 아니래요."

들이 소담의 편을 들었다.

"면도칼도 안 씹고 돈도 안 빼앗았잖아. 그럼 날라리는 아니래."

들의 말에 소담이 당연하지 하는 듯 눈에 힘을 줬다.

"날라리는 면해서 좋겠네."

산의 혼잣말을 들으며 소담은 어째 저 구산이라는 남자는 혼잣말이나 그냥 말이나 말이라는 것 자체를 곱게 하질 못하도록 태어난 사람이라 생각하며 입술을 실룩거렸다.

태생부터 비꼬고 비웃어주는 것이 취미인 성격으로 타고난 것이 틀림없었다.

어제 처음 만나 이곳으로 올 때도 무슨 남자가 깃털처럼 가볍고 유치하게 시도 때도 없이 콧방귀를 뀌어대서 밉쌀 맞은 콧구멍을 확 찔러 버리거나 새는 곳이 너무 많아 콧방귀 소리가 아예 묻혀 버리게 콧구멍을 세 개로 만들어 버리고 싶은 충동에 시달렸었는데 하는 짓이 저 나이 먹도록 친구 하나 제대로 못 사귀고 줄기차게 왕따를 당했을 것이 분명할 만큼 성격에 크고 교정 불가능한 모가 나 있는 것이 틀림없을 만큼 짜증났다.

'치료가 필요해. 환자는 가까이할 필요가 없어.'

소담은 구산이라는 사람을 치료가 필요한 환자로 단정 지으며 더는 맞상대하지 않기로 결심했다. 환자와 상대하다 보면 자신도 환자가 될 것이 분명했기 때문이다.

자고로 좋은 환경과 이로운 자를 사귀라 하지 않았던가. 구산이라는 사람은 은소담에게 결코 이로운 사람이라 할 수 없었고 이 소목장―아직 소는 한 마리도 구경 못했고 쇠고기도 구경 못했지만―도 결코 좋은 환경이라 할 수 없었다.

'물들면 안 돼.'

물만 들지 않으면, 정신만 똑바로 챙기면 별 탈이 없을 것이다.

소담은 자신의 엉덩이에 묻은 겨는 털어낼 생각을 하지 않고 구산의 엉덩이에 묻지도 않은 똥을 타박하며 목장에서의 첫날을 보내고 있었다.

무료하다라는 뜻이 정확하게 무슨 뜻인지 소담은 소목장에서 지낸 지 5주 만에 절절히 깨닫고 있었다.

5주일이 아니다. 도착한 지 일주일 만에 이렇게 고즈넉하다 못해 지나치게 잠잠한 곳은 없을 것이라고 생각했었고 일주일 또 일주일 또 일주일이 지나 한 달이 되고 5주가 되자 고즈넉이고 잠잠이고 이러다 미치는 것이 아닐까 하는 기분에 사로잡히고 말았다.

흥미있는 일이 없어 심심하고 지루함이라는 뜻을 가진 형용사 '무료하다' 라는 단어는 누가 만들어냈는지 천재가 틀림없었다.

다른 설명 필요 없이 정말 흥미로운 일이 단 한 가지도 없어 심심하고 지루해 땅바닥에 붙어버린 기분이었다. 사전적 의미에서 한 가지 아쉬운 것이 있다면 표현 하나를 빠트렸다는 것 정도? 심심하고 지루해서 '미칠 것 같다' 는 표현이 빠진 것이 아쉽고 안타까웠다.

정말 미칠 것 같았다.

다친 발 덕분에 어떤 종류의 일인지는 몰라도 일하지 않고 놀게 된 것은 다행이었지만 그 외에 할 수 있는 것이 단 한 가지도 없었다. 먹고 쉬고 화장실 갔다가 다시 먹고 쉬고 자는 것.

상팔자 중에서도 최고의 상팔자 짓을 하고 있었지만 이 짓은 상팔자가 아니라 낭패 중에서도 낭패였다.

그리고 솔직히 말해서 이것이 무슨 노는 거라고.
이것은 절대 논다고 할 수가 없었다. 그냥 아무 짓도 하지 않고, 아니, 하지 못하고 가만히 있는 짓이었다.
논다는 것은 친구들과 어울려 술을 마시거나 춤을 추거나 쇼핑을 해야 논다고 할 수 있는데 하다못해 카페에서 차라도 마시며 수다라도 떨어야 논다고 할 수 있는데 이건 대체 뭐 하는 짓인지. 아무 짓도 하지 못하니 낭패라 할 수밖에 없었다.
지루하고 무료해서 몸살이 날 지경이었다.
지하 벙커에 갇힌 기분 혹은 좀비가 된 기분이랄까?
아무도 없고 아무 소리도 들리지 않고 아무 할 일도 없고.
가만히 누워서 천장만 올려다보고 있기 놀이를 시작한 지 오 주째 소담은 천장이 갑자기 내려앉아 묻혀 버리는 환각에까지 시달리기 시작했다.
하루하루를 지나치게 바쁘게 지내던 소담이었다. 물론 돈을 버느라 바빴던 것은 아니지만 나름대로 하루가 고작 24시간밖에 되지 않는 것이 안타까울 만큼 바쁘고 활기찼던 소담이었다.
새벽에 일어나서 수석이 아닌 낙제를 면하기 위해 잠깐 책을 들여다보며 숙제를 하고 학교로 가서 강의를 듣고 강의가 끝나면 전날 만들어두었던 시간표대로 친구들과 어울려 쇼핑을 하거나 카페에서 수다를 떨고 해가 기울면 곧바로 물 좋은 나이트클럽을 찾아다니며 자정이 넘어 문을 닫으니 이제 그만 나가달라고 할 때까지 신나게 놀아주었다.
그래서 소담에겐 24시간이 부족했고 수면 시간까지 턱없이 부족할 정도로 집 나간 강아지처럼 부지런히 쏘아다녔던 소담이었다.

그랬던 소담이었는데 오 주 동안 하루 온종일 밥 먹는 일 외에는 아무것도 하지 않고 누워만 있으려니, 급기야 무료하고 지루함이 지나쳐 환각까지 보이기 시작한 것이다.

그리고 이놈의 동네는 아직도 겨울이었다.

3월이면 온 세상이 봄이 왔으니 기쁘게 봄을 맞이하라고 외치고 선명한 연두색 새싹이 돋아나고 봄꽃들은 꽃망울을 터뜨리며 소란을 피우는데 이곳은 봄이 오려면 아직도 한참은 더 기다려야 할 만큼 추운 겨울이었다.

연두색 새싹은 언제쯤 돋을지 기약이 없고 꽃망울은커녕 과연 이런 곳에서도 꽃이 필까 의심스러울 만큼 추웠다.

뒷산엔 언제 내렸는지 아직도 녹지 않은 눈이 보였고 공기도 몹시 차고 바람은 더욱 차고 밤만 되면 몸이 오그라들 정도로 추위에 떨어야 했다.

올해 특히나 우리나라 날씨가 종잡을 수 없을 만큼 변덕스러워 108년 만의 폭설이 내리질 않나 맑은 날 구경하기가 힘들 만큼 흐리고 햇빛 구경하기가 하늘의 별따기보다 더 어렵다고 하지만 강원도는 북쪽에 자리 잡은 땅답게 추워도 너무 추웠다.

추우니 밖에 나갈 수도 없고 결국 집 안에서 맴돌아야 했는데 너무 심심하고 너무 지루하자 구강도 아쉽고 구들도 아쉬웠다.

그들이 친한 척 말을 걸어올 땐 귀찮고 성가셔서 그리고 사회적 위치를 고려했을 때 한마디로 쪽.팔.려.서. 시골 녀석들과는 절대 친해지기 싫었기에 시큰둥하게 대했었는데 지금은 그들의 수다스러움이 아쉽기까지 했다.

시골 녀석들의 수다가 아쉬워지다니…….

하는 행동이나 말들이 죄 유치하고 과장돼서 황당하기 그지없는 녀석들을 아쉬워하다니.

믿을 수 없게도 소담은 밖에서 개 짖는 소리가 마치 누나! 하고 외치는 구들의 목소리로 들려 반색하며 벌떡 일어난 적도 몇 번 있었다. 개 짖는 소리가 사람 소리로 둔갑하는 환청까지 들린 것이다.

어찌나 심심한지, 게다가 내 집도 아닌 남의 집에 혼자 있자니 어찌나 썰렁하고 고요한지 알뜰하게도 챙겨주고 친한 척하는 시골 녀석들이 언제쯤 나타날까, 하루에도 몇 번씩 창밖을 내다볼 지경으로 구강과 구들이 아쉬웠다.

물론 그 삭은 얼굴의 동생들이 좋아졌다거나 그리워서가 아니라 자신의 무료함을 달래기 위해 아쉬워하는 것이지만 분명 작은 변화는 일어나고 있었다.

첫 주, 둘째 주, 셋째 주까지는 여기서 떠나는 그 순간이 오면 그때부터 죽을 때까지 구씨네 형제들은 절대 상종하지 않을 것이며 생각조차도 하지 않겠다고 주먹까지 쥐어 다짐했던 결심이 한 달이 지나고 오 주일째가 되는 순간 조금씩 자연스럽게 사그라지고 있었기 때문이다.

구씨네 형제가 학질에 걸린 환자도 아닌데 죽을 때까지 꼭 상종을 못 할 것은 없다고, 생각 정도는 해도 나쁘지 않을 사람들이다라는 정도로 결심이 흔들리고 있었다.

그것 역시 물론 너무나 지루하다 보니 그렇게 된 것이지만 어쨌거나 소담은 환각도 보이고 환청도 들릴 지경으로 무료함에 찌들어가고 있었다.

"강이나 들이라도 있었으면."

그 소리가 절로 났다.

엉뚱하고 싱겁긴 해도 순박한 맛이 있어서 그 당시엔 쟤 왜 저러니 싶어도 나중에 곱씹을수록 웃음이 나는 친구들이 강과 들이었다.

목장에 온 지 일주일 만엔가 저녁을 먹고 화장실에서 꽤 시간을 끌며 씻고 나온 들이 방에서 한참이나 꿈지럭거리다 나오더니 대뜸 뭐 달라진 것 없냐고 물었었다.

달라진 것이 요만큼도 없는데 달라진 것이 없냐고 묻자 뭐라고 대답해야 할지 몰라 소담이 난감한 얼굴로 달라진 부분을 찾는 척하고 있는데 참으로 은혜로우신 구강께서 하나도 없는데 하고 대신 답을 해줬다.

강의 말대로 달라진 곳은 한군데도 없었다. 눈을 씻고 봐도 없었다.

"누나, 누나도 없는 것 같아요?"

들이 소담만큼은 달라진 곳을 찾아낼 것이라는 듯 잔뜩 기대에 차서 물었다.

암만 봐도 없구만.

"뭐 글쎄…… 이마가 좀 반짝거리는 것 같기도 하고……."

분명히 달라진 곳이 있다는 대답을 목 빼고 기다리는 들인지라 없다고 할 수가 없어서 억지로 짜내서 한마디 던졌는데 들의 눈동자가 반짝 빛나더니 대번에 환하게 웃었다.

"역시, 누나가 나한테 관심이 있다니까."

관심없단다, 구들장아.

"누나를 위해서 특별히 스킨 발랐잖아요."

들이 천진난만한 얼굴로 말했고 소담과 강은 어처구니가 없는 얼굴로 들을 쳐다봤다.

"듬뿍 발랐어요. 그래서 이마가 반짝거린다니까."

들은 소담과 강이 황망한 표정으로 바라보는 것을 싹 무시해 치우며 여전히 천진난만했다.

"누나, 향기 어때요?"

들이 소담의 얼굴에 자신의 얼굴을 들이대며 싸구려 스킨 냄새를 맡길 강요했고 소담은 정말 맡아주기 힘든 스킨 냄새 때문에 낯을 찡그리고 말았다.

"뭐…… 나쁘지 않네요."

소담이 이렇게 저질스러운 냄새는 처음이라는 얼굴로 말했지만 들은 표정이 아니라 나쁘지 않다는 소담의 말에만 너무나 집중한 나머지 점점 더 과감해졌다.

"누나, 나 멋지죠? 나한테 반한 것 같죠?"

들이 건방진 표정까지 지으며 물었고 소담은 강원도 산골 총각도 도끼병에 걸릴 수 있다는 것에 경악해 이 일을 어쩔꼬 하는 뜨악한 표정으로 아무 대답도 하지 못했다.

천 년이 지나도 구씨네 형제들이 하는 짓에는 적응하지 못할 것이라 생각하며 구들에게 반할 일은 결단코 없을 테니 앞으로 싸구려 스킨 바른 면상 들이대지 말라고 말을 할까, 어쭙잖은 도끼병 환자 구들의 착각을 조금 더 즐겨줄까 고민하는데 슬그머니 일어나서 어디론가 사라지는 것 같던 구강이 갑자기 구들의 얼굴에서 풍기는 냄새와 똑같은 냄새를 팡팡 풍겨대며 나타났다.

"누나, 나도 좀 달라진 것 같지 않아요?"

저 늙은 구강검사 동생님은 또 왜 저러시니?

"그러게……."

미치겠다, 정말.

"이마에서 막 광이 뿜어져 나오네요."

소담은 비꼬려고 한 말이었는데 곧이곧대로 받아들인 강이 천장에 붙은 형광등이 내려앉도록 흐뭇하게 웃어 젖혔고 자신에게 반짝거린다고 말했으면서 강에게는 광이 뿜어져 나온다고 말한 것 때문에 와락 서운해져 버린 들은 삐쳐서 방으로 들어가 버렸다.

이건 웃어야 할지 울어야 할지. 살다 살다 저렇게 황당무계한 형제들은 처음 본다고 생각하며 저렇게 이상한 사람들하고 어울리다간 나까지 이상해지겠다고 경계심을 발동시켰었는데 한참 후부터는 문득문득 푹 하고 웃음이 터지는 것이 생각할수록 재밌었다.

구씨네 형제들은 그런 사람들이었다. 아니, 구씨네 형제들 중에서 구산만 빼고 구강과 구들은 그런 사람들이었다.

너무 해맑고 너무 순박해서 처음엔 결단코 적응할 수 없을 것 같지만 뒤늦게 미소 짓게 하는 사람들. 느지막하게 은근한 즐거움을 풍겨서 뒤늦게 궁금해지고 뒤늦게 같이 놀고 싶은 사람들. 물론 닮고 싶지는 않지만.

그렇게 나중에 두고두고 웃게 해주는 늙은 동생들도 없고 혼자 심심함에 치여 청승을 떨어대고 있자니 참 죽을 맛이었다.

구씨네 형제들은 대체 무슨 일들이 그렇게나 많은지, 대기업을 운영하는 아버지보다 몇 배는 더 바쁜 것 같았다. 고작 소 키우는 일이 뭐가 그렇게 대단하고 복잡할 것이라고, 밥만 먹여주면 그만일 텐데 한번 나가면 함흥차사였다.

도대체 몇 시에 일어나는지 소담이 일어났을 때면 집에는 소담을 제외한 생명체는 벌레밖에 없었다. '집에 아무도 없음'을 알리는 썰렁한 기운만이 불을 떼지 않아 차디찬 거실 바닥을 휘감고 있는 것이다.

구강이나 구들 중에 한 사람이 그랬겠지만 소담이 일어나면 먹을 밥상이 차려져 있고 항상 그 옆에는 몇 줄의 간단한 메모가 적힌 메모지가 있었다.

밥은 밥통에 있어요. 찌개만 데워 드세요.

차려놓은 정성이 고마워―솔직히 고마운 마음은 별로 없었다―한 술 뜨긴 떠야 하는데 찌개 데워 먹는 것도 귀찮고 원래 아침밥은 잘 먹지도 않는데다가 다친 발 때문에 행동에 제약이 많아 움직임이 적다 보니 배도 고프지 않았다. 그리고 소담에게 익숙한 환경이 아닌 낯선 환경 탓도 있고 혼자 밥 먹는 것도 흥이 나지 않아 아침은 매번 손도 대지 않았다. 물론 치우지도 않았고.

어쨌거나 구씨네 형제들은 새벽에 연기처럼 사라졌다가 밥 먹을 시간에 딱 맞춰 우르르 나타나서는 빛의 속도로 밥을 먹어치운 후 또다시 우르르 동시에 연기처럼 사라졌다. 그렇게 몰려 나가고 나면 다음 밥 때가 돼서야 다시 나타나니 소담은 철저하게 소외당한 기분에서 벗어날 수가 없었다.

저녁 먹은 후에는 그나마 얼굴 보고 얘기할 시간이 좀 있긴 했지만 결코 길다고는 할 수 없었다.

구제역이 어쩌고 살처분이 어쩌고 하며 무슨 내용인지 금방 알아들을 수도 없고 알아듣고 싶지도 않은 목장 얘기를 세 형제가 꽤나 심각하게 나누며 소담을 따돌렸고 심각한 대화가 끝나고 나면 한 명씩 화장실로 들어가 씻고 나와서 짧은 굿 나이트 인사를 남긴 후 한방에 몰려들어 가 잠들어 버렸다.

어제는 5분도 상대해 주지 않고 들어가 버리는 구씨네 형제들 때문에 너무나 서운한 나머지 형제들이 자고 있는 방에서 같이 자고 싶은 충동까지 일 정도였다.

하루 온종일 심심함에 치여서 죽을 고비를 넘기느라 얼마나 고생했는데 고작 3, 4분 상대해 주고 자러 들어가 버리다니. 억울하고 섭섭해서 돌아가며 때려주거나 이 소 같은 자식들아 말 좀 하고 살자! 고 악을 쓰고 싶을 지경이 되어버린 것이다.

그나마 밤에는 혼자가 아니라 다른 생명체도 있구나라는 것을 느끼게 해주는 것은 꼭 닫힌 방문 틈을 비집고 거세게 들이닥치는 삼 형제의 코 고는 소리였다.

거짓말 조금 보태 형광등이나 유리창이 왕창 깨지지 않을까 겁나고 지나가던 들짐승마저도 경기해 도망가겠구나 싶을 만큼 삼 형제가 동시에 혹은 1, 2초의 시간차를 두고 번갈아 골아 젖히는 코골이는 가히 기네스북에 등재될 만큼 폭발적이었다.

처음 한동안은 코 고는 소리 때문에 방해를 받아 늦게 가까스로 잠이 들었었는데 얼마 전부터는 놀랍게도 코 고는 소리가 들려야 안심하고 잠을 청하니 살다 보니 이런 일도 있구나 싶었다.

"그릇을 한 번 더 깨트릴까?"

오죽 심심하면 그릇 깰 생각까지 할까.

열흘 전엔가 보름 전엔가 구산의 닦달 때문에 팔자에도 없던 설거지를 했더랬다.

"은소담!"

구산이 마치 후임병을 부르는 선임병처럼 군대식으로 소담을 부르더니 설거지를 지시했다.

매번 주는 대로 받아만 먹지 말고 설거지 정도는 해야 하지 않냐는 취지로 채근하는 통에 억지춘향으로 떠밀려 설거지를 하게 됐는데 결론부터 말하자면 그릇 하나는 반쪽을 내놓고 두 개의 그릇은 박살을 내고 말았다.

절대 의도한 것은 아니었다. 맨손으로 거품 설거지를 하다 보니 몹시 미끄러웠고 방심하고 어쩌고 할 틈도 없이 손에서 빠져나간다 싶은 순간 짱 하는 경쾌음과 함께 손을 쓸 틈도 없이 커다란 우동 그릇이 쩍 하고 반으로 갈라진 것이다.

"무슨 소리야?"

소담이 또 싫은 소리 듣겠구나 생각하며 곁에 다가온 구산을 민망한 표정으로 쳐다보다가 반쪽이 난 우동 그릇을 집어 드는데 산이 그냥 내려놓으라고 말하는 순간 우동 그릇을 놓쳤고 떨어지면서 밑에 있던 그릇들을 건드리자 우동 그릇에 비해 상대적으로 작고 약하던 그릇들이 박살이 나버렸다. 그래서 결론적으로 세 개의 그릇을 해먹고 말았다.

우동 그릇 하나도 까마득한데 몇 초 만에 한 개가 세 개로 불어나니 아차 싶었다.

구산의 입에서 쏟아져 나올 박격포 수준의 잔소리에 대비하며 깨진 그릇들을 수습하려고 하는데 산이 그릇에 닿으려던 소담의 손을 꽉 잡았다.

"놔둬."

"치워야죠."

"내가 할 테니까 놔두라고."

산이 물을 틀더니 손을 씻으라고 한 후 쓰레기통을 가져와 깨진 그릇들을 골라 버리기 시작했다.

"뭐 깼어요?"

강과 들도 그릇 깨지는 소리를 들었는지 방에서 내다봤다.
"은소담이 그릇 세 개를 박살 냈다."
산이 가뜩이나 민망한 소담을 비꼬아주는데 역시 강과 들이었다.
"다치지 않았어요?"
"누나, 괜찮아요?"
강과 들이 득달같이 뛰어와 소담의 안전을 살폈다.
징하게 착한 것들. 깨진 그릇 물어내라 할 줄 알았는데 소담의 손이 깨졌을까 봐 걱정을 해주다니.
"안 다쳤어요. 난 괜찮아요."
"그럼 됐죠 뭐. 그릇이야 깨지라고 있는 건데."
"안 다쳤으면 됐어요."
"내가 치울게요."
친절한 들이 나서서 치우려는데 산이 막았다.
"내가 치울 테니까 자리나 봐."
강과 들이 소담을 향해 깨진 그릇은 코딱지만큼도 걱정 말라는 다정한 미소를 던져 주고 방으로 들어가자 소담이 묵묵히 깨진 그릇 조각을 치우고 있는 산의 눈치를 살폈다.
"진짜 깨려고 한 건 아니고 손에서 미끄러졌어요."
소담이 결코 일부러 깨트린 것이 아니라 불가피한 상황이었다는 것을 피력하며 산을 돕기 위해 깨진 그릇 조각들을 집는데 산이 놔둬 하고 언성을 높였다.
"내가 버릴게요."
"그냥 놔둬."
"이제 더는 안 깨트릴게요."

소담이 고집을 피우며 조각 하나를 쓰레기통에 버리고 다시 조각을 집어 들려는데 산이 소담의 손을 붙잡았다.
"놔둬. 다친다고."
산이 엄한 목소리로 말했고 소담은 시키는 대로 손을 씻고 물러났다.
"정말 다친 데는 없어?"
깨진 그릇을 다 치운 산이 몇 걸음 물러나 있는 소담을 돌아보며 물었다.
"없어요."
"그럼 됐어. 앞으로는 설거지하지 마."
"저기…… 일부러 그런 거 아니에요."
"알아."
"내가 마저 할게요."
"됐어."
"내가 할게요."
소담이 싱크대에 손을 넣으려고 하자 산이 됐다고 말하며 소담을 밀어냈다.
"또 깨트리면 일부러 깨트린 걸로 칠 거니까 그만 들어가."
이번엔 깨트리지 않을 자신이 있는데 산이 기회를 주지 않자 그날은 포기하고 그것으로 끝을 냈었다.
그런데 다음날 구씨네 삼 형제가 치우지 않고 내버려 둔 점심 그릇을 시키지도 않았는데 자진해서 설거지하던 소담이 또다시 그릇 두 개를 깨트렸고 집 안에 아무도 없다는 것을 천만다행으로 생각하며 깨진 그릇을 어떻게 하면 감쪽같이 버릴 수 있을까 고민하다가 매장이라는 기발한 방법을 생각해 냈다.

땅에 묻어버리면 죽을 때까지 아무도 모를 것이라고 생각하며 검은 비닐봉지에 그릇 조각들을 담아 꼭 동여맨 후 재빨리 밖으로 나오는데 현관문을 여는 순간 산과 딱 마주치고 만 것이다.
"어디 가?"
"그냥 밖에 잠깐……."
소담이 재빨리 깨진 그릇이 담긴 비닐봉지를 뒤로 숨겼지만 산의 예리한 눈길을 피해갈 수는 없었다.
"뭐야?"
"뭐가요?"
"뒤에 숨긴 거."
"뭘 숨겼다고…… 아무것도 아니에요."
"이리 내봐."
"아무것도 아니라니까 왜 그래요?"
"아무것도 아니니까 이리 내보라고."
"별것 아니에요. 쓰레기예요. 내다 버리려고요."
"오늘 아침에 쓰레기통 비웠는데 무슨 쓰레기?"
그냥 모른 척할 것이지!
"내 방에…… 있던 쓰레기…… 내가 버리려고……."
당황하다 보니 더듬더듬 더욱 수상해졌다.
어영부영 산을 지나쳐 밖으로 나가려는데 눈 깜짝할 사이에 손가락에 끼워져 있던 비닐봉지가 산의 손으로 넘어가더니 산이 비닐봉지를 열어봤다.
"또 깼어?"
"그게……."
"다 깨트리면 밥은 어떻게 먹냐?"

"무슨 그릇이 그렇게 잘 깨지는지······."

"설거지 뭐 하러 했어?"

"이번엔 정말 안 깨트릴 자신 있었다구요."

소담이 방정맞게 딱 맞춰 집에 들어온 구산이 미워 죽겠다고 생각하며 슬금 산의 눈치를 보는데 산이 한심해 죽겠다는 얼굴로 소담을 노려보고 있었다.

"또 깨트리면 일부러 깨트린 거라고 했지?"

"일부러 아니에요. 잘해보려고 했는데······."

"설거지하지 말라고 했잖아."

"실험 삼아······."

"무슨 실험?"

"이번에도 깨트리나 안 깨트리나······."

"여기가 그릇 공장이냐? 누가 집에서 그릇 깨지는 실험을 한다고······."

본격적으로 잔소리를 늘어놓던 산이 갑자기 말을 멈추는가 싶더니 갑자기 소담의 손을 덥석 잡았다.

"왜요?"

"피나잖아."

"어디요?"

산의 눈길을 따라 손을 내려다보자 오른손 둘째 손가락 둘째 마디 베인 자리에서 피가 나고 있었다. 깨트린 그릇을 숨기는 데 급급한 나머지 베인 줄도 모르고 있었는데 1센티미터는 족히 베여 있었다.

"내가 설거지하지 말라고 했잖아."

산이 소담의 손을 잡은 채 거실로 들어가더니 재빨리 약통을 찾아와 약통에서 소독약을 꺼내 소담의 손을 소독했다. 베인 자리를 소독하면서 자세히 살펴본 산이 혼잣말로 제법 베였네 하고 중얼거렸고 소독한 후에는 상처에 바르는 연고를 발라준 후 1회용 반창고로 동여매 주었다.
"괜찮아?"
"괜찮아요."
"하지 말라면 하지 마. 그릇이 남아나겠냐?"
산이 미간에 주름을 잡은 채 나무랐고 소담은 손 걱정하는 줄 알았더니 결국은 그릇 걱정이었네 싶어 시큰둥한 얼굴로 알았다고 대꾸했다.
산은 더 이상 잔소리하지 않았고 소담은 아무래도 설거지 특기는 없는 모양이라고 생각해 설거지는 영원히 그만두기로 결심했다.
그때까지는 그나마 괜찮았다. 구산과 소담의 관계 말이다. 하지만 바로 다음날 원수가 되는 다툼이 일어나고 말았으니 소담은 백퍼센트 구산의 잘못이라고 굳게 믿고 있었다.
아무리 생각해도 정말 해도 너무했다. 구산 말이다!
소담은 너무나 커피가 간절했던 나머지—산골에 와서 단 한 번도 커피를 마시지 않았다—평소에는 절대 입에 대지 않던 인스턴트 믹스 커피를 마시게 됐다. 아니, 마실 뻔했다.
밤중에 원두커피 찾는다고 어디서 저절로 생겨나는 것도 아니고 그래서 늘 먹던 원두커피가 아니라 아쉽게나마 인스턴트 믹스 커피라도 마셔볼 작정을 했는데 곱게 마셨으면 됐을 것을 들에게 믹스 커피 마시는 사람들의 미각을 사정없이 깎아내리며 타박을 한 것이다.

들이 물을 한 바가지나 붓고 만들어준 맛없는 믹스 커피를 들고 방으로 들어오던 소담은 없으면 없는 대로 주면 주는 대로 먹을 것이지 못돼먹게 말한 것에 대한 벌이라도 받은 듯 아무렇게나 벗어놓은 옷에 걸리며 기우뚱하는 순간 커피를 이불에 다 쏟아버리고 말았었다.

컵에 남은 커피는 겨우 한 모금. 물 한 바가지 붓고 만든 커피의 대부분을 이불에 쏟아버리고 만 것이다.

이걸 어쩌나 1분 정도 황망하게 쳐다만 보던 소담은 이미 버린 것은 어쩔 수 없다는 생각에 커피에 젖은 이불을 돌돌 말아 한쪽에 치워놓고 장롱에서 다른 이불을 꺼내 깔고 덮고는 아무 생각 없이 잠들었었다. 문제는 그다음 날 일어났다.

점심시간 때쯤 어디서 구했는지 군밤을 한 주먹 들고 온 들이 아주 달고 맛있다며 참 정성스럽고도 친절해 마지않게 일일이 까서 소담에게 건넸다.

먹어보니 별미라 까주는 대로 맛있다를 연발하며 넙죽넙죽 받아먹는데 산과 강이 점심을 먹기 위해 들어왔다가 들과 소담이 다정하게 군밤 까먹고 있는 것을 목격한 것이다.

그때까지는 별다른 기색이 없었다. 강은 군밤이 어디서 났냐며 끼어들어 한 알 까먹었고 산은 두 동생이 소담과 어울려 밤을 까먹든 말든 관심없는 듯 묵묵히 밥상을 차렸으니까.

그런데 점심을 먹은 직후 동생들과 함께 곧장 나갈 줄 알았던 구산이 마치 불시점검이라도 하듯이 청소기를 끌고 소담의 방으로 들어갔다가 전날 밤 커피 쏟은 이불을 발견한 것이다.

이불을 들고 나온 산은 다짜고짜 거실에 패대기쳐 버리며 성을 내기 시작했다.

"뭐야 이거?"

"이불요."

"무슨 이불?"

"커피 쏟아서 치웠어요."

"커피를 쏟았으면 쏟았다고 말을 해야지. 방에 처박아두면 어쩌자는 거야?"

산이 험악해지기 시작한 얼굴로 소리쳤다.

"깜빡했어요."

소담은 별 대수롭지도 않은 일에 성을 내는 산을 이해하지 못하겠다는 얼굴로 쳐다보며 대꾸했다.

"언제까지 깜빡할 생각이었는데?"

"말하려고 했어요."

"그러니까 언제?"

소담은 도저히 산을 이해할 수가 없었다. 시비 걸 일이 따로 있지 무슨 남자가 코딱지 같은 일로 시비를 거는지.

"금방 말하려고 했어요."

"시시덕거리며 군밤 까먹고 있을 때 말을 하던가 빨던가 했어야 할 것 아니야!"

들하고 군밤 까먹고 있을 때는 아무 말도 않더니 뒤끝 길게 이제 와서 트집이었다. 남자가 정말 쩨쩨하게.

"사람이 깜빡할 수도 있지 그깟 낡은 이불 하나 가지고 생색내는 거예요?"

소담의 반박도 까칠해지기 시작했다.

"그깟 낡은 이불?"

"그럼 이게 낡았지 새 이불이에요? 버리기 일보 직전인 썩은 이

불 가지고 진짜 너무하네요."

"뭐?"

"못 들었어요? 왜 같은 말 몇 번 하게 만들어요?"

"넌 근본부터 틀려먹었구나."

산의 목소리가 더욱 낮아지면서 굵어졌다. 매우 위협적으로.

"뭐라구요?"

"아무리 낡은 이불이라도 남의 집 이불을 더럽혀 놨으면 빨아 놓던지 빨아놓지 못하면 적어도 사과라도 하는 게 기본이야. 그런데 뭐? 그깟 낡은 이불 하나 가지고 생색내는 거냐고? 썩은 이불?"

산이 호랑이처럼 두 눈을 부릅뜨고 소담을 노려보며 윽박질렀다.

틀린 말은 아니었다. 남의 집 이불을 더럽혔으니 사과를 하는 것이 옳다. 아무리 낡은 이불이라 하더라도 말이다. 그리고 썩은 이불이라는 표현은 분명 막돼먹은 표현이었다. 하지만 진짜 낡아 빠진 이불 하나 가지고 근본까지 들먹거리는 것은 한도를 넘어선 트집이었고 까탈이었다. 이것은 분명 호시탐탐 소담이 실수하기만을 손꼽아 기다린 것이 틀림없었다.

"나한테 사과할 시간 줬어요?"

소담의 표정이 얼음장처럼 차가워졌다.

"사과할 시간?"

"미안하다는 말 할 시간 줬냐구요."

"사과하는데 시간이 필요해? 마음만 있었으면 이게 뭐냐고 물었을 때 미안하다는 말부터 했을 거야!"

"근본이 틀려먹은 사람이라 미안하다는 말부터 나오지 않았네요."

"뭐?"

"못 들었어요? 근본이 틀려먹은 사람이라 그렇다구요."

소담의 눈동자는 빙점의 그것처럼 얼어붙어 있었다.

"말 다 했어?"

"아뇨!"

소담이 이를 갈며 소리쳤다.

"정중하게 사과드리죠. 죄송합니다, 구산 씨. 귀한 이불 망쳐 놓고 입 닦아 치우려 했던 이 파렴치한 날라리의 사과를 받아주시겠습니까?"

소담이 흔들림없이 차가운 눈동자로 구산을 노려보았다.

"안 받아주시는 건가요?"

"……."

"썩은 이불이라고 말한 부분도 정중하게 사과드리죠. 제가 지나쳤습니다. 바쁘시겠지만 세탁기가 어디 있는지 알려주시면 제가 세탁하도록 하죠."

소담이 산을 무섭게 노려보며 사과했다. 전혀 사과 같지 않으면서도 틀림없이 사과였다.

"……앞으론 버렸으면 버렸다고 즉시 말해."

"그러죠. 세탁기 어디 있나요?"

"놔둬. 내가 세탁할 테니까."

"나중에 원망 듣고 싶지 않으니 알려주세요."

"놔두라고!"

산이 부러 성난 목소리로 말했고 소담의 입가에 싸늘한 미소가 걸렸다.

"부탁하는데 앞으로는 근본 틀려먹은 사람한테 한마디도 말 걸지 말아주세요. 단 한 마디도."

소담은 산을 비롯해 거실 전체를 꽁꽁 얼려 버릴 듯한 영하 50도의 살인적인 차가움을 남겨놓고 방으로 들어와 버렸다.

그때부터였다. 소담과 산이 원수가 된 것이.

그 후로 오늘까지 산과는 딱 하루 한마디만 했는데 딱 한마디라도 할 수밖에 없었던 것은 정기검진을 받으러 병원에 가던 날이었기 때문이고 한마디는 바로 '병원 가자'였다.

어쨌거나 근본이 틀려먹었다는 말은 어느 누구에게든 치명적인 공격이자 결정적인 상처를 입힐 수 있는 말이었다. 공격을 당한 당사자뿐만 아니라 당사자의 부모까지 싸잡아 바탕이 엉망진창이라고 욕한 것이나 마찬가지니까.

겨우 이불 하나인데, 낡고 낡지 않고를 떠나 커피 쏟은 이불을 말하지 않고 하룻밤 묵혔을 뿐인데 근본이 틀려먹었다는 소리까지 서슴없이 내뱉다니.

산이 얼마나 화가 났는지 몰라도 소담은 산이 화난 것에 천 배는 화가 나서 견딜 수가 없었다.

남의 집 이불 버려놓고 즉시 말하지 않고 즉시 사과하지 않은 것이 근본이 틀렸다면 남의 집 부모까지 싸잡아 욕보일 수 있는 말을 함부로 내뱉는 산 역시 근본이 틀려먹어도 한참은 틀려먹은 사람이기에 피장파장이었다.

그래서 소담은 그때부터 구산이라는 사람을 이 지구상에 존재하지 않는 사람 취급했고 구산 역시 소담을 없는 사람 취급을 한 것이다.

'오늘 병원 가는 날인데.'

일주일에 한 번씩 병원에 가야 하는 날이 되면 다른 날엔 코빼기 구경하기가 장동건 구경하기보다 더 힘들던 구산이 어김없이 시간 맞춰 나타났다.

병원에서 깁스를 하고 오던 날 전화 사건과 날라리 어쩌고 했던 말 때문에 원래도 없던 정이 뚝뚝 떨어진 소담이 근본을 들먹이던 그날부터는 구산이라는 사람은 이 세상에 존재하지 않는 사람 취급을 해버렸기 때문에 얼굴 구경하기 힘들어도 아쉬울 것이 조금도 없었다.

그래서 세 번째 정기검진 날에도 입에서 단내가 나도록 한마디도 붙이지 않았었다. 구산 역시 마찬가지였고.

그런데 정기검진 네 번째 날인 오늘은 투명인간 놀이를 때려치우고 싶었다. 어서어서 병원 가자며 구산이 데리러 오길 목 빠지게 기다리게 됐다.

"병원 가자."

이렇게 말해줄 구산은 언제쯤 나타날까.

지난번까지는 그 한마디도 듣기 싫더니 오늘은 그 한마디가 어찌나 그립고 간절한지.

소담은 언제쯤 병원 가자라는 한마디를 던지며 구산이 나타나줄지 목이 빠질 것 같았다. 구산이 나타난다고 해서 절대 왈칵 반가워하지 않을 것이고 또한 지금도 구산에게 여전히 화가 나 있지만 말이다.

'사람이 심심해서도 죽을 수 있겠구나.'

소담은 도저히 못 견디겠다고 생각하며 아직 익숙해지지 않은 목발 때문에 애를 먹으며 현관문을 열어젖히고 집 밖으로 나왔다.

피부에 부딪혀 오는 차가운 공기. 공기와 함께 내려앉는 따뜻한 볕. 차가운 공기와 따뜻한 볕이 함께 공존하며 이상하게도 상쾌한 기분이 들게 했다.

소담은 자신도 모르게 차가운 공기를 양껏 들이마시며 공기에서 달콤한 맛이 느껴지는 것은 처음이라고 생각했다. 이렇게 신선하고 달콤한 공기는 태어나서 처음이었고 달콤함이 느껴지는 공기가 존재한다는 것이 퍽 새롭고 신기했다.

소담은 현관문 앞에 선 채로 탁 트인 집 앞을 주욱 둘러봤다.

창문에 붙어 서서 하루의 반 이상을 내다보던 집 밖의 풍경은 안에서 보던 것과 똑같은 모습이었지만 이상하게 안에서 보던 것과는 다른 색감으로 다가왔다. 뭐랄까 훨씬 더 선명하고 훨씬 더 풍부한 컬러라고 할까?

솔직히 볼만한 것은 아무것도 없었다.

앞쪽에 꽤나 너른 마당이 있고 마치 담벼락처럼 마당을 둘러싸고 있는 나무들 때문에 집 앞 풍경은 너른 마당과 나무밖에 없었다. 저기 앞쪽 나무들 사이에 길이 만들어져 있긴 했지만 저 길은 첫날 오밤중에 구산을 따라 소담이 올라왔던 길이니 살펴볼 것도 없는 곳이고 아무리 뜯어봐도 집 안에서 못 보던 광경이 눈에 띄지 않자 소담은 또다시 좌절하고 말았다.

공기부터 다르네 했던 2분 전의 기분은 어디론가 사라지고 적막한 심심함이 또다시 시작된 것이다.

이 젊디젊은 나이에 숲을 좋아라 할 리도 없고 나무가 좋을 리도 없고 유별나게 새파란 하늘이 좋을 리도 없었다. 잔디 한 포기도 보이지 않는 흙바닥 마당이 근사할 리도 없고.

사람이 없으면 개미라도 한 마리쯤 나타나 줘야 하는데 대체 여긴 대한민국 어디쯤에 위치한 곳인지 그 흔한 개미도 한 마리 보이지 않았다. 나무도 있고 흙도 있는데 개미가 없다니.

"여기 사람 사는 데 맞아?"

뭐 이런 이상한 동네가 다 있을까.

참 기가 막히게 볼 것도 없는 곳이라고 생각하며 돌아서서 집을 훑어보자…… 집 꼬라지하고는. 은소담이라는 사람의 격과는 멀어도 한참 먼 다 쓰러져 가는 꼬질꼬질한 집이 자리를 잡고 있었다.

재경그룹 은 회장님의 딸 은소담이 이런 후진 집에서 지내고 있다니.

온통 후지고 온통 꼬질거렸다.

소담은 집 밖으로 나와도 즐거울 거리가 한 가지도 없자 꺼지도록 한숨을 내쉬며 다시 마당 쪽으로 돌아서다가 집 한쪽 귀퉁이에 자투리 나무로 대충 못질해 만들어놓은 개집을 발견했고 개집 안에서 머리만 내놓은 개 한 마리를 발견했다.

개를 발견하는 순간 순간적으로 왈칵 반가워 개집으로 다가갔다. 개가 아니라 마치 사람을 발견한 것처럼.

얼마나 심심했으면 집에서 키우는 개가 아니라 유기견이나 다름없는 몰골의 개가 다 반가울까. 그러나 반가운 것은 정말 순간적이었다.

개는, 반가워하는 소담에게는 전혀 관심이 없는 듯 마치 세상을 달관한 도사의 표정을 하고 먼 산을 쳐다보고 있었던 것이다.

개 주제에 사람을 투명인간 취급하다니.

개가, 그러니까 짐승, 아니, 동물이 도사의 표정을 갖는다는 것 자체가 말이 안 되는 소리긴 했지만 신기하게도 구씨네 집에서 사는, 아니, 키워지는 개는 정말 오묘한 표정을 갖고 있었다.

개가 낯선 사람이 돌아다니는 데도 짖지 않는 것도 신기했지만 대체 저 표정을 어떻게 설명해야 할까. 개 표정이 사람 못지않게 너무 건방져서 실소가 터질 지경이었다.

가만 보니 어째 표정이 꼭 누굴 닮은 것 같았다.

여기 온 지가 언젠데 이제야 집 밖으로 나오다니, 참 한심한 여자 같으니라고 하며 나무라는 듯한 표정. 그렇게 게을러서야 밥이나 얻어먹겠니 하며 비웃는 듯한 표정.

'어쩜 지 주인하고 표정까지 똑같을까.'

틀림없었다. 구산하고 똑같은 표정을 하고 있었던 것이다. 사람이 아니라 개가 말이다.

구산과 똑같은 표정의 개가 갑자기 미워진 소담이 가늘게 치켜뜬 눈으로 개를 노려보자 개는 여전히 달관해 곧 하산하던가 천상으로 올라갈 것 같은 눈빛으로 먼 산을 쳐다보던 중에 눈동자만 굴려 소담을 아주 잠깐, 마치 점찍듯이 0.3초 동안 쳐다보고는 곧 먼 산으로 다시 시선을 돌렸다.

"이런 시건방진 개를 보았나."

누가 이렇게나 버르장머리없이 키웠을까. 사람이 보고 있는데도 인사도 할 줄 모르는 버르장머리없는 개로 말이다.

"야, 너 나 안 보여?"

가까스로 생명체를 발견한 기쁨에 왈칵 반가워했는데도 그 생명체가 아는 척을 해주지 않자 순간 욱해 버린 소담이 개를 상대로 시비를 걸기 시작했다.

"야, 너 인사 안 해?"

사람은 환경에 따라서 이렇게까지도 유치해질 수 있었다. 개한테 시비를 걸 정도로 말이다.

소담이 시비를 걸자 개가 뭐가 이렇게 시끄러워 하는 낯으로 소담을 쳐다봤다. 아니, 노려봤다. 개 주제에 사람을 노려보다니.
"뭘 노려봐?"
소담이 까칠하게 물었지만 개는 대답이 없었다. 물론 개가 답을 한다는 것이 더 우습지만 눈을 깜빡인다거나 털이라도 긁는 반응을 보여야 하는데 이놈의 개는 어떻게 된 것인지 눈 뜨고 죽은 것처럼 미동도 하지 않았다.
순한 것인지 물러터진 것인지.
"건방진 자식. 개 주제에!"
개가 사람처럼 구는 게 더 미워서 소담이 혼을 내는 듯 쏘아붙였지만 개는 너 뭐 하니? 하는 얼굴로 쳐다만 보고 있었다.
"너 개가 그럼 못쓴다. 개가 개다워야지 사랑을 받지. 너 오늘 혼 좀 나야겠다."
가끔씩 소담을 누나! 하고 부르는 소리로 착각하게 만들었던 개 짖는 소리의 주인이 바로 이 녀석이었구나 싶어 앞으로는 짖지 말라고 따끔하게 충고를 하려는데 갑자기 개가 주둥이가 찢어지도록 하품을 하더니 슬금슬금 개집 밖으로 나왔다.
달관한 개가 하품은 하네 하며 여전히 곱지 않은 눈길로 쳐다보는데 집 밖으로 나온 개는 사지를 쭉쭉 늘이며 다시 한 번 아귀가 탈골되도록 하품을 했고 개가 하는 짓을 멍하게 쳐다보고 있던 소담은 개가 불과 여섯 걸음 앞까지 왔을 때에야 개 줄에 묶여 있지 않다는 것을 알게 됐다.
'큰일 났다!'
묶여 있을 것이라 철석같이 믿고 시비를 걸었던 것인데 풀어놓은 개였다니.

소담은 겁을 먹고 슬금슬금 뒤로 물러나기 시작했다.

"너, 내가 좋게 말할 때 오지 마라."

소담이 목발로 한 걸음씩 물러나며 나름대로 위협이라고 했지만 개는 귀가 멀었는지 느릿느릿 계속 다가왔다. 누가 좋아한다고 꼬리까지 살랑거리면서.

"오지 말라고. 너 목발에 맞고 뻗기 싫으면 오지 마…… 나 무서운 거 아니다. 그냥 싫거든?"

소담이 계속해서 으름장을 놓았지만 개는 입맛을 다시는 듯 긴 혀를 뽑아 주둥이를 핥아대며 소담을 향해 직진 중이었다.

"오지 말라고. 야, 너 지금 나 겁주는 거야? 입맛은 왜 다시는 거야?"

깁스 때문에 뛸 수는 없고 현관까지만 가면 된다고 생각하며 뒷걸음질치던 소담이 바로 코앞까지 다가온 개를 여차하면 한 대 후려치기 위해 목발을 움켜잡고 한 걸음 더 뒤로 물러서는데 쿵 하고 누군가와 부딪혔다.

소담이 깜짝 놀라며 돌아보자 언제 왔는지 구산이 바로 등 뒤에 서 있었다.

"살려줘요. 저 개가 나 물려고 해요!"

소담이 구산 때문에 무려 보름 동안 화가 나 있는 중이라는 것을 까맣게 잊은 채 재빨리 구산의 품에 와락 안기며 소리를 지르자 구산이 낮게 웃음을 터뜨렸다.

"웃지 말고 어떻게 좀 해요. 얼마나 무서웠다고요! 저 개가 나 물려고 막 왔다니까요!"

소담이 구산의 허리를 꽉 끌어안은 채 소리쳤다.

"네가 더 무서워."

구산이 여전히 낮게 웃으며 놀리듯 말한 후 개를 향해 손을 내밀자 개가 구산의 손을 핥으며 꼬리를 정신없이 흔들어댔다.

개가 구산의 손을 핥는 동안 여전히 산의 허리를 끌어안은 채 발만 움직여 산의 등 뒤로 온 소담은 여전히 경계를 늦추지 않은 채 산의 손을 핥는 개를 쳐다봤다.

개는 천진하다고 하기엔 어폐가 있지만 천진하다고밖에는 표현할 수 없는 낯으로 산의 손을 핥고 있었다. 그러니까 개는 소담을 물기 위해 다가왔던 것이 아니라 소담 뒤로 보이는 구산을 반기기 위해 개집에서 나왔던 것이다.

소담이 순전히 착각했던 것이지만 그렇다고 개보다 소담이 더 무섭다고 하다니!

"진짜 주인이랑 개랑 똑같다니까."

역시 구산과 구산을 꼭 닮은 개를 도저히 좋아할 수 없는 생명체라고 생각하며 소담이 씩씩 성이 나서 꼭 끌어안고 있던 산의 허리춤에서 팔을 풀며 돌아서는데 구산이 소담의 팔을 움켜잡았다.

"까불면 물라고 한다."

"뭐예요?"

"거짓말 같아? 물어버리라고 한다."

"진짜…… 웃기고 있어. 놔요!"

소담이 버럭 소리를 지른 후 구산의 손을 거칠게 털어내는데 갑자기 세상을 달관한 것처럼 느려 터졌던 개가 소담을 향해 왈왈 거칠게 짖어대기 시작했다.

충성을 맹세한 내 주인에게 감히 어디서 고함을 치느냐 뭐 그런 뜻인 것 같은데 순둥이 같았던 개가 송곳니까지 드러내며 짖어대자 와락 겁을 집어먹은 소담은 구산에게 바짝 붙어 서며 구산의 팔이 생명줄인 것처럼 꽉 끌어안았다.
"쟤 좀 어떻게 해봐요."
"뭘 어떻게 해? 주인한테 까분다고 열받았는데."
"내가 언제 까불었다고…… 알았으니까 진정 좀 시켜봐요. 정말 나 물면 어떻게 해요!"
소담이 겁에 질려 소리를 지르자 개가 또 왕왕 겁나게 짖어댔다.
"얘 이름이 뭐예요?"
"똥개."
"똥갠 줄은 아는데 이름이 뭐냐구요."
"똥개라니까."
산이 장난치는 줄 알고 이 와중에 장난을 치고 싶냐는 얼굴로 산을 노려보던 소담은 산의 표정에서 개의 이름이 정말 똥개라는 것을 알게 됐다.
진짜 이상한 사람들이라니까. 개한테 붙여준 이름이 기껏 똥개라니. 창의적이지 못한 사람들 같으니라고. 왜, 구씨네 집 개니까 구개라 하지!
"똥개야, 다가오지 마. 다가오지 말라고."
소담이 개를 향해 계속해서 효과 없는 경고를 던졌지만 역시 효과는 없었다. 똥개가 더욱 사납게 짖어댔기 때문이다.
"얼음!"
소담이 또다시 구산의 품에 거의 안기다시피 뛰어들며 얼음을 외쳤다.
"나 얼음 했는데 물면 반칙이야."

소담이 벌벌 떨며 개를 상대로 얼음 놀이 규칙을 우겨대는데 미치겠네 하는 구산의 중얼거림이 들려왔다.

"개가 얼음 하면 알아?"

"하여튼…… 가만히 있으면 돼요?"

소담이 입도 벌리지 않고 속삭이듯 묻자 구산이 글쎄 하며 딴청을 피웠다.

"집까지만 데려다 줘요."

"다섯 발자국 앞인데 뭘 데려다 줘?"

"저 개가 나 쫓아오면 어떻게 해요."

또다시 소리를 지르면 개가 짖을까 봐 소담이 억지로 개를 향해 웃으며 대꾸했다.

"똥개야, 우리 친해. 많이 친해."

어처구니없는 거짓말까지 하면서.

"우리가 뭘 친해?"

구산이 소담의 어깨를 슬쩍 쳐서 앞으로 밀어내자 놀란 소담이 헐레벌떡 구산의 허리를 꽉 틀어 안았다.

"친한 척해요, 그냥!"

소담이 구산의 허리를 끌어안은 채 낮게 이를 갈며 말하자 구산이 허리에서 소담의 손을 치워내며 누구세요? 하며 약을 올렸다.

"장난치지 말아요."

소담은 허겁지겁 산의 손을 움켜잡았다.

"똥개야, 너 주사는 맞았니? 설마 광견병 초기 증상은 아니지? 눈알이 벌건 것이…… 수상해."

"수상하긴 뭐가 수상해? 멀쩡한 애를 환자로 만들어?"

산이 기가 차다는 듯이 말했지만 소담의 귀에는 들리지도 않았다.

"얘, 우리 되게 친해. 니 주인이랑 되게 친하다고. 그러니까 나 물지 마. 아까 개 주제에 건방지다고 말한 거 사과할게. 그러니까 릴렉스. 너 사람이고 짐승이고 흥분해서 좋을 것 하나도 없다. 사람이나 짐승이나 순하게 살아야 하는 거야."

"감히 내 똥개한테 건방지다고 했단 말이야?"

구산의 얼굴이 구겨졌다.

"아니…… 개가 도사 같은 얼굴을 하고 쳐다보니까 하도 같잖아서……."

"같잖아?"

"그렇잖아요. 개가 개다워야지 사람 흉내를 내니까……."

"똥개! 물어버려!"

구산이 갑자기 버럭 소리를 지르자 개가 금방이라도 소담을 물어 찢을 듯 왈왈 짖으며 소담을 위협하기 시작했고 소담은 개가 정말 물려고 덤비는 줄 알고 놀라 뒷걸음질치며 도망치려다 구산의 발에 걸려 넘어지고 말았다.

구산이 일부러 넘어뜨리기 위해 발을 건 것이 아니라 성치 않은 다리로 급하게 도망가려다 소담이 걸려 넘어진 것이다.

소담은 보고 있기 민망할 정도로 쿵 소리가 나게 바닥에 나뒹굴고 말았고 개 짖는 소리가 바로 코앞에서 들린다 싶은 그때 구산이 넘어진 소담을 온몸으로 감싸 안았다.

"살려줘요!"

새파랗게 질린 소담이 살길은 오직 구산밖에 없다는 생각에 구산의 목을 끌어당겨 안으며 소리쳤다.

"똥개 들어가!"

산이 금방이라도 소담을 물어뜯을 기세로 짖어대는 똥개를 향해 벼락처럼 고함을 질렀다.

구산이 두 번이나 더 들어가를 외친 후에야 분노를 가라앉힌 개가 느릿느릿 제집으로 들어갔고 소담은 그때까지 온몸으로 자신을 감싸 안고 있는 산의 목을 숨이 막히도록 끌어안고 있었다.

"소담아, 이제 괜찮아. 갔어. 괜찮아, 이제."

산이 목을 끌어안은 채 바들바들 떨고 있는 소담을 진정시키기 위해 달래는 목소리로 말했다. 소담이 그제야 산의 목을 끌어안은 팔에서 힘을 빼며 산의 어깨 너머로 개집 안에 엎드려 있는 똥개를 쳐다봤다.

"놀랐어?"

산이 하얗게 질린 소담의 얼굴을 보자 미안함을 느끼며 물었다.

놀랐냐고? 지금 그걸 말이라고!

"비켜요!"

소담이 산을 확 밀쳐 낸 후 상체를 일으켰다.

"이, 이 나쁜 자식! 세상에서 제일 나쁜 자식!"

소담이 분함에 치를 떨며 소리쳤다.

"뭐? 너 지금 욕했어? 물릴 뻔한 걸 구해줬더니 되레 성질이야? 똥개 다시 부른다?"

구산이 장난치듯이 겁을 줬지만 소담의 기분은 이미 엉망진창이었다.

"불러요. 불러서 물어 죽이라 해요."

소담이 구산을 흘겨보며 낮게 내뱉은 후 몸을 일으켰다.

구산이 도와주기 위해 손을 내밀었지만 소담은 구산의 손을 거들떠보지도 않고 혼자 힘들게 일어나 마른 흙가루가 묻은 옷을 털어내다가 털어내는 것으로는 해결되지 않는다는 것을 깨닫고 나뒹구는 목발을 집어 들었다.

"주인이나 개나 똑같이 무식하니."

"뭐라고?"

"무식하다고요!"

소담이 빽하고 소리를 질러 버리고 집으로 들어와 버렸다.

방으로 들어와 흙으로 엉망이 되고 넘어지면서 상처를 입어 여기저기 긁히고 해진 셔츠를 벗어버리고 다른 옷으로 갈아입으려는데 벌컥 문이 열렸다.

"나가요!"

소담이 속옷 차림을 가리기 위해 재빨리 내던졌던 셔츠를 주워 몸을 가리며 바락 소리를 지르자 깜짝 놀란 구산이 서둘러 문을 닫았다.

"무식한 자식."

하나부터 끝까지 무식한 자식.

노크도 할 줄 모르고 개한테 물라고 시키는 무식한 자식.

깁스 때문에 옷 갈아입는 게 얼마나 힘든데 이렇게 어처구니없는 일로 옷을 갈아입게 만들다니.

"정상이 아니야. 절대 정상이 아니야."

장난도 정도껏 쳐야 장난으로 받아주지 사나운 개에게 물라고 시키는 건 절대 장난이랄 수 없었다. 폭력이었다. 폭력 중에서도 아주 저질 폭력.

얼마나 공포스러웠는데, 개의 화를 돋우지 않기 위해 그래서 물리지 않기 위해 얼마나 애를 썼는데 물라고 시키다니.

소담이 분을 삭이지 못해 거친 숨을 몰아쉬고 있는데 강과 들이 들어오는 소리가 들리고 곧 구씨 삼 형제가 쑥덕거리는가 싶더니 방문 두드리는 소리가 들렸다.

"……."

소담이 아무 대답도 하지 않자 누나 하고 부르는 소리가 들렸다.

"……."

그래도 소담이 답을 하지 않자 밖에서 주저하는 듯한 움직임이 느껴지더니 조심스럽게 문이 열렸다.

"누나, 주무세요?"

들이 고개를 들이밀며 묻다가 도끼눈을 하고 노려보는 소담을 발견하고 흠칫 놀랐다.

"점심…… 드세요."

"……."

"누나……?"

"나 같은 거 밥은 먹여준대요?"

"예?"

들이 무슨 말인지 알아듣지 못해 맹한 얼굴로 소담을 쳐다봤다.

"오늘도 아침을 안 드셨던데……."

"……."

"점심 드세요, 누나. 고기 구워드릴게요."

"고기 먹여놓고 개한테 물어뜯게 하려구요?"

"예?"

들은 이번에도 무슨 소린지 영 못 알아듣겠는 얼굴로 소담을 쳐다봤다.

"난 밥 생각 없으니까 구씨 형제들이나 맛있게 드세요."

"누나, 약 드셔야 발이 빨리……."

"나가줘요."

소담이 차가운 어조로 중간에 말을 잘라 버리자 들이 난감한 표정으로 소담을 쳐다보다가 조용히 문을 닫았다.

"내가 소도 아니고 이 상황에 밥이 넘어가겠니?"

밥 먹으라는 소리에 더욱 분이 치받친 소담이 명치끝이 치받친다고 생각하며 누우려는데 이번엔 노크도 없이 벌컥 문이 열렸다.

이 집에서 노크 없이 문을 열어젖힐 사람은 꼭 한 사람 구산밖에 없으니 소담은 돌아보지도 않았다.

소담이 돌아누운 채 꼼짝도 하지 않자 문이 닫혔고 말을 붙이려다 그만두고 문을 닫아버렸나 보다 생각하는데 부스럭거리는 소리가 들리더니 아주 가까운 곳에서 인기척이 느껴졌다.

"사과할게."

역시나 구산이었다.

'사과?'

어찌나 식상한지.

"사과한다고."

"……."

"밥 먹어."

"사과도 필요없고 밥도 필요없으니 나가요."

"굶어서 기운 떨어지느니 먹고 싸우는 게 낫지 않아?"

'저걸 말이라고.'
"개한테 물려서 개죽음당하느니 굶어 죽는 게 덜 서러워요."
"사과한다고. 미안해."
미안하다는 말이 절대 진심일 리가 없었다. 정말 미안해서가 아니라 서울에 계신 소담의 아버지 때문에 옆구리가 찔려서 마지못해 하는 사과일 것이다. 진심으로 미안해서가 아니라 아버지 때문에 어쩔 수 없이 하는 사과라면 결단코 받아줄 수 없었다.
"장난이었어."
"개한테 뜯긴 후에도 장난이라고 할래요?"
"지금까지 한 번도 사람을 문 적 없는 녀석이야. 위협만 한 거야."
"조금도 믿음이 안 가는 핑계니까 나가주시죠."
"안 받겠다면 할 수 없지. 난 사과할 만큼 했으니까 나중에 딴 소리하지 마."
"뭐라구요?"
기통이 탁 막혀 버린 소담이 발딱 몸을 일으키며 구산을 노려봤다.
"사과를 할 만큼 했다구요?"
"사과한다는 말 세 번에 미안하다는 말 한 번까지 네 번이나 말했으면 충분하지 않아?"
"몇 번이 중요한 게 아니라 진심인지 가식인지가 중요해요!"
"진심이었어."
"받는 사람이 진심으로 느끼게 했어야죠."
"속이 꼬여 있으니 진심을 진심으로 못 받아들이는 거야."
"누가 그따위 사과를 진심으로 받아들이겠어요?"

"은소담 빼고 전부 다."

"이 남자가 정말!"

소담은 너무 분한 나머지 조금 전 자신이 벗어 던진 셔츠를 구산에게 집어 던져 버렸지만 구산은 간단하게 피해 버렸다.

"일어나."

"안 먹는다구요!"

"먹어."

"분해서 미치겠는데 밥이 넘어가겠어요?"

"언제까지 놀고먹으며 남의 집 쌀 축낼 거야? 있는 집에서 자라서 남의 집 쌀 축내는 거 우스운 모양인데 우린 한 달 식량 준비하기 위해 필사적으로 일하거든? 밥값 하려면 밥 먹고 약 먹고 빨리 회복해!"

구산이 가장 치사하면서도 근본적인 방법으로 소담을 공격했다.

"지금까지 내가 먹어치운 쌀값 갚으면 될 것 아니에요. 그리고 오늘부터 밥 안 먹으면 될 것 아니에요!"

"일어나라는 소리 안 들려!"

구산이 당장 일어나지 않으면 창밖으로 집어 던질 듯이 소리쳤고 소담은 구산이 뿜어내는 기에 눌려 잠깐 주춤했다.

"이 집에 버르장머리없는 네 비위 맞춰줄 만큼 한가한 사람 없어. 스물다섯이나 먹은 여자의 돼먹지 못한 응석 받아줄 사람 없으니까 정신 차리고 일해서 밥값 할 생각이나 해."

"내가 언제 비위 맞춰달랬어요? 내가 언제 응석 받아달라 했어요?"

"알아들었으면 일어나."

구산이 무대포로 밀어붙였다.
"밥 먹고 병원 갈 준비 해! 너 때문에 손해 보는 게 얼마나 많은 줄 알아? 할 일이 태산인데 병원 가느라 몇 시간 또 빼앗기게 생겼어. 양심이 있으면 군소리하지 말고 하라는 대로 해!"
구산이 위협적으로 명령했고 소담은 험악하게 구겨진 구산의 미간을 찢을 듯이 노려보다가 천천히 자리에서 일어나 구산을 똑바로 바라봤다.
"난 근본이 틀려먹은 사람이라 양심 같은 거 없어요."
소담이 새까만 눈망울에서 적개심을 뿜어내며 말했다.
"할 일 태산인 분 시간 뺏고 싶은 생각도 없으니까 님이나 위장 주름 쫙쫙 펴지게 드시고 밥값 양껏 하시죠."
"병원 가야 한다고."
"병원 안 가서 덧나도 원망 않을 테니 남의 집 쌀 축내는 밥버러지 면상 쳐다보지 말고 그만 나가주실래요?"
소담이 한 치도 물러서지 않자 소담을 한 대 치거나 혹은 방 안에 있는 물건 하나를 박살 낼 듯 온몸으로 분노를 뿜어내며 소담을 노려보던 산이 그대로 방을 나가 버렸다.
"사과를 했다고? 그게 사과라고? 기통이 막히네."
소담은 네 번이나 했다고 우겨댔던 구산의 사과는 가식이며 무효라고 단정 지었다.
진심으로 미안해서 사과한 것이라면 밥값 운운하며 몰아세워서는 안 될 일이었고 버르장머리가 어쩌고 응석이 어쩌고 하는 소리도 하지 말았어야 했다.
아, 다 필요없었다. 저 무식한 남자에게는 무슨 말을 해도 통하지 않을 것이니 주저리주저리 늘어놓을 필요가 없었다. 먹통바가지한테 말을 한다고 해서 들어먹힐 리가 없으니까.

첫인상은 나빴지만 겪으면 겪을수록 좋은 사람이 있고 첫인상이 좋았더라도 겪으면 겪을수록 고약하기 짝이 없구나 하는 사람이 있는데 구산은 영락없이 후자였다.

할 말이 있고 하면 안 되는 말이 있다는 것을 저 나이 먹도록 모르다니.

재경그룹이라는 거대한 배경을 떠나서라도 산은 소담에게 기준을 벗어난 발언을 서슴지 않고 있었다.

지난번에도 무자비하면서도 남부끄러울 만큼 치사한 발언으로 소담의 기분을 창자 속부터 상하게 만들더니 오늘 또 반복이었다.

정말 상종 못할 사람이었다. 정말 상종 못할 사람.

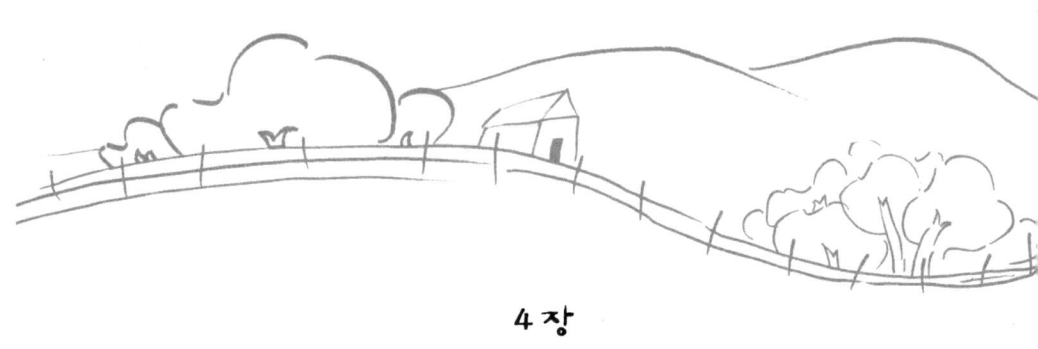

4장

  누구한테 말도 못할 지경으로 마음이 많이 상해 버린 소담은 점심은 물론이고 저녁까지 걸러 버렸다. 저녁때 들과 강이 번갈아가며 저녁 먹으라가 아니라 먹어달라고 부탁했지만 소담은 냉정하게 거절하며 아예 내다보지도 않았다.

  차마 소담을 볼 낯이 없는지 아니면 구산 역시 은소담이라는 사람은 상종 못할 사람이라고 단정 지었는지 저녁때는 밥 먹으라고 윽박지르지도 않고 아예 나타나지도 않았다.

  나타나지 않은 건 구산에게 아주 다행스러운 일이었다. 만약 또다시 마음을 상하게 만들 경우 이번엔 몸에 있는 뼈가 모조리 부러지는 한이 있더라도 그러니까 육탄전을 벌여서라도 이 은소담을 깔봤다간 큰코다친다는 것을 절실하게 깨닫게 해주리라 이를 갈고 있었기 때문이다.

  소담이 건넌방에서 바득바득 이를 갈고 있을 때 산은 오늘 있었던 일을 곱씹으며 후회를 거듭하고 있었다.

똥개.

맹세코 장난이었다. 지금 생각해 보면 장난이라고 하기엔 너무 위험하고 거칠었지만 그때 그 순간에는 정말 약간의 겁만 주려던 장난이었다.

장난하고는 거리가 멀어도 한참 멀 것 같은 산이 자신도 모르게 장난을 쳤던 것은 똥개를 상대로 혼자 떠들고 있는 소담의 모습이 너무 귀여웠기 때문이었다.

여자를 상대로 장난이라는 것을 쳐본 적이 없었던 산이었기에 지금 생각해도 자신의 행동이 믿어지지 않을 만큼 충동적인 장난이었다.

지그럭쟁이 은소담이 하는 짓을 가만히 보고 있자니 참 귀엽고 정말 귀여웠다.

알아듣지도 못하는 똥개에게 훈계를 하는 것도 귀엽고 그렇게나 근엄하게 꾸짖던 소담이 똥개가 다가오는 모습에 겁을 먹고 다친 발을 질질 끌며 도망치는 모습도 귀여웠다.

다짜고짜 품에 안겨들어 허리춤을 꽉 끌어안고 살려달라고 하는 것도 귀엽고 똥개를 향해 얼음이라고 외치는 것도 참 귀여웠다. 그리고 소담의 그 작고 연약한 몸이 품에 안겨왔을 때…….

여자의 손이, 아니, 소담의 손이 허리를 끌어안았을 때의 그 기분은…… 도저히 설명할 수 없을 정도로 묘하고 또 묘했다.

아무렇지도 않은 척하며 더 심한 장난으로 대응했지만 생각해 보면 똥개에게 물어버리라고 말한 것은 자신의 묘한 기분을 숨기기 위한 방편이었을지도 몰랐다. 그리고 아주 순간적으로 이렇게 겁을 주면 영원히 저 작고 사랑스러운 몸이 내 품에 안겨 있을지도 모른다는 생각, 아니, 소망도 있었었다.

그런데 소담은 품에 안겨 있는 것이 아니라 더 이상은 산이 자신을 지켜주지 않을 것이라는 생각에 발이 아프다는 것도 잊은 채 도망치려 했고 그 바람에 넘어져 버린 것이다.

눈치없는 똥개 놈이 정말 소담을 물어버릴 것처럼 송곳니를 드러내며 덤비려 했을 때 내색하진 않았지만 산은 온몸에 소름이 돋으며 식은땀이 흘렀었다.

넘어진 소담을 온몸으로 감싸 안으며 똥개를 향해 물러서라고 외쳤을 때 산은 이미 자신이 도를 넘어선 장난을 쳤다는 것을 깨달았고 겁을 주면 자신의 품에 안겨들지도 모른다는 생각은 정말 멍청한 소망이었다는 것을 절실하게 깨달았었다. 물론 장난이라고 우겼고 우길 수밖에 없었지만 말이다.

산은 자신이 왜 이러는지 왜 자꾸 실수를 하고 실언을 하는지 이해할 수가 없었다. 이런 적이 없었는데, 실수를 하거나 실언을 하거나 여자를 상대로 장난을 쳐본 적도 없었는데 소담이 온 후로 대체 왜 이렇게 실없는 짓을 계속하는지 도무지 이해할 수가 없었다.

'바보 같은 자식.'

지난번 근본을 들먹거린 말로도 충분히 심한 실언을 했는데 오늘 또다시 쓸데없는 실언을 하다니.

사과를 하려면 제대로 했어야 했는데 어렵게 잡은 사과의 기회를 스스로 날려 버린 꼴이었다.

이젠 정말 은소담이 구산이라는 사람을 죽을 때까지 상종해 주지 않겠구나라는 생각에 왠지 울적하고 울적함에도 불구하고 가슴 한쪽이 울렁거리는 묘한 기분에서 벗어나지 못한 구산이 답답하게 막혀오는 가슴을 두드리던 그때, 마음이 상할 대로 상한 통에 배도 고프지 않고 잠도 안 오고 자정이 한참 지나도록 바득바득 이를 갈고 있던 소담은 화장실도 가고 싶고 물도 마시고 싶어 조용히 밖으로 나갔다.

거실은 방 안만큼이나 조용하고 캄캄했다. 물론 구씨네 삼 형제들이 신나게 골아 젖히는 코골이 소리는 여전했지만.

분한 마음이 가라앉지 않아 밤잠을 설친 것은 오늘이 처음이라고 생각하며 더듬더듬 더듬어 화장실에 들렀다가 물을 마시기 위해 다시 더듬더듬 더듬어 싱크대로 가서 싱크대 끝에 자리한 냉장고 문을 열고 물통을 찾는데 아무리 살펴봐도 늘 꺼내 마시던 물통이 보이지 않았다.

"물통이 어디 간 거야?"

구산 하나로도 속이 썩어 문드러지는데 물통까지 속을 썩이는구나 싶어 짜증이 잔뜩 치밀어 냉장고 문을 닫아버리고 방으로 가기 위해 돌아서던 소담은 쿵 하고 벽에 부딪히고 말았다.

언제 벽이 여기 있었지? 주인이 사람을 낮잡아보니 이제 벽도 덤비는구나.

냉장고 문을 열었을 때 빛에 노출됐던 탓에 더욱 캄캄하게 느껴져 길을 잘못 잡은 모양이라고 생각하며 부딪힌 벽을 손으로 더듬는데 암만 생각해도 이것은 벽이 아니었다.

일반적으로 뜨겁지는 않아도 제법 차가워야 할 벽에서 온기가 느껴지질 않나 일자로 쭉 뻗어 밋밋해야 할 벽에서 굴곡도 느껴졌다. 울퉁불퉁 완만하지만 제법 탄탄한 굴곡.

이것은 필시 숨을 쉬는 생명체의 살덩이?

벽이 아니라는 것을 알아차렸으니 그만 손을 떼야 하는데 생명체의 살덩이라고는 믿어지지 않을 만큼 돌처럼 탄탄하고 훌륭한 살덩이에 매료된 소담은 마치 N극 S극이 서로를 끌어당기지 못해 안달난 것처럼 튼실한 살덩이에 손을 착 달라붙인 채 연신 더듬더듬이었다.

그런데 그때, 아주 크고 거친 손길이 아슬아슬한 경계선에 달라붙어 있던 소담의 손을 꽉 틀어잡았다.

"더 내려가면 곤란하다."

낮은 저음의 목소리가 고막을 와앙 울리며 파고들었다.

"비무장지대거든."

허걱.

살덩이의 쥔장은 다름 아닌 구산이었다. 살덩이는 바로 근육이었고.

불에 덴 듯이 산의 손아귀에서 손을 빼낸 소담은 못된 짓 하다가 걸린 초등학생처럼 재빨리 구산을 지나쳐 방으로 도망가려는데 산이 소담을 막아섰다.

"남의 비무장지대를 함부로 더듬었으면 사과를 해야지?"

산이 낮은 목소리로 속삭이듯 말했다.

"어, 저기…… 뭐…… 그러죠…… 마, 막 만져서 미안해요. 벽인 줄 알았어요."

어물쩍 하찮은 변명을 던져 놓고 도망치려는데 산이 또다시 소담을 막아섰다. 이번에는 한쪽 어깨까지 움켜잡으며.

후끈.

'뭐지?'

원수 같은 사내가 앞을 막아서며 어깨 한쪽 잡았을 뿐인데 갑자기 명치 깊은 곳에서 후끈한 기운이 번져 나오더니 살랑살랑

간들간들 가슴이 뛰기 시작했다.
 어딜 손대냐고 버럭 꾸짖어야 하는데 산이 내쉬는 뜨끈한 숨이 화악 목덜미에 끼쳐 오는 순간 이럴 땐 그 어느 때보다도 근엄하게 꾸짖어주어야 한다는 것도 잊고 말았다.
 마치 산이 턱을 붙잡고 들어 올린 것처럼 고개를 든 소담이 똘망 반짝 커다란 눈동자로 산을 올려다보자 캄캄한 거실 한가운데서 갑자기 솟아난 바위처럼 우뚝 서 있는 산이 그 캄캄한 와중에도 이글거리는 불꽃이 고스란히 보일 정도로 열정적인, 아니, 정열적인? 아니, 격렬한? 하여튼 그 엇비슷한 눈길로 소담을 집어삼킬 듯 내려다보고 있었다.
 '이 눈빛은…… 때려죽이겠다는 거야…… 잡아먹겠다는 거야?'
 어찌나 이글이글 무섭게 타오르고 있는지 죽이려는 건지 잡아먹으려는 건지 분간할 수가 없었다. 어깨를 붙잡고 있는 손은 또 왜 이렇게 뜨거운 것이며!
 "사과…… 했잖아요."
 그럴 필요가 없는데 이상하게 말이 더듬거려졌다.
 "난 그냥…… 물 마시려고 나왔는데…… 물통이 실종돼서……."
 산은 단지 어깨를 붙잡고 타오르는 눈길로 바라만 보고 있을 뿐인데 목구멍이 쩍 달라붙을 만큼 극심한 갈증을 느낀 소담이 당혹감에 중얼중얼 혼잣말처럼 내뱉었다.
 "……."
 사람이 중얼거리면 한마디라도 걸쳐서 받아줘야 하는데 산은 꿈쩍 않고 내려다보기만 했다. 민망 무쌍하게시리.

"사과했으니까…… 그만…… 잘게요."

이렇게 후끈한 상황은 도저히 못 견디겠다고 생각하며 방으로 도망치기 위해 움직이는데 솥뚜껑만 한 손이 쓰윽 올라오더니 소담의 뒷목덜미를 꽉 움켜잡았다.

"허억."

순간적으로 아찔함에 소름과 함께 아득하게 현기증까지 느껴지는데 살랑살랑 간들간들 소녀 같던 심장이 벌렁벌렁 불컥불컥 봄바람난 아지매처럼 나뒹굴기 시작했다.

이것이 뭔 일이여.

"저기…… 내가 알고 만진 건 아니구요…… 캄캄한데 벽이 덤비는 줄 알고……."

"소담아."

산이 들릴 듯 말 듯 낮고 허스키한 목소리로 소담을 부르는데 아이고 다리가 후들거려 주저앉을 것만 같았다.

꿀꺽.

목구멍이 다 말라붙었는데 마른침은 삼켜지고 추워서 떨리는 것인지 좋아서 떨리는 것인지 온몸이 후들후들 떨렸다.

"저기요……."

입안에 침이 한 방울도 없던 터라 성대가 말라붙어 목소리까지 갈라졌다.

"음음……."

일단 목소리를 가다듬고.

"왜 그러는지는 모르겠지만…… 이렇게…… 이렇게 성욕을 격발하는 행동을 하면…… 아니, 그쪽이 아니라 내 성욕을 격발시키는…… 아니, 성욕이 아니라…… 그러니까 내 말은 이렇게……

야릇한 행동을 하게 되면…… 우리가 서로 호르몬이 마구 분비돼서…… 피차간에 책임지지 못할 사고를 치게 되니까…… 아니, 그런 말이 아니라…….”

미치겠다. 지금 무슨 소리를 하는 거야, 은소담!

"그러니까요 내 말은…….”

소담이 쓸데없이 주저리주저리 늘어놓은 실언을 서둘러 주워 담으려는데 어깨를 붙잡고 있던 산의 손이 올라오더니 얼굴을 감싸 쥐었다.

한 손으로는 뒷덜미를 잡혀보고 한 손으로는 얼굴을 붙잡혀 본 적 있는 사람.

오, 주여! 치솟는 욕정을 가라앉히시던가 그것이 힘드시다면 양껏 뿜어내게 하소서!

소담이 얼굴과 뒷덜미 그러니까 두상을 산의 손에 꼼짝없이 붙들린 채 조각상처럼 굳은 채로 산을 올려다보는데 산의 두 눈동자에서 번쩍하고 섬광이 일었다. 이게 무슨 만화 같은 소리냐 하겠지만 진짜였다. 진짜 번쩍하고 섬광이 일었다.

소담은 뜨겁다 못해 와락 한기를 느꼈다.

"저기요…… 설마…… 혹시…… 이 상태로 내 목을 빠직 꺾으려는 건 아니죠?”

소담이 가늘게 떨리는 목소리로 묻는데 저 위에 높은 곳에 있던 산의 얼굴이 소담을 향해 내려오기 시작했다.

'이 황소 같은 사나이가 나한테 키스하려나 봐.'

맹세코 소담의 머릿속에는 만약 산이 키스를 한다면 거절하는 즉시 뺨을 때려주리라 하는 생각은 담겨 있지 않았다. 말도 안 되는 소리지만 그의 키스가 좋을지 좋지 않을지에 대한 생각도 담겨 있지 않았다.

　소담은 자신의 입술을 향해 내려오는 산의 입술을 바라보며 얼른 지체하지 말고 착 달라붙으라고, 내 입술을 와락 다 덮어버리라고, 숨이 막혀도 좋으니 짐승처럼 덮치라고 강력하게 주문을 외우고 있었다.

　조금 전까지 원수 같은 구산 때문에 이를 가느라 잠도 못 자고 있었는데 거짓말처럼 그의 입술을 바라고 있었던 것이다.

　'미친 거야.'

　그런데 미쳐도 좋았다.

　도대체 어느 시점에서 어떤 화학작용이 일어나서 어떤 이름의 호르몬을 사정없이 뿜어냈는지는 모르겠지만 이런 식으로 질질 시간을 끌면 내가 먼저 입술을 훔쳐 버리고 말겠다고 다짐하며 2밀리미터 앞까지 근접한 산의 입술을 간절하게 기다리고 있었다.

　'빨리 덮쳐! 시간 끌다 맞는다!'

　그때였다.

　캉캉!

　밖에 있던 똥개가 먹이를 찾아 내려온 삵이라도 발견했는지 사납게 짖어대기 시작했다.

　똥개 짖는 소리에 깜짝 놀라 후다닥 떨어진 산과 소담은 누가 먼저랄 것도 없이 제기랄 하고 낮게 푸념을 내뱉었다.

　'눈치라고는 쥐똥만큼도 없는 똥개. 아니, 개똥만큼도 없는 똥개!'

　소담은 백 미터 달리기라도 하는 듯 부리나케 방으로 들어와 문을 꼭 닫은 후 이불 속으로 돌진했다.

　"미쳤어."

헐떡헐떡 한참이나 숨을 몰아쉬던 소담은 한참 만에야 자신이 무슨 짓을 하려고 했는지 깨달으며 발등을 찍고 싶은 생각에 자신의 머리를 쥐어박았다.

"정말 미쳤어. 남자가 그렇게 궁하니? 그렇게 궁해? 원수하고 키스를 하려고 하다니, 미쳤어, 미쳤어!"

소담은 자신의 머리를 연신 쥐어박으며 몸서리를 쳤다.

그런데 아무리 생각해도 그 미칠 것 같은 몸서리가 원수 구산과 키스를 하려고 했던 자신이 어처구니없어서가 아니라 똥개 때문에 놓쳐 버린 키스가 아까워서인 것 같았다.

"그럴 리가 없어. 아니야. 말도 안 돼."

소담이 세차게 고개를 저으며 부인했지만 이 세상 사람 다 속이고 하나님까지 속인다 쳐도 자신은 속일 수 없었다. 분명히 이 미칠 것 같은 기분은 놓쳐 버린 키스에 대한 미련 때문이라는 것을 너무도 잘 알고 있었기 때문이다.

"왜 이렇게 가슴이…… 떨리는 거지?"

정말 알다가도 모를 것이 사람의 마음이라더니, 저렇게나 못돼먹게 구는 남자 때문에 가슴이 떨리다니.

"정상이 아니야."

구씨네 삼 형제가 정상이 아니라고 생각했는데 이제 보니 은소담 자신이야말로 정상이 아니었다.

"구산하고 키스를 하려고 했다니, 진짜 정상이 아니야."

소담은 아직까지도 벌렁거리는 가슴을 진정시키려고 애쓰며 심호흡을 했다.

"정신 차려. 아무리 궁해도 구산은 아니야. 저 못돼먹은 남자는 아니라고."

소담은 과하게 분비됐던 호르몬도 정상 수치를 찾았고 벌렁거리던 가슴도 진정돼서 다행이라고 생각하며 눈을 감았다. 그리고 자신도 모르게 중얼거렸다.

"빌어먹을 똥개."

어젯밤에 있었던 엉뚱하고 뜬금없었던 키스불발 사고 때문에 성격에 맞지 않게 급히 부끄러워진 소담은 구씨네 삼 형제가 아침을 먹는 동안 꼼짝도 못하고 방에서 자는 척해야 했다.

아무 일도 없었던 것처럼 행동하면 그만인데 이상하게 구산의 얼굴을 대하는 것이 그렇게나 부끄러울 수가 없었다. 그래서 오줌이 마려워 오줌보가 터져 나갈 것 같은데도 이 악물고 참아내며 구씨네 삼 형제가 모두 나간 후에야 밖으로 나온 소담은 점심 때는 또 어떻게 구산과 마주치지 않고 피해갈까 고심했다.

어제저녁도 굶고 오늘 아침도 굶어 배에서는 밥 내놓으라고 난리인데 점심까지 굶을 수는 없고 아무래도 아침을 넉넉하게 먹어 두는 것이 좋겠다고 생각하며 상 위에 있던 찌개뚝배기를 가스레인지에 올려놓고 불을 붙여 데워지기를 기다리는데 현관문이 벌컥 열리더니 산이 쑥 들어왔다.

'저 남자는 갑자기 왜 들어오고 난리야.'

소담이 차마 산을 쳐다보지 못하고 가스레인지에서 끓을 기미도 보이지 않는 뚝배기만 깨트릴 듯 노려보고 있는데 산이 소담의 뒤를 지나 냉장고로 가더니 냉장고 문을 열고 어디서 받아왔는지는 모르겠지만 물이 가득 찬 물통을 냉장고에 채워 넣기 시작했다.

"잘 잤어?"

산이 어울리지 않게 다정한 기운이 감도는 목소리로 물었다.

"그럼요."

자긴 잤지만 한숨도 못 잔 것처럼 눈이 시린데도 소담은 잘 잔 척 대꾸했다.

"오늘은 병원 가자."

"……그래요."

소담이 불퉁하게 대꾸하며 흘낏 산을 쳐다보다가 산과 눈이 딱 마주쳤고 눈이 마주치는 순간 왈칵 부끄러움이 도진 소담이 얼른 고개를 돌리는데, 물통을 다 채워 넣었는지 냉장고 문을 닫는 소리가 들리더니 바로 뒤에서 구산의 체취가 확 풍겨왔다.

'이 남자 왜 이래 또.'

또다시 살랑살랑 간들간들 가슴이 뛰기 시작했다.

"밥 먹게?"

'보면 모르니?'

"그럴려구요."

"밥이 좀 된밥이 됐어. 꼭꼭 씹어 먹어."

"그러죠 뭐."

소담이 일부러 퉁명스럽게 대꾸하는데 산이 한 걸음 더 다가섰다. 차마 뒤돌아볼 용기는 없지만 뒤에 서 있는 구산과 자신의 사이에 1센티미터의 공간도 없다는 것은 느낄 수 있었다.

욱실. 십이지장이 꼬이는 기분.

"성욕 격발은 무슨 뜻이야?"

이 남자가 지금 그 얘기는 왜 꺼내는 거야!

휙 고개를 돌렸던 소담은 하마터면 산의 입술과 저절로 부딪힐 뻔했던 상황을 아슬아슬하게, 아니, 안타깝게 피하며 산을 쳐다봤다.

"그게 무슨…… 말이에요?"

소담은 못 알아듣는 척했다. 일부러 못 알아듣는 척하는 것이 고스란히 티가 났지만.

"어젯밤에 그랬잖아. 성욕을 격발시키면 곤란하다고."

"내가요? 내가 그랬던가요?"

소담은 일단 딱 잡아뗐다.

"음, 그랬어."

"내가 언제 그랬지?"

소담이 끝까지 모른 척했다.

"내가 아니라 소담이 네 성욕을 격발시킨다면서."

"어머, 말도 안 돼. 내가 언제 그런 야동스러운 발언을 했다고 그래요? 밥 먹게 그만 가시죠."

딱 잡아뗀 소담이 당황함을 감추기 위해 휙 돌아서서 얼른 가스레인지 불을 끄고 뚝배기를 집어 들었다. 그게 문제였다. 당황한 나머지 맨손으로 펄펄 열이 오른 뚝배기를 집어 든 것이다.

"앗 뜨거!"

소담이 지문을 녹일 듯한 열기에 비명을 지르자 산이 재빨리 소담의 두 손을 움켜잡고 싱크대로 이끌어 물을 틀었다.

"아…… 뜨거."

"네가 무슨 차력사야? 뚝배기를 맨손으로 잡게?"

"이게 다 구산 씨 때문이잖아요!"

"내가 뭘 어쨌다고."

"하지도 않은 말을 했다고 하니까 그렇죠."

"분명히 했거든?"

"안 했거든요?"

"나 보면서 침도 삼켰잖아."

"말도 안 돼. 내가 언제 침을 삼켰다고 그래요? 구산 씨가 무슨 떡갈비라도 돼요? 내가 침을 삼키게?"

"분명히 삼켰거든?"

"구산 씨야말로 이글이글 마그마 같은 눈길로 잡아먹을 듯이 쳐다봤잖아요."

"그런 적 없어."

아니, 뭬 이런!

"구산 씨가 내 어깨도 붙잡고 목덜미도 붙잡고 얼굴도 붙잡았잖아요!"

"꺾으려고 했지."

산이 천연덕스럽게 그런 적 없다는 듯이 굴었다.

"개한테 물라고 시킨 걸로 모자라서 목 꺾어 죽이려고 했다는 말이에요? 이런 못된 자식!"

이런 놈 때문에 가슴을 떨다니, 이런 놈 때문에 밤잠을 설치다니!

소담이 분해서 바락 고함을 치며 구산에게 주먹을 날리는데 구산이 소담의 작은 주먹을 단번에 움켜잡았다.

"어디서 주먹질이야?"

"이 나쁜 자식! 이거 놔!"

소담이 남은 주먹을 산에게 날리는데 그 역시 구산이 간단하게 붙잡아 버렸다.

"이거 놔."

"주먹질하는 건 어디서 배운 거야?"

소담은 분해서 펄쩍 뛰겠는데 산은 느긋하게 소담을 골리기 시작했다.

"이거 놓으라고!"

소담이 몸을 비틀어댔지만 소용없었다.

"두고 봐. 언젠가는 그 못된 입을 갈기갈기 물어뜯을 테니까."

"개띠냐, 물게."

"두고 봐!"

가을 뱀처럼 독이 바짝 오른 소담이 이를 갈며 소리치는데 구산의 휴대폰이 울렸다.

소담의 손을 움켜잡고 있느라 휴대폰을 받을 손이 없어진 산이 잠깐 동안 고민하는 사이 소담은 구산이 한 손이라도 놓는 순간 사자갈기 같은 산의 머리카락을 죄 뜯어놓고 말겠다고 다짐하며 산이 휴대폰을 받기만을 기다리는데 산이 소담의 손을 소담의 허리 뒤로 돌리더니 한 손으로 손쉽게 소담의 두 손을 움켜잡고는 소담을 벽으로 밀어붙여 옴짝달싹못하게 그 큰 몸으로 짓눌러 포박하고는 휴대폰을 받았다.

어쭈!

제아무리 남자라도 한 손으로 두 손을 어찌 다 감당할까 싶어 있는 힘껏 손을 빼내려고 했지만 어림도 없었다.

도망치려면 도망쳐 보라는 듯 입가에 희미한 미소를 머금고 있던 구산이 발신자를 확인하는 순간 즉시 표정이 굳더니 구산의 입에서 예, 회장님 하는 소리가 새어 나왔다.

'회장님? 설마!'

구산이 회장님이라고 부를 사람은 틀림없이 아버지였다. 은소담의 아버지 은 회장님.

갑자기 심각해진 구산의 시선이 소담에게 고정되자 소담은 구산의 입에서 나온 회장님이 아버지라는 것을 확신했다.

"됐어!"

소담이 커다란 목표를 달성해 낸 듯 환희에 차서 외치자 구산의 미간에 주름이 잡혔다.

"예, 별일 없이 잘 지내고 있습니다."

별일이 없어? 발목이 부러지고 개한테 물려 죽을 뻔했는데? 이런 무례한 사기꾼!

"아버지!"

소담은 바꿔달라고 부탁해 봤자 들어줄 리가 없는 구산이 얼렁뚱땅 전화를 끊을까 봐 겁이 나서 버럭 아버지를 외쳐 불렀다.

소담이 아버지를 외치자 구산의 얼굴이 일그러졌다.

"예, 있습니다. 예…… 잠깐만……."

구산이 난처한 표정으로 소담을 쳐다봤고 소담은 이 순간을 손꼽아 기다린 사람처럼 회심의 미소를 날려주며 구산을 향해 화려한 미소를 날려주었다. 얕은 술수 쓰지 말고 좋은 말 할 때 1초 안에 휴대폰을 넘기라는 듯이.

"죽었다고 복창하서요."

소담이 마지막으로 일갈하는데 구산의 미간에 잔주름이 잡힌다 싶더니 구산의 입에서 엉뚱한 말이 쏟아져 나왔다.

"회장님, 한 시간 후에 제가 전화를 드리겠습니다."

구산이 갑자기 말을 바꾸자 소담의 얼굴에 걸려 있던 화려한 미소는 온데간데없이 사라지고 경악한 표정이 돼버렸다.

"바꿔줘요!"

"배터리가 다 돼서 곧 끊어질 것 같습니다. 충전시킨 후에 곧바로 전화드리겠습니다."

"바꿔달라구요!"

이러다간 전화가 끊어질 것 같아, 아니, 전화가 아니라 위태롭게 붙잡고 있던 동아줄이 끊어질 것 같아 소담이 젖 먹던 힘까지 모두 짜내며 산의 손에 잡혀 있던 손을 빼내는 동시에 몸을 날려 구산을 덮쳤다.

느닷없이 덮쳐 오는 소담을 미처 제지하지 못한 구산이 쿵 소리를 내며 바닥에 덜렁 드러누웠고 소담은 구산의 몸을 깔고 엎드리는 자세가 돼버렸다. 하지만 소담은 자신의 몸 시위로 인해 지금 두 사람의 자세가 이상야릇해졌다는 것은 안중에도 없었다. 어떻게든 전화가 끊어지기 전에 구산의 오른손에 꽉 쥐어져 있는 휴대폰을 빼앗아야만 했기 때문이다.

"아빠! 배터리 만땅이에요! 이 소 같은 남자가 거짓말하는 거예요!"

소담이 목이 터져라 외치며 필사적으로 휴대폰을 빼앗았다.

"아버지, 저예요. 이 사람이요, 내 발목도 무러뜨리고 개한테 물어뜯으라 하고 내 목도 꺾으려고 하고 이 사람 인민군이에요! 완전히 아오지 탄광에 끌려온 죄수 취급이라구요! 남의 집 쌀 축내지 말라고 온갖 구박을 다 하고 근본이 틀려먹었다면서……."

휴대폰에 대고 미친 듯이 떠들며 고해바치던 소담은 뭔가 이상하다는 것을 느꼈다. 저쪽 편에서는 아무런 반응도 없었던 것이다. 하다못해 숨 쉬는 잡음도 들리지 않았다.

"여보세요? 여보세요? 아빠?"

"끊어졌어."

구산이 애쓰지 말라는 듯이 중얼거렸다.

그러니까 소담은 끊어진 전화기에 대고 쓸데없이 목청껏 떠든 것이었다.
"이…… 이…… 나쁜 자식!"
분통이 터진 소담이 두 주먹 불끈 쥐고 구산의 턱을 향해 두 주먹을 동시에 날리는데 구산이 소담의 주먹을 간단하게 붙잡았다.
"열 좀 식히지 그래?"
"내가 가만히 둘 줄 알아? 10분 후에 구산은 끝났어!"
"그건 두고 봐야 아는 거고."
"그래, 두고 봐. 내가 구산을 구연산으로 만드는 기적을 일으킬 테니까!"
소담이 어떻게든 한 대라도 갈겨주기 위해 구산의 몸 위에서 기를 쓰고 아등바등 힘을 썼지만 도저히 구산의 힘을 당해낼 수가 없었다.
"뭐 하는 짓이야? 또 성욕이 격발한 거야?"
"뭐? 미쳤어, 미쳤어!"
소담의 바동거림에 몸이 반응을 시작하자 산이 소담의 팔을 더욱 단단히 움켜잡았다.
"정말 사고 칠 작정이야?"
산이 어금니를 꽉 틀어 문 채 말했다.
"남자가 그렇게 고팠나?"
구산의 비아냥거림에 소담의 눈이 묘지에서 무덤을 가르고 나온 귀신의 눈처럼 새빨개졌다.
"죽여 버릴 거야!"
소담이 분노에 차서 외치는데 현관문이 열리더니 구강과 구들이 들어왔고 그리고 소담의 몸에 깔려 있는 구산을 보고, 아니, 구산을 깔고 누운 소담을 보고 깜짝 놀라 그 자리에서 얼음이 됐다.

"형…… 누나……."

"강! 들! 은소담 떼어내라. 성욕 격발한 은소담이 날 덮쳤다."

구산의 말에 강과 들은 소담을 소담은 강과 들을 기겁한 얼굴로 쳐다봤다.

"덮치긴 누가 덮쳐요! 그런 거 아니에요…… 이 사람이 거짓말하고 전화를 끊어서……."

"빨리 와서 은소담 떼어내. 은소담이 날 겁탈하려고 한다."

"미쳤어, 미쳤어!"

소담이 기절할 것처럼 분해 소리치며 재빨리 몸을 일으켰다.

"내 손 잡고 있었던 사람은 구산 씬데 덮치긴 누가 덮쳤다는 거에요? 강 씨, 들 씨 나 절대 그런 여자 아니에요. 내가 어딜 봐서 남자를 덮치게 생겼어요?"

소담이 기를 쓰고 해명했지만 번번이 구산이 초를 쳤다.

"덮쳤잖아. 은소담 많이 굶었어. 너희들도 조심해라. 자칫하면 당한다. 날 쳐다보는 눈빛이 어째 이상하다고 했어."

구산이 멀쩡한 소담을 남자나 덮치는 파렴치한 여자로 몰아가며 생사람을 잡고 있었다.

"아니라구요!"

소담이 약이 올라 몸서리치며 소리쳤지만 구씨네 형제들의 표정은 영락없이 순진한 남자를 겁탈한 굶주린 요부를 쳐다보는 표정 딱 그것이었다.

"두고 봐요, 구산! 당신 정말 끝장낼 거야!"

소담이 온몸을 바들바들 떨며 피바람 나는 복수를 경고했지만 맹한 구강, 구들은 소담의 염장만 더욱 질러댔다.

"누나…… 나는 덮쳐도 돼요…… 난 언제든 환영."

어쭙잖은 너털웃음을 웃는 구강은 이런 소리나 지껄이지 않나.

"난 누나한테 끝장나고 싶어요. 진심으로. 나를 덮쳐요, 나를."

맹추 같은 구들도 이런 소리나 지껄이고 있었다.

그 순간 소담은 절절하게 깨달았다.

'이놈들은 선수들이야.'

형제 사기단 혹은 형제 염장단.

'선수들이라고……'

삼 형제가 똘똘 뭉쳐 들이대는데 소담 혼자 무슨 수로 막아낼까.

소담은 금방이라도 갈비뼈가 쩍 갈라지며 가슴이 터져 버릴 것처럼 치가 떨려 더는 한마디도 하고 싶지 않았다. 구씨네 삼 형제 꼬라지도 보기 싫었다.

소담은 목발도 쓰지 않고 깁스한 발을 질질 끌며 방으로 향하기 시작했다. 말할 수 없이 모양새 빠지는 꼴이라는 것을 알고 있었지만 어쩔 수 없었다.

철저하고 완전하게 놀림당하고 패배했기에 처절한 패군의 모양새일 수밖에 없었던 것이다.

"왜 들어왔어?"

"물 갖고 나가려구요."

"빨리 갖고 나가."

소담은 강과 들이 물을 가져가든지 가다가 엎어지든지 머리 꼭대기까지 치민 화기 때문에 현기증까지 느껴져 방으로 들어와 쓰러지듯 누워버렸다.

"나쁜 자식."

이렇게 꼼짝없이 당하다니.
"뭐? 은소담이 겁탈하려고 한다고?"
분해라, 분해라, 분해라!
"저런 원수 같은 자식하고 키스를 하려고 했다니…… 저런 자식하고 못한 키스를 아쉬워하다니! 누굴 욕하니, 내가 미친 게지."
소담은 분함에 아이고, 아이고 곡소리가 나도록 끙끙 앓기 시작했다.

밥 필요없으니 휴대폰이나 내놓으라는 소담을 억지로 밥상 앞에 끌어다 앉힌 산은 밥 안 먹으면 휴대폰도 없다고 엄포를 놓았다.
소담은 강과 들이 차려놓은 밥상 앞에 앉아 아무 소리도 하지 않고 밥상 위에 있는 음식들을 불 싸지를 눈길로 노려보기 시작했다. 하지만 불을 싸질러 버리기에는 너무나 아까운 음식들이었기에 사납던 눈길은 조금씩 표나지 않게 풀리기 시작했고 한때 유행했던 말처럼 엣지 없게 입안에는 침도 고였다.
'어제부터 내리 굶어서 그래.'
웬일로 고기도 푸짐하게 구워 내놓고 만들어 파는 쌈장이 아닌 1인용 뚝배기에 직접 끓여 만든 쌈장에 쌈 야채도 다채롭게 준비하고 황태국까지 오늘 점심은 그야말로 진수성찬이었다.
사람 기분 제대로 잡치게 해놓고 밥은 별나게 한상 차려놨네 싶어 기필코 께적거리다 말리라 굳게 다짐하고 다짐하지만 불판 위에서 지글거리는 환상적인 마블링의 고기와 그 살인적인 냄새에 소담은 그만 혼절하기 직전까지 내몰리고 말았다.

'굶어서 그렇다고!'

어떻게 저런 마블링이 생겨났는지 완벽하게 최상급인 고기는 틀림없이 씹을 필요가 없을 만큼 살살 녹을 텐데 과연 지구상에서 가장 맛있는 고기를 눈앞에 두고도 께적거리며 자존심을 지킬 수 있을지 소담은 젓가락을 집는 순간 자신이 없어지고 말았다.

김이 솔솔 피어오르는 뚝배기 쌈장에 다채로운 쌈 야채에 건너 온 것이 아니라 생산지에서 맛보는 최상급 쇠고기.

소담은 이미 손바닥 위에 마음에 드는 쌈 야채를 올려놓고 그 위에 쌈장을 듬뿍 찍은 쇠고기를 얹어 돌돌 말아 입에 넣고 씹으며 혀끝으로 맛을 음미하고 있는 기분이었다.

'참아야 해.'

소담은 절대 쇠고기 따위에게 자존심을 팔지는 않겠다고 다시 한 번 어금니를 앙다물었지만 고기 드세요 하는 구강의 말에 쇠고기가 아니라 악마에게라도 자존심을 팔아버리고 싶어졌다.

"누나, 고기 드세요."

강이 계속 고기를 권했다.

"얼마 전까지 전국적으로 구제역 때문에 소고 돼지고 할 것 없이 가축 키우는 집집마다 걱정이 태산이었는데 이번에도 우리 목장은 끄떡없었어요. 다른 고장에서는 살처분하고 난리가 났던데 우리는 한 마리도 안 잃고 다 살렸어요. 우리 형이 사람이고 동물이고 좋은 것 먹어서 건강하게 살아야 한다더니, 역시 형이에요!"

강이 엄지손가락을 치켜 세우며 산을 칭찬했다.

그런 일이 있었구나…….

"고기 맛 좀 보세요."

"……알아서 먹을게요."

소담은 되도록 고기 쪽을 쳐다보지 않으려고 애쓰며 일부러 시큰둥한 얼굴로 대꾸했다.

밥 한술 황태국 한술.

나체로 뜨겁게 몸을 달구며 유혹해 오는 1등급 쇠고기의 유혹에 넘어가지 않기 위해 애를 쓰는데 구산이 딱 알맞게 익은 고기 한 점을 소담의 밥그릇 위에 내려놓았다.

'뭐야, 이건?'

소담이 먹으라는 말도 없이 무턱대고 밥 위에 고기를 올려놓은 구산을 노려봤다. 소시지로 강아지 다루듯 고기 한 점으로 소담을 다루려는 얄팍한 구산의 수작에 화가 났기 때문이다.

이깟 고기가 뭐라고 감히 은소담을 1등급 고기로 장난질을 쳐?

'꼭⋯⋯ 먹지 않을 이유는 없지.'

굳이 먹어주지 못할 것도 없었다. 박박 긁어놓은 속을 고기로 손쉽게 풀어낼 속셈인 모양인데 구산의 얕은 속셈을 알고 있는 이상 속을 것이 없으니 손해 볼 것도 없었다. 설마 고기 한 점에 긁힌 속이 풀릴 리도 없으니까.

소담은 난 고기 놓아준 적 없다는 듯이 관심없는 얼굴로 주먹만 한 고기쌈을 싸서 볼이 터져 나가도록 씹고 있는 구산을 노려보다가 고기가 식기 전에 얼른 입에 넣고 씹기 시작했다.

고기는 상상했던 대로 씹을 것도 없이 어금니와 어금니 사이에서 녹아내리며 소담을 진정한 1등급 쇠고기의 맛 속으로 끌어들이기 시작했다.

어떤 양념도 더하지 않은 오로지 고기 단 한 가지였을 뿐인데 어쩌면 고농축 참기름을 듬뿍 바른 듯이 절정으로 고소할까.

육 고기만이 갖고 있는 질감을 그대로 살리면서도 마치 고기가 아니라 뜨거운 프라이팬에서 소리없이 녹아내리는 버터처럼 어느새 입안 가득한 타액에 섞인 육즙만 남겨놓고 목구멍 뒤로 넘어가 버리고 말았다.

육즙은 또 얼마나 훌륭한지. 직접 먹어보지 않고선 절대로 설명할 수 없지만 먹어보면 그 즉시 어떤 맛인지 알 수 있는 풍부한 스토리를 탑재한 육즙.

한 점으로는 부족했다. 턱없이 부족했다. 불판 위에서 굽혀지고 있는 고기들을 구씨네 삼 형제가 걸신들린 것처럼 다 먹어치우기 전에 몽땅 다 맛을 보아야만 25년 묵은 체증이 쑥 내려갈 것 같았다.

한 점으로는 애간장만 태울 뿐, 참다가는 입만 버리고 성질만 버릴 만큼 울트라, 메가톤급 고기였다.

'한 점만 더 주지.'

평생 돈 아까운 줄 모르고 살았던 것처럼 고기 아쉬운 줄 모르고 살았던 소담인데, 미국에서는 고기가 질려서 완벽한 한식 식단으로만 밥 좀 먹었으면 소원했었는데 이런 고기라면 남은 평생 고기만 먹고 살고 싶어졌다.

정말 수입 쇠고기와는 질적으로 다른 고기였다. 식상한 표현이지만 한우의 참맛을 알았다고나 할까?

'제발 내 손으로 고기를 집어먹지 않게 해주세요.'

고기의 허리케인 수준의 유혹을 이겨내기 위해 갑자기 꼴도 보기 싫은 황태국을 퍼먹는데 구산이 또다시 고기 한 점을 소담의 밥 위에 내려놓았다.

'이 자식이 내가 지금 얼마나 필사적으로 버티고 있는데!'

고기를 구산의 면상에 집어 던져 버릴까 하던 소담은 구산의 얼굴에 붙이기엔 너무나 아까운 음식이라 생각하며 벌써부터 입 안에 감도는 고소한 맛에 자신도 모르게 가늘게 손까지 떨며 또다시 고기를 날름 입에 집어넣었다.

'존심도 없는 것.'

이까짓 고기가 뭐라고. 대체 이깟 고기가 뭐라고 사족을 못 쓰며 날름날름 입에 넣는 것인지 스스로가 마음에 들지 않아 미칠 것 같았다.

마지막 자존심이라도 지켜내려면 고기가 아니라 고기 할아버지를 들고 덤벼도 냉정하게 거절해야 하는데 사람의 이성적 능력을 마비시키는 악마의 맛에 속절없이 빠져들고 있으니 정말 스스로가 미워서 죽을 지경이었다.

구산은 소담이 두 번째 입에 넣은 고기를 삼키기도 전에 세 번째 고기를 밥 위에 놓아주었고 소담은 입에 있는 것을 삼키지도 않고 세 번째 고기를 얼른 입에 넣었다.

'왜 이렇게 맛있냐고. 왜 이런 것 하나 못 이겨내냐고, 이 떨떨아.'

이렇게나 쉽게 고기의 유혹에 넘어가 버린 자신이 한심해서 견딜 수가 없었지만 너무 맛있는 걸 어쩌란 말인가. 그 어떤 무쇠고집을 데려다 놔도 절대 이길 수 없을 만큼 맛있는 걸 어쩌란 말인가. 눈물 나게 맛있는 걸, 눈물 나게…….

"……왜 울어요?"

들의 놀란 목소리에 소담이 고개를 들자 강과 산도 놀란 얼굴로 소담을 바라보고 있었다.

'울어? 누가?'

소담은 이렇게나 훌륭한 음식을 앞에 놓고 뉘가 청승을 떨며 울고 있는지 무심코 고개를 들었다가 구씨네 삼 형제의 표정을 보고 깜짝 놀랐다. 구씨네 삼 형제는 이 세상에서 가장 믿을 수 없는 현실을 맞닥뜨린 얼굴로 소담을 쳐다보고 있었던 것이다.

"왜……."

그렇게 못 볼 것을 본 것처럼 쳐다보냐고 물으려던 소담은 무심코 얼굴을 만졌다가 손가락에 느껴지는 물기에 깜짝 놀라고 말았다. 청승을 떨며 울고 있는 사람은 다름 아닌 바로 자신이었던 것이다.

정말 울고 있었다. 단지 눈물 나게 맛있다고 생각했을 뿐인데 칠칠치 못한 눈이 정말로 눈물을 흘려보내고 있었던 것이다.

울 일도 흔하지, 고기 먹다가 우는 팔푼이가 어디 있다고!

"누나, 무슨 일이에요? 왜 울어요?"

들이 왈칵 걱정에 휩싸여 당장이라도 안고 달래줄 듯한 얼굴로 물었다.

"아니, 난 그냥……."

뭐라고 해야 할지 정말 난처했다.

고기가 너무 맛있어서 나도 모르게 눈물이 났다는 소리는 혀를 깨물고서라도 참아야 하는 말이고, 너무 당황스럽다 보니 핑계거리가 생각나지 않아 등에서 진땀까지 났다.

"누나 말해요. 무슨 일이에요?"

강 역시 어쩔 줄 몰라 하며 조심스레 물었다.

"그냥, 그냥……."

정말 할 말이 없어서 그냥 소리만 중얼거리며 적당한 핑계거리를 찾아 부산하게 눈동자를 굴리다가 구산과 눈이 마주쳤는데 못돼먹은 구산 역시 충격을 받은 표정으로 소담을 바라보고 있었다.

여자의 눈물에 약한 것이 남자라고 했던가? 정말 구산 같은 지독한 남자도 여자의 눈물에 약하단 말인가?

순간 번쩍하고 좋은 생각이 떠올랐다.

"어제…… 구산 씨가…… 밖에 있는 개한테 날…… 물라고…… 물어버리라고……."

소담이 일부러 더 훌쩍거리며, 아니, 흐느끼며 한마디 한마디 어렵게 뱉어내기 시작하자 구강과 구들이 경악한 얼굴로 구산을 쳐다봤다.

"뭐라고요? 형이 어쨌다고요?"

"똥개한테 누나를 물라고…… 에이 농담하지 말아요, 누나. 형이 설마……."

"진짜예요…… 내가 개한테 건방지다고 했다고…… 날 물라고 했어요."

소담의 눈에서 비련의 여인처럼 또 한줄기의 눈물이 주르륵 흘러내렸다.

의도적으로 울려고 했던 것은 아닌데 그때의 상황을 떠올리자 이상하게 갑자기 울컥 서러워지면서 눈물이 만들어졌다. 정말 나무랄 데 없이 가상한 센스를 가진 감정이자 눈물이었다.

"형, 똥개한테 누나를 물라고 시켰어요?"

강이 형이고 뭐고 당장이라도 한 대 칠 듯한 얼굴로 따져 물었다.

"형! 어떻게 그런 짓을 해요?"

들 역시 전투력을 증폭시키며 구산을 추궁했다.

제아무리 의좋고 두터운 형제애를 자랑한다 할지라도 한순간에 조각조각 박살 낼 수 있는 존재가 있었으니, 이름하여 여자니라.

들과 강이 적극적으로 편을 들어주며 구산을 비난하기 시작하자 탄력을 받은 소담은 누군가에게 허벅다리 안쪽 살을 꼬집힌 것처럼 하염없이 눈물을 쏟아내기 시작했다.

"작년에 똥개가 연구실 박 과장 물어서 한바탕 난리가 났었던 거 알면서 누나를 물라고 시켰다고요?"

'뭐라고!'

지금까지 단 한 번도 사람을 문 적이 없던 개라더니 뭐가 어쩌고 어째?

소담이 놀라 자빠질 얼굴로 구산을 쳐다보다가 명치끝에서 뜨거운 분노가 이글거리고 치밀어 오르는 것을 느끼며 소리 내서 울기 시작했다.

'정말 물어 죽이려던 거였어. 날 죽이려던 거였다고.'

"한 번도 사람을 문 적은 없다더니…… 정말 날 죽이려고 했던 거군요?"

이번엔 진짜 분하고 서러워 수도꼭지를 틀어놓은 것처럼 눈물이 줄줄 흘러넘쳤다.

'와, 진짜 강적이다. 감히 재경그룹 은소담을 개한테 물려 죽게 하려고 했다니.'

"형, 와 진짜 형, 말도 안 돼! 정말 실망했어요."

"형이 그런 짓을 할 줄은…… 형, 왜 그랬어요?"

강과 들이 수저까지 내려놓고 산을 향해 공격을 퍼부었다.

"형이 누나한테 너무 심하게 한다 생각은 했지만 설마 그런 짓까지 할 줄은…… 형, 미쳤어요?"

"아무리 무식하다고 해도 어떻게 그런 짓을 해요?"
"이 자식들이 말조심해!"
동생들의 공격이 도를 지나쳐 거칠어지자 구산이 버럭 고함을 내질렀고 강과 들이 일단 입을 다물었다.
"사과했잖아."
구산이 소담을 두 눈을 부릅뜬 채 빗뜨고 보며 꾸짖듯 말했다.
"……개한테 물어버리라고 시키고 근본이 틀려먹었다고 돌아가신 엄마하고 아버지까지 싸잡아 욕보이고 남의 집 쌀 축내지 말고 빨리 밥값하라고 몰아세웠으면서 그게 무슨 사과예요? 우리 아빠 전화도 안 바꿔주고……."
소담이 일부러 서러움이 복받쳐 오르는 듯 흐느끼며 따졌다.
"진짜 너무하셨네……."
강이 정말 치사한 짓을 했다는 듯이 혼잣말을 중얼거렸다.
"어떻게 똥개를 무기로 써요? 아, 진짜……. 독일군 게슈타포도 아니고."
들도 난데없이 게슈타포까지 끌어다 붙이며 공격을 멈추지 않았다.
"구강, 구들!"
구산이 저음으로 동생들의 이름을 부르자 강과 들이 심상치 않은 큰형의 목소리에 어깨를 움츠리며 구산을 쳐다봤다.
"다 먹었으면 나가."
낮은 목소리였기 때문에 명령이라고 할 수 없었지만 낮은 목소리였기 때문에 어쩐지 더욱 위협적으로 들렸다.
"형."
"닥치고 나가라고!"

구산의 낮은 목소리에 범접할 수 없는 힘이 실리자 강과 들은 여기서 공격을 멈추지 않았다간 구산이 산 채로 묻어버릴지도 모른다는 공포에 휩싸여 두세 숟가락 남아 있던 밥을 한 번에 쓸어 넘긴 후 젓가락 들 겨를도 없어 손으로 고기를 집어 입안에 우겨넣으며 바람과 함께 도망 나갔다.

꽁지가 빠지게 도망치는 강과 들의 모습에 소담은 황망해서 할 말을 잃고 말았다.

'의리없는 것들. 니들도 사내냐! 니들도 남자야! 큰형이 그렇게 무섭니!'

이번만큼은 구산의 만행에 맞서 끝까지 소담을 감싸고 편을 들어줄 줄 알았건만 구강과 구들은 지난번 휴대폰 사건 때처럼 구산의 말 한마디에 꼬랑지를 내리고 도망쳐 버린 것이다. 개한테 물려 죽을 뻔한 소담을 게슈타포 손에 넘겨주고 말이다. 분하다, 분해!

강과 들이 나가 버리자 거실은 대번에 휑해져 버렸고 편들어주던 사람들이 사라지니 남은 사람은 구산과 소담, 원수 딱 둘뿐이었다.

아군이 배신하고 떠난 마당에 비련의 여인인 척해서 무엇 하리, 소담은 슬그머니 눈물을 닦아내며 순식간에 멋쩍어진 분위기를 어떻게 모면할지에 대해 머리를 굴리기 시작했다.

밥은 잔뜩 남았는데, 고기도 잔뜩 남았는데 이런 분위기에서 식사를 이어나갈 수도 없고 밥 먹기를 포기하자니 고기가 아깝고. 참으로 곤란한 상황이었다. 하지만 아무리 고기가 아까워도 지금은 포기하는 것이 현명한 짓이었다. 고기 못 먹어 죽은 요귀가 붙은 것도 아니고 말이다.

입을 열어봤자 또 말씨름만 하게 될 것이고 말씨름하다 보면 틀림없이 혈압이 오를 것이고 혈압 올려봤자 구산 만행, 망언 내역서만 늘릴 뿐 이럴 땐 피하는 것이 좋을 것 같았다. 그런 말도 있지 않은가. 똥이 무서워서 피한다더냐, 더러워서 피하지.

소담이 소매로 한 방울의 콧물을 억지로 짜내 찍어내며 몸을 일으키는데 구산이 밥 먹어 하고 말했다.

참 특이한 목소리였다. 마치 오랜 시간 수련해 득음한 사람처럼 왕왕 울리는 목소리.

"밥 먹으라고."

소담이 들은 척도 하지 않고 기어이 일어서자 구산이 다시 한번 말했다.

"밥 안 넘어가게 만들어놓고 무슨 밥을 먹으라는 거예요?"

소담이 볼일없다는 듯 목발을 집어 드는데 구산이 앉아 하고 말했다.

"앉아. 밥 먹어."

구산이 웬일로 한발 물러서는 듯한 억양으로 말했다. 한 발이 아니라 서너 발 물러선 표정이었다.

소담은 부리나케 머리를 굴리기 시작했다. 천하의 똥고집 똥무식 구산이 서너 발 물러나 주는 척하는 이 포인트에서 과연 자신이 대처해야 할 자세는 무엇인지에 대해서. 나 역시 너만큼이나 똥고집이라는 것을 보여주느냐, 아니면 못 이기는 척 받아들이느냐.

조금 창피한 일이지만 지금 이 시점에서는 똥고집보다는 못 이기는 척 받아들이고 싶었다. 순전히 1등급 한우 때문에.

소담이 집어 들었던 목발을 도로 내려놓고 뭉그적거리며 자리에 앉자 구산이 다 식었네 하고 혼잣말을 중얼거리더니 접시에 덜어놓았던 구운 고기를 다시 불판에 올려놓고 데우기 시작했다.
 소담은 고기에는 전혀 관심없다는 듯이 황태국을 반 숟가락씩 떠먹으며 께적께적하는데 구산이 찬기가 가신 고기를 소담의 밥그릇에 내려놓았다.
 "누가 고기 먹여달래요?"
 소담이 까칠하게 반응하며 콧방귀를 뀌었지만 구산은 가타부타 잔소리 없이 고기가 데워지기 바쁘게 소담의 밥그릇에 내려놓았다.
 '미안하면 말로 할 것이지. 유치하게 고기로 물타기 하려고?'
 소담이 고기 한 점을 꼭꼭 씹으며 구산을 째려봤다.
 '흥, 내가 이깟 고기 몇 점에 용서할 줄 알아?'
 어림없었다. 아무리 고기가 맛있어도 개한테 물라고 시킨 짓은 절대 쉽게 용서해 줄 수 있는 일이 아니었다.
 "왜 울고 그래?"
 한참 동안 고기만 열심히 굽는 척하던 구산이 불쑥 나무라듯 말했다.
 "그냥 화를 내. 울지 말고."
 "흥."
 "또 울기만 해봐."
 구산이 심통난 얼굴로 위협하더니 소담의 얼굴에 매달려 있던 눈물방울을 닦아주었다.
 "울면? 꼬챙이로 눈 찌를 거예요?"
 "무슨 여자가 말을 그렇게 험악하게 해? 내가 무슨 짐승이냐? 사람 눈을 꼬챙이로 찌르게?"

"내가 아무리 험악한들 님만 하겠어요? 개한테 물라고 시키는 거나 꼬챙이로 눈 찌르는 거나 뭐가 달라요? 똑같이 짐승이지."

"너 못 물게 하려고 내가 감쌌잖아."

"처음부터 물라고 시키질 말았어야죠. 한 번도 사람 문 적 없다더니 없긴 뭐가 없어요?"

소담이 맹렬하게 쏘아붙이며 밥 위에 있던 고기를 날름날름 야무지게 씹어 먹었다.

"그땐 내가 시켜서 문 게 아니라 박 과장이 물릴 짓을 했어. 좋다고 예쁜 짓 하는데 걷어찼단 말이야."

구산이 허겁지겁 고기를 먹어대는 소담이 화가 나서 시위하느라 먹어대는 줄 알고 체할까 봐 얼른 물 잔을 건네며 설명했다.

"그래요, 그 사람은 물릴 짓을 했네요. 하지만 난 개를 걷어차지도 않았고 무슨 개가 도사처럼 도통한 얼굴을 하고 엎드려서는 내가 반가워서 아는 척하는데도 가소롭다는 눈길로 쓱 쳐다보는데, 개가 개답지 않고 사람인 척하는데 그럼 그게 건방진 기지 뭐예요? 내기 님한테 뭘 그렇게 잘못했다고······."

소담이 물고 늘어지는 게 어떤 것인지 제대로 보여주겠다는 듯 구산의 만행을 오달지게 물고 들어졌다. 오달지게 물고 늘어지는 와중에도 고기 먹기는 멈추지 않았다.

"내가 돈을 떼먹길 했어요, 몰래 소 팔아먹고 튀길 했어요. 아니면 구산 씨하고 구산 씨 친구 사이에 양다리 걸치고 뒤통수를 치길 했어요. 개가 지 주인하고 똑같은 표정으로 하도 우습게 굴기에 시비 좀 걸었을 뿐인데······ 켁켁."

한 점이라도 더 먹겠다는 일념으로 제대로 씹지도 않고 꿀떡꿀떡 삼키는 바람에 사례가 들어 기침을 해대자 구산이 천천히 먹으라고 나무라며 조금 전 건네준 물 잔을 직접 들어 입에 대주었고 소담은 구산이 물을 먹여주는 것도 모른 채 일단 벌컥벌컥 들이켜 사레 때문에 터져 나오는 기침을 가라앉혔다.
"천천히 먹어. 성질난 상태에서 먹으면 체한단 말이야."
"안 체해요. 체해서 토하기라도 하면 남의 집 귀한 고기 축낸다고 또 얼마나 몰아붙일 텐데 체하겠어요?"
소담이 잔뜩 비꼬며 고기 한 점을 또 집어 드는데 구산이 얼른 잡았다.
"천천히 먹어."
'너 같으면 이 맛난 것을 천천히 먹겠니?'
"천천히 먹어. 체해."
구산이 어울리지 않게 달래는 듯이 말했고 소담은 이건 또 무슨 수작인가 싶어 구산을 노려봤다.
'천천히 먹게 하려면 엎드려 빌어!'
소담이 흥 하고 콧방귀를 뀌며 억지로 고기를 먹으려 하자 구산이 소담의 젓가락을 붙잡고 놓아주지 않았다.
"놔요."
"천천히 먹으라고."
"천천히 잘근잘근 씹어 삼켜 드릴 테니까 놓으라구요!"
"입에 있는 거나 삼키고 천천히 먹으라고."
놓아라, 천천히 먹어라로 입씨름과 동시에 눈싸움을 하며 힘겨루기를 하는데 구산이 먼저 힘을 풀었다.
"천천히 먹어. 체해."
"알았다구요."
소담이 퉁명스럽게 대꾸하고는 아까보다는 훨씬 천천히 고기를 씹기 시작했다.

"나쁜 사람."

"또 왜?"

"내가 겁탈하려고 한다구요? 덮쳤어?"

"덮치긴 했잖아."

"아버지 전화 끊어버려서 열받았던 거잖아요!"

"흥분하지 마. 체해."

산이 달래듯이 말했고 소담은 약이 올라 기절할 것 같았다.

흥분시킨 사람이 누군데 흥분하지 말라니.

고기를 꾹꾹 씹으며 산을 노려보던 소담이 은밀한 눈길을 던지며 입을 열었다.

"솔직히 말해요."

"뭘?"

"내가 덮쳐 주길 기다리는 거죠?"

"뭐?"

"은근히…… 기다리고 있죠? 틀림없어."

"됐다."

속으로는 움찔했지만 산은 절대 겉으로 내색하지 않았다.

"내가 벽인 줄 알고 막 만질 때도 흠뻑 느끼는 것 같았어."

"느끼긴 뭘 흠뻑 느껴!"

산이 짐짓 화난 척 소리를 높였다.

"너야말로 벽이 아니라 내 몸인 줄 알면서 일부러 더듬은 거지?"

산의 역공이 시작되자 이번엔 소담이 속으로 움찔했다. 시작은 벽인 줄 알았으나 3초 만에 벽이 아니라는 것을 알아차렸으면서도 계속 만졌기 때문이다.

"내 몸인 걸 알면서도 일부러 계속 만진 거잖아."

눈치 챘나?

"······티났어요?"

아니라고 딱 잡아떼야 하는데 순진하게도 소담은 속마음을 털어놓고 말았다.

"그럴 줄 알았지."

"처음엔 정말 벽인 줄 알았단 말이에요."

"벽이 아니라는 걸 알았을 때도 만졌잖아."

"그거야······ 몸이 어찌나 튼실한지······."

소담이 우물쭈물 계속 속마음을 드러냈다.

"너 은근히 엉큼하다."

"엉큼하긴 뭐가 엉큼해요. 다······ 그런 거지."

"뭐가 다 그래? 조심해야겠네. 언제 당할지 모르니."

"뭐가 어째요? 걱정 마셔요. 하늘이 무너져도 구산 씨를 덮칠 일은 없을 테니까. 나야말로 조심해야겠네요. 언제 당할지 모르니."

"걱정 마. 땅이 두 쪽 나도 내가 널 덮칠 일은 없을 테니까."

산이 받아치자 그에 거세게 콧방귀를 뀌어주고 일어나 방으로 들어가던 소담은 걸음을 멈추고 산을 돌아봤다. 가만 생각해 보니 기분이 언짢았기 때문이다. 땅이 두 쪽 나도 덮칠 일은 없을 것이라는 말, 진짜 은근히 언짢게 만들었다.

"내가 그렇게 매력이 없어요?"

소담이 날이 선 목소리로 물었다.

"뭐?"

"내가 여자로서 그렇게 매력이 없냐구요."

"그건 왜?"

"땅이 두 쪽 나도 날 덮칠 일은 없을 거라면서요."

소담이 씩씩대고 소리치자 가만히 소담을 바라보던 산이 픽 웃으며 일어났다.

"그럼 어쩌라고?"

"뭘 어째요. 내가 그렇게 매력이 없냐고 묻잖아요. 여자 구경하기 힘든 산골에 살면서도 날 덮칠 일이 없다는 건 그만큼 내가 여자로서 매력이 없다는 말인데, 내가 그렇게 싫어요? 아니면 내가 근본이 틀려먹은 여자라 그래요?"

"그럼 덮쳐도 돼?"

산의 물음에 소담은 말문이 막히고 말았다.

덮칠 일이 없을 거라는 말에 욱해서 발끈했는데 듣고 보니 그건 덮쳐 달라는 말이나 같았기 때문이다.

"그건…… 아니지만. 하여튼…… 매력이 없냐구요."

"있어."

"있어요?"

"있어. 많아."

산이 말했고 소담은 매력이 많다는 산의 말에 으쓱함을 느껴 살짝 미소 짓다가 산의 이글거리는 눈빛에 놀라 움찔했다.

"저기요. 그렇게 쳐다보지 말아요."

"어떻게?"

"덮칠 듯이 쳐다보지 말라구요."

"왜?"

"……떨리잖아요."

"……."

"앞으로는 조심해 줘요."

소담이 산에게 근엄하게 충고한 후 방으로 들어왔다.

위장이 뻐근하도록 고기로 양껏 배를 채워 배가 부른 탓인지 조금 전 산과 나눈 대화 때문에 이상하게 가슴이 뻐근한 탓인지 어쨌거나 아까보다는 한결 기분이 좋아졌다고 느끼며 누워서 산의 눈빛에 왜 갑자기 가슴이 떨렸을까, 떨린다는 말을 뭐 하러 곧이곧대로 해버렸을까에 대해 생각하고 있는데 문을 벌컥 열리더니 구산이 들어왔다.

"웬만하면 노크 좀 하시죠?"

"회장님께 전화드려야지."

"전화기 줘요."

"그냥은 못 주지."

"못 주면요?"

소담이 발딱 몸을 일으키며 산을 노려봤다.

"잠깐 같이 나가줘야겠어."

"어딜 나가요?"

"전화하러."

구산이 갑자기 소담을 번쩍 들어 어깨에 걸치더니 그대로 밖으로 나왔고 내려놓으라고 바락바락 악을 쓰는 소담을 개집 바로 앞에 있는 진짜 더러운 플라스틱 의자에 내려놓았다.

개집과 의자 사이의 거리는 불과 1미터. 구산이 명령만 내리면 똥개가 당장에 소담을 물어뜯을 수 있는 코앞의 거리였다.

"무슨 짓이에요?"

소담이 얼른 의자 위로 성한 발을 올려놓고 깁스한 발까지 억지로 끌어 올리며 항의했다.

"너 소리 지르면 똥개 열받으니까 조용히 말해."

구산이 느긋한 표정으로 말한 후 갑자기 소담의 곁을 떠나려고 했고 소담은 겁에 질려 재빨리 구산의 팔을 붙잡았다.

"어딜 가요?"

"의자 가지러."

구산이 저만치 있는 플라스틱 의자를 가리켰다. 2미터 정도 떨어진 자리였는데 소담에게는 마치 200미터 떨어진 거리처럼 느껴졌다.

"그냥 서 있어요."

소담이 이를 갈며 낮게 윽박지르자 구산이 뻔히 알면서도 전혀 모른다는 얼굴로 왜? 하고 물었다.

"똥개가 물면 어떻게 해요."

"그럼 어떻게 할래?"

"뭘요? 서 있으라구요."

"회장님한테 어떻게 말할 거냐고."

"뭘 어떻게 말해요. 있는 그대로 죄 고해바쳐야지."

"그래?"

구산이 휴대폰을 척하고 내주었다.

"마음대로 해. 하지만 뒤탈은 책임 못 진다."

구산이 소담의 손에 휴대폰을 쥐어주고는 미련없이 자리를 떠나려고 하자 소담은 허겁지겁 구산의 팔을 틀어잡았다.

"꼼짝 말아요!"

"어쩌라고?"

"꼼짝 말라구요!"

소담이 소리는 지를 수 없으니 어금니를 갈아대며 낮게 경고했다.

"꼼짝 말게 하려면 대가가 있어야지."

"무슨 대가요?"

"회장님한테 어떻게 말할 건지 합의를 보자고."

산이 얼굴색 하나 변하지 않고 합의 얘기를 꺼내자 소담은 갑자기 구산이라는 사람이 무섭다는 생각까지 들었다.

"꿀릴 것 없다면서요."

"꿀릴 건 없어."

"없는데 합의를 뭐 하러 봐요!"

"싫으면 똥개하고 놀던가."

구산이 소담의 손을 뿌리치고 떠나려고 하자 소담이 허둥지둥 다시 붙잡았다.

"합의 봐! 보자구요! 아버지한테 발목 사건하고 개 사건 말 안 하면 될 것 아니에요."

소담이 막말로 참 더럽고 아니꼬워서 바득바득 이를 갈며 말하자 구산의 입가에 보일 듯 말 듯한 미소가 감돌았다가 사라졌다.

"전화해. 통화버튼만 누르면 돼."

휴대폰 쓸 줄도 모르는 목성인인 줄 아는지, 소담은 구산의 가르침을 불쾌해하며 휴대폰을 열고 통화버튼을 길게 눌렀다. 휴대폰은 열한 개의 상대방 번호를 똑똑하게 추적하기 시작했고 어쩐지 초조하다고 생각되는 순간 아버지의 목소리가 들려왔다.

[여보세요.]

"아빠."

[어, 그래.]

여보세요 할 때보다는 억양이 높아지긴 했지만 반가워하시는 것인지 전혀 반갑지 않은 것인지 아버지의 목소리는 감정을 가늠할 수 없을 만큼 건조했다.

"잘 지내시죠?"

[물론이지.]

"네……."

딸은 산전수전 온갖 고초를 다 겪고 있는데 잘 지내신다니…… 좋으시겠네요.

[거긴 어떠니?]

"여기요? 여긴 뭐…… 그렇죠."

[지낼 만하고?]

아버지가 물으셨다. 아버지라서 이런 말은 안 하려고 했는데 그걸 질문이라 하시는지. 어떻게 이런 곳이 이런 환경이 지낼 만 할 것이라고 생각하는지 화가 치밀었다.

"지낼 만할 거라고 생각하세요?"

소담이 까칠하게 되물으며 감시자처럼 서 있는 구산을 올려다보자 구산 역시 곱지 않은 눈길로 소담을 내려다봤다.

[구산 그 친구는 어떠냐?]

아버지의 물음에 소담이 다시 한 번 구산을 올려다봤.

이 사람이 어떠냐고 물으셨습니까?

소담은 아랫배가 꼬이기 시작하는 걸 느끼며 입술을 비죽거렸다.

"아버지가 더 잘 아실 것 아니에요."

[괜찮은 친구니까 시키는 대로 잘 따라 해.]

"뭘 봐서 괜찮다는 거세요? 어딜 봐서요?"

소담이 짜증난 목소리로 추궁하듯 묻자 잠깐 동안 아버지는 아무런 반응도 하지 않은 채 소담이 혼자 떠들도록 내버려 두었다.

"여기가 어떤지 알고나 그런 말씀을 하시는 거예요? 여기 와서 구경한 사람이라고는 구씨네 삼 형제밖에 없어요. 남자만 셋이라구요. 산적 같은 남자들이 우글거리는 곳에 딸을 내버리고 아버진 발 뻗고 주무세요? 이 구질거리는 곳에서 내가 어떤 일을 당하고 있는지 알고나 그런 말씀을 하시냐구요!"

[네가 어떤 일을 당하든 너에게 최적의 장소라는 것은 잘 알고 있다.]

소담이 맹렬하게 따지고 들었지만 기가 막히게도 아버지의 반응은 신경질날 정도로 무덤덤했다.

"최적의 장소라고요?"

최적의 장소라니. 최악 중에서도 최고로 최악인 곳을 최적의 장소라니.

신경질이 치밀어 오르자 아랫배가 점점 더 심하게 꼬였다.

[마음먹기 나름이야. 공부하러 간 거니까 잘 배우도록 해.]

공부? 아버지도 참 딱하신 분이다. 멀쩡하게 공부 잘하는 사람 목장에 던져 버린 양반이 누군데 공부를 하라니.

"여기서 뭘 공부하라구요?"

소담이 아랫배를 움켜쥐며 따지기 시작했다.

"소 키우는 거 배워서 어디 써먹으라구요? 경영학 전공하고 소 키우는 게 무슨 관계라고요?"

[목장에 갔다고 소만 생각한다면 내가 널 잘못 가르쳐도 한참 잘못 가르쳤고 쓸데없이 유학까지 보내 아까운 돈만 내버렸구나.]

아버지의 목소리가 거칠어지기 시작했다.
"소 축사에서 소 생각하지 뭘 생각하라구요?"
[아프리카가 아니라 남극에 에어컨을 판매하는 것, 그게 경영이야.]
"펭귄한테 에어컨 살 돈이나 있는지 모르겠네요."
소담이 잔뜩 비꼬았다. 그런데 아버지에게 받아치기 위해 말투를 비꼬았던 것인데 이상하게 자신이 비꼰 말투만큼이나 아랫배가 갈수록 심각하게 꼬이고 있었다.
[경영이라는 것이 단순하게 회사를 관리하고 운영하는 것이 전부일 거라고 생각하면 큰 오산이다. 얼마나 많은 고객을 끌어들여 얼마나 많은 물건을 파느냐가 전부라는 생각도 착각이야. 시간을 얼마나 효율적으로 쪼개서 써야 하는지 1분 1초가 얼마나 길고 아까운 시간인지부터 배우는 게 경영이다. 너에게 주어진 시간조차도 제대로 관리하지 못하고 운영하지 못한다면 대학에서 배우는 건 전부 헛것이야. 대학에서 절대 가르쳐 줄 수 없는 수업을 받게 된 것을 행운으로 생각하고 지금부터라도 시간을 경영하는 법을 잘 배우도록 해.]
"이 산적 같은 남자들이 대학에서도 안 가르쳐 주는 걸 무슨 재주로 가르쳐 줄 거라고 생각하세요? 여기선 배울 게 단 한 가지도 없단 말이에요!"
[말 함부로 하지 마라. 눈에 보이는 것이 전부가 아니고 함부로 판단해서는 안 돼. 너보다 열 배는 더 훌륭한 사람들이야. 모시기 힘든 스승님을 모셨다고 생각하고 최선을 다해 배우도록 해.]
오 주일 만에 전화해서 고작 속 긁는 소리만 늘어놓다니. 소담은 화가 나서 견딜 수가 없었다.

"훌륭한 사람들요? 스승님요? 왜 이러세요? 지금 내가 얼마나 스트레스를 심하게 받는지 알고나 그런 말씀 하세요. 스트레스 때문에 다크써클이 늘어져서 턱받이로 쓰던가 머리띠하게 생겼다구요. 발목은 아작이 났지 개한테 물려 죽을 뻔해서…… 아아…….."

바락바락 대들던 소담이 아랫배를 싸쥐며 일그러진 얼굴로 낮은 신음을 토해냈다.

뱃속에 있는 장기란 장기는 모조리 비틀어진 것처럼 극심한 통증이 번져 나왔다. 배앓이가 도진 것이 틀림없었다.

아버지 때문이었다. 아버지 때문에 극심한 스트레스에 노출되는 바람에 가뜩이나 약한 아랫배가 즉각적으로 거부반응을 일으킨 것이다.

[발목이 아작났다니? 개한테 물려 죽다니?]

"발목이…… 아작나고…… 으……."

[그러니까 발목이 왜 아작이 났다는 거야? 개한테 물렸다는 말은 뭐냐고.]

"아버진 알지도 못하면서…… 구산이 날 얼마나 괴롭히는데…… 으…… 구산 이 사람이…… 으…… 잠깐만요…… 잠깐만…… 나중에 전화해요."

어떻게든 구산의 만행을 폭로하려 했지만 한마디도 더 할 수 없을 만큼 급박한 상황에 이른 소담은 다짜고짜 구산에게 휴대폰을 던지듯 돌려주고는 맨발로 집을 향해 질질 다리를 끌기 시작했다.

[여보세요? 은소담!]

휴대폰에서 소담을 외쳐 부르는 은 회장의 거친 목소리가 들려왔다. 난처한 표정으로 휴대폰과 소담을 번갈아 쳐다보던 구산은 우선 소담을 대신해 은 회장의 전화를 받았다.

"예, 회장님."

[소담이 어디 갔나? 바꾸게.]

"배가 아픈 모양입니다. 급하게 화장실에 가고 있습니다."

얼마나 급했으면 맨발로 저럴까 싶어 산이 안쓰러운 얼굴로 소담을 쳐다봤다.

[갑자기 배가 아파? 이 자식이 정말, 아버지를 뭘로 보고. 당장 바꿔!]

은 회장의 호통에 구산이 소담을 돌아보자 다섯 발자국도 채 걷지 못한 소담이 중간에 멈춰 선 채 배를 움켜쥐고 식은땀을 흘리며 산을 향해 오라고 손짓을 했다.

"회장님…… 신경성 대장증상이 온 것 같습니다."

[뭐? 아직도 배앓이를 달고 있었어?]

언제부터 시작된 병인지는 몰라도 오랫동안 딸을 괴롭히던 배앓이로 여태 고생하고 있다는 것을 모르고 있다니, 산은 어쩐지 회장님이 너무했다 싶었다.

"예…… 지금 힘들어서……."

"빨리 와요! 빨리!"

소담이 하얗게 질린 얼굴로 소리쳤다.

"죄송합니다. 나중에 다시 전화드리겠습니다."

[알았네.]

산은 전화를 끊자마자 재빨리 소담을 붙잡았다.

"빨리 화장실…… 나…… 죽을 것 같아요…… 나 좀 살려줘요."

소담이 정말 금방이라도 죽을 것 같은 얼굴로 가까스로 말했고 산은 이것저것 따질 겨를이 없는 것 같아 재빨리 소담을 안아 들고 화장실을 향해 달렸다.

"참아. 조금만 참아."

산이 참으라고 말했지만 소담의 표정은 참아낼 수 있는 한계를 지나친 듯 안타까울 정도로 일그러져 있었다.

천만다행으로 화장실에 가는 도중에 쏟아내는 불상사는 발생하지 않았지만 그때부터 소담은 화장실 문고리를 붙잡은 채 꼼짝도 할 수가 없었다.

이제 괜찮겠지 싶어서 볼일을 끝내고 화장실을 나오면 화장실 문을 닫기도 전에 또다시 허벅지와 아랫배에서 소름이 끼쳐 오며 통증이 시작돼 닫으려던 문을 도로 열고 헐레벌떡 뛰어들어 가기를 열 몇 차례. 짧으면 2, 3분 길면 10분 내로 다시 아랫배 통증이 시작돼 무려 3시간 동안 배앓이가 계속됐다.

이렇게 지독한 배앓이가 몇 년 만인지, 웬만하면 한두 시간 안에 가라앉았었는데 이번엔 지독하게도 호되게 앓게 된 것이다.

언제까지나 소담이 화장실 들락거리는 것만 보고 있을 시간이 없어 하는 수 없이 소담을 혼자 남겨두고 축사로 나갔던 산이 한참 만에 다시 집에 돌아왔을 때 소담은 퀭해진 얼굴로 화장실에서 기어나오고 있었다. 단 몇 시간 사이에 소담은 창백한 것은 물론이고 놀랄 만큼 핼쑥해져 있었다. 그리고 소담의 말대로 정말 다크써클이 늘어져서 턱받이를 하거나 머리띠를 할 지경이었다.

"아직도야?"

이젠 가라앉았겠지 생각했는데 여태 화장실을 들락거렸다니.

소담은 대답할 기운조차도 남아 있지 않았다.

"병원 가자."

낯빛도 안 좋고 저대로 두면 탈수가 돼서 병을 더 키울 것 같았다.

"됐어요."

"병원 가자고."

"가라앉는 것 같아요."

"고집부리지 말고 가자."

"고집이 아니라 가다가 차에서 사고 칠까 봐…… 좀 누울게요."

소담은 말시키는 것도 귀찮다는 듯 가까스로 방으로 기어들어와 기진맥진 드러눕고 말았다.

"약 사올까?"

산이 방까지 따라 들어와서 물었다.

"됐어요…… 가라앉았어요."

"못 고친대?"

신경성 대장증상이라는 질병은 이름만 들었지 이렇게나 지독한 줄은 몰랐었다. 소담을 서울에서 데려올 때도 병이 도져 고속도로에서 혼이 났었는데 벌써 두 번째였다. 요즘은 암이라도 초기에 발견하면 멀쩡하게 고쳐 놓는다는데 암도 아닌 병을 어째서 여태 고치지 못하고 있는 것인지 답답하기까지 했다.

"원래 못 고치는 거래?"

"고치든 못 고치든 무슨 상관이에요. 성질머리가 못돼먹어서 이런 걸 달고 산다고 욕해놓고."

소담이 시큰둥하게 대꾸하고는 이불을 더욱 꼭 여미었다.

"말해. 못 고치는 거야?"

"몰라요…… 스트레스 때문이래요."

스트레스라…….
"결국 성질이 못돼먹어서네."
구산의 말에 소담이 퀭한 눈으로 구산을 노려봤다.
"근본 틀려먹고 성질 못된 여자 입에서 욕 나오기 전에 그만 나가시죠."
소담이 배앓이에 시달린 끝이라 기운이 없는 와중에도 바늘처럼 뾰족하게 쏘아붙였다.
"사과할게. 내가 심했어."
"뭐가 심해요?"
"근본 틀려먹었다는 말. 심했어. 많이 심했어. 사과할게."
산이 차분한 어조로 사과했고 소담은 아무런 대꾸도 없이 산의 얼굴을 바라보고 있었다. 그냥 하는 말인지 진심인지를 알아내려는 듯이.
"그래요, 심했어요."
"알아. 심했어."
"그래서 안 받아줄 거예요."
"매력 많은 여자가 옹졸하네."
"매력이 많아서 옹졸해요."
소담이 시큰둥한 어조로 말했고 산은 소리없이 미소만 지었다.
"약 올린 것도 미안해."
"약 올린 게 한두 가지여야 말이죠."
"다 미안해. 전부 다."
"안 받아준다구요."
소담이 심통난 어조로 내뱉었지만 산은 여전히 미소만 지었다.
"회장님 또 전화하셨던데. 전화드려."

"안 할 거예요. 그리고 아빠 전화하면 나 없다고 하세요."

"어떻게 없다고 해?"

"그럼 받기 싫어한다고 말해요."

소담이 아버지 얘기는 한마디도 더 하지 말라는 듯 신경질적으로 말했다.

"……물이라도 줄까?"

산의 물음에 소담이 산을 노려봤다. 이건 무슨 채찍과 당근 작전도 아니고 눈만 마주치면 버럭버럭 성질을 내던 사람이 어울리지 않게 급다정한 목소리는 무얼 뜻하는 것인지.

"됐어요……."

"그러다 탈수돼. 죽 끓여줄게."

"음식 잘못 먹어 탈난 것 아니니까 죽 안 먹어요."

"그럼 물이라도 먹어. 따뜻하게 데워줄게."

"뭐예요?"

"뭐가?"

"왜 갑자기 친한 척이에요, 가증스럽게."

소담이 친절한 척하는 것 때문에 더 신경질난다는 얼굴로 몰아붙이자 산이 무덤덤한 얼굴로 소담을 내려다보다가 우리 집 장례식장 만들고 싶지 않거든 하고 대꾸했다.

"뭐요? 장례식장…… 그냥 갖다 묻지 그러셔요."

"물이라도 먹으라고."

"됐어요! 죽지도 않고 물도 안 먹으니까 나가요."

소담이 정말 짜증난다는 얼굴로 내뱉은 후 가뜩이나 기운없어 죽겠는데 쓸데없는 입씨름하느라 손톱만큼 남아 있던 에너지마저도 쪽 빠져 어지럼증까지 느껴졌다.

"잘 거니까 나가줘요."

"그래, 자. 저녁때 깨울게."

산이 일어나서 방을 나가려는데 소담이 저기요 하고 산을 불렀다.

"왜? 물 안 먹는다며."

"옥장판이나 뭐 그런 거 없어요?"

"옥장판?"

"집이 너무 추워요. 계속 추웠어요. 진작 말하고 싶었지만 또 창자 긁어대는 소리 할까 봐 참았는데요, 밤엔 너무 추워요. 인간적으로 정말 춥다구요. 나중에 아버지한테 말해서 기름 값 다 갚을 테니까 불 좀 올려줘요. 추워 죽겠어요."

해가 꺾이는 순간부터 추위가 와르르 몰려들어 한밤중엔 한겨울처럼 추웠는데 지금은 낮인데도 3시간 동안 화장실 들락거리며 쏟아냈기 때문인지 마치 한밤중인 것처럼 으슬으슬 몸이 떨렸다.

"알았어."

산은 거실로 나와 보일러부터 올려놓고 신경성 대장증상을 가라앉힐지 아무 소용이 없을지 모르지만 소화기관에 도움을 주는 것은 틀림없기에 주전자를 가스레인지에 올려놓고 냉장고에서 매실 엑기스 통을 꺼내 컵에 알맞게 따랐다. 효과가 있었으면 좋겠다 싶으면서도 한편으로는 덧나게 만드는 것은 아닐까 걱정스럽기도 했다. 매실이 소화를 돕는 것은 틀림없는데 그래서 가끔 체기가 있거나 소화불량이 느껴질 때 소화제 대신 매실 엑기스 한잔 들이켜면 대번에 쑥 내려갔는데 신경성 대장증상에도 같은 효능을 발휘할지는 미지수였기 때문이다.

"추웠으면 진작 말을 하지……."

물이 끓길 기다리던 산이 혼잣말로 중얼거렸다.

한여름을 제외하고 남은 세 개의 계절 동안엔 추울 수밖에 없는 곳이 바로 이 목장이었다. 강원도가 다른 고장에 비해 춥기도 했지만 강원도 중에서도 북쪽에 위치한 곳이라 더 추웠다.

강원도에는 밤이 빨리 찾아왔고 산의 집이 위치한 곳이 산이었기 때문에 시내에 자리한 집보다 몇 배는 더 빨리 어두워지고 또 추웠는데 그 때문에 소담이 함께 지내면서부터는 다른 날보다 보일러를 두어 시간 더 돌렸었다.

구씨네 형제들이야 이곳에서 나고 자란 터라 추위를 별로 타지 않을 뿐 아니라 단련이 돼서 한겨울 영하 20도 정도로 떨어지지 않는 이상 그렇게 추운 줄 모르고 지냈지만 아무래도 서울에서 나고 자랐고 따뜻한 곳에서 유학까지 한 소담이라 추위에 약할 것이라 예상했었기 때문이다.

그래서 나름대로 배려하는 차원에서 비싼 기름이지만 감기 앓게는 하지 말자는 생각에 보통 때보다 더 불을 뗐었는데 그것으로는 부족했던 모양이다. 이렇게까지 추위를 탈 줄은 몰랐는데…… 그렇게 추웠으면서도 따지거나 투덜거리지 않고 꾹 참았다니 새삼 놀랍기도 했다.

투덜투덜 엉얼엉얼. 온통 불만이고 온통 불평이라 꼬투리 잡는 재미로 사는 줄 알았는데 투덜이 은소담이 참는 것도 있었다니. 참을성이 좋아서가 아니라 자존심 때문이었겠지만.

"배앓이에 좋은 약이 없나?"

은소담이 하는 짓이나 말이 전부 마음에 들지 않고 아버지한테 말하는 꼴도 엉덩이를 맞아야 할 만큼 눈꼴사나웠지만 배앓이로 고생하는 것을 보자 이상하게 마음에 걸렸다.

성질 못돼먹고 못된 짓을 했으니 혼이 나는 것이 당연한데도 일하는 내내 집에 혼자 있는 소담이 마음에 걸려 일이 손에 잡히질 않았었다.

오늘처럼 아픈 모습이 아니라 보통 때처럼 까칠하고 쌀쌀맞은 모습을 보고 나갔더라면 전혀 신경 쓰지 않았을 것이다. 그런데 아픈 걸 보고 나갔던 터라 그렇게 신경에 거슬릴 수가 없었다.

한 사람의 손이 아쉽고 급한 상황이라 동생들과 다른 사람들에게만 맡겨둘 수가 없어 보통 때처럼 열심히 일하는 척했지만 마음은 온통 집에 쏠려 있었고 하얗게 질린 얼굴로 식은땀을 흘려대던 소담의 얼굴이 눈에 밟혀 매일같이 하던 일인데도 자꾸만 실수를 했다. 할 일은 태산인데 자꾸 실수를 하고 문득문득 소담을 생각하느라 다음에 해야 할 일이 무엇이었는지도 잊어 멍하게 서 있기까지 했었다.

신경 쓰여 할 필요가 없는데, 하나부터 끝까지 성가시게 구는 여자라 짜증이 나야 정상인데 왜 이렇게 신경이 쓰이는지 알다가도 모를 일이었다.

부리나케 일을 끝내놓고 집으로 달려오면서 걸음은 왜 그렇게 무겁고 마음은 왜 그렇게 초조한지 갓 젖을 뗀 어린아이를 물가에 세워둔 것처럼 불안함에서 벗어날 수가 없었었다.

괜찮아졌을 것이라 생각하고 집에 왔을 때, 그때까지도 화장실을 들락거리는 소담의 모습에 아주 짧은 순간 가슴 한쪽이 욱신거리는 것도 느꼈었고 소담이 힘이 없어 기진맥진한 모습으로 몸을 누였을 때 당장 다가가 배를 쓸어주고 등을 쓸어주고 싶은 충동까지 일었었다.

엄마 손은 약손…… 산이 손은 약손 뭐 그렇게 말이다.

그것참 생각할수록 이상한 현상이었다.

머리부터 발끝까지 미운 짓만 골라 하는 여잔데 그 미운 여자가 왜 걱정되고 신경이 쓰이는지.

'회장님 딸이라서 그래.'

억지로라도 그렇게 생각하고 싶었다.

재경그룹 은 회장님의 딸이기 때문에 신경이 쓰이는 것도 틀린 말은 아니었다. 보통 사람도 아니고 회장님의 딸인데 어떻게 신경이 쓰이지 않을까.

안 보이는 곳에 가벼운 생채기가 나도 이거 큰일 났다 싶을 텐데 발목이 부러지질 않았나 감히 재경그룹 은 회장님의 딸에게 근본이 틀려먹었다는 실언까지 했지 똥개 데리고 장난친 것도 생각할수록 너무 위험한 장난이었다 싶고. 배앓이까지 도져 끙끙거리니 생각할수록 괜히 맡았다는 생각에 후회막급이었다.

그리고 근본이 틀렸다는 말에 대한 사과는 진심이었다.

욱하는 마음에 자신도 모르게 불쑥 내뱉었던 말인데 내뱉은 즉시 변명의 여지가 없이 지나친 공격이었다는 것을 깨달았었고 그때부터 지금까지 내내 그 실언이 마음에 걸려 사과하고 싶었었다.

'그렇게 말하려던 게 아니었는데…….'

그게 아니었지만 후회하기엔 이미 늦어버린 일이었다.

소담과 자신의 사이에 '우리는 원수'라고 적힌 종이 한 장이 더 쌓여 버렸으니까.

소담이 두 번 다시는 말을 붙이지 못하도록 냉정하게 외면하고 막말로 사람 취급을 해주지 않으니 사과를 하고 싶어도 할 수가 없었는데 하루 이틀 시간이 지나다 보니 사과할 기회는 점점 더 멀어지고 있었다.

단둘이 병원에 다녀오는 길에 사과했을 수도 있었지만 마치 그 상태로 고개가 굳어버린 듯 창밖으로 고개를 고정시킨 채 1%도 곁을 내주지 않으니 사과는 고사하고 말 한마디도 붙일 수가 없었다.

투덜투덜 엉얼엉얼 불만 불평쟁이 은소담이 얼음장처럼 차가워져서 불평조차도 한마디 없는데 무슨 수로 말을 걸고 무슨 수로 사과를 할까.

그리고 지구가 멸망해도 절대 울지 않을 것 같던 소담이 갑자기 울어버렸을 때…….

정말 식은땀이 흘렀다. 우는 여자를 마주한 적도 없고 우는 여자를 달래본 적도 없는 산이었기에 갑작스레 소담이 울어버리자 어쩔 줄을 몰랐던 것이다.

틀림없이 자신 때문에 우는 것인데 여자를 울려본 적은 없었던 산인지라 순간적으로 심장이 다 옥죌 지경이었다.

송아지처럼 큰 눈망울에서 뚝뚝 떨어지던 굵은 눈물방울, 원망스레 바라보던 눈동자, 여리게 새어 나오던 흐느낌, 가늘게 들썩거리던 작은 어깨.

당혹스러움은 말할 것도 없고 무조건 끌어안고 잘못했다고 빌고 싶은 심정이었다.

하여튼 산의 마음을 이렇게 불편하게 만드는 것은 꼬여 버린 오늘 하루도 반수를 차지했고 또 소담을 향해 어제부터 별안간에 묘해진 기분도 반수를 차지했다.

묘한 기분…… 빌어먹을 묘한 기분.

굳이 모른 척해도 되는 일인데도 이렇게 신경이 쓰이는 것은 회장님의 딸이기 때문이라는 표면적인 이유가 아니라 아무래도 다른 사심이 끼어든 것 같은 기분이 들었기 때문이다. 다른 사심, 생각해 보지도 않고 생각해서도 안 되는 다른 사심.

산은 어젯밤 똥개가 아니었다면 틀림없이 소담에게 키스를 했을 터였다.

성이 나서 저녁도 먹지 않는 소담이 신경 쓰여 잠 못 들고 있던 산은 소담이 방에서 나와 움직이는 소리를 듣고 있었고 그냥 모른 척하고 자야 한다고 생각하면서도 어느새 밖으로 나와 소담이 하는 행동을 바라보고 있었던 것이다.

밖으로 나왔을 때만 하더라도 그냥 바라볼 생각이었다. 말을 걸 생각도 없고 키스할 생각은 더더욱 없었다. 그런데 아무래도 물을 찾는 것 같아 물은 떨어졌으니 우유를 마시라고 말하기 위해 다가갔는데 어느새 냉장고 문을 닫아버린 소담이 돌아서며 가슴팍에 부딪혀 왔고 산의 몸을 더듬으며 그만 화르륵 불을 싸질러 버린 것이다.

몸을 더듬던 소담의 손길, 자신을 올려다보던 맑은 눈동자, 한 손에 쥐어지던 가늘고 여린 목덜미, 작고 부드럽던 얼굴…….

심장이 터져 버릴 것만 같았다. 당장 키스하지 않으면 심장이 터져 죽어버릴 것만 같았었다.

'소담일 좋아하나?'

아니, 그럴 리가 없었다.

일단은 부인했다. 아니, 부인해야만 했다.

은소담은 그저 얼마간 목장에 머물다 떠날 사람이었다.

천 리 밖으로 달아나 있는 정신머리를 찾아올 때까지만 머물다 떠날 사람. 그리고 하늘이 백 쪽이 나도 넘보아서는 안 될 은 회장님의 딸.

떠날 사람에게 사심을 가져 무엇 할 것이며 하늘이 백 쪽, 천 쪽이 나도 넘보면 안 될 사람에게 사심을 가져 무엇 하겠는가.
'회장님이 무슨 말을 했어도, 아무리 사정했어도 끝까지 거절했어야 했는데…….'
가슴속 가장 깊은 곳에서 따뜻한 화기에 보글거리기 시작한 사심을 식히며 산이 따뜻한 매실 엑기스 차를 만들어 방에 들어왔을 때 소담은 이불을 턱까지 끌어 올려 덮은 채 잠들어 있었다. 너무 창백한 낯빛 때문에 잠든 것이 아니라 마치 실신한 것처럼.
차를 조금이라도 마시게 했으면 좋겠는데 깨웠다간 또 한바탕 엉덩이에 뿔난 망아지처럼 방방 뜨며 신경질을 부릴 것이 틀림없고 지쳐서 잠든 사람인데 이렇게 실신한 듯 잠든 사람을 깨우는 것도 조금 미안해 그냥 나가려던 산은 소담이 뜨거운 뚝배기를 맨손으로 집는 바람에 손을 데었다는 것을 기억해 내고 조심스레 이불 속에서 소담의 손을 꺼내 살폈다.
아니나 다를까, 뚝배기를 만졌던 자리마다 벌겋게 성이 나 있었다. 찬물에 식히긴 했지만 그대로 두면 며칠 고생하는 것은 말할 것도 없이 덧날 것 같았다.
얼른 연고를 찾아온 산은 데인 자리마다 조심스레 약을 바르기 시작했다.
"아프다고 말을 하지."
생각해 보니 아프다고 말할 겨를도 없었다.
데인 손을 찬물에 식히면서 티격태격 말싸움을 시작해 마침 회장님 전화까지 걸려왔지, 결국 화장실을 오십 번이나 들락거리는 사태로 번졌으니. 손 아프다고 말할 겨를이 어디 있었을까. 그러고 보니 이런 손으로 아프다는 말 한마디 없이 악착같이 고기를 먹은 은소담도 참 대단한 사람이었다.
　한쪽 손에 연고를 다 바르고 다른 쪽 손을 찾아 이불 속을 조심스레 뒤지는데 소담이 잠결에 눈을 뜨고 산을 쳐다봤다.
　"왜……? 뭐…… 해요?"
　구산인지는 알고 말을 거는 것인지 소담이 눈도 제대로 뜨지 못한 채 흐물흐물 물었다.
　"배 아파?"
　"아니……."
　"손 데인 자리에 약 발라주려고."
　"손이…… 데여서……."
　손이 데여서부터는 도무지 알아들을 수 없는 말을 중얼거리던 소담은 다시 잠이 들어버렸고 산은 이불 속에 숨어 있던 손을 찾아내 마저 약을 발랐다.
　산은 약을 다 바른 후에도 기진맥진 잠든 소담의 얼굴을 한참 바라보다 방바닥에 붙어 떨어지지 않으려는 발을 움직여 밖으로 나왔다.
　'자는 것도 예쁘냐.'
　"미친놈."
　산은 스스로에게 욕을 하며 고개를 절레절레 저었다.
　"정신 차려라, 구산."
　스스로에게 경고를 던지며 식어버린 매실 차를 싱크대에 올려놓고 집을 나온 산은 목장이 아니라 뒤란으로 향했다.

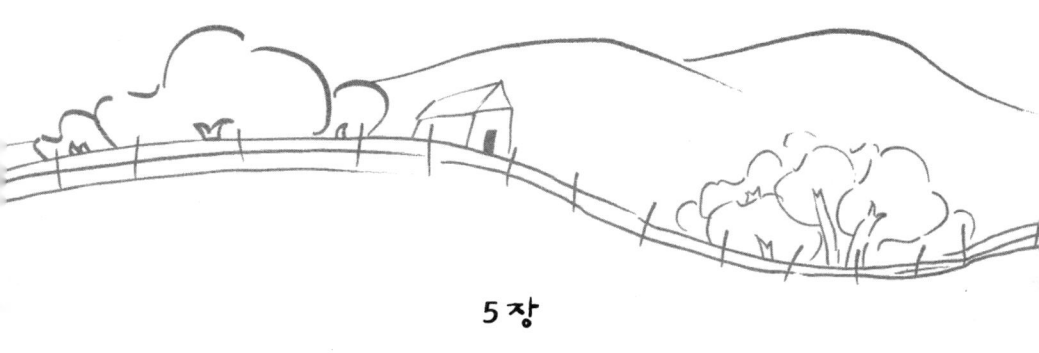

5장

　뒤란 한쪽에는 황토로 만든 낡은 집이 있었는데 12년 전에 지금 삼 형제가 쓰고 있는 집을 새로 지으면서 지금은 창고 비슷하게 쓰는 옛날 집이었다.
　이 집은 용도가 꽤 다채로웠는데 특히 한겨울 기온이 영하 20도 아래로 떨어지거나 허벅지까지 푹푹 빠질 정도로 폭설이 내리면 부지런히 모아두었던 장작으로 불을 지펴 찜질방으로도 활용했다.
　구씨네 삼 형제가 사는 집까지는 도시가스가 연결되지 않아 기름을 구입해서 난방을 했는데 요즘은 기름 값이 워낙 비싸서 마음 놓고 쓸 수가 없는 형편이었다. 그리고 치가 떨릴 정도로 추운 날에는 보일러를 하루 종일 틀어도 성에 찰 만큼 따뜻해지지도 않을 뿐 아니라 완전히 기름 도둑이라 그럴 땐 장작으로 불을 지핀 황토방이 그만이었다.

산은 소담을 황토방에 재우는 것이 좋겠다고 생각했다. 보일러를 오래 돌린다 하더라도 성에 차지 않을 것이고 배앓이로 고생했으니 이왕이면 뜨끈해서 덥다는 소리가 나오는 방에서 지내게 해주고 싶었기 때문이다.

산은 황토방에 불을 지피기 위해 팔을 걷어붙이고 장작을 패기 시작했다.

퍽퍽 쩍쩍.

산이 도끼를 내려칠 때마다 패기 좋게 토막을 내놓은 장작들이 쩍쩍 두 동강 나며 수북하게 쌓여갔다.

도끼를 내리치는 산의 그림자가 길게 드러눕고 곧 어두워지겠구나 생각하며 이왕 패기 시작한 것 넉넉하게 패두자는 생각에 쉬지 않고 장작을 동강 내는데 인기척이 느껴지더니 들의 목소리가 들렸다.

"형, 장작은 왜 패요?"

들의 물음에 도끼질을 멈추고 돌아보자 들과 강이 바지에 묻은 먼지를 털어내며 산을 쳐다보고 있었다.

"소 밥은 줬니?"

"줬어요."

"황토방에 불 지펴라."

"황토방에요? 별로 안 추운데."

"불 지펴."

"엄마 오셨대요?"

"아니. 소담이 재우게."

산이 다시 도끼질을 시작하며 말했다.

"누나 춥대요?"

"추워 죽는 줄 알았단다. 이제 봄인데 추워 죽는다는 게 말이나 되는 소린지. 성가셔 죽겠다."

산이 일부러 투덜거렸다.

"엄마도 여름 직전까지 춥다 하시잖아요."

"추워할 것 같았어."

들이 재빨리 장작들을 챙겨 들자 강은 황토방 창고에서 마른 건초를 안고 나왔다.

"전부 여기서 자요?"

"너도 추워 죽겠냐?"

"아니요."

강과 들은 장작과 건초를 들고 아궁이가 있는 옛날 집 부엌으로 들어갔고 한참 후 불 붙었어요 하는 강의 목소리가 들렸다.

"나무 넉넉히 넣어."

"넉넉히 넣었어요."

들이 밖으로 나오며 대답했다.

"불을 오래 안 피워서 한참 있어야 데워질 거래요."

"그렇겠지."

"인제 내가 팰게요."

"됐다. 가서 밥 차려."

"예."

들이 저녁상을 차리러 앞쪽 집으로 가고 잠시 후 강도 들을 따라 앞쪽 집으로 갔지만 산은 계속해서 장작을 팼다. 저녁 먹기 전까지는 딱히 할 일도 없었고 아무래도 완전히 어두워지기 전까지 부지런히 패서 되도록 땔감을 많이 확보해 두는 것이 좋을 것 같았기 때문이다.

산이 한참 만에 장작 패기를 멈추고 옛날 집 부엌으로 들어가 장작 몇 개를 아궁이 안에 더 던져 넣은 다음 불쏘시개로 골고루 잘 타도록 자리를 잡아주고 있는데 저녁 먹으러 오라는 강의 목소리가 들렸다.

알았다고 대답한 후 부엌에서 방으로 들어가는 쪽문을 열고 방바닥에 손을 대보자 다행히 한기는 가셔서 조금만 더 있으면 따뜻하게 온기가 돌 것 같았다.

저녁을 먹고 두 시간 후쯤에는 소담을 이곳으로 데리고 와야겠다고 생각하며 앞쪽 집으로 갔을 때 소담은 그때까지도 잠들어 있었다.

"누나, 자요."

"깨웠어?"

"아니요. 너무 곤하게 자서."

산은 고개를 끄덕이며 소담의 방으로 들어와 조용히 소담을 깨웠다.

"일어나. 저녁 먹자."

"……."

아주 깊은 잠에 빠져 있는 듯 소담은 대답이 없었다.

"소담아."

산이 팔을 살짝 흔들자 그때서야 소담이 몸을 살짝 뒤척였다.

"소담아, 은소담."

"네……."

"저녁 먹자. 일어나."

"……그냥 잘게요."

"저녁 먹고 더 자."

"더 잘게요……."

소담은 더 이상 깨우지 말라는 듯 돌아누웠고 산은 억지로 깨우는 것은 무리라고 생각해 더 자도록 내버려 두고 밖으로 나왔다.

"안 먹는대요?"

"자겠단다. 우리끼리 먹자."

"와, 누나 잠보네. 밥도 안 먹고 잠만 자네."

"배앓이 했어."

"배앓이요?"

강과 들이 동시에 물었다.

"낮에 내내 화장실 들락거리다가 지쳐서 자는 거야."

"뭘 잘못 먹어서요? 상한 거 없었는데? 고기 먹고 탈났나?"

들이 깜짝 놀라 물었다.

"음식 때문이 아니라 원래 배앓이를 한단다."

"아기도 아니고 어른이 배앓이를 해요?"

"어른이 하는 배앓이는 성질이 못돼먹어서 하는 거야."

산이 소담의 흉을 보자 산의 눈치를 보던 들이 조심스레 입을 열었다.

"형, 누나 너무 구박하지 말아요."

들의 말에 산이 들을 쳐다보자 들이 진심으로 부탁한다는 표정으로 산을 쳐다보고 있었다.

"왜?"

"누나가…… 좀 놀았던 것 같기는 하지만 그래도 원체 예쁘고 또 좋잖아요."

"뭐가 원체 예쁘고 뭐가 좋은데?"

"나는 저렇게 예쁜 사람은 처음 봤어요."

"서울 가면 널렸다."

산이 퉁명스럽게 반박했지만 들은 물러서지 않았다.

"나는 처음 봤어요."

"나도."

강이 재빨리 동의했다.

"놀고먹는 여자가 뭐가 좋은데?"

"그냥 누나가 여기 있다는 것만으로도 좋아요. 집에 여자가 있는데 어떻게 안 좋아요? 강이 형, 형 안 좋아요?"

"좋지. 힘이 번쩍번쩍 난다니까."

강이 순박한 웃음을 지으며 동의했다.

"큰형, 우리 소담이 누나 너무 구박하지 마세요. 곧…… 제수씨 될 건데."

들이 말끝에 쑥스러운 미소를 흘렸고 산은 어이가 없어 할 말을 잃고 말았다.

"뭔 씨?"

"제수씨요. 말했잖아요. 누나하고 결혼할 거라고. 누나하고 결혼할 거래요. 꼭."

들이 또다시 쑥스러움과 기대가 뒤섞인 미소를 흘리며 말하자 강이 들의 뒤통수를 후려쳤다.

"이런 어린놈의 새끼가 어디 형을 두고! 누나는 나하고 결혼할 거래."

"내가 먼저 찍었어!"

"형이 먼저지, 새끼야."

"내가 먼저 찍었다니까!"

강과 들이 서로를 향해 으르렁거리는데 산이 입 다물어! 하고 낮게 윽박지르자 강과 들이 즉시 입을 다물었다.

"들!"

"예."

"진심이냐?"

"예, 진심이래요."

들이 정색을 하고 대답했다.

"소담 누나처럼 예쁜 여자하고 결혼하는 게 꿈이었는데 어느 날 갑자기 나타났다는 건 분명히 신의 계시래요."

들이 굳게 믿고 있는 듯이 말했다.

산은 한심해서 웃음도 나오지 않았다. 들이 하는 짓을 보니 신의 계시 두 번 받았다간 정말 큰일 날 것 같았다.

들이 저렇게까지 계시 운운하며 정신을 차리지 못한다면 남의 꿈에 고춧가루 뿌린다는 원망을 듣는 한이 있더라도 바닷물이 하루 만에 말라 버리는 일만큼이나 실현 불가능한 꿈을 꾸고 있다는 것을 짚어줄 필요가 있었다. 순진하고 착한 들이 나중에 더 큰 상처를 받기 전에 말이다.

"네가 찍으면 은소담이 넘어온다냐?"

"열 번 찍어 안 넘어오는 나무 없다잖아요."

"은소담은 열 번 찍어도 안 돼."

"그럼 백 번?"

"어림없어."

"만 번?"

"만 번 찍었을 땐 환갑일걸?"

산의 말에 들의 얼굴이 구겨졌다.

"환갑이 될 때까지도 은소담은 안 넘어올 거야."
"소담 누나, 나한테 반했어요."
들이 우기듯이 말했다.
"그걸 어떻게 알아? 너한테 반했대?"
"아직 말은 안 했지만 눈빛을 보면 알 수 있어요."
들이 확신에 차서 말했다.
"나를 바라볼 때면 눈꼬리가 살짝 올라가고 눈동자에 윤기가 감도는 게 나한테 반한 게 틀림없어요."
들이 마치 자신이 소담에게 빙의가 된 듯 눈꼬리가 살짝 올라가고 반질반질 윤기가 감도는 눈동자로 말했고 산은 잠깐 동안 창망한 얼굴로 들을 바라보다가 숟가락을 들고 들의 손에 쥐어주었다.
"밥 먹어라. 굶어서 헛것이 보이나 보다. 강아, 들이 많이 먹여라."
산이 내 동생이지만 저렇게 터무니없는 녀석은 처음 봤다고 생각하며 식사를 시작하는데 강이 심각한 목소리로 입을 열었다.
"누나가 정말 들이한테 반한 거 아니래요?"
이 자식은 또 무슨 헛소린지.
"누나가 곱상하게 생긴 남자를 좋아하는 모양이네. 들이가 우리 목장 꽃미남이잖아요. 피부도 제일 곱고."
"나한테 반했다니까."
들이 틀림없는 사실이라는 듯 힘주어 말했고 산은 맹꽁이 녀석들과 더 대화하다간 기필코 한 대씩 쥐어박을 것 같아 묵묵히 밥만 먹었다. 오늘따라 입이 왜 이렇게 쓴지 모르겠다고 생각하면서.

산이 밥 먹으라고 깨우는 통에 선잠을 깼던 소담은 화장실에 가기 위해 일어났다가 요만큼 열린 방문 틈으로 구씨네 삼 형제의 입에서 자신의 이름이 나오자 멈칫하고 말았었다.

들이 산에게 누나 구박하지 말라고 하던 때부터 구씨 삼 형제 얘기를 엿듣게 된 소담은 역시 들은 참 좋은 녀석이고 산은 참 나쁜 사람이라고 생각하며 대화가 어떤 식으로 진행이 될 것인지 계속 들어보기로 했다.

원체 예쁘고 소담이 있어서 좋다는 얘기까지는 정말 좋았는데 난데없이 제수씨 소리가 튀어나오더니 그 뒤로 계시가 어쩌고 반했다느니 하는 허황된 소리들로 도배가 되자 아연실색 말문이 막혔다.

'아픈 게 틀림없어.'

한술 더 떠서 정말 반한 것 같다는 강도 아프긴 마찬가지고.

당장 달려나가서 구들 넌 꽃미남 근처에도 못 가고 피부도 좋기는커녕 엉망이라 딱 소도둑 같으니까 반했을 것이란 착각은 하지 말라고 따끔하게 소리쳐 주려다 참았다. 나가서 한소리 해봤자 몰래 엿들은 것만 들통날 테니까. 그래서 별수 없이 형제들의 식사가 끝날 때까지 기다렸다가 거실로 나갔는데 소담이 나가자마자 자신에게 반했다고 굳게 믿고 있는 들이 특유의 그 살가움으로 무장한 채 방긋 소담을 반겼다.

"누나, 식사하실래요?"

"아뇨. 생각없어요."

소담은 구들에게 절대 반하지 않았다는 것을 알려주기 위해 일부러 퉁명스럽게 말했지만 들은 전혀 엉뚱하게 받아들였다.

"아직도 배앓이 하는 거래요? 얼굴이 많이 안 좋네요. 아주 반쪽이래요."

소담은 너한테 반했다고 착각하는 너야말로 별꼴이 반쪽이야 하고 쏘아붙여 주려다 꾹 참고 화장실에서 볼일을 보고 나와 방에 들어가려는데 산이 소담을 불렀다.

"은소담."

"왜요?"

"다른 데서 잘 거야."

"다른 데…… 어디요?"

"뒷집."

뒷집?

소담이 뒷집은 또 어디냐는 얼굴로 산을 쳐다보는데 들이 부리나케 소담의 방으로 들어가더니 요와 이불을 대충 말아 지고 나와 곧장 밖으로 나갔다.

"뒷집이 어디예요?"

"이 집 짓기 전에 살았던 집."

이 집을 짓기 전에 살았던 집이라면…… 이 집도 곧 쓰러질 듯 구질구질한데 그전에 살았던 집이라면 얼마나 형편없을지 소담은 대번에 얼굴이 구겨졌다.

"갑자기 왜 뒷집에서 자요? 난 여기도 괜찮은데."

"춥다면서."

"춥긴 하지만 보일러 틀면 되잖아요. 나중에 기름 값 갚는다니까요."

"강아, 뒷집에 마실 물도 갖다 놔라."

산은 소담의 말에는 대꾸도 없이 강에게 말하자 강이 물통을 들고 집을 나갔다.

"그냥 여기서 자면 안 돼요? 혹시 뒷집이라는 거 소 축사 아니에요?"

소담의 물음에 산이 픽 웃었다.

"장작 패서 불 피워놨어."

"장작요? 벽난로 있어요?"

소담이 벽난로가 있다면 분위기 꽤 괜찮겠다고 생각하며 밝아진 얼굴로 물었다.

"정말 저녁 안 먹어도 괜찮겠어?"

산은 벽난로 있냐는 소담의 물음에는 대답없이 저녁 타령을 했다.

"생각없어요."

"가자."

산이 현관문을 열어주었고 소담은 영 마뜩찮은 얼굴로 목발을 짚고 문을 나섰다.

"벽난로 있는 거죠?"

"아니."

"벽난로가 아닌데 장작을 뗐다면……."

에이, 설마.

"……옛날 초가집 뭐 그런 집은 아니죠?"

"비슷해."

맙소사.

지금 집도 충분히 없어 보이는데 민속촌에 놀러 온 것도 아니고 초가집이라니.

초가집 비슷하다는 말에 대번에 기분이 상해 버린 소담이 씩씩거리며 산을 뒤따라가는데 갑자기 산이 걸음을 멈추더니 소담을 돌아봤다.
"혹시…… 들이한테 반했어?"
산의 물음에 소담이 어처구니가 없는 얼굴로 산을 노려봤다.
바보 삼 형제.
"아니지?"
"반했으면요?"
소담이 되묻자 산의 얼굴에 순간적으로 긴장감이 스쳐 지나갔다.
산은 더는 말하지 않고 뒷집으로 향했고 소담은 저 바보 삼 형제에 대한 글을 쓰면 백 권은 거뜬하게 나오겠다고 생각하며 산을 뒤따랐다.
퉁퉁 부은 얼굴로 산을 따라 뒷집으로 온 소담은 더욱 퉁퉁 부은 얼굴이 되어버렸다. 정말 가까스로 초가집을 면한, 2010년에 이런 집이 존재한다는 것이 놀라울 정도로 허름했기 때문이다.
이런 집에 전깃불이 들어온다는 것도 신기했지만 마치 귀신의 머리를 잘라 장식한 듯 벽마다 길게 널어놓은 저 이상한 물체들은 무엇이며 케케묵은 냄새는 또 무엇인지.
"여기서 자라구요?"
"안 추울 거야."
춥진 않을 것 같았다. 춥긴커녕 후끈해서 더울 것 같았다. 하지만 추위를 면하자고 이렇게나 뒤숭숭한 방에서 자게 하다니 정말 너무했다.
"설마, 저건 꽃 말려놓은 건 아니죠?"
소담이 벽에 널어놓은 것을 가리키며 묻자 산이 무청 말린 거야 하고 대답했다.

저런 건 뭣에 쓰려고 말리는 것인지.

소담은 골이 잔뜩 난 얼굴로 들이 깔아놓은 요 위에 앉아 생각할수록 심란한 방을 훑어봤다.

이곳에서 지낸 지 오 주일째인데 바로 뒤편에 이런 초가집이 있다는 것도 처음 알았고 장작을 떼는 집이라는 것도 처음 알았고 산이 자신을 이런 귀신의 집에서 재울 것이라는 것도 처음 알았고…… 아, 정말 갈수록 태산이었다.

"추우니까 여기서 자라는 건 순 핑계고 일꾼이 밥값 못하니까 기름 값 아까워서 여기로 내쫓은 거죠?"

"괜한 어깃장 놓지 마. 추워 죽겠다고 했잖아."

"설마 나 혼자 자는 건 아니죠?"

"넷이 같이 잘까? 말만 해. 같이 자줄 테니까."

"다른 방 없어요?"

"사람이 잘 수 있는 방은 이거 하나야."

"나 혼자 어떻게 자요. 밤에 호랑이나 곰이나 뭐 그런 짐승 내려와서 잡아먹히면 어쩌라고."

소담의 말에 산이 어이가 없다는 듯 웃음을 터뜨렸다.

"먹히기 전에 니가 잡아먹어."

저걸 말이라고.

"지금 장난해요?"

"그래, 장난하냐? 우리나라에서 호랑이 사라진 지가 언젠데 호랑이 타령이며 곰 방사한 산은 지리산이야, 대관령이 아니라."

아, 그렇구나.

그렇지만! 어떻게 이런 데서 자라고 하는 것인지. 가축도 아니고 사람이 말이다.

여전히 골이 난 얼굴로 풀지 못하고 있는데 한쪽에 큰 액자만 한 쪽문이 벌컥 열리더니 들의 얼굴이 쑥 들어왔다.
"누나, 따뜻하죠?"
"따뜻해서 쪄 죽겠네요."
소담이 심통이 나서 비꼬았지만 천성이 천진무구하고 온후한 들은 소담의 심통을 너그럽게 받아주었다.
"여기서 자면 찜질방 갈 필요 없어요. 찜질방보다 훨씬 좋다니까요."
좋기도 하겠다. 스물다섯 평생 찜질방이라는 곳에는 가볼 생각도 한 적이 없는데 훨씬 좋긴 뭐가 그렇게 훨씬 좋을까.
들이 쪽문을 닫고 사라지면서 산도 방을 나가 버리자 덩그러니 소담만 남겨졌다.
"괜히 춥다고 했나 봐."
그냥 참을 걸 춥다고 말한 것이 후회스러워 죽을 지경이었다.
앞으로는 불편한 것이 있어도 절대 말하지 않을 것이라고 다짐하면서, 딱 하룻밤만 초가집에서 자고 내일은 어떻게든 앞집으로 돌아가야겠다고 생각하며 과연 이런 곳에서 마음 편하게 잠이나 잘 수 있을까 걱정하는데 구씨네 삼 형제가 허락도 받지 않고 탄 냄새와 고소한 냄새가 뒤섞인 냄새를 풍풍 풍겨대며 방으로 몰려들어 왔다.
여자 셋도 한번에 몰려들면 겁이 날 판인데 시커멓게 탄 사내 셋이 몰려들어 오니 산적들이 겁탈하기 위해 쳐들어오는 듯한 기분이 들어 움찔 무섭기까지 했다.
물론 구산은 틀림없이 이렇게 외치겠지만.
'네가 더 무섭거든!'

"누나, 감자 드세요."

들이 채반을 내려놓으며 말했고 소담이 채반을 들여다보자 새까맣게 탄 둥근 공 모양의 물체가 가득 담겨 있었다.

"감자요?"

"군불에 구웠어요."

군불에 구운 감자라. 전혀 당기지 않았다.

소담은 조금도 손을 대고 싶지 않은 얼굴로 산적 같은 구씨 삼형제가 구운 감자를 들고 당장 썩 나가줬으면 좋겠다고 생각하는데 성난 사람처럼 찡그린 얼굴로 묵묵히 새까맣게 탄 알루미늄 호일을 벗기고 감자 껍질을 벗기던 산이 뽀얗고 포근포근한 속살을 드러낸 감자를 들고 소담을 쳐다봤다.

"들고 먹을 수 있겠어?"

"생각없어요."

"저녁 안 먹었잖아. 하나만 먹어."

"……."

"들고 먹을 수 있어?"

"당연하죠."

"너 손 다쳤잖아."

아, 그랬지.

"줘봐요."

소담이 손을 내밀자 산이 조심스럽게 소담의 손에 감자를 쥐어주었다.

"뜨거우니까 조심해서 먹어."

"별로 생각없는데."

"누나, 잡숴봐요. 진짜 끝내줘요."

감자 따위가 끝내주면 얼마나 끝내줄 거라고 들이 설레발을 쳤다.

껍질 까준 정성을 봐서 한 개는 먹어주자는 생각에 감자 한입을 베어 물던 소담은 제대로 포근포근해서 알알이 부서지며 씹히는 감자 맛에 깜짝 놀라고 말았다.

어떤 감미료도 보태지 않은 알몸 감자일 뿐인데 꿀도 듬뿍 넣고 들기름도 곁들인 듯하고 소금으로 간간하게 간도 맞춘 것처럼 그렇게 달고 고소할 수가 없었다. 끝내준다던 들의 말은 설레발이 아니라 사실이었던 것이다.

'산골 음식은 왜 이렇게 다 맛있는 거야?'

생각할수록 신기했다. 별다른 비법도 없는 것 같은데 어쩌면 이렇게 하나같이 맛이 좋은지.

군불에서 꺼내온 감자라 뜨거워서 입천장이 다 벗겨질 지경이었지만 감자 맛에 완전히 매료된 소담은 뜨거운 줄도 모르고 연신 포근포근한 감자 속살을 베어 물었다.

부지런히 먹어야 했다. 강과 들의 감자 먹는 속도를 보자 이러다간 소처럼 먹어대는 두 남정네에게 감자를 다 빼앗길 것 같아 더욱 분발했다.

드디어 구운 감자 하나를 게 눈 감추듯 순식간에 맛나게 먹은 소담이 하나 더 먹어야겠다 생각하며 알이 가장 클 것 같은 감자를 고르고 있는데 산이 감자가 든 채반을 들고 벌떡 일어났다.

"그만 자자."

산은 채반을 들고 미련도 없이 그대로 나가 버렸고 강과 들도 잘 자라는 인사를 남긴 후 산을 따라 나가 버렸다.

올 때도 우르르 몰려오더니 갈 때도 우르르였다. 진짜 산적들도 아니고.

"갈 거면 그냥 가지 감자는 왜 가져가?"

무슨 심보인지, 소담이 아쉬움에 침만 꼴깍 삼켰다.

화장실 들락거리다 기운 빠져 자느라고 저녁도 못 먹었는데 줄 거면 두어 개 더 까주고 갈 것이지, 까주기 싫으면 채반이라도 두고 갈 것이지, 강과 들에게 빼앗길까 봐 얼마나 부지런히 먹었는데.

소담은 아직도 입안에 감도는 감자 맛에 입맛을 다시며 불을 끄고 자리에 누웠다.

"뜨시긴 하네. 아니, 뜨겁네."

장작불이 제대로 타고 있는지 아주 후끈했다.

뜨거운 바닥에 뜨거운 감자…… 아직 뭔가 부족한 것 같은데 잠은 오지 않고 어수선한 기분으로 눈을 뜨고 있는데 밖에서 누나 하고 작게 부르는 소리가 들렸다.

"누구?"

"들이에요. 잠깐 문 좀 열게요."

소담이 몸을 일으키자 들이 문을 열고 안으로 들어오더니 불을 켰다. 들은 손에 숟가락이 찔러져 있는 작은 냄비를 들고 있었고 숟가락에 걸려 채 닫히지 않은 냄비 뚜껑 틈으로 김이 새어 나오고 있었는데 김이 새어 나오는 것으로 봐서 음식이 틀림없었지만 아무런 냄새가 나지 않아 무슨 음식인지 알 수가 없었다.

"이거 조금만 들고 주무세요."

들이 냄비를 소담의 곁에 내려놓으며 말했다.

"뭐예요?"

"죽 좀 쒔어요. 누나 배앓이 했다 해서요."

들이 냄비 뚜껑을 열자 하얀 죽이 김을 내뿜고 있었다.

"이 밤에요?"

"아까 저녁 먹고 바로 쑤기 시작했었어요. 찹쌀 죽이에요."

"죽 안 먹어도 되는데……."

"잘못 먹어서 탈난 건 아니라고 들었는데 그래도 죽 먹으면 괜찮지 않을까 해서요. 잣이나 그런 것 좀 넣을까 하다가 혹시 더 탈날까 봐 그냥 찹쌀 넣고 간만 약간 했어요. 간도 안 하면 밍밍해서 못 드시니까. 다 드시라는 건 아니고 조금만 드세요."

들이 어린아이처럼 순박한 미소를 죽과 함께 남겨두고 일어났다.

"주무세요, 누나."

들이 문을 열고 나가려는데 소담이 얼른 들을 불렀다.

"고마워요."

소담의 말에 들이 활짝 웃어 보인 후 문을 닫고 나갔다.

소담은 원래 별로 좋아하지 않는 음식인지라 썩 내키지는 않았지만 이 밤에 쒀온 정성 때문에 냄비를 무릎에 올려놓고 한 숟갈 떠먹어보았다.

"어, 괜찮네."

간만 살짝 한 그냥 죽일 뿐인데 이상하게 맛있었다. 동치미 국물 하나 없이 그저 맨 죽일 뿐인데 산골 찹쌀은 뭐가 그렇게 다르다고 죽까지도 맛있는지. 아무리 생각해도 특별할 것이 없는데 이상하게 입에 착착 감기며 꿀떡꿀떡 잘도 넘어갔다.

죽 한술 넘어갈 때마다 명치끝에 알싸한 기운이 감돌았고 가슴 한복판이 찡해지며 따뜻한 난기가 퍼지는데 그 난기가 단지 죽이 알맞게 뜨끈하기 때문만은 아닌 듯했다. 설명할 수 없는 기묘한 난기였는데 감동과도 비슷한 것 같고 무엇인가 뜨거운 것이 느껴지는 그런 난기였다.

소담은 기묘한 난기에 둘러싸인 채 들이 끓여준 죽을 연신 떠먹었다.

"여긴 내가 살 곳이 아니야."

죽을 떠먹던 소담이 들릴 듯 말 듯 중얼거렸다.

"착한 사람들만 살잖아."

정말 살 만한 곳이 아니었다.

"여긴 동화책 속이야. 현실이 아니라고."

소담은 자신이 착한 사람들만 사는 동화책 속에서 살 수 없는 사람이라는 것에 의기소침해졌다.

"여기서 살기 싫어."

소담은 애써 부인했다. 살고 싶지 않다고. 동화책 속은 자신과 맞지 않다고.

"내가 무슨 우비소년도 아니고 동화책 속에서 왜 살아."

몇 번이나 부인했지만 그럼에도 의심소침해진 기분이 풀리지 않았다.

죽 냄비를 치워놓고 불을 끄고 누운 소담은 갑자기 우울한 기분에 빠져들었다.

지금까지 자신이야말로 세상 모든 사람들이 부러워할 동화책 속의 공주처럼 살았다고 생각했는데 문득 지금까지 자신이 살아왔던 시간들이나 환경이 조금도 동화스럽지 못했다는 생각이 들었기 때문이다.

물론 동화였을 수도 있다. 하지만 모든 사람들이 부러워할 공주가 아니라 모든 사람들이 때려주고 꼬집어주고 싶은 못된 악녀였던 것이 아닐까 하는 생각에 우울해져 버린 것이다.
"악녀는 무슨……."
소담은 고개를 저었다. 설마 악녀까지야.
"내가 누굴 그렇게 괴롭혔다고. 난 그저 주어진 환경에서 즐겼을 뿐이야."
소담은 스스로를 변호하며 절대 악녀가 아니라고 우겼지만 양심이라는 곳에서 과연, 정말 괴롭힌 사람이 없니? 라는 질문이 들어왔다.
"내가 언제? 내가 누굴 때리길 했어, 왕따를 시키길 했어. 내가 누군가에게 대놓고 모욕한 적은 없잖아?"
또다시 질문이 들어왔다. 정말 없니?
"뭐 더러 경호원 아저씨들이나 기사 아저씨들한테 짜증은 냈지만 그게 모욕이랄 수는 없잖아?"
과연 그럴까?
"뭐…… 아 그래, 미안하다고 하면 되잖아!"
소담이 짜증스럽게 내뱉었다.
"솔직히 나야말로 왕따당했다고. 아버지가 어찌나 꼼짝달싹못하게 동여매시는지 초등학교 때부터 고등학교 때까지 제대로 친구도 못 사귀었단 말이야. 내가 누구네 딸인지 알려지는 순간부터 친구들이 나하고는 말도 안 하려고 했단 말이야. 선생님들이나 건드리면 가만 안 둔다고 겁을 줘서…… 그래서 친구들이 나하고는 밥도 안 먹으려고 했단 말이야."
소담은 울컥 서러워졌다.
정말 그랬다.
중학교나 고등학교 때에 비하면 초등학교는 그나마 나았었다.

초등학교 다닐 때는 소담도 순진했고 친구들도 순진했으니까. 하지만 정확한 시간에 교문 앞에 내려주고 정확한 시간에 교문 앞에서 태워가는 경호원 아저씨들 때문에 친구들과 초등학교 6년 동안 단 한 번도 학교 운동장이나 놀이터에서 놀아본 적이 없었고 친구들과 어울려 숙제를 해본 적도 없고 친구 생일잔치에 초대받았지만 아버지가 허락하지 않아 갈 수도 없었었다.

생일파티 해달라는 소담의 부탁에 아버지는 호텔 특실을 빌려 소담이 원하는 친구들이 아니라 아버지 손님들을 잔뜩 불러 아저씨들 술파티를 벌였다.

초등학생 생일파티에서 노친네들이 뭐 하는 짓인지.

아버지를 포함한 아저씨 아줌마들의 술잔치에 속이 상한 소담은 비싼 돈 들여 잔치 벌이신 아버지 창피하게 앙앙 울어버렸고 이런 파티가 아니라 진짜 생일파티를 해달라고 생떼를 썼다. 결국 소담의 생떼에 두 손 든 아버지가 집에 온갖 치장을 다하고 온갖 음식을 다 차려 드디어 친구들을 단체로 초대했는데 맙소사 경호원 아저씨들이 그림자처럼 따라다니며 친구들을 겁주는 바람에 친구 몇은 울어버렸고 친구 몇은 무서워서 도망가 버렸다.

그건 파티도 아니고 파티가 아닌 것도 아닌 참 우스운 짓이었다.

중학교에 올라가면서 상황은 더욱 나빠졌다.

친구와 장난치다가 팔목 인대가 조금 늘어나는 사고가 났었는데 누구의 잘못도 아닌 일이었는데도 그날 소담과 장난을 쳤던 친구는 부모님까지 학교에 불려오고 열흘 동안 반성문을 써서 제출해야 했다. 친구와 어떻게 됐냐고? 그 친구는 두 번 다시는 소담에게 말을 걸지도 않았고 가까이 오지도 않았다.

또 그때 소담에게 좋아한다며 사랑의 쪽지를 보낸 남자친구가 있었는데 그 쪽지가 아버지에게 발각되면서 또 한바탕 난리가 났었다. 지금 생각해 보면 아버지가 그렇게까지 살벌하게 하실 필요가 없었던 일인데 아버지는 순수한 마음으로 사랑을 고백했던 그 남자친구와 사랑고백 쪽지를 받고 너무나 설레었던 소담에게 아주 예쁘고 순수한 추억 하나를 무참히 짓밟아 버린 것이다.

그때부터 고등학교를 졸업할 때까지 소담은 철저하게 왕따를 당해야 했다. 왕따를 당해도 할 말이 없었다. 친구들이 소담을 왕따시킨 것은 소담이 이유없이 미워서가 아니라 가까이하기 두려워서였기 때문이라는 것을 소담이 잘 알고 있었기 때문이다.

세상에서 제일 딱한 인생이 친구가 없는 인생이라는데 그렇게 치면 소담이야말로 세상에서 제일 딱한 사람이었다.

맹세코, 소담은 친구를 사귀기 위해 할 수 있는 노력은 다 했었다. 그래서 단짝이라 말할 수 있는 친구들도 몇은 생겼었다. 하지만 단짝 관계를 오래 유지할 수는 없었다. 단짝 친구들 역시 여러 사람이 등 뒬에 못 견뎌 소담을 멀리했기 때문이다.

아버지는 고등학생 시절의 특징이나 문화를 조금도 이해하지 않으셨다.

막말로 소담이 오공주파의 수장이 돼서 동기생이나 후배들에게 못된 짓을 일삼은 것도 아니고 성적이 바닥을 치도록 놀아 제낀 것도 아니었다. 그저 또래의 친구들과 또래의 문화를 즐겼을 뿐이었다. 그런데 아버지는 소담과 소담 친구들의 문화를 저급 혹은 대단히 위험한 문화로 단정 지으신 것이다.

가령 이런 것이다.

어느 날, 소담은 단짝 친구와 학교에서 끝내지 못한 비밀 대화를 전화통화로 이어가고 있었는데 아버지는 워터게이트 사건이라도 파헤치려는 듯 소담과 단짝 친구의 통화를 도청했다.

닉슨 대통령처럼 탄핵을 당할 만한 대화거나 국가의 존폐가 걸린 비밀 대화도 아니었다. 단지 소담과 단짝 친구에게만큼은 더 없이 비밀스러운 대화였는데 아버지는 소담의 통화마저도 도청해 일거수일투족을 감시감독하며 친구와의 비밀을 간직하지 못하게 하신 것이다. 소담이 아무리 딸이고 아무리 미성년이라 했더라도.

친구는 그 당시 요즘으로 치면 가장 매력적인 엄친아 야구부 주장을 짝사랑하고 있었고 소담은 짝사랑으로 가슴앓이를 하고 있는 친구와 함께 야구부 주장을 내 남자로 만드는 방법에 대해 꽤 심도 깊은 대화를 나누면서 대화 중에 야구부 주장과 요즘 급격하게 친해진 연서―이름은 정확하지 않다―를 비난하며 'X발, 개싸가지, 재수덩어리' 등등의 단어들을 주고받았었다. 야구부 주장과 연서가 그냥 친할 뿐 사귀는 것은 아니었으면 하는 강력한 바람과 함께 말이다.

통화가 끝나기 무섭게 아버지는 소담을 서재로 호출하셨고 단짝 친구와의 통화를 영원히 금지시켰으며 친구 관계도 완전하게 청산하라고 명령하셨다.

이유는 하나였다.

'X발, 개싸가지, 재수덩어리' 등등의 단어를 쓰는 친구라면 볼 것도 없이 날라리니까 그런 친구와 어울리다가 물들지 말라는.

소담은 그때 처음으로 아버지에게 격렬하게 대들었었다.

그런 단어는 그 친구만 쓰는 것이 아니라 고등학생의 90%가 쓰는 일반적인 단어이며 그런 단어를 쓴다고 해서 날라리라면 그중에 1등 날라리는 바로 자신일 것이라고. 아무리 아버지라 하더라도 내 단짝 친구를 그런 식으로 함부로 깎아내리지 말라고. 그리고 아버지라도 딸의 전화를 도청하는 것은 비신사적인 행동이며 다른 사람도 아닌 아버지가 그런 비신사적인 행동을 했다는 것이 부끄럽다는 소리까지 하며 맹렬하게 퍼부었었다.

아버지는 소담의 상처를 도무지 이해하려 들질 않았다. 앞으로 상처받을 일이 얼마나 많은데 고작 인생에 요만큼도 도움이 되지 않는 친구 하나 버린다고 상처 운운이라며 오히려 타박이셨다. 사람을 가려 만날 줄 아는 것도 능력이니 그런 능력을 키우라면서.

아버지의 비신사적인 행동은 한번으로 그치지 않았다. 첫 번째 사건으로 소담이 넉 달 가까이 아버지와 단 한 마디도 섞지 않았음에도 불구하고 그 후로 두 번이나 더 소담의 전화를 도청하고 단짝 친구를 잘라내라고 위협했었으니까 말이다.

마지막 단짝까지 놓치고 말았을 때 소담은 상처가 아무는데 너무나 오랜 시간이 걸렸고 상처가 아무는 동안, 무려 1년이나 아버지와는 눈도 마주치지 않고 질문에 답도 하지 않았으며 밥도 같이 먹지 않았다.

아버지는 먼저 떠난 엄마를 꼭 닮아 고집이 황소고집이라며 성격을 고치라고 되레 성질을 내셨지만 소담은 친구를 놓친 상처가 이렇게나 끔찍한데 그 상처는 절대 들여다보려 하지 않는 아버지가 너무 야속해서 성격을 고치기는커녕 더욱 고약하게 단련시켰던 것이다.

"내가 얼마나 울었었는데……."

지금도 단짝 친구가 어느 날 갑자기든 서서히든 멀어졌을 때를 생각하면 마음이 아팠다. 얼마나 마음이 아픈지 죽을 때까지 잊지 못할 것 같은 기분이 들 정도였다.

그러다 소담은 정말 영원히 친구 사귀기를 그만둬 버렸다.

이 친구는 수준이 낮아서 안 되고 저 친구는 쌍스러워서 안 되고 그 친구는 성적이 낮아서 안 되고 이래서 안 되고 저래서 안 된다며 죄 잘라내는데 친구를 사귀고 만들어서 무엇 하겠나 하는 생각이 들었기 때문이었다.

가까스로 가까워지면 떼어놓고 필사적으로 친해지면 갈라놓고 결사적으로 우정을 나누면 떠나게 하는데. 결국 다 떠나는데…….

"그만둬. 왜 칙칙한 생각을 하고 그래."

소담은 억지로 아픈 기억을 털어내려고 애쓰며 눈을 감았다.

"친구는 무슨…… 잠이나 자자."

속 무너지는 생각 따위는 집어치우고 잠이나 푹 잤으면 좋겠는데 한기 때문에 이불을 돌돌 말고 잘 필요 없어 참 좋은데도 잠이 오지 않았다.

낮에 너무 많이 잔 탓도 있고 공연히 슬프고 찜찜한 생각을 하느라 우울해진 탓도 있고 분위기도 워낙 뒤숭숭해서 잠을 잘 수가 없었다.

산골의 밤은 도시의 밤과는 딴판이었다. 땅끝까지 캄캄하고 지구 끝까지 고요했다. 사방에 켜진 가로등 때문에 한밤중에도 완전한 어둠을 맛볼 수 없는 곳이 도시라면 산골은 해가 넘어가는 즉시 순식간에 어둠의 마녀에게 사로잡혀서 불만 끄면 완전한 암흑이 됐다.

그래도 오 주일 동안 지내다 보니 칠흑 같은 어둠에 어느 정도 적응이 돼서 가만히 있다 보면 새까만 색 먹물을 풀어놓은 공간에서도 사물을 구분할 수 있게 되었는데 사물을 구분할 수 있게 되자 문제가 생겼다.

 벽에 걸어놓은 말린 무청은 꼭 산발한 귀신 머리처럼 보이고 그래서 뚫어져라 쳐다보고 있으면 흐느적흐느적 움직일 것만 같은 오싹한 기분이 들었다. 또 저 구석에서는 처녀귀신 몽달귀신이 쌍으로 불쑥 튀어나올 것 같아 오싹 소름이 끼쳤다.

 한번 무서움증이 도지자 지금까지 봤던 공포영화가 모조리 떠오르며 영화 속에서 가장 무서웠던 장면들이 죽순 자라듯 쑥쑥 돋아나며 소담을 점점 더 극한의 공포 속으로 몰고 갔다.

 '진짜 미치겠네. 내가 왜 귀신까지 겁을 내야 해?'
 진짜 한 가지도 편할 것이 없는 곳이 이놈의 산골이었다.

 자야 하는데 죽자고 잠은 오지 않고, 눈을 감으면 천장에서 밧줄 타고 내려온 귀신이 배 위에 올라탈 것만 같아 눈을 감을 수도 없었다. 초롱초롱 눈을 뜨고 있자니 대낮도 아니고 깊은 밤에 그것도 만만치 않은 고문이고.

 어디선가 이 공포감을 씻어줄 소리라도 들렸으면 좋겠다고 생각하며 귀를 기울여 보니 이름 모를 산새인지 벌레인지 또로롱 찌리릭 울어대는데 공포를 씻어주긴커녕 되레 더 무서웠다.

 요만큼만 부스럭거리는 소리가 들릴라 치면 드디어 장가도 못 가보고 억울하게 요절한 도령귀신이 살아 있는 여자와 꽃잠을 치르려 출몰하는 것 같아 머리카락이 곤두설 지경이었다.

 얼마나 오랫동안 공포에 시달렸는지 더는 참을 수 없게 된 소담은 경기하듯 벌떡 일어나 문을 열어젖히고 밖으로 뛰쳐나왔다.

구씨네 삼 형제나 이 귀신 나올 것 같은 초가집에서 실컷 자라지, 죽는 한이 있더라도 앞집에서 자야겠다고 생각하며 목발을 찾기 위해 마루를 더듬거리는데 갑자기 뭐 하나 하는 소리와 함께 발에 소름 끼치는 촉감이 휙 감돌았다.

"아악!"

소담이 몽달귀신 혹은 도깨비가 나온 줄 알고 깜짝 놀라 소리치자 산이 좀 귀찮다는 얼굴로 조용히 좀 하지 하고 말했다.

"내 발에…… 뭐가 있어요……."

소담이 공포에 휩싸여 완전히 돌이 된 채로 더듬더듬 말했다.

"니 발에 똥개 있다."

똥개?

소담이 내려다보자 똥개가 소담의 깁스한 발을 핥아대고 있었다.

"똥개야, 왜 캄캄한 데서 핥고 지랄이니?"

똥개가 물까 봐 차마 고함을 못 지르고 소담이 순한 목소리로 살포시 욕을 던졌다.

"저기요, 구산 씨. 좀 가까이 와줄래요?"

"왜?"

"똥개가…… 내 발에 있는 게 좀…… 겁나네요. 나 물면 어떻게 해요."

소담이 꼼짝도 못하고 똥개에게 깁스를 내준 채 말했다.

"니가 와."

"내가 어떻게 가요."

소담이 바득 이를 갈면서도 화를 낼 수가 없어 산을 향해 손을 뻗었다.

"좋은 말 할 때 빨리 올래요?"

소담의 귀여운 협박에 산이 소리없이 웃으며 다가가자 소담이 다짜고짜 산의 가슴팍 부위의 옷을 움켜잡고 끌어당겼다.

"얘 좀 치워봐요."

"똥개도 이제 니가 좋은 모양인데 뭘."

"얘, 너 나 안 좋아해도 돼. 빨리 좀 치워봐요."

소담이 산의 품에 거의 안기다시피 다가가며 애원하자 산이 똥개 떨어져 하고 명령했다.

똥개가 품종은 후져도 머리는 좋아서 주인 명령을 재깍 행동에 옮기더니 저만치 산이 가리킨 곳까지 떨어져 앉았다.

똥개의 위협에서 벗어난 소담은 필요 이상 산과 가까이 있다는 것을 깨달았고 그래서 재빨리 산에게서 물러났다.

"왜 막 안고 그래요?"

"네가 안겼거든?"

"아니거든요?"

소담이 박박 우기며 한 걸음 더 물러났다.

"왜 나왔어?"

"무서워서요."

"뭐가?"

"귀신 나올 것 같단 말이에요."

"니가 더 무섭다."

산의 말에 소담이 산을 노려봤다.

"여기서 뭐 했어요?"

"앉아 있었어."

"그러니까 캄캄한 데서 앉아서 뭐 했냐구요."

"라디오 들었어."

라디오? 구산의 목에 귀에서 빼낸 이어폰이 걸려 있었다.

"이 밤에 여기 앉아서 라디오 들으며 뭐 한 거예요?"

"뭘 좀 보느라고."

"뭘 봤는데요?"

"좋은 거."

"치…… 여기 좋은 게 뭐가 있다고."

소담이 입술을 실룩거리며 툴툴거리는데 산이 보여줄까? 하고 물었다.

"이 밤에 좋은 거 뭘 보여준다는 거예요? 암것도 안 보이는데."

"이리 와봐."

산이 갑자기 소담을 뒤에서 끌어안고 번쩍 들더니 그대로 뒷걸음질로 몇 걸음 걸어가서 의자에 앉았다. 본의 아니게 반강제적으로 산의 무릎에 앉게 된 소담이 깜짝 놀라며 벌떡 일어나려고 했지만 산은 소담을 꼭 끌어안은 채 놓아주지 않았다.

"뭐 하는 짓이에요?"

"조용히 해."

"당장 놔요!"

"조용히 하고 고개 들고 하늘 쳐다봐."

산이 말했고 소담은 오밤중에 하늘을 보라니 이건 또 무슨 해괴한 수작인지, 아무것도 없으면 가만 안 두겠다고 생각하며 고개를 들었다가 깜짝 놀라고 말았다.

고개를 들고 올려다본 하늘에는 금방이라도 보석가루가 쏟아져 내릴 듯 셀 수 없을 만큼 많은 별들이 총총하게 박혀 빛을 발하고 있었기 때문이다.

"별이다……."

소담은 지금껏 실제로는 본 적이 없지만 역사책이나 미스터리 책 어느 부분에 전해져 내려오는 전설의 별을 본 듯 부시게 빛나는 별에서 눈을 떼지 못했다.

"별이에요."

"음, 별이야."

"진짜 예쁘다."

소담이 예쁜 공주 드레스를 보고 반해 버린 어린아이처럼 반짝이는 별을 보고 완전히 반해 버린 듯 속삭였다.

소담은 산의 무릎 위에 거의 눕다시피 앉아 있다는 것도 잊은 채 오랫동안 별을 올려다보고 있었다.

어느새 소담의 작은 머리가 넓은 산의 어깨에 닿았고 산은 기꺼이 소담이 고개를 기댈 수 있도록 어깨를 빌려주었다.

"우리 집에는 별이 없어요."

소담이 큰소리로 말하면 별들이 다 달아나 버릴까 봐 조심스레 속삭였다.

"우리 집에는 많아."

"좋겠다."

소담이 또다시 어린아이처럼 순진하게 속삭였다.

"나중에…… 별 보고 싶을 때 와도 돼요?"

"……음."

"내가 다시 보러 올 때까지 잘 지켜줘요."

"그럴게."

산의 무릎에 앉아 하염없이 별을 올려다보고 있던 소담이 우리가 옛날에 만난 적이 있나요? 하고 물었다.

"나 네 살 때 봤다고 했잖아요. 우리가 옛날에 만났었어요?"

"예전에. 너희 어머니 돌아가시기 전에 여기 놀러 왔었어. 너희 어머니, 여기 굉장히 좋아하셨어. 산이 있고 풀이 있고 공기가 맑다고. 별도 정말 좋아하셨어. 하늘에 떠 있는 가장 크고 밝은 별이 우리 소담이 별…… 그러셨어."

"그랬어요?"

소담의 입가에 그리움의 미소가 걸렸다.

"저기 보이지? 제일 크고 밝게 빛나는 거."

산이 손가락으로 가리키자 소담이 보여요 하고 대답했다.

"아주머니는…… 무조건 제일 좋은 걸 소담이 거라고 했어. 저 별도 그래서 소담이 네 별이야."

"진짜 예쁘다……."

소담이 감동한 얼굴로 속삭였다.

"우리 엄마 기억해요?"

"조금. 굉장히…… 우아한 분이셨어."

"참 예뻤죠?"

"음…… 너하고 많이 닮았어."

"난 어땠어요? 어릴 때 말이에요."

"그땐 참 말 잘 듣고 순했지…… 잘 웃고 잘 먹고 잘 자고…… 목장에서 뛰어놀다가 넘어지면 울기도 했지만 금방 그치고. 어찌나 잘 돌아다니는지 눈 깜짝할 사이에 없어져서 온종일 너 찾으러 다녔던 기억밖에 없을 정도야. 개집에 숨어 있는 걸 찾기도 하고 장작더미 위에 강아지 잡겠다고 올라가는 걸 내려주기도 하고 아궁이 속에 숨어 있던 걸 찾아내기도 하고."

"내가 개집에도 숨고 아궁이에도 숨었었어요?"

"개집은 그렇다 치더라도 아궁이 속에 숨어 있던 걸 끌어냈더니 온통 시커먼 재를 뒤집어써서 난리났었지."

산의 말에 소담이 낮게 웃음을 터뜨렸다.

"잠투정하느라고 눈이 빨개지도록 한참을 비비다가 내 무릎에 앉더니 자장자장 하고 재워달라고 해서 내가 너 재우기까지 했어."

"그때 몇 살이었는데요?"

"아홉 살."

"아홉 살 때 날 안고 재웠다구요?"

"무거워 죽는 줄 알았다."

산이 퉁명스럽게 말하자 소담이 또 웃음을 터뜨렸다.

"애쓰셨네요."

"감자도 잘 먹고 옥수수도 잘 먹고…… 내가 콩 구운 거 먹여주면 날름날름 잘 받아먹었는데…… 이가 약해서 한참 동안 오물거려도 잘 씹어지지 않으니까 자꾸만 그냥 뱉어서 내가 몇 번……."

"몇 번 뭐요?"

"아니야."

"뭐요? 뭔데요?"

"……씹어서 주면 받아먹었어."

"뭐라구요?"

소담이 기겁을 하며 몸을 일으켜 산을 돌아봤다.

"콩을 씹어 먹였다구요?"

"자꾸 뱉어서. 니가 씹어서 달라고 했어."

"말도 안 돼!"

소담이 소리치자 산이 픽 웃었다.

"그땐 맛있다고 자꾸 씹어달라더니."

"윽······."

소담이 낯을 찡그리자 산이 별 봐 하며 소담을 다시 눕혔다.

"콩 말고 다른 것도 씹어 먹였다는 소리는 하지 말아요."

"다른 건 그냥 먹었어. 그때도······ 감자를 제일 잘 먹었지. 군불에 구운 감자 껍질 까서 알맞게 잘라서 그릇에 담아주면 숟가락으로 떠먹었어. 숟가락질이 서툴러서 흘리기 바빴지만."

"그런 걸 어떻게 기억해요? 난 하나도 기억나지 않는데."

"여동생이 없어서······ 되게 귀엽더라고. 오빠 오빠 하면서 꽁무니 쫓아다니는 것도 예쁘고."

"내가 오빠라고 했어요?"

"동생들이 형아 형아 하니까 너도 형아라고 부르기도 하더라."

산의 말에 소담이 웃긴다 하며 웃었다.

"그날 밤에 아주머니 갑자기 진통이 와서 급하게 병원으로 가셨어. 3주나 빨리 출산했다고 하시던데."

"아, 내 동생이 하마터면 산에서 태어날 뻔했다는 게 그 말이구나."

"맞아."

"나도 그렇지만 내 동생은 더 안됐어요. 돌도 되기 전에 엄마를 잃어서······."

소담이 또다시 긴 한숨을 내쉬었다.

"배앓이는 언제부터 한 거야?"

"어릴 때부터 시작된 것 같은데······ 갈수록 심해지더라구요. 아마도······ 엄마 돌아가시고 난 후부터인 것 같아요."

소담이 말끝에 낮은 한숨을 내쉬었다.

산은 갑자기 울적해졌는지 아무 말도 하지 않고 하늘만 올려다보는 소담에게 음악 들을래? 하고 물었다.
　소담이 산의 어깨에 머리를 기댄 채 고개를 끄덕이자 산이 소담의 오른편 귀에 이어폰을 끼워주었고 남은 이어폰은 자신의 왼쪽 귀에 꼈다.
　"무슨 프로그램이에요?"
　"별이 빛나는 밤에."
　"그 프로 아직도 있어요?"
　"음."
　금방 시작했는지 전주곡이 흐르고 곧 노래가 흘러나왔다.

　너무 진하지 않은 향기를 담고……
　진한 갈색 탁자에 다소곳이……
　말을 건네기도 어색하게……
　너는 너무도 조용히 지키고 있구나……
　너를 만지면……
　손끝이 따뜻해 온몸에 너의 열기가 퍼져 소리없는 정이……
　내게로 흐른다…….

　정말 예쁜 노랫말에 정말 사랑스러운 멜로디를 가진 정말 아름다운 노래였다.
　너를 만지면…… 손끝이 따뜻해 온몸에 너의 열기가 퍼져 소리없는 정이 내게로 흐른다…… 소리없는 정이 내게로 흐른다…….
　아…… 그 누가 이토록 아름다운 노랫말을 지었을까…… 이렇게 아름다운 노래를…… 소리없는 정이 흐르고 흘러 조용히 하지만 꽉 채워져 내게로 오는 노래를……"

"누구 노래예요?"

"노고지리. 찻잔이라는 굉장히 오래된 노래야."

"오래된 노래인데…… 굉장히 멋져요. 노고지리는 무슨 뜻이에요?"

"종달새, 종다리라고도 하는 새의 옛 이름."

"아…… 참 예쁜 이름이다. 노고지리……."

소담은 산의 몸에 완전히 기댄 채 노래에 흠뻑 젖고 별에 젖어버렸다.

소담이 온 마음이 흡족하게 흠뻑 젖어버리도록 아름다운 노래를 들으며 아름다운 별을 올려다보는 동안 산은 가만히 소담을 받쳐 안고 있었다. 소담이 이 아름다운 별을 오랫동안 기억할 수 있도록 강원도 산골 목장에서 산과 함께 별을 바라보며 노래를 듣고 있는 오늘을 오랫동안, 아니, 영원히 기억할 수 있도록.

노래가 끝나고 한참이 지나도록 소담은 산의 무릎에 앉아 산의 가슴과 어깨에 기대앉아 있었고 산은 지금 이 시간이 영원했으면 좋겠다고 생각하며 소담의 손을 꼭 잡았다.

"감기 걸리겠다."

한참 만에 산이 속삭였을 때야 코끝이 매콤할 만큼 제법 추웠지만 별 구경하느라 추운 줄도 모르고 있던 소담은 그제야 춥다는 것을 느낀 것이 아니라 산의 무릎에 앉아 있다는 것을 깨닫고 깜짝 놀라 일어났다.

"왜 밤만 되면 도발하는 거예요?"

"내가 무슨 공산당이냐? 도발을 하게?"

"공산당 아니면 늑대 아니에요? 보름달만 뜨면 짐승으로 변하는?"

"무력도발을 하든가 짐승으로 변해줘?"

"됐어요. 홍!"

소담이 획 돌아섰다.

"밤에 별 보고 있으면 별 보고 있다 말이나 해주지."

실없는 사내. 밖에 있었으면 기척이라도 하지, 괜히 무서워했잖아.

"내 목발 어딨어요?"

"목발은 왜?"

"앞집에 가서 잘 거예요. 여기서 못 자요."

"앞집 추워. 추워서 못 자겠다며."

"추운 게 나아요. 진짜 무섭다구요."

"은소담이 무서운 것도 있냐?"

"목발 어딨냐구요."

"들어가."

"앞집 간다구요."

"들어가."

산이 의자에서 일어나더니 소담의 방문을 열어주었다.

"사방에 널어놓은 무청 때문에 귀신 나올 것 같아 못 자요."

"내가 잠들 때까지 지키고 있을 테니까 빨리 들어가."

산의 말에 소담이 솔깃한 얼굴로 쳐다봤다.

"정말이에요?"

"정말이야."

소담은 구산이 그런 친절을 베풀 사람이 아닌데 싶어 의심스러운 얼굴로 쳐다보다가 일단 방으로 들어왔다.

소담이 이불 속으로 들어가며 누우려는데 문밖에서 지켜줄 것 같았던 산이 방으로 따라 들어오더니 문을 닫아버렸다.
"왜 들어와요?"
"그럼 어쩌라고?"
"밖에 있어야죠."
"내가 주인 잘 때 신발 지키는 개냐, 밖에 있게?"
"여태 밖에 있었잖아요."
"춥다, 나도."
"그럼 한방에 같이 있자는 얘기예요? 또 도발이에요?"
"도발은 네가 했잖아."
"내가 언제 도발을 했다는 거예요?"
"오늘 낮에 덮쳐 눌렀잖아. 그거야말로 무력도발이지."
산의 놀림에 소담이 황당하다는 듯이 산을 노려봤다.
"미쳤어, 정말!"
"낮에 덮쳤잖아."
"그건 전화 때문이었잖아요!"
소담이 바락 소리를 지르자 산이 애들 깨우고 싶냐? 하고 말했다.
"애들 깨서 오밤중에 한방에 같이 있는 거 보여주고 싶어?"
"진짜 미치겠네."
"덮치고 싶은 마음이 없다면 한방에 있어도 상관없잖아."
"상관없고 말구요. 한방이 아니라 이불 속에 같이 있어도 상관 없거든요!"
소담이 이를 바득바득 갈며 쏘아붙인 후 휙 누워 버렸다.
"그래?"

산이 느물거리며 웃더니 소담이 누워 있는 이불 곁으로 다가왔다.
"어딜 와요?"
소담이 기겁을 했다.
"이불 속에 같이 있어도 상관없다며."
"오기만 해요. 아주 절단날 줄 알아요!"
소담이 이불로 온몸을 감싸 방어하며 으름장을 놓자 산이 픽 웃으며 다시 문께로 물러나더니 소담의 발치에 덜렁 드러누웠다.
"이봐요, 눕지 말아요."
"앉아서 염불 욀 일 있어?"
"혹시 님이 날 덮쳐 누르고 싶은 거 아니에요?"
소담의 물음에 산이 콧방귀를 뀌었다.
"착각 길게 하면 것도 병 된다."
산이 정신 차리라는 듯이 말했고 소담은 무슨 남자가 말을 저렇게나 싹수없게 하는지 모르겠다고 생각하며 눈을 감았다.
말을 싹수없게 하는 남자였지만 어쨌거나 산이 함께 있는 것이 없을 때와는 천지 차이로 마음을 편안하게 해주었다. 산이 함께 있는 것만으로도 방에서 뛰쳐나가게 만들었던 공포는 완전하게 사라졌고 벽에 걸린 마른 무청도 이젠 귀신 머리가 아니라 정말 무청으로 보였다.
유령에 대한 공포는 사라져서 다행인데 또 다른 공포가 슬그머니 고개를 들며 소담을 위협하기 시작했다.
산이 갑자기 치밀어 오르는 욕정을 참지 못해 눈이 획 돌아버리고 그래서 발을 칭칭 동여매고 있는 깁스가 깁스가 아니라 생크림으로 보이는 환각이 시작돼 무력도발 혹은 덮쳐 누르면 어떻게 대처해야 하나 하는 공포.

아니, 산의 도발이 아니라 자신이 성질은 곱지 않지만 순박한 것은 틀림없는 산을 범하거나 혹은 해치면 어떻게 할까 하는 공포가 정확한 말이었다.

벌써부터 가슴이 훨씬 빠른 속도로 뛰고 혈압이 상승하고 혈압 상승으로 체온까지 올라가는 것을 보면 산이 도발하길 간절하게 고대하고 있거나 스스로 도발을 준비하고 있는 것이 틀림없었다.

또다시 별안간에 치솟는 순결한 욕정이여, 너의 죄는 무죄.

'내가 꽃잠 치른 직후에 비명횡사한 신랑을 그리워하는 청상과부도 아닌데 왜 갑자기 구산만 옆에 있으면 성욕이 용암처럼 치밀어 오르는 거지?'

가라앉혀야 했다. 행동에 옮기지 않고 품고만 있어야 순결하지 행동으로 옮기는 순간 순결함은 산산이 조각나니 어떻게든 숨겨야 했다.

"구산 씨."

"왜?"

"별 보면서 무슨 생각 했어요?"

"아무 생각 안 했어."

"불면증 있어요?"

"아니."

"불면증도 없으면서 밤중에 왜 청승 떨며 별을 보고 있어요? 여자도 아니고 남자가."

"별 쳐다보면서 호랑이하고 곰 나올까 봐 지키고 있었지."

산은 너 무서워할까 봐 밖에서 지키고 있었다는 말을 돌려서 했다.

"장난해요?"

소담은 깊은 뜻은 이해하지 못한 채 놀리는 소리로만 알아들어 퉁명스럽게 받아쳤다.

은소담 맹추.

"내일은 정말 병원 갈 거야."

"알아요."

"일찍 갈 거니까 뭉그적거리지 마."

"누가 뭉그적거린다고 그래요?"

"얼른 자."

"말시키지 말아요. 자게."

소담이 짜증을 피웠다.

"니가 말 시켰거든?"

"됐거든요!"

소담이 적반하장 짜증을 냈지만 산은 소리없이 픽 웃으며 더 이상 말을 시키지 않았다.

말시키지 말라고 짜증을 피웠는데 그래서 산이 더 이상 말을 시키지 않는데도 잠이 오지 않았다. 더없이 따뜻하겠다 무서울 것도 없겠다 금방이라도 잠이 들 것 같은데 좀체 잠이 오지 않았다.

이러다 밤을 새겠다 생각하며 억지로라도 자기 위해 소담이 눈을 꼭 감던 그때 산은 갈수록 더 말똥말똥해지는 정신 때문에 나름대로 고충을 겪고 있었다.

무서워서 못 자겠다며 앞집으로 도망치려는 소담을 붙잡기 위해 잠들 때까지 있어주겠다고 했던 것인데 자꾸만 괜한 짓을 한 기분이 들었다.

추워 죽겠다는 말이 마음에 걸려서, 배앓이로 고생하는 모습이 안쓰러워서 장작을 팼던 것이다. 누구 때문에 장작을 패고 누구 때문에 불을 땠는데 고생한 사람 김새게 무서워서 못 자겠다니. 뜨거워서 못 자겠으니 제발 불 좀 그만 떼라는 소리를 듣고야 말겠다고 생각하며 소담이 뜨끈한 방에서 무조건 자게 하기 위해 오기로 불침번을 서겠다 했는데 정말 생각할수록 괜한 짓을 했다 싶었다.

괜스레 심란하고 공연히 뒤숭숭했다.

소담의 평범한 숨소리도 신경이 쓰이고 소담이 조금만 뒤척여도 신경 쓰이고 방 안 공기는 왜 이렇게 뜨거운지 땀이 날 지경이었다. 감자 먹은 게 안 좋았는지 속도 좀 울렁거리고 명치도 좀 메슥거렸다. 명치가 아니라 가슴 쪽이.

왜 이렇게 몸과 마음이 동시에 불편할까 생각하다가 산이 벌떡 몸을 일으키는 순간 소담도 일어났다.

"왜 일어나?"

"구산 씬 왜 일어났어요?"

"뭐…… 더워서."

"내 말이요."

"덥긴 하네."

"그러게요."

산과 소담이 머쓱한 기분으로 서로의 시선을 피하는데 산이 방문을 조금 열었다. 방문을 열자 시원한 공기가 들이닥치며 방 안의 더운 공기를 내쫓았다.

"좀 낫네."

"그러게요."

"이렇게 늦게 자고 내일 일찍 일어나겠어?"
"매일 늦잠 잤는데요 뭐."
"그러네."
산이 고개를 끄덕였다.
"내일 병원 가려면 일찍 일어나야 할 텐데……."
"일찍 깨워줘요."
"그럼 되겠네."
여전히 소담을 쳐다보지 못하며 열린 문 틈 사이로 밖을 쳐다 보던 산이 이제 혼자 있을 수 있지 하고 묻자 소담이 못 자요 하고 말했다.
"그냥 자."
"못 자요."
"그럼 밤새란 말이야?"
"밤이야 새겠어요?"
"내일 일하려면 나도 자야 해."
"자요."
"여기서 어떻게 자냐?"
"덮치고 싶은 생각만 없다면 한방에서 자도 상관없잖아요?"
소담이 조금 전 산이 놀렸던 것처럼 똑같이 놀리자 산이 퉁명 스러운 얼굴로 소담을 노려봤다.
"덮치고 싶다. 그래도 잘까?"
산이 퉁명하게 윽박지르듯 묻자 이번엔 소담이 야릇한 미소를 흘렸다.
"비위가 그렇게까지 좋다면이야, 뭐."
"비위?"

"낮에 오십 번 똥 싼 여자 덮칠 비위라면 기꺼이."

"에이, 진짜!"

산이 자리에서 벌떡 일어났다.

"저기요."

"왜? 나 비위 안 좋거든?"

"아까 먹다 남긴 감자나 좀 달라구요."

"감자는 왜?"

"오십 번 똥 쌌더니 속이 허하네요."

"에이, 진짜!"

산이 정말 더러워서 못 견디겠다는 듯이 획 나가 버렸다.

"만날 소똥 치우는 목동이 비위 안 좋은 척하기는."

치사해서 이제 줘도 안 먹는다 생각하면서 덜렁 드러누웠는데 부엌 쪽에서 인기척이 느껴졌다. 산이 틀림없었다.

"오밤중에 뭐 하는 거야?"

안 줄 것처럼 하더니 아무래도 먹다 남긴 감자를 찾는 모양이라고 생각하는데 주려면 얼른 주고 잠이나 잘 것이지 참 오랫동안 꿈지럭거렸다.

"감자 기다리다 모가지 기린 되겠네. 준다는 거야, 만다는 거야?"

소담이 혀를 차며 1분만 더 기다려 보고 감자를 대령하지 않으면 끝이라 생각하는데 1분이 아니라 5분은 너끈히 지났을 때 쪽문이 벌컥 열렸다.

"불 켜."

산이 명령조로 말했고 소담은 어디서 명령질이냐고 맞받아치려다가 참았다. 맞받아쳤다가는 산의 성격에 감자를 엎어버릴 것

275

같았기 때문이다. 아까운 감자를 엎게 할 수는 없었다.

소담이 냉큼 불을 켜자 산이 김이 폴폴 나는 감자가 담긴 채반을 밀어주었다. 무슨 짓을 하느라 저렇게나 꿈지럭거리나 했더니 식은 감자를 데우느라 다시 구운 모양이었다.

'친절한 척은.'

소담은 고맙다는 말을 생략하며 채반을 끌어당겨 알이 굵은 감자 하나를 골라잡아 아까보다 더 새까맣게 탄 알루미늄 호일을 벗겨내기 시작했다.

"넌 안 먹는 척하면서 나중에 보면 소처럼 제일 많이 먹더라."

산의 말에 소담이 발끈하며 산을 노려봤다.

"내가 언제요?"

"낮에 고기 먹을 때도 그랬잖아. 생각없다더니 다 먹었더라."

"내가 언제 다 먹었어요? 속상해서 우느라 먹지도 못하고 전화 때문에 열받아서 못 먹었는데?"

"못 먹기는. 너 울면서도 다 먹고 열받았다면서도 다 먹었더라. 상 치울 때 보니까 한 점도 안 남았더만."

"내가 언제…… 고기 가지고 지금 생색내는 거예요?"

"앞으로는 안 먹는다는 말 하지 말고 그냥 먹으라고."

산의 말에 소담이 대답하지 않는 것으로 접수했음을 알렸다.

"탈날지 모르니까 지금은 너무 많이 먹지 말고 한두 개만 먹어."

"내가 알아서 할 거거든요?"

소담이 끝까지 삐딱하게 대꾸하자 산이 어이없다는 듯이 픽 웃으며 쪽문을 닫았다.

소담은 쪽문이 닫히자마자 얼른 감자를 한입 베물었다.

들이 끓여준 죽을 먹어 든든한데도 어쩜 이렇게나 맛있는지.
"구산도 은근히 친절하단 말이야."
식은 감자를 수고스럽게 다시 데워준 것을 보면 말이다.
"나도 이제…… 착하게 살아볼까?"
문득 그런 생각이 들었다. 물론 쉽진 않겠지만 말이다.
"그런데 내가 진짜 고기를 다 먹었나?"
조금 남긴 줄 알았는데 다 먹었던 모양이다.
"아무리 그래도 그걸 꼭 찍어서 말을 해야 해? 모른 척 좀 해줄 것이지."
소담은 입술을 비죽거리며 중얼거린 후 아까 양껏 먹지 못해 한가득 아쉬움을 남겼던 포근포근 감자를 맛있게 먹기 시작했다.

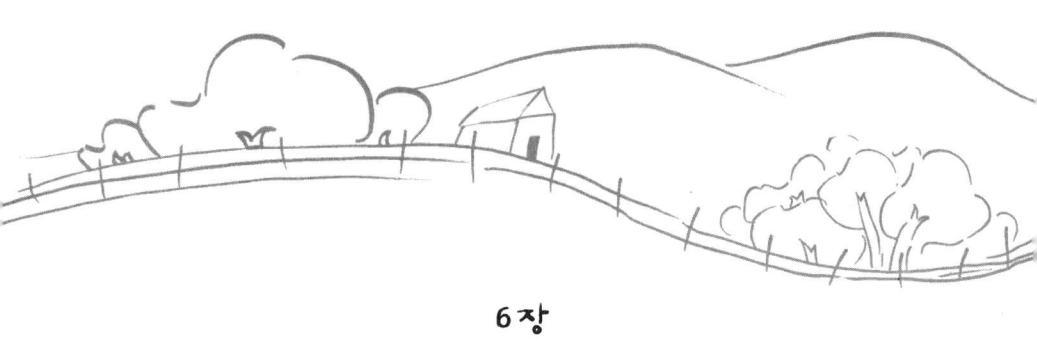

6장

"어? 여기도 베스킨로빈스 41이 있네."

병원에 들러 부러진 발목뼈가 순조롭게 붙어가고 있는 중인지 검사하기 위해 시내를 통과해 병원으로 가는 길에 어젯밤에 라디오에서 들었던 노래를 흥얼거리던 소담이 신호에 걸려 차가 멈추자 창문 너머로 아이스크림 집을 발견하고 중얼거렸다.

"스트로베리 아이스크림 맛있는데……."

소담이 또 중얼거렸지만 산은 소담의 중얼거림을 못 들었는지 아무 말이 없었다.

소담은 산이 정말 못 들은 것이 아니라 아이스크림 사주기 싫어서 못 들은 척하는 것이라고 생각했다. 아무리 중얼거림이라도 바로 옆에 앉아 있는데 못 들었을 리가 없기 때문이다.

'쪼잔한 남자. 얼마나 한다고…….'

소담은 수중에 잔돈푼도 없는 것이 오늘따라 유난히 서럽다고 생각하며 차가 출발했는데도 아이스크림 간판에서 눈을 떼지 못했다. 저까짓 아이스크림 하나를 못 사먹고 있다니. 재경그룹 은소담이 말이다. 동전 쪼가리 몇 개만 있으면 되는데.

어쩌다 아이스크림도 하나 못 사먹는 신세가 됐나 짜증이 치밀어 올랐지만 그렇다고 귀 먹은 척하고 있는 산에게 아이스크림 하나 사달라는 말을 할 수가 없어 꾹 참을 수밖에 없었다.

병원에서 엑스레이 촬영을 하고 검사 결과 순조롭게 잘 붙고 있다는 진단을 받은 후 다시 왔던 길을 되짚어 집으로 돌아가는데 산이 갑자기 길가에 차를 세웠다. 잠깐 들를 곳이 있다는 말도 없었는데 말이다.

"내려."

"왜요?"

산의 말에 소담이 기겁하며 물었다.

"내려."

"쪽팔리게 왜 차를 세우고 그래요?"

소담은 죽는 한이 있어도 이런 똥차에서 내리는 자신의 모습을 사람들에게 보여줄 수 없었다.

"쪽팔려도 내려."

"안 내려요. 절대!"

소담이 딱 잘라 거절하고는 결코 끌려서라도 내리지 않겠다는 듯 고집스러운 표정을 짓자 산이 혼자 차에서 내리더니 어디론가 가버렸다.

"이런 데서 왜 차를 세우고 난리야. 아, 쪽팔려."

소담이 질색하며 빨리 돌아오지 않고 굼뜬 구산 때문에 속을 바짝 태우는데 갑자기 소담이 타고 있는 조수석 문이 벌컥 열리더니 주먹 두 개를 뭉쳐 놓은 크기의 아이스크림이 쑥 나타났다.

"받어."

소담이 멍한 얼굴로 아이스크림을 쳐다보고 있자 산이 재촉했다.

소담이 아이스크림을 받아 들자 산은 조수석 문을 닫은 후 곧 운전석에 올랐고 곧바로 차를 출발시켰다.

쪽팔리게 하지 말고 곱게 집에나 갈 것이지 왜 차를 세웠을까 짜증스러웠는데 알고 보니 아이스크림을 사러가기 위해서였던 것이다.

병원 가는 길에 아이스크림 가게가 있다며 스트로베리 아이스크림 맛있다는 혼잣말을 했을 땐 못 들은 척하더니 못 들은 척한 것이 아니라 집에 가는 길에 사주려고 했던 모양이었다.

'아주 쪼잔하진 않네.'

그렇지. 남자가 다른 건 몰라도 요런 아이스크림은 사줄 능력이 돼야지.

"스트로베리 아이스크림 맞지?"

"맞아요."

딱 맞았다.

"먹어. 녹겠다."

"왜 아이스크림을 사주고 그래요?"

소담이 아이스크림을 혀로 핥으며 좋으면서도 괜히 시큰둥하게 물었다.

"먹고 싶다고 했잖아."

"내가 언제 먹고 싶다고 했어요? 아이스크림 가게가 있네 했지."

"스트로베리 아이스크림 맛있다는 말은 먹고 싶다는 말이잖아."

"그냥 맛있다고 한 거지 먹고 싶단 말은 아니었거든요?"

"내놔, 그럼."

산이 아이스크림을 빼앗으려고 하자 소담이 산의 손을 쳐냈다.

"줬으면 땡이지."

소담이 아이스크림을 뺏기지 않기 위해 보호하며 한입 베어 물었다.

오랜만에 먹어보는 아이스크림이라 그런 것인지, 먹고 싶었던 아이스크림이라 그런 것인지 달지 않으면서도 입맛에 딱 맞는 것이 정말 맛있었다.

"집에 가는 길에 목장 구경시켜 줄게."

"목장요?"

말도 아니고 소목장 뭐 볼 게 있다고. 조금도 구경하고 싶지 않았다.

"꼭 봐야 해요?"

"발 나으면 일해야 하니까 목장에서 어떤 일을 하는지 봐두는 것도 좋겠지."

그래서 목장 구경하고 싶지 않다고.

소담은 싫다고 해도 무조건 목장으로 끌고 갈 사람이라 못 들은 척하고 아이스크림만 열심히 먹었다.

아이스크림을 다 먹었을 때쯤 산과 소담이 탄 차는 집으로 올라가는 길목에 도착했는데 산은 산길을 중간 정도 올라가다가 집으로 가는 길이 아니라 반대편 길로 차를 몰았다. 집 반대편에 목장이 있는 모양인데 흙길을 잘 다듬었다고 해도 역시나 비포장도로라 저질 승차감은 여전했다.

웬만하면 새 차를 사지 차 한 대 얼마나 한다고 진짜 없어 보이게 다 찌그러진 똥차를 끌고 다닐까 생각하는데 얼마 후 목장이라는 곳에 도착했다.

목장에 도착하기 전 그러니까 숲길을 벗어나는 순간 소담은 놀라운 광경에 깜짝 놀라고 말았다. 끝도 없이 탁 트인 푸르른 초원이 태평양처럼 펼쳐져 있었기 때문이다.

집과 매우 가까운 거리에 이런 별천지가 있다는 것이 믿어지지 않을 만큼 너무나 아름답고 또 아름답고 황홀하게 아름다운 초원이 물결치고 있었다.

넓디넓은 초원에 마치 화가가 움직이는 물체를 그려 넣은 듯 흰색 검은색 얼룩소가 느긋하게 노닐고 또 한편에는 복실복실 양 떼들이 파도를 타듯 뛰어다니고 있었다.

소담은 할 말을 잃고 황홀경에 빠진 채 넓은 초원을 정원 삼아 산책하고 있는 얼룩소 떼와 양 떼들을 바라보고 있었다.

"양도 있었어요?"

"음."

"와⋯⋯ 와⋯⋯."

소담은 몇 번이나 와! 하는 감탄사를 쏟아냈다.

차가 멈추자마자 차에서 내린 소담은 발을 다친 것이 지금처럼 불편했던 적은 없다고 생각하며 목발을 짚고 어기적어기적 초원이 시작되는 풀밭으로 걸어갔다.

바람이 운행하는 길을 막을 것은 그 어디에도 없었기에 사방으로 바람 길이 뚫려 시원한 바람이 소담의 긴 머리카락을 건드리며 날아다니고 막힘없이 뛰어다니는 바람 탓에 공기는 지상에서 최고로 깨끗했다.

유난히 더욱 파랗게 보이는 초원과 같은 파란색임에도 정확하게 색이 구분되는 새파란 하늘. 이렇게 멀리에서도 흰색 검은색 점이 깨끗한 얼룩소들. 그리고 저 끝에서 소꿉장난하는 양 떼들.

"풀밭에 들어가도 돼요?"

"목발 짚고 불편할걸?"

"소랑 양이랑 구경하고 싶어서요."

소담이 몇 걸음 걸어가며 대답했다.

"거기까지 갈 수 있겠어?"

"물론이죠."

물론이라고 대답하며 씩씩하게 걸어가던 소담은 경사가 2도 정도밖에 나지 않는 야트막한 내리막에서 방심하다가 미끌하는 순간 엉덩방아를 찧으며 넘어지고 말았다.

"아이고, 내 엉덩이."

목장에 와서부터 연거푸 다치고 넘어지고 정말 소담의 수난시대였다.

"괜찮아?"

남은 엉덩이가 아파 죽겠는데 산은 재밌다는 듯 웃으며 물었다.

"이게 괜찮아 보여요? 엉덩이가 떡판이 될 판인데."

"목발 짚고는 불편할 거라 했잖아."

산이 소담이 넘어지면서 놓친 목발을 집어오며 말했다.

"불편하네요…… 아이고, 엉덩이야……. 쟤들은 언제쯤 이쪽으로 올까요?"

"한두 시간은 더 놀게 할 거야."

"양들도요?"

"가까이에서 보고 싶다면 저녁 시간에 우리로 가서 보면 돼."

"그러면 되겠군요."

"그만 집에 가자."

"왜요? 분위기 좋으니까 더 있을래요."

"바지 갈아입어야지."

"뭐 하러요. 갈아입을 때마다 얼마나 불편한데."

"엉덩이 밑이 진짜 떡판이 됐거든."

"됐거든요?"

"진짜야. 떡판이 아니라 똥판이 됐네."

"그게 무슨 소리예요? 똥판이 됐다니……."

산의 말 때문에 무심코 엉덩이를 만지던 소담은 끈적끈적하고 척척한 덩어리가 만져지자 설마하는 얼굴로 끈적거리고 척척한 것이 붙은 손을 펴보았다.

"제발…… 그건 아니라고 말해줘요."

소담이 잔뜩 일그러진 얼굴로 산에게 부탁했지만 산은 픽 웃기만 했다.

"그거야."

"아, 진짜……."

소담이 질색을 하며 손을 털어댔다.

"어제 오십 번 똥 싼 분께서 뭘 그러시나."

구산이 놀리자 이 와중에 농담하게 생겼냐는 듯 노려보던 소담이 소똥이 묻은 손 때문에 몸서리를 치며 일으켜 달라는 듯 산에게 손을 내밀었다.

"반대쪽."

산이 소똥이 묻은 손은 거절하자 소담이 소똥이 묻지 않은 손을 내밀었고 산이 손을 잡고 잡아당겨 소담을 일으켜 주었다.
"똥이 왜 여기 있는 거예요?"
"여긴 소의 식당이자 화장실이거든."
"아우, 진짜 비위도 좋은 더러운 것들."
그리고 보니 사방이 소똥 천지였다.
바다처럼 넓고 하늘처럼 아름답기만 한 초원인 줄 알았더니 곳곳에 소똥 지뢰를 숨겨놓고 밟기만을 기다린 것이다. 아름다운 것은 가시가 있다더니 가시 대신 소똥을 심어놓고 있었다니. 초원과 얼룩소와 양 떼에 정신이 팔려 똥을 놓치고 만 것이다.
소담이 손에 소똥이 묻는 바람에 목발도 짚을 수가 없자 산이 소담의 손을 잡고 소똥 밭에서 끌어내 주었다.
"못살아, 정말."
소담이 툴툴거리며 조수석 문을 열고 올라타려고 하자 산이 기다리라고 소리치고는 뒷좌석에서 여기저기 헤져서 재활용이 불가능한 박스를 가져와 좌석에 깔아주었다.
"이제 타."
"이런 똥차 시트 좀 버리면 어떻다고 깔끔이에요?"
소담이 까칠하게 쏘아붙인 후 차에 올랐다.
"바지 빨려면 힘깨나 들겠네."
산이 운전석에 올라 시동을 걸며 말했다. 하지만 이번 역시 시동은 한 번에 걸려주지 않았다.
"뭐 하러 빨아요?"
"빨아서 입어야지."
"버릴 거예요. 똥 묻은 걸 어떻게 입으라고."

"멀쩡한 바지를 왜 버려?"

"이게 뭐가 멀쩡해요. 소똥이 칠갑됐는데. 내가 누군지 몰라요? 나 은소담이에요. 은소담이 똥 묻은 바지를 어떻게 입어요?"

"은소담이 아니라 금소담이라도 빨아서 입어야지."

"님이나 실컷 빨아 입으셔요."

소담이 시큰둥하게 쏘아붙이고는 엉덩이에서 올라오는 소똥 냄새에 낯을 찡그렸다.

"똥이 묻은 게 아니라 쌌더라도 빨아서 다시 입어야 해. 만약 쓰레기통에 그 바지 처박혀 있는 게 눈에 띄면 알아서 해."

"내가 안 입겠다는데 무슨 상관이에요? 똥 묻은 걸 어떻게 입으라고."

"빨아서 입어."

"싫다구요!"

"입어!"

산이 버럭 고함을 내질렀다.

"어우, 진짜 몇 푼 하지도 않는 바지 하나 갖고 피를 토하시네요."

"몇 푼 안 하더라도 멀쩡한 바지를 왜 버려? 빨아서 일할 때라도 입어."

"내가 말을 말아야지."

소담이 씩씩거리며 소똥 냄새 때문에 질식할 것 같아 창문을 열었다.

"바지 몇 벌 갖고 왔어?"

"갈아입을 바지 있으니까 걱정 마시죠."

"소똥을 밟거나 뭉개거나 상관없는 옷 하나 더 찾아놔. 번갈아

입어야 하니까."

"그럽지요."

"싼 걸로."

"싼 거에 기준이 얼만데요?"

"그 똥 묻은 바지는 얼만데? 몇 푼 안 한다며."

"백 정도 하려나?"

소담이 별것 아닌 것처럼 중얼거리는데 산이 깜짝 놀라 소담을 쳐다봤다.

"얼마라고? 백?"

"미국에서 산 거라 한국 돈으로는…… 세금 붙을 테니까 백 정도 할 텐데…… 아마도 아직 수입 안 됐을 거예요."

"지금 입고 있는 게 백만 원짜리라고?"

"뭘 그렇게 놀라요? 백만 원짜리 청바지 처음 봐요? 다 그 정도 하지 않아요? 더 비싼 것도 많은데."

소담의 되물음에 산이 황당하다는 얼굴로 쳐다봤다.

"갖고 있는 바지들도 다 백이야?"

"넘는 것도 있고 덜 나가는 것도 있고."

"미치겠네. 백만 원짜리를 버릴 생각이었단 말이야?"

산이 나무라는 말투로 묻자 소담이 눈초리가 쪽 찢어진 눈으로 산을 노려봤다.

"왜 광분하고 그래요?"

"얼마나 돈이 많기에 백만 원을 그냥 버리니?"

"돈 많아요."

소담이 말했고 산은 입을 다물었다.

백만 원짜리 청바지를 미련없이 버릴 정도라면 돈이 많은 정도가 아니라 넘치는 것인데 순간적으로 소담이 재경그룹의 딸이라는 것을 깜빡 잊은 것이다.
"아무리 돈이 많아도 멀쩡한 바지를 버리는 건 적어도 우리 집에서는 있을 수 없는 일이야. 분명히 경고했어."
"흥."
"빌어먹을."
"뭐요? 나한테 한 소리예요?"
"청바지한테 한 소리다!"
"청바지가 뭘 어쨌다구요!"
"무슨 청바지 따위가 이 차보다 더 비싸?"
산의 말에 소담이 기겁한 얼굴로 산을 쳐다봤다.
"이 차가…… 청바지보다 싸요? 얼만데요?"
"묻지 마."
산의 말에 소담이 차 안을 한번 휙 둘러보다가 픽 비웃었다.
"하긴 누가 이런 시동도 안 걸리는 똥차를 사겠어. 거저 줘도 안 갖지. 바지 버린다는 말에 광분하실 만하네요."
소담의 얄미운 비웃음에 산의 턱 근육이 실룩거렸다.

소담이 바지를 갈아입을 때까지 문밖에서 문지기처럼 지키고 있던 산이 소담이 바지를 가지고 나오는 순간 즉시 집 밖 마당에 있는 수돗가로 소담을 끌고 가더니 커다란 대야 앞에 앉게 했다.
"어쩌라구요?"
"빨라고."
"이걸 나더러 빨란 말이에요?"
"그럼 누가 빨아?"

"내가 빨래를 어떻게 해요?"

"어떻게 하긴 손으로 하지."

산이 당연한 걸 왜 묻냐는 얼굴로 말했다.

"난 한 번도 빨래 안 해봤단 말이에요."

한 번도 빨래를 안 해본 여자가 존재한다니, 실로 놀라웠다.

"그럼 지금 해봐."

빨래 해본 적 없다고 그냥 물러설 산이 아니었다.

"이 더러운 걸 어떻게 빨라구요!"

소담이 질색을 하며 소리를 지르자 반은 졸고 있던 똥개가 놀라서 짖어댔다.

"똥부터 털어내고 물에 푹 불려서 비누칠해서 박박 문질러 빨아."

산이 빨래하는 법을 설명하자 소담이 활활 태울 듯한 눈길로 산을 노려봤다.

"세탁기 어딨어요?"

"세탁기 못 써."

"왜요?"

"똥 묻은 걸 어떻게 세탁기에 돌려! 양심도 없지."

"세탁기 사주면 될 것 아니에요. 몇 푼이나 한다고."

"돈 많아 좋겠다."

산이 험악한 얼굴로 내뱉었다.

"일부러 이러는 거죠?"

"뭘?"

"이 바지가 똥차보다 비싸니까 약 올라서 이러는 거죠?"

소담은 이런 식으로 성질을 긁으면 산이 절대 약 오르지 않다고 펄쩍 뛰며 빨기 싫으면 빨지 말라고 말할 줄 알았는데 웬걸 정말 성질 잘못 긁은 쪽이 돼버렸다.
"응, 약 올라 죽겠으니까 빨아."
산이 딱 잘라 말했고 정말 약이 오른 사람은 소담이었다.
"빠는 방법 다시 말해줘?"
"됐거든요!"
소담이 빽 소리를 지른 후 일부러 산이 서 있는 쪽으로 소똥이 덕지덕지 묻은 바지를 들고 마구 털어대자 산이 얼굴을 험악하게 구기며 뒷걸음질쳤다.
"뭐 하는 짓이야?"
"똥 터는 짓이에요!"
소담이 야무지게 대꾸한 듯 계속해서 바지를 털자 마당에 소똥 조각들이 떨어졌다.
"물에 불려."
산이 명령조로 말했고 소담은 아니꼬워 미칠 것 같았지만 별수 없이 대야에 바지를 넣고 수도에 연결된 호스를 붙잡은 후 물을 틀었다.
"바지가 물에 푹 불면 몇 번 흔들어서 씻어내고 본격적으로 비누칠하는 거야."
"알고 있거든요?"
"알고 있다니 잘해보라고."
산이 플라스틱 의자를 바로 코앞까지 끌고 오더니 척하니 앉았다. 다리까지 꼬고.
"왜 거기 앉아요?"
"감시하려고."

"뭘 감시해요?"

"제대로 빠는지 빠는 척하다가 버리는지."

"오늘은 하실 일이 없으신 모양이죠?"

"없어."

산의 대꾸에 소담이 입술을 실룩거렸다.

"물을 그렇게 헤프게 쓰면 되나? 미국에서 유학하는 사람이 지구가 말라가고 있다는 것도 못 배웠어?"

산의 호통에 소담이 이를 갈며 수도를 껐다.

"뭐 해? 똥 씻어내야지."

"장갑 줘요."

"장갑 없어."

"맨손으로 하란 말이에요?"

소담이 분노에 차서 소리쳤지만 산은 들은 척도 하지 않았다.

"소똥 같은 인간."

소담이 혼잣말로 욕을 내뱉었다.

"지금 뭐라고 했어?"

"들었으면서 뭘 물어요!"

소담이 콧방귀를 뀐 후 벌써 똥 찌꺼기가 둥둥 떠오르기 시작한 대야에 차마 손을 담그지 못하고 주먹만 쥐었다 폈다 하는데 산이 빨리 해! 하고 버럭 고함을 쳤다.

"알았다구요!"

소담도 덩달아 고함을 친 후 울분을 씹어 삼키며 엉덩이에 시커먼 소똥물이 제대로 밴 바지를 빨기 시작했다.

비누를 양껏 칠하고 비비고 주무르길 한참. 처음엔 물이 차가워서 잘 모르겠더니 갈수록 손이 아려 견딜 수가 없었다. 물이 차

갑기는 해도 손이 아릴 정도는 아닌데 왜 이렇게 손이 아픈지 이상해서 비누거품을 씻어내고 손을 펴보자 피부가 군데군데 벗겨져 있었다.

"왜 멈춰?"

"손 아파서 그래요."

"청바지 하나 빨면서 무슨 손이 아프다고 엄살이야?"

"어제 데인 자리 껍데기가 훌렁 벗겨졌단 말이에요!"

소담이 아린 손을 털어내며 얼굴을 구기자 산이 재빨리 의자에서 일어나 소담의 손을 살폈다. 소담의 말대로 데인 자리마다 피부가 벗겨져 더욱 새빨갛게 성이 나 있었다.

산은 아차 싶었다.

바로 어제 손을 데였기 때문에 회복될 때까지는 며칠 동안 손을 함부로 쓰지 말았어야 하는데 괜히 청바지 빨라고 밀어붙이는 바람에 소담의 손이 더 엉망이 돼버린 것이다.

"아, 쓰라려."

"그만 해."

산이 수건을 가져와 소담의 손을 감쌌다.

"청바지 어떻게 해요?"

"내가 헹굴 테니까 그만 해."

"아, 따가워."

"손 아프다고 말을 했어야지."

"어찌나 군기를 세게 잡으시는지 손 아픈 줄도 몰랐단 말이에요."

소담이 입술을 실룩거리며 쏘아붙인 후 피부가 벗겨져 지저분해지고 아픈 손을 들여다봤다.

"일단 말려. 다 말린 다음에 약 바르자."

산이 미안한 척하지 않으려고 노력하며 소담의 청바지를 마저 헹궈 빨랫줄에 넌 다음 연고를 가지고 나와 소담의 손에 발라주었다.

"어떻게 성한 데가 없냐?"

"이게 내 탓이에요?"

"그럼 누구 탓인데?"

"있어요. 황소같이 못된 남자."

소담이 깐죽거리자 산이 픽 웃었다.

"쉬고 있어. 난 목장 가야 하니까."

"누가 붙잡았어요? 나는 쑤시고 따갑고 쓰라린 손바닥 햇볕에 말리고 있을 테니까 걱정 말고 가셔요."

소담은 끝까지 깐죽거렸고 산은 깐죽대장 소담을 남겨두고 곧 목장으로 떠났다.

산이 목장으로 가버리자 또다시 한가하다 못해 심심해진 소담은 청바지 하나 빠는 통에 기운이 쪽 빠져 버려 반은 눕다시피 등받이에 기댔다.

"피곤해 죽겠네."

고작 청바지 하나 빨았을 뿐인데, 그것도 끝을 내지도 못했는데 피로감이 몰려들어 졸음까지 쏟아졌다.

어젯밤 초가집에서 두려움에 떨기도 했고 늦은 시간에 감자를 먹고 하는 해프닝 덕에 늦게 잠들어 몇 시간 못 잔 탓도 있었지만 파란색 포스터 칼라를 풀어놓은 듯한 새파란 하늘에 참 따뜻하고 포근한 볕을 쬐면서 느긋하게 앉은 듯 누운 듯 있자니 스르륵 눈까풀이 무거워지는 것이 달콤한 졸음이 쏟아졌다.

원래 늦잠은 자도 낮잠은 안 자는 체질이었는데―낮잠 잘 시간에 돌아다니기 바빴으니까―웬일로 꿀처럼 달콤한 졸음이 물밀 듯이 몰려들자 이겨낼 수가 없었다.

선크림도 바르지 않고 햇빛에 노출하면 피부가 다 타버릴 텐데 걱정하면서도 노곤함에서 벗어나고 싶지가 않았다.

딱히 할 일도 없으니 지루해 죽겠다는 소리 하지 말고 자는 것도 괜찮을 것이라 생각하다가 어느새 잠든 줄도 모르고 잠이 들어버렸는데 무엇인가가 자꾸 발가락과 깁스를 건드리는 것 같아 가까스로 눈을 떠보자 똥개가 깁스 전용 신발 앞쪽으로 삐져나온 발가락과 깁스 끄트머리를 핥기도 하고 이빨로 긁기도 했다.

"너 뭐 하니?"

졸음에서 깨어나지 못한 탓인지 소담은 똥개를 무서워하지도 않고 물었다.

소담의 목소리를 들었는지 똥개가 소담을 한번 올려다보더니 갑자기 배를 드러내고 덜렁 드러눕더니만 꼬리와 한쪽 다리를 달달 떨며 풍치 잃는 사람처럼 알, 알 앓는 소리를 쏟아냈다.

서울 집에서 키우고 있는 진돗개 녀석들도 가끔 저렇게 배를 까며 냅다 드러누워 달달 떨어댈 때가 있었는데 진돗개들이 그럴 때마다 아버지는 녀석들이 사랑받으려고 예쁜 척하는 거라며 배를 쓸어주곤 했었다.

그렇다면 똥개도 비록 똥개라 할지라도 진돗개와 같은 종족이니까 사랑받으려고 예쁜 척을 하고 있는 중이라는 말인데 소담은 잠을 떨쳐 내지 못하는 와중에도 웃겨서 견딜 수가 없었다.

물려고 덤빌 때는 언제고 사랑받기 위해 예쁨을 떨고 있는 똥개라니.

소담이 한쪽 눈을 뜨고 똥개를 내려다보자 똥개는 여전히 드러누워서 한쪽 다리를 떨어대며 앓는 소리를 내고 있었다.
"지랄을 해요……."
소담은 들릴 듯 말 듯 중얼거리며 눈을 감아버렸다.
"네가 아무리 예쁜 척해도 니 꼬라지를 보니 더러워서 도저히 못 만져 주겠다. 씻고 와서 예쁜 척을 하던지……."
소담은 잠결에 스스로도 알아들을 수 없을 만큼 풀린 발음으로 중얼거리다가 다시 잠들어 버렸다.
소담이 잠에서 깨어났을 때는 서쪽으로 해가 기울어 썰렁한 기운이 감도는 늦은 오후였는데 맛있게 잘 잤다고 생각하며 몸을 일으키던 소담은 자신의 몸을 감싸고 있는 담요를 보고 고개를 갸우뚱했다. 담요를 덮고 잔 기억이 없었기 때문이다.
누가 부탁도 하지 않았는데 이런 친절을 베풀었을까 생각하는데 발치에 똥개가 엎드려 자고 있는 게 보였다. 깁스가 마음에 썩 드는 모양인지 마치 먹이를 사수하는 듯 한쪽 발을 깁스 신발에 척 올려놓은 채.
"참 쓸데없는 것에 목숨을 거는구나."
소담이 진짜 이상한 개라고 생각하며 중얼거리는데 소담의 중얼거림을 들었는지 똥개 귀가 쫑긋 움직인다 싶더니 고개를 돌려 소담을 쳐다봤다.
"너도 잤니? 나도 잤다."
소담이 말을 걸어주자 퍽 반가웠는지 똥개가 또 배를 까며 드러누웠다.
"그만 까."
소담이 나무랐지만 알아들을 똥개가 아니었다.

"그만 하라고. 자식이 부끄러운 줄도 모르고 막 보여주고 그러니."

똥개는 수놈이었다.

"누가 왔다 갔니? 담요 덮어준 사람 누군지 봤어?"

똥개에게 물었지만 똥개는 대답없이 다리만 떨어댔다.

"구산은 절대 아니고 들이 그랬나? 강? 들이나 강이나 둘 중에 한 사람일 거야."

"누나 잘 잤어요?"

목소리가 들려 돌아보자 들이 활짝 웃으며 다가오고 있었다. 역시 들이었구나 싶었다.

"이거 들 씨가 한 거죠?"

"뭐요?"

"담요요. 담요 덮어준 사람 들 씨죠?"

소담이 자리에서 일어나 담요를 의자에 챙겨놓으며 묻자 들이 약간 당황하며 소담을 쳐다봤다.

"예? 아…… 그거……."

"역시 그럴 줄 알았어. 들 씨는 정말 친절하다니까. 고마워요. 덕분에 잘 잤어요."

소담이 싱긋 웃으며 손을 내밀자 들이 부끄러워 어쩔 줄 몰라 하다가 슬그머니 소담의 손을 잡았다. 그런데 슬그머니 잡는 척 하더니 3초 만에 어찌나 힘을 꽉 주며 잡는지 뼈마디가 아플 지경이었다.

"따뜻했어요?"

들이 소담의 손을 꽉 틀어잡은 채 어색하게 수줍은 듯 물었다.

"따뜻했어요. 진짜."

"나야 뭐…… 누나를 위해서라면 이깟 담요 열 개라도 덮어주죠."

담요 열 개면 질식한단다, 들아.

"혹시 감기라도 걸릴까 봐…… 누나 아프면 내 마음도 엄청 아프거든요. 누나 발 다쳤을 때 속이 상해서…… 이 깁스한 발 볼 때마다 여기가 막 찢어지거든요."

들이 자신의 가슴을 움켜쥐며 말했다.

과대포장 1등.

자신의 감정을 과장되게 표현하는 들을 쳐다보던 소담은 즉시 장난기가 발동했다. 자고로 세상에서 제일 재미난 놀이는 순진한 사내 골려먹는 것이라 했으니 그 기회를 놓치는 것은 바보들이나 하는 짓.

"내가 발만 다 나으면 한턱 쏠게요."

"한턱? 어떻게 쏠 건데요, 누나?"

들이 흥분하기 시작했고 그래서 어울리지 않게 서울말을 흉내 내며 물었다.

"뭐 술도 좋고 밥도 좋고…… 다른 거 원하는 거 있어요?"

소담이 장난치느라 살짝 요염한 눈빛을 흘리며 묻자 들은 그만 쓰러질 듯 멍한 얼굴이 돼버렸다.

"말해봐요. 원하는 걸루다 확 쏴줄 테니까."

소담이 장난기가 더욱 발동해 거세게 요염한 눈빛을 쏘아주자 들은 황홀경에 빠져들고 말았다. 침까지 꼴깍 삼키면서.

"그러면…… 나중에 영화 보러 갈래요? 단둘이…….'

들이 꽈배기 도넛이 돼서 금방이라도 온몸이 꼬일 듯이 주체를 못하며 물었다.

'자식이 좋댄다.'

"그래요. 영화 보러 가요. 단둘이······."

소담이 단둘이라는 말을 은밀하게 속삭이자 들은 0.1초 만에 입이 귀에 걸려 버렸다.

"그럼 우리 데이트하는 거래요?"

"그러네요. 데이트."

소담의 말에 들은 도저히 웃겨서 견딜 수가 없을 정도로 해맑게 기뻐했고 소담은 터지려는 웃음을 참느라 스스로 옆구리를 꼬집어야 했다.

"깁스 푸는 날."

소담이 마지막으로 은밀하게 속삭이자 들이 소담의 말을 똑같이 따라 하며 결의를 다졌다. 마치 깁스 푸는 날이 결전의 날이라도 되는 듯이.

"재밌는 영화 골라놔요."

"걱정 마세요."

소담과 들이 손을 잡은 채 소담에게는 웃겨 죽겠지만 들에게는 더없이 소중한 대화를 나누고 있는데 어디서 나타났는지 강의 얼굴이 불쑥 끼어들었다.

"손잡고 뭐 하세요? 니 혹시 누나한테 도를 아십니까? 하고 있나?"

강이 명탐정 코난이 아니라 명탐견 코간의 얼굴을 하고 취조하듯 물었다.

"아무것도 아니래요."

들이 딱 잡아뗐다.

"누나, 깁스 푸는 날."

들이 깁스 푸는 날이 마치 암호라도 되는 듯 은밀하게 속삭였고 소담이 화답하듯 윙크를 날려주자 강의 얼굴은 더욱 칙칙해졌다.

"깁스 푸는 날이 뭔 말이냐?"

강이 들에게 물었지만 강에게 설명해 줄 들이 아니었다.

"그런 게 있어요."

들은 그런 식의 애매한 대답으로 강의 궁금증과 함께 질투를 증폭시켰고 강의 칙칙한 얼굴에는 심술까지 들러붙었다.

"니 밥 안쳤나?"

"안칠라고요."

들이 휘파람을 불며 집으로 들어가고 들의 휘파람 부는 꼴에 잔뜩 골이 난 강이 씩씩거리며 들을 노려보는데 저 길 끝에서 이 산골과는 어울리지 않게 수입 세단이 모습을 드러냈다.

산골에서 외제차 자랑하는 얼빠진 사람이 누굴까 궁금해하며 쳐다보고 있는데 어디서 많이 본 듯했다.

세단은 곧 집 마당에 멈춰 섰고 어디서 많이 봤다 했더니 역시나 비서실장 아저씨였다.

혹시 아버지도 오셨을까 했는데 차에서 내리는 사람은 비서실장과 비서실장을 수행한 비서실장의 비서 그리고 산이 전부였다.

이런 험한 곳으로 내쫓은 양반이 오 주일 만에 딸을 만나러 오실 리가 없지만 비서실장 아저씨가 나타난 것도 좀 놀랍기는 했다. 아버지는 물론이고 재경그룹과 관계된 사람은 단 한 사람도 드나들지 못하게 할 양반이라 생각했기 때문이다.

그나저나 비서실장 아저씨는 왜 나타난 것일까.

"아가씨."

비서실장 아저씨가 소담을 향해 푸근하게 웃어 보였지만 소담은 요만큼도 반가워하지 않은 채 뚱한 얼굴로 삐딱하게 쳐다만 보고 있었다. 버르장머리 쥐똥만큼도 없이 말이다.
소담은 원래 버르장머리에 싹수까지 없는 사람이라는 것을 알고 있기에 비서실장은 개의치 않고 여전히 웃는 낯으로 소담에게 다가왔다.
"잘 지내고 계세요?"
"이게 잘 지내고 있는 것 같아요?"
소담이 까칠하게 되묻자 비서실장이 픽 웃었다.
"지나가던 길에 잠깐 들렀습니다."
"서울도 아니고 강원도 산골까지 어딜 가는데 이 앞을 지나가실까요? 설마, 월북하려구요?"
소담이 어설프게 둘러대지 말라는 듯 캐묻자 비서실장은 그저 웃기만 했다.
"아가씨 때문에 회장님 걱정하시는 것 같아 말씀도 안 드리고 잠깐 들렀습니다."
"재경그룹 회장 비서실장님께서 아버지한테 말도 안 하고 자리를 비우셨다구요? 횡령했다가 걸리게 생긴 거예요?"
소담이 이번에도 그냥 넘어가지 않자 비서실장은 너털웃음을 터뜨렸다.
"회장님께서 보내셨습니다."
아버지가 보냈다는 말에 소담은 일단 콧방귀부터 뀌어주었다. 조금도 고맙지 않다는 듯이.
"아버지가 왜 보내셨을까요?"
"회장님께서 아가씨 걱정 많이 하십니다."

"날 걱정하는 게 아니라 내가 구씨네 삼 형제 볶아먹을까 봐 걱정하시는 거겠죠."

처음부터 삐딱선을 탄 소담은 끝까지 삐딱선에서 내리지 않았다.

"회장님 전화도 안 받으시고 전화도 안 하신다고 하셨다면서요."

"남극에 에어컨 팔라는 소리나 하시는데 뭐 하러 전화를 해요?"

소담의 짜증에 비서실장은 계속 웃기만 했다.

"월북하는 거 아니면 그만 가세요."

"회장님께 전하실 말씀은 없으십니까?"

"있죠, 당연히. 눈곱만큼도 걱정할 것 없이 잘 지내고 있으니까 걱정 마시라 하세요. 남자만 셋 있는 집에 얹혀살게 된 유일한 여자로서 밤마다 불미스러운 사건 사고가 터질까 두려워 문고리 틀어쥐고 있느라 잠은 못 자지만 목숨은 잘 붙어 있다고 걱정 마시라 하세요."

소담의 말에 산의 얼굴이 확 일그러졌다.

하지만 소담은 산의 일그러진 얼굴에 눈썹 하나 깜짝하지 않았다. 비서실장이 옆에 있는데 산이 얼굴을 구겨뜨리는 것 외에는 할 수 있는 행동이 없다는 것을 알았기 때문이다. 소리를 지를 것인가, 빨래를 시킬 것인가. 아! 빨래!

기어이 똥 묻은 바지를 빨게 했겠다!

소담은 지금이야말로 복수를 해줄 때다 싶어 전의를 불태웠다.

소담이 전의를 활활 불태우며 본격적인 공격을 퍼부으려는데 맹한 강이 정말 맹한 얼굴로 소담을 쳐다봤다.

"밤마다 무슨 불미스러운 사건 사고가 있었대요? 누나 문고리 틀어쥐고 있느라 잠 못 주무셨어요? 오늘부터 내가 몽둥이 들고 지켜야 되겠네."

으이그, 이 화상.

"그리고 뭐 별건 아닌데요, 발도 똑 부러져서 한 달 넘게 이 꼴을 하고 있었고 일주일만 더 버티면 되구요, 지금은 가증스럽게 순한 척하고 있는 바로 이 똥개한테 물릴 뻔도 하고 소똥 밟아 미끄러지는 바람에 엉덩이에 멍도 들고 이렇게 직접 똥 묻은 바지까지 빨아 입으며 매우 잘 지내고 있으니 아무것도 걱정 마시고 두 다리 쭈욱 뻗고 편히 주무시라 전해주세요."

소담이 말을 끝냈을 때 비서실장은 더 이상 웃지 않고 꽤 심각해진 얼굴로 깁스한 소담의 발을 내려다보고 있었다.

"발이 부러지셨습니까?"

"지금 고소해하는 거예요?"

"아가씨…… 어쩌다 부러졌습니까?"

"왜 부러졌겠어요. 아버지가 사전 고지 없이 산골에 내던졌으니 부러졌지."

소담이 삐딱하게 꼰인 대꾸를 하자 비서실장이 산을 쳐다봤다.

"어떻게 된 일인가?"

"힐 신고 산길을 걷다가……."

산이 난처한 표정으로 말끝을 흐렸다.

소담은 밑도 끝도 없이 당당하던 구산이 당황할 때도 있다는 것에 은근한 쾌감을 느끼며 지켜보고 있었다.

"다친 지 얼마나 된 건가?"

"이곳으로 오던 날 다쳤습니다."

"오던 날? 그런데 왜 보고하지 않았나?"

"그건……."

산이 차마 대답을 하지 못하고 굳은 얼굴로 서 있기만 했다.

"회장님이 아시면 뭐라고 하시겠나? 발을 다쳤으면 다쳤다고 즉시 보고를 했어야지."

"죄송합니다."

"병원에서는 뭐라고 하던가?"

"회복되는 데 6주 정도 걸린다고 합니다."

"6주? 이런…… 아가씨가 어떤 분인지 몰라? 발을 다치게 하면 어떻게 하나. 잘 돌봐달라고 했더니 다치시게 하면 어떻게 해. 회장님께선 자넬 믿고 맡긴 건데 몸을 상하게 하다니. 아가씨가 다쳤으면 즉시 보고를 했어야지 숨긴 이유는 뭔가? 회장님이 아시면 뭐라고 하시겠어?"

비서실장이 모든 책임을 산에게 떠넘기며 나무라자 산은 지켜보는 사람마저 무안할 정도로 고개를 들지 못하고 죄인처럼 서 있었다.

"그리고 개는 왜 풀어둔 건가? 아가씨가 정말 개한테 물렸으면 어쩔 뻔했어? 자네 회장님의 부탁을 어떻게 받아들인 건가?"

비서실장이 계속해서 산을 몰아붙였다.

소담은 뭔가 잘못됐다는 것을 깨달았다.

예상치 못하게 비서실장이 나타났을 때는, 때는 이때다 싶어 오 주간의 시골 생활에 대한 푸념을 잔뜩 늘어놓으며 우회적으로 아버지를 향한 원망을 드러냈었다.

버르장머리없는 성격이 어디 안 간다는 듯이 비서실장을 마주하는 순간 온몸 속속들이 배어 있던 못된 싹수가 한꺼번에 올라

오며 잔뜩 성깔을 부리고 비꼬아주었는데 하지만 이런 식으로 구산만 된통 깨지게 될 줄은 몰랐었다. 여기까지는 계산을 못한 것이다.

물론 똥 묻은 바지를 빨게 한 산에게 복수를 해주마 하며 전의를 불태운 건 사실이지만 이런 식은 싫었다. 그냥 공평하지 못하다는 생각과 불쾌감이 확 몰려들었다.

"회장님이 아시면 뭐라고 하시겠어? 회장님께서는 자넬 믿고 계시는데 그래서 맡기신 건데 아가씨를 다치게 하면……."

"정말 더는 듣고 있을 수가 없네요."

소담이 높은 하이 톤으로 공격 목표를 구산에서 비서실장으로 재조정했다.

"구산 씨가 회사 직원이에요? 보고를 하게?"

"원래 산이 이 친구가 보고를 하기로……."

"오기 싫다는 사람 억지로 떠밀어서 이 산골에 처박았으면 그만이지 보고는 무슨 보고예요?"

"아가씨."

"내가 말하지 말라고 했어요. 아버지 때문에 발 부러지니까 성질나서 견딜 수가 없어서 말하지 말라고 했어요. 구산 씨 때문에 다친 게 아니라 아버지 때문에 다친 거거든요?"

"회장님께서는……."

"아저씨도 마찬가지거든요? 갑자기 미국에 나타나서 찍소리도 못하게 꽁꽁 묶어 한국에 끌고 와서는 목장 간다는 말 떨어지기 무섭게 똥차에 실었잖아요. 아버지가 말을 안 해주면 아저씨라도 운동화나 등산화를 챙기라고 말을 해줬어야죠. 여기 오기 전에 가방 검사까지 했으면서도 신발 챙기라는 말 한마디 안 해준 사람이 누군데 지금 누구더러 보고를 했네 안 했네 탓하는 거예요?"

소담이 잠깐 쉬지도 않고 매몰차게 쏘아붙이자 비서실장은 끼어들 틈을 찾지 못해 입을 다물고 있었다.

"새벽에 나가서 한밤중에 돌아오는 사람한테 날 맡긴 것부터가 말이 안 되죠. 하루 온종일 몸이 녹아 내리도록 일하는 사람들한테 날 맡기면 어쩌자는 거예요? 아버지는 정말 생각이 있으신 거예요? 이 사람들도 먹고살아야 하는데 날 돌보라 그러면 이 사람들은 뭘 먹고살라구요?"

꼭 이런 식으로 말하려던 게 아닌데 말을 하다 보니 산을 적극적으로 감싸고 역성을 들게 됐다. 그런데 역성을 들게 되고 보니 자신이 뱉은 말들이 전부 옳은 말이었다.

이렇게 바쁜 사람한테 골칫덩어리를 맡긴 것부터가 대단히 잘못된 일이며 그럼에도 불구하고 생각해 보니 구산은 나름대로 최선을 다해 자신을 돌봐주고 있었던 것이다. 물론 구산 때문에 짜증날 때가 백번도 넘었지만.

"돌보라고 하신 게 아니라 아가씨 일 가르치라고……."

"아저씨!"

소담이 비서실장의 말을 중간에서 잘라냈다.

"아저씬 내가 제대로 일을 배울 거라고 생각하세요? 날 모르세요?"

소담은 자신을 깎아내리면서까지 구산을 억울함에서 구해내기 위해 노력했다. 꼭 스스로를 깎아내렸다고도 할 수 없었다. 있는 그대로 말한 것이니까. 25년을 곁에서 지켜봤으면서도 은소담이 정말 일을 제대로 배울 것이라 생각했다니, 정말 놀랄 노자였다.

"이것저것 죄 불편한 것들이라 짜증나 죽겠는데 아저씨까지 와서 염장 지를 거면 가세요. 서울에 데려가려는 게 아니면 앞으로 오지도 말구요. 그리고 난 절대절대 아버지한테 전화 안 할 거구요, 절대절대 받지도 않을 거니까 전화하지 말라고 하세요!"

소담은 비서실장을 향해 양껏 성질을 부린 후 집으로 들어와 버렸다.

"누나……."

먼저 집에 들어와 있던 들이 약간은 놀라고 약간은 겁을 먹은 얼굴로 소담을 쳐다봤다.

"왜요?"

"누나 짱!"

들이 엄지손가락을 추켜세웠고 소담은 픽 웃었다.

들은 밖에서 일어난 작은 해프닝을 집 안에서 지켜보고 있었던 것이다.

"내가 원래 좀 세요."

소담이 어른한테 바락바락 성질을 부린 것이 자랑이라고 뻐기자 들이 다시 한 번 엄지손가락을 추켜세웠다.

"나 배고픈데."

"금방 차릴게요."

들이 신이 나서 싱크대 앞으로 달려갔고 소담은 기분이 좋은 것 같으면서도 한편으로는 영 찝찝해 잠깐이라도 기분을 가라앉혀야겠다고 생각하며 방으로 들어왔다.

"그러게 구산한테 왜 퍼대냐고."

안 했던 짓도 아니고 늘 하던 짓인데 오늘따라 비서실장한테 성질을 부린 것이 마음에 걸렸다. 그냥 걸리는 것도 아니고 많이 걸렸다.

지금까지 아버지를 포함해서 모든 어른들에게 버릇없이 굴어 놓고 단 한 번도 반성을 한다거나 죄송해한다거나 하다못해 좀 심했나? 하는 생각조차도 해본 적이 없던 소담이었다.

말하자면 성에 찰 때까지 포화 수준의 공격과 비난을 퍼부어놓고도 은소담에게 공격과 비난을 받은 사람들의 기분이 얼마나 엉망일지에 대해서는 단 한 번도 생각해 본 적이 없던 소담이었는데 오늘은 달랐다.

자꾸만 지나쳤다는 생각이 들고 자꾸만 죄책감이 들었다.

"그러게 착하게 살려는 사람 왜 건드리냐고."

죄책감을 씻어내기 위해 그마저도 비서실장에게 탓을 돌리는데 노크 소리가 들리더니 들이 문을 열었다.

"식사하세요, 누나."

"알았어요."

꺼림한 기분 때문에 밥 생각이 별로 없었지만 안 먹겠다고 해봤자 구산이 억지로 먹일 것이 분명하고 늦은 시간에 배고파 쩔쩔매느니 몇 술이라도 뜨자는 생각에 밖으로 나가니 소담 때문에 기분이 상해서 진작 떠난 줄 알았던 비서실장 아저씨가 밥상 앞에 앉아 있었다.

"식사하세요, 아가씨."

특유의 인심 좋은 미소까지 지어 보였다.

"안 가셨어요?"

소담이 죄송함에 누그러진 목소리로 묻자 저녁 얻어먹고 가려고요 하고 대답했다.

"여기 밥 진짜 맛있어요. 많이 드세요."

"예."

"여기 있으면서 살이 엄청 쪘어요. 바지도 단추가 튕겨 나가려고 하고. 구씨네 삼 형제가 돌아가면서 엄청 먹이거든요."

소담의 말에 강과 들이 헤벌쭉 웃었다.

"조금 더 쪄도 됩니다. 보기 좋습니다."

"지금도 너무 말랐어요."

"바람 불면 휙 날아갈 것 같다니까요."

강과 들이 비서실장을 거들었다.

"어젠 들 씨가 죽도 쒀줬어요. 어제 아버지하고 통화하다가 신경성 대장증상이 도져서 힘들었거든요."

"……그러셨어요?"

"춥다고 했더니 장작 패서 뒷집에 불도 떼주고……."

소담의 말을 듣고 있던 비서실장의 입가에 희미하게 미소가 걸렸다. 소담의 입에서 무엇에 대해 누군가에 대해 이렇게 많은 얘기가 나온 것은 정말 오랜만이었기 때문이다.

고등학교 1학년 여름방학 때부터 지금까지 무엇에 대해서든 누군가에 대해서든 이렇다 저렇다 하는 말을 아예 하지 않던 소담이었다. 학교 생활이나 혹은 선생님이나 친구들에 관해 물으면 좋다 괜찮다 그냥 그렇다 식의 단답형으로 대답을 끝내 버렸고 자세히 캐물으려 하면 할 얘기가 없다며 주변에서 일어나는 일은 절대 말하려고 하지 않았었다. 언제부턴가는 묻기 전에 먼저 말을 꺼내는 법도 없었던 소담이었는데 오 주일 만에 다시 만난 소담의 심경에는 분명히 많은 변화가 일어나고 있었다.

"아저씨, 맛있죠?"

"네, 맛있네요."

"아저씨 여긴요…… 진짜 이상한 동네예요."

소담의 말에 구씨네 삼 형제와 비서실장이 약간 굳은 표정으로 소담을 쳐다봤다. 멀쩡한 곳을 이상한 동네라고 표현했기 때문이었고 다음에는 어떤 독설이 쏟아질지 걱정스러웠기 때문이다.

"이상한…… 동네라니요?"

"그게…… 여긴 착한 사람들만 살아요."

소담이 꽤 심각한 표정으로 말했다.

"너무 착하고 너무 친절해서…… 많이 이상해요."

"그러세요?"

"이상하고…… 좀 성질나요."

"착하고 친절한데 왜 성질이 나십니까?"

"나 못된 거 너무 티나잖아요."

소담의 말에 비서실장이 흐뭇하게 웃었다. 흐뭇할 것이 아무것도 없는데 말이다. 비서실장이 흐뭇하게 웃고 있기 때문에 강과 들도 함께 누나 소담이 기특하다는 듯이 따라서 흐뭇하게 웃었는데 산만이 웃음기라고는 찾아볼 수 없는 얼굴로 밥을 먹고 있었다.

"나 여기 얼마나 있어야 해요?"

"그거야…… 회장님께서 부르실 때까지는 계셔야 합니다."

"그래서 걱정이에요."

"늦게 부르실까 봐요?"

"아뇨…… 또 애써서 정붙였을 때 끌고 가실까 봐요."

소담이 뚱한 얼굴로 말했고 비서실장은 소담의 말이 무슨 뜻인지 아는 듯 안쓰러운 얼굴로 소담을 바라봤다.

소담의 말에는 전혀 관심없는 듯 밥을 먹고 있던 산이 그제야 고개를 들고 소담을 쳐다봤다. 애써서 정붙였을 때 끌고 갈 거란 말이 무슨 뜻인지 얼른 파악이 되지 않기 때문이기도 했고 소담의 목소리에서 어쩐지 깊은 슬픔이 느껴졌기 때문이었다.
"만날 만날 정붙이기 무섭게 떼어놓으셨으니까. 이번에도 틀림없이 그러실 것 같아서요. 그래서 내가 사람을 사귀지 않는 거라니까."
소담이 꼭 들어달라는 뜻이 아니라 가슴속에서 오랫동안 묵어 있는 서운함을 혼잣말처럼 내뱉었고 실장은 벌써부터 소담이 이별을 준비하는 것 같아 마음이 무거웠다.
산은 소담을 뚫어져라 바라보고 있었다. 심각해진 실장의 표정도 예사롭지 않지만 소담이 내뱉은 한마디 한마디에 많은 의미가 담겨져 있다는 것을 느낄 수 있었기 때문이다. 별것 아닌 것처럼 얘기했어도 금방이라도 눈물을 뚝 떨어뜨릴 것처럼 촉촉해진 소담의 커다란 눈도 신경이 쓰이고.
"그런데 아저씨, 여기 고기 진짜 맛있어요."
소담이 갑자기 활짝 밝아진 얼굴로 말했다.
"아가씨 고기 좋아하시는데 잘됐네요."
"그 얘기 해달라고 일부러 말 꺼낸 거예요."
소담이 말했고 비서실장이 온 얼굴에 주름이 잡히도록 활짝 웃었다.
"소담이 아가씨 고기 좀 많이 먹여 드리게."
비서실장이 산에게 말했는데 대답은 예! 하고 강과 들이 했다.
천장이 무너지도록 큰소리로.
저녁을 다 먹은 후 금방 떠날 줄 알았던 비서실장은 소를 구경하러 우리에 간다는 소담과 산을 따라나섰다. 이러다 더 늦어지면 힘들 테니 그만 떠나라고 재촉해도 비서실장은 고집스레 소 우리까지 따라와 낯선 사람들의 출현에 경계경보를 발동한 얼룩 소들을 구경했다.

"으 냄새."

우리에 들어서자마자 소담이 코를 막았다.

"이거 무슨 냄새예요?"

"소 냄새 똥 냄새."

"으……."

"다른 데보다는 냄새가 독하지 않은데?"

"저기 스프링클러로 하루에 정해진 횟수만큼 미생물을 배양해서 만든 약을 뿌려서 소 배설물 냄새를 최소화했습니다."

"역시, 냄새가 덜 난다고 했어."

"이게 덜 나는 거예요? 기절할 것 같은데."

소담은 실장의 말을 이해 못하겠다는 듯 고개를 저었다.

"친해져야 할 거야. 소똥 담당이 될 테니까."

산의 말에 소담이 얼굴을 잔뜩 구기며 비서실장을 쳐다봤다.

"나더러 소똥 치우라는 말 들었죠, 아저씨?"

"예."

"얘기 좀 해주실래요? 내가 누군지? 이거 왜 이래요? 나 재경그룹 은 회장님 딸 은소담이에요."

"얘들도 영광인 줄 알 거야."

산의 대꾸에 소담이 당장 편들어달라는 듯이 비서실장을 쳐다보자 실장 아저씨마저도 소담의 염장을 질렀다.

"영광인 줄 알아라, 요놈들아."

"내가 못살아."

소담은 비서실장 아저씨는 뭐 하러 여기까지 와서 구산과 쌍으로 약을 올리나 모르겠다고 생각하며 죽을 때까지 정을 붙이지 못할 것 같은 소똥 냄새를 차단하기 위해 코를 더욱 꼭 틀어쥐었다.

"축사가 다른 곳보다 큰 것 같은데?"

실장의 물음에 산이 고개를 끄덕였다.

"농식품부에서 권장하는 축사보다 50% 면적이 더 큽니다."

"하루 종일 축사에 있나?"

"아뇨. 아침 먹이고 데리고 나갑니다. 비나 눈이 올 땐 어쩔 수 없지만 날씨가 좋을 땐 밖에서 키웁니다. 아무리 말 못하는 짐승이라도 행복하게 살아야 할 권리가 있어서요."

"그렇지. 그럼, 그럼."

비서실장이 연신 고개를 끄덕였다.

"젖소만 키우는 건가?"

"황소도 있습니다. 양도 있고."

"이런, 젖소에 황소에 양까지 눈코 뜰 새 없이 바쁘겠구만."

"조금 더 따뜻해지면 양떼목장도 개장해야 해서 앞으로 더 바빠질 것 같습니다."

"그런데 귀에 달고 있는 번호는 뭐예요?"

가까이 다가가지도 못하고 두어 걸음 떨어진 자리에서 얼룩소를 구경하던 소담이 물었다.

"인식표. 족보 같은 거야. 번호 찍으면 언제 태어났고 암놈인지 수놈인지 주사는 언제 맞았는지 그런 게 다 나와."

"완전 개인정보 유출이네……. 얘들 뭐 꼬실 만한 거 없어요?"

"암놈인데 꼬셔서 뭐 하게?"

산의 농담에 소담이 눈을 흘겼다.
"친해지려구요."
"건초로 유혹해 봐."
산이 뒤편에 있는 건초를 가리켰고 소담은 바짝 잘 마른 건초를 들고 얼룩소를 유혹하기 시작했다.
"이것 좀 먹어봐. 백화점 명품관에서 사왔거든?"
소담의 엉뚱한 소리에 산과 비서실장이 어이없다는 듯 소담을 쳐다봤지만 소담은 아랑곳하지 않았다.
"어이, 거기. 114번 젖소부인."
소담이 젖소부인이라 부르자 산이 푹 하고 웃음을 터뜨렸다.
"이거 맛 한 번 보라니까…… 싫음 말구. 103번 젖소부인. 너 명품 좋아하지?"
소담이 어떻게든 한 마리라도 유혹하기 위해 건초를 흔들며 우리 끝으로 걸어갔다.
"혹시 내가 묵을 방이 있나?"
비서실장의 물음에 산이 조금 놀란 얼굴로 비서실장을 쳐다봤다.
"새벽에 출발하는 게 나을 것 같아서."
"주무실 방은 있습니다만 누추해서."
"불편하겠지만 하룻밤만 신세지세."
"예, 자리 봐드리겠습니다."
"한잔할 텐가?"
"예, 술상도 보겠습니다."
"피곤할 텐데 늙은이까지 시중들게 해서 미안하네."
"아닙니다."

313

산이 예의 바르게 웃는데 소담이 씩씩거리며 걸어왔다.
"집에 가요."
소담이 건초를 내버리고 뚱하게 부은 얼굴로 내뱉었다.
"왜? 젖소부인들이 안 넘어와?"
"남장을 하고 오든지 해야지, 싸가지없는 부인들 같으니라고."
소담은 자신에게 친한 척해주지 않는 젖소부인들 때문에 잔뜩 화가 나서 우리를 나가 버렸다.
집으로 돌아온 후 산이 뒷집 마당에 모닥불을 피우고 술상을 마련하는 사이 비서실장이 하룻밤 묵고 떠난다는 것을 알게 된 소담은 잠깐 고민하는 얼굴로 실장을 쳐다보다가 조심스레 입을 열었다.
"돈 좀 꿔주세요."
"돈은 금지 품목입니다."
"알아요. 아는데…… 발 때문에 구산 씨가 병원비 다 냈어요. 일주일에 한 번씩 가는 정기검진 날도 그렇고 그릇도 다섯 개나 깨먹고 나 때문에 난방 하느라 기름도 더 떼고 밥값 한 푼 못 내놓고 얻어만 먹으니까 좀 눈치 보여요. 나한테 돈 주기 싫으면 구산 씨한테라도 주세요. 진짜 눈치 보이니까."
소담의 설명을 듣고 이번에는 비서실장이 잠깐 고민하는 얼굴로 소담을 쳐다보다가 지갑에 들어 있던 현금을 몽땅 꺼내 소담에게 건네고 카드도 한 장 쥐어주었다.
"회장님께는 비밀입니다."
"알았어요. 그런데 막 써도 돼요?"
"한도까지만 쓰세요."
"그럴게요. 그런데 여긴 돈 쓸 곳도 없어요. 카드 단말기도 없고."

소담이 씩 웃으며 카드와 현금을 바지 주머니에 챙겨 넣는데 산이 집으로 들어왔다.

"밖에 술상 봐뒀습니다."

"어, 그래. 나가지."

"아저씨 혹시 찜질방 좋아하세요?"

소담의 물음에 비서실장이 고개를 끄덕였다.

"이 나이가 되면 따뜻한 곳을 찾기 마련이죠."

"잘됐어요. 뒷집에서 주무세요. 거기 뜨끈뜨끈하니 아주 좋아요."

소담은 실장 아저씨에게 뒷집 유령의 찜질방을 기꺼이 양보하고 앞집 방을 빼앗길까 봐 재빨리 방으로 들어가 버렸다.

"가세."

산과 함께 뒷집 마당으로 온 비서실장은 산이 따라주는 막걸리는 연거푸 세 잔이나 달게 마셨다.

"야…… 술맛 한 번 좋네."

비서실장이 시원하게 비운 탁주잔을 내려놓고 다이아몬드를 뿌려놓은 듯 아름답게 별이 빛나는 강원도의 밤하늘을 올려다봤다.

"여기선 별구경도 하는군."

"회장님께서 걱정을 많이 하십니까?"

"왜 걱정이 없으시겠나…… 직접 오시고 싶으신데 차마 오실 수는 없고…… 아가씨가 회장님보다는 날 더 편해하시거든. 그래서 날 보내신 거고."

비서실장이 탁주잔을 내밀자 산이 얼른 술을 따라주었다.

"부모님께선 목장 일에서 손을 떼셨다던데 그래서 윗집에서 아예 안 내려오시는 건가?"

"아닙니다. 황지에 계신 할머니께 가셨어요."

"아, 할머니가 계시다고 했지."

"내려오시라고 해도 부득부득 혼자 지낼 만하시다고 안 오시더니 몸이 불편해지셔서 돌봐 드리러 가셨어요."

"연세가 많으시지?"

"일흔일곱이세요."

"그 연세면 건강을 안심할 수 있는 연세는 아니지."

"예. 그런데 걱정하셨던 것만큼 큰 문제는 아닌 듯합니다. 조만간에 모시고 오신다고 하세요."

"음…… 다행이군."

비서실장이 고개를 끄덕였다.

"아가씨 때문에 힘들지?"

이번엔 실장이 산에게 막걸리를 따라주며 물었다.

"괜찮습니다."

"좀 의외더군. 놀랍기도 하고."

"예?"

"아가씨가 자네 편을 든 것 말이야. 자네 편이 아니라 아가씨가 다른 사람의 편을 든 건…… 고등학교 1학년 때 보고 처음인 것 같네. 아가씨는 자신을 깎아내리면서까지 남의 편을 들고 하는 성격이 아니거든."

실장이 탁주를 시원하게 들이켰고 산은 또다시 실장의 잔에 탁주를 채웠다.

"아가씨가 말씀은 못되게 하지만 속이 못돼서 그런 건 아닐세."

"……예."

"회장님이 들으시면 기함하시겠지만 아가씨가 저렇게 사람을 잘못 사귀고 가리고 하는 데는 회장님 탓도 있네."

비서실장의 말에 산이 실장을 쳐다봤다.

"아가씨가 어릴 땐 참 온순하고 귀엽고 다정한 분이었어. 낯도 가리지 않고 잘 웃고 정말 귀여웠지. 지금도 예쁘지만 어렸을 적엔 보는 사람들마다 인형 같다고 했었거든."

"기억납니다."

"그렇군. 어릴 때 여기 왔었지?"

"예."

"사모님 돌아가시고 회장님께서 혼자 아가씨를 키우면서 그렇게 다정하고 상냥했던 아가씨도 변하고 말았어. 사모님 돌아가시기 전부터 회장님을 모셨으니까 20년이 조금 넘었군. 사모님이 살아 계실 땐 그러시지 않았는데 사모님이 돌아가신 후에는 회장님도 변하셨네. 아무래도 아들이 아니라 딸이고 사모님 없이도 탈없이 잘 키워내야 한다는 막중한 책임감 때문에 주변 사람들도 걱정할 만큼 간섭을 심하게 하셨지. 저녁 먹으면서 아가씨가 했던 말…… 정붙이기 무섭게 떼어놓는다는 말 말일세."

"예."

"그 소리가 그냥 하는 소리가 아니라 아가씨 마음속에 맺혀 있는 말일세. 어릴 적부터 회장님께서는 아가씨가 고생해서 사귄 친구를 모두 떼어내셨거든. 회장님 때문에 친구를 잃을 때마다 아가씨는 참 서럽게도 울었었지. 회장님을 붙잡고 울면서 그 친구만은 가만히 내버려 두라고 사정한 적도 있었는데…… 그 친구가 아마 아가씨가 사귄 마지막 단짝 친구였을 거야."

"친구를 사귀지 못하게 하셨다고요?"

산이 놀란 얼굴로, 아니, 이해하지 못하겠다는 얼굴로 되물었다.

"회장님께서 과하게 보호하신 거지. 아가씨가 좋아하는 친구가 회장님 보시기엔 턱없이 부족해 보였던 것이고 아가씨에게 해를 끼칠 친구라 판단하셨던 거야."

"그래서…… 친구가 없는 겁니까?"

"없다기보다는 있을 수가 없었지. 아가씨가…… 마지막 단짝 친구와 팬시점에서 쇼핑하기로 했다면서 두 시간만 놀게 해달라고 사정한 적이 있었어. 그 눈빛이 어찌나 간절한지 들키면 불벼락이 떨어질 줄 알면서도 차마 거절할 수가 없어서 회장님께 적당히 둘러대고 아가씨가 두 시간 동안 친구와 함께 놀 수 있도록 해드렸는데…… 그 두 시간이 아가씨한테는 아마도 가장 행복한 시간이었을 거야. 지금도 그 미소를 잊을 수가 없어. 친구와 헤어지고 집으로 돌아오면서 행복에 겨워 환하게 웃는데…… 회장님도 보셨으면 싶더군. 빛나도록 환하게 웃는 아가씨를 말이야."

산은 저녁 먹으면서 소담이 '그래서 내가 사람을 사귀지 않는 거라니까' 했던 말이 무슨 뜻인지 알 수 있을 것 같았다.

아버지 때문에 친구도 제대로 사귀지 못하고 애써서 사귄 친구들마저도 다 빼앗겼다…… 상식적으로 도저히 이해할 수 없는 일이었지만 소담이 실제로 그런 일을 겪었다고 하니 놀랍다 못해 안쓰럽기까지 했다.

"물론 회장님은 아가씨를 울리기 위해 친구를 떼어낸 것이 아니라 조금이라도 더 좋은 친구 이로운 친구를 만나라는 뜻에서 하신 조치인데 결국 아가씨를 친구가 없는 외톨이로 만들어 버렸어. 그래서 저렇게 외로움을 타는 거고 외로움 타는 거 들키지 않으려고 더 못된 척하는 거고."

"……."

"회장님이 자네에게 아가씨를 맡긴 것은 그만큼 자넬 믿는다는 뜻이니, 잘 부탁하네. 잘 돌봐주시게. 회장님 딸이 아니라 여동생이라 생각하고 말이야."

"……예."

딱 좋을 만큼 취해서 잠도 잘 오겠다는 실장이 방으로 들어가는 것을 보고 앞집으로 건너온 산은 곧장 동생들이 자고 있는 방으로 들어가 자야 한다는 것을 알면서도 마치 소담이 끌어당기기라도 하는 것처럼 소담의 방문을 열고 한 걸음 안으로 들어갔다.

소담은 이불을 폭 끌어당겨 덮은 채 세상모르게 자고 있었다.

산은 소리없이 소담에게 다가가 곤하게 자고 있는 소담을 내려다봤다.

"회장님이 자네에게 아가씨를 맡긴 것은 그만큼 자넬 믿는다는 뜻이니, 잘 부탁하네. 잘 돌봐주시게. 회장님 딸이 아니라 여동생이라 생각하고 말이야."

여동생…… 비서실장의 말이 자꾸만 귓전에 맴돌았다.

사내 동생만 셋이다 보니 가끔씩은 셋 중에 하나라도 여동생이었으면 좋겠다고 생각한 적이 있었다.

넷 중에 하나라도 딸이었다면 내가 이렇게 외롭지는 않았을 텐데 하는 엄마의 입버릇 같은 푸념 때문에도 여동생이 있었으면 했지만 그보다는 오빠 오빠하고 쫓아다니는 귀여운 여동생 혹은 오빠 말을 죽자고 들어먹지 않는 여동생 때문에 골머리를 썩는 친구들을 보면서 귀여운 동생이건 말 안 듣는 동생이건 여자 동생이 하나 있으면 정말 잘해줄 텐데 하는 생각을 했더랬다.

어떻게 생각하면 은소담의 출현은 마음속으로 늘 원했던 여동생이 생겨나 준 것이니 여동생이 있으면 정말 잘해줄 텐데 했던 것처럼 무슨 짓을 해도 예뻐해 주고 귀여워해 주면 됐다. 죽자고 말을 들어먹지 않아 골머리를 썩이는 쪽이었지만 그럼에도 예뻐해 주면 됐다.

그런데 소담을 회장님의 딸이 아니라 여동생이라 생각하라는 비서실장의 말이 왜 이렇게 거슬리는지, 왜 여동생으로 생각하라는 것이며 왜 여동생이 아니라 여자로 생각하면 안 되는 것인지 화가 치밀었다.

화가 치밀면 안 되는데, 비서실장의 말이 틀린 말이 아닌데도 왜 이렇게 화가 치밀고 속이 상하는 것인지.

소담이 여동생이 아니라 자꾸만 여자로 보이는데…… 여자로 보고 싶은데…… 여잔데……

그때였다. 곤하게 자던 소담이 눈을 뜨더니 산을 바라봤다.

"뭐…… 해요?"

자신을 내려다보고 있는 사람이 산이라는 것을 알게 된 소담이 잠결에 잠긴 목소리로 물었다.

산이 아무런 대답도 하지 못하고 바라만 보고 있자 잠을 쫓은 소담이 몸을 일으켜 산을 마주 보더니 산의 눈앞에 손을 흔들었다.

"나 보여요? 혹시…… 몽유병 있어요?"

"아니."

산이 천천히 고개를 저었다.

"그럼 왜 이 시간에 자는 사람 쳐다보고 있어요? 무섭게."

"자는 거 보려고."

"자는 걸…… 왜 봐요?"

"보고 싶어서."

산이 가라앉은 목소리로 속삭였다.

"나한테 반했어요?"

소담의 물음에 산은 웃지도 않고 아무 대답도 하지 않았다.

"이놈의 인기는…… 구씨네 형제들이 나한테 정신을 못 차리네요."

"소담아."

산이 손을 들어 소담의 목덜미를 감싸 쥐었다.

"왜…… 왜 이래요?"

소담의 목소리가 떨리기 시작했다. 단지 산이 목덜미를 잡았을 뿐인데.

"이, 이러면 곤란해요."

말도 더듬거렸다.

"피차간에 후회할 짓은 하지 말자구요."

소담이 산이 아닌 스스로에게 경고를 던지는데 산의 남은 한 손마저도 소담의 목덜미를 감싸 쥐었다.

"내가 지난번에도 말했듯이 이런 식으로 성욕을 격발시키면 무슨 짓을 할지 모르고…… 떨리니까……."

소담이 주저리주저리 중얼거리는데 산의 입술이 소담의 입술을 향해 다가오기 시작했다.

'이 사내가 드디어 키스하려나 봐.'

소담은 자신의 입술을 향해 다가오는 산의 두툼한 입술을 뚫어져라 쳐다보고 있었다.

꿀꺽. 두근두근.

'한번은 거부하는 척해야 하나?'

이런 생각도 들고.

'자다가 일어났는데 입 냄새 나면 어쩌지?'

그런 걱정도 들고.

'아, 또 시간 끄네.'

이런 불만도 드는데 곧장 직진하던 산의 입술이 갑자기 방향을 트는가 싶더니 이마를 소담의 이마에 갖다 댔다. 입술도 아니고 성감대라고는 단 1%도 없는 이마를 말이다. 자기가 무슨 앙드레 김도 아니고 이마 맞대기라니.

"잘 자."

산이 이마를 맞댄 채 속삭이더니 소담의 얼굴을 놓아주고 그대로 나가 버렸다.

썰렁.

소담은 황망한 기분으로 산이 닫고 나간 문을 바라보고 있었다.

뭐 이런 경우가 다 있는지, 구산이라는 사내는 시작만 해놓고 매번 끝을 내지 않은 채 사라져 버렸다. 사람 감질나게 말이다. 약 올리는 것도 아니고.

밥처럼 뜸을 들이는 것도 아니고 뜸도 적당히 들여야지 이렇게 끝도 없이 뜸만 들이다간 다 눌어붙게 생기지 않았나.

"뭐 하는 짓이지?"

소담이 씩씩거리며 중얼거렸다.

이럴 것이라면 한밤중에 들어오질 말던가. 기껏 사람 깨워놓고 또다시 그냥 내빼다니. 소심한 남자.
"다음에 한 번만 더 그랬다간…… 나 건드린 걸 후회하게 만들어주겠어."
소담은 주먹까지 꽉 쥐며 맹세했다.

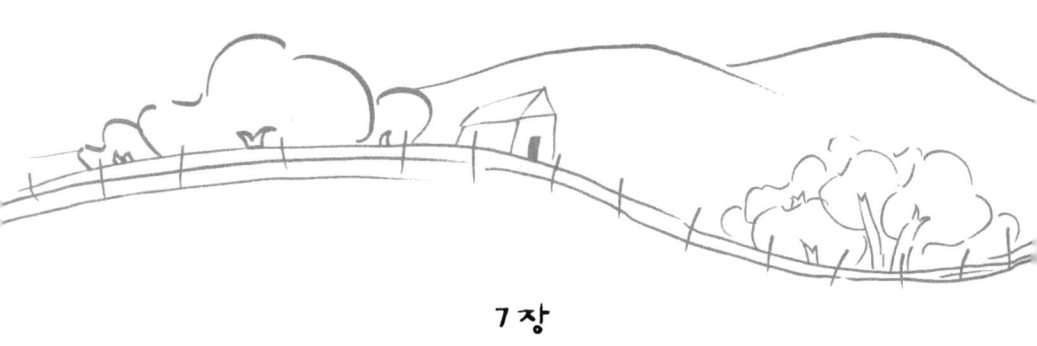

7장

    구씨 삼 형제의 부모님과 할머니가 갑작스레 들이닥친 시간은 막 저녁밥을 한술 뜨려던 때였다.
    노크나 초인종을 울리거나 하는 것도 없이 벌컥 문이 열리더니 아버지를 선두로 할머니, 어머니가 따라서 안으로 들어왔다.
    "밥 먹냐?"
    딱 시골 사람, 더도 덜도 없이 딱 시골 이장님의 포스를 강하게 풍기시는 아저씨가 물었다.
    "오셨어요, 아버지."
    "엄마!"
    "할머니!"
    산과 강, 들이 벌떡 일어나서 가족들을 맞이했고 막 밥 한술을 입에 넣으려던 소담 역시 숟가락을 내려놓고 자리에서 일어났다.
    어쩐지 낯이 익다 했더니 삼 형제의 부모님과 할머니였다.

그런데 참 신기했다. 소담이 목장에 온 지 꽤 됐으니 삼 형제가 부모님과 할머니를 만난 것도 한참 만일 텐데 오랜만의 상봉이라는 것이 믿어지지 않을 만큼 부모님과 할머니의 표정은 대수롭지 않았다. 집에 들어오자마자 첫인사도 밥 먹냐? 였지 않은가.

"오신다고 알려주셨으면 터미널에 모시러 갔을 텐데요, 아버지."

"뭐 하러. 바쁜데."

들과 강이 어머니와 할머니 손에 들린 꾸러미들을 받아 챙기는 동안에 멀뚱히 서 있던 소담은 슬그머니 자신의 곁으로 다가오는 형제들의 아버지를 쳐다봤다.

소담과 아버지는 5초 동안 쳐다보기만 했는데 소담은 산의 아버지가 인사를 받기 위해 쳐다보고 있다는 것을 산의 인사해야지 라는 말 때문에 알게 됐다.

"안녕하세요."

"어, 그래."

인사를 하나 안 하나 두고 보자는 듯 고집스럽던 얼굴은 온데간데없이 산의 아버지 표정이 금방 밝아졌다.

"소담이에요."

소담이 인사만 하고 스스로 소개를 하지 않자 산이 대신 말해줬다.

"어, 그래. 니가 소담이구나. 아이고…… 잘 컸네. 잘 컸어. 뭐랄까…… 여신의 포스를 풍긴다고나 할까?"

아버지가 아주 흡족한 얼굴로 소담을 바라보며 말했다.

"진짜 잘 컸네. 어릴 때 예쁜 애는 크면서 미워진다는데 어쩜 어릴 때나 지금이나 똑같이 인형 같으냐."

저만치 계시던 어머니도 한마디 거들었다.
"인형치고는 크다."
들어오실 때부터 무슨 일 때문인지 심술이 난 것처럼 보이던 할머니가 꼭 들으라는 것이 아니라 혼잣말처럼 중얼거리셨다.
"앉아. 밥 먹어. 밥들 먹어라. 이게 다 먹고살자고 하는 일인데 밥은 먹어야지. 소담아, 밥 먹어."
"그래, 어서 밥 먹어."
아버지 어머니가 시작하려다 만 저녁식사를 다시 독려했고 형제들은 어른들이 저녁을 드셨는지 먼저 챙겨 물은 후 터미널 근처 내장탕 집에서 배불리 먹고 왔다는 대답에 그제야 자리에 앉아서 식사를 시작했다.
"소담이 발 다쳤니?"
"네…… 부러졌어요."
"아이구, 어쩌다가?"
아저씨가, 그러니까 산의 아버지가 물었다. 무릎까지 치며 과장되게 걱정하는 투로.
"그게……."
소담이 산을 노려보자 산이 얼른 시선을 피했다.
"뭐…… 까불다가……."
"아…… 얼마나 까불었으면 발이 부러져. 저런…… 발 부러진 여신이군."
걱정해 주는 줄 알았더니 어쩐지 고소해하는 투로 말했다. 하여튼 구씨 삼 형제 아버지는 참 독특했다.
"그래, 만수는 잘 있나?"
아까 먹으려다 내려둔 밥을 다시 입에 넣으려는데 아버지가 질문을 했고 소담은 다시 숟갈을 내려놓아야 했다. 그런데 만수?

"만수요? 누구……."

"은만수 니 아버지."

"아! 아버지요."

우리 아버지였구나. 우리 아버지 이름이 은만수 회장이 아니라 만수로 불리자 퍽이나 낯설면서도 재밌었다.

"잘 계시겠죠."

소담이 시큰둥하게 대꾸했다.

"양떼목장 개장은 준비하고 있나?"

"준비하고 있습니다. 올해는 날씨가 안 좋아서 시기가 조금 늦어질 것 같습니다."

산이 예의 바르게 설명했다.

소담의 아버지인 은만수 회장에 대해 묻던 아저씨가 갑자기 화제를 양떼목장 개장으로 급선회했기 때문에 소담은 더 이상 질문이 없는 줄 알고 다시 수저를 드는데 아저씨가 또 질문을 했다. 그것도 아주 엉뚱한 질문을.

"만수는 아직도 물에 들어가는 걸 두려워하던가?"

"물요? 글쎄요, 그건…… 같이 물에 들어가 본 적이 없어서요."

"그럴 거야. 아마도 죽을 때까지 다시는 물에 들어가지 않을 친구지."

아버지가 마치 은만수 회장의 커다란 비밀을 알고 있는 듯 묘한 미소를 흘렸다.

"혹시 만수가 물에 빠져 죽을 뻔한 걸 내가 살려줬다는 말을 하던가?"

"아버지가…… 왜요?"

"MT 갔다가 말이지, 우린 그때 아주 만땅이 되도록 퍼마셨었지."

아저씨의 입가에는 그 옛날 MT 때가 떠오르는 듯 즐거운 미소가 걸렸다.

MT라면 분명히 대학교 때인데 소담은 시골 이장님 같은 산의 아버지가 은만수 그러니까 소담 자신의 아버지와 대학교 동창이라는 것에 깜짝 놀랐다. 시골 사람이라고 해서 꼭 대학을 나오지 말라는 법은 없었지만 아버지가 졸업한 대학은 우리나라에서 1등 가는 대학이었고 그중에서도 경영학과였다.

우리나라 1등 가는 대학 경영학과를 졸업하신 분이 시골에서 목장을 운영하고 있다니 어쩐지 어울리지 않고 어쩐지 대학 졸업장이 아까운 생각이 들면서도 한편으로는 퍽 멋스럽게 느껴졌다. 얼마나 멋스럽고 깜짝 놀랄 일인가. 우리나라 1등 대학 경영학과 졸업생이 운영하는 목장.

"혹시 만땅이라는 말을 모르는가? 만땅이 뭐냐고 하면 말이지……."

"알아요. 저도 미국에 있을 때 거의 날마다 만땅했거든요."

소담이 냉큼 설명했다. 퍽이나 자랑스러운 듯이.

"뭐, 여자라고 술을 만땅으로 먹지 말란 법은 없으니까……. 하여튼 술을 진탕 퍼먹고 여학생들한테 잘 보이려고 만수가 물에 뛰어든 거야. 국민학교 때 수영 선수였다나 뭐라나. 국가대표가 될 뻔했는데 어깨 탈골로 그만뒀다나? 하여튼 국가대표가 될 뻔했다면서 까불다가 물에 퐁 빠져서 딱 죽게 생긴 걸 내가 건져 내서 살려줬단 말이지. 그러고 보니 소담이 네가 만수를 닮았구나. 까불다 물에 빠져 죽을 뻔하고 까불다 발이 부러지고. 술도 만땅으로 마시고. 이런 걸 두고 부전여전이라고 하나?"

으이그, 아저씨.

"그런 일이 있었어요?"

"물론 만수는 쪽팔려서 말 안 했겠지."

산의 아버지가 생명을 살렸다는 것에 뿌듯한 미소를 지었다.

"은 회장님 말이야, 니 아버지 말고 니 아버지의 아버지."

"할아버지요?"

"그래. 은 회장님이 니 아버지 살려줘서 고맙다고 잔치를 벌여주시고 난리가 났었지. 남은 대학 등록금까지 다 내주시고. 니 할아버지가 통이 크신 분이었어. 내가 다 때려치우고 여기 우리 집에 돌아와서 소 키우겠다고 했을 때 소 다섯 마리로 시작을 했단 말이지. 지금은 모두 사망했지만 그 다섯 마리의 소를 사주신 분이 만수 아버님이지. 아들 목숨 살려줬는데 이깟 소 다섯 마리 못 사주겠냐고 하시면서. 내가 처음엔 안 받으려고 했지만 안 받으면 키울 소가 없었거든. 왜냐, 소 살 돈이 없어서."

소담은 왠지 막 웃음이 터질 것 같은데 아버지 표정이 심각해서 웃으면 안 될 것 같아 꾹 참았다.

"그런데 통 큰 할아버지가 겨우 다섯 마리밖에 안 사주셨어요?"

"원래 사달라는 대로 사주겠다 하셨지. 하지만 오백 마리를 사달라고 할 수는 없잖아. 오백 마리 소들 먹일 양식도 없고."

"오백 마리 먹일 양식도 달라고 하시죠."

"그땐 오백 마리를 키울 땅도 없었고 차마 오백 마리를 달랄 수는 없었지. 왜냐, 나도 양심이 있으니까."

"소 다섯 마리도 그때 돈으로 치면 엄청 큰돈이었어."

절대 안 듣는 척하고 계시던 할머니가 한마디 스윽 걸쳤다.
"그렇죠, 어머니."
"할아버지께 회사에 취직시켜 달라고 하시지 그러셨어요."
"물론 취직했었지."
"영감 때문에 관두고 내려왔잖아."
할머니가 또 끼어들었다.
"영감은 우리 아버지를 두고 하시는 말일세."
산의 아버지가 할머니가 말한 영감이 누군지 알려주셨다.
"딱 그때 중풍을 맞아서 수족을 못 쓰니 어떻게 해. 자식이라고는 아범 하나밖에 없으니…… 아버지 쓰러졌다는 소리에 바로 사포 내고 내려왔잖아."
"사표가 아닐까요?"
소담이 정정을 하자 할머니를 제외한 모든 구씨네 가족들이 소담에게 할머니께 함부로 정정질하지 말라는 뜻의 눈짓을 보냈다.
"그때 영감만 아니었더라도 서울서 카다마이에 와이샤쓰 입고 넥꾸다이 매고 기름기 줄줄 흘리며 살 텐데. 다 배렸어."
할머니가 그 당시 할아버지의 발병으로 아들을 소 키우는 사람으로 만든 것이 한이 된 듯 말했다.
카다마이, 와이샤쓰, 넥꾸다이……
미국에서 유학한 소담으로서 그냥 넘길 수가 없어 발음교정을 시도하려는데 구씨네 가족이 또다시 강한 눈빛으로 소담의 정정질을 자제시켰다.
하긴, 누구든 자기 취향에 맞춰 발음하기 나름이니까 뭐. 그리고 노인의 발음을 굳이 교정할 필요도 없고.

"어머니, 그래도 아버지 가시기 직전까지 편히 모셨지 않습니까."

"그래, 호강하다 갔지. 하나 있는 아들이 그저 애지중지 밤낮을 안 가리고 보살폈으니까. 어이구……."

할머니는 할아버지가 효자 아들의 수발을 듬뿍 받고 가신 것은 다행이지만 그래도 아쉬움이 남은 듯 한숨을 내쉬었었다.

"만수 아버님이 사주신 소 다섯 마리가 복덩이들이라 아들 네 놈 다 대학 보내고 땅도 많이 사고…… 참 고마우신 분이야."

아저씨가 연신 흐뭇하게 웃었다.

"사방에서 구제역 때문에 시끄럽던데 우리 새끼들은 어떠냐?"

아저씨가 갑자기 또 목장 얘기로 급선회하셨다. 정말이지 종잡을 수 없는 분이 아저씨였다.

"피해 없습니다."

"없어? 퍼펙트야?"

"예."

"그럼 괜히 내려왔네, 여보. 구제역 때문에 걱정이 돼서 내려왔더니 퍼펙트하다는데."

"그러게 내가 전화를 해보고 오자니까 부득부득 와야 한다더니 한 마리도 안 죽고 다 살았구만 호들갑은."

아주머니 대신 할머니가 짜증을 내셨다.

"그런데 우리 산이 말이야. 산이 이놈이 중학교 때부터 유도를 했단 말이야."

아저씨가 마치 할머니의 짜증을 반사하려는 듯 시급하게 화제를 바꿨다.

유도? 유도 선수였어?

소담이 놀란 얼굴로 산을 쳐다보자 산은 묵묵히 밥만 먹고 있었다.

'어쩐지 바디가 예사 바디가 아니라 했어.'

"산이 저놈이 아주 날렸지. 중학교 때부터 전국대회에서 그냥 휩쓸어 버리니까 만수가 수영으로 국가대표 못한 게 한이 됐는데 산이 운동시켜서 대신 이뤄봐야겠다고 막 밀어주기 시작한 거야. 운동선수는 체력과 몸이 재산이라고 몸에 좋다는 귀한 것은 전 세계를 돌아다니며 다 구해다 먹이고 말이지. 산이가 장어도 몇천 마리는 먹고 뱀도 몇십 마리는 먹었지?"

"몇십 마리가 뭐예요, 몇백 마리는 먹었죠. 뒷산 뱀이 씨가 마르도록 잡아다 먹였는데."

어머니가 거들었다.

"그래서 산이 저놈이 힘이 장사야. 부럽구만."

아저씨가 정말 부러운 얼굴로 말했고 소담은 독특한 캐릭터의 아저씨를 신기하다는 듯 쳐다보고 있었다.

"그래서 만수가 체육고등학교로 보내기 위해 서울로 유학도 시켜주고…… 만수가 우리 산이한테 공을 많이 들였지. 만수가 참 고마운 놈이야. 지 목숨 구해준 은혜를 절대 안 잊는단 말이지."

"그런데 왜 그만뒀어요?"

소담이 산에게 물었는데 산이 뭐라고 대답하기도 전에 아버지가 설명을 시작했다.

"고등학교 때 벌써 국가대표 상비군으로 뽑혀 들어가고 대학교 때 국가대표 선발전을 앞두고 맹훈련을 하는데 이 무슨 운명의 장난인지 훈련하다가 부상을 입은 거야. 물리치료만 하면 괜찮을 줄 알았는데 결국 수술까지 하고…… 수술비도 만수가 다 댔지.

수술하고 관리만 잘하면 괜찮을 줄 알았는데…… 예전의 기량이 나오지 않아서 결국 그만뒀지…… 산이 저놈도 많이 울고 나도 울고 엄마도 울고 만수도 참 많이 울었지."

그랬구나…… 그런 일이 있었구나.

"운동만 하던 놈이라 고지식하고 운동하느라 공부를 안 했으니 일자무식이지. 그러니 당연히 다른 건 할 줄도 모르고…… 술만 미친놈처럼 퍼 마시는데 애를 망치겠더라고. 도저히 그냥 두고 볼 수가 없어서 여기로 데려왔지. 마음을 다스릴 수 있을 때까지 아무 생각 하지 말고 소만 키워보라고. 속에 있는 불이 다 꺼질 때까지 소만 키워보라고. 그래서 소를 키우기 시작했는데 속에 들었던 울분이 다 가시면 서울로 올라가서 일자리를 잡을 줄 알았는데 말이지, 만수가 소개를 해서 삼 개월 동안 아프리카에 가서 봉사를 하고 오더니 커~ 다란 심경의 변화를 느낀 산이 그 길로 눌러앉는 거야. 소를 키워보겠다면서 말이지."

아버지의 설명을 듣던 소담이 살짝 산의 표정을 살피자 자기 얘기하는데 묵묵히 밥 먹는 것도 힘든지 산이 수저를 내려놓으며 굳은 표정으로 아버지의 설명을 듣고 있었다.

지금까지 소담이 파악한 산의 성격으로 두고 보자면 그만 말씀하시라고 아버지의 입을 막을 것 같은데 아버지가 자신의 가려진 얘기에 대해서 말씀하시는데도 가만히 참고 듣고 있는 걸 보니 어쩐지 참 괜찮은 사람이라는 생각이 들었다. 소담 같았으면 지금 그딴 소리를 왜 하냐고 바락바락 대들었을 텐데 말이다.

"그냥 편하게 밥 먹고 살 생각으로 눌러앉았거나 인생 포기해서 소 키우는 거면 당장 내쫓으려고 했는데 가만 보니 이놈이 보통이 아닌 거야. 공부를 해야겠다면서 갑자기 대학교 축산과에 다시 들어가질 않나 코피가 터지도록 공부를 해서 장학금도 받아오고……. 어느 날 목장에 나가보니 소들을 죄 풀밭에 풀어놓고 하루 온종일 풀밭에서 놀게 해주고 클래식 음악에 팝송에 소들한테 온갖 음악을 다 들려주고 어느 날은 소 축사를 다시 지어야겠다며 은행에서 돈을 빌리려고 그렇게 쫓아다니는데 은행이 안 빌려주는 거야. 그래서 저놈이 속을 끓이고 난리를 치는데…… 만수가 빌려줬지."

"만수…… 아, 아버지요."

"그래서 축사를 다시 지었는데 뭐…… 소 축사가 너무 좁아서 소들이 스트레스를 많이 받는다나? 소들이 스트레스받으면 질이 떨어져서 오히려 손해라면서. 널찍널찍하게 축사를 넓혀 지은 거야. 말하자면 소 호텔이라고 할까? 어느 날은 대학교 축산과 교수님들하고 연구를 해서 무슨 엑기스를 개발해서 소한테 먹이고 또 무슨 약을 개발해서 소똥에 뿌려서 냄새를 줄이고 하더니…… 우리 집에서 짜는 우유는 세계 어딜 내놔도 최고로 질이 좋고 우리 집에서 내놓는 소들은 무조건 특등급으로 만들어놓는 거야. 만수한테서 빌린 돈도 싹 다 갚고 참 훌륭한 놈이야."

아버지가 흐뭇한 눈길로 산을 바라보자 어머니가 끼어들었다.

"그 훌륭한 놈을 내가 낳았잖아."

어머니의 말에 소담이 쿡 하고 웃자 산도 따라 웃었다.

"그런데 아버지가 그 돈을 받으셨어요? 그냥 주신 거 아니에요? 아버지 목숨을 살린 분의 아들인데요?"

"안 받으려고 했지. 소담아, 네 아버지가 양심은 무척 많은 놈이다. 절대 안 받으려고 하는데 산이 저놈이 정확하게 36개월 할부로 갚았지. 저놈이 아주 황소같이 우직한 놈이야."

"맞아요…… 황소같이 우직하더라구요. 질질 끄는 것이…….”
소담이 깊은 의미가 담긴 말끝을 흐리며 산을 쳐다보자 산이 당황하며 얼른 소담의 시선을 피해 버렸다.
"그래 소담이는 미국에서 공부를 하고 있다 들었는데 무슨 공부를 하는가?”
"경영요.”
"경영, 좋지. 아버지의 뒤를 이를 작정이군. 그래, 공부는 재밌고?”
"아뇨…….”
소담이 고개를 젓자 아저씨가 웃음을 터뜨렸다.
"재미없지. 암 재미없어. 나도 적성에 맞지 않는 공부하느라 고생깨나 했지…… 보자, 산이는 체육대학 다니다 그만두고 다시 공부해서 축산과를 졸업했고 우리 강이는 지금 내가 나온 대학 법학과 다니다 군대 갔다 와서 다음 학기 등록하기 전에 일 거들고 있는 중이고…….”
뭐라고?! 구강이 어딜? 법학과?
아저씨가 나온 대학이라면 바로 우리나라에서 1등 가는 그 대학교였다. 세상에, 구강이 그렇게 공부를 잘할 줄은 몰랐는데.
"우리 들이는 서울 신촌 소재 대학 알지? 거기서 또 법을 공부하고 있고…….”
허걱! 들이마저!
겪을수록 놀라운 가족이 바로 구씨네 가족이었다.
"우리 막내 초원이 공부하고는 거리가 좀 멀지. 그놈도 운동을 좋아해서 말이야.”
"산이하고 막내는 할아버지 닮았어. 할아버지가 씨름대회 나갔다 하면 천하장사가 돼서 소 타오고 했잖아."

"맞습니다, 어머니."

아저씨가 흐뭇하게 웃었다.

"그런데 그 화영이하고는 아직도 연락을 하나?"

언제 어떻게 화제를 뒤바꾸겠다는 예고도 없이 아저씨가 산에게 불쑥 물었다.

아저씨는 정말 괴상하면서도 재밌고 독특하신 분이었다.

친구 만수의 안부를 물으시다 갑자기 양떼목장 개장으로 넘어가는가 싶더니 다시 친구 만수가 물에 빠져 죽을 뻔한 것을 구해냈다는 얘기에서 뜬금없이 구제역으로 튀었었고 또다시 갑작스레 주제를 바꿔 산이 운동하다 다쳐 목동으로 눌러앉은 사연에서 미국에서 경영을 공부하고 있다는 소담에게 지기 싫어 1등 가는 대학에서 공부하고 있는 훌륭한 아들들의 자랑을 늘어놓으시다가 이번엔 화영이라는 정체불명의 여자에게로 화제를 바꾸신 것이다.

어쨌거나 산은 아저씨의 갑작스러운 물음에 몹시 당황했고 소담은 당황하는 산을 도끼눈을 뜨고 지켜보고 있었다.

"화영이가 누구예요?"

"산이 운동으로 한참 잘나갈 때 죽기 살기로 달라붙었던 아가씬데…… 산이 운동 그만두고 목장에 내려오니까 고무신 거꾸로 신었다가 나중에 산이 소재벌이 됐다는 소리를 듣고 다시 연락을 주고받는 것 같던데."

"고무신 거꾸로 신은 여자하고 다시 연락을 했다구요? 여자가 그렇게 궁해요?"

소담이 저런 바보 같은 남자는 세상에 다시없을 거라고 생각하며 산을 노려보자 산이 연락 안 해 하고 대답했다.

"내 아들이지만 다른 건 다 훌륭한데 여자 보는 눈은 틀렸어. 하고많은 여자 중에 어쩜 그렇게 인물도 없는 애를 만났나."

"인물이 없지는 않았어요, 엄마. 도시에서는 먹어주는 얼굴이에요."

묵묵부답인 산 대신 강이 말했다.

"도시에서 먹어주긴 젠장."

할머니가 치고 나왔다.

"꺽다리에 말라비틀어져서 뼈다구가 걸어다니는 것 같더만. 눈도 쪽 찢어지고 입은 또 왜 그렇게 큰지."

"모델이었잖아요. 패션 모델."

들이 말했다.

"모델요? 구산 씨가 모델하고 사귀었다구요?"

소담이 깜짝 놀라 소리쳤다.

"오~ 구산 씨 잘나갔네요."

소담이 약간 비꼬는 듯이 말하자 산이 소담에게 강한 눈빛을 쏘아주었다.

"그 패션 모델하고 연락 안 한다니 다행이네. 여자는 그렇게 뻣뻣하면 안 돼. 자고로 여자는…… 폭 앵기는 맛이 있어야 해. 너희 어머니처럼 말이다."

아버지가 아내를 바라보며 흐뭇하게 미소 짓다가 할머니의 날카로운 시선에 얼른 미소를 지우고 헛기침을 하며 일어섰다.

"산아, 축사에 가보자."

"예."

산이 얼른 일어서서 아버지를 뒤따랐다.

"강이하고 들이는 뒷집에 불 때고. 어머니하고 할머니 주무셔야 하니까."

"예."

강과 들도 즉시 일어나 움직였다.

아버지 말 한마디에 칼같이 움직이는 형제들이라.

보면 볼수록 참 괜찮은 사람들이었다. 구씨네 삼 형제 말이다.

아버지와 삼 형제가 집을 빠져나가자 어머니가 할머님만 남아 소담을 빤히 쳐다봤다.

소담은 조금 전에 만난 분들이라 어색하기 짝이 없는데 빤히 쳐다보기까지 하자 어색함이 극에 달해 슬그머니 일어나려는데 어머니가 입을 열었다.

"소담아, 너 정말 예쁘다."

"네…… 고맙습니다."

"네 엄마하고 아주 똑같지 생겼다."

"다들 그렇게 말씀하시더라구요."

"너…… 내가 누군지 모르지?"

"구산 씨 어머니시잖아요."

"그거 말고 애는…… 너 내가 누군지 알면 깜짝 놀랄걸?"

혹시…… 간첩은 아니겠지?

"누구신데요?"

"내가 제3회 횡성 더덕아가씨 출신이잖니."

"횡성 더덕아가씨요? 그게 뭔데요?"

"어머, 어쩜 넌 더덕아가씨를 모를 수가 있니. 미스코리아하고 거의 같은데."

설마 미스코리아하고 같을까. 정말 깜짝 놀라겠네.

"미스코리아…… 미스 춘향 그런 거예요?"

"그렇지, 바로 그거야."

어머니가 손뼉을 치며 웃었다.

"내가 네 나이 때 이 강원도 일대의 사내들을 다 쓸어버렸잖니. 그중에서도 애들 아버지가 그냥 나한테 목을 매고 결혼 안 해주면 자결한다고 날마다 우리 친정집 앞에서 난리를 쳐대고…… 정말 자결할까 봐 할 수 없이 결혼했잖니."

"아…… 네……."

아무리 보아도 아저씨가 자결할 정도의 미모는 아니신데 과장이 너무 심하신 것 같았다.

"널 보니 젊었을 적 생각나네. 나도 너처럼 인형 같고 꽃같이 예뻤었는데."

"어디다 붙이니. 소담이 따라가려면 한참 멀었다."

"왜 이러세요, 어머니. 저 더덕아가씨 해먹은 여자래요."

"저놈의 더덕아가씨 출신이라는 말을 30년째 우려먹고 있네."

할머니가 못마땅한 듯 말하자 어머니가 입술을 비죽거렸다.

"어머니는 도라지아가씨도 못해보셨잖아요."

"그래, 더덕아가씨 해먹어 좋겠다."

할머니가 벌떡 일어났다.

"어디 가시려구요?"

"똥개는 잡아먹었다니?"

헐!

"아이고 어머니, 우리 개는 안 먹잖아요."

휴…….

"영감이 살았다면 벌써 먹어치웠을 텐데. 다행이다, 얘."

339

"아버님 살아 계셨다면 똥개는 먹히기 전에 늙어 죽었죠."
"똥개나 보고 올란다."
할머니가 밖으로 나가자 이제 어머니와 단둘이 남게 됐다.
'아주머니는 어디 안 가시나?'
소담이 남은 밥을 마저 먹을까 여기서 식사를 그만둘까 생각하는데 어머니가 갑자기 소담에게 바짝 다가앉았다.
"얘, 소담아. 어디 있다가 갑자기 나타났냐고 안 물어볼 거니?"
"아…… 그러게요. 어디 계시다가 나타나셨어요?"
"할머니 병났다 해서 깜짝 놀라서 뛰어갔었잖니. 가서 보니까 병이 나실 만하긴 했더라고."
어머니는 갑자기 할머니가 들어오시기라도 할까 봐 현관 쪽을 살피며 속삭였다.
"네……."
소담은 할머니를 아무리 봐도 특별하게 병이 나신 것 같지 않아 건성으로 대답했다.
"얘, 왜 병이 나실 만하더냐고 물어봐야 계속 얘기를 하지."
"물어봐야 해요?"
"얘는 궁금하지도 않니?"
"뭐 그다지……."
안 궁금한데.
"왜 병이 나셨대요?"
정말 마지못해 물었다.
"상사병하고 화병이 겹쳤더라고."
"상사병이요?"
할머니가?

"그렇지, 그렇게 물어봐야지. 저 연세에 나보다 더 펄펄 날아다니시는 양반이 병났다는 소리에 깜짝 놀라 쫓아갔더니 웬 할아버지 때문에 상사병이 나셨는데 몇 년 동안이나 호시탐탐 노리고 있던 할아버지가 계셨더라고."

"할머니…… 어디 사시는데요?"

"황지. 원래 고향이 황진데 돌아가신 아버님하고 결혼해서 여기서 사시다가 돌아가시고 나니까 형제자매들 모여 있는 고향 가서 사신다고 가셨어. 그런데 가서 들어보니까 암만 해도 그 할아버지 때문에 가셨던 것 같아. 그 할아버지하고 어머니하고 어릴 적에 좀 좋아하던 사이였다더라고."

"네……."

좀 주책이다 싶지만 은근히 재밌는 스토리였다.

"둘 다 혼자 되셔서 걸릴 것 없으니 얼마나 좋으셨겠어. 가서 보니 할아버지하고 집도 담 하나 끼고 옆집이더라고. 어머니가 워낙 손맛이 좋은 양반이라 온갖 것을 다 조물조물 무치고 삶고 쪄서 하루 세끼 꼬박꼬박 챙겨 먹였는데 이 무정한 노친네가 글쎄 2년 전엔가 3년 전엔가 혼자 된 과부 할머니하고 두 달 전쯤에 제2땅굴 견학 가셨다가 그만 정분이 나버린 거야."

"땅굴요?"

"그래, 땅굴. 땅굴이 원래 음산하고 음침하잖니. 그 노친네가 엄청 음침한 노인네야."

어머니 말에 소담은 웃음을 터뜨릴 뻔했다. 땅굴이 음산하고 음침해서 노친네까지 음침하고 음산하다니. 그런데 참 하필이면 땅굴이야. 정분이 난 장소치고는 참 특이했다.

"몇 년 동안 정성 들인 어머니는 나 몰라라 하고 땅굴에서 다른 할머니하고 정분이 났으니 얼마나 분하고 원통하겠어. 노인네가 주는 대로 죄 받아먹을 땐 언제고 엉뚱한 할매하고 좋아라 신나라 하니, 할머니가 속을 앓아서 먹지도 못하고 상사병에 화병에…… 그 뭐냐…… 그래! 불감증까지 겹쳐서 아주 머리 싸매고 앓아누웠더라고.”

"불감증요?”

소담이 깜짝 놀라 되물었다.

"그래, 불감증. 너도 알지? 그거 되게 고약한 거잖아. 맞지?”

어머니가 순진한 얼굴로 물었다.

아이고…… 아주머니.

"정말 불감증이시래요?”

"그래, 불감증.”

아니, 어쩌다 할머니가 불감증에 걸리셨을까?

"그거 우리가 알고 있는 것보다 무서운 병이냐?”

"그거…… 그건…….”

불감증을 어찌 설명해야 할까.

"그건 뭐?”

"그러니까 그건……. 어…… 불치병이에요.”

산의 어머니를 붙잡고 상세하게 설명을 할 수도 없고 해서 간략하게 결론만 내려주었다.

"헉! 불치병!”

어머니가 화들짝 놀랐다.

"어머나, 어쩌면 좋으니. 불감증이 그렇게 무서운 병이었나? 여태까지 새색시 부럽지 않게 건강하셨던 양반인데 불치병에 걸리고…… 그거 못 고치는 거야? 이 일을 어쩌면 좋아.”

그렇게 심각한 병은 아닌데…… 더구나 할머니 연세에…….

"아니, 그게요…… 불치병이긴 해도…… 크게 걱정하실 건 없는 게…… 할머니 연세도 있으시고……."

"그러니까. 연세가 있으시니 불치병에 걸렸다 하면…… 끝이잖니."

"아니요…… 그게요……."

"아이고…… 또 이러네. 왜 자꾸 한 번씩 이렇게 젖이 아프다니……."

어머니가 갑자기 가슴을 어루만지며 앓는 소리를 냈다.

"아이고, 젖이야……."

젖? 참으로 가공되지 않은 천연의 단어로구나.

갑자기 가슴이 아프다는 어머니가 거실과 방을 들락거리며 진통제를 찾으러 다니는 동안 소담은 상을 치우기 시작했다.

어른들이 들이닥쳤으니 예전처럼 형제들이 치우고 닦게 놔둘 수도 없고 어차피 형제들이 죄 나가 버렸으니 치우고 설거지도 해둬야겠다 싶어 상을 싹 치우고 설거지를 시작했는데 축사에 들렀던 산이 아버지와 들어오고 똥개를 보러 나가셨던 할머니도 들어오고 뒷집에 불 피우러 갔던 강과 들도 들어왔다.

"강아, 네가 설거지해."

산이 강에게 말했다.

"예."

"내가 할게요."

"하지 마."

산이 소담에게 다가오더니 물을 틀고 거품이 묻은 손을 씻겨주었다.

343

"할 수 있어요."
"손 다쳐."
산이 기어이 소담의 손을 씻기고 돌아서다가 움찔하고 말았다. 온 가족의 시선이 일제히 산에게 집중되어 있었기 때문이다.
"산이 너…… 소담이를 아주 끔찍하게 아끼는구나."
어머니가 뾰족한 목소리로 말했다.
"아뇨…… 그릇을 계속 깨트리고 자꾸 다쳐서요."
"여신은 원래 설거지를 하는 것이 아니지."
아버지가 보면 볼수록 예쁘다는 듯 소담을 바라보자 어머니가 입술을 실룩였다.
"소담이 넌 좋겠다. 설거지도 못하게 아껴주는 놈도 있고."
어머니가 시큰둥하게 말했다.
"니 남편 꼭 닮았구만 뭘 그러냐."
할머니가 며느리에게 한소리 했다.
"죽은 영감만 나를 돼지게 부려먹었지 너는 호강 늘어지게 하고 산 줄 알아."
할머니가 소담에게 다가오더니 남긴 국과 남긴 밥을 훌훌 말아 들고 현관으로 움직였다.
"어디 가세요?"
"똥개 밥 주러 간다. 애를 굶겨서 지가 싼 똥 먹게 생겼다. 바싹 말라서는……."
할머니가 개밥을 들고 나가자 아저씨가 같이 가시자며 따라 나가셨다.
강이 얼른 싱크대로 와서 설거지를 시작하자 산은 부모님이 앉아 있는 곳으로 갔다.

소담은 아무래도 빠지는 게 좋을 것 같아 슬그머니 방으로 들어가려는데 어머니가 갑자기 큰 사건이 터진 것처럼 호들갑스러운 목소리로 입을 열었다.

"얘들아, 큰일 났어."

어머니의 호들갑에 아들들이 동시에 어머니를 쳐다봤다.

"무슨 큰일요?"

"할머니가…… 상사병이 나 화병이 걸리셨는데……."

"할머니 상사병에 걸려요?"

설거지하던 강이 픽 웃으며 되물었다.

"그건 나중에 얘기하고 상사병이나 화병이 문제가 아니라 그 불감증이 그게 그렇게 무서운 병이라네."

허걱. 소담은 방문을 열다 말고 뜨악한 표정으로 어머니를 쳐다봤다.

"불감증요?"

산과 강, 들 역시 경악한 얼굴로 모친을 쳐다봤다.

"할머니가…… 불감증이래요?"

강이 차마 낯이 화끈거려 큰소리로는 묻지 못하고 작은 목소리로 물었다.

"그게 글쎄…… 불치병이래."

어머니가 걱정에 휩싸인 얼굴로 말하자 강과 들이 푹 하고 웃음을 터뜨리려다 겨우 참았다.

"누가 그래요?"

산이 물었다.

"소담이가."

어머니의 대답에 산이 소담을 험악하게 노려봤다. 대체 순진한 시골 아낙 엄마에게 무슨 험악한 소리를 늘어놓았냐는 듯이.
"그게 아니라 난……."
소담이 설명을 하려는데 아저씨가 집으로 들어왔다.
"똥개가 국밥을 잘 먹네."
"여보, 빨리 앉아봐요."
아주머니가 아저씨를 끌어다 앉히더니 아저씨에게 불감증이 불치병임을 알렸다.
소담이 말을 잘랐다.
"불감증이라…… 불이면 아니 불, 감은…… 감각인가? 어머니가 대체 어디에 감각이 없으신 거지?"
"그러게 그건 나도 모르겠는데요. 소담아, 어디에 감각이 없는 거니?"
"저기 그게요…… 여자들끼리 긴히 대화를 나누어야 하는 부분이라……."
소담이 산의 눈치를 보며 우물쭈물하는데 강과 들이 또다시 푹 하고 웃음을 터뜨렸다가 재빨리 참았다.
"잠 못 자는 게 그렇게 숭악한 병인 줄 몰랐네요."
어머나…… 아주머니가 불면증과 불감증 두 단어를 착각하신 모양이었다. 한 글자 차이로 뜻이 이토록 엄청나게 달라지다니.
"정밀검사를 한번 받아보시게 해야 할까요?"
"잠을 못 자는 것은 불면증이 아니던가?"
아저씨가 고개를 갸우뚱했지만 불치병이라는 단어에 꽂히신 아주머니는 아저씨의 말을 무시했다.
"무조건 병원에 모시고 가서 정밀검사를 받게 해드리자구요."
"정밀검사는…… 저기, 아주머니…… 나중에 저하고 은밀하게 대화를 좀 나누시죠. 나누신 후에 정밀검사를 받아도 되거든요."

소담의 말에 강과 들이 맞아요 하고 강력하게 거들었다.

"그럼 그러자. 그나저나 약 없니? 엄마 젖 아픈데."

"젖요? 왜요?"

"몰라, 한 번씩 이러네. 젖이 아프다가 확 감기도 오고."

"내가 요즘 당신한테 너무 소홀했나?"

아저씨가 아주머니에게 은근한 시선을 보내며 말하자 아주머니 역시 심상치 않은 시선을 아저씨에게 던지며 수줍은 미소를 던졌다. 나이 넉넉한 두 분이 보고 있기 민망한 시선들을 주고받는데도 구씨네 삼 형제는 무척 익숙한지 데면데면했다.

'이 집 사람들은 아래위로 다 독특하구나.'

"엄마 약 좀 줘."

"예."

들이 얼른 어머니께 약을 챙겨다 주자 물 한 모금과 약을 삼킨 어머니가 자러 가자며 일어났다.

"밤이 깊었으니 자고 내일 아침 일찍 집에 올라가자."

"그래요."

부모님이 집을 나서자 삼 형제도 따라서 집을 나섰고 소담은 현관에서 안녕히 주무시라 인사를 한 후 방으로 들어왔다.

8시도 안 된 시간인데 밤이 깊었다니…… 소담이 웃으며 이불을 깔고 있는데 오늘도 역시나 노크를 생략한 산이 불쑥 방으로 들어왔다.

"불감증이 불치병이라고? 엄마한테 무슨 말을 한 거야?"

"불감증이 뭐냐고 물으시는데 그럼 있는 그대로 설명해 드려요? 말을 돌리다 보니 불치병이라고 했는데…… 그렇게 심각하게

347

받아들이실 줄은 몰랐죠. 아주머닌 어떻게 불면증을 불감증이라고 하시던지…….”

"내가 말할 수 없으니까 알아서 잘 말씀드려."

"알았어요."

"잘 자."

산이 굿 나이트 키스 대신 밤 인사만 남기고 나가려는데 소담이 산을 불러 세웠다.

"내일 아침에 집에 가자 하시던데, 집이 또 있어요?"

"저 위에 부모님 집 있어."

"아……. 그런데 어딜 수술한 거예요? 운동하다가 다쳐서 수술했다면서요."

"어깨."

"아, 어깨."

소담이 산에게 다가가 왼쪽 어깨를 쿡쿡 눌렀다.

"오른쪽이야."

"아."

소담이 이번엔 오른쪽 어깨를 쿡쿡 눌렀다.

"어쩐지…… 몸이 남다르다 했어."

소담이 산의 어깨를 만지며 중얼거렸다.

"너 아주 대놓고 만진다."

산이 싫지 않은 기색으로 말했고 소담은 산의 몸을 만지는 행위를 멈추지 않았다.

"그…… 화영이라는 패션 모델이 구산 씨 몸 만졌어요?"

"건 왜?"

"뭐…… 그냥요. 만졌어요?"

안 만졌다고 딱 잡아떼 줬으면 좋겠는데 산은 아무런 대답이 없었고 소담은 무응답을 긍정으로 받아들이며 화가 나는 것을 느꼈다. 얼굴도 모르는 패션모델 화영이 이토록 훌륭한 산의 몸을 만졌다는 것이 어쩌나 괘씸한지!

"그 빼션 모델하고 잤어요?"

"뭐!"

산이 어떻게 그런 걸 아무렇지도 않게 묻냐는 듯 벌컥 성을 냈다.

"폭 앵겨왔는지 궁금해서요."

산이 어이가 없어 어깨에 붙어 있던 소담의 손을 떼어내고 그냥 나가려는데 소담이 다시 산을 붙잡았다.

"정말로 지금은 빼션 모델하고 연락 안 해요?"

"안 해."

"훌륭해요."

소담이 씩 웃자 산이 어처구니없다는 듯 픽 웃고는 나가 버렸다.

"만지지도 못하게 했어야지! 헤픈 남자 같으니라고."

소담은 씩씩거리며 자리에 누워 이불을 끌어당기다가 씩 웃었다.

구산이라는 남자에 대해 조금은 더 많이 알게 된 것이 어쩐지 무척 기뻤기 때문이다.

"운동을 하고…… 소를 키우려고 공부를 다시 하고…… 소들에게 음악을 들려주고…… 엑기스를 만들고 배양액을 만들고…… 축사를 넓혀 동물의 스트레스를 줄여주고…… 특등급 한우에 특등급 우유…… 36개월 할부로 기어이 아버지 돈을 갚았단 말이지."

생각할수록 뚝심있는 남자였다.

"그 사내 은근히…… 탐나네."
소담이 입맛을 다시며 중얼거렸다.

하염없이 걷고 또 걸었던 것 같다.
 처음 집에서 출발할 때만 하더라도 굉장히 만만하게 생각했던 거리인데 막상 출발하고 20분 정도가 지나자 괜한 짓을 했다는 후회가 밀려들었다.
 돌아가자니 20분이나 걸어온 시간과 거리가 아깝고 계속 전진하자니 가도 가도 끝이 없고.
 이럴 줄 알았으면 점심 먹고 집을 나서는 형제들을 따라나설 걸 하는 후회에 땅을 치고 싶었지만 이제 와서 후회는 떠난 버스 꽁무니 보며 손 흔드는 꼴이고 일단은 계속 가보는 수밖에 없었다. 그리고 곧 해가 질 거라 집으로 가는 것보다는 목장으로 가서 구씨네 형제들을 만나는 것이 안전했다.
 그나마 똥개가 앞서거니 뒤서거니 동무를 해주니 다행이었다. 똥개가 없으면 십중팔구 길을 잃을 텐데 똥개가 내생이 후질 뿐이지 꽤 영민한 녀석이라 소담이 엉뚱한 길로 들어서면 곧장 바른 길로 인도해 주었다.
 처음엔 까칠한 소담을 적으로 간주한 똥개가 소담을 물어뜯으려고도 했었지만 함께 지내는 시간이 길어지다 보니 어느 날부턴가 똥개도 소담을 적이 아닌 가족으로 인정해 요즘 소담은 똥개 없으면 무슨 낙으로 살까 싶을 만큼 하루 중 대부분의 시간을 똥개와 함께 보내고 있었다.
 처음엔 너무 더럽고 못생겨서 영원히 친해질 수 없을 것이라 생각했는데 자꾸 보다 보니 못생긴 것도 매력으로 느껴지고 따뜻한 물에 박박 문지르고 비벼 씻기고 나니 인물도 나는 것이 요즘은 똥개도 소담의 다리에 털 비비는 재미로 살고 소담도 똥개 털 긁어주는 재미로 살고 있었다.

오늘도 그랬다.

"똥개야, 목장 가자."

소담의 말 한마디에 반은 졸고 있던 똥개가 재깍 소담을 따라나섰고 소담이 힘들어 쉬면 곁에 앉아 같이 쉬고 소담이 일어나 걸으면 따라 걸으며 소담에게 그 누구보다 든든한 보디가드가 돼주었다.

기특한 녀석.

그렇게 똥개와 하염없이 걷고 또 걸어서 목장에 도착했을 때는 산 너머로 해가 넘어가기 직전이었다.

해지기 전에 목장에 도착해서 다행이라고 생각하면서도 목발을 짚고 얼마나 고생을 했는지 어깻죽지는 쑤셔 죽을 지경이고 다리는 남의 다리를 달고 있는 듯이 천근만근이었다. 땀이 날 계절도 아닌데 옷이 축축하게 젖을 정도로 땀도 많이 났고 아이고 소리가 절로 날 지경으로 녹초가 되어 있었다.

어쨌거나 중간에 낙오되지 않고 무사히 목장에 도착해서 기쁘기 짝이 없는데 기쁘기 짝이 없는 기분을 한 방에 날려주시는 장면을 목격했으니 떡대가 떡 벌어진 건장한 구산의 뒤태 뒤로 보이는 한 여성분이 구산을 향해 상냥한 미소를 흘려주시고 있는 것이 아닌가!

'누구지?'

얼핏얼핏 보이는 하얀 피부에 우아한 미소를 가진 여성분과 한 번씩 젖소부인들 쪽으로 고개를 돌리는 구산의 입가에 걸려 있는 친절하고 다정한 미소.

그러니까 한 쌍의 남녀가 우아하고 친절 다정한 미소를 주고받으며 마주 보고 서 있는 장면이 소담의 두 눈동자에 날아와 박힌 것이다.

'혹시 화영?'

그럴 리가 없었다. 화영과는 연락을 하지 않는다 하지 않았던가. 그리고 우아하긴 해도 패션모델과는 거리도 멀어 보이고.

'하여튼 저것들이!'

소담은 아무 이유 없이 마음이 상해 버렸다. 정말 아무 이유 없이 마음이 무척 상해 버렸다.

낯선 여성분과 불친절한 구산이 함께 마주 보고 서 있을 뿐인데 그냥 마음이 상해 버린 것이다.

굳이 이유를 갖다 붙이자면 나에게는 단 한 번도 친절한 적도 없고 다정한 적도 없었던 구산이 저 우아한 여성분에게는 다정하고 친절한 미소를 사정없이 흘려주시고 있다는 것?

이 은소담에게는 버럭버럭 고함만 지르고 짜증만 피우고 못된 말과 행동만 일삼던 무식한 구연산이 목장과 요만큼도 어울리지 않는 찰랑찰랑 생머리 휘날리는 말쑥한 숙녀분께는 아, 숙녀분이라고 말하고 싶지도 않다, 그냥 그저 그런 여자한테는 저토록 부드러운 미소를 흘려주다니.

'웃는다는 것' 이 뭔지도 모르고 지금껏 단 한 번도 웃어본 적이 없는 것처럼 무뚝뚝하던 구산이 미소를 짓고 있다니.

와락 배신감과 함께 서운함이 밀려들며 명치끝이 따갑고 가슴이 울렁이는 것이 저절로 어금니에 힘이 들어갔다.

쳐다보고 있지 말아야지 하면서도 소담이 두 사람에게서 눈을 떼지 못하고 있는데 구산에게 아름다운 미소를 던져 주시던 숙녀분, 아니, 여자가 구산의 어깨 너머로 소담의 존재를 발견하고 구산에게 눈짓하는 것이 보였다.

여자의 눈짓에 고개를 돌렸던 구산은 축사 입구에 서 있는 소담을 보고 놀란 얼굴로 곧장 뒤돌아서서 소담에게 다가왔다.

그런데 참 이상하게도 구산이 소담을 발견하는 즉시 여자의 미소에 팔려 소담을 외면한 것이 아니라 무조건 소담에게 다가오는 것이 갑자기 왜 이렇게 기쁜 것인지. 마치 이름 모를 여자에게 뺏겼던 구산을 되찾은 것만 같은 승리감마저 느껴졌다.

"어떻게 왔어?"

산이 놀란 목소리로 물었다.

"걸어왔죠."

소담이 퉁명스럽게 대꾸했다.

"누구하고?"

"똥개랑요."

"정말 똥개하고 걸어서 왔어?"

"그럼 걸어서 왔지 내가 똥개 타고 왔겠어요?"

소담이 괜스레 더욱 뾰족하게 대꾸했다.

산이 낯선 여자와 함께 있는 것을 목격한 순간부터 마음이 상해 버린 탓인지 말투가 그 어느 때보다 더욱 쌀쌀맞아졌다.

"발 괜찮아?"

"힘들어 죽겠어요. 팔도 아프고."

"그러니까 왜 왔어?"

"구산 씨 보고 싶어서 온 줄 알아요? 젖소부인들 보러 온 거에요."

소담이 신경질적으로 대꾸하는데 은소담 씬가 봐요? 하며 어디서 곱디고운 여성의 목소리가 들리나 했더니 산의 뒤에서 여자의 모습이 드러났다.

100미터 미녀인 줄 알았더니 가까이에서 봐도 미인이었다.

'시골 여자가 뭐가 이렇게 예뻐?'

소담은 멀리서만 미인이 아니라 가까이에서도 미인이라는 것 때문에 기분이 더욱 상해 뚱한 얼굴로 여자를 쳐다봤다.

"안녕하세요, 이민서예요. 은소담 씨죠?"

"네."

소담이 이민서라는 여자의 인사를 받아주지 않을 작정으로 예 한마디로 끝내려는데 산이 인사해야지 하고 어른이 버릇없는 어린아이 가르치듯 인사를 시켰다.

'배꼽 인사라도 해주랴?'

"안녕하세요."

소담이 마지못해 인사를 하긴 했지만 여전히 뚱한 표정을 풀지 않는데 이민서라는 여자는 죽을 때까지 우아하게 웃다가 죽기로 작정했는지 소담이 충분히 기분 나쁘게 만들었는데도 불구하고 여전히 미소 짓고 있었다. 젓가락으로 푹 찌른 것처럼 양쪽 볼에 보조개를 쌍으로 찔러 넣고.

"수의사 선생님이야."

아, 수의사.

"네……."

그래서 어쩌라고.

"발 다쳤다던데 좀 어때요?"

이 여자는 뭔데 이렇게 소상하게 알고 있어?

"좋아지고 있어요."

"들이랑 강이랑 소담 씨 굉장히 좋아하던데. 만날 때마다 소담 씨 얘기예요."

"그래요?"

소담이 시큰둥하게 되물었다.

"예쁜 누나가 왔다고 자랑하던데 정말 예쁘네요."

"내가 예쁘긴 해요."

소담의 대꾸에 산과 이민서가 황당하다는 얼굴로 소담을 쳐다보다가 이민서가 픽 웃자 산도 따라서 조금 웃었다.

이민서는 분명히 소담과 친해지거나 아니면 친근함을 보이기 위해 예쁘다는 말을 했을 텐데, 이민서의 의도를 알면서도 소담은 이상하게 이민서라는 수의사가 싫었다. 친해지고 싶지도 않고 그녀의 친근함이 짜증났다.

"만나서 반가워요."

"네, 반가워요."

소담은 전혀 반갑지 않다는 듯 건성으로 대답했다.

"앞으로 자주 만나겠네요, 소담 씨."

"왜요?"

소담이 뭐 하러 자주 만나냐는 듯이 되묻자 산이 소담아 하고 야단을 쳤다.

"왜요라니, 그런 말이 어딨어?"

"아니…… 난 자주 만날 일이 없을 것 같아서요."

"너도 곧 목장에서 일할 거잖아."

"아, 그렇구나…… 자주 만나죠 뭐, 그럼."

소담이 시큰둥한 얼굴로 대꾸하자 이민서가 투정부리는 소담이 귀엽다는 듯이 웃고는 산을 쳐다봤다. 참으로 너그러우신 여성분이었다.

"며칠 있다가 초음파 다시 하자."

"그래. 부탁할게."

어쭈, 둘이 반말하네.

"혹시 중간에 문제 생기면 곧바로 전화하고."

"음."

"알지? 밤이나 새벽에도 상관없으니까 이상한 기미가 보이면 무조건 전화해."

"알았어. 고맙다."

"고맙긴."

이민서가 산을 향해 큰 미소를 던지고 나서 소담을 바라봤다.

"만나서 반가웠어요. 다음에 또 만나요."

"네······."

"갈게."

"음."

이민서가 축사를 나가자 산도 따라 나갔고 소담은 산이 어디까지 따라가는지 보기 위해 축사 입구에서 두 사람을 노려봤다.

이민서와 산은 이민서의 차가 세워진 곳까지 함께 걸어갔는데 서로 주거니 받거니 대화를 나누며 걸어가는 두 사람의 뒷모습이 신경질나도록 잘 어울렸다.

잘 어울리는 한 쌍을 바라보면서 소담이 신경질이 날 이유가 없는데 정말 이상하게 자꾸 신경질이 났다.

그냥 얼른 차에 태워 보내지 쓸데없는 대화는 뭐 하러 저렇게 길게 하는 것이며 작별 인사는 축사 안에서 했으니 그냥 혼자 가라고 하면 될 것을 무엇 하러 차 앞까지 배웅을 하는 것인지 하나부터 끝까지 성질이 부륵부륵 치미는데 영원히 끝날 것 같지 않던 이민서 선생님 배웅하기가 끝나고 이민서가 차를 몰고 떠나자 잔뜩 화가 난 얼굴의 산이 성큼성큼 다가오더니 소담의 손목을 움켜잡고 축사 안으로 끌고 들어왔다.

"너 선생님한테 뭐 하는 짓이야?"

"내가 뭘요?"

"태도가 그게 뭐냐고!"

"내 태도가 뭐 어땠다고 분노예요?"

"친절하게 인사를 하면 친절하게 인사를 받아줘야지. 자주 만나자는 말에 왜요, 라니?"

"아니…… 난 자주 만날 일이 없을 줄 알고 그랬죠…… 내 태도가 언제는 안 그랬어요? 왜 갑자기 그렇게 열을 푹푹 내는 거예요?"

소담이 힘들여 왔건만 알아주는 사람 없이 결국 또 욕만 먹네 싶어 축사를 나가려는데 산이 소담을 붙잡았다.

"다음에 만나면 사과해."

"싫어요."

"사과해! 목장에 일 있을 때마다 달려와서 도와주는 분인데 너 때문에 난처하게 됐잖아."

"둘이 친한 것 같구만 설마 나 때문에 일 안 봐주겠다 하겠어요?"

"은소담!"

산이 버럭 고함을 질렀다.

"에이, 진짜 고생해서 왔더니…… 신경질만 내고…… 혹시……

둘이 사귀어요?"
 "뭐?"
 "사귀는 사람이라서 감싸는 거예요?"
 "뭐야?"
 "둘이 서로 다정하게 웃고 뜨거운 눈빛 교환하고 반말도 하는 걸 보니 애정하시나 봐요?"
 소담이 비꼬는 듯이 말하자 소담을 노려보던 산이 그래 애정한다 하고 대꾸했다.
 "그래요? 어쩐지 그럴 것 같더라. 참 잘 어울리더라구요."
 "그래, 잘 어울려."
 "잘 어울리는 여자 두고 왜 나한테 집적거렸어요!"
 소담이 격분해서 소리쳤다.
 "내가 언제 집적거렸어?"
 "나한테 두 번이나 키스하려고 했었잖아요!"
 "한 적은 없잖아."
 그건 그렇지만.
 "집적거리긴 했잖아요. 그건 뭐였어요? 못 먹는 감 찔러본 거예요?"
 "그래, 찔러봤다."
 수의사와 서로 애정한다는 산의 대답만으로도 분해서 미칠 지경인데 그동안의 행동이 못 먹는 감 찔러본 것에 불과하다는 산의 대답에 화가 머리 꼭대기까지 치밀 만큼 서운해진 소담은 괜찮은 사람으로 생각했던 자신이 얼마나 멍청했는지를 깨달으며 획 돌아서서 축사를 나와 버리고 말았다.
 신경질이 나서 더는 구산의 얼굴을 쳐다보고 싶지도 않았고 젖소부인들도 만나고 싶지 않아졌다.

속으로 수의사와 서로 애정을 하건 사랑을 하건 실컷 하라고 악을 써대며 내일 당장 서울로 돌아가겠다고 거듭거듭 다짐하며 뒤뚱뒤뚱 축사를 나오는데 산이 소담을 붙잡았다.

"다음에 만나면 사과하는 거야."

"싫어요!"

소담은 산의 손을 획 쳐내며 버럭 소리를 질러 버렸다.

"나한테 한번만 더 손대면 죽여 버릴 거야!"

소담이 버럭 고함을 지른 후 획 돌아서서 똥개와 힘들게 왔던 길을 되짚어 걸어가기 시작했다.

"기다려. 캄캄해졌어!"

산이 소리쳤지만 소담의 귀에는 들리지도 않았다.

"차 가져올 테니까 기다리라고!"

산이 초조한 목소리로 소리쳤지만 소담은 끝내 외면해 버렸다.

"미쳤어. 괜히 왔어."

얼마나 고생해서 온 길인데 마음만 잔뜩 상해서 돌아가게 되자 화가 나고 서러워서 견딜 수가 없었다.

생각해 보면 화가 나고 서러울 일이 요만큼도 없는데 정말 화가 치밀고 서러워서 울컥 눈물이 날 것 같았다.

"찔러만 봤다고? 나쁜 자식, 나쁜 놈!"

혼자 산길을 걸으며 소담이 바락바락 고함을 질렀다.

"수의사가 뭔데!"

이 기분을 뭐라고 표현해야 할까.

절대 질투일 리가 없는데 틀림없이 질투로 느껴지는 이 기분 말이다.

아무리 생각해도 수의사를 질투할 이유가 없었다. 시골 수의사를 질투한다니, 이게 말이나 되느냔 말이다. 그리고 수의사하고 우리나라 1등 재벌이나 톱스타도 아닌 강원도 산골에서 젖소 키우는 구산이 서로 애정한다는데 왜 그 사실에 이토록 화가 치미는 것인지, 구산에게 애인이 있다는 사실이 어째서 오랜 시간 공을 들여 가꾸고 가꾼 내 사랑, 내 남자를 얼굴 반반한 못된 계집에게 빼앗긴 것만 같은 기분이 드는 것인지 아무리 이해하고 좋게 생각하려고 해도 납득할 수도 영문을 알 수도 없는 희한한 일이었다.

"나 구산 안 좋아한단 말이야."

구산을 괜찮은 사람으로 생각하긴 했지만 좋아한다고 생각해 본 적도 없고 좋아할 만한 사람이라고도 생각해 본 적이 없는데 도대체 이 국적불명 정체불명의 감정은 어디서 튀어나오는 것일까.

"아무리 우아해도 이 은소담 발바닥만도 못하구만."

분명히 우아하고 친절하고 고운 여자였지만 아무런 특징도 없고 개성도 없는 여자였다. 이민서라는 수의사 말이다. 우아하고 친절하고 고운 것이 특징이고 개성이라고 우기면 할 말이 없지만 솔직히 말해 심심하게 생겨서 다섯 번 보면 싫증날 얼굴이었다.

은소담하고 비교 분석하자면 정말 발바닥, 아니, 발목 정도밖에 못 오는 비교 자체가 소담에겐 굴욕스러운 일인데 그런 심심하게 생긴 여자에겐 더없이 다정하고 백이면 백의 남자가 한번 쳐다보면 눈을 떼지 못하는 인형 같은 은소담에게는 성질만 내다니.

"촌놈."

구산이 나쁜 놈이고 촌놈이었다.

촌놈이니 그런 심심한 여자에게 빠지는 것일 테다. 촌놈이라 은소담은 찔러만 보고 심심하게 생긴 여자를 좋아하는 것일 테다.

"진짜 나쁜 놈. 애인도 있는 놈이 나한테 키스를 하려고 해? 남자는 다 짐승이라더니 아 진짜, 신경질나."

아무 잘못 없이 그저 우아하고 친절하기만 했던 이민서 수의사 선생을 심심하게 생겨 다섯 번 보면 싫증날 여자로 평가절하하고 곱디고운 이민서 선생님을 애정하는 구산을 천하의 난봉꾼으로 치부하며 집을 향해 가던 소담은 문득 정신을 차리고 주변을 살펴보다가 깜짝 놀라고 말았다.

분명히 똥개와 함께 왔던 길을 그대로 되짚어가고 있다고 생각했는데 처음 보는 전혀 엉뚱한 길이었기 때문이다.

"아니야. 제대로 가고 있는 거야."

오늘 한번 걸어왔을 뿐인데 한번 걸어본 길을 즉시 외운다는 건 은소담이 천재라는 뜻이었다. 고맙게도 은소담은 절대 천재가 아니었기 때문에 이 길이 왔던 길이 아니라 다른 길이라는 것은 절대 확신할 수 없었다. 산길과 숲길이 다 그렇지 다르면 얼마나 다를 거라고.

시간이 갈수록 길을 잘못 들어섰다는 불안감이 커지고 있긴 했지만 소담은 불안한 생각을 애써 떨치며 꿋꿋하게 길을 걸었다.

"곧 집이 나올 거야."

나와야 했다. 무슨 일이 있어도 집이 나와야 했다.

그런데 가도 가도 집이 안 나왔다. 여기만 돌아가면 톡 튀어나와 줄 것 같은 집이 아무리 돌아가도 나오질 않았다.

해는 조금 전에 산을 넘어가서 급격하게 어두워지고 있는데 동전이라도 던져서 선택을 하지 않으면 안 되는 갈래 길이 앞을 가로막자 드디어 소담은 막막해져 버렸다.

"어떡해…… 이 길이 아닌가 봐."

소담은 아까아까 인정했어야 할 것을 이제야 인정하며 후들후들 떨기 시작했다.

집으로 가는 길이 아니라는 것을 알아차렸을 때 곧장 뒤돌아갔어야 하는데 이 길이 맞다고 우기며 전진하는 바람에 더욱 험한 꼴을 당하게 된 것이다.

고집부릴 일이 따로 있지 이런 일에는 절대 고집을 부려선 안 되는 것인데 정말이지 큰일이었다.

"똥개야!"

똥개가 따라오지 않았다는 것을 알면서도 혹시나 하는 마음에 똥개를 외쳐 불렀지만 역시나였다. 그 어디에서도 똥개 짖는 소리는 들리지 않았다.

산 벌레가 울기 시작하고 부스럭거리는 소리도 들리는 것이 갑자기 어두컴컴한 곳에서 산짐승이 튀어나올 것 같아 두려움에 가슴이 뛰기 시작했다. 두려움 때문이 아니라 추위 때문일 수도 있었다. 어두운 만큼 기온은 급격하게 떨어졌고 처음엔 오싹오싹하던 것이 지금은 손발이 시리고 몸이 저릴 만큼 추웠다.

"돌아갈까?"

일단 돌아서긴 했는데 순식간에 어두워지다 보니 돌아가는 길도 찾을 수가 없었다.

"어떻게 하지?"

불안함과 공포감에 캄캄한 주변을 두리번거리던 소담은 몸을 웅크리며 쪼그리고 앉고 말았다.

이럴 때일수록 침착해야 하고 호랑이한테 물려가도 정신만 똑바로 차리면 살 수 있다는 말도 있는데 침착은 고사하고 머릿속이 하얗게 바래서 어떻게 해야 할지 아무 생각도 나지 않고 아무리 정신을 똑바로 차리려 애를 써도 낙엽 떨어지는 소리에도 놀라 파르르 몸을 떨었다.

"괜히 못되게 굴어서 벌받나 봐…… 아닌데…… 못되게 군 건 구산인데……."

이런 생각이야말로 정말 쓸데없고 전혀 도움이 안 되는 생각이라는 것을 알고 있었지만 산길을 헤매다 길을 잃고 두려움에 떨게 되니 별생각이 다 들었다.

앞으로든 뒤로든 한 발자국도 더는 갈 수가 없을 만큼 두려움에 떨며 똥개가 귀가 밝으니까 멀리서라도 소담의 목소리를 들을지도 모른다는 생각에 몇 번이나 똥개를 외쳐 불렀지만 정작 부르는 똥개는 오지 않고 산짐승이 나타날까 두려워 얼마 못 가 똥개를 부르는 것도 그만두고 말았다.

"진정해, 진정해."

소담은 불안한 마음을 가라앉히기 위해 몇 번이나 심호흡을 했다.

"구연산이 그랬잖아. 여긴 호랑이도 없고 곰도 없다고. 짐승이 튀어나올 리가 없어."

소담은 공포를 씻어내기 위해 최선을 다했다.

"날 찾으러 올 거야. 집에 내가 없으면 분명히 날 찾으러 올 거야."

믿을 것은 그것밖에 없었다.

구씨 삼 형제는 저녁을 먹기 위해 집에 갈 것이고 분명 소담이 사라졌다는 것을 알아차릴 터였다. 그러면 틀림없이 소담을 찾기 위해 삼 형제가 뿔뿔이 흩어져서 산속을 뒤질 것이고 조금만 참으면 삼 형제 중에 한 사람은 만날 수 있었다.

이제야 머리가 좀 돌아간다고 생각하며 더는 움직이지 말고 꼼짝 않고 여기서 기다리자고 마음먹었는데 금방 나타나 줄 것 같은 구씨 삼 형제가 아무리 기다려도 나타나지 않자 또다시 공포와 불안감에 시달리기 시작했다.

"내가 없어졌다는 걸 모르나 봐……."

그럴 리가 없는데, 구산이라면 모를까 강과 들은 절대 그럴 리가 없는데, 그런데 왜 안 나타나는 걸까.

캄캄한 것도 무서워 죽을 지경인데 가만히 앉아 있자니 점점 더 추워져서 오한이 와르르 몰려들었다. 어둡고 춥고 배고프고…… 눈물이 날 것 같았다.

"설마…… 3월에 얼어 죽기야 하겠어?"

맞다. 3월인데 아무리 추워도 얼어 죽을 수는 없었다.

그래도 여긴 강원도였다. 다른 곳보다 봄이 더디 오고 다른 곳보다 배는 춥다는 강원도. 다른 곳보다 춥다는 강원도 중에서도 산골.

"으…… 추워."

얼어 죽을 일은 없는 3월인데도 정말 살인적으로 추웠다.

옷깃을 단단히 여미어도 오돌오돌 저절로 몸이 떨릴 지경으로 추운데 후둑후둑 이상한 소리가 들렸다.

이상한 소리에 산짐승이 나타난 줄 알고 흠칫 놀랐던 소담은 얼굴에 내려앉는 섬뜩한 기운에 산짐승이 아니라 비라는 것을 알아차렸다.

"왜 갑자기 비가 오고 난리야."

캄캄하고 추운 것도 기절할 지경인데 비까지 내리다니.

하지만 소담은 곧 얼굴에 내려앉는 것이 비가 아니라 눈이라는 것을 알게 됐다.

"미쳤어. 3월에 눈이라니. 3월 말에 눈이라니!"

얼어 죽으라는 소리였다. 아니, 얼어 죽을 것이라는 예고였다.

"안 돼. 은소담이 강원도 산골에서 얼어 죽는 건 말도 안 되는 소리야. 그것도 3월에."

엎친 데 덮친 격이라는 말이 무슨 말인가 했더니 바로 이런 경우를 두고 하는 말이었다.

"이렇게 죽기는 싫어. 못해본 일이 엄청 많다구. 나보고 놀았다고 하는데 아니거든? 제대로 놀아본 적은 한 번도 없단 말이야. 못 가본 나라도 많고…… 그리고 적어도 다섯 명의 남자와 잠도 자봐야 하고…… 공부도 조금 더 하고 싶고…… 하여튼 이렇게 죽기는 싫다고. 말이나 돼? 얼어 죽는 게 말이나 되냐고."

이렇게 비참하고 쪽팔리고 억울하게 죽고 싶지는 않다고 생각한 소담은 벌떡 일어나서 잘 보이지도 않는 사방을 둘러봤다. 그리고 태어나서 열다섯 번째로 기도를 했다.

"이번만 살려주시면 이민서 수의사한테 사과할게요."

라고.

내려가는 길보다는 올라가는 길이 안전할 것 같아 길을 정한 후 두 걸음 앞도 잘 보이지 않는 길을 걸어보기 위해 목발을 단단히 부여잡고 한 걸음 한 걸음 내딛으며 소담은 열여섯 번째로 기도를 했다.

"구씨네 삼 형제만 만나게 해주시면 밥도 하고 빨래도 하고 설거지도 하고…… 아니, 설거지는 하지 말라고 했으니까 대신에…… 으으, 추워…… 청소도 하고 젖소부인들하고도 친하게 지내고 소 밥도 주고…… 똥도 치우고…… 으, 추워…… 똥개도 자주 씻겨주고 그러니까 나도 놀고먹지 않고 밥값을 할 것이고 아…… 진짜 춥다…… 이젠 정말 친절한 소담이가 될게요. 그러니까 제발…… 나 좀 살려주세요. 제발요…….”

그렇게 기도를 하며 목발을 한 걸음 더 내딛는데 하필 움푹 팬 곳을 짚었던 모양이다. 푹 꺼지는가 싶더니 미끌하는 순간 중심을 못 잡고 앞으로 폭 고꾸라지고 말았다.

“아악!”

무릎을 제대로 찧으며 고꾸라진 소담이 비명을 내지르는데 소담의 비명 소리를 들었는지 소담아! 하고 외쳐 부르는 소리가 들렸다.

“구산 씨?”

“소담아! 어딨어!”

“여기요…….”

소담아! 하고 부르는 소리가 어찌나 반갑고 또 반가운지 순간적으로 감정이 복받친 소담이 울먹거리며 대답하자 부스럭거리는 소리와 함께 곧 산이 나타났다.

“소담아!”

산이 엎어질 듯 소담에게 달려왔다.

“괜찮아? 안 다쳤어?”

소담이 잘못됐을까 봐 걱정에 휩싸인 채 소담을 찾아 헤맨 탓인지 산이 격앙된 목소리로 물었다.

"왜…… 이제 와요. 무서워 죽을 뻔했단 말이에요……."

소담이 산을 올려다보며 울먹울먹 원망하자 소담을 쳐다보던 산이 갑자기 버럭 고함을 질렀다.

"내가 차 가져올 테니까 기다리라고 했잖아! 금방 캄캄해질 거라고 기다리라고 했잖아!"

"나는 화가 나서……."

산이 고함을 지르는데도 산이 찾으러 와줬다는 것이 너무 고맙고 산에서 얼어 죽지 않고 살 수 있다는 것이 너무 기뻐서 화를 내고 싶은 마음이 요만큼도 없었다.

"너 잃어버린 줄 알고 얼마나 놀랐는지 알아?"

"……."

산이 계속 화를 냈지만 소담은 노여움도 타지 않고 울먹이기만 했다.

"언제 여기까지 온 거야?"

"몰라요. 그냥 집에 가는 길인 줄 알고 막 왔는데…… 집이 안 나왔어요."

공포에 떨고 추위에 떨었던 것이 너무 서러워진 소담의 눈에서 주르륵 눈물이 흘러내렸다.

"큰일 날 뻔했잖아. 너 잃어버렸으면 어쩔 뻔했어?"

"다시 가려고 했는데…… 캄캄해서…… 아무것도 안 보여서……. 무섭고…… 춥고…… 3월인데 막 눈도 오고…… 왜 이제 왔어요…… 빨리 와야지…… 추워서 죽을 것 같아요."

소담이 흐느끼며 서러움을 토해내자 어쩔 줄 몰라 하던 산이 점퍼 지퍼를 열어 소담을 끌어당겨 안고는 점퍼 자락으로 소담의 몸을 감쌌다.

산의 품에 안긴 소담은 산의 티셔츠 앞섶을 꼭 붙잡은 채 하염없이 흐느꼈고 산은 후들후들 떨며 우는 소담을 더욱 꼭 끌어안았다.
"잘못된 줄 알고 얼마나 놀랐는데."
"……얼어 죽을까 봐 무서워서 죽는 줄 알았단 말이에요."
"얼어 죽긴 왜 얼어 죽어. 밤새도록 샅샅이 뒤져서라도 널 찾아냈을 텐데."
산이 놀란 소담을 진정시키고 꽁꽁 언 몸을 녹여주기 위해 연신 비비며 말했다.
"집에 가요. 집에 가고 싶어요."
"그래. 집에 가자."
산은 소담의 얼굴을 온통 적셔놓은 눈물을 닦아주며 고개를 끄덕였다.
"말 좀 들어."
"이제 들을 거예요."
"은소담 때문에 피가 마른다 정말."
산이 소담의 얼굴을 감싼 채 혼잣말처럼 속삭였고 소담은 울었기 때문인지 추위 때문인지 흘러나온 코를 닦느라 산의 속삭임을 알아듣지 못했다.
"아저씨 아주머니한테 나 잃어버렸다고 얘기했어요?"
"안 했어."
"절대 하지 말아요. 쪽팔리니까."
"알았어."
"진짜 추워요. 빨리 집에 가요."
"알았어, 가자."

동생들에게 전화를 걸어 소담을 찾았다는 것을 알린 산은 소담을 일으켜 세운 후 얼른 점퍼를 벗어 떨고 있는 소담에게 입혀주었다.

"감기 들겠다."

"나 옷 벗어주면 구산 씬 추워서 어떻게 해요?"

"너 업고 가야 해서 안 추워."

"업고 갈 거예요?"

"걸을 수 있어?"

산의 물음에 소담이 고개를 젓자 산이 업히라는 듯 소담의 앞에 등을 보였다.

"비무장지대에 접근해도 돼?"

산의 농에 소담이 픽 웃으며 산의 등에 업혔다.

"지뢰는 없으니까 걱정 말아요."

소담의 대답에 이번엔 산이 픽 웃었다.

"목발은요?"

"차라리 없는 게 낫겠어. 목발 없으면 아예 못 돌아다닐 것 아니야."

산은 목발을 산길에 내버려 두고 소담을 업은 채 천천히 산길을 올랐다.

"무서웠어?"

"진짜 무서웠어요."

"추웠지?"

"네. 날씨가 미쳤나 봐요. 눈도 와요."

"응."

"너무 무섭고 추워서 기도도 했어요. 여기서…… 얼어 죽을까 봐."

소담이 덜덜 떨며 말하자 산이 피식 웃었다.

"뭐라고 기도했는데?"

"못해본 게 많아서 지금 죽으면 너무 억울하니까 살려달라구요. 이민서 수의사한테도 사과하고…… 또 빨래도 하고 밥도 하고…… 청소도 한다고…… 내가 원래 기도 잘 안 하거든요. 이민서 수의사한테 사과할 테니 살려달라는 기도는 열다섯 번째 기도였어요."

"지금까지 살면서 기도를 열다섯 번밖에 안 했다는 거야?"

"열여섯 번 했어요. 밥할 테니까 살려달라는 기도까지."

"기도가 통했네."

"맞아요. 으…… 추워 죽겠어요."

산의 목을 끌어안고 있는 소담의 팔이 심하게 떨리자 산이 걸음을 재촉했다.

"조금만 참아. 금방 가."

"아…… 졸려."

"자면 안 돼. 조금만 참아…… 그럼 이제 은소팔이 하는 밥 먹어보는 거야?"

소담이 추위에 떨다가 잠이 들까 봐 산이 일부러 말을 걸었다.

"괜히 밥을 걸었나 봐……."

소담의 후회하는 소리에 산이 소리없이 웃었다.

"못해본 게 뭔데?"

"못해본 거요?"

"못해본 게 많아서 지금 죽으면 너무 억울하다며."

"억울하죠. 난 이제 겨우 스물다섯인데 지금 죽으면 정말 너무

너무 억울하죠. 실컷 놀아보지도 못했고……."

"그만하면 많이 놀았어."

"남자도 많이 못 사귀어봤고……."

"몇이나 사귀었는데?"

"한 명도 제대로 못 사귀었다구요. 성질 더럽다고 일주일 아니면 한 달 만에 다 도망가 버려서."

"어느 놈이 붙어 있겠니."

"적어도 남자 다섯 명하고 자본 후에 죽든지 해야지……."

소담의 중얼거림을 들은 산이 갑자기 걸음을 멈췄다.

"다섯 명? 너 여기 버리고 간다."

"그럼…… 셋?"

"죽을래! 내려, 내려!"

산이 버럭 고함을 지르며 내려놓으려고 하자 소담이 산의 목을 더욱 꼭 끌어안았다.

"치…… 자기 순결이나 지킬 것이지 남의 순결 갖고 성질이야."

"계속할래?"

"아뇨! 빨리 집에 가요…… 저기요."

"뭐?"

"수의사 선생님하고 잤어요?"

소담이 잔뜩 졸린 목소리로 물었다.

"뭐?"

"수의사 선생님하고 잤나구요."

"그런 건 묻지 마."

"왜 성질이에요? 애인하고 잤냐고 묻는데."

"그런 걸 막 묻는 사람이 어딨어?"
"물으면 어때. 둘 다 성인인데…… 잤어요?"
"안 잤다."
안 잤다는 말이 왜 이다지도 큰 기쁨을 주는지.
"그럼…… 키스 몇 번 했어요?"
"키스해 봤냐고 물어야지."
"키스도 안 했어요?"
소담이 깜짝 놀라 물었다.
"누가 안 했대?"
"몇 번 했냐고 물었는데 해봤냐고 물어보라는 건 안 했다는 말이죠. 진짜 안 했어요?"
"……."
산은 입을 꾹 다물고 있었다. 했다고 하자니 거짓말이고 안 했다고 하자니 그 나이 먹도록 키스도 못해봤냐고 놀릴 것 같았기 때문이다.
"진짜 안 했나 봐."
산은 여전히 입을 꾹 다물고 있었고 소담은 산이 수의사 선생과 키스조차도 하지 않았다는 것에 졸음과 함께 커다란 기쁨이 몰려오는 것을 느끼며 씩 웃었다.
"어떻게 애정하는 사람하고 키스도 안 하냐……."
소담이 일부러 산의 귀에 대고 속삭였다.
"애정하는 게 아닌가 봐."
소담이 또 산의 귀에 대고 속삭였다.
"귀에 바람 넣지 말고 가만히 좀 있어."
"내가 언제 바람을 넣었다 그래요. 숨 쉰 거지."

"간지럽단 말이야."

"숨도 쉬지 말라구요?"

"아 진짜 미치겠네."

산이 투덜거리며 걸음을 재촉했다.

"앞으로는 수의사 선생님한테 친절하도록 할게요. 애정하는 남자한테 키스도 못 받은 불쌍한 수의사 선생님."

"까불지 마. 곧 할 거니까."

산이 퉁명스럽게 말했고 커다란 기쁨을 누리던 소담은 수의사 선생과 곧 키스할 것이라는 산의 말 한마디에 기쁨이 산산조각나는 것을 느끼며 퍼뜩 졸음까지 달아나자 숨이 막히도록 산의 목을 끌어안았다. 아니, 옥죄었다.

"억. 숨 막혀!"

"어차피 수의사 선생하고 키스할 때 숨 막힐 건데 미리 좀 막히면 어때요!"

마음이 확 상해 버린 소담은 산의 목을 조를 듯이 꽉 끌어안고는 산길을 벗어나 차가 세워진 곳에 도착할 때까지 한마디도 더는 하지 않았다.

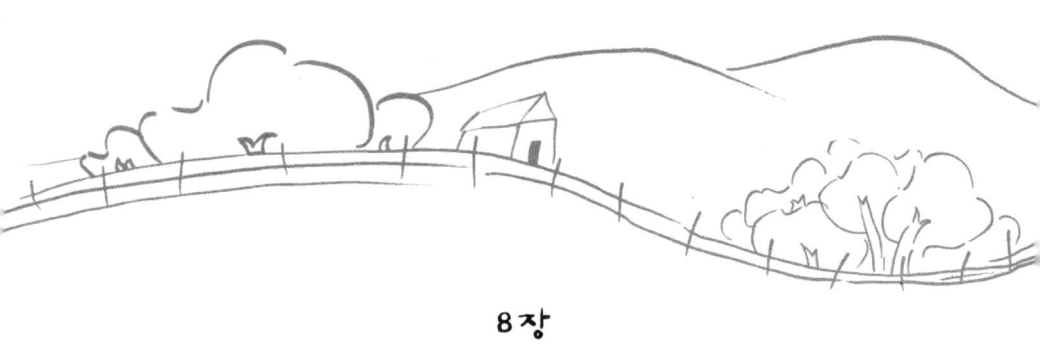

8장

소담을 업은 산이 도착하자 강과 들 그리고 똥개가 부리나케 달려왔다.

"누나! 깜짝 놀랐어요!"

"괜찮아요? 다친 거예요?"

"안 다쳤어."

산은 소담을 뒷좌석에 앉혀주자 강과 들이 소담의 곁에 붙어 앉고 마지막으로 똥개가 차에 오르자 차는 곧 출발했다.

"추워요, 누나?"

들이 걱정스럽게 물었을 때 소담은 졸고 있느라 제대로 대답할 수조차 없었다.

그냥 추운 정도가 아니라 뼈 마디마디에 한기가 스민 듯이 온몸이 떨리고 떨지 않으려고 노력해도 몸은 저절로 덜덜 떨려서 이까지 딱딱 부딪칠 정도였다. 그런 와중에도 졸음이 왜 이렇게 쏟아지는지.

구씨네 삼 형제와 소담 그리고 똥개가 탄 차는 소담이 한참이나 산길을 헤매고 다닌 것이 무색할 정도로 금방 집에 도착했다.

강과 들이 서둘러 저녁을 준비하는 동안 산은 소담에게 이불을 둘러씌워 언 몸을 녹여주기 위해 애를 썼지만 추운 데서 너무 오랫동안 떨었기 때문인지 아니면 놀란 가슴이 여태 진정이 되지 않기 때문인지 소담은 꾸벅꾸벅 졸면서도 계속 떨어댔고 잠에 취해 밥을 먹는 동안에도 오한이 가시질 않았다.

"계속 추워?"

산이 물으면 소담은 오돌오돌 떨며 가까스로 고개만 끄덕였다.

시간이 갈수록 목도 칼칼 아픈 것 같고 콧물도 계속 나오고 지끈지끈 머리도 아픈 것이 컨디션이 점점 더 나빠졌다.

밥은 손도 대지 않고 뜨거운 국물만 두 그릇이나 먹고 방으로 들어와 다시 이불을 둘러쓰고 누웠는데 몸을 누이면서부터 욱신거리기 시작하더니 점점 더 힘들어졌다.

아무래도 감기가 찾아온 모양이라고 생각하며 끙끙 앓고 있는데 산이 방으로 들어왔다.

"어때?"

"좀 아픈 것 같아요."

소담의 말에 산이 소담의 이마를 짚어보더니 열난다 하고 말했다.

"몸이 막 아파요."

"약 먹어."

산이 약과 물을 내밀었고 소담은 군소리없이 약을 받아먹었다.

"뒷집으로 가자."

"안 가요. 거기 너무 무서워요."

"같이 잘 거야."

"구산 씨랑요?"

"아니, 전부 다."

산이 소담을 일으켜 세웠다.

"전부 다…… 구씨네 형제들 전부 다요?"

"그래. 가자."

"남자 셋하고 같이 잔다구요?"

"남자 셋하고 자야 한다며. 소원대로 됐잖아."

"다섯이에요."

소담이 떨면서도 다섯이라고 숫자를 정정했다.

"똥개 껴주자."

산이 농담을 하며 소담의 손을 잡고 밖으로 나왔다.

"폭설이 올 건가 봐요."

강이 창밖을 쳐다보며 말했다.

"그럴 것 같다."

"폭설요? 3월에 눈 오는 것도 웃긴데 폭설이라니 말도 안 돼."

소담이 고개를 절레절레 저었다. 이렇게 이상한 곳은 처음 봤다고 생각하며.

"들은?"

"똥개 데리고 먼저 건너갔어요."

"우리도 가자."

산이 소담을 부축하려는데 강이 얼른 등을 보이며 소담 앞에 앉았다.

"누나 업혀요."

"걸어갈 수 있어요."

"아프잖아요. 얼른 업혀요."

"어우, 이러다 삼 형제 등에 돌아가며 업히게 생겼네."

소담이 은근히 즐기는 듯 거절하지 않고 강의 등 맛은 또 얼마나 튼실할까 생각하며 못 이긴 척 강에게 업히려는데 산이 소담을 붙잡더니 이렇다 저렇다 할 겨를도 없이 소담을 들쳐 업었다.

"문 열어."

산이 다짜고짜 소담을 업어버리자 강은 소담을 업어볼 수 있는 기회를 놓친 것이 못내 아쉬운 표정으로 현관문을 열었고 산은 소담을 업은 채 집을 나서 뒷집으로 향했다.

"와, 진짜 폭설이다."

정말 폭설이었다. 믿어지지 않는 사실이었지만 하늘에서 수제비를 뜯어 뿌리는 듯 커다란 눈송이가 펑펑 쏟아지고 있었고 한두 시간 사이에 세상은 온통 눈밭 눈산으로 탈바꿈해 있었다.

"내려줘요. 힘들잖아요."

"괜찮아."

눈 때문에 걷기 힘든데도 산은 끝까지 소담을 등에서 내려놓지 않았다.

뒷집 찜질방에 깔아놓은 이불 맨 끝자리에 소담이 누웠을 때 한바탕 소동이 일어났다. 강과 들이 서로 소담의 옆자리를 차지하겠다며 아옹다옹 다투기 시작했기 때문이다.

"내가 형인데 당연히 내가 누나 옆에서 자야지!"

강이 한 살 많은 형이라는 것을 내세웠다.

"난 소담 누나하고 결혼할 사람이야."

들이 우겼다.

누구 맘대로?

"우리가 언제 그런 합의를 봤어요?"

소담이 물었지만 들은 깨끗하게 무시했다.

"네가 누나한테 무슨 짓을 할지 모르기 때문에 내가 옆에서 자야 해."

"형이야말로 누나한테 무슨 짓을 할지 모르기 때문에 내가 지켜야 해요! 누나는 내 여자란 말이에요. 동생의 여자를 탐내는 형이 어딨어요?"

소담은 강과 들의 다툼을 황당하다는 얼굴로 멀거니 쳐다보고 있었다. 아프고 피곤하고 몸이 떨려 죽을 지경인데 늙은 동생들이 하는 짓을 보니 어처구니가 없었기 때문이다. 잠 좀 잤으면 좋겠는데 시끄럽게 싸워대니 두 녀석 다 내쫓아 버리고만 싶었다.

저 골치 아픈 녀석들 좀 누가 처리해 줬으면 좋겠다고 생각하는데 산이 방으로 들어왔고 단 5초 만에 상황을 정리해 버렸다.

"내가 여기서 잘 거야."

산이 말한 여기는 소담의 바로 옆자리였고 두 동생들의 얼굴은 찜찜한 것을 씹은 얼굴이 돼버렸다.

"불 꺼."

산이 명령하자 강과 들은 불만 가득한 얼굴로 산을 쳐다보다가 불을 끄고는 산의 곁에 강이 눕고 문 쪽에 들이 누우면서 일단은 소동이 일단락됐다.

소담은 고요해져서 다행이라고 생각하며 얼른 잠이 들어 몸이 쑤시는 아픔을 잊어버렸으면 좋겠다고 생각하는데 들이 갑자기 벌떡 일어나 앉았다.

"왜 꼭 형이 누나 옆에서 자야 해요!"

들이 이번만큼은 형이 아니라 할아버지가 와도 물러설 수 없다는 듯 강력하게 항의하자 산의 표정이 날카로워졌다.

"맞아요!"

강도 따라서 일어났다.

끝난 줄 알았는데 2차전이 시작된 것이다.

"누나는 내 여자란 말이에요. 그럼 당연히 내가 옆에서 자야죠!"

"언제부터 소담이가 네 여자냐?"

산이 물었다.

"그러니까요."

소담도 거들었다.

"처음부터 내 여자였어요."

"나한테 덤비는 거야?"

"덤비는 게 아니라 정정당당하게 해야죠. 정정당당하게 차지하자고요."

들의 말에 소담은 참 가지가지 하는구나 싶었다. 정정당당하게 차지하자니.

"노예 시장에 나온 기분이네요. 님들은 날 차지하기 위해 혈안이 된 돈 많은 귄장들 같고."

소담이 비아냥거렸지만 삼 형제는 들은 척도 하지 않았다.

"정정당당하게 하자구요, 형."

"맞아요."

강과 들이 우겼다.

"은소담이 너네들한테 무슨 짓을 할지 모르기 때문에 내가 옆에서 자야 해."

산의 말에 소담이 기가 막혀 산을 쳐다봤다.

"뭐라구요? 내가 무슨 짓을 한다는 거예요?"

소담이 항의했지만 이번에도 삼 형제는 들은 척도 하지 않았다.

"형, 난 그걸 바란다구요."

들이 진심이 가득한 목소리로 말했고 소담은 가끔씩 들이 정신 줄을 놓칠 때가 있는데 지금이 그때라고 생각했다.

"닥쳐!"

산이 버럭 으박지르자 씩씩거리던 들과 강이 다시 자리에 누웠고 또다시 방 안에는 고요함이 찾아왔다.

이제 방 안에는 구씨네 삼 형제가 번갈아 내뱉는 숨소리만 은은하게 울려 퍼졌다. 소담은 삼 형제가 내쉬는 숨소리를 들으며 곁에 누가 있다는 것에 푸근함을 느끼며 벽에 걸어놓은 무청도 무섭지 않고 칠흑 같은 어둠도 무섭지 않은 것을 기뻐했다.

장성하고 혈기가 펄펄 끓어 넘치는 사내 셋과 한방에서 자는 일이 평생에 한 번 있을까 말까 한 일인데도 어색하거나 민망함이 없이 왜 이렇게 포근하고 좋은지. 한 달 넘게 함께 지내면서 익숙해졌거나 구씨네 삼 형제가 은근히 좋아졌기 때문일 수도 있고 산길을 헤매며 추위와 어둠에 떨었기 때문일 수도 있는데 어쨌거나 완벽하게 평온한 마음으로 잠자리에 드는 것은 지금이 처음이었다.

늘 뭔가 부족하고 뭔가 쓸쓸하고 어쩐지 외로워하며 잠자리에 들었었는데 부족하지도 쓸쓸하지도 외롭지도 않은 놀라울 만큼 완벽하게 포근하고 평온했다. 몸이 아픈 것만 빼고.

몸이 아파도 고생한 뒤끝이라 슬금슬금 맛 좋은 졸음이 몰려드는데 갑작스레 우르르 쾅쾅 하는 소리에 깜짝 놀라며 눈을 떠보니 천둥 번개가 치나 싶었던 소리는 천둥 번개가 아니라 코 고는 소리였다.

바로 옆에서 들리는 것이 아니라 건너 자리와 다시 건너 자리에서 울려 퍼지는 것을 보아하니 강과 들이 뿜어대는 코골이였다. 정정당당하게 차지하자고 우겨댄 것이 겨우 10분 전인 것 같은데 벌써 코를 골며 곯아떨어지다니. 이건 폭격기도 아니고.

이제 곧 산도 코를 골겠구나 생각하며 쑤신 몸을 어떻게든 진정시키기 위해 이리 뒤척 저리 뒤척이다 산이 누운 쪽으로 돌아누워 잠을 청하는데 아파? 하고 속삭여 묻는 소리가 들렸다. 산이었다.

"안 잤어요?"

"아파?"

"아이고…… 아파요."

소담이 앓는 소리로 대답하자 산이 소담의 이마를 짚어보았다.

"약 먹었는데 열이 안 내리네."

"내리겠죠. 몸 쑤시는 거나 가라앉았으면 좋겠는데……."

소담이 다시 끙 소리를 내며 벽을 보고 돌아누웠다.

"나 내일 서울 갈 거예요."

"컥!"

갑자기 강인지 들인지가 전등이 깨지도록 코를 고는 바람에 산은 서울 갈 거라는 소담의 말을 듣지 못했다.

"뭐?"

"서울 간다구요."

소담의 말에 잠깐 동안 침묵하던 산이 입을 열었다.
"회장님이 오라고 하신 적 없잖아."
"오라고 한 적 없어도 갈 거예요."
"왜?"
"몇 번이나 집적거려 놓고 집적거린 적 없다고 하고 못 먹는 감 찔러만 봤다 그러고. 이제 구산 씨가 나한테 집적거리는 것도 싫고 못 먹는 감 돼서 찔리는 것도 싫고 그래서 갈 거예요. 내가 다시는 여기 오나 봐라. 끙…… 아프다."

소담이 끙끙 앓으며 말했다.
"집적거리는 거 아니야."
"아니면 뭐예요?"
"……."

산은 차마 말할 수 없었다. 집적거리는 것이 아니라 좋아하는 거라는 것을. 너무 좋아서 너무 사랑스러워서 견딜 수가 없다는 것을. 진짜…… 먹지 못할, 그냥 바라만 봐야 하는 감이니까.

"집적거리는 게 아니면 뭐냐구요."
"……첫 번째 기도는 뭐였어?"

묻는 말에 대답없이 산이 엉뚱한 것을 물었다.

"첫 번째 기도요?"
"기억해?"
"갑자기 그건 뭐 하러……. 우리 엄마 살려서 다시 보내달라구요."

소담의 대답에 산은 잠깐 동안 아무 말도 하지 않다가 다시 입을 열었다.

"……두 번째는?"

"우리 엄마 백화점에서 팔게 해달라구요."

"⋯⋯세 번째는?"

"우리 엄마한테 데리고 가달라구요."

"⋯⋯."

"유치원 다닐 때⋯⋯ 굉장히 열심히 기도했는데⋯⋯ 하느님은 기도하면 다 들어준다고 해서 진짜 열심히 기도했는데 하나도 안 들어주더라구요. 나중에 알았어요. 그딴 기도 들어주면 하나님도 아니라는 걸."

"⋯⋯그랬구나."

산이 가라앉은 목소리로 중얼거렸다.

유치원 때 엄마를 다시 보내달라고 엄마를 백화점에서 팔게 해달라고 엄마한테 데리고 가달라고 기도했다는 소담의 말에 어느 날 갑자기 엄마를 잃어버리고 소담이 얼마나 큰 외로움에 시달렸을지 그 어린 가슴에 난 상처가 고스란히 느껴지자 산은 명치끝이 아파오는 것을 느꼈다.

오늘따라 더욱 작고 사랑스럽게 보이는 소담의 어깨를 바라보며 안아주고 싶다고, 바로 앞에서 어린아이처럼 몸을 웅크리고 있는 소담을 꼭 껴안아주고 싶다고 생각하는데 소담이 갑자기 산 쪽으로 돌아눕더니 산을 쳐다봤다.

"수의사 선생님이 그렇게 좋아요?"

"무슨 상관이야?"

"나보다 더 예뻐요?"

소담의 심술난 질문에 산이 픽 웃었다.

"치⋯⋯ 나보다 안 예쁘더만⋯⋯ 아주 좋아 죽던데요?"

소담이 휙 돌아누워 씩씩거리는데 산이 주물러 줄까? 하고 물었다.

"됐네요. 집적거리지 말고 수의사 선생님이나 실컷 주물러 드리세요."

소담이 양껏 비아냥거리자 산이 또 낮게 웃었다.

수의사 선생하고 깊이 애정하시는 산이 이유없이 미워 죽겠다고 생각하며 얼른 자야겠다고 눈을 감는데 소담의 작은 어깨에 산의 손이 닿았다.

"주무르지 말아요."

소담이 산의 손을 거부하는데도 산은 우직하게 소담의 어깨를 주무르기 시작했다.

"내가 여길 그냥 뜰 거라고 생각하지 말아요."

"무슨 소리야?"

"산통 다 깰 거예요. 수의사 선생님한테 다 말할 거라구요."

"뭘?"

"구산 씨랑 동침했다고."

소담의 말에 산이 웃었다.

"웃지 말아요. 거짓말 아니잖아요. 우린 분명히 동침한 관계예요. 그리고 진짜 말할 거예요. 두 사람 확 찢어놓고 갈 테니까 각오해요."

"얼마든지."

"두 사람의 관계를 파탄 낼 거라구요."

"기대할게."

"협박하는데 떨지도 않아. 수의사 선생님하고 그렇게 믿음이 커요?"

산이 호응을 해주지 않자 김이 새버린 소담은 산의 손을 거칠게 처내고 이젠 정말 잘 거라고 생각하며 눈을 감았는데 산이 다시 소담의 어깨를 주무르기 시작했다.
'정말 황소처럼 신경질나게 우직한 사내구나.'
소담은 쳐내봤자 또 주무를 것 같고 어차피 내일 여길 뜰 텐데 안 그래도 쑤셔대는 몸 마사지나 실컷 받고 가자 싶어 내버려 두었다. 시원한 것이 꽤 좋았으니까. 그런데 손이 닿는 자리마다 쑤시던 자리가 거짓말처럼 멀쩡해지며 시원해지는데도 불구하고 잠이 오지 않았다. 이상하게 아픈 것이 가시고 시원해지는데도 잠이 잘 오기는커녕 점점 더 달아났다.
과연 남자 손이라 커다랗고 힘 넘치는 손이 시원하고 야무지게 주물러 주니 금방 잠이 들어야 정상인데 갈수록 말똥말똥해졌다.
피곤해 죽겠는데, 아파 죽겠는데 잠은 어쩌자고 점점 더 멀리 달아나는 것인지. 내일 서울 가야 하는데, 떠나야 하는데.
"아프면 안 돼."
산이 속삭였다.
이 남자는 어쩌자고 남의 가슴 두근거리게 속삭이며 귀한 잠을 쫓아내는 것인지.
"왜요?"
"여기 와서 계속 다치고 아프기만 했잖아. 이제 아프지 마."
"내가 다치고 아프면 좋으면서."
"내가 왜 좋아해?"
"나 미워하잖아요."
"미워하지 않아."
"미워서 만날 화만 내면서 뭘."
"아니야."

산이 소담의 어깨를 꽉 틀어잡았다.

이 남자가 정말…….

"저기요. 그렇게 잡지 말아요."

"왜?"

"집적거리지 말라고 했잖아요."

"집적거리는 거 아니야, 소담아."

"집적거리는 게 아니면 또 찔러보는 거네…… 찔러보지도 말라구요."

소담의 투덜거리자 소담의 어깨를 틀어잡고 있던 손이 소담의 목덜미로 올라왔다.

"그런 거 하지 말라구요, 진짜."

소담이 목덜미에 붙어 있는 산의 손을 털어내려는데 산의 손이 꼼짝을 하지 않았다.

"소담아."

"그렇게 끈적거리게 부르지도 말아요."

소담이 정말 가슴이 터질 것처럼 떨려서 산의 손을 치워내려는데 산이 소담의 손을 꽉 붙잡더니 소담을 뒤에서 꽉 끌어안았다.

헉!

두근두근 팔랑팔랑 가슴이 요동을 치기 시작했다.

"소담아……."

"하지 말아요…… 진짜로 수의사 선생님한테 다 폭로할 거예요. 나한테 막, 막…… 집적거렸다고."

너무 떨려서 말까지 더듬거렸다.

"음, 폭로해. 제발……."

소담이 몸을 비틀며 거부했지만, 아니, 거부하는 척했지만 그럴수록 산은 소담을 더욱 꽉 끌어안았다. 거부하는 척할수록 더욱 강하게 끌어안는 산의 팔, 그럴 때마다 욱신욱신 더욱 강하게 떨리며 죄어오는 심장.

"두 사람 파탄 냈다고 나중에 원망하지 말아요."

소담이 가늘게 떨리는 목소리로 경고하자 산이 뜨거운 숨을 내쉬며 소담의 얼굴을 쓰다듬었다.

"안 해."

"내가 동생들 덮칠까 봐 지켜야 한다더니 다 꿍꿍이가 있었던 거야."

소담이 놀렸지만 산은 아무런 대꾸도 하지 않고 소담을 끌어안고 있었다.

"아 진짜…… 자꾸 이러면 떨린다니까요."

"안고 있을게. 안고만 있을게……."

산이 속삭였다. 너무나 절실한 목소리로.

"잠들 때까지만."

산이 꼼짝 못하게 소담을 끌어안은 채 속삭였고 소담은 그런 척하던 반항을 멈췄다.

"잠들 때까지만이에요."

소담이 조건을 달았다. 거만하게.

"알았어."

"잠들고 난 후에도 계속 안으면 돈 내요."

소담의 말에 산이 낮게 웃음을 터뜨렸다.

산의 웃음소리가 잦아든 후 소담은 산의 품에 꼭 안겨 눈을 감았다. 잠은 절대 오지 않았지만 캄캄한 방 안에서 산의 품에 안겨 있으려니 가슴이 떨려서 도저히 눈을 뜨고는 견딜 수가 없었기 때문이다.

산의 품은 이 세상에 존재하는 따뜻함은 모조리 끌어 모아 놓은 것처럼 따뜻하고 든든했다. 그의 몸이 워낙은 크고 가슴도 보통 남자들보다 배는 넓었기 때문일 수도 있었지만 그보다는 구산이라는 남자는 원래 굉장히 따뜻한 가슴을 가진 것 같았다.

차가운 가슴을 가진 사람은 아무리 다정한 척해도 결국은 차가움이 탄로나기 마련인데 구산이라는 남자는 겉으로는 아무리 무뚝뚝하고 차가운 척해도 가슴속에는 불꽃의 결정과 같은 따뜻함을 가진 것이 틀림없었다. 그렇지 않고서야 이렇게 따뜻하고 든든할 수는 것 같았기 때문이다.

가슴에서 뛰는 심장 소리가 귀에서 왕왕 울려댈 정도로 가슴이 떨리는데 산은 소담을 안은 채 잠이 들었는지 꼼짝도 하지 않았다.

'이 남자는 바보거나 어딘가 고장난 게 분명해.'

어찌나 오랫동안 다른 행동 없이 꼼짝을 않는지 소담은 괜히 성이 났다.

남자라면, 보통 사내라면 이렇게 여자를 껴안고만 있을 수는 없지 않은가. 분명히 성욕이 백번은 격발하고도 남을 것인데 어떻게 이렇게도 돌부처처럼 가만히 있을 수 있는 것인지.

'어떻게 잠이 들 수가 있냐고. 이 은소담을 껴안고 말이야.'

어젯밤엔 입을 맞출 것 같다가 이마 맞대기만 하고 가버리고 그 전날에도 입을 맞출 뻔했는데 똥개 때문에 파투나고. 언제까지 흐지부지 시간만 끌다 그만둘 것인지.

'수의사 선생님 때문에 그러나? 양심에 찔려서?'

하지만 수의사 선생님 때문에 양심에 찔린다면 시도조차도 하지 말아야 하고 이렇게 껴안고 있는 것도 중대한 반칙이었다. 반칙이란 반칙은 다 해놓고 이제 와서 양심을 찾고 정절을 찾는다는 게 말이나 되는 소리인가.

그리고 아까 동침하고 집적거린 것을 폭로할 것이라는 협박에 제발 그렇게 해달라고도 했는데 구산이라는 남자 대체 무슨 생각을 하는 것인지 몹시 헷갈렸다.

어쨌거나 구산이 행동하길 기다리다간 칠순 잔치를 해야 할 것 같아 먼저 행동을 취해볼까 하는데 산이 소담을 꽉 안고 있던 팔에서 힘을 풀며 돌아누우려고 했다. 소담은 급하게 산의 팔을 붙잡았다.

"나 아직 안 자요."

소담이 산의 팔을 끌어당겨 안도록 하자 산이 다시 소담을 껴안았다.

"왜 안 자?"

"잠이 오겠어요?"

"왜 잠이 안 와?"

"구산 씨가 이렇게 끌어안고 있는데 잠이 오겠냐구요."

"내가 끌어안은 게 아니라 네가 안게 만들었잖아."

"그거 알아요?"

"뭐?"

"뜸 들이다 태우는 수가 있다는 거."

소담의 말이 무엇을 뜻하는지 알아들은 산은 소리없이 한숨을 내쉬었다.

누군들 뜸을 들이고 싶어서 들이겠는가. 지금 당장 부엌으로라도 데리고 나가서 척추가 으스러지도록 소담을 끌어안고 입술의

실핏줄이 터져 나가도록 입을 맞추고 싶었다. 깨물고 핥으며 지금까지 뜸 들이느라 질질 끌었던 시간을 보상받고 싶었다.
 그런데 그럴 수가 없었다. 소담이 재경그룹 은 회장님의 딸이라는 사실이 자꾸만 발목을 붙잡고 늘어졌기 때문이다.
 산은 때때로 아주 요즘 들어 매일 시간마다 소담이 재벌의 딸이 아니라 평범한 집안의 사람이면 얼마나 좋을까 생각했다. 재벌이 아니었으면…… 재벌만 아니었으면 하고 말이다.
 하지만 소담이 은 회장님의 딸이라는 것은 영원히 변하지 않을 사실이자 현실이었기 때문에 이렇게 뒤에서 껴안고 얼굴을 만질 수밖에 없을 만큼 끓어오르고 넘쳐흐르는 사랑을 주체하지 못하면서도 차마 그 이상의 행동을 할 수 없었다.
 이런 철부지에 이런 고집쟁이에 이런 날라리 된장녀를 사랑하게 될 줄은 몰랐는데…… 사랑이라는 고약한 감정은 이미 산의 가슴에 무슨 짓을 해도 꺼트리지 못할 불을 질러놓고 몇 걸음 뒤에서 사악하게 미소 지으며 느긋하게 관찰하고 있었다.
 어디 피할 수 있으면 피해보라고, 도망칠 수 있으면 도망쳐 보라고.
 시간이 지나면 떠날 사람이라는 것을 알기 때문에, 떠나면 다시는 돌아오지 않을 사람이라는 것을 알기 때문에 어떻게든 사랑을 감추고 숨기고 덮어서 꺼트리고 싶은데 감추고 숨기고 덮을수록 더욱 맹렬하게 타오르는 이 사랑을 어쩌면 좋을지…… 소담을 꽉 붙잡기 위해 약속해 줄 거창한 담보도 없고 거창하지 않은 담보를 보고 반색할 소담도 아니고 이미 오래전에 깨끗하게 지워 버려야 한다는 결론이 나와 있는데도 한 걸음도 물러서지 못하는 바보 같은 마음이었다. 한 뼘도 잘라내지 못한 바보 같은 미련이었다.

어쩌면…… 이라는 단어 때문에, 동화 같은 혹은 기적 같은…… 이라는 단어 때문에.

그때 소담이 갑자기 몸을 돌려 산과 마주 보고 누웠다.

"타는 냄새 안 나요?"

"타는 냄새? 어디서?"

"뜸 들이다 타기 시작했다구요."

소담이 사내가 어째 그렇게 소심하냐는 듯 나무라자 산이 픽 웃었다.

"나 할 얘기 있어요."

"뭔데?"

"나…… 구산 씨 탐나요."

"뭐? 그런 말은 남자가 하는 거야."

"그런 게 어딨어, 요즘."

소담이 촌스럽다는 듯 입술을 비죽였다.

"내가 왜 탐나?"

"……좋아하나 봐요."

소담이 솔직하게 대답했다.

"왜 좋아?"

"좋아하는 게 아니라 좋아하는 것 같다구요."

"왜…… 좋아하는 것 같아?"

"가슴도 막 설레고 아까 산에서 날 찾아냈을 때 너무나 안심되고 그런 게 좋아하는 거 아니에요?"

"……."

산이 아무런 반응을 하지 않자 소담이 잠깐 생각하는 듯 눈을 한 번 떨구고 나서 다시 산을 바라봤다.

"좋아하는 게 아니라…… 좋아요. 맞아요. 좋아요."

소담이 확신에 찬 어조로 말했다.

"왜? 뭐가?"

산의 목소리가 자신도 모르게 가늘게 떨렸다. 목소리가 떨리는 것이 아니라 어쩌면 가슴이 떨리고 있는 것인지도 몰랐다.

"음…… 구석구석."

곰곰이 생각하던 소담이 말했다. 구석구석 좋다고.

"구석구석?"

"네, 구석구석."

산을 바라보며 솔직하게 말한 소담이 갑자기 산의 얼굴을 끌어당겨 쪽 하고 입을 맞췄다.

"너 지금 뭐 한 거야?"

산이 당황해서 물었다.

"뭐긴 뭐예요. 꼬시는 거지."

"너 지금 한 행동 책임질 수 있어?"

"공증해요?"

소담이 소심해 빠진 산에게 곱게 눈을 흘긴 후 돌아눕더니 산의 팔을 끌어당겨 더욱 꼭 끌어안도록 만든 후 눈을 감았다.

산은 소담을 빈틈없이 꽉 끌어안으며 세상에서 제일 바보 같은 짓을 했다는 것을 깨달았다. 세상에서 제일 바보 같은 짓이라는 것은 소담의 옆자리에서 자겠다며 동생들을 힘으로 누른 것이 아니라 동생 놈들을 한방에 재운 것 말이다. 앞집에서 자라고 내쫓았어야 했는데, 백 미터가 쌓이도록 폭설이 내렸더라도 앞집으로 쫓았어야 하는 건데, 소담과 단둘이 자야 했던 건데.

"빌어먹을……."

"내가 좋아한다는데 그게 빌어먹을 일이에요?"
소담이 발끈해서 쏘아붙였다.
"그거 말고 다른 거."
"다른 거 뭐요?"
"그런 게 있어."
산이 이를 갈며 속삭였고 소담은 산이 이 가는 소리가 어쩐지 섹시하다고 생각하다가 한참 만에 어렵게 어렵게 잠이 들었다.

"내가 이럴 줄 알았어! 이럴 줄 알았다고! 형이 어떻게 이럴 수가 있어요, 어떻게 동생의 여자를 빼앗을 수가 있냐고요!"
어디선가 평생 죽을 둥 살 둥 모아둔 전 재산을 아주 가까운 사람에게 사기당해 모조리 날려 버리기라도 한 것처럼 누군가 목젖이 찢어지도록 악을 써대는 소리에 게슴츠레 눈을 떠보자 들이 벌겋게 달아오른 얼굴로 주먹을 불끈 틀어쥐고 소담을 노려보고 있었다.
착하디착한 들이 왜 저다지도 광분을 할까 잠이 덜 깬 통에 몽롱한 눈으로 바라보는데 들의 곁에 선 강의 표정도 심상치가 않았다. 마치 들과 함께 사기를 당하기라도 한 것처럼.
"어떻게 큰형이 이럴 수가 있어요! 어떻게 동생의 여자를 가로챌 수가 있냐고요!"
들이 금방이라도 핏줄이 터져 버릴 지경으로 핏대를 세워 큰형, 즉 산을 향해 맹공격을 퍼부었다.
"에이, 진짜 너무하셨네."
강까지 공격을 거들었지만 도대체 산은 뭘 하고 있는지 보통 때처럼 윽박지르지 않고 침묵을 지키고 있었다.

"뭘 가로챘다구요?"

소담이 잠결에 어눌하게 묻는데 들이 금방이라도 한 대 칠 얼굴로 소담을, 아니, 소담과 아주 가까운 곳을 노려봤다.

"들 씨…… 아침부터 왜 이렇게 열이 받았어요?"

"왜 열이 받았냐고요? 형을 봐요, 형을요!"

"형요?"

형 그러니까 구산이 뭘 어쨌다고?

대체 산은 어디 있기에 코빼기도 보이지 않을까 하며 고개를 돌리던 소담은 깜짝 놀라고 말았다. 산은 바로 소담의 곁에 누워 있었고 소담의 몸 중에서 정확하게 반절이 산의 몸 위에 걸쳐져 있었기 때문이다.

"에구머니나……."

소담이 놀라서 얼른 산의 몸에서 팔과 다리를 거두어들이고 베갠 줄 알고 베고 있던 팔도 얼른 놓아주며 더듬더듬 베개를 찾아 뺐다.

"봤냐? 내가 네놈의 여자를 가로챈 것이 아니라 네 여자가 날 가로챘다."

산이 몸을 일으키며 들의 잘못된 공격에 대해 정정해 주자 들의 얼굴 근육이 무섭게 실룩거렸다.

"내가 언제 구산 씨를 가로챘다는 거예요?"

소담이 펄쩍 뛸 듯이 항의했지만 소용없었다.

"난 아무 짓도 하지 않고 잠만 잤고 은소담이 밤새도록 끙끙 앓으며 다리를 올렸다 내렸다 하다가 갑자기 덮치더라."

산이 천연덕스럽게 거짓말을 했고 소담은 기가 막혀 입을 쩍 벌리고 산을 노려봤다.

아무 짓도 안 해?
"아무 짓도 안 했다고요?"
"난 안 했어. 네가 했지."
"내가 뭘 했는데요? 구산 씨가 먼저 날 막, 막 안으면서……."
"나한테 입 맞췄잖아."
소담의 항의를 중간에서 딱 잘라 버린 산의 말이 끝나는 순간 들이 짐승처럼 고함을 질렀다.
"아악!!"
들이 미친 듯이 소리를 질러대더니 눈에서 레이저와 비슷한 불빛을 뿜어내며 소담을 노려봤다.
"누나…… 누나가 정말 이렇게…… 배신할 줄 몰랐어요."
들이 분노에 치를 떨며 소담에게 원망을 퍼부었다.
"에…… 내가 어떤 종류의 배신을 했다는 거죠?"
"어떻게 날 버리고 우리 형한테 갈 수가 있어요!"
들이 금방이라도 울음을 터뜨릴 듯 비련의 남정네가 되어 원망을 쏟아냈다.
"저기…… 난 들 씨를 가진 적도 없는데…… 버렸다고 하니 좀 당황스럽네요. 배신이라니…… 우리가 서로 사랑했던가요?"
"같이 영화 보러 가기로 약속했잖아요. 단둘이."
"언제?"
강이 욱한 얼굴로 물었다.
"깁스 푸는 날 같이 영화 보러 가기로 했다고요."
"영화를 보러 가기로 했다고? 단둘이? 두 사람…… 사랑했네."
"그렇지? 그렇지, 형?"
"그렇네."

"헐……."

들과 강의 억지에 소담이 저자들이 바보도 아니고 얼뜬 것도 아니고 황당하다는 얼굴로 들과 강을 쳐다보는데 갑자기 들이 문을 벌컥 열어젖히고 밖으로 뛰쳐나가 버렸다.

"들아! 들아!"

강이 상처받은 들의 이름을 외쳐 부르며 들을 따라 밖으로 나가 버리자 방에는 산과 소담 두 사람만 남았다.

"단둘이 영화 보러 가는 게 언제부터 사랑하는 게 됐대요?"

소담이 도무지가 이해 못할 얼굴로 산에게 묻자 산이 찌푸린 얼굴로 소담을 쳐다봤다.

"들하고 정말 단둘이 영화 보러 가기로 했어?"

산이 어쩐지 성질이 난 억양으로 물었다.

"그게 언제지? 아! 나 소똥 뭉개고 앉아서 바지 빨았던 날이요. 바지 빨고 지쳐서 잠들었다가 일어나 보니 들 씨가 담요 덮어줬더라구요. 고마워서 한턱 쏘겠다고 했더니 영화 보자고 해서 그러자고 했죠. 되게 순진하게 좋아하는 게 재밌어서 놀려주려고 단둘이 보자고 했던 건데…… 어떻게 하면 그걸 사랑하는 걸로 착각할 수 있는 거예요? 뭐가 이렇게 단순해?"

소담이 새벽부터 이 무슨 해괴한 사건인가 생각하는데 문이 열리더니 강이 머리와 어깨에 앉은 눈을 털어내고 벌벌 떨며 뛰어들어 와 이불을 끌어당겨 몸을 감쌌다.

"왜 들어왔어?"

"추워서 안 돼요. 얼어 죽어."

강의 말에 소담은 웃음을 터뜨릴 뻔했다.

들을 따라 뛰쳐나갈 때만 하더라도 지구 끝까지라도 들과 함께

할 것 같더니 폭설에 얼어 죽고 싶지는 않았던 모양이었다.

"들은?"

"눈밭에서 똥강아지처럼 펄쩍펄쩍 뛰고 있어요."

"아궁이에 장작 더 넣고 감자 구워라."

"아, 이런 날은 아무것도 안 하고 그냥 쉬면 좋은데."

강이 쪽문을 통해 부엌으로 나가자마자 방문이 열리더니 이번엔 들이 눈을 털어내고 뛰어들어 와 이불을 뒤집어썼다.

"춥더냐?"

산의 물음에 들이 고집스럽게 고개를 저었다.

"안 추워요."

"그런데 왜 들어왔냐?"

"그냥…… 발만 시려워서……."

들이 산의 시선을 피하며 대꾸했다.

산은 괘씸해하는 얼굴로 들을 노려보고 있었고 들은 성이 난 척하는 얼굴로 산의 시선을 애써 피하고 있었는데 두 사람의 눈싸움 사이에 끼어 있으려니 살짝 불편해진 소담이 조용히 몸을 일으켰다.

"저기요. 나 아직도 아프거든요?"

소담이 아픈 사람을 위해서라도 형제끼리 그만 싸우라고 뜻으로 말하자 산이 소담의 이마를 짚어봤다.

"열 없다."

"벌써 없어요?"

소담이 스스로 이마를 짚어보자 짜증나게도 열이 싹 내려가 있었다. 어젯밤에 그토록 불덩이처럼 펄펄 끓던 열이 말이다.

"저기…… 여기서 제일 가까운 화장실은 어딜까요?"

"눈."

산과 들이 동시에 대답했고 소담은 못살아 하고 혼잣말로 중얼거리며 방을 나갔다.

"들."

"예."

"네가 소담이 마당에서 잘 때 담요 덮어줬다고 거짓말했냐?"

"예?"

들이 당황한 얼굴로 산을 쳐다봤다.

"감히, 형의 친절을 가로채?"

"나는…… 누나가 묻기에……."

들이 옹알이하듯 중얼거리는데 산이 벌떡 일어났다. 산이 갑자기 벌떡 일어나자 겁을 먹은 들이 움찔해서 몸을 웅크리는데 산이 들의 양쪽 어깨를 꽉 틀어잡았다.

"바르게 살자. 어?"

"예……."

산은 들의 어깨를 놓아주고 가볍지만 의미가 매우 깊은 뜻을 담은 손길로 어깨를 툭툭 두드려 준 다음 방을 나와 온몸에 눈이 쌓인 채 눈밭에 빠져서 허우적거리고 있는 소담에게 다가왔다.

"보여요? 무릎까지 쌓였어요."

소담이 산의 팔을 잡아 중심을 잡으며 말했다.

"내일은 엉덩이까지 쌓일 거야."

"와! 끝내주겠다. 3월 말에 엉덩이까지 쌓이는 폭설이라니. 영화 찍는 것 같지 않아요?"

소담이 신이 난 얼굴로 말했다.

"진짜 근사해요. 이렇게 눈 많이 온 거 처음 봐요."

"여기 있으면 겨울 내내 볼 수 있어."
"내가 눈의 여왕이 된 기분이에요."
"여왕까지야."
산이 놀리듯이 말하자 소담이 눈을 흘겼다.
"오늘도 계속 눈이 올 것 같은데. 오늘 서울은 못 가겠다."
산이 하늘을 올려다보며 중얼거렸다.
"내일 가죠 뭐. 그런데 갑자기 푹 빠져서…… 꼼짝을 못하겠어요."
"들이나 강이 걸었던 자리로 걸었으면 됐잖아."
산이 여기저기 부산하게 찍혀 있는 발자국을 가리키며 말했다.
"아는데…… 다치지 않은 눈을 밟아보고 싶더라구요."
"오후엔 그쳤으면 좋겠는데……."
"이 깨끗한 눈길을 첫 번째로 걷는 사람이 되고 싶어서……."
푹 빠져 버린 깁스한 발을 빼내기 위해 힘을 주던 소담이 뒤뚱하는 순간 몸이 뒤로 넘어갔고 어떻게든 넘어지지 않기 위해 양팔을 흔들어대던 소담은 하늘을 올려다보고 있던 산이 미처 손을 쓰기도 전에 눈밭에 대 자로 드러눕고 말았다.
"너 영화 찍냐?"
"영화 찍다 얼어 죽을 것 같으니까 빨리 일으켜 줘요. 으, 차가워."
소담이 손을 흔들며 소리쳤다.
"눈의 여왕이 아니라 눈의 무수리 같다."
"빨리 일으켜 달라구요!"
소담이 빽 소리를 지르자 산이 픽 웃으며 그대로 소담을 안아

들었다.

"으…… 추워."

소담이 산의 목을 끌어당겨 안으며 몸을 떨었다.

"앞집으로 가요. 화장실 가야 해요."

"아무 데서나 눠. 티도 안 나는데."

"으이그…… 옷 갈아입어야 해요."

"찜질방에서 말리지 그래."

"으이그, 진짜…… 팬티까지 다 젖었단 말이에요."

"헐……."

산이 소담을 흉내 내며 소담을 안은 채 앞집으로 향하자 부엌과 방에서 산과 소담의 애정 행각을 염탐하고 있던 강과 들이 도끼눈을 뜨고 두 사람을 노려봤다.

"나 가출할 거예요, 형."

들이 결연한 어조로 말했다.

"내 여자를 믿었던 큰형한테 빼앗기고도 한집에서 산다면 난 배알도 없는 놈이에요."

들이 두 눈을 이글거리며 다시 한 번 가출 의지를 밝히자 강이 마루로 올라와서 들의 어깨에 팔을 둘렀다.

"들아."

"예."

"눈 녹으면 가라."

강이 들의 마음을 백퍼센트 이해한다는 얼굴로 말했다.

그리고 다음날 다음날도 소담은 서울로 가지 않았다.

깁스만 풀면 단박에 달릴 수도 있는 줄 알았는데 달리기는커녕 걷는 것도 불편했다. 뼈는 온전하게 잘 붙었다는데도 걸을 때마다 약간씩 통증도 느껴지고 내 다리가 아니라 남의 다리 빌려서 걷는 것처럼 힘도 덜 가고 여전히 조금씩은 절룩거려야 했다.

뭔가 잘못된 것 같은데 의사는 정상이라면서 당분간 잊지 말고 꾸준하게 물리치료를 하고 마사지를 해야만 예전처럼 폴짝폴짝 뛰어다닐 수 있는 시간을 앞당긴다며 소담이 아닌 보호자 노릇을 하는 산에게 신신당부했다.

산은 깁스를 풀었지만 일주일 정도는 더 쉬어주는 것이 좋겠다며 목장에 나오지 말고 집에 있으라 했지만 깁스도 풀었는데 아무것도 하지 않고 집에서 늘어져 있는 짓은 생각만 해도 끔찍해서 박박 우겨 목장에 따라붙었다.

하지만 목장에서 본격적으로 일을 시작한 지 1시간 만에 자신이 얼마나 바보 같은 짓을 했는지 절실하게 깨닫게 됐다.

끼니때를 제외하면 잠깐도 쉴 수 없을 만큼 무슨 놈의 일이 끝이 없이 이어지는데 악 소리가 절로 났다. 그나마 소담에게는 발이 아프다는 이유로 편한 일을 주었다는데도 소똥 치우는 일이 무엇이 편한 일이며 건초를 나르는 일이 무엇이 편한 일이라는 것인지.

구씨네 삼 형제 말고 목장에서 일하는 사람이 많다는 것을 알게 됐고—대부분 아저씨들이었지만—아저씨들이 예쁜 아가씨가 왔다며 다들 황송할 만큼 친절하게 대해주셨지만 그들의 친절이 문제가 아니라 도저히 쫓아갈 수 없을 만큼 버거운 일거리 때문에 퍼질러 앉아 엉엉 울고 싶은 심정이었다.

힘들면 쉬라는 소리를 삼 형제와 아저씨들이 번갈아가며 말했지만 그래도 자존심이 있지 고작 몇 시간 만에 도저히 못하겠다며 내뺄 수는 없어서 은소담의 끈기를 보여주리라 이 악물고 버텨내려 애를 썼다.

그런데 결국 문제가 생기고 말았다. 맹세코 소담의 잘못이 아니라 성질 더러운 소 때문이었다.

지들이 싼 똥 깨끗하게 치워 안락한 침실로 만들어주겠다는데 어디에서 심사가 꼬였는지 똥 냄새에 실신할 지경인데도 힘들여 똥 치우는 소담을 110번 젖소부인이 걷어차 버렸고 근육질의 젖소 뒷발에 채인 소담은 한 시간 넘게 낑낑거리며 똥을 담아놓은 수레에 곤두박질쳐 버린 것이다.

소똥 수레에 빠진 모습 그대로—너무 더러워서 설명하고 싶지도 않다—집으로 실려온 소담은 저녁 먹을 시간까지 몇 번이나 박박 문질러 닦았지만 소똥 냄새가 가시질 않아 미칠 지경이었다.

깁스 때문에 너무 오랫동안 샤워를 하지 못했던 몸이라 여러 번 뜨거운 물에 문지르다 보니 때가 밀려 옳다구나 박박 밀었는데도 지워지지 않는 진한 소똥 냄새여.

때 밀었다는 말이 나와서 하는 말인데, 도대체 삼 형제 중에 어떤 푼수가 은소담 소 뒷발에 채여 소똥 수레에 빠졌다는 것을 꼰질렀는지 할머니와 어머니가 많이 다친 줄 알고 깜짝 놀라 달려왔고 다친 데는 없고 목욕 중이라는데도 인정사정없이 목욕탕으로 밀고 들어오더니 왕의 하룻밤 승은을 위해 몸단장하는 궁녀 다루는 무수리처럼 피부가 벗겨지도록 박박 때를 밀어준 것이다.

두 분 다 노인네고 그중 할머니는 완전 노인네인데 손힘은 뭐가 그렇게나 좋은지. 그보다 더 못살겠는 것은 때를 밀며 두 분이 쏟아내는 가공할 정도의 신랄한 감상평이었다.

"아이고, 젖 좀 봐. 어쩜 저렇게나 햇복숭아처럼 예쁠까. 사내

놈들이 보면 환장을 하겠네."

부터 시작된 할머니의 감상평을 시작으로.

"허리가 그냥 호리호리 개미네요, 개미."

"이래 말랐어도 엉덩이는 튼실한 게 제법이네."

"속살 좀 보세요. 어쩜 이래 뽀얄까요."

"때 좀 봐라. 국수래."

"근질거려워 어떻게 살았나? 속살이 이래 뽀얀데 때는 시커멓네."

못살아, 정말.

소담은 어머니와 할머니의 손에 잡혀 무섭게 때를 밀리며 아주 학을 뗐었다.

이젠 두 번 다시는 목장에 가지 않을 것이라고 작정을 한 그날 밤 발을 마사지해 주는 산의 정성스러운 손길에 마음이 흔들리고 말았다.

따뜻한 물을 직접 받아와서 한참 동안 족욕을 시켜준 산은 긴장됐던 근육이 풀리자 오랫동안 정성을 다해 발을 마사지해 주었다.

"마사지 안 해줘도 돼요."

"오늘 깁스 풀었잖아. 앞으로 한 달 정도는 매일 마사지를 해야 좋아."

"한 달이나…… 귀찮잖아요."

"귀찮지 않아."

산이 소담의 발에 바른 약이 잘 흡수되도록 기술적으로 문지르며 말했다.

"너 발 되게 예뻐."

산의 말에 소담이 눈을 흘겼다.
"발만 예뻐요?"
"아니…… 다 예뻐."
"알아요."
소담의 대답에 산이 픽 웃었다.
"혹시…… 손끝이 막 따뜻해요?"
"원래 마사지 약 후끈거려."
으…… 구산 바보.
"온몸에 열기가 막 번지는 것 같지는 않아요?"
"손바닥까지만 후끈거려."
진짜…… 바보.
소담은 산이 말귀를 못 알아듣자 입술을 실룩였다.
"구산 씨, 마사지 되게 잘하네요."
"운동했잖아…… 선수들끼리 부상당하면 서로 마사지해 주고 그랬거든."
소담이 시큰둥하게 말했는데 산은 그래도 알아차리지 못하고 열심히 마사지만 했다.
"그런데 너 나한테 오빠라고 부르면 안 돼?"
"오빠는 무슨 유치하게."
"어린 게 꼬박꼬박 구산 씨냐. 오빠라고 하면 되지."
"싫어요."
소담이 딱 잘라 거절했다.
"구산 씨, 운동…… 그렇게 그만둔 거 미련없어요?"
"있어. 그래도 어쩔 수 없지."
"서울 돌아가면…… 여기가 굉장히 그리울 것 같아요."

소담의 말에 산이 고개를 들고 소담을 바라봤다.
"얼마나 그리워할 건데?"
"그리워하기 싫어서…… 안 가고 싶어요."
"……안 가면 되잖아."
산의 말에 소담이 맞다 하고 중얼거렸다.
"하지만…… 분명히 아버지가 끌고 갈 거예요."
"……."
"만날 그랬거든요."
"이번엔…… 안 끌려가면 되잖아."
"내가 그렇게 세요?"
"세잖아."
"맞아요."
소담이 씩 웃었다.
"내일 쉬면…… 막 뭐라고 할 거예요? 또 소 뒷발에 채일까 봐 겁나는데."
"쉬어도 돼. 막 뭐라고 안 할게."
"그럼 쉬어야지. 아직도 몸에서 똥 냄새 나는 것 같거든요."
"그래……. 소담아."
"왜요?"
"나…… 아직도 좋아?"
산이 소심하게 물어봤다.
"아뇨."
소담의 간단한 대답에 산이 상처받은 얼굴로, 아니, 놀림을 당한 것 같아 화가 난 얼굴로 소담을 노려봤다.
"나 좋아한다는 말 한 거 며칠 안 됐다. 너 나 놀린 거야?"

"아뇨."

"그럼?"

"지금은 사랑하는 것 같아요."

소담의 말에 어느새 격해졌던 표정이 부드럽게 풀어진 산이 뚫어져라 소담을 쳐다봤다.

"사랑하는 건 아니구요, 사랑하는 것 같아요."

"……왜?"

"발 만져 주는데…… 소리없는 정이 여기로 막 흘러들어 오는 것 같아서요."

소담이 손을 가슴에 대며 말하자 그제야 손끝이 따뜻하냐고, 온몸에 열기가 번지는 것 같냐고 했던 소담의 말뜻을 알아들은 산이 미안한 듯 미소 지었다.

"사랑이 어떤 건지 알아?"

"사랑은…… 맛있는 거?"

역시 엉뚱한 소담다웠다. 사랑을 맛있는 것이라고 하다니.

소담의 어처구니없는 대답에 산이 또 장난친다 싶어 미간을 찌푸렸다.

"뭐가 맛있는데?"

"전부 다요. 정이 여기로 막 흘러들어 와서 심장박동이 빨라지고 혈압이 급상승하고…… 가슴은 찡해지고 얼굴이 빨개지고 부끄럽고 그래서 혈액순환이 엄청나게 잘돼서 온몸이 막 따뜻해져요. 갑자기 질투가 막 나고 갑자기 쓸데없이 막 걱정되고 그러다 어느새 혼자 슬그머니 웃고 있고…… 그것 말고도 굉장히 많은데…… 그런 기분을 하나하나 곱씹어보면 얼마나 맛있는지 몰라요."

소담이 사랑이라는 감정에 흠뻑 빠진 듯 황홀한 표정으로 말했다.

산은 마치 감전된 듯 꼼짝도 하지 못하고 요만큼의 미동도 없이 맛있는 사랑의 감정에 흠뻑 젖어 있는 소담을 뚫어져라 바라보고 있었다.

소담이 사랑은 맛있는 것이라고 말할 때만 하더라도 무슨 그런 엉뚱한 대답이 다 있을까 했었는데 소담이 들려주는 사랑이라는 것이 어떤 것인지 듣게 되자 '사랑'이라는 단어가 가진 몹시도 평범하지만 마법과 같은 힘을 고스란히 느낄 수 있었기 때문이다.

사랑을 모를 줄 알았던 소담은 사랑이 무엇인지 너무도 정확하게 알고 있었고 사랑이 무엇인지 정확하게 알고 있다고 믿었던 산은 이제야 비로소 사랑이 무엇인지 알게 되고 소담으로 인해 깨우친 듯한 기분이었다.

"구산 씬, 사랑을 맛본 적 있어요?"

"……"

지금 맛보고 있었다. 바로 지금. 너무나 맛있게 맛보고 있었다.

"구산 씬 나 안 좋아해요? 나 사랑하는 것 같지 않아요?"

소담이 서운한 어조로 물었지만 산은 아무런 대답도 할 수가 없었다.

사랑하는 것 같은 것이 아니라 온몸으로 사랑하고 있다고 이렇게 큰 몸이 지금처럼 작게 느껴진 적이 없을 만큼 내가 가진 몸의 천배 만배로 사랑하고 있다고 소리치고 싶었지만 차마 그 말을 내뱉을 수가 없었다.

"그만 자."

산이 아무 대답도 하지 않고 방을 나가려고 하자 소담이 붙잡았다.

"왜 말 안 해요?"

소담이 속상한 얼굴로 따지듯 물었다.

"……안 하는 게 아니라 못해."

그래, 안 하는 것이 아니라 못하는 것이다.

"왜요?"

"……."

"내가 별로예요?"

"아니. 절대 아니."

산이 고개를 저었다.

"그럼…… 다른 사람 있어요?"

"아니, 절대 아니."

"그럼…… 벅차요?"

"……음."

"내가 못돼먹어서요?"

"아니…… 아니."

산이 고개를 세차게 저었다.

"그럼 뭐가…… 내가 벅차요?"

"……."

산이 망설이다가 고개를 끄덕였다.

"우리 아버지요? 재경그룹?"

산이 다시 고개를 끄덕였다.

"에이…… 실망이다."

소담이 정말 많이 실망한 투로 말했다.

"뭐가?"
"난 구산 씨가 뚝심있는 사람인 줄 알았는데."
"……."
"난 시건방진 남자 되게 좋아해요."
소담의 말에 산이 소담을 바라봤다.
"시건방지게 나 탐내봐요."
소담은 지금 산을 놀리는 것이 아니라 응원하고 있었다. 열정적으로 응원하고 있었다. 두려워하지 말라고, 물러서지 말라고.
"탐내면…… 나한테 올 거야?"
"무장해제 상태예요."
소담의 대답에 가만히 소담을 바라보던 산이 소담에게 한 걸음 다가왔다.
"난 작정하면 그땐 물불 안 가려."
산이 굳센 어조로 말했다.
"되도록 빨리 물불 가리지 말고 작정해 줘요."
소담이 산과 똑같이 굳센 어조로 말했다.

산이 쉬라고 했지만 다음날도 그다음 날도 내일은 절대 목장에 가지 않을 것이라 결심했다가도 밤만 되면 정성스럽게 마사지해 주는 산이 고마워 아침이면 또 따라나서고 그렇게 열흘이 지나고 보름이 지나고 한 달이 훌쩍 지나자 어느새 목장 일이 조금씩 몸에 배어 조금씩 재밌어지기까지 했다. 물론 남자들이 하는 일을 100% 따라 할 수는 없었지만 말이다.
3월 말에 폭설도 내렸었고 밤에는 여전히 추워서 절대 봄이 올 것 같지 않던 목장에도 4월을 지나고 5월이 되자 봄이 찾아온 것이 틀림없었다. 하루가 다르게 햇살이 따뜻해지고 있었고 누런 목장 들판에 파릇파릇한 새싹이 돋아났기 때문이다.

산은 잠깐이라도 틈이 생기거나 일부러 시간을 만들어서라도 소담을 데리고 목장 여기저기를 구경시켜 주었는데 목장에서 일을 시작한 지 일주일 후에는 양떼목장에 데리고 가서 양 떼에게 건초도 먹이게 해주고 5월 중순이나 말에는 관광객들을 위해 양떼목장을 개장할 것이라는 것도 알려주었다.

다시 며칠 후에는 황소 축사에도 데리고 가주었고 또 며칠 후에는 젖소부인들이 줄을 맞춰 기계에서 퉁퉁 불은 젖을 짜서 살균하고 가공하는 공장에도 데리고 가주었다. 그런데 목장 근처에 이렇게 자동화된 우유 공장이 있다는 것도 놀라웠지만 구산의 목장에서 생산되는 우유의 양이 많지 않은 대신 어떤 나라의 얼마나 까다로운 조건을 들이대도 무조건 다 통과될 만큼 양질의 우유라는 것을 인정받아 서울에 있는 각국의 대사관저와 청와대에도 납품이 된다는 것을 듣고 깜짝 놀랐다. 그리고 가끔 서울에 올 때마다 도우미 아줌마가 줬던 우유도 바로 구산표 우유였다는 것을 알게 되자 자신이 생산한 우유가 아닌데도 마치 소담 자신이 만든 우유인 것처럼 뿌듯함이 느껴졌다.

구산의 우유는 우리나라에서 극소수만이 맛볼 수 있는 정말 귀한 우유였고 구산이 키우고 있는 소들은 그런 귀한 우유를 생산하는 훌륭한 소였던 것이다.

소담은 구산이 단지 소의 소에 의한 소를 위한 그러니까 오로지 소만을 생각하고 사랑하는 사람인 줄 알았는데 그에게 또 다른 야심이 있고 계획이 있다는 것에 놀라움을 금치 못했다.

구산은 양떼목장과 젖소 목장과 황소 목장을 한눈에 내려다볼 수 있는 명당 중에서도 명당자리에 펜션을 짓고 있었던 것이다.

그날 소담은 점심을 먹은 직후 유달리 따뜻한 햇살 때문에 유별나게 졸음이 쏟아져 열심히 일하는 척하다가 몰래 건초 창고에 들어가 건초 더미 사이에 숨어 낮잠을 자고 있었는데 한숨 푹 자고 눈을 떴을 때 산이 빙긋 웃는 낯으로 소담을 내려다보고 있었다.

"잘 잤어?"

"나 여기 있는 거 어떻게 알았어요?"

소담이 깜짝 놀라 벌떡 일어나며 물었다.

"여기 들어오는 거 봤어."

"봤어요? 아무도 몰래 들어왔는데……."

진짜 아무도 모르게 쥐도 새도 모르게 숨어들었는데 산은 어떻게 알았을까.

"일어나."

"혼 안 내요?"

"한번만 봐줄게."

소담이 씩 웃자 산이 손을 내밀었고 소담은 산의 손을 잡고 일어섰다.

"한숨 푹 잤으니까 열심히 일할게요."

"놀러 가자."

"놀러 가자구요? 어디루요?"

"갈 데가 있어."

"일해야죠."

"갔다 와서 하지 뭐."

구산이 어디로 데려가는지도 모른 채 따라갔던 소담은 펜션공사가 한창인 공사장을 어리둥절한 눈으로 바라봤다.
"펜션 짓나 봐요."
"음."
목장 근처에 펜션이 들어서나 보다 했지 구산이 직접 짓고 있는 펜션이라고는 눈치 채지 못했는데, 산이 펜션 공사장을 마치 자기 땅인 듯 마음 놓고 돌아다니질 않나 공사 현장에서 일하는 사람들과도 스스럼없이 대화를 나누는 것을 보자 뭔가 있다는 것을 알아차렸다.
"여기 혹시…… 구산 씨 땅이에요?"
"아버지 땅."
"아…… 그럼 이 펜션이…… 아저씨 펜션이에요?"
"땅만 빌리고 펜션은 내가 짓는 거야."
"아……."
"구경할래?"
"당연하죠. 구산 씨 펜션인데."
소담은 산이 이끄는 대로 기초공사를 끝내고 거의 모양새를 갖춰가는 한 동의 1층 내부를 둘러보고 테라스로 나갔다가 한눈에 들어오는 목장의 광경에 넋을 잃고 말았다. 탁 트인 전원에 조금 전 소담 자신이 건초를 먹이고 똥을 치워주었던 양 떼들과 젖소 황소들이 한데 어울려 풀을 뜯고 있었기 때문이다.
"다 보여요!"
소담이 황홀한 목소리로 소리치자 산이 그래 하고 대답했다.
"와…… 진짜 멋지다. 와!"
"네가 관광객이라고 생각하고…… 투숙객이라고 생각했을 때…… 이 모습을 보고 또다시 여기 오고 싶을까?"

"오고 싶지 않을 거예요."

소담이 고개를 저으며 말했다.

"왜?"

산의 얼굴에는 긴장감이 감돌았다.

"안 떠날 거니까."

소담이 완전히 반해 버린 얼굴로 속삭이자 산이 소담의 손을 잡았다.

"언제 개장해요?"

"아직 멀었어. 자금 때문에 중간에 몇 번 중단했거든."

"아버지한테 빌려달라고 해요."

"아니. 내 힘으로 끝을 낼 거야. 내 힘으로."

산의 말에 소담이 고개를 끄덕였다. 그의 뚝심이 마음에 들었기 때문이 아니라 그가 그만의 힘만으로 끝을 낼 것이라는 믿음이 있었기 때문이다.

"위에 올라가 볼래? 복층으로 지어서 다락방이 있는데."

"그래요?"

소담은 냉큼 산과 함께 다락방으로 올라갔다.

다락방에 유럽풍으로 만든 창문으로 내다보는 목장은 1층 테라스에서 바라보는 목장과 또 다른 감동을 전해주었다.

"와……."

소담이 몇 번이나 감탄사를 내뱉으며 창가에 달라붙어 있자 산이 소담을 번쩍 들어 올려 창틀에 앉혀주었다.

"나 창밖으로 밀어서 죽이려는 건 아니죠?"

소담이 깜짝 놀라 산의 어깨를 얼싸안자 산이 웃음을 터뜨리며 소담의 허리를 감싸 안았다.

"단단히 붙잡고 있을게."

"나 놓치면 지옥에 떨어질 줄 알아요."

작정하고 뛰어내리지 않는 이상 떨어질 일이 없을 만큼 넓은 틀이었지만 소담은 산의 어깨를 절대 놓지 않았다.

"어떻게 다락방을 만들 생각을 했어요?"

"알프스 소녀 하이디 알아?"

"그럼요. 하이디 친구 클라라도 알아요."

"맞아. 클라라. 하이디가 행복한 잠에 빠져들던 다락방을 볼 때마다 나중에 집을 지으면 꼭 다락방을 만들어야지 했었거든."

"하이디는 여자애들이 보던 만환데. 하이디하고 캔디 말이에요."

"남잔데도 재밌더라고."

산의 말에 소담이 픽 웃었다.

"저기…… 내가 여기서 묵으면 몇 퍼센트나 DC해 줄 거예요?"

"그냥 자."

"공짜로?"

"음."

"원하는 만큼?"

"원하는 만큼."

"펜션에서 제일 좋은 방 내 방으로 찍어놓고 다른 사람한테는 주지 말아요, 그럼."

"그럴게."

"약속할 수 있어요?"

"약속할 수 있어."

산의 대답에 소담이 말도 안 된다는 듯 눈을 흘기자 산이 진심이야 하고 말했다.

"내가 언제 올지도 모르는데 내 방이라고 다른 사람 묵지 못하게 하면 장사를 어떻게 하려고 해요?"

"자주 오면 되잖아…… 매일."

산의 말에 소담이 가만히 산을 바라보다가 싫어요 하고 말했다.

"여긴 아주 가끔씩만 올래요."

"왜?"

산이 굳은 표정으로 물었다.

"왜냐면…… 난 뒷집 찜질방이 더 좋거든요."

소담의 말에 산의 입가에 살며시 미소가 걸렸다.

"무섭다며."

"구산 씨하고 같이 자면 되지 뭐."

"무슨 뜻이야?"

"무슨 뜻은…… 꼬시는 거지."

"너 까진 거 알아?"

"즐기고 있잖아요."

소담이 눈을 흘기자 산이 못 말린다는 듯 웃음을 터뜨렸다.

"여긴…… 천국 같아요."

소담이 눈앞에 펼쳐져 있는 목장을 바라보며 중얼거렸다.

"왜?"

"젖소도 있고 황소도 있고 양도 있고 펜션도 있고 다락방도 있고 밤엔 우리 집에 없는 별도 많고 그리고…… 구씨네 삼 형제도 있고."

소담이 행복에 푹 잠긴 얼굴로 말했다.

"그런데 그 물불 안 가릴 거라던 작정은 어떻게 됐어요?"
"……."
"으, 진짜. 뜸 들이다 태운다니까……. 그만 가요."
산이 소담을 창틀에서 내려주려는데 소담이 산을 꽉 붙들었다.
"왜?"
"그냥 가요?"
소담이 섭섭한 듯 물었다.
"가자며. 그럼 어쩌라고?"
"이 푸른 초원 위에 그림 같은 집을 지어놓고 그냥 가자구요?"
이번엔 화가 나서 물었다. 징그럽게 눈치가 없어서.
"그러니까 어쩌라고?"
"으이그, 무슨 남자가 이렇게 정력이 약한지!"
소담이 버럭 타박을 하고는 산의 얼굴을 끌어당겨 입을 맞췄다.
"뭐 하는 짓이야?"
산이 소담을 창틀에서 내려주며 좋으면서도 괜스레 걱정스러워 야단치는 척했다. 너무 빠져들면 안 되니까. 이렇게 빠져들다간 소담을 정말로 탐낼 것 같아서. 탐나서 훔쳐 버릴 것 같아서. 재경그룹 은 회장님의 딸을 말이다.

산은 어처구니없게도 만약 자신이 더 이상 자제하지 못하고 은소담이 너무나 탐나 훔쳐 버리는 때가 온다면 그땐 소담을 어디에 숨겨야 할지 어디로 납치해야 할지를 생각하기 시작했다.

저녁을 먹은 후에는 무조건 푹 잘 거라고 결심했는데 곧 송아지가 태어날 것이란 소리를 듣고 나자 도저히 집에 있을 수가 없었다.

송아지가 태어나는 것은 전에도 본 적이 없었고 이번을 놓치면 다음에도 볼 수 없을 것 같았기 때문이다.

"언제 태어날지 몰라. 밤이 될지 새벽이 될지. 이 선생님 말로는 새벽에 태어날 것 같다고 했지만."

"갈래요."

"그럼 태어날 때쯤 데리러 올게."

"지금 갈래요."

"밤새도록 기다려야 할지도 몰라."

"밤새도록 기다릴 수 있어요."

"아직 발도 불편하고 피곤하잖아."

"오늘 건초 창고에서 낮잠 자서 괜찮아요."

"내일 일 안 할 거야?"

"할 거예요. 설마…… 수의사 선생님 때문에 그래요? 수의사 선생님한테 우리의 애정 행각을 숨기기 위해서?"

소담의 말에 산이 낮게 웃음을 터뜨렸다.

"우리의 애정 행각?"

"기억 안 나요?"

"네가 꼬신 거야."

"어쨌거나 애정 행각이잖아요."

소담이 박박 우겼다.

"양다리 바람둥이가 아니라면 데려가요."

"양다리 바람둥이? 난 양다리 걸친 적도 없고 바람을 피운 적도 없거든?"

"수의사 선생하고 내 사이에서 가랑이 찢어지게 다리 걸쳐 놓고 있잖아요!"

"분명히 말하는데, 난 한 다리만 걸쳤어."

산이 확고한 어조로 말했고 소담은 의심스럽다는 눈초리로 산을 쳐다봤다.

"구산 씨 다리 받치고 있는 사람이 수의사 선생이에요, 나예요?"

"글쎄."

산이 즉답을 피하자 소담의 눈길이 금방이라도 삶아버릴 듯 사나워졌다.

"난 걸어서라도 송아지 태어나는 거 보러 목장에 갈 거예요. 내가 산에서 조난당하는 꼴을 보지 않으려면 데려가야 할 거예요."

소담의 으름장에 산은 못 이긴 척 소담을 목장으로 데려갔고 소담은 무려 4시간 동안 꼼짝 않고 산고의 고통을 겪고 있는 암소를 숨어서 바라보고 있었다.

동물은 출산 때가 되면 굉장히 예민해졌고 오늘 출산을 하는 107번 젖소부인은 초산이라 더욱 예민했다. 가뜩이나 예민한데다 낯선 사람에 대한 경계가 심한 통에 가까이 가서 지켜볼 수가 없었다.

소담은 107번 젖소부인이 마음 편하게 새끼를 출산할 수 있도록 커다란 천막용 천을 둘러 만든 107번 젖소부인만을 위한 분만실 천막 뒤에서 107번 젖소부인을 훔쳐보고 있었는데 잘은 모르겠지만 헐떡임이 잦아지고 신음 소리나 소 울음소리가 커지는 것을 보니 출산이 임박한 것 같았다.

"이러다 정말 밤새려나?"

지루한 감도 없지 않아 있었지만 젖소부인이 헐떡일 때마다 금방이라도 새끼가 태어날 것 같아 도저히 떠날 수가 없었다.

해가 진 지 오래전이고 아무것도 하지 않고 천막 뒤에서 젖소 부인을 훔쳐본 것뿐이 없는데도 슬슬 피곤하고 졸음이 쏟아졌다. 두 시간도 전에 강이 준 자일리톨 껌은 단물이 빠질 대로 빠져 뱉어버리고 싶은데 껌마저 뱉어버리면 더 지루할 것 같아 단물 빠진 껌이라도 턱 아프게 씹고 있자 하는데 손에 꽤 묵직해 보이는 기계를 든 수의사 선생님 이민서가 산과 함께 나타났다.

소담은 괜히 뾰족해진 기분으로 산과 나란히 걸어오는 친절한 이민서를 쳐다봤다. 단지 나란히 걸어서 107번 젖소부인의 분만실에 왔을 뿐인데도 그 '나란히' 걸어서 오는 것 때문에 기분이 뾰족해져 버린 것이다.

대체 이 뜬금없는 소유욕은 어디서부터 뿜어져 나오는 것인지 알 수는 없지만 이민서와 함께 걸어오는 산을 보자 내 남자에게 어느 못된 여자가 돼먹지 않게 자신의 향기를 마구 묻혀대는 것 같아 성질이 났다.

"안녕하세요, 소담 씨."

"안녕하세요, 선생님."

썩 친절하다고는 할 수 없었지만 처음 만났을 때보다는 한결 예의를 차려서 한 인사인 것만은 확실했다. 일단 자리에서 일어났고 그리고 선생님이라는 단어도 붙였으니까. 그만하면 장족의 발전이었다.

"송아지 태어나는 거 보러 왔어요?"

"네."

이민서가 소담에게 친숙한 미소를 지어 보인 후 들고 왔던 기계를 내려놓고 산과 함께 젖소부인 분만실로 들어갔다.

'둘이 꼭 저렇게 같이 행동해야 하는 거야?'

소담이 못마땅한 눈길로 이민서의 행동 하나하나를 지켜보고 있는데 솜씨 좋게 예민한 107번 젖소부인을 진정시킨 산과 함께 젖소부인의 상태를 살피던 이민서가 소담을 돌아봤다.

"소담 씨, 거기 있는 초음파 기계 안으로 넣어줄래요?"

"이거요?"

소담이 이민서가 내려둔 기계를 가리키자 이민서가 맞아요 하고 대답했다.

"안으로 넣어드리면 들어가게 해줄 거예요?"

소담이 반색하며 묻자 이민서가 픽 웃었다.

"그래요."

소담이 벌떡 일어나서 기계를 집어 들려고 하자 언제 분만실에서 나왔는지 산이 소담이 막 들어 올렸던 초음파 기계를 받아 들었다.

"내가 들 거예요. 안으로 들어갈 거라구요."

"알았어. 안으로 들어와. 기계는 내가 들게. 아직 발 아프잖아."

산이 기계를 들고 안으로 들어갔고 소담은 재빨리 산을 따라 분만실로 들어갔다.

"너무 가까이 오지 마."

산이 충고했고 소담은 고개를 끄덕였다.

"107번 젖소부인이 놀랄까 봐 그러죠?"

소담의 물음에 산은 고개를 끄덕이고 이민서는 재밌다는 표정으로 소담을 쳐다봤다.

"107번 젖소부인요?"

"귀에 107번 인식표가 달려 있어서요."

소담의 말에 이민서가 소담 씨 참 재밌는 사람이다 하고 말했고 산은 고개만 끄덕였다.

이민서와 산은 신속하게 움직여 107번 젖소부인에게 초음파 기계를 써서 뱃속에 있는 새끼의 상태를 점검했다.

"새끼 심장박동 상태가……."

초음파로 새끼의 심장 소리를 듣던 이민서의 낯이 어두워지자 산의 낯도 어두워졌다.

"안 좋아지고 있는 거지?"

"너무 오랫동안 진통하고 있어서…… 세 번째라 수월할 줄 알았는데 힘들어하네."

"초산이라고 하지 않았었나요? 강 씨한테 초산이라 들었는데."

"인공수정으로는 초산이에요."

이민서가 친절한 어조로 말했다.

"인공수정요? 소도 인공수정을 해요? 소도 불임이 있어요?"

살다 보니 소에게도 불임이 있고 인공수정도 한다니 신기한 일이 많았다.

"불임은 아니고…… 나중에 새끼 태어나면 설명해 줄게요. 그나저나 진통 시간이 더 길어지면 어미도 힘들고…… 새끼는 위험해지는데……."

"어떻게 할까?"

"조금만 더 지켜보다가 여기서 상태가 더 나빠지면 제왕절개 해야겠어."

우리 구산 씨하고 반말로 대화하지 말라고! 하고 소리치고 싶었지만 그보다 가축에게도 제왕절개를 시술하는 시대라는 것이 너무 신기해 멍하게 쳐다보고만 있었다.

"한 시간 정도만 더 지켜보자."

"알았어."

"기운을 내야 할 텐데."

이민서가 107번 젖소부인의 등을 쓰다듬으며 중얼거린 후 산과 함께 분만실을 나왔고 소담도 두 사람을 따라 밖으로 나왔다.

"병원에 가서 수술 도구 챙겨올게. 눈 떼지 말고 지켜보고 있어."

"알았어."

병원에 수술도구를 가지러 가는 이민서를 배웅하기 위해 산이 우리를 나가자 소담은 다시 분만실을 가려놓은 천 사이로 얼굴을 내밀고 산고의 고통을 겪고 있는 107번 젖소부인을 바라봤다.

얼마나 고통스러우면 젖소부인은 눈가가 눈물로 촉촉하게 젖어 있었고 연신 힘든 신음을 토해내고 기운없이 소 울음을 내뱉고 있었다.

"힘들죠?"

소담은 마치 107번 젖소부인에게 빙의라도 된 듯 가슴이 아픈 것을 느끼며 안타까운 목소리로 젖소부인에게 말을 걸었다.

"저기요, 107번 젖소부인. 내가 안으로 들어가도 될까요?"

소담의 물음을 알아듣는지 못 알아듣는지 젖소부인은 거부도 승낙도 않은 채 푸푸 힘든 콧김을 내뿜었다.

"멀찍이 있을게요. 괴롭히지 않을게요."

소담은 진심이 통했으면 좋겠다고 생각하며 분만실 안으로 들어갔고 소담의 출현에 대번에 눈빛이 달라지는 젖소부인을 자극하지 않기 위해 멀리 떨어진 곳에 쪼그리고 앉으며 젖소부인을 바라봤다.

"107번 젖소부인, 까칠하게 굴지 말고 내 말 좀 들어요. 부인은 날 몰라서 싫을 수도 있겠지만 나도 이 집에서 구씨네 형제들하고 거의 두 달 넘게 산 식구고 그래서 부인이랑 난 한 가족이에요. 가족."

소담의 목소리가 들리긴 들리는지 까칠해졌던 젖소부인의 눈빛이 조금은 누그러지는 것 같았고 그래서 소담은 용기를 내서 30센티 정도 젖소부인에게 다가가 앉았다.

"맞아요, 가족이에요. 우리는 가족. 가족이니까……. 내가 응원해 줄게요. 기운 내요. 힘내요, 젖소부인. 순풍 낳을 수 있어요. 파이팅! 그런데 내가 왜 짐승한테 존댓말을 쓰나……."

소담은 가만히 젖소부인을 바라보다가 50센티 정도 더 가까이 다가가 앉으며 젖소부인이 경계를 풀 때까지 기다렸다가 다시 입을 열었다.

"107번 젖소부인, 힘들죠? 많이 힘들죠? 우리 엄마도 날…… 되게 힘들게 낳았대요. 너무너무 힘들게 낳았대요. 24시간 꼬박 산통을 겪다가…… 그래서 의사선생님이 이러다간 아기가 위험하다고…… 그 아기가 나예요. 그러니까 내가 위험하다고 수술하자고 했는데 우리 엄마가 마지막으로 힘 한 번만 더 주겠다고 했대요. 내가 태어나는 순간을 느끼고 싶다고…… 제왕절개를 하면 내가 태어나는 순간을 느끼지 못하고 잠들어 있을 텐데 그럼 너무 슬프다고……."

소담은 갑자기 울적해져서 한숨을 내쉬었다.

"우리 엄마는 마지막으로 정말 죽을힘을 다해 힘을 줬고 내가 태어났대요. 우리 엄마는 내가 태어나는 순간을 고스란히 기억하고 있다고 그 순간이 너무나 경이로워서 이 세상에 여자로 태어난 게 얼마나 큰 축복인지를 그제야 절실하게 느꼈다고…… 우리 엄마가 말해준 건 아니에요. 우리 엄마는 내가 다섯 살 때 돌아가셨거든요…… 교통사고로…… 우리 엄마 일기장 보고 알았어요. 우리 엄마는 나를 임신했을 때부터 돌아가시기 전날까지 일기를 썼거든요. 단 하루도 내 얘기가 빠진 적이 없는 일기장이에요……."

눈물이 고인 줄도 몰랐는데 어느새 맑고 뜨거운 눈물이 소담의 볼을 타고 흘러내렸다.

"젖소부인, 어서 기운 내서 마지막으로 힘 한 번 빡 줘요. 새끼가 뱃속에서 너무 힘들어한대요. 젖소부인도 힘들죠? 그래도 힘 한번만 빡 줘봐요. 할 수 있어요. 내가 옆에서 응원해 줄게요. 그래서 얼른 새끼를 품에 안아봐야죠. 아, 안지는 못하는구나. 하여튼…… 힘 좀 줘요."

소담이 안타까운 목소리로 젖소부인에게 용기를 주려고 애를 쓰는데 소담을 쳐다보지도 않던 젖소부인이 잠시 후 갑자기 몸을 일으키더니 어렵게 한 걸음씩 떼어놓기 시작하며 아까보다 훨씬 더 큰소리로 울어대고 더욱 강력한 콧김을 뿜어대기 시작했다.

"헉! 젖소부인 열받았나 봐."

소담이 기겁을 하며 재빨리 분만실 밖으로 도망 나오자 언제 왔는지 분만실 밖에 있던 산이 소담을 붙들었다.

"열받았나 봐요. 내가 떠들어서 열받았나요. 별말 안 했는데……."

"열받은 게 아니라 낳으려고 힘을 주는 거야. 잘했어. 정말 잘했어."

"그래요? 내가 잘한 거예요? 아 제발…… 제발…… 수술하지 말고 낳았으면 좋겠어요."

소담이 눈을 꼭 감은 채 손까지 모아 쥐고 돌아가신 엄마가 그랬던 것처럼 젖 먹던 힘까지 끌어 모아 마지막 힘을 주고 있는 젖소부인을 위해 기도하고 있는데 얼마 후 산이 이런! 하고 놀란 듯한 탄성을 내뱉더니 급하게 우리 밖으로 뛰어나갔다.

"왜요? 왜 그래요?"

소담이 우리 밖으로 달려나가는 산에게 물었지만 산은 순식간에 밖으로 나가 버렸고 소담은 혹시 젖소부인이 쓰러진 것은 아닐까 겁이 나서 분만실 안을 바라봤다가 기절할 듯 놀라고 말았다.

젖소부인의 엉덩이 부근에 보통 사람의 팔뚝만 한 작대기 같은 것 두 개가 삐져나와 있었기 때문이다. 처음엔 저게 뭘까 했는데 곧 새끼의 뒷다리라는 것을 알아차렸다.

"나온다…… 나온다……."

소담이 새끼가 나오려고 한다고 소리치기 위해 축사 입구를 바라보는데 산이 두 동생들과 함께 손에 수건을 잔뜩 들고 축사로 달려들어 왔다.

"새끼가 나오려고 해요. 다리가 나왔어요."

소담이 흥분한 목소리로 말하자 산이 고개를 끄덕이며 분만실 안으로 들어갔다.

"다 됐어. 조금만 더…… 조금만 더……."

산과 형제들이 엉덩이에 새끼 다리를 매단 채 어쩔 줄 몰라 하는 젖소부인을 독려한 지 몇 분 후 젖소부인의 뒷다리가 조금 접히는가 싶더니 거센 콧김과 함께 뱃속에서 빠져나오지 못하던 새끼의 몸통이 한 번에 쭉 미끄러져 나왔다.

　소담이 경이로움에 취해 할 말을 잃고 있는데 산과 형제들이 갓 태어난 새끼에게 달려들어 들고 온 수건으로 축축하게 젖어 있는 새끼의 털을 닦아주기 시작했다.

　소담이 정신줄을 놓친 채 멍하게 눈도 제대로 뜨지 못하는 송아지를 쳐다보고 있는데 산이 안으로 들어오라고 손짓을 했고 소담이 안으로 들어가자 수건을 건넸다.

　"닦아줘."

　소담은 수건을 받아 든 채 벌벌 떨다가 산이 해봐라고 다시 독려했을 때야 용기를 내서 젖은 송아지의 털을 닦아주기 시작했다.

　소담은 구씨 삼 형제를 따라 세밀하면서도 조심스럽게 새끼의 젖은 털을 닦아주었고 산이 이제 됐다 물러서라고 말했을 때 삼 형제를 따라 새끼에게서 떨어졌다.

　삼 형제는 마치 무엇을 기다리는 듯 새끼를 바라보고 있었는데 오랜 진통과 출산으로 기운을 다 써버린 젖소부인이 기운이 없는 와중에도 바닥에서 바동거리고 있는 새끼에게 다가가 새끼를 핥아대기 시작했다. 그냥 핥는 것이 아니라 머리로 엉덩이를 밀어대기도 하고 몸을 밀기도 했는데 그 상황이 너무나 심각했기 때문에 소담은 산에게 지금 젖소부인이 새끼에게 무슨 짓을 하는 거냐고 묻지도 못했다.

　젖소부인은 새끼를 끊임없이 핥아대며 때때로 머리로 엉덩이를 밀어댔는데 잠시 후 바닥에서 바동거리던 새끼가 몸을 일으키기 시작했고 자꾸만 접히는 무릎을 펴고 또 펴길 몇 번…… 놀랍게도 태어난 지 몇 분밖에 되지 않은 송아지가 꼿꼿하게 네 다리를 버티고 일어섰다.

자꾸만 무릎에서 힘이 풀려 금방이라도 주저앉을 듯 위태로워 보이는 송아지는 기를 쓰며 한 걸음씩 걷기 시작했고 한 걸음 두 걸음 연약한 새끼의 걸음에 맞춰 젖소부인도 함께 걸었다. 그렇게 열 걸음 스무 걸음을 휘청휘청 걷던 새끼는 어느새 씩씩하게 걷게 됐고 본능처럼 어미의 젖을 찾아내 물었다.

107번 젖소부인은 정말로 훌륭했다.

진통과 출산으로 기력이 요만큼도 남아 있지 않을 것 같은데 새끼를 위해 꼿꼿하게 서서 젖을 물리고 있는 모습을 보자 비록 젖소지만 존경심까지 느껴졌다.

소담이 산골짜기 목장에 와서 처음으로 이 목장에 끌려오길 잘했다고 생각하며 행복이 충만한 눈길로 어미 젖을 물고 있는 새끼와 사랑스러운 새끼에게 젖을 물리고 있는 젖소부인을 바라보고 있는데 솥뚜껑만 한 손이 올라오는가 싶더니 얼굴을 쓰다듬었다.

"왜 울어?"

산의 목소리에 소담이 얼굴을 만져 보자 정말 눈물로 촉촉하게 젖어 있었다.

"이렇게 신비롭고 아름다운 장면은 처음이에요. 너무…… 경이로워요."

"네 덕분에 무사히 태어났어. 수술도 하지 않고."

"내가 뭘 했다구요."

"107번 젖소부인에게 힘내라고 응원해 줬잖아."

"그까짓 거야 뭐. 내가 원래 기도발이 세거든요. 그런데 아들이에요, 딸이에요?"

소담의 물음에 산이 웃음을 터뜨리더니 딸이야 하고 대답했다.
"107번 젖소부인 훌륭하세요."
소담이 눈물을 매단 채 젖소부인을 칭찬하며 들과 강에게도 함박 웃어보는데 싱글벙글하던 들이 소담과 눈이 마주치자 갑자기 시무룩한 얼굴로 축사를 나가 버렸다.
"들 씨는 아직 나한테 화가 났나 봐요."
"내버려 둬요, 누나. 괜찮을 거예요."
강이 신경 쓰지 말라는 듯이 말했다.
"괜찮을까요?"
"괜찮아요. 가출한다는데 어쩌겠어요."
"가출요?"
"형한테 여자 뺏기고 같이 못 산다더라고요."
"그럼 어떻게 해요?"
"짐이나 싸주면 되죠 뭐."
강이 아무렇지도 않은 얼굴로 말하고는 축사를 나갔다.
"지금 강 씨가 비꼰 걸까요?"
"아니. 있는 그대로 말한 거야. 우리 집 애들은 비꼴 줄 몰라."
"들 씨가 가출한대요."
소담이 심각하게 물었지만 산은 하든지 말든지 하는 얼굴로 젖소부인과 새끼만 쳐다보고 있었다.
"벌써 낳았다면서?"
축사 앞에서 강이나 들에게 들었는지 이민서가 가볍게 뛰어들어 오며 말했다.
"낳았어."
"이런, 괜히 병원에 다녀왔네. 새끼 상태는?"

"아주 좋아."

"그러네."

이민서가 새끼를 바라보며 흐뭇하게 고개를 끄덕였다.

"성공했네."

"응, 성공했어."

"축하해."

"고마워. 이 선생도 고생했어. 진심으로 고마워."

"내가 뭘. 107번 젖소부인이 고생했지."

이민서와 산이 서로를 바라보며 다정하게 웃는 것을 보자 소담의 기분이 순식간에 나빠졌다.

"새끼 낳는 거 봤어요, 소담 씨?"

"네."

"어땠어요?"

"아직도 감격하고 있는 중이에요."

소담이 전혀 감격스럽지 않은 듯 시큰둥하게 대꾸하자 이민서가 웃으며 고개를 끄덕였다.

"107번 젖소부인한테 특식을 제공해야겠다. 아기 낳느라 고생했으니."

"미역국 먹여요?"

"미역국 말고 다른 거."

"난 새끼하고 어미 상태 좀 보게 진찰도구 갖고 와야겠다."

산이 움직이자 이민서도 움직였고 두 사람이 나란히 걸어가는 꼴은 보고 있을 수가 없어 냉큼 따라가던 소담이 뭔가 상당히 이상하다는 것을 느끼며 잠깐만요! 하고 소리쳤다.

"왜?"

"저거 보여요?"

"뭐?"

"젖소부인하고 새끼요."

"그럼 잘 보이지. 왜?"

"어떻게 이런 일이…… 어떻게, 어떻게 이럴 수가…….'"

처음엔 전혀 눈치 채지 못했던 장면인데 어느 순간 뭔가 대단히 신기한 일이 일어났다는 것을 눈치 챘다. 107번 젖소부인과 갓 태어난 새끼 말이다.

"젖소부인은 얼룩손데…… 새끼는 누런 황소예요!"

소담이 흥분해서 소리치자 산과 이민서가 웃음을 터뜨렸다.

"젖소가 어떻게 황소를 낳아요?"

소담이 더욱 흥분한 목소리로 소리쳤다.

"그러니까…… 말하자면…… 이 상황은 바로 그 유명한 젖소부인 바람났네?"

소담의 말에 산과 이민서가 또다시 웃음을 터뜨렸다.

"107번 젖소부인 바람 안 났고 인공수정해서 그래."

"인공수정요?"

"107번 젖소부인 난자와 황소 정자를 수정한 거야."

"그런 것도 있어요?"

소담이 황당한 얼굴로 물었다.

"벌써 다른 축사에서는 여러 번 성공했고 우리 축사에서는 107번 젖소부인이 처음이야."

"난 또 젖소와 황소의 혼혈이 태어났나 했더니."

소담이 약간 실망한 얼굴로 중얼거렸다.

이민서가 진료가방을 가지러 앞서 가는데 소담이 산의 손을 붙잡고 뒤로 끌어당겼다.

"왜?"

"이민서 선생하고 나란히 가지 말아요. 꼴 보기 싫으니까."

소담의 속삭임에 산이 픽 웃었다.

"질투하는 거야?"

"어머, 질투는 무슨…… 하여튼 같이 가지 말아요."

소담이 산의 손을 꽉 잡고 버텼다.

"이 선생 진료가방 들고 오는 거 도와줘야 해."

"혼자 하게 내버려 둬요."

"우리 소 때문에 이 밤에 온 사람이야."

"다른 집 소도 봐주러 이 밤에 갈 사람이에요."

소담이 우기자 산이 낮게 웃음을 터뜨렸다.

먼저 축사를 빠져나갔던 이민서가 진료가방을 챙겨 들고 오는지 축사 가까이에서 목소리가 들리자 산이 움직이려고 했다.

"가자."

"안 된다니까."

소담이 산을 더욱 꽉 붙들었다.

"같이 가서 도와주자."

"안 돼요. 가기만 해요!"

"소담아."

"아응…… 오빠앙."

급한 나머지 소담이 코를 잔뜩 먹은 소리로 오빠 하며 아양을 떠는 순간 이민서가 축사 입구에 모습을 드러냈고 소담은 이참에 아주 쐐기를 박아야겠다고 생각하며 다짜고짜 산의 얼굴을 붙잡고 끌어내려 입을 맞췄다.

이민서 수의사 선생 똑똑히 보라는 듯이, 우리의 애정 행각이 얼마나 뜨거운지 똑똑히 가르쳐 주기 위해.
"내가 말했잖아! 나 가출할 거야!"
들의 분노한 외침이 들리자 그제야 깜짝 놀란 듯이 산을 놓아 준 소담이 못된 짓 하다 들켜서 몹시 부끄러운 듯이 얼른 산의 몸 뒤로 숨었다.
산의 몸 뒤에 숨어 빠끔히 고개를 내밀고 상황을 살펴보자 분노와 실망으로 일그러진 들이 축사를 뛰쳐나가는 것이 보였고 강은 어쩐지 매우 부러워하는 듯한 표정으로 쳐다보고 있었으며 문제의 이민서는…… 몹시 당황하고 서운한 듯해 보이는 얼굴로 산을 쳐다보고 있었다.
"어머…… 좀 당황스럽네."
이민서가 서운함이 많이 묻어나는 목소리로 말했고 산은 아무 말도 없이 서 있기만 했다.
"두 사람…… 그런 사이였어?"
이민서가 물었다. 아니길 바라는 투로.
"네, 이런 사이였어요."
소담이 냉큼 대답했다.
"아, 피곤하다. 이제 집에 가서 우리도 자야죠. 빨리 집에 가요."
소담이 산의 손을 꽉 틀어잡고 잡아끌자 이민서에게 잠깐만 하고 양해를 구한 산이 못 이긴 척 소담의 손에 끌려왔다.
"오늘도 찜질방에서 같이 잘 거죠? 단둘이."
소담이 이민서 들으라는 듯이 일부러 큰소리로 말했지만 산이 아무 대답이 없어 올려다보자 놀랍게도 산은 소리없이 웃고 있었다. 마치 이 상황을 삼백 퍼센트 즐기고 있다는 듯이.

"왜 웃어요?"

축사를 빠져나오자마자 소담이 다그치자 산은 아무 말도 하지 않고 소담의 손을 꼭 잡은 채 어디론가 급히 걸어갔다.

"어디 가요? 그리고 왜 웃기만 하냐구요."

소담이 계속해서 잔소리를 해댔지만 산은 들은 척 만 척 소담이 뛰어야만 속도를 맞출 수 있을 만큼 빠른 걸음으로 축사에서 조금 떨어진 건초 창고로 들어가 문을 닫아버렸다. 그리고 문을 닫자마자 소담을 창고 벽에 밀어붙이더니 육중한 몸을 소담에게 밀착시키며 소담의 얼굴을 거머쥐고는 물어뜯을 듯 거칠게 입술을 부딪혀 왔다.

드디어 소심하고 소극적이던 산이 폭발적인 욕망에 사로잡혀 행동을 개시한 것이다!

멋지다, 구산!

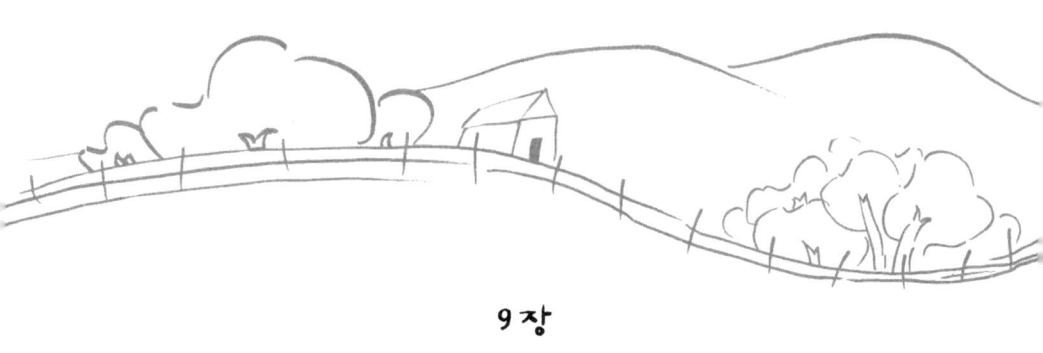

9장

산의 입술이 어찌나 거칠고 맹렬한지 소담은 순간적으로 중심을 잃고 쓰러질 뻔했는데 탄탄한 근육질의 산의 팔이 소담의 가냘픈 허리를 손쉽게 휘어잡더니 쓰러지지 않도록 받쳐 주었다. 그리고 화산처럼 뜨거운 그의 혀가 소담의 입술을 가르며 와르르 밀려들어 왔다.

"잠깐만…… 잠깐만……."

소담이 산의 얼굴을 밀어내자 소담의 얼굴을 부여잡은 산의 손에 힘이 들어갔다.

"싫어?"

산이 거친 어조로 물었다.

"싫다뇨. 무슨 그런…… 입에 껌이 있어서……."

뱉으려고 한다는 말을 끝내기도 전에 산이 또다시 입술을 덮쳤고 단물 빠진 껌과 키스를 공유하고 싶지 않다고 항의를 하기도 전에 산의 불덩이처럼 뜨거운 혀가 소담의 입속으로 파고들었다.

어머나…… 이 황소 같은 사나이는 혀까지도 강직하여라!

산과 소담의 혀가 소담의 입속에서 마치 콩 줄기처럼 엉키며 서로를 탐하기 시작했다. 두 사람의 몸이 두 사람의 입술만큼이나 빈틈없이 꼭 맞물렸고 소담은 넓은 산의 품을 산은 작고 사랑스러운 소담의 몸을 만지고 쓰다듬고 어루만졌다.

두 사람의 혀 돌기가 붙었다 떨어졌다를 반복하며 서로의 타액을 맛 좋게 나눠 마시는데 소담이 산의 허리를 꽉 끌어안으며 막 깁스를 푼 다리를 탄탄한 산의 다리에 휘감았다.

"다리 감는 건 어디서 배웠어?"

"비싼 돈 주고 과외했어요."

"오빠라고 다시 해봐."

"됐어요!"

소담이 재빨리 대답하고는 산의 얼굴을 끌어당겨 입술을 부딪쳤다.

어쩜 키스가 이렇게도 달콤하고 맛이 좋은지.

소담과 산은 키스에 너무나 몰입하다 보니 어느 것이 누구의 혀인지 구분하지 못할 지경이 되어버렸고 거의 분해와 분석 수준으로 서로의 혀를 탐색하며 혓바늘이 돋을 지경으로 서로의 입안을 넘나들었다.

자신의 입안을 꽉 채운 산의 혀 때문에 꼼짝도 못하고 있던 소담은 기술은 조금 부족하지만 몹시도 정열적인 혀의 힘에 기절할 지경이었다. 혀의 힘이 어찌나 좋은지 정열적이다 못해 흉포할 정도였다.

"형, 누나!"

저런 눈치라고는 코딱지만큼도 없는 녀석들!
 정신없이 키스를 하던 산과 소담은 애가 타게 외쳐 부르는 강과 들의 목소리에 아쉬움을 느끼며 서로의 입술을 놓아주었다.
 "괜찮아?"
 산이 소담의 입술을 어루만지며 물었다.
 "안 괜찮아요. 끝을 못 냈잖아요."
 소담이 불만스럽게 속삭이자 산이 웃음을 터뜨렸다.
 "집에 가자."
 산이 소담의 손을 잡고 창고를 나가려는데 소담이 산을 붙잡았다.
 "설마…… 이게 끝은 아니겠죠?"
 소담의 물음에 산이 픽 웃으며 소담의 손을 꽉 틀어잡고 창고 밖으로 나가자 창고 근처에서 산과 소담을 찾고 있던 강과 들 그리고 이민서가 창고에서 나오는 두 사람을 황당하다는 얼굴로 쳐다봤다.
 "창고에 있었으면서 왜 대답이 없었어?"
 이민서가 의심스러운 눈초리로 두 사람을 쳐다보며 물었다.
 "급한 일이 좀 있었거든요."
 소담이 씩 웃으며 대답했다.
 "무슨 급한 일요?"
 들이 욱하고 성난 목소리로 물었다.
 "그런 게 있어요."
 "에이 씨."
 눈치 챘는지 들이 씩씩거리며 차 있는 곳으로 걸어가자 강은 싫지 않은 듯 씩 웃으며 두 사람을 쳐다봤다.

"괜히 불렀네. 건초 창고라 따뜻한데. 이불 없어도 되는데……."

강이 산과 소담에게 은근한 눈빛을 보낸 후 들을 따라 차로 가자 이민서만이 주책없이 산과 소담을 바라보고 있었다.

"오늘 고마웠어, 이 선생."

"내가 한 일도 없는데 뭘."

"내일 새끼하고 어미 봐주러 올 거지?"

"그럼."

이제 중요한 대화는 끝난 것 같은데 이민서는 갈 생각을 하지 않았다. 진짜 눈치 없는 여자 같으니라고.

"잠깐 얘기 좀 할까?"

"그래."

산이 소담의 손을 놓고 이민서와 저쪽으로 가려고 하자 소담이 냉큼 따라붙었다.

"소담 씨…… 산이하고 둘이 할 얘기가 있는데 자리 좀 피해줘요."

산이? 산이라고 부르니 굉장히 기분 나빴다. 하지만 별수 없었다.

"알았어요…… 구산 씨, 빨리 와요. 우리 아직 할 일이 남았으니까."

소담의 말에 산이 고개를 끄덕였다. 소담의 입에서 넘어간 껌을 씹으며.

소담은 나란히 걸어가는 산과 이민서를 곱지 않은 눈길로 바라보다가 들과 강이 있는 차로 와서 올라탔다.

"누나."

"왜요, 강 씨?"

"그냥 불러봤어요."

강이 피식 웃었고 소담은 싱거운 자식 같으니라고 하면서도 따라서 피식 웃는데 갑자기 들이 버럭 화를 냈다.

"그렇게 좋아요!"

들이 화를 내는 바람에 소담과 강이 깜짝 놀라 쳐다보자 들이 입 근처에 있는 근육은 모조리 실룩거리며 소담을 노려보고 있었다.

"들아, 그러다 입 돌아간다."

강이 타이르자 들이 고개를 획 돌려 버렸다.

"강 씨…… 이민서 선생님 말이에요. 산 씨 좋아해요?"

"초등학교 때부터 좋아했어요."

"둘이…… 사귄 건 아니죠?"

"초등학교 때 사귀었죠."

초등학교 때야 뭘. 어린것들이 사귀어봤자지. 얼마든지 용서해 줄 수 있었다.

"어른 돼서는요?"

"어른 돼서는 형이 패션 모델하고 노니라고 안 사귀었죠."

"그렇군요."

소담이 흐뭇하게 웃는데 강이 어깨로 소담의 어깨를 툭 쳤다.

"형이 누나 좋아하는 거 난 진작부터 알았어요."

"어떻게?"

그렇게 물은 사람은 들이었다.

"형 눈동자가 누나만 따라다니더라고."

"그래요?"

"몰랐어요?"

"몰랐죠. 나한테는 성질만 내서."

"형이 관심없으면 절대 안 쳐다보는데…… 누나만 나타나면 눈동자가 계속 누나만 쫓아다니더라고. 예전에는 형 눈동자는 소하고 양만 따라다녔거든요. 그런데 요즘은 소하고 양은 안 쳐다보고 누나만 쳐다봐요. 누나 산에서 길 잃어버렸을 때…… 형 완전 미친 사람 같았잖아요. 누나 못 찾아내면 자살할 사람처럼 미쳤더라니까. 우리한테도 못 찾아내면 집에 들어오지 말라고 소리지르고."

"맞아. 그랬어."

들이 시무룩하게 말했다.

"누나 없어졌다고 얼굴이 하얗게 질려서 정신없이 산길을 뛰어다니는데…… 그날 뒷집으로 가려고 할 때 형이 내 등에도 못 업히게 하고 형이 직접 업었잖아요. 그거 다른 사람 손 타는 거 싫어서 그러는 거예요."

"그런 거예요?"

"빼션 모델이 형하고 헤어진 게 형이 운동 그만두고 소 키워서 그런 거 아니래요. 그 화영이라는 여자가 형이 싫다는데도 악착같이 따라다닌 거래요. 운동할 때 여자 만나면 올림픽 나가서 금메달 못 딴다고 형이 질색하면서 안 만나줬거든요. 안 만나주는데도 따라다니고…… 나중에 꽤 유명한 모델이 돼서 형을 찾아왔었는데 딱 30분 만나주고 바쁘다고 보냈어요. 그때가 엑기스 개발할 때나?"

"배양액요."

"맞아. 배양액 연구할 때라. 어디 한군데 꽂히면 다른 건 안 쳐다 보는 사람이라. 야…… 사람이 변할라니 순식간이네. 나는 형이 소하고 결혼할 줄 알았다니깐요. 그랬던 사람인데 누나한테 완전히 빠졌네."

"내가요…… 빠질 만해요."

"맞아요. 그건 맞아."

강이 군말없이 동의했다.

"그런데 누나도 우리 형한테 빠지긴 했어요?"

"아뇨."

"아니래요? 왜요? 우리 형 멋지잖아요."

강이 깜짝 놀라서 물었다.

"멋지죠. 하지만 난 여신이잖아요. 여신은 원래 거만한 거예요."

소담이 거만하게 말한 후 씩 웃는데 산이 갑자기 차 문을 벌컥 열었다.

"소담이 앞에 타."

"치…… 똥차 갖고 생색은."

소담이 핀잔을 주면서도 싫지 않은 듯 앞자리로 옮겨 타자 산이 집을 향해 출발했다.

집에 도착하면 이민서와 무슨 대화를 나누었는지 자세하게 캐물어야겠다고 생각하는데 손등에 따뜻한 기운이 느껴지는가 싶더니 산이 소담의 손을 꽉 틀어잡았다.

소담이 고개를 돌려 산을 쳐다보자 산은 소담을 쳐다보지는 않았지만 입가에 미소를 머금고 있었다.

"수의사 선생님하고 무슨 밀담을 나눈 거예요?"

"밀담은 말하는 게 아니야."

산의 대답에 소담이 화가 나서 손을 빼려는데 산이 소담의 손을 더욱 꽉 움켜잡았다.
"그럼 집에 가면 나하고 밀담 좀 나눠요."
"무슨 밀담?"
"밀담은 미리 말하는 게 아니에요."
소담이 퉁명스럽게 대꾸하자 산이 더욱 강하게 소담의 손을 움켜잡았다.
구씨 삼 형제가 앞집으로 가고 소담 혼자 뒷집 찜질방에서 오도카니 앉아 산을 기다리고 있는데 이 깊은 시간에 대체 뭘 하기에 이렇게 굼뜬지 앞집으로 데리러 갈 참인데 산이 방문을 열고 안으로 들어왔다.
"왜 이제 와요?"
"강이 들이 자는 거 보고 나오려고."
"다 큰 동생들 잠도 재워줘야 해요?"
"잠 재워준 게 아니라 빨리 자라고 윽박질렀어."
"빛의 속도로 재웠어야죠."
"나름대로 노력했어. 그런데 무슨 밀담을 나누자고?"
"수의사 선생하고 나눈 밀담은 뭐예요?"
"별 얘기 아니야."
산은 중요한 대화가 아니었기에 말하지 않았다.
"말해. 무슨 밀담이야?"
"나도 별 얘긴 아니에요."
"뭐?"
"별로 할 얘긴 없다구요."
"그럼 왜 오라고 했어?"

"오고 싶었으면서."

소담이 눈을 흘기자 산이 픽 웃었다.

"얘기 안 하면 뭐 해?"

"뭘 하긴 뭘 해요. 우리 밀담은 말보다는 몸으로 해야 하는 거예요. 창고에서 중단한 거 해야죠."

"뭐? 진짜 까져서는."

"좋으면서."

소담이 눈을 흘겼다.

"어떻게 해줄까?"

"뭘요?"

"창고에서 중단한 거. 그거 어떻게 해주면 좋겠냐고."

"어떻게 하긴. 황소처럼 해야지."

소담이 살짝 수줍은 듯 말하자 산이 웃음을 터뜨리며 소담을 끌어안았다.

"너 무척 까졌어."

"싫어요?"

소담이 산의 목에 팔을 두르며 속삭였다.

"아니."

산은 소담에게 입을 맞추며 연신 소담의 등을 쓰다듬었다.

산의 혀가 입속으로 들어오자 소담은 반가우면서도 수줍어하며 받아들였다. 산의 혀가 소담의 입속을 강하게 훑어 내렸다. 산의 혀는 소담의 입속에서 소용돌이처럼 휘몰아치며 소담의 혀를 핥고 어루만지고 사랑했다.

산의 혀는 여전히 거칠었고 시간이 지날수록 더욱 거칠어졌다. 소담은 산의 거친 키스 스타일이 무척 마음에 들었다. 그의 모습과 그의 행동과 그의 직업과 무척 잘 어울렸기 때문이다.

산이 소담의 혀를 빨아 당기자 소담의 혀가 산의 입속으로 급하게 빨려 들어갔다. 두 사람의 혀는 산의 입안에서 엉키며 리드미컬하게 거칠게 장난치듯 춤을 췄다.

산이 조심스럽게 소담을 눕히고 산의 손이 티셔츠 속으로 들어오는가 싶더니 소담의 젖가슴을 움켜잡았다.

흥분 때문인지 힘 조절에 실패해 너무 꽉 움켜잡는 바람에 소담이 낮게 비명을 내지르자 산이 미안하다고 속삭이며 손에서 힘을 풀었다.

"아팠어?"

"지금은 괜찮은데 내 가슴을 도끼 자루 잡듯 하지 말아요."

"알았어."

산이 낮게 웃음을 터뜨리며 다시 소담에게 키스했다. 그리고 소담의 작고 사랑스러운 젖가슴을 조심스레 움켜잡았다. 커다란 산의 손에 고스란히 들어가는 소담의 젖가슴. 산은 탱탱하면서도 말랑거리는 소담의 젖가슴을 부드럽고 조심스럽게 어루만졌다.

소담의 가슴을 어루만지던 산이 입술을 떼고 소담이 입고 있던 티셔츠를 벗겨낸 후 브래지어까지 모두 벗겨냈다.

"괜찮겠어?"

"이미 벗겨놓고 왜 물어요?"

"싫을까 봐."

"거부 안 했잖아요."

소담이 산의 목을 감으며 끌어당기자 산이 소담의 귓불을 살짝 깨물며 다시 젖가슴을 움켜잡았다.

소담에게 정성스럽게 키스를 하던 산이 입술을 떼고 잠깐 동안 소담을 내려다본 후 소담의 목덜미에 입을 맞추었다. 소담의 목덜미에서 급하게 뛰고 있는 맥이 느껴지자 산은 맥이 뛰는 자리를 부드럽게 핥았다.

한 점 한 점 산의 입술이 점을 찍으며 핥을 때마다 산의 타액이 소담의 피부에 닿았고 산의 입술점이 목덜미를 지나 조금씩 아래로 내려가더니 소담의 젖가슴 위에 수줍게 꽃을 피우고 있던 예쁜 핑크색 젖꼭지에 도달했다.

젖꼭지에 닿은 산의 입술과 혓바닥. 소담은 젖꼭지에 닿는 산의 뜨거운 열기 때문에 기절할 지경이었고 산은 너무나 사랑스럽고 예쁜 소담의 모습 때문에 미칠 지경이었다.

산의 숨이 가빠진 것은 그때였다.

소담은 이미 오래전에 아랫배와 허벅지를 묵직하게 눌러오는 그의 남성을 느끼며 산이 견딜 수 없는 지경에 도달했다는 것을 알아차렸고 산은 소담의 예상대로 더는 기다리지 못하고 찢어발길 듯이 소담의 바지를 벗겨낸 후 아슬아슬하게 숲만 가리고 있던 손바닥만 한 팬티도 단번에 벗겨냈다.

팬티를 벗겨낼 때 찌직 하고 솔기가 뜯어지는 소리가 나자 산이 깜짝 놀라며 들고 있는 소담의 팬티를 쳐다봤다.

"찢어졌나 봐."

"급할 땐 찢어질 수도 있죠 뭐. 얼마 안 해요. 14만 원."

소담이 팬티 따위에 신경 쓸 틈이 없다는 듯이 말했다.

"뭐?"

산이 기함한 얼굴로 소담과 소담의 팬티를 번갈아 쳐다봤다.

"이 천 조각 하나가 14만 원이라고?"

"내 몸에 걸친 것 중에 제일 싼 거예요."

"미치겠네. 난 14만 원짜리 팬티는 못 사줘."
"싼 거 입을게요. 십만 원 안쪽으로."
"십만 원 안쪽도 비싸."
"지금 나 발가벗겨 놓고 팬티 가격 흥정하는 거예요?"
"미안."

산이 다시 입을 수도 없는 찢어진 팬티를 수선해서라도 입힐 작정인지 던져 버리지 않고 한쪽에 잘 모셔둔 채 서둘러 자신이 입고 있는 옷도 모두 벗어 던진 후 알몸으로 수줍게 떨고 있는 소담을 끌어안으며 입술을 부딪혀 왔다…….

"나한테 혀 줘."

산이 흥분한 목소리로 속삭이며 소담의 벌어진 입술 사이에서 강하게 혀를 빨아 당겼다.

산의 입술에 혀를 물린 채 소담이 산의 목덜미를 끌어당겨 안는 순간 산의 건장하게 부푼 남성이 소담의 단지 속으로 돌진하며 두 사람의 몸이 격정적으로 결합했다.

"아!"

산과 소담이 동시에 탄성을 내뱉으며 허겁지겁 입술을 탐했다. 산의 남성을 쫀득하고 빡빡하게 조여오는 물을 흠뻑 머금은 소담의 단지와 콘크리트 벽이라도 단박에 뚫을 듯 무섭게 성난 산의 남성의 환상적인 결합.

산은 마치 성난 수컷 짐승처럼 소담을 탐하기 시작했고 소담은 불에 달군 듯 뜨거운 산의 남성에 무차별 공격을 당하며 열에 들떠 헐떡거렸다.

산이 허리를 움직일 때마다 리듬에 맞춰 흔들리는 소담의 작은 몸. 소담이 뱉어내는 알싸한 신음 소리에 미칠 지경이 되어버린 산의 공격이 더욱 거칠어졌다.

"사랑해."

산이 소담의 귀를 핥으며 속삭였다.

"사랑해."

산이 끊임없이 사랑한다는 말을 속삭였고 나도 사랑한다는 화답조차도 하지 못할 만큼 산의 맹렬한 공격에 이성을 잃은 소담은 산이 전해주는 거침없는 욕망에 도취돼 산을 꼭 끌어안았다.

소담의 신음 소리가 더욱 은밀해지자 산은 소담이 절정의 순간에 아주 가깝게 도달했다는 것을 눈치 챘다. 산은 이 세상 최고의 절정을 소담에게 선물하기 위해 무릎을 세워 앉으며 소담의 작은 엉덩이 두 쪽을 양손으로 움켜잡은 후 지금까지는 전초전에 불과했다는 듯 탐욕스럽게 소담을 공격하기 시작했다.

"아!"

산의 머리카락을 움켜잡은 소담이 격하게 헐떡거리기 시작했고 소담의 작은 가슴이 산의 허리 움직임에 맞춰 흔들리는 것을 욕망이 이글거리는 눈빛으로 바라보던 산이 더욱 격하게 움직이는 순간, 소담의 입에서 터져 나오는 신음 소리가 극도로 음란해지는 바로 그 순간 소담은 이 세상 최고의 절정을 맞이했다. 뜨겁고 격정적인 절정을.

산의 품에서 별이 부서지고 하늘이 조각조각 찬란하게 부서지는 듯한 절정을 맛본 소담이 만족감으로 촉촉하게 젖은 눈길로 산을 올려다봤다.

"좋아?"

산이 사랑스러워 미치겠다는 눈길로 바라보며 묻자 소담이 산에게 곱게 눈을 흘겼다.

"으응…… 짐승."

소담이 콧소리를 내며 아양을 떨자 산이 낮게 웃음을 터뜨리며 소담을 끌어안았다.

"벌써 짐승이라고 하면 어떻게 해. 이제 시동 걸렸는데."

산이 허리를 움직이기 시작했다.

"끝난 거 아니었어요?"

"끝나다니, 무슨 그런 섭섭한 소리를."

산이 강하게 허리를 퉁기자 소담의 입에서 신음이 터져 나왔다.

"어머…… 진짜 짐승!"

소담이 산을 끌어당겨 안으며 소리쳤다.

"좋은 약으로 사왔으니 이번엔 들을 거야."

산과 함께 시내에 볼일을 보러 나가셨던 아저씨가 잊지 않고 사온 진통제를 아주머니께 건넸다.

"잘 듣는데요?"

"새로 나와서 잘 듣는다는구만. 먹어봐."

"한 번에 몇 개를 먹으래요?"

"그것은…… 설명서와 상의를 해야겠지."

아저씨의 대답에 소담이 정말 독특한 아저씨라고 생각하며 진통제 박스에서 설명서를 꺼내 복용법을 알려주었다.

"한 번에 한 알에서 두 알씩 하루 세 번이요."

"한 알은 먹으나마나래. 두 알은 먹어야 돼."

아주머니가 새로 나온 진통제 두 알을 털어 먹고는 아저씨가 밖으로 나가기 무섭게 또다시 아이고 아이고 하며 젖을 주물었다.

"또 아프세요?"

"약 먹었으니까 좀 있으면 괜찮을 거야."

"계속 그러시네요."

"그러게. 참 이상하게 가슴만 아프면 감기가 오고…… 요즘은 갑자기 소화까지 안 되고…… 비빔밥을 먹어서 그러나 속이 너무 안 좋네."

"니 나이가 몇이나? 이제 슬슬 전신이 쑤실 때도 됐지 뭐."

할머니가 무정한 투로 말했다.

"그런데 아주머니…… 가슴이 어떻게 아프신데요?"

"그냥 우리하게 아팠다가 쑤셨다가…… 몸살이 났다가 그래. 아이고, 어젯밤에는 잠도 못 자게 아프더라고."

소담은 순간 불길한 생각이 들었다. 에이 아니겠지, 하면서도 자꾸만 불길한 생각을 떨칠 수가 없었다.

"병원엔 가보셨어요?"

"부끄럽게 젖앓이한다는 말을 어떻게 해."

부끄럼 타다가 큰일 날 수도 있지만 그래도 어쩌겠는가 시골 촌로의 순수한 부끄러움을.

"그럼 혹시…… 자가진단은 해보셨어요?"

소담이 조심스레 물었다.

"자가진단이 뭐래?"

"유방암 자가진단요. 스스로 진단해 보는 거요. 텔레비전에서도 많이 보여주는 것 같던데."

"유방암 자가진단? 나는 그런 거 모르는데?"

"제가 미국에서 공부할 때 배웠거든요."

"미국에서 공부를 하나? 되게 똑똑하네."

똑똑하다는 말에 소담은 민망하게 웃었다. 공부보다는 노는 데 정신이 팔려 있었기 때문이다.

"아주머니도 한번 해보세요. 제가 시범을 보일게요."

"그래? 한번 해봐."

"일단 왼쪽 팔을 이렇게 들구요."

소담이 팔을 들자 아주머니도 따라서 들었다.

"오른손으로 가슴을 이렇게 이렇게 만져 보는 거예요. 보이시죠? 이렇게…… 이렇게…… 아프거나 딱딱한 게 만져지나 자세히 살피는 거예요."

소담이 왼쪽 가슴을 주무르며 시범을 보이고 아주머니가 열심히 따라 하는데 갑자기 산이 집 안으로 불쑥 들어왔다가 똑같이 왼팔을 들고 왼쪽 가슴을 만지고 있는 소담과 어머니의 모습에 움찔 멈춰 섰다.

"뭐 하는……."

"유방암 자가진단이래. 미국에서 공부할 때 배웠단다. 젖을 이래 만지면 된단다."

아주머니가 가슴을 꾹꾹 주무르며 말했다.

"아…… 예."

산은 쑥스러워하면서도 터지려는 웃음을 참으며 가지러 들어왔던 것을 들고 얼른 나가 버렸다.

눈치없이 그럴 때 왜 들어오고 난린지.

"아무것도 없는데? 이쪽은 안 아파."

"그럼 다른 쪽요. 똑같이 팔을 들고 만져 보세요."

소담이 다른 쪽 가슴을 자가진단하자 아주머니도 그대로 따라 했다.

449

"난 양쪽 다 축 늘어진 껍데기만 있다."

갑자기 할머니가 심술 맞은 목소리로 말해 고개를 돌려보자 창가에서 관심없는 척 밖을 내다보고 있던 할머니가 자가진단을 따라 하고 있었다.

정말 재밌는 분이라니까.

"여기 뭐가 있는데……."

아주머니의 말에 쳐다보자 아주머니의 표정이 잔뜩 일그러져 있었다.

"건드리니까 되게 아프네."

"뭐가 있어요?"

"돌멩이 같은 게…… 딱딱한 게 있는데……."

"정말요?"

"니 한번 만져 볼래?"

"제가요?"

"만져 봐. 니 배웠다면서."

"그래도……."

"여자끼리 어때."

"그래. 만져 봐. 내 것도 만져 보고."

갑자기 할머니가 적극적으로 재촉했다.

아무리 같은 여자라도 남의 유방 만지는 것은 썩 내키지 않았지만 어쩔 수 없었다. 소담이 아주머니에게 다가가 딱딱한 것이 만져지고 아프다는 부분을 조심스레 만져 보자 과연 굉장히 딱딱하고 심상치 않은 것이 만져졌다. 제법 큰 덩어리가.

"딱딱하지?"

"만지면 많이 아프세요?"

"많이 아파……. 그럼 이게 암이라?"
"암이라고!"
할머니가 놀라서 버럭 소리를 질렀다.
"아뇨…… 임파선이 부었을 수도 있구요…… 그건 병원에 가서 검사를 해봐야죠. 암이 아니라 그냥 단순하게 뭉친 걸 수도 있어요."
소담은 일단 구씨네 고부를 진정시켰다.
"그래?"
"걱정 마시구요. 같이 병원 한번 가세요. 여자는 자궁경부암 검사랑 유방암 검사랑 골다공중 검사는 빼놓지 말고 정기적으로 해야 한다잖아요."
"자궁경부 뭐라? 아이고 이래서 딸이 있어야 돼. 아들만 넷이니까 그런 것도 안 알려주잖아."
"나도 만져 봐라."
할머니가 소담에게 유방을 들이댔고 소담은 어쩔 수 없이 축 늘어져서 껍데기밖에 없다는 할머니 가슴까지 만져 봐야 했다. 다행히 할머니에게서는 아무것도 만져지지 않았다. 축 늘어진 껍데기 외에는.
아주머니에겐 별일 아닌 듯 말했지만 께름칙하고 불안한 기분을 떨칠 수가 없어진 소담은 목장으로 달려가 산에게 아주머니의 가슴 상태를 알렸다.
"만져져?"
"만질 때마다 아프시대요. 할머니 오신 날부터 아프다고 하셨는데…… 그럼 벌써 한 달도 넘었는데 계속 아프시다 하고…… 기분이 좀…… 불안해서요."

"증세가 유방암이야?"

"똑같다고는 할 수 없지만 가슴에서 분명히 뭔가가 만져지고 또…… 모든 암이 처음엔 감기 증세처럼 시작된다고 하잖아요. 아닐 거라고 생각하지만 혹시 모르고 지나쳤다가 병을 더 키울까 봐요. 검사나 한번 받게 해드렸으면 좋겠어요."

"그래, 그럴게."

"내가 괜한 소리를 한 건가요?"

"아니야. 지금까지 건강검진을 한 번도 받으신 적이 없는데…… 우리가 너무 무심했어. 이번에 종합검진도 받게 해드리지 뭐. 내일 병원에 모시고 갈게. 고마워."

산이 진심으로 고마운 어조로 말했다.

산은 아버지에게 조심스럽게 어머니의 상태를 알렸고 아버지는 다음날 해가 뜨자마자 다 같이 종합검진을 받자며 산이 운전하는 차에 아주머니를 태워 병원으로 향했다.

그냥 검사만 받으러 가는 거라서 금방 돌아올 줄 알았는데 점심때가 돼도 돌아오지 않아 이상하게 점점 더 불길한 생각이 드는데 저녁 먹을 시간이 거의 다 됐을 때 산이 불쑥 집으로 들어섰다. 혼자서.

"애비하고 에미는?"

종일 지루하게 기다리던 할머니가 손자 혼자 들어오자 걱정스런 낯으로 물었다.

"어머니 입원하셨어요, 할머니."

입원했다는 말에 소담과 강과 들이 깜짝 놀라 산을 쳐다보는데 할머니가 벌떡 일어났다.

"왜? 암이냐?"

"아뇨…… 그냥 며칠 쉬시라구요."

"그냥 며칠 쉬기는 뭘 며칠 쉬어. 나 빼놓고 새파란 것들끼리 종합검진하고 유방암 검사하러 갔잖아. 검사하러 가서는 왜 갑자기 입원이냐?"

당신을 빼놓고 아들 내외가 종합검진 받으러 간 게 은근히 서운했던 모양인지 할머니의 목소리에 날이 서 있었다. 산의 부모님이 할머니보다 연세가 적은 것은 사실이지만 그래도 새파란 것은 아닌데…….

"감기가 심해서 감기 떼어내고 오시게 하려구요."

"똑바로 말해. 검사에서 뭐라고 나왔나."

총명하신 할머니가 적당히 둘러대는 산에게 절대 속지 않았다.

"똑바로 말해!"

할머니가 다그치자 산은 고민 끝에 어렵게 실토했다.

"……오늘 검사에서 유방암이 의심된다고. 정밀검사하자구요."

"기어이 암이랴?"

"아직 정확한 건 아니에요."

산이 정확한 것은 아니라고 말했지만 할머니는 벌써 뭔가를 느낀 듯했다. 가만히 입을 꼭 다물고 앉아 계시던 할머니가 병원에 가져갈 물건들을 챙겨 집을 나서려는 산을 붙잡았다.

"나 데려가라."

"집에 계세요."

"나 데려가. 에미는 내가 돌봐야 돼."

"아버지 계세요. 우리도 있구요."

"내가 가야 된다니까……."

"할머니."

"산아, 암은 안 된다. 암이 생길라면 내 젖에 생겨야지 왜 에미 젖에 생겨. 아직 살아갈 날이 창창한 나인데. 할머니 데리고 가. 내가 가서 봐야지 안심을 하지."

새파란 아들 내외만 종합검진 받으러 간 것이 못내 괘씸하셨으면서도 며느리에게 큰 병이 생겼을지도 모른다는 말에 할머니는 겉으로 드러내지 않던 속정을 모두 꺼내 보이셨다.

"에미가 울드나?"

"안 우세요."

"아이고, 우리 더덕아가씨가 마음이 여려서…… 안 울드나?"

"안 우세요. 어머니…… 아직 잘 모르세요."

"아이고……."

할머니가 애간장이 녹아내리는 듯 한숨을 내쉬었다.

"내일 꼭 모시고 갈 테니 집에 계세요. 그리고 너무 걱정 마세요. 정밀검사에서 암이 아니라고 나올 수도 있어요."

"……에미한테 말해. 죽으면 안 된다고. 내 앞에 죽으면 안 된다고. 알았나?"

"예…… 그럴게요."

산이 할머니 손을 꼭 잡아주고 집을 나서자 강과 들도 산을 따라나서고 소담도 산을 따라 나갔다.

"우리도 갈게요."

강과 들이 차에 오르려 하자 산이 말렸다.

"호들갑 떨지 마. 말했잖아. 엄마 아직 잘 모르신다고. 할머니 모시고 있어."

"엄마…… 암이에요, 형?"

강이 입술이 바짝 마를 정도로 걱정에 휩싸인 얼굴로 물었다.
"일단 1차 검사에서는…… 그렇게 나왔어……."
산이 긴 한숨을 내쉬며 대답했다.
"고칠 수 있대요?"
들이 금방이라도 울음을 터뜨릴 얼굴로 물었다.
"정밀검사 결과 나올 때까지 기다려 보자."
산이 들의 어깨를 다독여 준 후 차에 올랐고 내내 복잡한 얼굴로 한마디도 하지 않던 소담은 산을 혼자 보내면 안 될 것 같아 재빨리 조수석에 올랐다.
"나도 갈래요."
"그래."
두 사람은 곧장 병원으로 향했고 정확한 검사 결과가 나오지 않았음에도 암이 분명하다는 예감을 지울 수가 없었기에 아무 말도 할 수가 없었다.
상황이 워낙은 걱정스러웠기 때문에 사소한 대화를 나누는 것조차도 불편했는데 소담은 말을 하고 싶어하지 않는 산의 기분을 완전히 이해할 수 있었기 때문에 무거운 분위기를 말없이 감당하고 있었다. 당연히 감당해야 했고.
아저씨 아주머니는 또 얼마나 걱정이 많을 것이며 말도 못할 만큼 무거운 분위기일 거라고 예상해 어떻게 하면 두 분의 기분을 밝게 해드릴까 열심히 머리를 굴리며 병원에 도착했을 때 놀랍게도 아저씨 아주머니는 중병 환자와 중병 환자를 돌봐야 하는 보호자라는 것이 믿어지지 않을 만큼 쾌활했다.
"그래서 내가 그놈의 귀방멩이를 후려갈겼잖아. 기억하나, 더덕아가씨? 내가 그놈 쓰러뜨리는 것 보고 힘 좋은 걸 딱 눈치 채

고는 나한테 시집왔잖아."

아저씨의 능글맞은 시선에 아주머니가 귀여운 소녀처럼 아저씨의 가슴팍을 살짝 때렸다.

"사람을 그렇게 패면 어떻게 해요."

"패려면 작살을 내봐야지 시늉만 하나?"

아저씨가 으스대며 웃자 아주머니가 또 아저씨의 가슴팍을 때렸다. 강아지 이 앓는 소리까지 흘리시며.

"말해봐. 처음부터 나한테 반했던 거지?"

"자기가 나한테 반해놓구선."

"나야 물론 반했지. 더덕아가씨한테 반하지 않았던 사내놈들이 있었던가? 말해봐. 딱 보니 힘쓰게 생겼던가?"

아저씨와 아주머니의 대화를 차마 눈 뜨고 아니지 귀를 열고 듣고 있을 수가 없고 웃음이 터질 것 같아 죽겠는데 산만이 웃지도 못하고 굳은 표정으로 묵묵히 있었다.

"늦었는데 그만 가봐. 내일 새벽에 일어나 소 밥 줘야지."

한참 동안 젊었을 적 아주머니와의 애정 행각을 들려주시던 아저씨가 여전히 쾌활한 목소리로 말했다.

"아버지께서 소담이 데리고 들어가세요. 제가 있을게요."

"여기 있는 이 여자는 네 엄마기 전에 내 부인이자 애인이다. 부인은 당연히 남편이자 애인이 돌봐야지. 그러니까 들어가."

"나도 아버지가 좋아."

아주머니가 남편을 향해 귀엽게 웃으며 말했다.

"1인실을 잡았어야 할까?"

아저씨가 아주머니의 손을 잡으며 은근한 목소리로 말하자 아주머니가 수줍은 듯 씩 웃었다.

진짜…… 세상에 다시없을 독특한 부부였다.

"내일 소 밥만 먹여놓고 달려올게요."

"올 필요 없어. 필요한 게 있으면 아버지가 전화할 테니까 걱정 말고 가."

아저씨는 다른 환자들도 자야 한다며 산과 소담을 거의 내쫓다시피 했고 그래서 두 사람은 편히 주무시라는 인사만 남기고 집으로 돌아왔다.

집으로 돌아왔을 때 할머니는 이미 주무시고 계셨고 동생들만 기다리고 있었는데 다행히 부모님의 기분이 상당히 좋은 편이니 걱정 말고 자라고 한 후에야 잠자리에 들었다. 잠자리에 들었어도 잠을 이루지 못할 것이라는 걸 알고 있었지만 말이다.

할머니가 소담의 방에서 잠이 드셨기 때문에 소담은 하는 수 없이 뒷집 찜질방에서 자기로 했는데 산의 기분이 엉망진창이라 같이 있자는 말도 못하고 같이 있어주겠다는 말도 차마 할 수가 없어 혼자 누웠는데 피 한 방울 섞이지 않은 아주머니가 마치 자신의 피붙이라도 되는 듯 왜 이렇게 가슴이 떨리고 걱정이 되는지 도저히 잠을 잘 수가 없었다.

지금까지 가까운 친척이 아프다 해도 나이가 있어서 아플 만도 하지 하며 냉정하게 생각했고 누가 갑자기 너무나 아깝게 돌아가셨다고 해도 자기 팔자지 하며 무정하기 짝이 없었던 소담인데 겨우 한 달여 동안 인연을 맺은 산의 어머니가 왜 이렇게 걱정이 되고 왜 이렇게 가슴이 아픈지 목장에 와서부터 이해하지 못할 감정 변화를 너무나 많이 겪고 있었다.

특이한 삼 형제 사이들 틈에 끼어 살게 되면서 처음으로 자신이 너무 못된 사람인 것 같아 부끄럽게 느껴지더니 착하게 살아

볼까 하는 생각까지 하게 됐고 지금은 완전히 남일 뿐인 사람을 걱정하느라 잠을 못 자고 있지 않은가.

목장에 오기 전에는 재경그룹 은소담이 목장지기를 사랑하게 될 줄은 몰랐는데, 언감생심 감히 목장지기 따위가 은소담의 근처에 오는 것도 허락하지 않았을 것이고 그림자조차도 밟지 못하게 했을 것인데 지금 소담은 진심으로 진심을 다해 목장지기 산에게 푹 빠져 있었다.

이 세상에서 제일 멋진 사람으로 보이고 이 세상에서 제일 잘생긴 사람으로 보이고 이 세상에서 자신을 그 누구보다 끔찍하게 사랑해 줄 것이라 굳게 믿고 그가 없으면…… 그가 없는 것을 상상조차도 하기 싫은 지경이 된 것이다.

난 재경그룹의 사람이니까 내 마음대로 해도 된다고, 이렇게 살아도 내 앞에서 감히 욕을 할 사람은 아무도 없다고 난 언제까지나 내 마음대로 하고 내 기분 내키는 대로 하고 살 수 있을 것이라며 지나치게 건방지고 지나치게 당당했었는데 지금은 그런 것 따위는 다 부질없고 내가 아닌 다른 사람을 걱정하느라 전전긍긍하고 있질 않은가.

"약 탔나?"

자신이 생각해도 너무나 많이 변해 버렸기에 누가 장난질을 친 것 같았다. 눙치는 말로 끼니마다 약 탄 물을 먹인 것처럼 말이다. 착해지는 약, 산을 사랑하게 만드는 약.

"가슴이 왜 이렇게 답답하지……."

소담은 가슴은 답답하고 머릿속은 복잡하고 그래서 일어났다 누웠다를 반복하다가 도저히 견딜 수가 없어 방문을 열고 하늘을 올려다봤다.

착하게도 별들은 매일매일 그 자리에서 보석처럼 아름답게 빛을 뿌려주고 있었다.

"아주머니가 많이 아프셔요."

소담이 불쑥 별들에게 말을 걸었다.

"다른 건 다 필요 없고…… 그냥…… 회복만 되게 해주세요. 치사하게 이제 수술도 안 된다는 그런 기막힌 상황까지 끌고 가지 말고 수술해서라도 고칠 수만 있게 해주세요. 왜냐면…… 벌써 정들었거든요. 정든 사람 데려가지 마세요. 정든 사람 데려가는 짓 좀 그만 하세요. 진짜 성질나니까…… 우리 엄마 데려간 걸로 퉁치고 아주머니는 회복되게 해주세요. 우리 엄마처럼 죽은 사람 데려다 달라는 황당한 부탁 아니니까 이번 기도는 웬만하면, 아니, 무조건 들어주세요. 이번에도 안 들어주면 하나님은 완전 뻥쟁이라고 현수막 내걸고 소문낼 거니까. 그냥 하는 소리 아니에요. 진짜 그렇게 해서 하나님 쪽팔리게 만들어놓을 거예요."

소담이 감히 별과 하나님을 향해 협박을 날린 후 그래도 답답함이 풀리지 않아 한숨을 푹 내쉬는데 열어둔 방문 뒤에서 산의 목소리가 들려왔다.

"고마워."

어디에서 혼자 걱정하고 있나 했더니 소담이 뒷집으로 왔을 때 방문 앞에 있었던 모양이었다.

소담이 깜짝 놀라며 밖으로 나가자 산이 마루에 걸터앉아 있었다.

"걱정하고 있었어요?"

"조금…… 겁나서."

"나도 그래요……. 그런데 걱정하지 말아요. 이번엔 내 기도를 들어주실 거예요."

"그래…… 그럴 거야."

산이 울적한 미소를 지으며 고개를 끄덕였다.

"저기요."

"응?"

"내가 아직 말 안 했죠?"

"무슨 말?"

"구산 씨 사랑해요, 나. 사랑하는 것 같은 게 아니라 사랑해요."

소담의 말에 산이 고개를 돌려 소담을 바라봤다.

"분위기에 안 맞긴 하지만 도움이 될까 싶어서 선심 쓰는 거예요."

소담이 쑥스러움을 감추기 위해 거드름을 피우자 산이 소담의 손을 꼭 잡았다.

"사랑하는 게 아니라 진짜 사랑해요."

"책임질 수 있어?"

"뭘요? 내가 구산 씨…… 107번 젖소부인이 새끼 낳던 날 밤에…… 건드린 거요?"

소담의 말에 산이 웃음을 터뜨렸다.

"그런 말은 남자가 하는 거라니까."

"요즘 남자 여자가 어딨어. 그리고 내가 건드린 거 티도 안 날 텐데 뭘 책임져요?"

"왜 티가 안 나?"

"무슨 티가 나요? 알았어요. 임신하면 말해요. 나 몰라라 하진 않을 테니까."

소담이 황당하게 까불었지만 산은 웃기만 했다.
"사랑한다고 선심 쓴 말도 나 몰라라 하지 마."
"사랑한다는 말은…… 꼭 책임질게요."
"어떻게?"
"잘."
"까불지 말고."
"최선을 다해서."
소담이 산을 바라보며 말하자 산이 소담의 얼굴을 쓰다듬었다.
"그럴 땐 얼굴을 쓰다듬는 게 아니라 입을 맞추는 건데 아주머니 때문에 걱정이 많으니까 이번만 봐줄게요. 그리고 구산 씨는 아직도 나한테 아무 화답을 안 하며 뜸만 들이고 있지만 것도 아주머니 때문에 복잡한 상황이니까 봐줄게요."
소담이 자신의 얼굴을 쓰다듬고 있는 산의 손을 쓰다듬는데 산이 소담의 입술에 입을 맞추었다.
"당장 방으로 데리고 들어가고 싶은데 엄마가 아프니까 이번만 봐줄게."
산이 소담의 입술에 자신의 입술을 덮은 채 속삭였다.
"이거 왜 이러세요? 꼬시고 건드리는 건 내 특기예요. 특허 낸 거니까 따라 할 생각 말아요."
소담이 눈을 흘기자 산이 부드럽게 웃으며 다시 소담의 입술에 입을 맞추었다. 사랑을 담뿍 담아서.

집에 있어도 일이 손에 잡힐 것 같지 않아 병원에 따라오긴 했는데 수술실 앞에서 세 시간째 기다리고 있으려니 가슴이 조마조마하다 못해 오그라드는 것만 같아 견딜 수가 없었다.

아저씨는 수술실 옆 의자 맨 앞자리에 앉아 수술실 문만 하염없이 바라보고 있었고 할머니는 아저씨 옆자리에 앉아 연신 낮은 한숨을 내쉬었으며 구씨네 삼 형제는 똑같은 걱정을 한 아름 싸안은 채 굳은 표정으로 수술이 끝나길 기다리고 있었다.

 언제 끝날지 모를 긴 수술을 기다리고 있으려니 말라 죽을 것만 같고 몇 시간째 마른침만 삼키고 있는 산의 가족들에게 물이라도 마시게 하는 것이 나을 것 같아 병원 매점에 가기 위해 1층으로 내려왔던 소담은 공중전화가 눈에 띄자 아무래도 아버지께 알려 드려야 할 것 같아 서울로 전화를 걸었다.

 아버지는 꽤 중요한 회의에 참석하고 계셨는데 소담은 비서실장 아저씨를 바꿔달라고 부탁한 후 회의 중인 것은 알지만 꼭 알려 드려야 할 중요한 일이 있으니 아버지를 연결해 달라고 부탁했다.

 "한 시간 후에 다시 거시면 안 되겠습니까, 아가씨. 회장님께서는 중요한 회의에 참석 중이십니다."

 "그게…… 아주머니가…… 구산 씨 어머니요, 유방암 수술을 받고 계세요. 여기 병원이에요. 아버지께도 알려 드려야 할 것 같아서요."

 "예, 연결해 보겠습니다. 잠깐만 기다리세요, 아가씨."

 비서실장 아저씨는 대기 버튼을 눌렀고 소담은 비서실장 아저씨까지도 중요한 회의라고 했으니 아버지가 전화를 받긴 힘들 것 같다고 생각하면서 어쨌거나 비서실장 아저씨에게라도 알렸으니 아버지가 전화를 하시겠지 하는데 수화기를 통해 아버지의 목소리가 들려왔다.

 "제수씨가 유방암이라고?"

"예, 아빠."

"왜 이제야 연락해?"

"상황이 그렇게 됐어요. 갑자기 유방암이라는 걸 알게 되고 좀 급한 상황이라 수술 날짜도 금방 잡혔고…….."

"수술 끝났어?"

"아직요. 아빠도 알고 계셔야 할 것 같아서 전화드렸어요."

"그래, 잘했어. 알았다. 명칠이는?"

"명칠이요? 명칠이가 누구예요?"

"구명칠, 산이 아버지 말이야."

"아…… 아저씨요. 수술실 앞에 계세요."

"알았어. 수술 끝나면 알려다오."

"네."

소담이 아버지와의 통화를 끝내고 매점에서 물과 음료수를 사 들고 수술실로 돌아갔을 때도 여전히 수술은 진행 중이었다.

소담은 어르신들부터 물과 음료수를 챙겨 드린 후 삼 형제에게도 건넸는데 다들 말은 안 하고 있었지만 목이 몹시 탔는지 단숨에 다 들이켰다. 사실 목이 타는 것이 아니라 가슴이 타고 있는 중일 터였다. 수술이 성공적으로 끝났다는 집도의의 말이 떨어질 때까지 바짝바짝 타 들어갈 가슴일 터였다.

또 그렇게 한참을 기다렸을 때 드디어 수술실 문이 열리며 간호사가 나와 수술을 끝낸 아주머니가 회복실로 옮겨졌다는 것을 알렸다. 아주머니가 깨어났으니 환자를 면회한 후 집도의의 설명을 들으라는 간호사의 말에 모두 회복실로 몰려갔는데 매정하게도 단 두 명만 면회가 가능하다는 말에 이런 일에도 장유유서 법이 적용되어 먼저 아저씨와 할머니가 면회를 하시라며 형제들이 양보를 하는데 아저씨가 제동을 걸었다.
"우리 다 들어가서 만나야 합니다. 한 명도 빠지면 안 돼요."
아저씨가 간호사에게 우겼다.
"혹시 모를 2차 감염 때문에 조심하기 위해서예요."
"우리는 아내를 감염시킬 만한 전염병을 가진 사람이 한 사람도 없고 내 아내는 분명히 여기 있는 사람 모두를 만나고 싶어할 테니까 다 들어가야 합니다. 우리 어머니, 큰아들 둘째 셋째 아들 여기는 막내아들이니까 다 들어가야 해요."
아저씨가 소담의 손을 꽉 잡으며 막내아들이라고 했다. 순간적으로 소담을 군에 간 막내아들 구초원으로 착각한 모양이었다.
"아저씨, 전 여자예요."
소담이 속삭이자 아저씨가 깜짝 놀라며 소담을 쳐다봤다.
"어, 그렇구나. 그럼 우리 며느리."
딸이라고 할 줄 알았는데 며느리라는 단어가 나오자 이번엔 소담이 깜짝 놀랐는데 다른 사람들은 당연하다는 듯 아니면 깨어난 아주머니 때문에 정신이 없는지 놀라지도 않았다.
어쨌거나 아저씨가 어찌나 우직하게 우기시는지 간호사도 두 손 두 발 다 들고 면회를 허락했다.
깨어났다고는 하지만 큰 수술 끝이라 정신을 완전하게 못 잡은 아주머니를 마주한 아저씨는 아무 말도 못하고 아주머니의 얼굴을 한참이나 쓰다듬기만 했다. 그런데 아무 말씀을 안 하셨는데도 그 손길에서 무슨 말을 하고 있는지 고스란히 느껴졌다.
'견뎌줘서 고마워.'
하는 말이.
'버텨줘서 고마워.'

하는 말이.
'사랑해. 많이 사랑해.'
하는 말이.
눈시울이 붉어진 아저씨가 그렇게 마음속으로 고마움과 사랑을 전하는데, 아저씨의 붉어진 눈시울과 사랑이 가득 담긴 손길 때문에 나머지 가족들이 금방이라도 울음을 터뜨릴 듯한 표정으로 숙연해져 있는데 흐린 초점으로 아저씨를 바라보던 아주머니가 행복과 슬픔이 뒤섞인 분위기를 한 방에 날려주시는 실로 걸작의 첫마디를 뱉어내셨다.
"여보…… 나 이제…… 짝젖이에요?"
아주머니의 걸작 대박 멘트에 소담과 산이 묘한 감정의 시선을 주고받고 할머니는 앞으로 백 년은 더 살겠다며 수술실 앞에서 그토록 녹아내리게 속 태운 적 없는 척 먼저 수술실을 나갔으며 강과 들은 눈물을 떨구면서도 기쁘게 함박 웃었다.
"한 개밖에 없어서 어떻게 해요?"
"손하고 짝은 안 맞지만……."
아저씨가 당신의 손을 들어 올리며 농담을 시작했다.
"색다르고 좋잖아? 다른 여자 안는 기분이겠군. 허허허허."
아저씨의 농담에 아주머니가 눈을 흘기며 웃음을 터뜨렸는데 소담은 아저씨의 농담이 저질스럽거나 추하게 느껴지는 것이 아니라 환갑이 넘어서도 저 두 분처럼만 살 수 있다면 결혼이라는 것은 한번 해볼 만하다고 생각했다. 저 두 분처럼 저토록 아름답게 사랑하며 살 수 있다면 말이다.
아주머니가 깨어났으니 한시름 놓고 목장으로 돌아온 소담이 다른 날보다 더 열심히 더욱 활기차게 목장 일을 거들고 있는데 난데없이 아버지가 산과 함께 목장에 나타났다.

"아버지."

소담이 놀란 표정으로 바라보자 은 회장이 소담을 바라보며 흐뭇하게 웃었다. 아버지 곁에는 비서실장이 있었는데 이상하게 은 회장처럼 표정이 밝지 못했고 소담을 바라보는 눈빛에도 어쩐지 근심이 담겨 있는 것 같았다.

"언제 오셨어요?"

"네 전화 받고 바로 출발했어."

의리있는 아버지였다.

"오실 줄은 몰랐어요."

"와야지. 당연히 와야지."

역시 은혜를 두고두고 갚으실 줄 아는 훌륭한 아버지였다.

"짐 챙겨라."

"예? 짐을 챙기라뇨?"

밝게 웃던 소담의 얼굴이 즉시 굳었다.

"서울 올라가자."

"저 데리러 온 거예요? 아주머니 보러 오신 게 아니라?"

"병원에 들렀다 왔어. 아주머니 병원에 계시는데 네가 있으면 복잡할 것 같으니 아버지하고 서울 가자."

"내가 있어서 복잡하다고 했어요?"

소담이 배신감에 빠져 거친 어조로 산에게 묻자 산은 돌처럼 굳은 얼굴로 소담의 얼굴만 바라봤다.

"아니야. 산이가 한 말이 아니라 아버지 생각이야. 집에 환자가 있는데 객식구까지 딸려 있으면 아무래도 복잡하지. 산이 말로는 네가 일도 열심히 하고 놀라울 정도로 착실해졌다고 하니 이쯤에서 돌아가자."

소담은 복잡한 표정으로 아버지를 바라보다가 다시 시선을 산에게로 옮겼다. 산은 몹시 굳은 얼굴로 소담의 시선을 애써 피했는데 소담은 산이 은 회장 앞에서 가지 말라고 붙잡을 수 없는 입장인 것을 알면서도 아무런 행동도 취하지 않는 것이 못내 서운했다.

비서실장이 아버지와는 달리 표정이 밝지 못하고 눈가에 근심이 가득했던 것도 이제는 이해가 됐다. 아버지는 또다시 정들이기 무섭게 소담을 빼돌리려고 나타난 것이고 비서실장은 소담이 또다시 상처받을 것이란 걸 알았기 때문이다.

"해 지기 전에 돌아가자."

"전 안 가요."

소담이 고개를 저었다.

지금은 산이 붙잡아주길 기다리기보다는 스스로 행동해야 할 때라고 생각했다. 그저 굳은 표정으로 아무 말도 못하고 있는 산 때문에 서운함으로 가슴이 저릴 지경이었지만 산의 입장을 그 누구보다 이해할 수 있었기 때문에 산에게 기대기보다는 스스로 행동하고 적극적으로 거부해야 했다.

"안 가다니?"

"내가 있어서 복잡해요?"

소담이 산에게 물었다. 정직하게 솔직하게 말하라는 듯이.

"아니."

소담의 행동에 산도 용기를 얻었는지 고개까지 저으며 아니라고 대답했다. 그보다 더 강력하게 맞서주면 좋겠지만 그만큼이라도 용기를 내준 것이 고마웠다.

"아니라잖아요. 안 가요, 난."

소담이 딱 부러지게 말했다.

"소담아."

"아주머니 오늘 수술하셨어요. 서울에 가더라도 퇴원하시는 건 보고 가야 하구요. 그게 의리예요. 지금껏 공짜로 먹고 자고 삼 형제들 시중받으며 완전 호강하면서 팔자 좋게 지냈는데 아주머니 수술하신 날 서울 가버리면 아주머니 귀찮아 도망가는 사람 되는 거구요, 나 정말 못된 사람 돼요. 그러기 싫어요. 못된 사람 아버지 혼자 하세요. 난 착하고 의리있는 사람 할 거예요. 난 못된 사람 아니고 되고 싶지도 않아요. 그래서 안 가요."

소담이 어디 데려갈 테면 데려가 보라는 듯이 도전적으로 말했다.

소담이 딱 부러지게 분명한 이유를 들어 거부하자 당황한 은 회장이 달라진 딸의 눈빛을 바라보다가 살며시 웃었다.

"야, 목장에서 지내더니 눈빛이 달라졌네."

"제 눈빛은 원래 맑았어요."

"맑았지. 하지만 예전엔 생떼만 있었는데 지금은 강단이 담겼는데?"

생떼와 강단의 차이가 무엇인지는 모르겠지만 이대로 이런 식으로 끌려가는 것은 목숨 걸고 거부할 작정이었다.

"그래, 되도록 퇴원하는 걸 보고 가면 좋은데…… 산아, 더 두어도 되겠냐?"

"예. 소담 덕분에 어머니 유방암도 찾아내고…… 도움을 굉장히 많이 받았습니다."

산의 목소리가 아주 조금 더 밝아졌다.

"그랬어? 어머니 편찮으신데 소담이까지 맡겨두는 게 미안해서 한 말인데…… 그래 그럼 퇴원할 때까지 더 있어라."

"퇴원하시더라도 금방은 안 가요. 배울 게 더 많아요."

소담이 시큰둥하게 말하자 은 회장이 웃었다.

"목장에서 뭘 배우라 하냐고 성질내더니…… 네가 이 힘든 일에 적응을 했다니 그건 반갑고 좋다만, 다음 달에는 꼭 서울에 내려와야 해."

"아직도 배울 게 더 많다니까요."

소담이 짜증스럽게 말했다.

"혼사 때문이야."

"혼사 때문이라뇨? 아버지 재혼하세요?"

소담의 물음에 은 회장이 웃음을 터뜨렸다.

"그러게 빨리 새장가 가시라니까 엄마하고 의리 지켜야 한다고 고집 피우시더니. 설마 나하고 한두 살 차이나는 사람은 아니죠? 두 번 돌아간 띠동갑 뭐 그런 사람은 아니죠?"

"예끼, 이놈아. 아버지 말고 너 말이야."

"네?"

소담의 얼굴에서 일시에 핏기가 가셨다.

"저요?"

"은성그룹 최 회장님이 널 손자며느리로 들이고 싶어하신다."

은 회장의 말에 소담의 얼굴이 즉시 구겨졌다.

"태혁이 알지? 미국에서 같이 공부하고 있잖아."

"최태혁하고…… 결혼을 하라구요?"

"태혁이도 조만간 서울에 들어올 거야. 빠른 시일 내에 너희들 약혼식 올려서 같이 내보내기로 최 회장님과 약속했다."

"내 나이가 몇인데 벌써 결혼을 하라고 하세요? 겨우 스물다섯이에요. 결혼 안 하고 아프리카 안 가는 대신 목장에 왔잖아요. 목장에 왔으면 됐지 결혼을 하라니요! 그건 약속도 틀리고 난 이제 스물다섯이라구요!"

"스물다섯이면 제일 좋은 나이 아니야."

"여자 나이 스물다섯이 제일 좋은 나이였던 건 30년 전이에요. 요즘이 어떤 세상인데…… 그러니까 아빠가 꼰대 소리 들으시는 거예요."

소담의 옛날 버릇이 튀어나오기 시작했다.

"이 자식이 아버지보고 꼰대라니!"

"꼰대서요."

소담은 아버지가 고함을 지르는 대로 조금도 굴하지 않고 우겼다.

"우선 약혼부터 하자는 거야. 결혼식은 공부 끝내고 하고. 결혼은 내년이나 후년이 되겠지. 되도록 내년에는 시킬 작정이지만. 그러니 아주머니 퇴원하면 무조건 서울로 와서 신부수업 받고 둘이 같이 미국으로 가도록 해. 최 회장님…… 너 미국에 있을 때 얼마나 놀았는지 소문은 들었지만 크게 개의치 않는다고 하시니 얼마나 다행이냐. 서울 오면 신부수업 제대로 받아서 최 회장님 실망시키지 마라."

은 회장이 최태혁과 소담을 맺어주려 한다는 말을 들은 산은 가족이 아닌 사람은 빠지겠다는 듯이 조용히 물러갔는데 그토록 크고 넓던 산의 어깨가 한순간 너무나 좁고 축 처져 버려 명치끝이 욱실 아팠다.

더는 아무렇지도 않은 척 듣고 있을 수가 없어서 피한 것일 테다. 뒷집 찜질방에서 그토록 사랑스럽고 아름답게 꽃잠을 보냈던 여자가 다른 남자의 품으로 떠난다는 것을 도저히 감당할 수가 없어서 피한 것일 테다.

소담은 산을 두고 다른 남자와 혼인을 해야 한다는 사실보다도 산의 가슴을 아프게 한 것이 산의 어깨를 처지게 만든 것이 미안하고 가슴 아파 눈물이 터질 것 같았다.

"최태혁이 미국에서 놀았다는 소문은 못 들으셨대요?"

소담이 신경질적으로 물었다.

"태혁인 안 놀았다."

맞다. 지독한 범생이 최태혁.

"최태혁 내 취향 아니에요."

"취향은 무슨. 태혁이만 한 사람이 어딨다고."

"엄청 많아요."

"까불지 마. 무조건 제수씨 퇴원하면 내려와. 무조건."

은 회장은 반발은 절대 용납하지 않겠다는 엄한 목소리로 명령한 후 딱 봐도 뭐 밟은 사람처럼 우그러진 표정의 산을 데리고 목장 여기저기를 둘러보러 가셨다.

소담은 아버지 곁에서 아무 일도 없는 듯 아무렇지도 않은 듯 애쓰며 걸어가는 산의 뒷모습을 바라보고 있었다. 산이 얼마나 힘들지, 산이 얼마나 괴로울지 누구보다 잘 알고 있기에 마음이 아프고 심장이 아파 견딜 수가 없었다.

"아저씨."

소담이 아버지를 따라가지 않고 자신의 곁에 남은 비서실장 아저씨를 부르자 비서실장이 걱정스런 얼굴로 소담을 쳐다봤다.

"아빠가 또…… 나한테서 친구들을 뺏으려는 거죠?"

소담이 실망감에 떨리는 목소리로 물었다.

"……."

"또…… 정붙이기 무섭게 빼돌리려는 거죠?"

소담의 목소리에서 물기가 묻어 나왔다.

"……."

"이번엔 못 뺏겨요."

소담이 울지 않으려고 이를 악물며 말했다.

"절대…… 절대 못 뺏겨요."

"저 친구와…… 좋아지셨습니까?"

"아뇨……."

소담이 고개를 저었다.

"사랑해요."

소담의 눈에서 눈물이 흘러내렸다.

"여기서만 사는 별이랑 여기서만 있는 찜질방이랑 여기서만 사는 젖소부인들이랑 황소 아저씨들이랑 양 아줌마들이랑 구산표 우유랑…… 구씨네 삼 형제랑…… 아니, 사 형제랑 짝젖이 된 아주머니랑 껍데기만 남은 할머니랑…… 짝젖이 된 아주머니를 한결같이 사랑하는 명칠이 아저씨랑…… 전부 다 사랑해요. 노고지리의 찻잔 노래도 사랑하고…… 나만 잘 수 있는 펜션 방도 사랑하고……."

소담이 흐느끼기 시작했다.

"이제야 비로소 시비 걸지 않고 온전하게 사랑하는 법을 배웠는데 이제야 비로소 의심하지 않고 온전하게 사랑하는 사람들과 사랑하는 보물들이 생겼는데…… 아버지가 또 뺏으려고 해요……."

소담이 아프게 흐느끼자 비서실장이 가만히 소담의 손을 잡아 주었다.
"아가씨…… 회장님께 그렇게 말씀하세요."
"뭐라구요?"
"저한테 하신 말씀 그대로 하세요. 산일 사랑한다고, 여기 있는 모든 것들을 사랑하니까 뺏어가지 마시라구요."
"아빠…… 내 말을 안 들으세요."
"들리시게 말씀하세요. 회장님이 들으실 수 있게."
"아빠가 들을 수 있게요?"
"예."
비서실장이 나는 언제까지나 은소담 아가씨의 편이라는 미소를 지으며 말했다.
"아빠가 못 들으면요?"
"들으실 때까지 말씀하세요."
"들으실 때까지……."
소담은 결코 쉽지 않은 싸움이 되겠지만 이번만큼은 절대 아버지에게 사랑하는 사람들을 뺏기지도 않을 것이며 아버지의 뜻대로 움직여 사랑하는 모든 것들을 잃지는 않을 것이라고 굳게 다짐했다.
목장을 둘러보신 아버지가 소담에게 다시 한 번 아주머니가 퇴원한 후에는 반드시 서울로 오라는 명을 남긴 후 떠나시고 그때부터 소담은 머리를 싸매고 고민하기 시작했다.
아버지에게 이토록 사랑하는 것들을 빼앗기지 않고 보호할 수 있는 방법에는 무엇이 있을지 내가 사랑하는 것들을 사수할 수 있는 방법에는 무엇이 있을지에 대해서.

아버지가 다녀가시고 난 후 산은 일주일이 지난 동안 눈에 띄게 말수가 줄어들고 표정도 굳어서 하루에 단 한 번도 웃지 않았고 소담에게 눈을 마주치거나 말조차 걸지 않았다. 말을 시키면 겨우 대답만 해주었고 얘길 좀 하자고 하면 바쁘다며 피했으며 식사 시간 때조차 나타나지 않았다.

산은 소담이 떠날 것이라고 확신한 것 같았고 그래서 미련을 두느니 포기해 버린 듯했다. 하지만 산은 포기했을지 몰라도 소담 자신은 절대 포기하지 않겠다고 다짐했다. 그리고 만약 산이 계속 저런 식으로 회피하고 도망치기만 한다면 최태혁도 싫지만 구산도 버리겠다고 결심했다.

사나이가, 사랑하는 여자도 지켜내지 못한다면 그건 사나이도 아니었기 때문이다. 수백 마리의 젖소와 황소와 양 떼를 자유자제로 다루는 황소 같은 사나이가 여자 하나를 지키지 못한다는 것은 정말 말도 안 되는 소리였기 때문이다.

그 정도로 미지근한 남자라면, 그 정도로 약해 빠진 남자라면 소담도 얼마든지 버릴 수 있었다.

그렇게 구산은 악착같이 소담을 피하고 소담 혼자 스물다섯 나이에 새치가 생기도록 최태혁과 결혼하지 않을 방법에 대해 골몰하느라 보름이 흐른 날 깊은 밤 산이 소담을 밖으로 불러냈다. 그날은 드디어 아주머니가 퇴원하신 날이었고 아버지가 말씀하신 서울로 돌아가야 하는 바로 전날이기도 했다.

소담을 데리고 뒷집 마당으로 간 산은 미리 피워놓은 모닥불 곁에 소담과 앉았다.

"내일 잘 가라는 인사 미리 하려고 불렀어요?"

"……."

"보름 동안 왜 한마디도 안 했어요? 정 떼기로 작정한 거예요?"
"생각하느라고."
"무슨 생각요?"
"다른 남자한테 시집가야 하는 널 붙잡을 것인가 놓아줄 것인가 하는 생각."
산이 가라앉은 목소리로 말했다.
"그래서 결론은요?"
소담이 약간 격앙된 목소리로 물었다. 놓아줄 것이라고 대답할 것 같아서. 그렇게 대답한다면 따귀를 때릴 작정으로.
"결론은…… 내가 아닌 다른 놈에게 간다면 난…… 물불 안 가리고 널 죽일 거야."
산이 주먹까지 틀어쥐며 결연한 음성으로 말했다.
"진심이야."
산이 다시 한 번 자신의 의지를 강력하게 밝혔다.
"이제야 드디어 작정을 한 거예요?"
"못 줘. 아무한테도 못 줘. 내가 가질 거야."
산이 소담의 손을 꽉 움켜쥐며 말했다.
"으응…… 살살 죽여줘요."
소담이 코 먹은 목소리로 살인애교를 떨었지만 산이 웃지 않고 진지한 표정으로 소담의 손을 잡았다.
"진심이야. 네가 이대로 가버리면 지구 끝까지 쫓아가서 죽일 거야."
"지금 진짜 섹시한 거 알아요?"
소담이 완전히 반한 얼굴로 말했다.
"내가…… 남자 보는 눈이 있다니까."

"농담 아니야."

"나도 농담 아니에요."

소담이 정색을 하고 말했다.

"난 구산 씨가 날 포기한 줄 알았어요. 그래서 보름 동안 말도 안 하고 밥도 같이 안 먹고…… 날 포기한 줄 알았다구요. 내가 얼마나 가슴을 졸였는지 알아요? 내 속이 장조림이 됐다구요. 만약에 구산 씨가 날 포기하면 난 구산 씨를 버릴 생각이었어요. 그 정도로 나약한 사람이라면 붙잡을 필요가 없으니까."

소담이 원망스레 퍼붓자 산이 소담을 끌어안았다.

"포기 못해. 절대 못해."

"나도 못해요. 절대 못해요.

소담이 산의 허리를 꼭 끌어안으며 대답했다.

"힘들 거야."

"나보다 구산 씨가 더 힘들 거예요."

"난 괜찮아. 얼마든지 감당할 수 있어."

"정말…… 감당할 수 있겠어요?"

소담이 걱정스레 되물었다.

"감당할 수 있어."

"아버지한테…… 얻어맞을지도 모르는데."

"얻어맞기까지 해야 해? 은소담이 그렇게 대단해?"

"그럼 안 대단해요?"

소담이 발끈해서 쏘아붙이자 산이 낮게 웃음을 터뜨렸다.

"맞을 수 있어요?"

"맞을게."

"어쩌면…… 좀 많이 맞을지도 모르는데."

"왜 많이 맞아?"

"내가 최태혁하고 결혼하지 않을 방법을 생각해 냈는데 그게 매우 직설적이라서요."

"얼마나 직설적인데?"

"있는 그대로…… 매우 생생한."

"우회노선은 없나?"

"없어요. 직항이에요."

"그럼…… 맷집을 키워놔야겠네."

"급히 키우세요."

소담이 씩 웃으며 말한 후 산의 손을 잡고 일어나 찜질방으로 이끌었다.

"부모님 앞집에서 주무시고 계셔."

산이 조심스레 말했다.

"알아요. 그런데 어쩔 수 없어요."

"뭐가 어쩔 수 없어?"

"횟수가 중요하거든요."

"횟수?"

"직설적인 방법에 필요한 횟수요."

소담이 찜질방으로 들어와 문을 닫으며 말했다.

"나하고 결혼하는 거지?"

산이 문을 꼭 걸어 잠그고 소담에게 키스를 하다가 물었다.

"내 나이가 몇인데 결혼 얘기예요? 나 이제 스물다섯이에요. 스물다섯에 아줌마가 되라는 거예요?"

소담이 산이 입은 셔츠의 단추를 풀며 대답했다.

"그럼 결혼은 언제 하자고?"

"서른쯤으로 생각하고 있어요."
"너 서른 될 때까지 5년을 기다리란 말이야?"
산이 어처구니가 없다는 듯 버럭 화를 냈다.
"못 기다려요?"
"못 기다리지."
"왜 못 기다려요?"
"그사이에 네 마음이 변하면 어떻게 해?"
"안 변하게 하면 되죠."
소담이 간단한 일이라는 듯 산의 혁대를 풀며 말했다.
"내 마음이 변하면 어떻게 할래?"
"그건 걱정 안 해요."
"어째서!"
산이 또 버럭 화를 냈다.
"내가 안 변하게 만들 테니까."
소담이 산의 품에 파고들며 산에게 키스를 하기 시작했다.

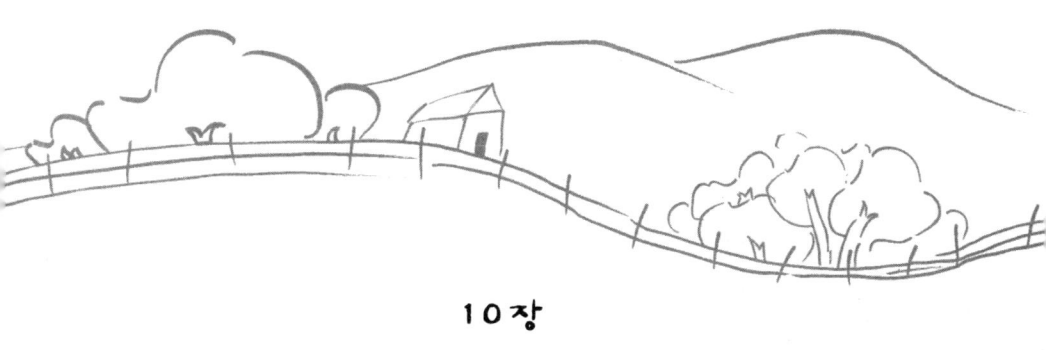

10장

 현관문이 벌컥 열리더니 눈빛이 예사롭지 않은 웬 군인 한 사람이 안으로 들어섰다. 군인이 들어서는 순간 소담과 눈이 딱 마주쳤는데 소담과 눈이 마주치는 순간 마치 눈뜨고 유체이탈을 한 듯 순간적으로 눈동자에서 정신줄이 사라지는 듯하더니 어느새 아주머니에게로 시선을 돌렸다.
 "엄마!"
 엄마를 외쳐 부르는 목소리가 군인답게 강렬한 눈빛만큼이나 참으로 우렁찼다.
 "초원아! 아이고, 내 강아지!"
 어머니가 팔을 벌리자 조금 전까지 강렬한 눈빛을 뿜어내던 군인이 언제 그랬냐는 듯이 빛의 속도로 군화 끈을 풀고 벗어 제끼더니 강아지처럼 아주머니의 품에 파고들었다.
 "엄마."

"내 강아지…… 어떻게 왔어?"
"왜 빨리 연락 안 했어. 깜짝 놀랐잖아."
징징거리며 말하는 폼이 꼬랑지 살랑거리는 강아지처럼 애교도 철철 넘쳤다.
"초원아, 너 탈영했냐?"
강이 큰일 났다는 얼굴로 물었다.
아, 저 군인이 구초원이구나.
"휴가 받았어요."
"어떻게 휴가를 그렇게 즉시 받나? 어젯밤에 전화했는데 바로 휴가 받아서 지금 왔다고?"
"그렇다니까요."
"너네 부대 되게 좋다 야."
"솔직히 말해봐. 소담이 누나 때문에 탈영했지!"
들이 다그쳐 묻자 초원이 정색을 했다.
"탈영 아니라니까."
"엄마 때문에 온 게 아니라 소담이 때문에 왔어? 뭐 이런 새끼가 다 있어."
아주머니가 대번에 서운한 목소리로 쏘아붙였다.
"아니라니까. 엄마 보러 왔다니까. 내가 왜 여자 때문에 탈영을 해."
초원이 아주머니의 볼에 몇 번이나 입을 맞추며 애교를 피웠다.
"엄마, 어떤 젖이 도망갔어?"
"이짝에. 만날 니가 만지던 게 도망갔잖아."
"아, 진짜…… 나 이제 뭐 만져!"

아주머니와 초원의 대화가 너무 웃겨서 소담이 산을 쳐다보자 산은 막냇동생의 아기 짓이 밉지 않은 듯 미소 짓고 있었다.

"엄마, 이제 괜찮은 거나? 수술 잘됐으면 이제 걱정없는 거나?"

"한 5년 잘 지켜봐야 한다네. 도로 도지면 큰일 난다고."

"5년이나? 도로 도질 수도 있대?"

"5년만 잘 돌보면 100살까지도 살 수 있대."

"그럼 내가 5년 동안엔 안 만질게."

"에라이, 새끼야."

아주머니가 그저 예뻐 죽겠다는 듯이 막내아들을 연신 쓰다듬었다.

나이가 몇인데, 아무리 막내라도 여태 엄마 젖을 만졌다니. 구씨네 집안 사람들은 단 한 사람도 재미없는 사람이 없었고 특이하지 않은 사람이 없었다.

"초원아, 소담이 누나 안 보이나?"

강의 물음에 소담이 바로 앞에 있는데도, 집에 들어서자마자 제일 먼저 눈이 마주쳤음에도 초원이 많지도 않은 사람들을 하나씩 살펴보는 척하다가 소담을 바라봤다.

"안녕하세요."

아주머니에게 애교를 피웠던 것과는 달리 소담에게는 무뚝뚝하게 인사했다.

"안녕하세요, 초원 씨."

소담이 살며시 눈웃음을 지으며 인사를 하자 초원의 눈동자가 또다시 살짝궁 풀리는가 싶더니 이내 아저씨와 할머니에게로 고개를 돌려 인사를 했다.

"할머니!"
"니 탈영해서 군인이 잡으러 오는 거 아니나?"
"탈영 아니라니까, 할머니."
초원이 할머니의 품으로 가서 안겼다.
"할머니는 이제 안 아파요?"
"안 아파."
"그럼 여기서 살 거래요?"
"여기서 살라고. 가봤자 재밌는 것도 없고 만날 놈도 없고."
할머니가 시큰둥하게 대꾸했다.
초원의 시끌벅적한 휴가 인사가 끝나고 점심까지 챙겨먹고 목장으로 향하는데 금방 휴가 받아서 나온 초원이 일을 돕겠다며 목장으로 가는 승합차에 올라탔다.
"지금 왔는데 쉬지 그러니."
산이 막내를 배려해 쉬라고 했지만 조금이라도 도와주겠다며 따라붙었다.
뒷자리에서 강과 들 두 형들과 이러니저러니 장난을 치며 대화를 주고받는 것을 보면 초원은 영락없이 귀여운 막내아들이자 막냇동생인데 참 요상하게도 소담에게는 그렇게 냉담하고 무뚝뚝할 수가 없었다.
목장으로 가는 차 안에서도 소담에게 한마디도 말을 붙이지 않았고 목장에서 같이 일하면서 몇 번이나 부딪혔는데도 눈인사조차 하지 않았다.
'나보다 더 싸가지없는 자식이 있었네.'
소담보다 몇 배였다. 자식이 수줍거나 부끄러워서 저렇게 무관심하게 구는 거라면 분명히 티가 날 텐데 수줍거나 부끄러워서가 아니라 의도적으로 소담을 무시하고 피하고 있었다.

따끔하게 손을 봐줄까 했지만 금방 부대로 복귀할 남의 집 막내아들 긁어봤자 안 좋은 기억만 만들 테다 싶어 꾹 참기로 했다.

그토록 무심하고 뚝뚝하던 초원이 딱 한 번 아는 척을 했는데 사실 그건 아는 척이라 할 수도 없었다.

소담이 건초 창고에서 맨 위에 있는 건초 묶음을 내리기 위해 낑낑거리고 있는데 어디서 갑자기 나타난 초원이 놔둬요! 하고 소리치더니 건초 묶음을 번쩍 들어 아래로 굴렸다.

"이런 거 하지 말고 다른 일 해요."

초원이 무뚝뚝한 어조로 나무라듯 말했다.

"발 다쳤다면서요."

초원이 아래로 굴린 건초 더미를 어깨에 번쩍 짊어지고 창고를 나갔다.

발 다친 건 어떻게 알았으며 갑자기 나타나서 힘쓰고 사라진다…… 대체 저게 무슨 콘셉트인지.

"쟤 뭐니?"

소담은 초원이 하는 짓이 너무 웃겨서 혼자 웃음을 터뜨렸었다.

그날 저녁 집에서 밥을 먹을 때도 다른 가족들에겐 그렇게 다정하면서도 소담에겐 눈길조차 주지 않고 뒷집에 자러 간다는 소담에게 잘 자라는 인사조차도 하지 않더니 다음날 이게 대체 무슨 소린가 싶어 일어나 방문을 열어보자 무슨 군인이 잠도 없나 해가 채 뜨기도 전인 새벽에 웃통을 훌렁 벗어 젖히고 도끼질을 하고 있었다.

이제 불도 안 피우고 그냥 자는데, 그래서 장작도 필요없는데

이 새벽에 웬 도끼질인지.

"좋은 새벽이에요, 초원 씨."

소담이 새벽이라는 것을 주지시키기 위해 새벽 단어를 강조하며 인사를 하자 도끼질을 멈춘 초원이 소담을 쳐다보며 예 하고 말았다.

'자식이 인사가 짧네.'

"장작 없어도 돼요. 불 안 피워요."

"운동하는 겁니다."

'운동?'

도끼질로 운동을 한다고? 진짜 특이한 친구였다.

"예…… 그럼 계속 하세요."

소담이 상냥한 목소리로 말한 후 방문을 닫고는 혼자 킥킥 웃음을 터뜨렸다.

이 새벽에 도끼질로 운동을 한다고? 앞집 마당 앞에 역기니 아령이니 해서 운동할 만한 것들이 널렸던데 하필 이 새벽에 뒷집 마당까지 와서 도끼질로 운동을 한다고?

소담이 혼자 킥킥거리고 웃는데 밖에서 소담이 일어났어? 하는 산의 목소리가 들렸다. 어젯밤에도 찜질방에서 소담과 뜨거운 사랑을 나누고 늦은 시간에 몰래 앞집으로 건너갔었는데 그새 일어난 모양이었다.

어제는 예고도 없이 산이 덮쳤고 어제따라 어찌나 뜨겁고 과격한지 온몸이 쑤시는 통에 잠도 제대로 못 잤었다. 오늘은 아무래도 늦잠을 잘 것 같아 점심 먹은 후에나 목장에 갈 생각이었는데 초원의 도끼질 때문에 일찍 깨버린 것이다.

소담이 방문을 열자 산이 사랑이 담뿍 담긴 미소를 던져 주었다.

"잘 잤어?"

"잘 자고 있는데…… 깼네요."

소담이 눈길로 도끼질을 하는 초원을 가리키자 산이 그것참 이상한 놈이라는 듯이 열을 푹푹 내며 도끼질을 하는 초원을 쳐다봤다.

"새벽부터 웬 도끼질이냐?"

"운동하는 거래요."

"운동? 역기나 들지 장작을 왜 패."

"이제 그만 하려구요."

초원이 도끼를 내려놓더니 이마에 배어 나온 땀을 닦았다.

"가서 씻어라."

"예."

초원은 이번에도 소담에게 인사를 생략하더니 뒤도 돌아보지 않고 앞집으로 가버렸다.

"초원이 저놈이 왜 저러지?"

산의 표정이 딱딱해졌다.

"너한테 어제부터 예의없이 굴고 있지?"

"이제야 눈치 챘어요?"

"저 자식이……."

산이 초원을 따라가려는데 소담이 소리쳐 붙잡았다.

"분석 끝났으니까 열받지 말아요."

"분석이 끝났다고?"

"콘셉트 분석요."

"콘셉트?"

"초원 씨, 나쁜 남자 콘셉트로 정했나 봐요. 유행에 민감한 사람이네요.”
　소담이 웃음을 참지 못하며 말했다.
　“나쁜 남자 콘셉트라고? 왜?”
　“내 관심 끌려는 거죠. 요즘 여자들 나쁜 남자 콘셉트에 끌린다잖아요.”
　소담의 말에 산이 웃음을 터뜨렸다.
　“아, 미치겠다.”
　“이걸 어쩌나, 큰형이 벌써 써먹었는데.”
　“내가 무슨 나쁜 남자야?”
　“그랬어요. 초반에.”
　“아니야.”
　“맞아요.”
　“아니라니깐.”
　산이 우겨댔지만 부인할 수 없는 사실이었다.
　“초원 씨 아직 모르죠? 우리의 뜨거운 관계 말이에요.”
　“아직은.”
　“그럼 말하지 말아요.”
　“왜?”
　“재밌잖아요.”
　“너 짓궂은 거 알아?”
　“알아요.”
　소담이 생긋 웃으며 말하자 산이 다가와 소담의 입에 입을 맞추었다.
　“잘 잤어?”
　“잘 잤겠어요?”

"왜?"
"온몸이 쑤셔 죽겠어요."
소담이 눈을 흘기자 산이 다시 입을 맞췄다.
"내가 문 잠그고 자라고 했잖아. 언제 쳐들어갈지 모르니까."
"흥. 부수고 들어왔을 거면서."
소담의 말에 산이 웃으며 소담을 껴안았다.

아버지가 오실 줄 알았는데 놀랍게도 소담을 데리러 온 사람은 최태혁이었다.
손님이 왔다는 소리에 축사에서 나간 소담은 최태혁을 금방 알아보지 못했는데 원래 최태혁의 집안이 인물이 없는 집안인 데다 워낙 범생이 스타일이라 머리부터 발끝까지 명품으로 휘둘러도 존재감이 없던 사람이 최태혁이었다. 그런데 축사 앞에 서 있는 최태혁은 소담이 알고 있는 존재감없는 최태혁이 아니었다.
그동안 무슨 심경의 변화가 생겼는지는 몰라도 정말 저 스타일이 전부일까 싶던 헤어스타일을 획기적으로 뜯어고쳐 믿어지지 않을 만큼 세련되게 거듭나 있었으며 살을 뺀 것인지 찌운 것인지 몸매도 상당히 괜찮았으며 얼굴 생김새까지 확 달라 보였다.
물론 헤어스타일 하나로 사람이 완전히 딴 사람처럼 보일 수도 있지만 변해도 너무 많이 변해 낯설면서도 괜히 싫다고 했나, 일단 보고 나서 결정할 걸 그랬나 싶은 생각까지 들 정도였다. 물론 농담이지만.
"안녕, 소담아."
이 남자가 언제 봤다고 대번에 반말이야.

"안녕하세요, 최. 태. 혁. 씨."

소담이 일부러 존댓말에 이름 석 자에 씨까지 붙여 꾹꾹 누르 듯 인사했다. 함부로 반말하지 말라는 듯이.

"여기서 만나니까 더 반갑네."

"진짜요?"

소담이 설마하는 얼굴로 되물었다.

그때 산이 건초 창고에서 나오다가 최태혁과 함께 있는 소담을 발견하고 마치 성냥을 그은 듯 화악하고 눈동자에 불을 지피더니 소담에게 다가왔다.

"인사하세요. 여기 목장 주인 구산 씨에요. 이쪽은 최태혁 씨라고…… 아버지가 보내서 나 데리러 온 사람이에요."

소담이 구산은 목장 주인으로 소개하고 최태혁은 심부름꾼 비슷하게 소개했다. 일부러.

"안녕하십니까, 구산입니다."

"안녕하세요."

최태혁이 기분 나쁜 눈길로 구산을 아래위로 훑어보며 인사말을 건넸다. 마지못한 듯.

일단 두 남자는 소담을 사이에 두고 인사를 나누긴 했다. 그런데 산이 악수를 하기 위해 장갑을 벗었는데도 최태혁이 산의 악수를 거부했고 산처럼 이름도 밝히지 않았다. 그래서 소담의 분노지수가 급상승했다.

감히 네놈 따위가 내 남자의 악수를 거부해!

"그런데 옷은 정말 안 어울린다. 옷이 그게 뭐야. 이 냄새는 또 뭐고."

최태혁이 소담이 아니라 산을 은근히 무시하는 투로 옷을 타박했고 소담의 분노지수는 점점 더 상승했다.

"목장에선 그런 옷 입고 있는 사람이 더 민폐예요. 그리고 목장에서 꽃향기 날 줄 알았어요?"

드디어 소담의 목소리가 사정없이 까칠해지기 시작했다. 최태혁이 착하게 살려는 소담을 제대로 건드려 주신 것이다.

"꽃향기까지는 아니지만 냄새는 와…… 지독하네."

"진짜 지독한 냄새 한 번 맡게 해줘요?"

소담의 금속이 섞인 듯한 목소리에 최태혁이 소담에게서 뿜어져 나오는 분노 호르몬을 감지했는지 갑자기 싱겁게 웃었다.

"그럼 말씀 나누세요."

산이 소담과 최태혁을 두고 가려는데 소담이 산의 손을 꽉 틀어잡았다.

"어디 가세요, 주인님."

주인님 소리에 최태혁의 표정이 얄궂어졌다.

"주인…… 님?"

"목장 주인이라서 주인님이라 불러요."

소담이 약 올리듯 말했다.

"아…… 그런데 주인님 소리 좀…… 그렇네."

최태혁이 주인님 소리가 듣기 싫다는 듯이 말했지만 소담은 깨끗하게 무시해 주었다.

"데리러 왔어. 은 회장님이 드라이브할 겸 데리고 오라고 하셔서."

최태혁은 계속 반말이었다. 공부는 잘하는 사람이 딱하게도 눈치는 없었던 것이다. 꼭 말로 해야 알아듣는 사람이 있다더니, 최태혁이 그 과였다.

"드라이브도 참 길게 하시네요."

소담이 목소리가 점점 더 까칠해졌지만 소담의 성격을 원래 알고 있는 최태혁인지라 그냥 넘어가 주었다.

"야, 목장이 이렇게 생겼구나."

"목장 처음 봐요?"

"처음 봐. 말 목장은 계속 봤지만. 서울 갔다가 말 타러 제주도 갈까?"

"난 말 끊었어요."

소담이 쌀쌀맞은 얼굴로 대꾸했다.

"목장 구경시켜 줘."

"냄새 난다면서요."

"오다 보니까 탁 트인 초원이 있던데. 거기 가서 잠깐 얘기하고 떠날까?"

"지금 양들 식사 시간이자 노는 시간이라 초원에 들어가면 안 돼요."

"양들 식사 시간? 하하하하."

최태혁이 무슨 양한테 식사 시간과 노는 시간이 있냐는 듯 비웃었다.

"은 회장님도 특이한 분이시다. 어떻게 널 이런 델 데려다 놓으셨지? 가축이나 좋지, 사람 살 만한 곳이 못 되는 것 같은데. 아무리 미국에서 좀 놀았다지만 은 회장님 가혹하시네. 고생 많았겠다. 휴…… 냄새하며…… 환경도 구질구질하고……."

최태혁이 목장 주변을 두리번거리며 감히 목장을 비하하는 동안 소담이 연신 이를 갈았지만 둔한 최태혁은 금방이라도 터져 버릴 폭탄 같은 소담의 분노를 알아차리지 못했다.

"어디서 자는 거야? 설마, 축사에서 자는 건 아니지?"

이 자식이 정말…….

"집은 어디야? 짐 챙기러 가자."

최태혁이 산에게 인사도 하지 않고 돌아서서 차로 걸어가는데 소담이 최태혁을 불렀다.

"인사하고 가셔야죠. 목장 주인님한테."

"아…… 그럼 수고해요."

최태혁이 딱 봐도 산을 무시하는 듯이 대충 인사하고 돌아서는데 소담이 다시 불러 세웠다.

"그런 발인사는 어디서 배우셨어요?"

소담이 최태혁의 눈을 찌를 듯한 표정으로 물었다.

"발인사? 그 정도 인사면 됐지 뭘."

최태혁이 시건방지게 말했다.

"잠깐만요."

소담이 천천히 최태혁에게 가까이 다가가 최태혁의 얼굴을 뚫어져라 쳐다봤다.

"왜…… 그렇게 봐? 헤어스타일이 바꾸어봤는데…… 예전보다 더 낫지 않아?"

"앞트임 했어요?"

"어?"

소담의 물음에 최태혁이 당황하며 눈 근처를 만졌다.

"뒤트임도 했죠?"

"어? 어…… 아무도 못 알아보던데."

"코도 올렸어요?"

"그것도 표시나?"

491

그제야 산이 놀란 표정이 됐다.

"나이에 안 맞게 이마에 자글자글하던 주름은…… 보톡스도 맞았어요?"

"진짜 금방 알아보네."

"과학의 힘을 많이 빌리셨네요."

어쩐지 달라 보인다 싶더니 과연 과학의 힘은 강했다. 강한 과학의 힘을 빌려 경쟁력이 생기자 더욱 시건방져진 것이다.

"설마…… 볼에 지방도 넣은 건 아니죠? 탱탱한 게 심상치 않은데."

"지방은 아니야. 안 넣었어. 살이 조금 찐 거지."

"병원 어딘지 알려줘요. 나중에 재벌 DC 받게."

소담의 말에 최태혁이 웃음을 터뜨렸다.

"재벌 DC가 어딨어."

"없으면 말구요."

"그럼 갈까?"

"가요. 그런데 똥 밟았어요."

"뭐?"

최태혁이 깜짝 놀라 발밑을 내려다보다가 있는 대로 낯을 찡그렸다.

"이거 무슨 똥이야?"

"소똥요. 소목장에 소똥 있지 개똥 있겠어요?"

"이게 얼마짜리 구둔데."

최태혁이 구겨진 낯으로 똥 묻은 신발을 흙바닥에 마구 문질러댔다.

"인상 펴세요. 보톡스 약발 떨어져요."

소담이 충고하자 최태혁이 얼른 이마를 손으로 문질렀다.
"아, 진짜…… 더러워서."
"저기요, 목장에서 더럽다는 건 결례거든요?"
소담이 제대로 열받은 얼굴로 말했다.
"우리나라에서 제일 깨끗한 목장으로 인증받은 목장이거든요?"
소담의 목소리가 점점 더 사나워졌다.
"똥이 더럽다는 거야."
"소똥은요, 연료로도 써요. 천연연료. 소는요, 똥까지도 버릴 게 없는 귀한 동물이거든요."
"아…… 그래?"
"그리구요. 좋게 말할 때 반말하지 마세요."
소담이 입술을 실룩이며 면박을 주고 나서 돌아서서 축사로 돌아가려는데 최태혁이 소담을 붙들었다.
"짐 챙기러 안 갈 거야…… 거예요?"
반말을 하던 최태혁이 소담의 사나운 표정에 금방 '요' 자를 붙였다.
"안 가요."
소담이 냉정하게 말했다.
"서울 같이 가야 해…… 요."
"서울 안 가요."
"오늘 가야 해. 내일 양가 어른들 모시고 저녁 먹기로 했어…… 요."
"양가 어른들 모시고 저녁 드세요."
"너도 가야지…… 요."

"안 간다구요."

소담의 대꾸에 최태혁의 표정이 뜨악해졌다.

"우리 약혼해야 해. 몰라? ……요?"

"알아요. 그런데 그 약혼 안 해요."

"안 한다고? 왜? 어른들끼리 이미 말씀 끝내셨어. 은 회장님도 분명히 한다고 하셨어."

"그럼 아버지랑 하세요."

"지금 장난하는 거야?"

드디어 최태혁이 화를 내기 시작했다. 소담이 그만큼 약을 올렸으니 화를 안 내는 것이 더 이상한 일이었다.

"장난 아니에요. 아버지한테 얘기는 들었는데 전 아버지 말씀대로 할 수가 없어요."

"어째서?"

"사랑하는 사람이 있거든요."

"누구?"

"우리 주인님요."

소담이 축사 입구에 서 있는 산을 가리키며 말했다.

"뭐? 저 목동을 사랑한다고?"

"네."

"미쳤어!"

최태혁이 버럭 고함을 질렀다.

구산이라는 목동과 결혼하겠다는데 미쳤다고?

그 말은 최태혁이라는 재벌 2세가 감히 똑같은 재벌 2세 은소담이 사랑하는 목동 구산을 한순간에 하류로 끌어내려 밟아버린 짓이었다. 이 은소담이 선택한 사나이를 말이다.

"이 남자가 어디서 고함질이야? 당신 나 언제 봤다고 고함질이야?"

소담이 드디어 불을 뿜으며 전쟁을 시작했다.

"아니…… 난……."

"그리고, 미쳤다니? 누구더러 감히 미쳤다는 거야? 내가 누군지 몰라? 나 재경그룹 은소담이야! 그 미쳤다는 소리 내가 납득할 수 있을 정도의 해명을 하지 않으면 저 소똥 더미에 빠트려서 구더기 꼬이게 만들어줄 테니까 당장 해명해."

소담이 두 눈에서 불을 뿜으며 다그쳤다.

"재경그룹 은소담이 목동을 사랑하는 게 정상이란 말이야?"

"목동이 어때서?"

"소 키워서 은소담을 먹여 살릴 수 있을 것 같아?"

"이보세요, 최태혁 씨. 댁은 물려받은 재산으로 날 먹여 살리겠지만 구산 씨는 스스로 벌어서 날 먹여 살리고도 남을 사람이에요. 그게 얼마나 중요하고 큰 차인 줄 모르죠? 정말 까불고 있어, 소 맛도 모르면서."

은소담이 양껏 비아냥거려 주었다.

"내가 더 화내기 전에 같이 서울 가."

"내가 더 화내기 전에 당장 도망가세요."

"이봐, 너!"

갑자기 최태혁이 산을 향해 소함을 쳤다.

"목동 주제에, 너 까짓게 감히 재경그룹 은소담을 넘봐!"

최태혁이 산을 향해 감히 고함을 내질렀다.

순간 산의 눈빛이 찢어질 듯 사나워진다 싶더니 두 주먹을 틀어쥐고 최태혁을 향해 성큼성큼 걸어오기 시작했다.

와우, 멋지다!

"저기요. 하나만 알려 드릴게요. 구산 씨 유도 국가대표 상비군까지 한 사람이에요. 똥바닥에 패대기쳐지기 싫으면 빨리 도망가세요. 난 분명히 말해줬구요, 구산 씨 절대 안 말릴 거예요."

소담이 재빨리 속삭이자 최태혁이 흠칫 놀라며 슬금슬금 뒷걸음질치기 시작했다.

"은 회장님께 그대로 다 말씀드릴 거야!"

최태혁이 참 이름하고 어울리지 않게 도망질치면서 으름장을 놓았다.

"댁의 할아버지께도 다 말씀드리세요. 꼭이요!"

"전부 다 까발릴 거야!"

최태혁이 악을 썼다.

"고마워요. 꼭 산통 깨줘요!"

소담이 최태혁을 붙잡으러 달려가는 산을 말리지 않고 대답했다.

"그리고 한 가지만 더 말씀드려 주세요! 지금 최태혁 씨 잡으러 가는 남자하고 스무 번 잤다고요! 어젯밤에도 잤다고요! 아주 뜨거웠다구요!"

소담의 외침에 막 차에 오르려던 최태혁의 얼굴이 밟혀서 으깨진 소똥처럼 찌그러졌다.

"이…… 이…… 더러운 것들!"

"너, 이리 와. 이 자식아!"

산이 최태혁을 잡으러 미친 듯이 달려가자 최태혁이 불에 덴 듯이 놀라며 재빨리 차에 올라 차 문을 잠가 버렸다.

"문 열어! 문 열어!"

산이 주먹으로 창문을 내리치며 고함을 지르자 최태혁이 깜짝 놀라 재빨리 시동을 걸고 차를 후진시켰다.

최태혁은 산에게서 멀리 떨어진 자리까지 후진한 후에 기어를 드라이브에 걸어놓고 액셀러레이터를 밟았다. 소담은 꽁지가 타도록 도망가는 최태혁의 차를 향해 밝게 웃으며 손을 흔들어주었다.

"빠르면…… 오늘 밤에 쳐들어오실 거예요. 아빠 말이에요."

소담이 아직도 화를 풀지 못해 주먹을 틀어쥔 채 거친 숨을 내쉬고 있는 산의 곁으로 다가가 말했다.

"알아."

"맷집은 키웠어요?"

"윗몸일으키기라도 500개 해야겠다. 역기도 들고. 푸쉬업도 하고……."

산의 대답에 소담이 산의 허리를 꼭 끌어안았다.

"도망치지 않을 줄 알았어요."

소담이 사랑을 담아 속삭였다.

그동안 산과 깊은 관계를 맺었고 이젠 돌이킬 수 없는 관계가 되고 말았다는 소담의 설명을 들은 아저씨 아주머니의 표정은 실로 가관이었다.

아저씨 아주머니보다 더 경악한 사람은 바로 초원이었는데 초원은 마치 사정없이 짓밟힌 표정으로 넋을 놓고 소담과 산을 쳐다보고 있었다.

"야 이놈아, 어쩌자고 소담이한테 그런 짓을 해! 이걸 어쩔 거야, 이걸 어쩔 거냐고!"

아주머니가 안절부절 산을 나무라기 시작했다.
"아주머니, 구산 씨가 아니라 제가 꼬셨어요……."
소담이 솔직하게 고백했지만 이 사건의 원흉은 산이라는 듯 모든 초점이 산에게 맞춰졌다.
"어떻게 할 거야? 소담이 아버지 기함하고 달려올 텐데 어떻게 할 거냐고!"
"뭘 어떻게 해!"
할머니가 버럭 소리쳤다.
"지 애비 꼭 닮았구만. 니들도 그랬잖아. 혼인할 여자가 있냐고 물어도 대답도 않더니 어느 날 너 산이 뱃속에 넣고 나타났잖아."
할머니가 아저씨 아주머니의 과거사를 까발리자 횡성 더덕아가씨 얼굴이 새빨개졌다.
"어머니는 지금 그런 얘기를 왜 하시고 그러세요……."
"부전자전이래. 지 애비가 그렇게 장가를 들었는데 뭘."
"그리고 보니 그렇네요, 어머니. 산이 놈이 참 똑똑하단 말이야. 아무도 가르쳐 준 사람이 없는데 혼자 힘으로 알아내고 척척 해내니 말이지. 역시 내 맏아들은 달라도 많이 달라."
아저씨는 뭐가 좋은지 자랑스러운 미소가 걸린 얼굴로 말했다.
"뭘 척척 알아서 한다고 그래요. 다르긴 뭘 다르다고."
아주머니가 아저씨 옆구리를 찔렀지만 아저씨의 얼굴에는 흐뭇한 미소가 여전했다.
"그런 일을 유식한 말로다 속도위반이라고 하지. 혹시 소담이 아기를 가졌나?"
"아뇨."
"아, 그럼 속도위반은 아니고 신호위반이구만. 이왕이면 속도를 조금 더 높였으면 좋았을 텐데."

"이이가 정말. 이런 상황에 농담이 나와요?"

아주머니가 애가 타서 소리쳤다.

"농담 아닐세."

아저씨는 더없이 여유로웠다.

"드디어 우리 집안에도 여자가 생기는 건가? 집안이 활짝 밝아지겠구만."

"난 여자 아니래요?"

"나도 여자 아니래?"

아주머니와 할머니가 동시에 아저씨를 공격했다.

"환갑이 넘어가면 그때부터 여자나 남자는 다 그냥 사람이지. 성별을 초월했다고나 할까?"

아저씨의 말에 아주머니의 표정이 일그러졌다.

"두고 봐. 내가 치료 다 받고 없어진 젖 만들어 붙일 거야."

"가짜 젖 달아서 뭐 할라고 그러나. 그 나이에."

할머니가 쏘아붙였다.

"날 여자로 안 보잖아요."

"가짜 젖 단다고 환갑 넘은 사람이 여자가 되나?"

소담은 곧 쳐들어오실 아버지 때문에 지원을 요청하러 왔는데 웬걸 갑자기 주제가 젖으로 옮겨가고 말았다.

"그래서요, 아저씨."

지켜보고 있다간 젖 전쟁으로 끝날 것 같아 소담이 급히 끼어들었다.

"아빠가 곧 들이닥치실 거라서요……."

"그렇겠지. 만수가 욱하는 성질이 있거든."

"그래서 좀 도와주셨으면 해서요."

"만수는 걱정 마. 내가 알아서 할 테니. 산이는 몇 대 맞을 준비하고. 어머니, 이 사람은 지금 짝젖 환자니까 어머니께서 안주를 좀 준비해 주셔야겠습니다."

"그러든지."

"강이하고 들이하고 초원이는 소담이를 잘 숨기도록 하고."

아저씨는 다른 가족들과는 달리 태평하기 짝이 없었다.

그리고 드디어 아버지가 쳐들어오셨다. 다 때려 부술 기세로.

"산이 이놈 어딨어! 은소담 빨리 나와!"

아버지가 고래고래 고함을 질렀고 산은 즉시 소담의 아버지 앞에 무릎을 꿇었다.

"너 이 자식 우리 소담이한테 무슨 짓을 한 거야, 무슨 짓을 한 거냐고!"

은 회장이 산의 멱살을 쥐고 흔들기 시작했다.

"소담이 저 주십시오, 아저씨."

"뭐야!"

"소담이 사랑합니다, 소담이 저 주십시오."

"이런 때려죽일 놈! 뭐가 어쩌고 어째?"

은 회장이 금방이라도 굵은 핏줄이 터져 버릴 듯 혈압이 올라 시뻘게진 얼굴로 산의 멱살을 쥐고 흔들었다.

"목숨 걸고 죽을 때까지 사랑하겠습니다. 사랑만 하겠습니다, 아저씨. 소담이 저 주십시오."

"이, 이, 이 나쁜 놈!"

은 회장이 산의 뺨을 후려쳤다.

"회장님."

비서실장이 급히 은 회장을 말렸지만 소용없었다.

"백 번을 때리시면 백 번을 맞고 천 번을 때리시면 천 번을 맞겠습니다. 소담이만 주십시오, 아저씨."

은 회장의 손찌검에도 산은 결코 물러서지 않았다.

"안 돼, 안 돼! 절대 안 돼!"

아버지의 고함 소리에 소담은 아저씨의 꼼짝 말고 숨어 있으라는 명령을 어기고 아버지 앞에 나타났다.

아버지는 산의 멱살을 거머쥐고 흔들어대고 있었는데 멱살이야 백번을 잡혀도 된다는 듯이 산은 무릎을 꿇은 채 묵묵히 처분을 기다리고 있었고 아저씨 아주머니 역시 그저 바라만 보고 있을 뿐 말리질 않았다.

"너 이놈 일 가르쳐서 사람 만들어놓으라고 했더니 니가 채가려고 사람 만들었냐?"

"누구보다 잘하겠습니다. 소담이 절대 울리지 않겠습니다. 소담이만 주십시오, 아저씨."

산이 무릎을 꿇고 애원했다.

"못 줘. 절대 못 줘! 그러니까 포기해!"

"못합니다."

산이 확고한 어조로 말하자 은 회장의 얼굴이 더욱 포악해졌다.

"못해? 못해!"

"못합니다. 소담이 포기 못합니다."

"이놈이!"

"아빠! 당장 그 멱살 놓으세요!"

언제 나타났는지 소담이 격렬하게 소리치자 은 회장을 비롯한 모든 사람들이 소담을 쳐다봤다.

"소담이 숨기라니까 강이 들이 뭐 하고 있었어?"

아저씨가 아들들을 향해 화를 냈지만 소담은 물러서지 않았다.

"숨지 않을 거예요, 숨기 싫어요."

소담이 산의 곁으로 가서 당당하게 말했다.

"들어가. 어서 들어가. 난 괜찮아."

산이 소담을 뒤로 숨기려 했지만 소담은 오히려 산의 손을 더욱 꼭 틀어잡았다.

"안 가요. 난 괜찮지 않아요."

소담이 산을 막아서며 아버지를 쳐다봤다.

"아빠 멱살 놓으세요."

"이 자식이 너한테 그런 짓을 했는데 놔주라고!"

"놓으세요. 나 이 남자 사랑해요."

"뭐? 사랑? 내 이놈을 그냥!"

아버지가 산을 후려치기 위해 주먹을 번쩍 드는 순간 소담이 몸을 날려 산을 막았고 그 바람에 아버지의 주먹에 소담이 얻어맞고 말았다.

"악!"

"소담아!"

눈에서 별이 번쩍하는 순간 폭 고꾸라진 소담을 받쳐 안은 산이 소담을 꼭 끌어안은 채 이름을 외쳐 불렀다.

"소담아."

"아가씨!"

은 회장보다 비서실장이 더 빨리 쓰러진 소담의 곁으로 달려가고 다음으로 너무 놀란 은 회장이 소담을 붙잡으려는데 언제 나타났는지 강과 들과 초원이 은 회장을 밀치며 소담의 손과 발을 붙들었다.

"누나!"

강과 들과 초원이 소담을 붙잡자 은 회장이 남은 공간에라도 끼어들려는데 이번엔 아저씨 아주머니가 은 회장을 밀쳐 내며 소담에게 달라붙었다.

"소담아, 괜찮아? 소담아!"

"아가씨, 아가씨, 정신 좀 차려보세요."

"살았나? 맞아 죽은 거 아니나?"

"아이고, 어떻게 해. 세상에 아버지가 딸을 때려죽였네."

산과 비서실장이 애타게 소담을 부르고 아저씨 아주머니는 호들갑을 떨고 구씨네 삼 형제가 똘똘 뭉쳐 소담을 보호하자 끼어들 자리를 못 찾은 은 회장이 멍한 얼굴로 바라만 보고 있었다.

순간적으로 정신을 잃었던 소담이 정신을 차리고 눈을 뜨자 금방이라도 눈물을 쏟을 것 같은 산의 눈이 보였다.

"소담아."

"아가씨."

"나 죽었어요?"

"아니야, 살았어."

"아이고…… 골이야."

소담이 현기증 때문에 다시 눈을 감자 산이 소담을 가슴에 꼭 끌어안았다.

"왜 끼어들었어. 때리시는 대로 맞겠다고 했잖아."

"우리 아빠한테 맞는 꼴은 못 봐요."

소담이 산의 품에 안겨 속삭였다.

"소담아, 괜찮냐?"

은 회장이 미안함과 걱정이 뒤섞인 얼굴로 물었다.

"괜찮긴, 내일 아침이면 마빡에 생긴 멍이 눈으로 내려와서 바둑이가 될 텐데."

아저씨가 어떻게 딸에게 주먹질을 할 수 있냐는 듯 은 회장을 노려봤다.

"소담이가 맞을 줄은 몰랐지."

"그럼 내 금쪽 같은 아들한테 한 번도 아니고 계속 손찌검을 할 작정이었냐?"

"내 딸을 건드렸잖아!"

"내가 듣기론 네놈 딸이 내 아들을 건드렸던데."

"뭐야!"

은 회장과 아저씨가 한판 붙을 판인데 소담이 아버지를 외쳐 불렀다.

"아빠!"

소담의 외침에 은 회장이 씩씩거리며 소담을 쳐다봤다.

"아저씨랑 싸우지 마시구요, 내 남자도 때리지 마세요."

소담의 말에 은 회장이 황당하다는 얼굴로 소담을 노려봤다.

"당장 서울 가자."

"싫어요."

소담이 몸을 일으키며 거부했다.

"당장 서울 가!"

은 회장이 소담의 손을 움켜잡았지만 소담은 아버지의 손을 완강하게 뿌리쳤다.

"은소담!"

"구산 씨가 나한테 무슨 짓을 한 게 아니라 내가 했어요. 내가 순진한 구산 씨 꼬시고 건드린 거예요. 책임질 사람은 나란 말이에요. 아빤 절대 인정하지 않겠지만 그게 사실이에요. 그리고 나 구산 씨 좋아해요. 되게 사랑해요."

"너 제정신이냐?"

"정신 너무 멀쩡하구요. 아무리 아빠라도 구산 씨한테 함부로 하는 거 저 못 참아요. 다시는 구산 씨 멱살 잡지 마세요. 때리지도 마세요. 소리도 지르지 마세요."

"너 지금 애비한테 그게 할 소리야?"

"부탁드리는 거예요."

소담이 아무리 봐도 부탁하는 것이 아닌 것처럼 고집스럽게 말하며 절대 물러서지 않았다.

"이미 알고 오셨겠지만 최태혁이 떠든 말 다 사실이구요, 전 그래서 구산 씨 떠나지 않을 거예요."

"이놈의 자식이 자랑이다! 내가 부끄러워서 고개를 못 들겠네. 고개를 못 들어! 당장 서울 가! 당장!"

은 회장이 당장에 머리채라도 잡고 서울로 끌고 갈 기세로 소리치자 소담이 어쩔 줄 몰라 당황하다가 비서실장과 눈이 마주쳤다. 소담이 어떻게 해야 할지 모르겠다는 얼굴로 비서실장을 쳐다보는데 비서실장이 기운 내라는 듯 강한 눈빛으로 소담을 바라봤다. 반드시 가져야겠다면 물러서지 말라고, 기운 내라고.

"당장 따라와!"

은 회장이 소담의 손을 붙잡고 끌고 가려는데 소담이 아버지의 손을 거부했다.

"이 사람 사랑해요, 아빠!"

소담이 소리쳤다.

"너무 좋아해요. 정말 좋아한다구요. 이 사람은 못 뺏겨요. 절대 못 뺏긴다구요. 지금까지는 다 뺏어가셨지만 이 사람은 안 돼요. 이 사람은 내가 갖게 해주세요."

소담이 두 손을 꽉 틀어쥐고 자신의 소원을 말하기 시작했다.

"다른 거 해달라고 안 할게요. 이 사람만 갖게 해주세요, 아빠."

"저놈만은 갖게 해달라니. 지금까지 네가 갖고 싶다는 거 네가 하고 싶다는 거 다 갖고 다 하게 해줬는데 뭐? 지금까지 내가 다 뺏어갔다고?"

은 회장이 기가 막힌 듯이 소리쳤다.

"오냐오냐하며 해달라는 것 다 해주고 사달라는 것 다 사주며 속 있는 대로 끓여가며 키워놨더니 뭐가 어째? 다 뺏어가고 해준 게 없어? 니놈이 그게 아버지한테 할 소리야!"

"아빠 때문에 난 친구가 하나도 없어요."

소담이 원망스레 소리쳤다.

"뭐? 친구가 없어? 친구가 왜 없어? 모임 때마다 만나는 사람들은 다 뭐야?"

"그 사람들 친구 아니에요."

"친구가 아니면?"

"그냥 아는 사람일 뿐이에요."

"아는 사람?"

"친구는요, 아는 사람이 아니에요. 친한 사람이지. 난 친한 사람이 한 명도 없어요. 초등학교 중학교 고등학교 대학교, 학교 친구부터 그냥 친구까지 친한 친구가 하나도 없다구요. 왜 그런

줄 아세요? 이 친구는 이래서 안 되고 저 친구는 저래서 안 된다면서 아빠가 가까스로 사귄 단짝 친구들 질 나쁘다고 모조리 다 잘라냈잖아요. 중학교 때 나 좋다던 남자애 가족들까지 울려서 원수지게 만들고 고등학교 때 나 좋다던 남자애는 전학까지 가게 만들고 대학교 때 잠깐 만났던 남자 겁줘서 도망치게 만들었잖아요. 아빠 덕분에 난 속마음 털어놓고 수다 떨 친구 하나도 못 가졌어요. 스물다섯 살 먹도록 연애 한번 제대로 못해본 사람도 나구요. 아빤, 내가 얼마나 외로웠는지 모르시죠? 내가 중학교 고등학교 다닐 때 얼마나 심한 왕따를 당했는지 왕따당하는 기분이 어떤지 아빤 모르시죠? 죽고 싶었어요. 죽고 싶었다구요."

소담의 눈시울이 붉어지기 시작했다.

"내 휴대폰에 친구라고 말할 수 있는 사람 전화번호가 하나도 없어요. 내 휴대폰에 저장된 사람들은 전부 내가 재경그룹 사람이라는 걸 알고 부스러기라도 건지려고 덤벼드는 가식적인 아는 사람들밖에 없어요. 내가 도와달라고 부르면 달려와 줄 친구는 한 명도 없다구요. 내 결혼식에 와서 부케 받아줄 친구도 없고 카페에서 차 한 잔 같이 마셔줄 친구도 없어요. 같이 영화 봐줄 사람도 없고 내가 속상해서 울면 달래줄 친구도 없어요."

울음을 참느라 소담의 목소리가 흔들리기 시작했다.

"왜 친구가 없는 줄 아세요? 내가 사랑만 하면 내가 좋아하기만 하면 아빠가 다 뺏어갔잖아요."

소담의 눈에 눈물이 고였다.

"내가 정만 붙이면…… 다 싸구려라고…… 내다 버리게 하셨잖아요."

"널 위해서였다."

"날 위해서…… 친구 하나도 없는 사회 부적응자로 만드셨어요?"

소담의 냉정한 원망에 은 회장의 얼굴이 충격으로 일그러졌다.

"친절하면 뭐 해요, 다정하게 굴면 뭐 하냐구요. 최선을 다해 친절하고 다정해서 사귄 친구들 아버지가 다 뺏어갔잖아요. 친절하고 다정해 봤자 아무 소용이 없게 만드셨잖아요."

은 회장은 말을 잇지 못했다. 소담의 원망에 섭섭함이 밀려들었지만 소담이 그토록 큰 상처를 끌어안고 있으면서도 내색하지 않았다는 것이 너무나 미안했기 때문이다.

"난 여기가 좋아요. 그리고 내가 산에서 길을 잃었을 때 날 못 찾으면 자살할 작정을 했을 만큼 날 끔찍하게 사랑해 주는 구산 씨가 좋아요. 이 사람…… 나보다 나를 더 사랑해 줘요. 내가 날 사랑하는 것보다 더 많이 날 사랑해 준다구요."

"……."

"싱거운 강 씨도 좋구요, 만나자마자 나한테 반해서 결혼하겠다고 했던 들 씨도 좋구요, 들 씨…… 나 배앓이 한 날 죽까지 끓여서 먹여줬어요. 그리고 벌써 산 씨가 써먹은 나쁜 남자 콘셉트 뒤늦게 써먹다가 들킨 초원 씨도 좋아요."

소담의 말에 초원이 비밀을 들킨 듯 움찔 놀란 얼굴로 소담을 쳐다봤다.

"횡성 더덕아가씨 출신이신 아주머니도 좋아요. 짝젖이 됐다고 기필코 가짜 젖 만들어 붙이겠다는 아주머니가 정말 좋다구요. 그리고 좋아하시던 할아버지가 제2땅굴 견학 가셨다가 다른 할머니랑 바람나서 화병에 불면증에 불감증까지 걸린 할머니도 좋구요."

소담의 천진하지만 너무나 직설적인 말에 은 회장이 당황한 표정으로 명칠이 아저씨를 쳐다봤다.

"우리 집 사람들이 꽤 다채롭긴 하지. 어머닌 곧 종합검진을 받게 해드릴 참일세. 불감증 때문에 말이지."

아저씨가 심각한 표정으로 농담을 하시자 은 회장이 웃음을 터뜨리려다가 꾹 눌러 참았다.

"아저씨도 정말 좋아요. 아주머니 수술하시고 깨어나셨을 때 이제 젖이 한 개밖에 없어서 어떻게 하냐는 아주머니 말씀에 손하고 짝은 안 맞지만…… 색다르고 좋다고 다른 여자 안는 기분이겠다고……. 아무리 힘들고 괴로운 상황에서도 유쾌함을 잃지 않는 아저씨가 정말 좋아요."

"그럼, 그게 내 특기지."

아저씨가 우쭐해서 말했다.

"아빠…… 여긴 우리 집에는 없는 별도 엄청 많아요. 찜질방도 있어요. 춥다는 말에 당장에 장작을 패서 불 피워주고 뜨끈뜨끈한 방에서 자게 해주고…… 인공수정으로 황소를 낳은 107번 젖소부인도 있어요. 엄마는 젖소인데 아빠는 황소인 혼혈소 인공수정도 있어요. 이름이 인공수정이구요 내가 이름 붙였어요. 그런데 그 자식이 좀 까칠해요. 내가 매일 젖병으로 우유 먹여주는데도 먹고 나면 모른 척하거든요. 그리고 이름이 똥개인 똥개도 있구요, 내 이름 붙여놓고 평생 동안 나만 잘 수 있는 다락방 딸린 방이 있는 펜션도 짓고 있어요."

소담이 아버지에게 다가가 아버지의 손을 잡았다.

"아빠, 여긴 동화책 속이에요. 난 계속 동화책 속에서 살고 싶어요."

"잠깐일지도 몰라."

"잠깐 아니에요. 여긴 영원히 동화책 속이에요. 엄마도 그래서 여기가 좋았던 거예요. 동화책 속인 걸 알아서요. 밤에는 엄마가 내 별이라고 만들어준 별이 떠요. 아빠 엄마가 만들어준 내 별 보신 적 없죠?"

"……"

"아빠, 보세요."

소담이 산의 손을 잡고 은 회장 앞으로 데리고 왔다.

"이 사람 나보다 천 배는 훌륭한 사람이에요. 구석구석 너무나 훌륭한 사람이에요. 스트레스받지 않는 건강한 소 만들겠다고 동물한테 음악도 들려주고 축사도 널찍하게 새로 지은 사람이에요. 아버지한테 빌린 돈 자기 손으로 36개월 만에 갚아낸 사람이구요, 다른 지방에서 구제역으로 벌벌 떨 때 건강하게 키워내서 단 한 마리도 잃지 않고 몇백 마리의 황소와 젖소와 양을 전부 지켜낸 사람이에요. 청와대와 대사관에 납품하는 세계에서 1등 가는 우유를 생산하는 사람이구요, 소 키우겠다고 공부를 다시 시작해서 소한테 먹일 엑기스도 개발하고 소똥 냄새 죽이는 배양액도 개발한 사람이에요. 그리고 목장이 한눈에 내려다보이는 펜션도 짓고 있어요. 자금 때문에 몇 번을 중단했지만 아무에게도 손 벌리지 않고 몇 년이 걸려도 혼자 힘으로 완성시키겠다는 뚝심있는 사람이라구요. 꿈이 무궁무진한 사람이에요. 그 무궁무진한 꿈을 기필코 다 이뤄낼 사람이에요. 아빠, 전 제가 세상에서 제일 잘난 줄 알았는데…… 그건 아버지 때문에 거저 얻은 거구요, 이 사람은 나처럼 거저 얻은 것 하나 없이도 나보다 천 배는 훌륭해요. 이렇게 훌륭한 사람을 골라냈다구요, 아빠 딸이요."

소담이 간절함을 담아 말하자 은 회장은 차마 아무 말도 못하고 걱정스러운 표정으로 소담을 바라보고 있었다. 그리고 은 회장 뒤편에 말없이 지켜보고 있던 비서실장이 소담을 향해 미소를 던져 주었다. 잘했다고, 참 잘했다고.

그때 만수야 하고 부르는 할머니 목소리가 들렸다.

고개를 돌리자 불감증 할머니가 창문을 열고 마당을 바라보고 있었다.

"넌 회장님이라고 나한테 인사도 안 하나?"

"아이고, 그럴 리가요, 어머니. 어머니 계신 줄 몰랐습니다. 안녕하셨어요, 어머니."

"술이나 한잔해. 너 온다 해서 안주 만들었다. 너 좋아하는 더덕구이 했어. 고기도 굽고. 고기 탄다. 얼른 먹어."

"예, 어머니. 고맙습니다."

은 회장이 억지로 웃으며 인사를 했다.

"뒷집에서 조용하게 한잔하지. 우리가 또 은밀하게 나누어야 할 대화가 있지 않겠나?"

아저씨의 말에 은 회장이 시큰둥한 표정으로 무슨 대화? 하고 되물었다.

"일종의 협상이라고 할까?"

아저씨가 친구 만수를 데리고 뒷집으로 향하려는데 소담이 아버지의 팔을 붙잡았다.

"아빠……."

"……."

"이 사람만 갖게 해주세요. 이 사람은…… 뺏지 마세요. 제발요."

소담이 눈물을 글썽이며 진심으로 부탁하자 은 회장은 복잡한 시선으로 딸 소담을 바라보며 아무 말도 하지 못했다.

아저씨가 아무 걱정 말라는 미소를 소담에게 던져 주고 친구 만수를 데리고 뒷집으로 향하고 아주머니가 안줏거리를 뒷집으로 가져가기 위해 집으로 뛰어들어 가자 산이 소담에게 다가와 가만히 소담을 껴안고 은 회장에게 얻어맞은 이마를 쓰다듬었다.

"괜찮아?"

"……아파요. 아버지한테 맞은 거 태어나서 처음이에요."

"난 정말 백번이고 천 번이고 맞을 각오가 돼 있었는데…… 왜 그랬어?"

"무슨 죄를 졌다고 아빠한테 맞아요. 나 사랑하는 게 그게 무슨 죄라고…… 고마워해야지."

소담의 말에 산이 소담을 가슴에 꼭 껴안았다.

"고마워. 고마워, 소담아."

"내가 고맙죠. 끝까지 포기하지 않아 줘서."

소담이 산의 허리를 꽉 끌어안으며 속삭였다.

"내가 정말 천 배나 훌륭해?"

산이 소담의 머리를 쓰다듬으며 묻자 소담이 콧방귀를 뀌었다.

"건 그냥 한 소리예요."

"그럼 아니야?"

"한…… 두 배 정도 괜찮다는 거죠."

"말이 금방 바뀌냐."

"그런데 나 정말 내일이면 바둑이 돼요?"

"이마에 멍이 들긴 했어."

"정말요?"

소담이 깜짝 놀라 이마를 만져 보자 주먹만 한 혹이 달려 있었다.

"거울 봐야겠어요. 진짜 바둑이 되면 어떻게 하지?"

징징거리며 집으로 뛰어들어 가려던 소담이 고개를 돌려 비서실장을 바라보다가 비서실장에게 다가갔다.

"아저씨, 나 잘했어요?"

"잘하셨습니다."

"고마워요, 아저씨."

"별말씀을요."

"아빠가 만약 끝까지 안 된다고 하시면……."

"그러지 않으실 겁니다."

비서실장이 말했고 소담은 고개를 끄덕였다.

강이 슬그머니 다가와 산에게 묘한 웃음을 흘렸다.

"형."

"왜?"

"좋아요?"

"자식이."

산이 쑥스럽게 웃자 강이 산을 툭 쳤다.

"누나하고 결혼한다는 들이한테는 정신 차리라고 하더니. 은근히 내숭이네요, 형."

"이 자식, 시끄러."

"아, 난 또 형이 신호위반을 할 줄은 몰랐네."

"이 자식이."

"어쩐지 불도 안 땠는데 뒷집이 후끈하다 했어."

"이 자식이 정말!"

산이 강을 붙잡으려고 하자 강이 냉큼 도망쳤다.

"내친김에 힘 좀 더 주지 그랬어요. 아예 속도위반하게."

강이 산을 놀려먹는 동안에 들과 초원은 허망한 표정으로 먼 산을 바라보고 있었다.

"솔직히…… 내가 큰형보다 못한 게 뭐냐. 나이도 어리지, 더 잘생겼지, 소담 누나 은근히 눈이 낮아요."

"내 말이요."

들이 툴툴거리자 초원이 동의했다.

"내가 이래 봬도 목장 꽃미남인데."

"나쁜 남자 콘셉트를 어떻게 알아차렸지? 눈치는 108단이래."

"큰형은, 동생 여자 뺏고 좋단다."

"입이 찢어지네요."

들과 초원은 오랫동안 먼 산을 바라보고 있었다.

그 시간 주거니 받거니 쉴 틈 없이 막걸리를 주고받은 은 회장과 명칠이 아저씨는 거나하게 취해 꼭 어린아이들처럼 말다툼을 하고 있었다.

"꼭 내 딸을 훔쳐 가야겠냐?"

"네놈이 먼저 내 여자를 훔쳐 갔으니 나도 하나는 훔쳐 와야 공평하지."

"내가 언제 네놈 여자를 훔쳤다는 거야? 이놈이 사람 잡겠네."

"허허, 발뺌하는 꼬라지 좀 봐. 내가 대학 들어가자마자 꽉 찍어놓고 말 한마디 못 붙여보고 속만 태우던 혜은 씨를 네놈이 MT 가서 가로챘잖아. 물에 빠져 죽게 생긴 놈 살려놨더니 그 밤에 내 여자를 훔쳐서 야반도주한 놈이 네놈이 아니었다고?"

"예끼, 언제 적 얘길 또 꺼내는 거야? 내 덕에 꿈에 그리던 여자라며 더덕아가씨 만났잖아. 난 네놈 여자 훔치는 바람에 홀아비 됐고."

"어쨌거나 네놈이 내가 애지중지하던 여자를 채갔으니 나도 네놈이 애지중지하는 소담이를 채 와야겠다 그 말이야."

"왜 하필이면 소담이냐고."

"다른 여자가 없잖아."

"그렇지 참."

은 회장이 짜증나는 듯 막걸리를 주욱 들이켰다.

"그러게 왜 나의 꿈에 그리던 여인을 훔쳐 가서 이런 사단이 벌어지게 하냐고."

"입만 떼면 꿈에 그리던 여자가 제수씨라고 하더니, 더덕아가씨한테 다 말할 테니 각오해, 이놈아."

"우리 더덕아가씨는 이미 다 알고 있으니 말을 하든지 말든지 알아서 해."

명칠이 아저씨는 눈도 깜짝하지 않았다.

"꼭 내 딸을 데려가야겠어?"

"내가 데려간다고 했나? 소담이가 우리 산이 좋다고 목매는 거 못 봤어?"

명칠이 아저씨의 말에 은 회장이 또 막걸리를 들이켜더니 막걸리 사발이 깨지도록 내려놓았다.

"우리 소담이 일꾼으로 막 부리다간 큰일 날 줄 알아!"

막걸리 사발을 쥐고 부들부들 떨던 은 회장이 버럭 소리쳤다.

"그것은 걱정 말아. 소담이를 보아하니, 우리가 막 부린다고 부려질 아이가 아니야. 딸 하나는 참으로 말 안 듣는 아이로 잘 키워놓았더군. 자네 말 안 듣는 거 보면 모르나?"

명칠의 말에 은 회장이 명칠을 노려보다가 웃음을 터뜨렸다.

"속이, 속이 아니네."

"왜 안 그렇겠나. 그래서 미안해. 진짜 미안해."

명칠이 막걸리를 채워주며 말했다.

"내가…… 최선을 다해서 곱게 모시고 살게."

"모시고 살라는 말은 아니야."

"나중에 자네한테 섭섭하다는 말 안 듣게 잘해준다는 말이야."

"……그래, 그럴 거라는 건 알지."

이번엔 은 회장이 명칠의 잔에 막걸리를 채워주었다.

"우리 소담이가 그저 곱게 커서 이런 시골에서 못 살 텐데."

"곱게 큰 거 알고 있어. 부려먹지 않을 테니 걱정 말라니까."

"밥도 할 줄 모를 텐데."

"배우면 되지."

"그 녀석이 밥하는 거 배울 녀석이 아니야."

"그건 그럴 것 같더군. 지켜보니 손가락 하나 까딱하지 않아. 진짜 모시고 살게 생겼네."

"모시고 살라는 말은 아니라니까."

은 회장이 과장되게 부인하더니 갑자기 친구 명칠의 손을 부여잡았다.

"명칠아, 다른 여자 없냐? 꼭 우리 소담이를 데려가야겠냐?"

"어허, 얘기 끝난 것처럼 하더니 또 이러네."

"우리 소담이가 나한테 어떤 딸인데."

"우리 산이는 나한테 남의 아들인가?"

"얼마나 귀하게 키웠는데."

"나도 막 키우진 않았네. 알다시피 뒷산에 씨가 마르도록 뱀도 잡아 먹이고. 우리 산이 같은 아들만 있으면 겁날 게 없다고 했던 사람이 만수 자네 아니던가?"

"그땐 우리 소담이하고 엮일 줄 몰랐지."

은 회장이 명칠의 손을 털어내듯 놓아주며 투덜거렸다.

"술이나 들어. 유식한 말로다 게임 끝났으니."

명칠이 막걸리 잔을 들어 올리자 은 회장이 잔을 부딪친 후 주욱 들이켰다.

"그러고 보니 말이야, 우리 산이나 우리 소담이나 진짜 닮았단 말이야."

"뭐가?"

"산인 날 닮아서 신호위반을 하고 소담인 먼저 하늘로 간 혜은 씨 닮아서 속도위반을 하고 말이지."

"참 좋은 것 닮아 좋겠다, 이놈아."

"하하하하하하."

은 회장과 명칠의 잔이 허공에서 유쾌하게 부딪혔다. 두 어른이 터뜨린 웃음만큼이나 유쾌하게.

"전 결혼 안 해요. 나이가 몇인데 벌써 결혼이에요. 스물다섯에 아줌마 소리 들으라구요? 싫어요!"

소담이 강력하게 거부하자 양가 부모님들의 표정이 뜨악해졌다.

"산이가 좋다며. 신호위반까지 했다며."

은 회장이 당황하며 나무랐다.

"신호위반했다고 결혼해요? 속도위반은 아니잖아요."

"네가 산이 꼬시고 건드려서 책임져야 한다며."

"책임진다고 했어요. 그리고 한 5년쯤 후에 결혼할 생각이니까 기다리라고 했어요."

"그런 이기적인 말이 어딨어?"

"저 원래 이기적이잖아요."

소담이 이기적인 자신의 성격이 조금도 부끄럽지 않은 듯이 말하자 은 회장은 더욱 난처해졌다.

"이 난리가 나게 만들어놓고 어쩌겠다는 거야?"

"결혼하면 노는 거 끝인데 조금 더 놀아야죠."

"이 자식이 정말!"

"일단 공부는 끝내야죠."

"공부라…… 이왕이면 졸업장을 받는 것이 좋긴 하지."

아저씨가 슬그머니 소담의 편을 들어주었다.

"좋다. 두 학기 남았으니까 1년 뒤에 결혼해."

"대학원 갈 거예요."

"대학원?"

가족들의 표정이 또 뜨악해졌다.

"펜션 경영 거들어야죠."

다들 방방 뜨는 분위기인데 소담만 태평했다.

"그럼 대학원은 한국에 있는 대학 들어가."

"미국에서 끝낼 거예요."

"이 녀석아, 그동안 산이 뭐 하라고!"

은 회장이 버럭버럭 소리쳤지만 소담은 꿈쩍도 하지 않았다.

"펜션 완성하고 기다린다고 했어요."

소담의 대답에 사람들의 시선이 일제히 산에게 쏠렸다.

"그랬냐?"

"예."

"대학원까지 치면 4, 5년이야. 기다릴 수 있어?"

"……기다려야죠."

산의 대꾸에 아주머니 입에서 한숨이 터져 나왔다.

"멀쩡한 내 아들을 부처님 아랫도리 만들게 생겼네."

"내가 정말 너 때문에 못살겠다."

은 회장도 학을 뗐다.

"펜션에 내 방 만들어놓고 다른 사람은 절대 받지 않기로 했죠? 약속 지켜야 해요."

소담이 산에게 아양을 떨며 말하자 산이 미소 띤 얼굴로 고개를 끄덕였다.

"팔푼이."

"등신."

아주머니와 할머니가 동시에 산을 향해 못마땅한 멘트를 날렸다.

"제수씨…… 산이를 그렇게 오래 기다리게 해도 되겠습니까?"

은 회장이 미안함에 어쩔 줄 몰라 하며 물었다.

"모르죠. 기다리다 지쳐 다른 며느리 들일지."

아주머니가 퉁명스럽게 대꾸했다.

"그러게 내가 소담이 말고 다른 여자 알아보라고 했잖아. 명칠이놈이 예전에 지 여자를 내가 훔쳤다고……."

"만수야!"

명칠이 아저씨가 갑자기 은 회장의 이름을 부르며 팔을 붙잡고 일으켜 세웠다.

"술이나 한잔 더 하세."

"왜 이래? 제수씨한테 할 얘기 있는데."

"어허, 술이나 한잔 더 하자니까."

"저기 만수 씨, 우리 영감 여자를 훔쳤다니요?"

아주머니가 벌떡 일어서서 캐묻자 명칠이 아저씨가 막무가내로 은 회장을 끌고 밖으로 나갔다.

"분명히 여자를 훔쳤다고 했지?"

"여자라고 한 것 같지 않은데요?"

"맞아, 여자는 아니었어."

"여자는 아니래요."

강과 들이 강력하게 부인하자 초원도 거들었다.

"여자라 하지 않았어?"

"내 귀에도 여자라는 것 같지는 않았어."

할머니도 고개를 저었다.

"잘못 들었나?"

아주머니가 자리에 앉는데 소담이 톡 끼어들었다.

"여자였어요."

소담의 말에 구씨 사 형제와 할머니가 소담에게 쓸데없는 소리 하지 말라며 눈짓을 했지만 소담은 모른 척했다.

"분명히 여자라고 했어요."

소담이 아주머니의 염장을 제대로 질러주었다.
"뭐 어때요. 다 옛날 얘긴데."
소담이 씩 웃으며 말했다.

에필로그 1

　오늘이 목장에서 함께할 수 있는 마지막 날이었기 때문에 소담과 산은 특별히, 아주 특별히 심야영화를 보기로 결정했다.
　할 수만 있다면 하루 온종일 목장 일 신경 쓰지 않고 단둘이 오붓하게 사랑만 나누고 싶었지만 봄이 깊어질수록 목장이 눈코 뜰 새 없이 바빴기 때문에 소담이 백번 양보해 젖소와 황소와 양의 저녁식사만을 형제들과 다른 목동들에게 맡기고 산과 데이트하기로 약속한 것이다.
　처음 서울 집을 떠나 목장으로 끌려올 때 우기고 우겨서 가지고 왔던 명품 옷들을 그동안에는 입을 일이 전혀 없어 가방 안에 처박아두기만 했었는데 오늘 밤 드디어 소담은 가방 속에서 잠들어 있던 옷을 꺼냈다. 또 화장하고 뽐내도 봐줄 사람이 없어서 방치했던 화장품도 꺼내 투명화장, 물광화장, 윤광화장이 어떤 것인지 진수를 보여주는 메이크업도 하고 질끈 묶고 다녔던 긴 생머리도 풀어 가방 속에 몰래 숨겨왔던 전기 머리 인두기로 우아하게 웨이브도 주었다.

메이크업을 끝내고 헤어도 마치고 드디어 옷까지 챙겨 입었을 때 소담은 누가 봐도 목장에서 못된 버르장머리를 고치기 위해 일했던 일꾼이었다고는 믿어지지 않을 만큼 우아하고 아름다운 모습으로 탈바꿈되어 있었다.

서울 집에서 가방을 압수당하지 않고 모두 가져왔더라면 지금보다 백배는 더 근사하고 멋지게 꾸밀 수도 있었지만 지금의 모습만으로도 스치는 남자를 모조리 쓰러뜨릴 만큼 소담은 황홀한 아름다움을 사정없이 팡팡 풍기며 세련의 극치를 드러내는 옷차림으로 집 앞에서 산을 기다리고 있었다.

"와…… 진짜 여신이네."

강과 들과 초원이 소담에게서 눈을 떼지 못하며 중얼거렸다.

"나 괜찮아요?"

소담이 마스카라로 사정없이 말아 올린 긴 속눈썹을 깜빡이며 묻자 삼 형제는 다리가 풀려 금방이라도 쓰러질 듯한 얼굴로 고개를 끄덕였다.

그때였다. 현관문이 열리더니 산이 모습을 드러냈다.

"어머!"

소담은 산의 모습에 화들짝 놀라며 산을 바라봤다.

날마다 낡은 청바지나 면바지 혹은 카고바지의 작업복 바지에 추레한 셔츠나 티셔츠만 입고 다녔던 산이 요즘 한창 유행하는 무릎부터 통이 살짝 좁아지는 면바지에 몸에 딱 붙는 패션셔츠를 입고 나타난 것이다. 허리에 세련미 철철 넘치는 허리띠까지 두르고.

"구산 씨도 이렇게 입을 줄 알았어요?"

소담이 보고 있으면서도 믿어지지 않는다는 얼굴로 묻자 산이 픽 웃었다.

"나 서울에서 학교 다녔던 사람이야. 옷발 세울 줄 알고 각 잡을 줄 알아."

산이 거만하게 말했고 소담은 완전히 반해 버린 얼굴로 고개를 끄덕였다.

"진짜 옷발 장난 아니에요. 각 제대로 잡았네요."

소담의 말에 산이 픽 웃었다.

"난 어때요?"

"큰일 났네."

"왜요?"

"너무 예뻐서 다른 놈들이 막 쳐다볼 텐데."

"미인은 원래 쳐다보라고 미인이에요."

"내가 못 참고 그놈들 죽여 버릴까 봐."

"죽이면 안 되죠."

소담이 팔짱을 끼며 아양을 떠는데 강이 슬그머니 끼어들었다.

"형이 죽이지 못하게 말리러 내가 따라갈까요?"

"나 말리다가 소하고 양 굶겨 죽일라. 밥이나 줘라."

산이 간단하게 강을 물리치고 차로 걸어가는데 소담이 산을 끌어당겨 아버지의 차로 이끌었다.

"이 차 타고 가요. 이런 옷 입고 똥차 타고는 절대 데이트 못 가요."

"회장님 차잖아."

"아빠가 빌려주셨어요."

"혹시 긁어먹기라도 하면 어떻게 하려고."

"걱정되면 내가 운전할게요."

소담이 운전석 쪽으로 움직이자 산이 얼른 소담을 붙잡고 차 키를 빼앗았다.

"여자가 운전하는 차를 어떻게 타. 자존심 상하게."

산이 조수석 문을 열어주었고 소담이 예쁘게 씩 웃으며 조수석에 오르자 차 문을 닫아준 산이 곧 운전석에 올랐다.

"진짜 멋있는 거 알아요?"

"알아."

"이럴 줄 알았으면 진작 데이트하러 갈걸."

"똥차 타고 가야 했는데도?"

"그냥 지금 가는 게 다행이네요."

소담이 얼른 말을 바꾸자 산이 웃으며 차를 출발시켰다.

"너 정말 예뻐. 미치도록."

"지금은 미치지 말고 이따 집에 와서 미쳐요."

소담이 은밀하게 속삭이자 산이 낮게 웃음을 터뜨렸다.

"진짜 까졌다니까."

산이 고개를 절레절레 저으며 중얼거렸다.

극장으로 들어와 자리를 잡은 두 사람은 상영관 밖에서 사온 콜라와 팝콘을 먹으며 영화를 보기 시작했다. 요즘 관객 동원수 집계에서 1등을 달리는 영화답게 무척 재미있었는데 오랜만에 극장에서 보는 영화라 그런지 훨씬 더 재밌게 느껴졌다.

정신없이 영화에 빠져들어 시간 가는 줄 모르고 영화를 보던 소담은 문득 이상한 느낌에 고개를 돌려보자 산이 영화가 아닌 소담을 바라보고 있었다.

"왜 영화 안 봐요?"

소담이 다른 사람들에게 방해가 되지 않도록 속삭여 물었지만 산은 미소만 지을 뿐 대답이 없었다.

산은 처음부터 영화에는 관심도 없었다. 소담은 내일 아침 목장을, 아니, 자신의 품을 떠날 사람이었고 내일 떠나보내면 1년 후에나 만날 수 있는 사람, 내일 보내면 1년 후에나 다시 안아볼 수 있는 사람이 소담이었다. 그래서 1분이라도 1초라도 더 소담을 눈에 담고 가슴에 담아두고 싶었기에 아무리 재미있는 영화라도 지금은 영화를 보고 있을 겨를이 없었던 것이다.

감히, 절대 가질 수 없는 여자라고 생각한 사람이었다. 감히, 넘보아서도 탐내서도 안 될 여자라고 생각한 사람이었다. 그런 여자를 가졌고 그런 여자가 내 여자가 됐는데 어떻게 보낼 수 있을까.

나 같은 놈은 절대 바라보지 않을 줄 알았던 여자가, 나 같은 놈은 꿈에서라도 거들떠보지 않을 줄 알았던 여자가 사랑한다며 입을 맞추고 안겨오는데 이 여자를 어떻게 보낼 수 있을까.

절대 못 간다고, 무조건 결혼하자고 결혼해서 죽을 때까지 내 옆에 있으라 윽박지르고 주저앉히고 싶은 마음이 굴뚝같았지만 보내주겠다고, 네가 하고 싶은 대로 하라고 놓아줄 수밖에 없는 것은 소담이 절대 변심하지 않을 것이라는 믿음보다는 소담이 아버지 은 회장님에게 맞서 구산이라는 남자를 끝내 지켜낸 그 용기 때문이었다.

재경그룹과 비교하자면 하늘과 땅. 내세울 것도 없고 보잘것도 없는 남자를 지키기 위해 산을 대신해서 얻어맞으면서까지 맞섰던 용기 때문에 산은 차마 소담을 주저앉힐 수가 없었던 것이다.

  소담이 천배 만배는 좋은 남자를 마다하고 구산이라는 남자를 선택해 주었으니 산도 그만큼은 배려해야 한다고 생각했다. 소담이 많은 것을 포기하고 구산을 선택했으니 산 역시 소담이 포기한 것만큼 기다려야 한다고 생각했다.

  그래서 기다리겠다고, 네가 하고 싶은 것 다 해보고 돌아오라고 말했는데 막상 내일이면 보내줘야 한다고 생각하자 가슴이 아프고 초조해서 견딜 수가 없었다.

  내일 떠나면 너무나 오랫동안 이렇게 예쁘고 사랑스러운 여자를 보지 못할 것이라 생각하자 가슴이 무너지도록 아파 영화를 보고 있을 수가 없었다. 조금이라도 더 가슴에 새겨두어야 하니까. 조금이라도 더 눈에 새겨두어야 하니까.

  산이 가만히 소담의 손을 끌어와 소담의 손바닥에 글자를 쓰기 시작했다.

  사.랑.해.

  산이 손바닥에 쓰는 손바닥 쪽지를 바라보던 소담이 산을 향해 미소 지은 후 산의 손바닥에 쪽지를 쓰기 시작했다.

  사.랑.해.요.
  사.랑.해. 소.담.
  사.랑.해.요. 주.인.님.
  사.랑.해. 우.리. 공.주.님.
  사.랑.해.요. 목.동.님.

사.랑.해.여.신.님.
사.랑.해.요…….

사랑해요까지 쓰던 소담이 산을 바라봤다. 가만히 산을 바라보던 소담이 다시 손바닥에 글자를 쓰기 시작했다.

신.랑.님.

소담이 신랑님이라는 글자를 쓰고 산을 바라봤을 때 산은 자신의 손바닥에 마치 신랑님이라는 글자가 선명하게 새겨져 있기라도 한 듯 한참 동안 손바닥을 내려다보다가 소담의 손에 깍지를 끼고 꽉 틀어잡았다.
소담과 산은 서로에게 활짝 웃어준 후 마침 관객들을 깔깔거리고 웃게 하는 장면이 나오는 영화로 시선을 돌렸다.
두 사람은 서로 울고 있다는 것을 알고 있었지만 절대 울고 있는 서로를 바라보지는 않았다.

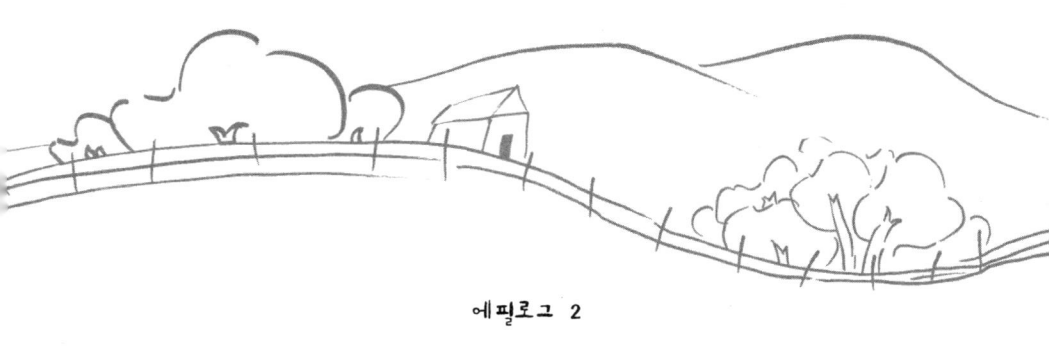

에필로그 2

구씨네 가족들과 사랑하는 산을 떠나 서울로 온 소담은 최태혁과의 혼사를 그런 식으로 망친 것에 대해 아버지께 진심으로 용서를 빌었다.

"잘못했어요. 정말 잘못했어요, 아빠."

소담이 아버지에게 가까이 다가가지도 못하고 문지방에 선 채로 말했다.

"아버지를 곤란하게 만들고 싶지는 않았는데…… 전 정말 최태혁하고 결혼하고 싶지 않았어요. 산이 씨가 정말 좋거든요. 다른 방법이 없었어요. 아버지가 제 말을 안 들어주실 거라고 생각했거든요."

소담의 말에 은 회장이 고개를 끄덕였다.

"그래…… 안 들어줬을 거다."

은 회장이 솔직하게 말했다.

"죄송해요. 잘못했어요."

"……후회하지 않겠어?"

"후회하지 않을 것 같아요."

"후회하면?"

"그땐…… 물릴게요."

소담의 말에 은 회장이 눈을 부라리자 소담이 씩 웃었다.

"잘못했어요, 아빠."

지금까지 단 한 번도 용서라는 것을 빌어본 적이 없었던 소담인지라 멋이 없긴 했지만 진심 그대로 은 회장에게 전해졌다.

"나도 미안하다. 나는 그저…… 네 엄마한테 잘 키워냈다는 칭찬을 받고 싶었을 뿐이야. 이다음에 하늘에서 네 엄마 다시 만났을 때 아빠 혼자서도 참 훌륭하게 잘 키웠다고, 수고 많았다고 칭찬받고 싶었다. 그러고 싶었어."

"그렇게 키우는 게 잘하는 건 줄 알았어. 네 엄마 떠나고…… 정말 무서웠거든. 정말 막막했거든. 어떻게 키워야 할지…… 어떻게 하는 게 잘 키우는 건지……."

은 회장의 말에 소담의 눈이 촉촉하게 젖기 시작했다.

"아빠도 잘못했다. 설마 내 딸이 학교에서 왕따를 당했을 줄은 몰랐어. 생각도 못했어. 내 딸이…… 내 딸이 그런 일을 겪었을 줄은."

"다 지나간 일이에요. 지금부터 열심히 친구를 사귈게요. 아빠가 막지만 않으시면."

소담의 말에 은 회장이 고개를 끄덕였다.

"일찍 자. 내일 비행기 타려면 푹 자야지."

"네, 아빠도 주무세요."

소담을 문을 닫고 나가려다 다시 아버지를 돌아봤다.

"아빠…… 안아드릴까요?"

소담의 물음에 멍한 얼굴로 딸을 바라보던 은 회장이 천천히 고개를 끄덕였다.

소담은 아버지를 꼭 안아드렸다. 꼭 안은 채 두 사람은 아무 말도 하지 않았지만 소담은 아버지를 안아드린 것으로 아버지의 깊은 속사랑을 충분히 느낄 수 있었고 은 회장은 소담의 따뜻하고 사랑이 가득한 마음을 충분히 이해할 수 있었다.

소담과 은 회장은 서로를 향해 꼭 닫아두었던 마음의 문을 활짝 열어젖혔다.

최태혁과의 망쳐진 혼사를 정리하고 산과의 결혼을 허락하는 대신 우수한 성적으로 졸업하기로 약속한 소담은 미국으로 떠날 준비를 완벽하게 마친 후 잠자리에 들었다.

내일 오전 비행기였기 때문에 일찌감치 잠자리에 들었는데 어떻게 된 노릇이 꼭 뭔가를 빠트린 것 같아 불안해서 잠이 오지 않았다.

잠자리에 들기 전에 산과 닭살 돋는 긴 통화도 했고 짐가방도 몇 번이나 확인했는데 왜 자꾸 뭘 빼놓은 기분이 드는 것인지.

이렇게 불안해할 것 다시 한 번 살펴보자 싶어서 세 개의 짐가방을 모조리 다 풀어 하나부터 끝까지 꼼꼼하게 체크하고 이상이 없다는 것을 확인한 후 다시 잠자리에 들었는데 역시나 잠이 오지 않았다.

"왜 이러지?"

빠트린 것도 없고 설사 빠트렸다고 하더라도 나중에 우편으로 보내달라고 하면 될 일인데 왜 이렇게 커다랗고 중요한 무엇인가를 빼놓은 기분일까. 빼놓은 것이 아니라 빠진 것 같은 기분일까.

빨리 자야 하는데, 빨리 자고 일찍 일어나서 미국 가야 하는데 뭔가 빠진 것 같은 기분을 지나쳐 텅 비어버린 것 같은 느낌에 안절부절이었다.

일어났다 앉았다 하다가 급기야 창문을 열고 하늘을 올려다보았는데 목장 뒷집에서는 그토록 총총하게 매달려 반짝이던 별들이 서울 하늘에서는 띄엄띄엄 숱이 다 빠진 대머리 아저씨처럼 볼품이 없었다.

그 순간 소담은 무엇이 빠졌는지 알아차렸다.

곁에 산이 없었던 것이다. 산이 없어서 그 사람이 없어서 이렇게 텅 빈 것처럼 느껴졌던 것이다.

소담은 즉시 옷을 갈아입었다. 지금 당장 산에게 달려가지 않으면 죽을 것 같아서. 지금 당장 산을 만나지 않으면 미칠 것 같아서.

그를 만나려면 세 시간을 차를 몰고 달려가야 했지만 그까짓 세 시간 얼마든지 달려줄 수 있었다.

소담은 메모지를 꺼내 공항으로 출발하기 전까지 반드시 돌아오겠다는 한 줄 메모를 써서 아버지 방문에 곱게 붙여놓은 후 집을 나서 곧장 차를 몰고 강원도로 향했다.

쉬지 않고 달렸다. 중간에 휴게소도 들르지 않았다. 휴게소에서 버릴 시간마저도 아까워 내쳐 달렸다.

그렇게 달리고 달려서 드디어 목장 산의 집에 도착한 소담은 차 소리에 캉캉 짖어대는 똥개를 달래며 불 꺼진 집을 바라봤다.

"똥개야, 우리 산이 씨 어딨어?"

소담의 물음에 똥개가 귀를 쫑긋하며 소담을 올려다봤다.

"우리 산이 씨 벌써 자겠지?"

소담이 안타까운 표정으로 휴대폰을 꺼내 산에게 전화를 하려는데 똥개가 소담의 바지 자락을 물고 끌어당겼다.

"어디 가자고?"

똥개는 계속 소담을 끌어당겼고 똥개가 이끄는 대로 움직이자 뒷집 쪽이었다.

산이 뒷집에서 자고 있는지도 모르겠다고 생각하며 조용히 뒷집으로 향하던 소담은 뒷집 마당에 모닥불을 피워놓고 우두커니 앉아 있는 산을 발견했다.

그도 잠을 이루지 못하고 있었던 것이다.

모닥불 앞에 고개를 푹 숙이고 있는 산을 보자 소담은 가슴이 욱씬 아파오는 것을 느끼며 산에게 다가갔다.

"밤에 청승맞게 혼자 뭐 해요?"

소담의 목소리에 깜짝 놀란 산이 벌떡 일어나 소담을 돌아봤다.

"어떻게 왔어?"

산이 달려왔다.

"운전하고 왔죠."

"이 밤중에? 왜?"

"보고 싶어서요."

소담의 말에 소담을 바라보던 산이 소담을 와락 끌어안았다.

"위험하게 밤에 왜 운전을 해. 고속도로 얼마나 위험한데."

"아마추어 카레이서 자격증 있어요, 나."

"뭐?"

"내가 좀 격하거든요."

소담의 말에 산이 픽 웃음을 터뜨렸다.

"깜짝 놀랐잖아."

"잠이 안 와서요. 죽어도 잠이 안 와서."

산이 소담의 손을 잡고 모닥불 앞으로 데리고 가자 산이 먼저 앉길 기다린 소담이 산이 앉자마자 산의 무릎에 앉으며 목을 꼭 끌어안았다. 그리고 다리마저도 산의 허리에 칭칭 감았다.

"갈 때까지 이러고 있을 거예요."

"음."

"무거워도 참아요."

"참을게."

"저려도 참아요."

"참을 수 있어."

산이 소담의 허리를 으스러져라 안으며 대답했다.

"딴생각하지 말고 잘 기다리고 있어요. 나 없는 동안에 이민서 선생하고 바람났다간 죽을 줄 알아요."

"바람 안 나. 미국 가서 미국 놈이랑 바람났다간 죽을 줄 알아."

"걱정 말아요. 이미 짐승 맛을 봐서 다른 건 맛없으니까."

소담의 말에 산이 낮게 웃음을 터뜨렸다.

"발랑 까졌어."

"좋으면서."

소담이 산에게 쪽, 입을 맞췄다.

"공부 열심히 하고 올게요."

"음…… 그런데 정말 5년 기다려야 해?"

"줄여볼게요."

"좀 많이 줄여봐."

"노력할게요."

소담이 또 산에게 입을 맞췄다.

"술 많이 먹지 말고."

"안 먹을 거예요."

"춤추러 다니지 말고."

"안 춰요."

"밥 잘 챙겨먹고."

"그 말은 전에 벌써 했잖아요."

"그래. 했구나."

산이 소담의 얼굴을 쓰다듬으며 미소 지었다.

"이렇게 예쁜 너 없이…… 어떻게 사냐."

"그러게요. 요렇게 예쁜 나 없이 어떻게 살래요."

"넌 나 없이 살 수 있어?"

"……못 살 것 같아서 왔잖아요."

소담이 산을 꼭 끌어안으며 속삭였다.

"보고 싶을 때 전화해. 내가 갈게."

"젖소부인들하고 양은 어떻게 하구요?"

"너 만나러 간다고 하면 보내줄 거야."

산의 말에 소담이 쿡쿡 웃었다.

"왜 나 안 붙잡아요?"

소담이 약간 서운한 어조로 물었다.

"공부는 끝내야지. 그래야 나중에 후회하지 않지."

"……"

"운동만 하느라고 손에서 공부를 놓았던 게 나중에 운동 그만두고 나서 후회되더라고. 너무 아는 게 없어서. 대학 다시 들어가서 공부하는데…… 정말 미치는 줄 알았어. 유학까지 가서 배우는 공분데 끝을 내야지. 아무나 유학 갈 수 있는 게 아니잖아. 백번 천번 붙잡고 싶은데…… 내가 기다릴게. 공부 끝내."

"……고마워요."

소담이 산의 얼굴을 감싸고 이마를 맞대며 속삭였다.

"정말로…… 갈 때까지 이렇게 안겨 있을 거예요."

"제발…… 갈 때까지 이렇게 안겨 있어. 제발."

산이 소담을 가슴에 꼭 끌어안으며 속삭였다.

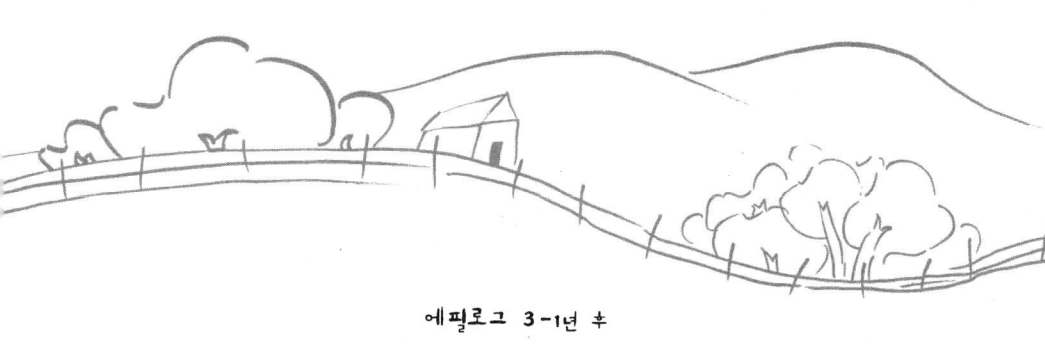

에필로그 3-1년 후

새로운 배양액이 완성됐다는 연락을 받고 대학교 연구실에 들렀다가 목장으로 돌아온 산은 목장 한편에 세워져 있는 외제차를 발견하고 고개를 갸우뚱했다. 외제차라…… 목장에 들르는 사람들 중에 외제차를 몰고 올 만큼 살림이 넉넉한 사람이 없는데 누가 찾아왔는지 의아했다.

"누구 차예요?"

목장 일꾼에게 물어봐도 하나같이 모른다는 대답만 했다.

"찾아온 사람 없어요?"

"없었어."

"언제부터 있었어요?"

"점심 먹고 오니까 여기 있더라고."

일꾼의 대답에 주변을 두리번거렸지만 목장에서 일하는 사람들 외엔 낯선 사람이 없었다. 마침 강과 들이 나타나서 차주를 봤냐고 물었지만 강과 들 역시 모른다는 대답만 했다.

"차가 엄청 좋아요."

"누구 맘대로 차를 여기 세워둔 거야?"

유리창에 검게 선팅이 되어 있는 차 안을 살피던 산이 깜짝 놀라며 목장을 뛰어다니기 시작했다.

건초 창고도 살피고 축사도 살피고 목장 안에 있는 시설이란 시설은 모조리 다 살피며 뛰어다녔다.

"왜 그래요, 형?"

강이 물었지만 강의 목소리가 들리지 않는 듯 넋 나간 사람처럼 서 있던 산이 갑자기 차에 올라 급히 목장을 벗어났다.

차를 몰고 초원을 지나 집으로 달려가던 산의 눈에 초원 한가운데 누군가 대 자로 누워 있는 것이 보였다.

아주 멀었지만, 하나의 점처럼 보일 만큼 아주 작았지만 산은 초원 한가운데 편안하게 누워 있는 사람이 누군지 금방 알아볼 수 있었다.

소담이었다. 소담, 내 사랑 은소담.

산은 차를 세우고 차에서 뛰어내리자마자 소담을 향해 초원을 가로질렀다.

엉뚱하고 제멋대로인 소담답게 아무런 연락도 없이, 기별도 없이 갑자기 목장으로 돌아온 것이다.

눈을 감고 따뜻한 햇볕을 온몸으로 받아들이고 있는 소담은 누군가 달려오는 소리에 눈을 뜨고 위를 올려다봤다가 미친 듯이 달려오는 산의 모습에 픽 웃으며 못 본 척 다시 눈을 감았다.

잠깐도 쉬지 않고 미친 듯이 달려온 산은 소담의 머리맡에 무릎을 꿇고 앉으며 소담을 내려다봤다.

"아니, 누가 이렇게 남의 목장 초원에 마음대로 누워 있나? 무단침입으로 신고해야겠는데?"

산의 말에 소담은 여전히 눈을 꼭 감은 채 픽 웃기만 했다.

"이봐요, 아가씨. 당장 출입증 내놓지 않으면 경찰서에 끌려갈 줄 알아요."

산의 농담에 소담이 눈을 뜨고 산을 올려다보다가 산의 얼굴을 끌어내려 입을 맞추었다.

"됐죠?"

소담의 물음에 산이 활짝 미소 지었다.

"아직 올 때 안 됐잖아."

"대학원 안 가면 안 돼요?"

소담이 발딱 일어서며 물었다.

"어?"

"적성에도 안 맞고 어렵고 재미도 없고…… 경영 공부 때려치우고 싶어요. 펜션 혼자 경영하면 안 돼요?"

소담의 투정에 산이 웃음을 터뜨렸다.

"그럼 이제 공부는 끝내는 거야?"

"진로를 바꿨어요. 다른 공부 하려구요."

"무슨 공부?"

공부를 완전히 그만두고 온 줄 알았는데 다른 공부를 한다고 하자 산은 금방 실망했다.

"대학 졸업장 받으려고 공부하면서 다른 걸 배웠거든요."

"뭐?"

"집에서 만드는 수제 치즈하고 버터 요거트 그런 거요. 1년 배웠는데 선생님이 나 정말 소질있대요."

소담이 흥분해서 말했다.

"치즈하고 버터 요거트 만드는 걸 배우고 왔다고? 왜?"

"우리 목장엔 날마다 우유가 넘치게 생산되니까."

"그래서 만들어보겠다고?"

"만들어보겠다는 게 아니라 만들 줄 안다니까요. 미국에서 제일 유명한 선생님한테 1년 동안 배웠고 정말 소질있다고 하산하라고 해서 왔다니까요."

"선생님이 하산하래?"

"네. 물론…… 나만의 치즈를 만들기 위해서는 앞으로 아주 많이 공부하고 연구를 해야 하지만."

"그럼…… 어디서 공부할 건데? 미국?"

"펜션 옆에 작업실 하나 지어줄 수 있어요? 치즈 작업실."

"그러니까 여기서 공부하고 여기서 연구하겠다는 거지?"

"맞아요. 작업실 이름은 '소담스러운 마구간' 이구요. 꼭 간판 달아줘야 해요."

"알았어. 달아줄게. 그러니까 이제 미국 안 간다는 거지?"

"안 가요. 지금부터는 여기서 살려구요."

"정말이지?"

"정말이에요."

소담이 씩 웃으면서 대답하자 산이 소담을 와락 껴안았다.

"그럼 우리 이제 결혼하는 거야?"

"말도 안 돼! 나 이제 스물여섯이에요. 결혼이라니, 말도 안 돼."

"여기서 살겠다면서."

"그냥 살겠다는 거죠. 결혼은 안 하고."

"그러는 법이 어딨어?"

"치…… 결혼 안 해도 되니까 옆에 있기만 해도 좋겠다더니."

소담이 눈을 흘기자 산이 픽 웃었다.

"빨리 누워요."

소담이 산을 끌어당기자 산이 소담의 곁에 누워 팔베개를 해주었다.

산의 팔을 베고 누운 소담은 산의 다리에 다리를 걸치고 팔을 두르며 꼭 안겨들었다.

"왜 결혼을 안 한다는 거야?"

"결혼을 하면 긴장감 떨어져서 안 돼요."

"무슨 긴장감?"

"잡아다 놓은 물고기 취급할 것 아니에요."

"안 그래!"

"그럴 거예요. 긴장감을 유지하려면 쉽게 결혼 안 해주고 속을 썩여야 해요."

"그러다 말라 죽겠다."

"말라 죽긴, 밤마다 사랑을 흠뻑 먹여줄 텐데. 내가 만든 치즈도."

소담이 산의 볼에 입을 맞추며 말했다.

"내가 왔다는 걸 어떻게 알았어요?"

"차 뒷좌석에 내가 사서 미국에 보내준 송아지 인형이 타고 있더라고."

이번엔 산이 소담에게 입을 맞추었다.

"그런데 너 소똥 뭉개고 누운 건 알고 있어?"

"어쩐지…… 구수한 냄새가 올라온다 했어. 으…… 미쳐."

소담의 말에 산이 웃음을 터트렸다.

에필로그 4 - 다시 1년 후

"형, 치즈 그만 먹으면 안 돼요? 방학 때 쉬러 왔더니 치즈만 먹여."

"형, 나는 치즈 냄새만 맡아도 막 토할 것 같아. 이래서 내가 이번 방학 때는 안 오려고 했다니까."

강과 들이 산을 붙잡고 애원했다.

"형들은 방학 때만 먹지. 난 날마다 먹어! 오죽하면 할머니가 황지로 도망가셨겠어. 난 이민 가고 싶다니까. 치즈는 그나마 나아. 버터는 더 미쳐요."

초원이 학을 뗀 얼굴로 투덜거렸다.

"미국에 있는 치즈 선생이 소질있다고 했다는 거 그거 누나가 지어낸 소리 아니래요?"

"너무 일찍 하산했어."

"맞아. 도를 더 닦아야 돼."

"시끄러. 무조건 먹어."

소담은 산이 펜션 한편에 지어준 작업실 '소담스러운 마구간'에서 1년째 치즈와 버터를 연구 중에 있었고 새로운 치즈를 개발할 때마다 온 가족에게 먹였다. 가족끼리는 기꺼이 실험 대상이 되어주어야 한다면서.

번번이 실패했지만 소담은 절대 포기하지 않았고 산은 소담이 지금까지 치즈와 버터를 만드느라 없애 버린 우유 값을 언젠가 백배로 갚고도 남을 것이라는 믿음이 있었기에 도저히 먹어줄 수 없는 치즈도 기꺼이 먹어주고 맛있다고 해주었다.

"여러분! 치즈가 완성됐어요!"

소담이 또다시 오랜 숙성 기간을 끝내고 뽀얀 속살을 드러낸 치즈를 들고 나타났다.

삼 형제의 낯은 뽀얀 치즈보다 더 하얗게 떠버렸다.

"내색하지 말고 무조건 먹어."

산이 으름장을 놓자 강과 들, 초원이 즉시 표정 관리에 들어갔다.

"누나, 이번엔 어떤 치즈예요?"

"똑같은 치즈예요."

"아…… 다행이네. 아무것도 안 넣어서."

강이 웃는 것인지 우는 것인지 구분이 안 가는 얼굴로 치즈 조각을 집어 들자 나머지 동생들도 치즈가 아니라 겨자를 먹어야 하는 얼굴로 치즈 조각을 집어 들었다.

"내가 만든 치즈를 먹을 때마다 고통에 몸부림치는 건 알고 있는데…… 이번만 무조건 먹어줘요. 요즘 내가 호르몬 과다 분비로 상당히 예민해져서 당분간 치즈 만들기는 중단할 거니까."

"아, 그래요?"

"와…… 잘됐다. 먹자!"

강과 들이 무척 기뻐하며 치즈를 입에 넣었다.

"야. 맛있네! 소담이 누나 최고!"

강과 들이 엄지손가락을 치켜세우고 난리가 났다.

"소담이 누나 호르몬이 계속 과다 분비되면 좋겠다. 영원히~"

초원이 거침없이 속마음을 드러내자 소담이 눈을 흘겼다.

"내가 호르몬 과다 분비로 예민하다고 했죠? 호르몬 때문에 과격해지기도 하거든요? 냉장고에 한 달 동안 먹을 수 있는 치즈와 버터가 남았으니까 무조건 처리해 줘요. 아! 서울 갈 때 싸줄게요. 기숙사 친구들하고 같이 먹어요."

소담의 명령에 삼 형제의 표정이 누렇게 떴다.

"왜 갑자기 호르몬이 과다 분비됐다는 거야? 몸이 안 좋아?"

"치즈 만드느라 너무 몰입하신 모양이네. 쉬어야 돼. 그럴 땐 무조건 쉬어야 돼!"

강이 떠들자 들과 초원도 무조건 동의했다.

"어디 아파? 아픈 거야?"

산이 걱정스럽게 물었다.

"아픈 건 아니구요, 속도위반이에요."

소담이 천연덕스럽게 말했다.

"속도위반이라니?"

"아기 가졌다구요."

소담이 구시렁거리자 산을 비롯한 구씨 사 형제가 깜짝 놀라 소담을 쳐다봤다.

"연구해야 한다고 임신시키지 말라니까."

소담이 산에게 양껏 눈을 흘기고 작업실로 향하자 산이 정말이야! 하고 외쳐 물었다.

"소리 지르지 말아요. 아기 놀라요!"

소담이 근엄하게 꾸짖고는 창고로 들어갔다.

"와, 형!"

"와, 잘됐다!"

"형, 최고!"

세 동생이 설레발을 쳐댔다.

"한 달 후부터는 1년 동안 치즈 안 먹어도 되겠다. 역시 사람이 죽으란 법은 없어."

초원이 좋아서 어쩔 줄 몰라 하며 말했다.

"1년 후에도 안 먹었으면 좋겠다."

형제들은 조카가 생겨서 좋은 것보다 치즈를 먹지 않게 된 것이 더욱 기쁜 듯 손뼉을 쳤다.

"형, 속도 좀 더 내지 그랬어요. 이건 속도위반이 아니라."

"맞아. 1년이나 같이 살았는데 무슨 속도위반이야. 안전 운행."

"안전 운행은 무슨. 저속이라 저속."

세 동생이 치즈를 먹지 않게 된 것이 좋아서 펄쩍펄쩍 뛰어대는데 산은 감격으로 금방이라도 울음을 터뜨릴 듯한 얼굴로 작업실로 뛰어들어 가 소담의 손을 잡았다.

"언제 태어나는 거야?"

산이 소담의 배를 어루만지며 물었다.

"그건 산부인과 선생님하고 상의를 해야죠."

"임신인 건 어떻게 알았어?"

"알아요. 아는 수가 있어요. 가슴도 커지고 소변도 자주 마렵고…… 결정적으로 생리를 안 하네요. 3주가 지났는데."
"병원 가자."
"나도 가자고 할 참이었어요."
"얼른 가자."
산이 소담의 손을 잡고 밖으로 나가려는데 소담이 산을 붙들었다.
"무슨 차 갖고 갈 거예요? 똥차는 안 돼요."
"네 차 타."
산이 기꺼이 양보했다.
"좋아요."
소담이 씩 웃으며 산의 손을 잡고 밖으로 나왔다.
"딸이었으면 좋겠어요, 아들이었으면 좋겠어요?"
소담의 물음에 구씨네 사 형제가 동시에 딸! 하고 고함을 질렀다.
"무조건 딸!"
"아들은 안 돼. 아들 낳으면 우리 집에서 쫓겨나요."
"아들이면 난 절대로 안 놀아줄 거야."
강과 들, 초원이 결연한 표정으로 말했다.
"아기 때문에 한동안은 치즈 연구를 못 하겠어요."
"절대 안 돼요. 임신했을 때는 절대 치즈를 만들면 안 돼."
"큰일 나."
"작업실을 없애 버릴까?"
세 동생이 강력하게 주장하는데 웬 검은 세단 한 대가 펜션 주차장으로 미끄러지듯이 들어오더니 비서실장 아저씨가 차에서 내렸다.
"어? 아저씨!"
"안녕하셨어요."
비서실장 아저씨가 반갑게 웃었다.
"아빠 오셨어요?"
"아닙니다. 다른 분 모시고 왔습니다."
"다른 분…… 누구요?"
소담이 죽상을 하고 차에서 내리는 사람을 쳐다보다가 깜짝 놀라고 말았다.
"은지담!"
소담의 남동생 지담이 도살장에 끌려온 것 같은 얼굴을 하고 소담에게 다가왔다.
"왜 왔어? 너 여기 왜 온 거야?"
"아버지가…… 여기서 일 배우래."
지담의 대꾸에 소담이 황당하다는 얼굴로 지담을 쳐다봤다.
"넌…… 매우 모범적으로 공부 중이라고 하지 않았니?"
"……걸렸어. 놀다가."
"너도?"
소담이 황당하다는 얼굴로 지담을 노려봤다.
"도련님 잘 부탁하네."
비서실장이 산에게 부탁했고 산은 웃는 낯으로 예 하고 대답했다.
"여기가 무슨 은씨 남매 인성정화구역도 아니고…… 어쩜 이렇게 구씨네하고 DNA 차이가 크니."
소담이 창피해서 작게 속삭였다.

"정말 창피해서 살 수가 없다. 우리 아기는 꼭 구씨네를 닮아야 할 텐데."

소담이 지담을 쏘아보며 속삭이자 산이 웃음을 터뜨리며 소담의 손을 꼭 잡고 차로 향했다.

"병원 다녀오겠습니다."

"병원엔 왜?"

비서실장이 놀라서 물었다.

"우리 소담스러운 마구간 주인님께서 아기를 잉태하셨습니다."

산이 신이 나서 외치자 비서실장이 활짝 웃으며 축하합니다, 아가씨 하고 소리쳤다.

"산이 축하하네!"

"고맙습니다!"

산이 큰소리로 대답한 후 소담을 차에 태워 병원으로 출발했다.

산이 소담과 함께 병원으로 출발하자 낯선 사람들 틈에 혼자 남게 된 지담이 어정쩡한 표정으로 구씨네 삼 형제를 쳐다보고 구씨네 삼 형제는 짓궂은 표정으로 지담을 바라보고 있었다.

"목장 일이…… 많이 힘든가요?"

"별로 힘들 거 없어. 동생 같으니까 말 놓을게. 기분 나쁘면 말하고."

강이 친근하게 말했다.

"소똥 조금 치우고, 건초 나르고, 먹이 주고 그것밖에 없어. 걱정하지 마. 힘든 거 하나도 없어."

들도 지담을 안심시켰다.

"제 방은 어디예요?"

"방은 밤에 잘 때 어디 있나 찾아보면 되고 일단 치즈를 좀 먹어봐. 소담 누나가 만든 건데 되게 맛나."

"맞아. 엄청 맛있어."

"버터도 있어."

구씨네 삼 형제는 극도의 친절함에 얼떨떨한 표정을 짓고 있는 지담을 일부러 친한 척하며 소담의 작업실로 데리고 갔다.

초원이 냉장고에서 강과 들이 서울 갈 때 싸 들고 갈 뻔한 한 달치 치즈와 버터를 몽땅 꺼내 지담 앞에 내려놓았다.

"다 먹어. 남기지 말고."

"이것만 다 먹으면 돼요?"

"오늘은 이것만 다 먹어. 이게 정말 중요한 목장 일이거든. 대신에 절대 남기면 안 돼."

강이 남기면 안 된다는 것을 몇 번이나 강조하며 회심의 미소를 지었다.

'오직 은소담'이라는 이름이 붙여진 다락방에 나란히 누운 소담과 산은 다락 창문 너머로 보이는 별을 바라보고 있었다.

"소담아."

"네?"

"행복해?"

"행복해요."

"얼만큼?"

"완벽하게."

소담이 미소 띤 얼굴로 대답하며 산의 입술에 입을 맞추었다.

"일부러 그랬죠?"

"뭘?"

"일부러 임신시킨 거죠?"

"절대 아니야."

"거짓말 말아요. 내가 결혼 안 해주니까 작정하고 임신시킨 거잖아요."

"아니라니깐. 절대 아니야."

산이 딱 잡아뗐다.

"이상하네…… 그렇게 조심했는데 어떻게 임신이 됐지?"

소담이 의아해하며 돌아눕자 산은 픽 웃으며 소담의 정수리에 입을 맞추고 꼭 끌어안았다.

"아기 가진 거 싫어?"

"싫진 않아요. 갑작스러워서 놀란 거지."

"난 너무 좋아. 너무너무 좋아."

"너무너무 좋아하는 거 알아요. 아까 아기 심장 소리 듣고 우는 거 봤거든요."

"안 울었어."

산이 우겼지만 소담은 분명히 봤었다. 아기 심장 소리에 산의 눈가가 촉촉하게 젖어오던 것을.

"소담아."

"네."

"사랑해."

"알아요."

"많이 사랑해."

"알아요. 그런데 만약에 아기 태어났을 때 아기만 사랑하고 난

나 몰라라 하면 알아서 해요."

"그런 일은 절대 없어, 절대. 넌 언제나 나한테 0순위거든. 영원히."

산이 소담에게 속삭였고 소담은 산의 품에 안겨 완벽한 행복감을 느끼며 미소 지었다.

산과 소담은 서로를 꼭 끌어안은 채 창문 너머로 보이는 별을 오랫동안 바라보고 있었다.

The End

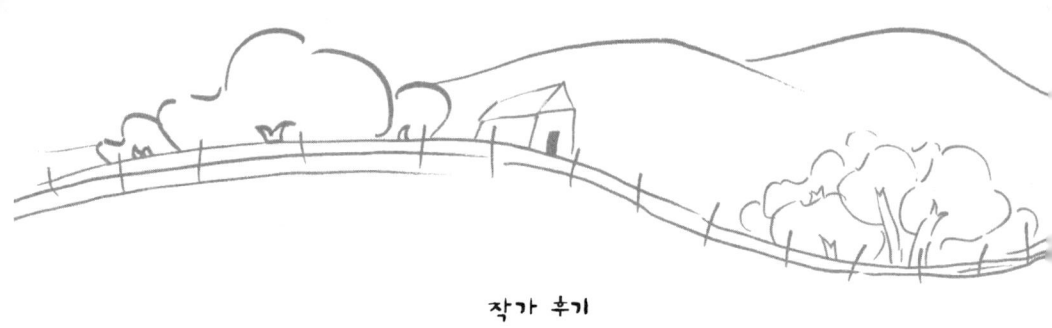

작가 후기

'황소 같은 사나이'를 읽어주신 모든 분들의 마음이 유쾌하고 흐뭇하시길…… 늘 행복하시길…….

도서출판 청어람에 감사함을 전하며…….

2010년 5월
늘 행복한 김랑